谨献给

中国共产党成立一百周年

铸魂

●

范康 著

兰州大学出版社
LANZHOU UNIVERSITY PRESS

图书在版编目（ＣＩＰ）数据

铸魂 / 范康著. -- 兰州 : 兰州大学出版社，
2019.8（2021.6重印）
ISBN 978-7-311-05527-1

Ⅰ．①铸… Ⅱ．①范… Ⅲ．①长篇历史小说－中国－
当代 Ⅳ．①I247.5

中国版本图书馆CIP数据核字(2019)第008873号

书名题签　董戈祥(虚斋)
责任编辑　钟　静　魏春玲
封面设计　王　挺

书　　名　铸魂
作　　者　范　康著
出版发行　兰州大学出版社　（地址:兰州市天水南路222号　730000）
电　　话　0931-8912613(总编办公室)　0931-8617156(营销中心)
　　　　　0931-8914298(读者服务部)
网　　址　http://press.lzu.edu.cn
电子信箱　press@lzu.edu.cn
印　　刷　兰州银声印务有限公司
开　　本　710 mm×1020 mm　1/16
印　　张　23(插页4)
字　　数　340千
版　　次　2019年8月第1版
印　　次　2021年6月第2次印刷
书　　号　ISBN 978-7-311-05527-1
定　　价　68.00元

铁马秋风入梦来(代序)

常剑虹

作为长篇小说《铸魂》的第一批读者，逐章逐句阅读之后，不禁心生无限感慨。掩卷沉思良久，胸中块垒实在难遣。既如此，莫若一吐为快。

小说《铸魂》的人物主线，是一个不甘被奴役、被压迫，为了活下去而揭竿造反的陇东农民——李荣智；而故事主线，则是以1929—1949中国之军阀割据，国共内战，日寇入侵，红军长征，解放战争，统一建国而展开。其价值本身，便无疑是一段史诗、一部画卷。

官逼民反，这是一个中国几千年农民起义的永恒真理！故事的主人公李荣智毫不例外——官府横征暴敛，如狼似虎，摊丁派税，催粮催款；土豪恶霸，为祸一方，欺男霸女，鱼肉乡里；在多重碾压之下，又被催命的镇保甲局吴师爷打破头，于是，血气方刚、怒不可遏的李荣智用拳头反抗了，暴打吴师爷及其两个狗腿子后，开始亡命生涯，继而"闹红"，参加游击队，跟着共产党走上了一条唯有推翻旧官府、黑世道，才能过上太平日子的觉悟之路。

自古以来，江山更替，国祚兴衰，改朝换代，均由民心向背发端！大到新中国建立，小到陇东一隅的南梁根据地，乃至主人翁李荣智浴血半生的"三嘉塬"，莫不如出一辙。没有一支人民的军队，便没有人民的一切。枪杆子里面出政权！这些耳熟能详的革命经典，居然成为李荣智朴素的革命实践。从手执长矛大刀的赤卫队，到骑马挎枪的游击队，再到一名有着共产主义信仰的红军战士，李荣智铲恶除奸，历经百战，以满腔的家仇国恨，出生入死，枪林弹雨二十年，成为一位"只有建立武装，才有可能建立政权"的知行合一践行者。

要奋斗就会有牺牲。这是一个革命者首先而且必须具备的素质。然而真正事到临头，生死一线之际，能大义凛然、舍生取义者，却实非易事。如今，小学生都知道，他们佩戴的红领巾，是五星红旗的一角，是烈士的鲜血染成的……

在投身从无到有的游击队，从游击队到参加红军，从地方武装到野战部队，从赤手夺枪到建立根据地，在红区与白区间、"围剿"与反"围剿"间、阻敌与攻城拔寨间……李荣智不知身经大小多少战斗，歼灭、俘虏了多少敌人，为正规部队输送多少战士，缴获了多少枪支马匹，皆可忽略不表。然而，李荣智身边的战友、亲人，为革命、为使命、为保李荣智性命，死了多少人，却不能不提：其中有将李荣智领进革命队伍的导师、陕甘红军创始人之一的老刘，有李荣智景仰的军队领导和首长杨正琪、杨森林，有李荣智胞兄李荣福，被反动派残忍地用铡刀铡下头颅，有李荣智自小相依为命的二姐一家之家破人亡，有把脑袋别在裤腰跟李荣智以生死换命的兄弟刘富贵，等等，每个倒下的人的背后，都有一段可歌可泣的故事。我以为，只有细细领略了这些人的形象和事迹后，再回头去品味什么叫作"要奋斗就会有牺牲"，去回味举起拳头做"不怕牺牲"的庄严宣誓，才会更有现实意义！

离开老百姓，谈何打胜仗？李荣智从最初的亡命天涯，到后来成为边区名人，以致被重金悬赏其项上人头，频遭暗杀，屡处险境，吃百家饭，躲万家寨而绝地重生，其中不乏乡党亲友、远近亲疏的乡邻，他们或通风报信，或甘冒"通匪通共"之嫌舍命掩护，或出钱出力，或生死与共，去保护、去成全李荣智。这些可爱可敬的民众，奋不顾身去维护的，绝非只是一个游击队员李荣智，而是他们深知，只有像更多的李荣智式的人物活下来、站出来、拼起来，才有可能推翻这个万恶的黑世道！书中有个感人的情节，李荣智兄、甥二人受其牵连被抓进县保安队班房受尽酷刑。为救人，乡亲们迅速筹集粮食八十石之多上下打点。八十石是何概念？是上万斤，是二三十亩地一年的产出，是四五户四五口之家整年的口粮！他们面朝黄土背朝天，粮食是他们全部的希望，他们甚至不知道什么兼济天下的圣人之道，但是面对李荣智亲人生命攸关之际，这些淳朴的不能再淳朴的庄户人，他们义不容辞地作出了这样的壮举！我们无须拔到什么军民鱼水情之类的高度，但那样的军民关系、政治生态之所以存在，是值得当今乃至今后的执政者务必反思之课题。

"人一辈子能做一两件大事，就没有白活！"这是李荣智与他风雨同舟、患难与共的兄弟们共同的心声。古文里什么"锲而不舍""精诚所至，金石为开""业精勤""咬定青山不放松"之类，太多太多。李荣智们的语言似乎丝毫无上述经典那般高大上，但他们穷尽洪荒、把一生献给了推翻三座大山的民族解放事业，正所谓"一事精至，便可动人"（陶宗仪《南村辍耕录》）。李荣智们一生就干了这么一件大事，而且最终干成了，更何况，按他们自己的话说："活着看到胜利真是福气……"难道这样的大事不强过豪言壮语而愈发惊天地、动鬼神吗？以史为镜，以人为镜，新长征路上，我们的的确确仍需要人一辈子就要干一两件大事的精神。

值得一提的是，来自革命阵营内部那些"极'左'冒进，瞎指挥，'肃反'扩大化，军政高级别人员投敌变节，轻信诬陷，告密"等等，都是我们一辈子要干成一两件大事的绊脚石，其危害往往是难以估量并且无法挽回的。小说里的这些细节、情节，难道不值得我们深思吗？

新中国成立了，李荣智和他的战友及乡亲们如沐春风，满怀革命成功后的喜悦，尽情享受了一把胜利的狂欢——在李荣智家的大窑里，一字摆起三张八仙桌，与唐一良、赵二娃、张大奎等二十多个原游击队战友开怀放肆畅饮。主题大致有三：一是告慰英灵，二是无愧此生，三是不求有功……

抄录一段原文："新政权建立之后，作为时代产物，游击队完成了它的使命，到了应该退出历史舞台的时候。那些在战争中发挥了巨大的不可替代作用的游击队员来自农民，除了牺牲在敌人刀枪之下的人，活下来的大多数人没有企求和奢望，只愿回到家里，回到土地，与家人一起，日出而作，日落而息，过活安宁的日子……"

我以为，此段话是对李荣智在新政权建立后作出的人生重大抉择——

铸魂

解甲归田的诠释。其实又不尽然，作为战争英雄、陕甘宁边区新政权的功臣，李荣智当实至名归；而作为一位革命者，李荣智的决定又是寓平凡于伟大之中，其格局与胸襟令人高山仰止。功成身退，乃中华传统文化中的思想之一，然践行者不过寥寥，何也？舍命易，舍名利难！

且看李荣智对妻子的一段告白："你跟我担惊受怕十多年，不容易啊。过去，你我和娃娃们的性命没有保障，现在总算侥幸活下来了。我们该为以后的生活做一些打算了。我们本来就是农民，靠种地吃饭过日子。离开土地，我们啥事情都不会做，也做不了。依照我的想法，我们还是回老家去。老家还有祖上留下的几亩土地和几孔窑洞……找几个人把窑洞箍一箍，修补修补……我们两个人耕种祖上留下来的土地，自种自吃，颐养天年，图个安宁。两个娃娃到了该读书的时候就让他们上学读书，将来能做什么事情就做什么事情，只要健康、平安就行了。除此以外，我再没有奢望了。"真可谓：达人知命，君子安贫！小人物，大情怀！

按理，像李荣智这样的人物，解甲归田，质本农来还农去，且不说论功行赏，且不提行政级别，更不论享受何等何种待遇，就连起码的安家费、抚恤金都无从谈起，一切归零！看到这样的结局，心潮久久难以平复，不由想起辛弃疾的那阕《破阵子》来："醉里挑灯看剑，梦回吹角连营。八百里麾分下炙，五十弦翻塞外声，沙场秋点兵。马作的卢飞快，弓如霹雳弦惊。了却君王天下事，赢得生前身后名，可怜白发生。"

面对当今物欲横流、纷纷扰扰的社会，以及追名贪利、如蝇逐腐臭般的现象，李荣智的言行无疑是对那些争权夺利者，贪图享乐者，唯利是图者，腐化堕落者，利益交换、跑官要官、安排子女者之流的鞭笞！我以为，这正是这部名为《铸魂》小说的高光所在。

牢记使命，不忘初心！

（作者系香港《文汇报》西北站原站长）

写在前面的话

我出生在陇东黄土高原深处。小时候经常被父亲或者母亲带着，在院子外面一棵很大的槐树下面听一位年龄不是太大、身体却不是很好的老人讲一些战争年代的故事。由于年龄实在太小，不仅记不住故事情节和人物，也分辨不清老人讲的故事是真实发生的事情，还是从书上看来或者从戏曲里听来的事情，唯一一点印象是隐约知道这位老人是一位参加过红军的老革命。如果说有特别印象的话，恐怕还是老人会经常给像我一样的孩子当时非常少见的水果糖。到稍微懂得和能记住一点事情的时候，老人已经卧床并经常去医院看病，再很少能看见他，也很少能吃到他的水果糖了。我刚刚懂事并进入村办小学读书的时候，老人因病离开了人世。我记得老人的葬礼非常隆重，参加葬礼的人很多，有村庄里的邻居和乡亲，也有很多从来没有见过的人，有乡、县、地区的领导，有镇子里吃公粮的"公家人"，有附近学校的学生和老师。长大以后，听父亲和乡亲们讲过一些故事，读了一些书，才真正知道了这位老人的身份和他近似传奇的人生。这位老人就是在老家曾一度非常有名气的老英雄、老革命、老游击队员王九九。

真的说起来，我受王九九老人的影响很大。一方面，家乡流传着很多关于王九九老人的传奇故事，譬如怒打镇公所师爷、跳下家门前的悬崖逃脱保安队追击、飞檐走壁与保安队斗智斗勇、深夜抢夺西北军哨兵枪支、夜闯敌营盗取东北军机枪、不放一枪收缴四十多人的保甲队、追击敌人逃兵在阵地上吐血、解决哥哥危难巧用"捉狼计"，等等，非常形象，非常生动，也非常感人，在丰富我少年生活的同时也影响了我的性格，使我在少年时代就对革命前辈的英雄壮举满怀敬畏。另一方面，王九九老人讲的故事大多都蕴含着主人公刚正不阿、疾恶如仇、逢恶不怕和为革命不惜牺牲的精神和气概，这激荡和鼓舞着懵

铸魂

懂无知的我，使我在少年时代就心生英雄情结，对英雄顶礼膜拜，心底里暗自神往能做一番事情、成就一番事业，甚至有一些英雄壮举。这种心性影响了我的追求，也影响了我的性格和做人。正因为此，我曾在长篇小说《山魂》中以他为原型，塑造了一位不畏强暴的革命者，对他的一些故事进行了演绎。

前些年一个偶然的机会，王九九老人的小儿子王炳琨先生看见我写的小说《山魂》以后，主动交给我一些他收集、整理和撰写的有关王九九经历的材料，以及以王九九等人为原型反映陇东地区老游击队员故事的电影《红河激浪》的材料。在翻阅这些材料的过程中，我回想起小时候听到的故事，觉得我所看到的材料和出版物都不那么"成熟"和"美满"，故事编排、人物描写、逻辑结构、文字运用都不能令人满意。我便萌生出写一部以王九九为原型，反映陇东地区革命形势发展和演变过程的小说的想法。在家人、朋友、同事的帮助支持下，经过将近五年的准备、整理、撰写、修改，终于有了这部仍然不能令人满意的小说。在我的母校兰州大学出版社的鼎力支持下，小说终于得以顺利出版。有幸的是，香港《文汇报》西北站原站长常剑虹先生不吝赐教，专门撰文评介。

需要特别说明的是，在小说撰写过程中，我得到了王炳琨先生的很多鼓励、指导和帮助。我认真阅读了他提供的所有材料和资料，参阅了胡绳主编的《中国共产党的七十年》、贾巨川主编的《习仲勋传》、王世泰的《王世泰回忆录》、张涛之的《中国人民解放军演义》、张俊彪的《刘志丹的故事》、正宁县政协编纂的《红色正宁》，以及《庆阳市志》《正宁县志》《华池县志》和《宁县志》等著作和资料，在一些地方甚至引用了一些资料的原文。在此一并表示诚挚的感谢！

作　者

2021 年 3 月

一

　　刚刚经历过饥馑之后的冬天注定寒冷而奇怪。整个冬季，天空没有飘落下一粒雪花，甚至难以见到阴云密布的日子。太阳昏黄无力，斜斜地挂在天边，让人感觉不到一丝温暖。秋种的小麦枯黄而细弱，静静地趴在地上，显不出一点儿活力。人们的心思似乎还没有从一年前的大饥荒中回过神，总是担心老天爷再次降罪，害怕走马灯似的官府不管不顾地收取钱财。更可怕的是，"白狼"的阴影还没有完全散去，时不时地出现在生活之中，让人们食不甘味、夜不能寐。

　　"那是谁啊？这么冷的天气不在家里蹾着，跑到野地里做啥哩？"腊月初的一天下午，太阳像往常一样昏黄无力，斜斜地挂在南边的天际，有气无力地看顾着在土地里讨生活的人们。朱村的年轻农民李荣智和几个叔伯哥哥一起，在村畔打麦场里给牲口铡草，远远地看见从镇子那边走来三个人。

　　"原来是他们啊。我还以为是谁哩。他们来，准没有啥好事。"等那三个人走得近了，才看清楚是国民党永宁镇保甲局的师爷吴义仁和两个保丁。一个保丁背着枪，一个保丁提着马刀，跟在吴义仁的身后，神气活现地走向寂静的村庄。与李荣智一起铡草的叔伯哥哥看清楚来人的模样，忍不住发起牢骚。

　　"现在这日子都不知道咋啦，收税的、收费的、要钱要粮的人越来越多了。今天这个来，明天那个来，都是给老百姓找麻搭。"另一个叔伯哥哥叹了口气，忍不住狠狠地把手中的铡刀朝下压去，"这日子什么时候是个头啊。官府像走马灯一样，一拨接着一拨，一茬接着一茬，谁来了都向老百姓下手，不是要粮就是要钱。老百姓又不是摇钱树。"

　　"世道就是这样的啊。不向老百姓催粮逼款，官府里的人还能干什么呀？他们还有什么油水可以捞啊？官府里的人不就是靠着向老百姓摊派钱粮才要威风、捞油水嘛。离开老百姓，他们是个屁。"叔伯哥哥生气地说。

铸魂

"来的人是谁？"李荣智头一直没有抬头看从镇子里走来的人。他专心地整理好麦草，小心地添向铡刀口，帮着扶着铡刀的叔伯哥哥铡草。哥哥们的牢骚他早已经熟知，也已经见怪不怪。他已经十七岁了，长得魁梧雄壮，矫健威猛，是农行里的一把好手，无论点瓜种豆、种麦种菜、收割打场，都是人们争相聘请的对象。深冬季节，农人大都困守在窑洞里，要么谝闲传说闲话，打发寂寞的日子，要么收拾破烂的农具，准备来年的耕作。叔伯哥哥要给牲口准备草料，首先想到了他，早早地给他说好要做的事情，让他安排好家务，腾出时间。他早早地收拾妥当家务，与叔伯哥哥一起，磨好铡刀，在塬畔的打麦场里的麦草垛朝阳处撕下麦草，精心为牲口准备饲料。父母都去世了，他跟着两个哥哥和两个姐姐过活。哥哥姐姐对他疼爱有加，让他体味了亲情的可贵和家庭的温暖；哥哥姐姐的辛苦劳作，也让他感受到了农人的艰辛。他尽力做好事情，尽着小兄弟的责任，千方百计地减轻哥哥姐姐们的负担。叔伯哥哥并不把他当外人看待，干活出力时想着他，有好吃好喝的也不会忘记他。很多时候也是故意借口请他来帮忙，让他心安理得地吃一顿超乎寻常的饭菜。

"还能有谁？就是那个狗师爷吴义仁和两个狗腿子。"叔伯哥哥说。

说起师爷吴义仁，朱村塬上没有人不知道。他仗着在镇保甲局当师爷，加上识得几个字，鬼点子多，很得上司宠信，不但在保甲局里呼风唤雨，在朱村塬上也狗仗人势，耀武扬威。他既贪财又好色，到处横行霸道，糟蹋妇女，弄得人人尽识，人人憎恶，加上他做事不讲规矩，死皮赖脸，人们背地里都叫他"活死狗"。

吴义仁四十来岁，中等偏瘦身材，头戴一顶瓜皮帽，后脑勺上吊着一根长辫子，身穿一件黑色长袍，外面套着一件小马褂，右手拄着"文明棍"，左手按着搭在肩膀上的鸦片烟搭子，趾高气扬地带着两个保丁，走向寒冬笼罩的村庄。

"别说了。小心被他们听见。"看到吴义仁和两个保丁越走越近，兄弟们还再议论，从麦草垛上往下撕麦草的叔伯哥哥善意地提醒道。

"怕什么？这些狗仗人势的东西坏透了。早就该找机会给他们一点儿颜色看看才好，要不然他们还不把老百姓往死里整。"手按铡刀的叔伯哥哥愤愤地说。

"快别招惹是非了。咱们小老百姓能惹得起谁啊？到头来还不是咱们倒霉吃亏。"撕麦草的叔伯哥哥劝说道。

"有什么了不起，大不了也闹红去。"扶着铡刀的叔伯哥哥没有停下手里的活计，"这些狗日的像催命鬼似的，把人能害死。"

"别说了，他们来了。"围坐在麦草垛旁边说闲话的乡亲提醒道。听说李荣智和叔伯兄弟给牲口铡草，村庄里几个无事可做的年轻人跑来凑热闹。他们围坐在旁边的麦草垛朝阳处，有一出没一出地说着闲话，时不时地帮着李荣智和叔伯兄弟凑个手。听见李荣智兄弟几个人议论说有人来催逼粮款，不由得停下话语，看着从镇子里走来的"公家人"，好心地提醒几个干活的兄弟。

"你们的粮款筹好了没有？"吴义仁和两个保丁大摇大摆地来到打麦场上，开口便问。吴义仁瘦长的脸抽大烟抽得焦黄，四十来岁的人看上去足有五十开外。

由于几个人心里都憋着一肚子气，好大一阵子没人吭声，更没有人答应吴义仁的问话。

"你们是死人还是聋子？没有听见吴师爷的话吗？"手里提着大刀的保丁半是讨好吴义仁，半是抖自己威风，大声呵斥道。

看见吴义仁和两个保丁气势汹汹，在场的人都不吭声，直到保丁很不耐烦地大声呵斥，从麦草垛上撕麦草的叔伯哥哥才有一下没一下地说："这年馑你们又不是不知道，能凑合着活下去就不错了，哪里还有多余的钱粮啊。活命才是大事情哩。"在一旁说闲话的一个人也说："眼看就要过年了，实在没有办法啊。再宽限几天，等过了年再说吧。"

吴义仁的脸本来就长，听见人们对催缴粮款有意见，顿时把脸拉得更长了，额头上的青筋暴得像蚯蚓爬上去了似的。他把三角眼一翻，手中的"文明棍"在地上捣得"咚咚"乱响，气势汹汹地说："年底的粮款紧得很。少一个不了，慢一点不成。这是上头的命令，你们谁敢违抗？"边说边用"文明棍"指着一直闷头整理麦草的李荣智，大声呵斥道："你家筹得咋样了？"

李荣智看见吴义仁盛气凌人的样子，心里早有了几分憎恶，听见吴义仁指名道姓地问他，没好气地回答说："家里吃的都没有了，拿啥

铸魂

给你缴呀？"

吴义仁顿时火冒三丈，恶狠狠地骂道："不缴粮款，还敢犟嘴。你这狗日的反了天了。"一边骂，一边抢起"文明棍"朝李荣智打过来。李荣智头上顿时血流如注。

李荣智虽说顶了吴义仁一句，心思仍然在手里的麦草上，并没有注意吴义仁的举动，更没有想到吴义仁会动手打人。随着吴义仁手中"文明棍"的起落，他的头猛然间一声炸响，只觉得脸上有湿漉漉的东西流下来。他随手抹了一把，在麦草上擦了擦，麦草上顿时鲜血淋淋。他不由得怒从心起："狗日的真狠啊。"在吴义仁的"文明棍"再一次快要落下来的时候，李荣智猛然从铡刀旁边一跃而起，右手一挡，趁势夺过吴义仁手中的"文明棍"，左手一把揪住吴义仁的辫子，用"文明棍"狠劲地朝他的脖颈上打过去。

吴义仁被打倒在地，双手抱着头躺在地上直打滚，大烟灯和大烟葫芦远远地扔在一边。两个保丁看见吴义仁挨了打，立即抢了上来，一个双手抡起马刀朝李荣智的脊背打了一刀背，另一个用步枪在李荣智的腰里捣了一枪托。李荣智把吴义仁的"文明棍"一丢，转身扑上去夺过保丁手里的马刀，双手抡起，一下子把拿刀的保丁打倒在地。拿枪的保丁一看大势不好，拔腿跑进打麦场旁边的土地里，没命地朝着镇子方向逃去。

吴义仁本以为李荣智不作声好欺负，没想到自己却挨了打。他躺在地上耍死狗，哼哼唧唧，又是威胁又是谩骂："你狗日的反了天了……还敢打我……你好好等着，我非要让保安团找你狗日的算账不可，非要让'魏刀客'要了你狗日的命……你有本事打我……我叫你狗日的吃不了兜着走。"

李荣智左手摁着头上的伤口，还要扑上去踢打吴义仁，被叔伯哥哥死死地抱住。另外一个叔伯哥哥暗暗地说："赶紧回去收拾你的伤口吧。天气这么冷，招了风不是好事情。他狗日的骂几句能干啥？"

吴义仁提到的"魏刀客"是一位在当地很有些名气的强人。他武艺高强，刀法纯熟，专门做一些替别人出头的事情。

看见吴义仁挨了打，躺在地上要死要活，乡亲们又是高兴又是害怕：高兴的是李荣智一对三不吃亏，打败了吴义仁和两个保丁，为百姓出了一口恶气；害怕的是吴义仁是一个出了名的"死狗"，绝不肯撒手认输，回到镇保甲局里肯定会告黑状，找保安团和驻军来秋后算账，李荣智和家人必然会由此惹下祸端，村庄里也会不得安生。吴义仁嘴里还大喊着要找"魏刀客"，说明事情无论如何不得平息，即使"魏刀客"不染手，官府也不会轻易放过。几个乡亲一合计，相互使个颜色，装出一副着急的样子，一边假意搀扶吴义仁，给吴义仁说好话，一边虚意指责李荣智，给李荣智使眼色，示意他赶快离开。

听见打麦场上打架，村庄里不少人跑来看热闹。李荣智的哥哥和姐姐听说后，心下着急，急急忙忙跑到打麦场上一看究竟。他们看见李荣智头上流血，吴义仁躺在地上哼哼唧唧，胡乱骂人，知道李荣智闯下了祸端。李荣智头上的鲜血让他们心急又心疼，他们恨不得立刻带着李荣智离开是非之地，去包扎伤口。吴义仁大冬天躺在地上寻死觅活，让他们好气又好笑，觉得吴义仁欺负人的时候吃了亏，躺在地上装死狗。转眼一想，他们又担心吴义仁不怀好意，制造祸端，趁火打劫，不得不装出一副笑脸，走上前去，安慰躺在地上的吴义仁。混乱当中，李荣智的二姐壮着胆子，悄悄地拉了他一把，让他赶紧离开。李荣智看着吴义仁装疯耍泼的样子，忽然觉得打了吴义仁和两个保丁，官府肯定不会善罢甘休。在乡亲们一再催促下，他很不情愿地跟着二姐回到家里，用布把头上的伤口包了包，拿了两件衣服和一些吃食，朝院墙外面的沟道里跑了下去。

"跑得了和尚跑不了庙！"李荣智逃离家门，吴义仁并没有善罢甘休。他一会儿装死，一会儿装活，赖在村庄里不肯离开，整日里骂东打西，要好吃好喝，让李荣智的哥哥和姐姐不得安生，也使村庄里鸡飞狗跳，没有半点儿新年将近的喜庆之气。跟着吴义仁的两个保丁从镇子里搬来救兵，在村庄里随意砸打农人的家什，砸坏了李荣智和当时在场的几个人家的水瓮和面缸，还跑到李荣智亲戚家里搜寻他的下落，让李家乡邻和亲戚深受其害。

吴义仁想报挨打的仇却抓不到李荣智本人，把满腹怨气撒在李荣智的乡邻和他的哥哥姐姐身上。在保丁的保护下，他躺在李荣智家的土炕上，今天要吃喝，明天要大烟，三天两头制造事端，不是动手打人，就是开口大骂。他威胁村里人把李荣智找回来，否则就说村里人抗粮抗款、"通匪"，还要把李荣智的哥哥姐姐和当时在场的人拉去法办，投进监狱。李荣智的哥哥迫于无奈，只好求情下话，托人给吴义仁说好话，送礼许愿，凑钱办了几桌酒席，买了几两大烟土。吴义仁才骂骂咧咧地离开了村庄。

李荣智怒打吴义仁引发出来的事情并不简单。吴义仁不但在村庄里耍赖皮，乘机敲诈勒索，让李荣智的哥哥姐姐和乡亲们付出了很大代价，还添油加醋，在保甲局、保安团告恶状，说李荣智殴打官府公差，抗粮抗款，是"通匪"的"反贼"，极力撺掇保安团抓捕李荣智。保甲局、保安团、镇公所偏听偏信，按照吴义仁和两个保丁的说法给李荣智定了罪，一边派人威逼李荣智的哥哥姐姐和亲戚，一边派人四处张贴告示，抓捕李荣智。李荣智有家难回，无处栖身，即便是过年，也不敢回家，不得不到处游荡躲藏。他不能回家，不能也不敢去亲戚家。他回家会被抓捕，去亲戚家里会给亲戚招惹麻烦，让亲戚遭受连累。他不能给吴义仁骚扰亲戚提供借口。他要想办法躲避吴义仁的魔爪，尽可能躲避官府的搜寻和追击。流浪和躲藏让他对世道看得更加明白，也更加厌恶。他打心底里认为世道彻底变坏了：坏得好人没有办法生活，坏得穷人无处立身，坏得恶人横行霸道。吴义仁是远近闻名的恶人，是真正的"死狗""泼皮"，却是保甲局的师爷，在官府里吃香的喝辣的，在方圆几十里的地面上耀武扬威，让老百姓妻离子散。说到底是世道造成的。眼前的世道没有穷人的活路，没有好人的活路，眼前的世道是恶人当道。穷人和好人要想活下去，必须改变世道。要改变世道，就要铲除官府，铲除官府依赖的势力，铲除像吴义仁一样鱼肉百姓的恶人和坏人。

李荣智从村庄里逃出来之后，先在南川里躲藏了一阵子，觉得时间久了又躲到了南塬上。在南塬上躲藏了一阵子之后，觉得不保险了，又从南塬上转悠到北川里，从北川里转悠到北塬上。他居无定所，食不果腹，尽量避免接触保安团和官府的人。在北塬上躲藏时，他无意中碰到几个像他一样有家难归、东躲西藏的人。这些人都在官府里挂了号，要么被县政府和镇公所通缉，要么被保安团和地方驻军搜抓。有的人在外游荡了好几年，与各条道上的人都有交情；有的人身染重病，无法医治，等待死亡和解脱；有的人由于长期无法回家，见不到亲人，抑郁寡欢；也有人一身正气，寻找各种各样的机会给官府和驻军制造麻烦，让官府和保安团头疼不已。

"这么躲下去总不是个长久的法子。应该弄出一点儿响动，让官府和保安团知道咱们的厉害，知道咱们不是好欺负的。这样东躲西藏，啥时候是个尽头啊。"随着时间的推移，李荣智和像他一样无家可归的人越来越熟悉，也越来越投缘。由于他身强力壮，性格豪爽讲义气，一些无家可归的人慢慢聚集在他周围，有事没事愿意找他，与他一起思谋出路，与他一起说话解忧。他来者不拒，一视同仁，尽力为他们排解忧愁。他弄到吃的喝的东西，与他们一起分享；他有高兴的事情说给他们听，与他们分享快乐；他有难处和想法也说出来，让大家帮忙出主意想办法，一起分析其中的利弊和道理。一时间，慕名聚集在一起的竟有十多个人。人少有人少的难处，人多也有人多的难处。人少，容易孤寂落寞；人多，吃饭和睡觉都成了问题。十多个人聚在一起，吃什么？到哪里寻找居住的地方？最关键的是，这些人集聚在一起做什么？怎么做？总要有一个长久的打算才好啊。

"这话有道理。咱们是该有些响动才行，要不然吃食都弄不来。抛开别的不说，你们看看乡亲们看咱们的眼神。乡亲们看见咱们就好像看见杀人放火的土匪一样，不是躲就是藏。"负责给大家弄吃食的老李不紧不慢地说，"很多人根本不把咱们当人看，看见咱们就像躲瘟神似的，远远地就躲开了。"

"干脆这样，让荣智当咱们的头，领着咱们和官府斗。官府要是欺负谁，咱们就替谁出头，帮着他们把事情弄平整，趁便也给咱们弄点儿吃食，把咱们的名声弄大一点儿，让官府和狗财主不敢小看咱们。""这是一个好办法，就让荣智领着咱们干。""既然要干，咱们就弄个章法，讲个规矩，一板一眼地弄下去，不能东一榔头西一斧子，没有一个常性。"一群有家难归的流浪者聚在一起，你一言，我一语，开始琢磨他们的活路和出路。

"带着大家一起整事自然没有什么好推脱的，就怕我弄不好，把大家的事情耽搁了。"李荣智看着激愤的同伴，回想起半年多的遭遇，不由得悲愤交加，心绪难平。

"确实不能这么下去了。这么下去，只能东躲西藏，饥一顿，饱一

铸魂

顿，没有正经出路。要想有出路，就要抱团取暖，把更多的人聚集起来，和官府斗，和恶霸财主斗，让欺负咱们的人和欺负百姓的人没有好日子过。大家相信你，你就不要推辞了。"平日话语不多，看起来稳妥踏实的杨志清突然放言。

在大伙的推举下，李荣智当了一群有家难归的人的"头"，带着聚集在一起的十多个人在北塬上活动。他们带着从乡亲们手里搜集来的长矛大刀，昼伏夜出，骚扰官府衙门，袭扰民愤极大的官府人员和为富不仁的恶霸财主，让官府和恶霸财主头痛不已。不久，李荣智听说渭南、华县暴动以后，一些人出没于子午岭一带的梢林里，偶尔到子午岭这边来"劫富济贫"。李荣智兴奋不已，急忙把跟着他的人召集在一起，说："咱们与其这么提心吊胆地过日子，不如上子午岭投奔红军哩。跟着红军干比咱们这样东藏西躲强得多。"边说边看了看大家，继续说："不过这事情要自觉自愿，不能强迫。愿意去的咱们一同去，不愿意去的就留下来继续闹，等找到红军以后再回来接大家。"

"众人拾柴火焰高。把志向相同的人聚集在一起，肯定能弄成事情。我们一起去找红军，跟着红军闹事情。"杨志清坚定地说。

"强扭的瓜不甜。去不去还要大家自觉自愿才好，我们不能强迫。"李荣智笑着说。

几经商量讨论，一些人觉得子午岭山大沟深，情况不清，贸然前去不保险；一些人觉得子午岭距离太远，去了之后照顾不了家人，不如在本地闹腾痛快；愿意去的只有李荣智和杨志清、李清殿、刘德寿少数几个人。李荣智和愿意去的人一起，按照乡亲们的传说跑进子午岭寻找红军队伍。他们从山西面找到山东面，从山南面找到山北面，跑了很多地方，走了很多路，始终没有找到红军队伍，最后不得不又回到原地，在北塬上与原来的人一起活动。

"哎呀呀，你们快想办法救救我们吧。这些天，保安团一个姓高的带着人催粮逼款，快把人糟蹋死了。"一天，有个年老的乡亲不知道从哪里得到消息，悄悄找到李荣智，迫不及待地要求李荣智帮助他们解脱困厄。

"有啥事情，你慢慢说。"李荣智听说保安团催粮逼款，不由得怒从心起，表面却装作见怪不怪的样子，不紧不慢地问。

"保安团一个姓高的班长带着几个人这几天在我们庄子里催粮逼款，说不缴粮款就拉牲口、砸锅卖铁、没收家什，没牲口、没家什的就卖儿卖女……弄得很多人家走投无路，没办法活了……这青黄不接的季节哪里来的粮食，哪里来的钱财啊，这不是要人的命么！"乡亲边说边不住地哭泣起来。

"不着急，不着急，慢慢说。你是哪个村庄的？"李荣智虽然气愤，却异常冷静。

"西王庄的。离这里不远。"乡亲说。

"你说的事情我们知道了，你先回去吧。这事还真的急不得，回头咱们慢慢再说。保安团手里有枪，我们只有一些长矛大刀，一时不好对付，要慢慢想办法找机会才行啊。"李荣智边听乡亲说着边思虑对策，等到乡亲说完事情的始末，他也有了成熟的想法。

送走年老的乡亲之后，李荣智把杨志清、李清殿、刘德寿等人叫在一起，郑重其事地说："刚才老乡亲说的这件事情，咱们非管不可。现在正是青黄不接的季节，地里的庄稼没成熟，乡亲们吃的都没有，哪里来的钱粮啊。保安团这样催逼，分明就是欺负人、糟蹋人。咱们一定要想办法把这群催粮逼款的王八蛋收拾掉，给老百姓出一口恶气。"末了，又自言自语地说："这些王八蛋坏透了，非得给他们一点儿颜色看看。"

"你为啥不早说啊？"刘德寿叹了一口气，似乎有点儿失望，"你刚才劝老乡回去，我还以为你不想管这件事情哩。"

"刚才老乡说的是实情。但他毕竟是外人，不懂行事的规矩。我冒冒失失把替他管事的想法告诉他，他回到家里一高兴说出去，弄不好会走漏风声。保安团的人带着枪，收拾他们只能靠突然袭击，绝对不能走漏半点儿风声。走漏了风声，不但事情弄不成，说不定还会招惹是非，丢了弟兄们的性命。这个姓高的班长我知道，叫高一多，人坏得不得了。世上没有什么事情他不敢做，没有什么人他不敢打。他借着保安团团总宠信，手里有几条破枪，到处欺男霸女，把南北两条塬上能惹的人差不多全惹了。如果能把他收拾了，不但给很多人出了气、报了仇、解了恨，还能扩大咱们的名声，让那些有权有势的人不敢再胡作非为，不敢再随意欺压百姓，也不敢再招惹咱们。"李荣智很有把

铸魂

握地说。

经过仔细商量，李荣智决定采取突然袭击的办法打击保安团，除掉高一多，为老百姓出气解难。他们趁着夜色，抄小路翻沟赶到西王庄，摸清了村庄周围的地形，在村口打听到高一多带着保安队员，正与几个熟识的人一起在豪绅王怀仁家里喝酒。李荣智随即做了简单分工，与杨志清、李清殿、刘德寿等十多个人一齐涌进院子，分头扑向窑洞，控制住了窑洞出口和院子大门。坐在土炕上与人猜拳喝酒的高一多被突然涌入的人群吓了一跳。他看见李荣智人多势众，手里拿着长矛大刀，乖乖地坐在炕桌旁边没有乱动，弄清楚李荣智等人的意图之后，他把挂在腰间的枪支解下来，扔在脚底下。他没有叫喊，也没有反抗，顺从地被捆缚了双手。李荣智拿着马刀，指挥众人捡起枪支，把高一多和保安队员一个一个用麻绳捆了，从西王庄一直押到龙头塬上的张村。正当他们找好地方，准备动手砍杀高一多的时候，呼啦一下子，从张村涌出很多人，把他们包围起来。原来张村有高一多的亲戚，知道李荣智等人要处置高一多的消息后，一传十，十传百，呼啦啦来了一大帮。这些人把李荣智等人围在中间，又是说好话，又是威胁，硬是把高一多保了下来。从此以后，李荣智和高一多结下了生死之仇。高一多依靠保安团和地主豪绅的支持，在附近村庄里布置眼线，探听消息，领着保安队员，整日里追赶、抓捕李荣智和他的弟兄们，威胁说非要捉住并除掉他们这些"害"不可。迫于无奈，李荣智与杨志清等人商议，分散隐蔽，等待风头过去以后再集中。

人说"天下乌鸦一般黑"，地主老财的黑心也是一样的。李荣智与北塬上的弟兄们分开以后不久，悄悄地回到村庄，在家里躲了起来。这时候，怒打吴义仁的风头刚刚过去，与高一多又结了新的冤仇。他在北塬上和弟兄们一起打击地主老财，想要杀掉保安团班长的消息传得沸沸扬扬，让临近村庄和本村庄的财东富户心有余悸，他们想尽办法想要把他赶离村庄。一天晌午，李荣智外出走亲戚回来，在村口碰见本村的财东黄玉林。他主动上前打招呼，向黄玉林问好，黄玉林假意应付了几句，随后就把他在村庄里的消息报告给了保安团眼线。李荣智刚走进家门，正准备吃饭，高一多便带着保安队员包围了他家的庄基。

李荣智发现高一多带人堵上了大门，立即丢下饭碗，顺手抄起一根镢头把，不顾一切地冲向窑洞门口，打翻把守窑洞门口的两个保安队员，跑到院墙边，一跃而起，翻过院墙，跳下院墙外面的深沟，顺着沟底逃离了村庄。

高一多和保安队员猝不及防，急忙一边呼喊，一边追击，一起跑出大门，赶到沟边，朝着李荣智的背影打了几枪，都没有打中，气急败坏地站在沟边，看着李荣智跑下沟底，沿着沟底里的小道向南跑去。高一多回过头，气势汹汹地走到把守窑洞门口的保安队员面前，抬腿向保安队员踢去，一边踢，一边骂道："你们这些窝囊废，几个人堵着一个人堵不住。你们能干什么？一群窝囊废……"高一多胡乱骂了一通保安队员，返身走进窑洞，飞起一脚，踢飞李荣智丢下的饭碗，操起一把锄头，把窑洞里的锅灶、家具、农具胡乱砸了一遍，然后骂骂咧咧地走出窑洞，让保安队员扶着被李荣智打伤的几个人丧气地收了兵。

高一多处心积虑寻找了几个月，好不容易把李荣智堵在窑洞里，却眼睁睁地看着他横冲直撞，越墙而走。高一多不由得怒从心起，时不时地带着保安队员，翻越县城与朱村塬之间的川道，骚扰李荣智的哥哥姐姐和亲戚、友邻，让小小的村庄弥漫着说不清楚来由的悲伤和无奈。由此，李荣智再也不敢明目张胆地回家，帮助哥哥耕种土地，在土地中寻找生活。

二

农历八月，秋高气爽，天气晴朗。原野上一片金黄，让困苦中的农人满怀收获的喜悦和希望。李荣智无心欣赏原野上令人心动的景色，也无法享受丰收在望的喜悦。他在外面游荡了半年之久，趁着原野上庄稼还未收割，还能遮挡人们的视线，他悄悄地回到家里，探望许久没有见面的哥哥和姐姐。在家里待了两天之后，他又不得不离开村庄，踏上继续在外游荡的道路。对于他来说，在家里多住一天就会多一分危险，也会给哥哥和姐姐多带来一分不安。他必须离开家，离开村庄，

铸魂

在人生地不熟的环境中安身。

逃脱高一多的围堵之后，李荣智孤身一人在南川和南塬上游荡了一段时日，迫于无奈又去北塬，把以前跟着他的人收拢在一起，相互帮衬着过活时日。高一多围堵他之后在村庄里安插了眼线，专门盯着他和他的家人，打听他的行踪和下落。财主黄玉林向高一多告密的事情败露以后，李荣智的哥哥找黄玉林理论，被黄玉林带着家人和长工满院子追打，还被黄玉林告到了保安团。在这种情况下，李荣智不敢回家，更不敢白天待在家里，只能在迫不得已时偶尔趁着夜色回家拿点儿干粮。这次回家，一是想看看哥哥和姐姐。他从小没有出过远门，没有离开过家，更没有离开过哥哥和姐姐。离开哥哥和姐姐在外漂泊，他的内心空落落的，很不安宁。他想看看哥哥和姐姐，哪怕是看上一眼，他也会觉得安稳，觉得踏实。再一个是想从家里拿一些吃食，缓解弟兄们缺吃少粮的困窘。他和十多个弟兄一起活动，解决吃和住是非常困难的事情。很多时候他们吃了上顿没下顿。他们不想打家劫舍，更不想骚扰穷苦的百姓。他们外出流浪，有家难回，是官府逼迫的，与穷苦的百姓没有关系。何况很多百姓和他们一样缺吃少穿。打劫老百姓，和土匪没有什么区别。他们不想做土匪，不想劫掠穷困的百姓。更重要的是红军出没子午岭，引起驻军和保安团的警觉，西北军、地方军阀和民团相互勾结，彼此协防，时不时地派出队伍进行巡查和清剿。保安团、镇公所和财东、地主尽管惶惶不可终日，却也助纣为虐，出钱出力，派人打探红军的消息，追寻和捉拿与红军有来往的人。地方驻军、保安团在民团支持下加强警备，随时抓捕抗粮抗税的农人，搜寻在官府里挂了号的"反贼"。这更加限制了他们的活动。他们不敢公开活动，不敢随便外出。缺吃少粮如影随形，不得不让他们时时操心。迫不得已，他们不得不时常分头潜回老家拿一些干粮，缓解燃眉之急。

李荣智提着马刀，背着哥哥和姐姐准备的干粮，迎着朦胧的月色，踏上了去北塬的道路。他从家里走出来，走上庄基外面的土坡，迅速进入塬边的玉米地，然后沿着地埂，穿过一块块庄稼地，急急地向东行进。此时，夜已经深了，人们已经睡去，原野上除过风吹庄稼的沙沙声和偶尔传来的几声狗吠以外，听不到任何其他动静。

李荣智疾步如飞，顾不上欣赏微风吹拂的庄稼，顾不上看看曾经无数次劳作的黄土地，甚至顾不上停下脚步，静听秋夜的微风和虫鸣。这一切那么熟悉，那么诱人，那么让人留恋！然而，这一切似乎距离他越来越遥远，越来越陌生。一次偶然的不忍让他有家难回，一次偶然的抗争让他四处流浪。他不得不离开生养他的村庄，不得不离开生养他的土地，不得不离开养育他的亲人，踏上一条完全陌生的道路。他无法清楚地判别离开的原因，也无法清楚地判断以后的去向。他像断了线的风筝，又像被一条看不见的绳索牵动着，向着一个目标、一个方向、一个全新的世界、一个没有人欺压人的世道行进。

"站住！干啥的？"李荣智走到梁家庄的沟垴子上时，从庄稼地里突然钻出一个大汉，双手端着一根长矛，厉声喝道。接着，庄稼地里又钻出五六个手持长矛大刀的大汉，他们迅速把李荣智围在中间，夺走李荣智手里的马刀，对李荣智进行盘问。

由于天黑，加上事出突然，情绪紧张，李荣智看不清楚对方的长相和模样，只好老老实实地回答道："朱村的李荣智。"

"啊，荣智！是你呀！"一只大手忽然从后面伸过来，抓住李荣智的肩膀，欣喜地喊道。

李荣智也听出了对方的声音。对方是邻村的穷汉子金兴华。小时候，他们一起玩耍，一起放牛，一起在熟悉的山沟野地里追打兔子，寻找野果。听大人们讲，不知道哪个年代的哪一辈子他们还是亲戚呢。

金兴华兴奋地问李荣智："听说你打了保甲局的吴师爷，逃出去以后联络了一些人在北塬上闹得很凶，还差一点儿杀了保安团的高班长。你们最近去哪里了，我们还找你们哩。你们一起多少人？"

李荣智听见对方是熟悉的乡亲，紧绷的情绪顿时放松下来。他看了看金兴华和周围几个人，回答说："人不多，也没有传说得那么邪乎。算上我一共就十几个人。"

"他们现在在哪里？"金兴华问。

"在北塬上。"李荣智回答。

"你回来干啥？"金兴华又问。

"离家时间长了，回来看一看，顺道弄些吃食。"李荣智老老实实回答道。

"原来这样啊。"金兴华有些失望，随即改口劝道，"干脆把你们那些人拉过来，咱们合起来干吧。你看怎么样？"

"你们有多少人？"李荣智问。

"四十多个。"金兴华回答。

"谁领头？"李荣智问。

"领头的叫郑光斗，是北边川里的人，财东出身。不知你知道不知道？"金兴华回答。

李荣智说："听说过。"接着又问："你们是怎么搞起来的？"

金兴华说："前些时候来了两个人，说他们是共产党，是红军派来组织赤卫队的。"

李荣智听见金兴华提到红军，马上惊喜地问道："他们现在在啥地方？"

金兴华说："那就不知道了。他们来了两个人，把赤卫队搞起来，讲了几次话就走了。走的时候说他们还要来，还说赤卫队要往大的搞，要发动老百姓起来革命，推翻反动军阀的黑暗统治。"

李荣智问："你们现在驻扎在哪里？"

金兴华说："不远。在马村对面的松堡子山，向北翻过沟就到了。反正咱们要合起来干，你先跟我们走一趟，去见见郑光斗队长，听听他的意见。"

李荣智寻思了一阵，心想，金兴华告诉了他他们驻扎的地方，不跟着去恐怕走不脱，跟着去了北塬上的人怎么办？两难之下，他只好选择先解决眼前的危局，跟着金兴华去松堡子山，北塬上的弟兄们只能看情况再说。他便答应道："我先跟你们去看看，如果合适的话，我去把北塬上的兄弟们招过来一起干。"

此时已经半夜，天上的露水落了下来，走在庄稼地里衣服很快就湿透了。李荣智和金兴华等人抄近路向北走了五六里路，顺着一条胡同走到沟畔，然后沿着一条羊肠小道走到沟底，借助微弱的月光趟过小河，在川道里走了一阵子，随后开始上山。山道狭窄，高低不平，走在上面很是费事。金兴华走在前面，李荣智跟着金兴华，其他人依次跟在李荣智身后。一路上没有人说话，甚至没有人咳嗽或叹气，唯一能听见的声响是几个强壮的男人走路时脚底下发出的沙沙声和远处村庄里偶尔传来的狗叫。山野是寂静的，山沟是寂静的，山村也是寂静的，没有人知道这些身体强健的男人在黑夜里行动，更没有人知道这些年轻强壮的男人在寂静的黑夜里跑几十里山路寻找理想和希望。无论理想和希望能否实现，无论实现理想和希望的路途多么艰难，他们还是不遗余力地追寻着。多少年之后，李荣智想起这个夜晚，内心始终有一种无法诉说的情绪。

李荣智跟在金兴华身后，在崎岖的山路上走了很久，才走到赤卫队驻地——松堡子山。这里名义上叫作"山"，其实是塬边上延伸出的一条土岭。土岭绵长，远离人群，僻背而寂静。土岭上长满了树木和荆棘，既无人居住，也无人垦荒，是难得的隐蔽场所。金兴华所说的驻扎之地实际上是一座废弃的庄基。庄基有十余丈长、三丈多宽，一排有五孔窑洞。庄基打着院墙，安着大门。院墙外是一丈多宽的土路。从土路两头走上去，一头连着通往村庄的道路，一头连着不远处的山峁。土路外边是直立的足有六七丈高的悬挂挂崖，齐扎扎地通到了沟底。据说，庄基是一个富户发家之后修建的，前几年不知道什么原因，庄基里"闹鬼"，富户无法居住，匆匆忙忙搬到别处去了。庄基中设施完好，有火炕，有土灶，有一些零散的农具，还有存放粮食的囤。赤卫队组织起来之后没有好的去处，收集了一些简单的用物之后，利用现成的条件在这里秘密驻扎了下来。

快到驻地时，金兴华放慢脚步，借着快要落下去的微弱的月光回头看了看李荣智和其他队员。接近哨兵哨位时，金兴华"吭"了两声，哨兵闪出身看了一眼，又闪身隐蔽起来。金兴华带着李荣智走进院子之后，径直走向郑光斗居住的窑洞。

此时正值黎明之前的沉寂，赤卫队员们呼呼大睡，院子里满是粗壮的呼噜声和偶尔的梦呓。郑光斗居住在靠西边角落的一孔窑洞里。他一个人住着，没有灯光，也没有声息。金兴华推开紧闭的窑洞门，摸索着点亮油灯，看见郑光斗正蒙头睡觉，他走上前去，一边推郑光斗，一边小声叫道："队长，队长，我们回来了。"

郑光斗哼了一声，伸了伸懒腰，慢慢腾腾地坐起来，眨巴着眼睛，似醒非醒地问道："弄到东西了没有？"

"弄到了，还弄到了一个人。"金兴华一边回答，一边把李荣智推

铸魂

到灯光能够照到的地方，介绍给郑光斗。

李荣智借着灯光看着土炕上睡眼惺忪的人，三十岁上下，很瘦，窄长脸，腿脚很长，说话很是"斯文"，看起来好像念过书、很精明的样子。

郑光斗似乎睡意已消。他抬起头，很认真地看了看李荣智，说："噢，你就是李荣智。听说了，听说了，前两天我们还议论过你哩……来了就先留下。"之后，转过脸，看着金兴华，说："你们折腾了一夜，肯定累了，赶快找地方睡觉去。李荣智既然来了，就是自己人，用不着客气。先带他去睡觉，有什么事情，天亮以后一起说。"

金兴华看了看郑光斗，带着李荣智走进旁边一口窑洞。队员们早都一个个扑腾扑腾地倒在麦草铺里睡觉了。金兴华拉了李荣智，胡乱弄了一些麦草，和衣躺了下去。

"黎明前的瞌睡鸡大腿。"黎明前睡觉正是香甜的时候。金兴华一躺在麦草堆上便睡了过去，瞬间鼾声如雷。李荣智一夜折腾，走了几十里山路，筋疲力尽，却一时无法入睡。他不由得想起夜晚的经历，想起金兴华和赤卫队，想起北塬上的一帮子兄弟，想起郑光斗看他的眼神……他无法断定前面的道路。他打心底里想投奔红军队伍。赤卫队既然是红军派人组织起来的，来的人也说要回来，肯定与红军队伍有联系。留在这里，投奔红军队伍肯定方便些。留下来……把北塬上的兄弟们拉过来……和赤卫队一起干……李荣智睡得正香，忽然感觉有人推他，睁眼一看，已经半晌午了。他从麦草堆里一跃而起，顺手拍了拍身上的麦草，拉了拉衣服。此时，金兴华已经"起床"，正在一旁看着他。李荣智和金兴华打过招呼，与他一起胡乱洗了脸，吃了一些带着的干粮，又一起去找郑光斗。李荣智满怀希望，想和郑光斗商量，把北塬上的十几个人拉过来一起干，谁知没有等他把话说完，郑光斗便满不在乎地答道："要那么多的人干啥哩？现在这几十个人都难以维持，再多上十几个人就更没办法了。过一段时间再说吧。"

李荣智听到这里，心一下子凉到了脚底。他想了想，半是抗争半是央求地说道："既然郑队长不想要那些人，那就放我离开这里吧。他们还等着我哩。"

郑光斗立刻沉下脸，生硬地问道："你想去告密是不是？这里又不是骡马店，想来就来，想走就走。既然来了，就走不得了。"说完，双手向后一背，转身走出了窑洞。

金兴华看见郑光斗有些不高兴，觉得不好再说，返身劝李荣智道："算了，在这里干吧，不要走了。北塬上那些人以后有机会再说吧。"边说边向前走了两步，靠近李荣智，低声劝道，"好汉不吃眼前亏。既然郑队长不让你走，你就别走了。免得招惹是非。"

郑光斗一席话让李荣智很是失望。开始时，李荣智并不愿意跟着这些来路不明的人，只是他与金兴华是儿时伙伴，彼此相互熟悉，知根知底。金兴华热情地邀请他加入，他不好驳金兴华的面子，加上金兴华唐突之间说出了赤卫队驻扎的地址，他更不好拒绝。他担心赤卫队如果遇到意外，会怀疑金兴华走漏风声。跟着金兴华来到赤卫队驻地之后，他看见赤卫队员热情友好，不分彼此，很有激情，他便有了留下来的想法，更重要的是他觉得赤卫队与红军有牵扯，是红军派人建立起来的。留在赤卫队，见到红军的机会更大。他坚定决心，想带着北塬上的兄弟们加入进来，以后寻找机会跟着红军一起干事情。他兴致勃勃地找郑光斗，说出了自己的想法，没有想到郑光斗给他浇了一盆冷水，瞬间浇灭了他心中的热情和期望。后来听到郑光斗不让他离开，他有些生气。心想，世界上哪里有这样的道理？想参加赤卫队你不要，想走你又不让走，随随便便限制人的自由。大路朝天，各走一边。你走你的阳关道，我过我的独木桥。你不要我的人，我走就是了。李荣智还要再与郑光斗计较，郑光斗却走开了。听了金兴华的劝解，李荣智觉得也不是没有道理。毕竟赤卫队人多，要吃要喝，要住要穿，当队长要操很多心，不容易。他这样贸然离开，万一有个闪失，肯定会招惹很多是非。李荣智心里虽然不快，却别无良策，只好忍气吞声，暂时留在了赤卫队。

第二天晌午吃饭时，郑光斗不知道从哪里得到消息，说宫河镇一个地主家里有两条旧枪，迫不及待地派人去探听虚实，想把这两条枪弄到手。谁知派出去的两个人过了三天仍然杳无音信。几个队员有些沉不住气，前去找郑光斗："不会是派出去的人出了啥问题吧？我们这样干等着怎么行啊？"还有队员担心："如果派出去的人出了问题，这个地方就不保险了，赶紧换个地方吧。"

铸魂

郑光斗听了队员们的话，很不以为然地说："你们疑心咋这么重啊！这地方保险得很，不会有人知道。即使知道了，我们这么多人，难道还怕他们不成？再说，换地方哪儿那么容易？换啥地方？换到哪里去？我们这么多人睡觉都是问题，还不说吃饭。"

赤卫队员听了郑光斗的话，一时无法对答。赤卫队这么多人，找一个合适的驻地确实不容易，要远离人群，要易守难攻，要宽敞有地方住，还要不容易被人发现。找这样的地方谈何容易啊。赤卫队好不容易在这里住下来，换地方确实不方便。他们看着郑光斗，知道再说下去没有用处，纷纷走出窑洞，去干各自的营生。

"有件事情给你说一下，听听你的意见。"金兴华找到李荣智，一五一十，把派人弄枪没有消息的事情告诉了李荣智。李荣智听了半天，觉得自己初来乍到，不好表态，模棱两可地说："队员们的担心不是没有道理，毕竟派出去的人两三天没有消息了啊。至于怎么处理，你们还是听郑队长的吧。如果想不通，还可以再去找他说。我初来乍到，不好多言。"

又过了两天，派出去的队员还是没有回来，其他人都有些着急，私底下议论纷纷。几个心直口快的队员又去找郑光斗要求转移地方，郑光斗仍然重复着前两天说的话语："转移到哪里去？怎么转移？"说到最后，不但不听队员们规劝，反而把找他的队员们训斥了一番。队员们垂头丧气，不欢而散。李荣智跟在赤卫队员后面，见识了事情的整个过程，觉得队员们的怀疑不是没有道理。派出去的赤卫队员要去的地方并不很远，弄地主老财的枪支也不用太费周折。如果顺利，最多两天时间就能回来。时间过去了五六天，派出去的人还没有回来，也没有一点儿消息，怎么能让人放心？赤卫队树大招风，加上县政府、驻军和保安团搜抓的风声又紧，死守在这里，时间一长，难免会有危险，应该有所防备才是正理。

李荣智想了半天，返身回到郑光斗居住的窑洞，尽量压低声音，真诚地说："郑队长，刚才队员们提出的意见我觉得你还是好好想一想。他们说的并不是完全没有道理啊。这个事情还是及早拿个主意才好。这么干等下去，要是出了事情可就了不得了。"

郑光斗看了看李荣智，说："你说你这个人啊。这个事情我怎么能没有想过呢？你以为拉起这么一支队伍容易啊？他们可都是我们的命根子啊。没有他们，哪里来赤卫队，哪里来我这个队长？把这么多人集结在一起不是一件容易的事情。但是，这么多人在一起就有了难处。不说弄枪支弹药，开展武装斗争，跟官府和为富不仁的财东地主作对，光这些人的吃、穿、住就是个大问题哩。天一亮就要吃饭吧，天一黑就要睡觉吧。吃什么？在哪里睡？都是大问题啊。说起来轻巧，做起来可就不那么容易了。我总不能让大家睡到野地里去吧。好不容易找到这么一个能住能吃的地方，就因为派出去的人几天没有回来就要换。我们是什么人啊？再说，如果我们走了，那两个弟兄们回来了怎么办？去哪里找我们啊？还有，我们换到哪里去？有合适的地方吗？哪里能住得下这么多人，能供得起这么多人吃，能不被人发现和追击？找这么个地方你觉得容易啊？"

郑光斗一席话让李荣智无言以对。他默默地从郑光斗居住的窑洞里退出来，在院子里转来转去。郑光斗的话不是完全没有道理，但光有道理也不行啊。这个世道本来就是一个不讲道理的世道啊。如果讲道理，赤卫队这么多人怎么能够聚在一起啊。这么多人也不是吃饱了没有事情干才聚在一起的，聚在一起也不是为了坐吃山空啊。赤卫队要做事情，就要冒风险，冒风险就要有防备，这是最起码的常识。这样静静地等下去总不是一个好办法。李荣智越想心里越不安稳，越想内心越焦虑。他坐也不是站也不是，在院子里转来转去，最后走出大门，在大门外边的土坡上转悠。他从大门右边的土坡走上去，从大门左边的土坡走下来，又从大门左边的土坡走上去，从大门右边的土坡走下来。他猛然想：万一出了问题，被人从两面土坡上一围堵，往哪里跑啊？忽然而来的念头使他不由得惊出一身冷汗。

眼前这个庄基是一个绝好的隐蔽场所，也是一个绝佳的死地啊。如果被人从土坡两头堵住，唯一的出路就是朝沟底里跳啊。李荣智心里想着，不由自主地停下脚步，站在土坡中间，看了看两边的道路和院墙，又朝沟边走了两步，向沟底里望去。土坡下面的沟出奇的深险，沟面是垂直的悬挂挂崖，从沟边直立而下，没有任何遮拦。人站在沟边不由得头晕目眩，胆战心惊。沟底里崎岖不平，呈现在眼前的是被河水冲刷而出的一片石头滩。石头倾斜、崎岖、坚硬，看不到一

铸魂

丝生命的迹象，甚至没有常见的苔藓。一条小溪从石头滩前面蜿蜒而过，清澈而细小，布满了雷阵雨之后山洪留下的痕迹。站在沟边能看见的一块绿色是石头滩靠右一丈多远的草洼子。小草稚嫩而低矮，向小溪边倾斜着。

"从这里跳下去，要是落到石头滩上十有八九就没命了，落到那块草洼子上说不定还能留一条活命。"李荣智站在沟边，不由自主地突发奇想。他像寻找出路，又像寻找生路。如何绝处逢生，是不得不仔细思考和认真面对的问题啊。他曾经被人追捕，被人逼上绝路，他正是靠着对环境的熟悉和毅然决绝的心思化险为夷的。以后他也许还要面对危局，他必须熟悉环境，尽量把自己放置在安全的环境之中。他想，一旦发生意外，如果冲不出去，他就从这里跳下去。

围绕转移和更换驻扎地，赤卫队员从清早嚷嚷到天黑，从天黑嚷嚷到半夜。郑光斗始终没有吐口。晚上睡觉时，李荣智没有脱衣服，也没有脱鞋子。他怀里抱着一根长矛，头朝土炕里面，脚朝土炕沿边，头下枕着一块砖头，半睡不睡地躺着。他一夜未能合眼，天将亮时，才迷迷糊糊地打起了盹，突然，"叭、叭"两声清脆的枪响把他从蒙眬中惊醒过来。他顺手抓起长矛，一骨碌跃起身来，大声喊道："快，有情况。"

听到枪声，赤卫队员呼啦一下子全都爬了起来。黑暗中，李荣智隐约看见躺在身边的一个队员刚刚坐起身，便被从窗口射进来的子弹打中跌到土炕背后。他赶紧伏倒，紧贴着土炕，慢慢地移动着身体，最后顺势一滚，落到土炕后面，找机会慢慢爬起身，寻机向窑洞外面张望。

不出大家所料，郑光斗派出去弄枪的队员在宫河镇被县保安团捕获，经不起拷打，供出了赤卫队驻地和人员情况。高一多听说李荣智也在赤卫队之中，欣喜若狂，抢着带人"围剿"赤卫队，要活捉李荣智。在高一多的撺掇下，保安团副团长张子俊亲自带着一个大队，由叛变的赤卫队员带路，趁着夜色赶到松堡子山，抹掉哨兵，把赤卫队包围在庄基的窑洞之中。

李荣智趁着间隙，一步跨越过去，紧贴山墙站在土炕旁边，探头向窑洞高窗外望去。借着黎明前东方天际的隐隐亮光，他看见几个人头冒出墙头，听见很多人涌进院子，院子里到处是踢踢踏踏的脚步声，随即院子里传来大门被关上的声音，窑洞门口随即被人围堵。李荣智一跃而起，拿着长矛站到了土炕边沿上。这时，窑洞门被保安队员踢开，李荣智迅速用手中的长矛刺了过去，站到窑洞门后的赤卫队员跟着他，拼命地用手中的长矛刺向冲进窑洞的保安队员。保安队员看见冲不进窑洞，端起枪朝门内和窗内射击。子弹把窑洞壁上的土打得"唰唰"地往下落，几名赤卫队员中弹负伤或者牺牲。李荣智紧贴着窑洞门和窗子之间的山墙，站在土炕边沿，手中紧紧地握着长矛，眼睛死死地盯着窑洞门口，看见有人露头，便迅速用长矛挑刺。

过了一会儿，院子里的枪声渐渐稀疏，只听得张子俊站在窑洞崖背子上大声吼叫道："李荣智，你跑不了啦，赶紧放下武器，乖乖地走出来吧。"张子俊的喊声还没有停下，就听见高一多高声叫道："李荣智，你狗日的能耐大，跑得快。我看你狗日的今天往哪里跑。"喊声一停，接着"叭、叭"两声枪响。

听到高一多的喊叫声，李荣智明白了。赤卫队这次劫难与他有着直接的关系。保安团要消灭赤卫队，更要消灭他这个抗粮抗款的坏分子，高一多也要报当日想要杀掉他的怨仇。"要是被保安团抓住，落在高一多这个冤家手里，肯定不得好死，无论如何也要逃出去。"李荣智心想。

李荣智看着窑洞门口透进来的亮光，心头不由得一紧：如果不趁天黑冲出去，天亮以后想冲出去就难了。他伸手拉了身后姓黄的四川籍队员一把，悄声说："准备往外冲。"说着，他将长矛换在左手，右手抓起当作枕头用的砖头，顺势用力朝门外打了出去。堵在门口的保安队员一看有东西打出来，"哗"地向两旁一闪，他俩借机一前一后冲了出来。保安队员像疯了一样地叫了起来："出来了，出来了。"院子里顿时乱成了马蜂窝。

李荣智和四川籍队员刚刚冲到院子里，金兴华和张信洲也从另外一只窑洞里冲了出来。他们四个人合为一股，三根矛、一把长柄斧头，左突右冲，犹如虎进羊群一般。所到之处，保安队员个个倒退，纷纷倒地。保安队员和他们绞成了一团，人的脚步声、叫骂声和金属的撞击声响成一片。由于保安队员和赤卫队员相互混杂，保安队员不

铸魂

敢开枪。李荣智等人就势向院子大门口冲去。拥在大门口的保安队员乱作一团，无法转身，打开大门，没命地向外蹿去，随即又反过身来，重新堵死了大门。李荣智冲到大门口被保安队员截了回来。迫不得已，他一边用长矛与保安队员刺杀，一边寻找脱身的机会。回身四顾，无路可走。他把长矛向前一戳，纵身向墙头跃去。在他把长矛戳向前方，从墙头落下来的一刹那，一个保安队员迎头撞上他手中的矛头，长矛趁人起落的惯性，直戳入保安队员的前胸。他用力一拔，拔不出来，随手丢开了长矛。看到院墙外面两边的道路被堵死，李荣智把心一横，向前紧跑两步，纵身朝沟里跳了下去。

混战中，张信洲的右腿被打断，身上好几处受伤。他强撑着依靠左腿跳到院墙底下，被一群保安队员围了起来。他背靠院墙，双手执着斧头，劈死了两个想要靠近他的保安队员。保安队员看到无法近身，一起向后退了两步，朝他开了枪。成排的子弹射入他的身体，他牺牲在赤卫队驻地的院墙外面。金兴华和四川籍队员冲到大门口，用长矛刺死了堵在大门口的保安队员，冲上院墙外面的土路。金兴华向西边坡道冲去，被密密匝匝的保安队员挡了回来，最后被一群保安队员一拥而上，压在了土坡上。四川籍队员被从土坡上截回来以后，也像李荣智一样，返身从土坡旁边的悬挂挂崖上跳了下去。遗憾的是在他跳离崖畔的时候，保安队员的枪跟着响了。子弹击中他的脊梁穿透他的前胸，夺走了他年仅十九岁的生命。

说来也巧，李荣智从悬挂挂崖上跳下去，正好落到石头滩右面的草洼子上。在落地的一刹那间，他有意识地把身子一缩，向前一倾，双手抱着头，就势在草洼子上滚了一个跟头，身体没有受到一点儿损伤。他迅速从草洼子上爬起来，向前跑了两步，突然听见身后也跳下来一个人。他停下脚步，返身查看，不见有人跟着跑过来。他随之回到原地，看见四川籍队员躺在地上，急忙上前一拉，发现四川籍队员身体软绵绵的，已经没有了呼吸。他用手一摸，四川籍队员胸脯上还有热乎乎的鲜血往外涌。顿时，他觉得天旋地转，两腿发软颤抖，喉咙像被什么东西塞住了似的，两眼被泪水模糊了。

姓黄的四川籍队员是李荣智在赤卫队里结识的为数不多的几个人之一。他个子不高，聪明灵活，为人热情，在赤卫队里人见人爱。李荣智初到赤卫队，很快被他身上的热情和机灵所吸引。李荣智做梦也没有想到这么好的人会倒在保安队员的枪口之下，顷刻之间没有了性命。他不由得悲从心生。

李荣智跌坐在四川籍队员身旁，双手紧紧地摁着四川籍队员的胸口。他多么希望四川籍队员能站起来，和他一起奔跑；多么希望四川籍队员睁开眼睛，笑嘻嘻地说他宛如唱歌一样动听的言语。可惜都没有。四川籍队员静静地躺在草洼子上，紧紧地闭着眼睛，没有一丝声息。

李荣智静静地坐着，忘记了仍然身处危险之中。他听不见保安队员疯狂的射击，听不见高一多恼羞成怒的叫骂，听不见悬挂挂崖上面保安队员的咒骂和怒吼。世界在他眼前消失了，回归到了寂静之中。保安队员射击出的子弹从悬挂挂崖上打下来，在他周围乱飞，打得河滩上的石头火星飞迸。他听不见也看不见。他的眼前只有双目紧闭的四川籍队员，耳朵里只有四川籍队员活着时悦耳的呼喊。

不知道过了多久，李荣智忽然从沉寂中清醒过来。悬挂挂崖上面听不到保安队员的枪声，却依然能够听到保安队员的叫骂声和偶尔传来的刺耳的惨叫声。李荣智镇静了一下情绪，死死地看了四川籍队员一眼，摸索着站起身，向沟口跑去。他借着东边天际的晨曦，深一脚浅一脚，走出草洼子，走过石头滩，走进荆棘丛。荆棘撕破了他的衣服，划破了他的手足和额头，他不顾一切地向前摸着……好不容易，他远离了保安团的射击范围，挣扎着爬上松堡子山对面的半山坡。他刚刚走进一块糜子地，眼前忽然一黑，栽倒下去，失去了知觉。

睡梦中，李荣智觉得脸上热乎乎的，睁眼一看，太阳已经高高地挂在蔚蓝的天空。他想从地上爬起来，身体却像被绳子缠住了一样，酸痛似针扎一般，动也不敢动一下。他强忍着抬起头，挣扎着看了看自己的身体和周围的环境。他的衣服被荆棘撕破了，像烂抹布一样挂在身上，早晨的露水打湿了衣服和裸露的身体，荆棘刺破的伤口在露水的刺激下疼痛难忍。松堡子山上的枪声已经沉寂，偶尔传来几声刺耳的喊叫声和怒骂声。保安团已经整好队伍，开始撤离。一支散懒的队伍缓缓地向前移动。走在队伍前面和后面的是扛着枪的保安队员，中间是被俘的赤卫队员。一些赤卫队员抬着或者扛着死去的保安队员

铸魂

的尸体。

李荣智头枕着胳膊，静静地趴在半人高的糜子地里，回想着夜间发生的一切……高一多喊叫他的名字，被堵在窑洞里，院子里的激战，跳崖，还有郑光斗，四川籍队员，赤卫队员一个个倒下去……在他的脑海里翻腾着，回旋着……眼泪忍不住扑簌簌地往下落，落到手臂上，又顺着手臂落在黄土地上。他似乎看见赤卫队员的鲜血从伤口处往外流，鲜血染红了窑洞，染红了院子，染红了松堡子山，染红了整个大地……难道他们的鲜血白流了吗？

赤卫队员的鲜血不能白流。血的教训给了李荣智启示，也给了他决心和力量。他恨不得立即插上翅膀，找到红军队伍，把这个罪恶的世道砸烂。

松堡子山一役，保安团大获全胜。赤卫队包括队长郑光斗在内的十多人牺牲、二十多人被俘。被俘的赤卫队员中除金兴华在被押往永宁镇的道路上丢掉扛着的保安队员尸体，乘机跳沟逃脱以外，其余人员在永宁镇关押了几天后被分别送往宁县和西峰监狱，不久被陇东镇守使枪杀。

李荣智趴在糜子地里，看着保安团押解着被俘的赤卫队员离开，看着松堡子山重回寂静，看着太阳升起在天空，心里很长时间难以平静。赤卫队的失败让他的身心受到严重打击，他没有了战友，没有了可以安身的处所。他再一次陷入了空寂、迷茫和落寞。

也许是太阳的力量，也许是活下去的挣扎，也许是给战友们报仇雪恨的冲动，中午时分，李荣智感觉到身体稍微好了一些，有了些许气力，他挣扎着翻过身，爬起来，强撑着朝山上走去……李荣智再次回到松堡子山的悬挂挂崖下面，轻轻地抱起四川籍队员的尸体，在一个山坡朝阳的地方埋好，在坟堆上放了一块大大的石头，依依不舍地离开了松堡子山。

李荣智离开松堡子山之后，先去北塬上寻找原来的十多个弟兄，他们却在他离开之后散去了。他没有地方可去，又不敢公开露面，只好暗地里打听红军队伍的去处。他不停地奔走、寻找，跑遍了子午岭周围能够去的所有地方。终于有一天，一个老乡告诉他说，红军队伍在庆阳，他迫不及待地跑到庆阳；又听说红军队伍在早胜，他又从庆阳跑到早胜；有人说红军队伍去了宫河，他又马不停蹄地赶到宫河；又有人说红军队伍开往新庙，他又急急地赶往新庙。李荣智赶到新庙镇的时候，红军队伍虽然还没有到新庙，风声却传得很大。他在新庙镇的背街上找了一个地方住下来，一心一意等待着红军队伍到来。一天晚上，他刚入睡，忽然响起的军号声把他从睡梦中惊醒。他从床上一跃而起，穿好衣服，背起行囊，赶出门去，但当他赶到军号响起的地方时红军队伍却已经离开了。他向老乡打听清楚队伍的去向，拣小路向东追赶，一路翻山越岭，历尽坎坷，第二天晌午时分在三嘉塬林家坡赶上红军队伍。他急忙追赶上走在队伍后面的战士，大声问道："哪个是刘老啊？"

"你找老刘做啥呀？"一个战士反问道。

"我要找他当红军哩。"李荣智一边满心欢喜地回答红军战士的问话，一边看着匆匆行进的队伍。这支队伍约有三百多人，穿着老百姓的衣服，着装和武器很杂乱，看不出哪个是当官的哪个是当兵的。队伍中有的人背着枪，有的人扛着长矛，有的人背着马刀，还有人扛着棍棒。到了驻地之后，李荣智才弄清楚这些扛着棍棒的人是沿途参加红军的新战士。

"你跟我们走吧。等到了休息的地方，我带你去找他。"一个战士笑嘻嘻地说。

"说话要算数啊。我找你们找得好苦哩。"李荣智跟着战士，边走边说，"为了找红军队伍我跑了很多冤枉路哩。我从真宁跑到庆阳，又从庆阳跑到早胜，从早胜跑到宫河，从宫河跑到新庙，好不容易在这里才把你们追赶上。你可千万不能骗我啊！"

"我们的队伍从来不骗人。你好好跟着我们走就是了。"红军战士回过身，与李荣智走到一起，"你是哪里人？为啥要当红军呀？"

"唉，一言难尽啊。被逼得活不下去，没有办法啊。"李荣智看了一眼和自己年龄相仿的红军战士，"官府催粮逼款，骂人打人，我气不过，和催款的人打了一架，结果弄得我有家难回，不得不到处漂泊。不参加红军队伍，我没有办法活命啊。"

队伍中途休息时，两个战士对李荣智说："走，我们带你去见老刘。"李荣智跟着红军战士，来到一个看上去不足三十岁年纪的人面

铸魂

前。红军战士说："这就是老刘，有什么话你对他说吧。"说完之后，自顾自地去做自己的事情。

李荣智用心打量着眼前这个被称作老刘的人。只见他中等个儿，面皮白净，眉毛浓黑，眼神有光，鼻梁高挺，浑身上下透着一股子精明英武的气势。他像其他战士一样，穿着老百姓的衣服，只是腰间扎了一根宽皮带，皮带上挎着一把短枪。

老刘看了看李荣智，上下打量了一番，似乎对李荣智高大结实的身板产生了兴趣，走上前拍了拍李荣智的肩膀，高兴地说："多好的身体啊！你找我干什么，要当红军吗？"

"我吃红军来啦。"李荣智答道。

老刘哈哈大笑，指着不远处的队伍说："这么多红军，你能吃几个？吃吧。"

李荣智照着当地流行的把当兵叫作"吃粮"的说法回答老刘，惹得老刘和站在周围的战士全笑了。李荣智自觉说话有失，立即改口纠正道："我当红军来啦。"

"欢迎啊！你来当红军，我们欢迎。你说说，为什么要当红军啊？"老刘面带微笑，看了一眼即将开拔的队伍，对李荣智说，"走，咱们边走边说。"

队伍又开始行进了。李荣智跟着老刘，一边走，一边说，从怒打催粮逼款的吴义仁说起，把吴义仁逼迫乡亲纳粮交款，他和吴义仁打架，在北塬上带着人闹事，被高一多带人抓捕，参加松堡子山赤卫队，在松堡子山遭遇不测等，全部说了一遍。

老刘听着李荣智说话，两道浓眉拧成了疙瘩，双手紧紧地握起拳头，语气沉重地说："不要难过，要鼓起勇气继续干。只要有红军队伍在，这个仇我们一定会报。"他又指着身边的战士说，"他们的遭遇和你差不多，都是穷苦百姓出身。'官逼民反，民不得不反。'都是被逼的……你留下来吧，留下来，我们一起推翻可恶的官府，改变可恶的世道，为穷人能过上好日子、安心地生活下去做事情。"

听着老刘的话，李荣智心里亮堂了许多。他说出了许久没有说出来的话，吐出了肚子里吐不出来的苦水，听到了从来没有听到过的道理，看到了以前从来没有看到过的希望。他觉得老刘的话特别中听，他越听越爱听，越听越高兴，越听心里越亮堂。他的心里有山重水复之后的释然，有山穷水尽之后的决绝。困境已经过去，光明就在前头。

李荣智跟着老刘加入红军队伍，开始了全新的生活。这种生活，他从来没有经历过。这是一种完全不同于常人的生活，是一种常人无法企及的生活。他对这种生活向往已久，感念已久。在这种生活状态中，他觉得安全，觉得踏实，觉得可靠。他越来越舍不得离开这种生活。正因为有这种发自内心的感受，李荣智一步不离地跟随在老刘周围，看着老刘安排军务、筹划军需，看着老刘组织训练、辅导学习，看着老刘整训队伍、申饬部属。李荣智心里越来越佩服老刘的做事和为人，佩服老刘高远的志向和坚定的意志，甚至有意识地学习和模仿老刘的行为，期望跟随老刘实现人生最美好的追求。

三

李荣智在三嘉塬追赶上老刘率领的队伍。他高兴，兴奋，激动难耐，因为他终于脱离了困厄，可以光明正大地做人做事，不用东躲西藏了，也不用像害怕瘟神一样害怕被官府抓捕，被作威作福的人欺压侮辱了。真说起来，李荣智的家乡距离三嘉塬并不远。从李荣智家所在的村庄向东走十多里路，再往南走不到五里路，翻过刘家川，上到南边的塬上，就到三嘉塬了。对于李荣智来说，这一段路程似乎特别遥远，特别漫长。为了找到老刘带领的队伍，李荣智去过很多地方，经历过很多曲折，跑了上千里路，吃了数不尽的苦头。好在他终于找到了老刘带领的队伍。从此往后，他不会再像迷失方向的孩子一样，提心吊胆地到处乱撞乱跑，他可以安心地跟着老刘带领的队伍干大事情了。

李荣智不知道如何表达自己的心情。他像一个终于回到母亲怀抱里的孩子一样，边走边向老刘诉说寻找红军队伍的起因和经过，聆听和品咂老刘说出来的道理。他暗暗地下定决心，要跟着老刘寻求新的生活。自从怒打吴义仁之后，他走过太多的地方，经历了太多的事情，

铸魂

见识了太多的丑恶，遇到过太多的危险。这些经历让他长了见识，懂得了世道的艰难，也改变了他的心气和心性。他不愿意再受人欺压，不愿意再被人追赶着东藏西躲。东藏西躲让他觉得憋屈，保安队的手段让他觉得残忍，赤卫队员的鲜血让他满怀仇恨。他要跟着老刘和红军队伍光明正大地做人，光明正大地做事情。老刘是一个英雄，是一个有气性、有血性、有远见的人。跟着老刘一定能干成大事情，一定不会再被人欺负，一定能活出人样来。

老刘带领的队伍来之不易。为了创建这支队伍，老刘付出了巨大心血，经历了很多磨难。最初，老刘担任陇东民团骑兵第六营营长时，在东华池太白镇发动"兵变"，击毙二十四营营长和副营长，建立了一支四十多人的武装。后来，这支队伍发展壮大达三百余人，进行了整编，编为三个大队，老刘担任总指挥。老刘带领这支武装，在陕北、陇东一带打击土豪和军阀、民团，影响越来越大，深得普通百姓的拥护。正是在这种情形之下，李荣智听到百姓传言，立志寻找老刘参加红军队伍，寻求新的生活。

李荣智跟随老刘从三嘉塬出发，一路朝东北方向前进，经过南庄子、后坡、锦章、狼牙洼、天马塬，沿秦直道一直朝北行进，三天之后回到南梁平定川。

说起秦直道还真有些来历。秦直道被当地的人们称为"皇上路"或"圣人条"，是秦始皇统一六国后为抵御匈奴南侵，于公元前212年至公元前210年命大将蒙恬监修的一项重要的军事工程。直道南起陕西咸阳云阳林光宫（今淳化县梁五帝村），北至九原郡（今内蒙古包头市西南孟家湾村），全长七百多公里。由于道路大体南北相直，故称直道。直道是一条军事要道，也是一条南北通达的名副其实的古代军用高速公路。通过这条大道，可以快速地将北方戍边所需物资和兵源从秦都城咸阳运达北疆军事要塞。曾经有人估算，北部边疆一旦出现险情，秦始皇的骑兵部队通过秦直道三天三夜就可以从咸阳赶到九原，一个星期之内就能够基本完成从军队调动到后勤供应等准备工作。秦直道纵穿黄土高原，道路修筑采用黄土夯筑，非常结实，时至今日在直道上栽种树木也难以成活。秦直道工程极其艰巨和宏伟，多依山势堑山成路，劈崖为道，垭口宽畅，逢沟渠多夯筑，要求路面尽量取直，以便车马急速驰驶。工程所过之处，地势多险恶，人迹至今罕至。秦直道经过陇东时修筑在子午岭的山梁上，人们习惯称修筑直道的山梁为桥山，也有人称其为趄梁。称其为桥山，是指这座山的山脊在子午岭群山中南北直通，好似一座架起的桥梁一样；称其为趄梁，因为当地人说的"趄"就是"横"的意思，趄梁就是夹在群山中的一道横着的山梁。趄梁两边山套山，沟套沟，森林茂密，无边无际。山内人烟稀少，是禽鸟野兽的天堂。老刘带领队伍沿着秦直道向北行进，省去了被军阀和民团追击、骚扰的麻烦，很快赶到了平定川。

李荣智一路走一路学，他看到了老刘的处世为人，见识了队伍行军和宿营的规矩，很快喜欢上了老刘和他带领的队伍。他喜欢老刘待人和气，喜欢听老刘讲出来的道理，也喜欢亲切、热情、不分彼此的红军战士。在老刘带领的队伍里，李荣智和其他人一样，安稳、踏实，不分职务高低，不分彼此，像一家人一样，一块吃饭，一同睡觉，一起行军。他不再孤单，不再担惊受怕，不再东躲西藏。他是一名受人尊敬的自由的红军战士。

队伍来到平定川以后，李荣智既新奇又兴奋，不时地跑东走西，察看山川地形，观察人们的生活和习俗。平定川是名副其实的"川"，完全不像南边的川道那样狭窄和蜿蜒。这里的川道平坦、宽阔、整齐，相去甚远的川道既相互连接，又彼此区分。这里也有山，但是山上森林茂密，蒿草浓厚，荆棘遍布；这里山岔众多，彼此相连，纵横交错。从这个川道到那个川道，要经过地形相对复杂的"沟口"；从这个山梁到那个山梁，可以在山梁之间穿行，不必非要经过平坦的川道。把人马隐蔽、分藏在不同的沟口和墚峁之中，不熟悉地形的人很难发现。

老刘带着队伍到达平定川以后，再一次认真地察看周围的地形地势，走访当地居民，高兴地对大家说："这里真是闹革命的好地方。有山，有川，有梢林，又在陕甘两省边界，军阀统治薄弱。我们就在这里住下来，建立根据地，然后一步一步向外扩展，把红旗插遍全西北。"他把各大队和支队队长召集在一起，研究大队和支队的驻地和防守范围。根据以往的经验，三百多人集中在一起，无论居住和吃饭都是问题，也容易暴露目标，引起外界的注意，最后商定分头寻找驻守的地方，寻找粮食，防守峪口和隘口，相互策应，应付可能从不同方

铸魂

向前来袭扰的民团和军阀。

李荣智站在队伍里，专心聆听老刘讲话，品咂其中的道理，神往未来的宏图。在跟随老刘前往平定川的路上，李荣智多次听老刘讲话讲道理，与老刘拉家常说闲话。老刘讲的有些道理他以前想过却没有想明白，有些以前压根没有想到过，甚至没有听别人说起过。老刘很会讲话，也很会讲道理。无论多么深奥的道理，只要从老刘嘴里讲出来，立刻变得透彻明白；无论谁有什么想不通，只要老刘和他谈话，就没有什么想不通的了。当然，作为队伍总指挥，每逢行军、宿营、训练、打仗，老刘都要讲话，有时候是行军命令，有时候是操令规矩，有时候是革命道理，有时候是和战士们拉家常说笑话。这些命令、操令、规矩、道理，甚至拉家常式的谈话，就是强心针，是凝聚剂，能在很短的时间内把大家的精神头激发出来，把大家的力量调动起来，让战士们忘记劳累，忘却孤寂，勇敢地走向为自由而战的战场。

李荣智很多次觉得老刘所讲的道理，既是讲给大家的，也是专门讲给他的，是指引他向前走的方向和明灯。老刘让他懂得了很多处世做人的道理，也让他明白了很多活人干事的意义，理解了无法在家乡生活下去的原因。听老刘讲话，他心里敞亮、舒服、高兴。他愿意听老刘讲话，愿意与老刘一起做事，愿意跟随老刘寻求新的生活。

"今天给你分配工作，想听听你的想法。"一天清早，老刘把李荣智叫去，仔细打量李荣智，郑重其事地说，"你愿意到大部队里去，还是愿意留在警卫队？"

"去哪里都行，只要能参加红军队伍，跟着你行军打仗就行。"李荣智听见要给他分配工作，高兴地回答道。

老刘听了李荣智回答，笑着说："既然这样，你就留在警卫队吧。"在行军路上，通过与李荣智谈话，观察李荣智说话和做事，老刘觉得李荣智头脑灵活，身手敏捷，有意要把李荣智留在身边。

"能行哩！"李荣智高兴地回答说。从参加红军队伍的第一天起，他就一直跟着老刘，已经与警卫队的战士相互熟悉，也懂得了警卫队的规矩和职责。能留在警卫队，就能每天见到老刘，他求之不得。

从这一天开始，李荣智和警卫队十多名战士跟随老刘，除了训练、打仗、行军，一有时间，就聚在一起，听老刘讲革命道理，跟着老刘识字写字。老刘知识渊博,知道和懂得的道理多,只要讲起来,战士们都不愿意让他停下来。后来,听说老刘在黄埔军校上过学,战士们就更加敬重和爱戴他。

老刘带领队伍,在平定川一边休整,一边出击打土豪,还不失时机地做群众工作,很快站稳了脚跟,扩大了影响。队伍在群众中的影响越来越大,触动了当地军阀、民团和地主老财的利益,不能不引起民团和军阀的惊慌。当地军阀和民团在地主老财的支持下,不时袭扰和"围剿"老刘带领的队伍,企图把老刘带领的队伍消灭、挤垮或者赶出势力范围。老刘带领队伍与民团和军阀队伍巧妙周旋,捕捉战机打击敌人,先后消灭了当地军阀一个骑兵连,缴获四十余匹战马、二十多支步枪和不少弹药;击败了附近几个县民团的联合进攻,缴获了一批枪支、弹药和物资。

李荣智跟随警卫队参加了所有战斗。他机智、灵活,把小时候练就的武艺发挥到了极致。在反击骑兵连的时候,他不仅夺得了枪支,还缴获了战马,把参加红军时带着的马刀换成了一支半新不旧的毛瑟步枪。自此以后,李荣智成为机动灵活和战斗力最强的骑兵队伍的一分子,不仅跟随警卫队作战,还时常被派到骑兵队,与骑兵一起,神出鬼没,参加远距离作战。

老刘看到李荣智的新装备以后非常高兴,大声笑着问道:"你这是第几次参加战斗啊?"

李荣智不明白老刘问话的目的,憨憨地笑了笑,伸手摸了摸头发,嗫嚅道:"是第一次。"

"了不起啊。第一次参加战斗,就夺得枪支和战马,不容易啊。"老刘有意识地夸奖道。

"是敌军的士兵太怂,招不住打啊。"李荣智羞怯地说,"敌军士兵是一个软蛋,一马刀下去就没有气儿了,我就顺手牵了他的马。"

老刘听说,哈哈大笑。

李荣智被老刘的笑声弄得莫名其妙,急急地说:"我说的是真话啊。不信,你可以问队长啊。他可是见识过的。"

"我相信你有这个能力。不过,光能弄到武器和马匹还不够啊。还要会打枪,会保护战友,会保护自己啊。"

"是。我一定照办。"李荣智不由得挺了挺身板。

"以后如果有时间，要多参加操练，多学习射击，提高射击水平，力争在战斗中有更多的收获啊。噢，对了，还要爱惜枪支和战马啊。"

李荣智心花怒放，高兴异常，大声笑着报告："是。我一定努力。"

在反击军阀和民团"围剿"的过程中，老刘带领的队伍经受了锻炼，也得到了发展。队伍人数从初到平定川时的三百多人扩充到四百多人，武器装备和弹药有了很大改善，很多新加入的战士像李荣智一样，在战斗中把长矛和大刀换成了枪械。特别是有了四十多匹战马组成的骑兵队，行军路上威武雄壮，很有气势。李荣智因为有马匹随身，兼有警卫职责，在行军打仗时位置变化很多，有时候跟着老刘冲锋陷阵，有时候跟随老刘留守警戒，有时候又与骑兵队的战友一起侦察突袭，远距离作战。不断变换的作战位置和要求，让李荣智感受到了战争的多样性与严酷性，也感受到了发展和壮大红军队伍的急迫性。在广袤的黄土沟壑中，在地方军阀、地主武装、土匪出没的黄土高原上，一支只有几百人的武装力量仍然是虚弱和渺小的，尤其是枪支弹药和马匹不足，极大地限制了队伍的发展，限制了队伍活动的空间。很多时候部队都在避实击虚，都在想尽办法躲避强大的敌对力量，甚至不能与地主武装和土匪正面冲突。在跟随老刘作战的过程中，李荣智学会了观察和分析形势，学会了如何保护队伍安全和瓦解敌对力量。

"老刘同志，这把枪送给你做个纪念。纪念我们这次会合。"陕甘游击队的发展和影响的扩大，吸引了当地群众，也吸引了西北乃至北方的游击队和革命者。一个偶然的机会，在华池林锦庙，老刘带领的队伍与转战而来的北方游击队不期而遇。北方游击队负责人老阎为了纪念这一会合，特意把一支心爱的驳壳枪送给老刘作为纪念。

与老刘领导的红军队伍一样，北方游击队也是经历了艰苦卓绝的斗争，会合了山西、陕北好几支革命队伍和具有革命倾向的护商队，才有了相当的规模。

老刘率领的队伍与北方游击队会合后，队伍实力迅速壮大，达到七百多人，武器装备也有了很大改善。为了进一步壮大势力，站稳脚跟，建立更加广泛的游击区，部队迅速出击，连续清除和消灭了附近地区的民团组织，控制了二将川、城壕川、悦东川等广大区域。

作为警卫队战士，李荣智参加了反击民团和军阀的战斗，也参加了迎接北方游击队的活动。看到红军队伍迅速壮大，李荣智从心底里感到高兴：有这么多人参加红军队伍，说明红军队伍深得人心，人们愿意跟随红军队伍寻求新生活，愿意为红军队伍的使命去拼搏；有这么多人在不同的地方组织红军队伍，说明红军队伍是人们的希望和依靠，红军队伍寄托了人们生活和生存的希望；有这么多的队伍接受共产党的领导，说明共产党的主张符合人们的希望，共产党说出了人们的心里话。参加红军队伍，他感到幸运、满足和快乐，同时也庆幸找对了领路人，找对了跟随的队伍，找到了生路和希望。尤其是北方游击队到来之后，红军队伍人数迅速增加，在很短的时间里消灭了附近民团组织和地方驻军，控制了更加宽广的地方，赢得了附近地区老百姓的支持和拥护，在老百姓心目中的地位越来越高，在周围地区的影响越来越大。

"红军真是人们尊敬和喜爱的队伍啊！"李荣智不由得从心底里发出惊叹。短短的几个月时间，他经历了太多的事情，见识了太多的人，听到了太多的道理，他的心思慢慢地发生了变化，他的思想也慢慢地发生了变化。如果说当初他只是不愿意受人欺负，为了活命的话，现在他的所思所想已经发生了根本性的变化。现在，他想得最多的是与战友们一起，跟着老刘闹革命，推翻恶人当道、穷人没有活路的世道，让更多的人生活得幸福、安宁、如意，不再受人欺负和侮辱；是不惜牺牲生命，打击地主老财和军阀，建立更加强大的武装力量，用武力建立人民当家做主的新政权，保护群众不受伤害；是把个人生死置之度外，团结和组织更多的人一起奋斗，一起推翻旧世界，建立新世界。

李荣智的变化显而易见，也被老刘和其他战友们看在眼里。战斗之余，老刘总要给李荣智讲道理，给警卫队的战士们讲道理，鼓励战士们为建立红军队伍和人民政权去奋斗。也正是在老刘的教育和引导下，李荣智觉得自己的见识和想法有了变化，训练更加刻苦，动作更加灵活，在战场上的表现更加勇猛。他不仅有了更好的装备，还为战士提供了更多的帮助，为部队装备的改善尽了更多的力量。他有了自己的战马，也为骑兵队贡献过战马；他有了步枪和子弹，也为部队贡献过步枪和子弹；他有了手榴弹，也为部队贡献过手榴弹。尽管队伍

铸魂

没有明确要求战士们把战场上缴获的武器全部交公，他还是尽可能多地帮助部队夺取枪支，改善装备。他慢慢地明白部队装备的改善对于提高战斗力的贡献，明白部队战斗力的提高所带来的好处。他越来越喜欢老刘，越来越喜欢红军队伍，越来越喜欢与战友们一起奋战。红军队伍成了他安身立命的依靠，同患难、共生死的战友成了他生命的保护神。他是红军队伍的一分子，红军战士是他生死相依的伙伴，取得革命的胜利是他跟随老刘的目标。

四

"赶快集合，有重要决定要宣布。"大清早，李荣智刚刚起床，正在整理内务，班长风风火火地跑进窑洞，大声喊道。

隆冬季节，红军队伍从平定川出发，长途行军，一路南行，终于在子午岭深处找到了合适的落脚之地。李荣智跟随部队，穿梭在黄土沟壑之中，迂回曲折，艰苦跋涉，回到了距离朱村塬不远的北柴桥子村，与战友们一起，等待行军命令。

老刘带领的队伍与北方游击队会合之时正值"九一八"事变爆发之后不久。东北三省相继沦落，东北军撤入关内，改变了国内的政治、军事格局，激起了人们的强烈愤慨，"打回老家去，收回东三省"成为人民群众的强烈愿望。在这种形势下，中国共产党明确提出"组织群众，反抗日本帝国主义侵略"的方针，要求各级地方组织迅速发动群众，组建人民武装力量，反对日本帝国主义的侵略。根据中央的指示精神，省委决定以南梁游击队和北方游击队为基础，建立由共产党直接领导的武装力量，先后委派多名领导干部来到南梁地区，传达省委的决定和命令，推动组建武装力量。按照命令，南梁红军游击队和北方游击队从驻地出发，一路迂回，于当年腊月初到达北柴桥子村进行整训，准备在此地将游击队改编为反帝同盟军。

腊月时分，黄土高原大地瑟瑟，寒风凛冽。由南梁红军游击队和北方游击队七百多人组成的方队，整整齐齐地排列在北柴桥子村的打麦场上，满怀信心地期待着反帝同盟军成立大会的召开。附近村庄里赶来看热闹的群众密密匝匝地围拢在打麦场周围，与红军战士一起，期待着一个重要时刻的到来。

数九寒天，红军队伍到达北柴桥子村以后，居住在百姓遗弃或者腾挪出来的空荡荡的窑洞里，自己做饭，自己洗衣，绝大多数战士在地上铺了麦草，席地而睡，与百姓秋毫无犯，引起当地百姓的强烈共鸣。人们传扬着这支队伍的英勇，观看着这支队伍的容貌，期待着这支队伍的行动，也暗地里打听这支部队的来历。听说红军队伍要召开大会，进行整编，人们不畏寒风，从热乎乎的土炕上下来，走出温暖的窑洞，站在寒风凛冽的场院旁边，观看从来没有见到过的队伍。

"现在，我宣布反帝同盟军成立大会开始。首先请特派员讲话。"游击队员排好队之后不久，老刘和省委派来的领导一起从打麦场旁边走到队伍前面，看了一眼排列整齐的队伍和拥挤在麦场周围的群众，相互点点头，低声交换了一下意见，随即向前走了几步，跨上打麦场上的石碾子，大声宣布反帝同盟军成立大会开始。

特派员微笑着看了一眼站在身边的其他领导，抖了抖精神，迈着矫健的步伐走过去，站上放在打麦场上的另一个石碾子，大声宣布道："同志们，受省委委派，我宣布反帝同盟军今天成立了。反帝同盟军是共产党领导的陕甘人民自己的队伍，是要为人民翻身解放奋斗的队伍。我们这支队伍要永远把人民的利益放在第一位，把解放劳苦大众作为追求……下面，宣布同盟军机构组成和领导人任命名单：反帝同盟军设总指挥部，总指挥……"

特派员满怀信心，大声地宣布反帝同盟军的组织结构和负责人。反帝同盟军设立总指挥部，有总指挥、副总指挥。指挥部下设两个步兵支队、一个骑兵队。每个支队下设三个步兵大队、一个警卫队。原北方游击队编为第一支队，下设第一大队、第二大队、第三大队和警卫队。原南梁游击队编为第二支队，下设第一大队、第二大队、第三大队和警卫队。总指挥部还设有骑兵队。根据省委命令，总指挥部同时成立队委会。反帝同盟军总指挥由省委委派的同志担任，老刘担任副总指挥并兼任第二支队队长。特派员每宣布一项决定，都要停下来，与游击队员一起热烈鼓掌。

铸魂

开始的时候，游击队员把枪支和大刀、长毛背在肩膀上，双手起劲地拍着，庆祝新时刻的到来。决定宣布完毕后，一些游击队员把枪支和大刀从肩膀上拿下来，举在手中，热烈地欢呼，没有把枪支和大刀从肩膀上拿下来的游击队员更加热烈地鼓掌，队员们齐声呼喊着口号。口号声响彻群山，在黄土高原的沟壑和山梁之间传扬，不断有回声传来，有惊天动地的阵势。

围拢在打麦场周围看热闹的群众看到游击队员举着枪支呼喊口号，也情不自禁地跟着游击队员一起，兴奋地呼喊口号或者鼓掌。北柴桥子村这个只有百十口人的小村庄在不经意间见证了一个伟大时刻的到来，经历了一个具有重要历史意义的事件。

李荣智牵着缴获的马匹，与像他一样的战士站在一起，仔细地品咂同盟军成立大会的意义，观看成立大会的过程，聆听各位领导的讲话。他把步枪背在肩膀上，一手牵着马缰绳，一手轻轻地抚摸着马的前额。这样的阵势他是第一次看见。他觉得新奇、新鲜、高兴，也有些兴奋。跟着老刘参加红军半年多时间，他见证了红军队伍由弱到强，由小到大；看见了各路英雄齐聚一堂，英姿飒爽；看到了军阀、民团和官府对于红军队伍的憎恶、害怕和畏惧。七百多人聚拢在一起，站满了差不多整个打麦场，这种阵势，他还是第一次见到。红军游击队改编成为正规的革命武装，是新的开始，也是新的希望。这怎么能不让人兴奋？李荣智认真地聆听特派员讲话，看着特派员为各个支队和大队授旗，又看见老刘和省委派来的领导人先后站在队伍前面的石碾子上讲话。他们讲成立反帝同盟军的意义，讲反帝同盟军的任务和纪律，讲共产党的领导，讲党委会的工作任务和工作纪律。他们讲话像拉家常一样，都很直白，也很亲切。李荣智听懂了，也明白了。从今往后，陕甘人民有了共产党领导的队伍，有了属于人民自己的武装力量。这支队伍要为人民服务，为人民利益而斗争，为人民幸福而流血牺牲。

按照大会决定，李荣智被编入骑兵队。会议结束之后，他牵着花青马，向骑兵队队长报到，与朝夕相处的战友一起开始了新的生活。自从在战斗中夺得马匹以后，他实际上已经成为骑兵队的一员。无论行军打仗，还是宿营休息，他都牵着花青马，与骑兵队的战友在一起，担负只有骑兵队才能够完成的任务。当然，由于职责所系，他经常围绕在老刘身边，与警卫队的战友一起，听老刘讲道理，跟老刘学文化，跟随老刘参加战斗。游击队进行整编，成立同盟军，被编入骑兵队之后，他内心很是失落了一阵子。好在骑兵队与二支队一起训练，一起行动，他依然可以经常看见老刘和警卫队的战友，时不时地与他们一起说话拉家常。

反帝同盟军成立大会在游击队员中产生了很大影响，掀开了一个新的历史时刻。但就游击队及其人员构成而言，还有很长的道路要走，有很多的事情要做。两支队伍的合并，没有完全消除来自不同地域、有着不同经历、人员构成不同所造成的隔阂，没有真正实现两支队伍的融合。一支队和二支队分别脱胎于北方游击队和南梁游击队，分属两个不同的来源和系列，有不同的经历和结构，有不同的习惯和作风，也有不同的人数和装备。整合之后，队伍的人员数量和组织结构并没有发生根本性的变化。

面对如此局面，为了充实新生力量，稳定队伍，加强对部队的领导，省委选派了一批骨干队伍，充实到部队之中，加强了班、排等一线领导岗位。这一批骨干的到来，稳定了军心，提高了部队的凝聚力和战斗力。不久省委决定将同盟军改编为工农红军游击队。

对同盟军进行改造改编，是听取特派员和老刘等人汇报之后，结合形势发展需要，以及中央要求所做出的重大决策。为了完成好这一任务，省委做了充分的准备，在派出骨干力量充实和加强部队领导的基础上，派出军委书记深入部队，亲自指导队伍的改组，并对部队进行深入细致的思想教育和改造。

经过认真准备，在省委的主导下，在锦章村的打麦场上举行了工农红军游击队成立大会。此时已是早春季节，山边的野花和桃花、杏花已经绽放，路边的草芽也露出了稚嫩的绿色，空气中飘溢着春天的味道。广大指战员脖子上系着红飘带，战马身上披着彩条布。打麦场上搭起了高大的彩棚，彩棚上端悬挂着横幅，彩棚两边悬挂着绣有镰刀斧头的红旗。同盟军、赤卫军、农民群众近千人站立在场院里，齐刷刷地仰起头，望着宽大的主席台，期待着又一个新时刻的到来。

同盟军总指挥看了看集中在场院里的队伍和拥挤在场院周围看热

铸魂

闹的群众，健步向前走了几步，挥手示意人群安静下来，大声清了清嗓子，满含激情地高声喊道："红军游击队成立大会现在开始，请省委军委书记讲话。"

军委书记满脸笑意，迈着矫健的步伐走到排列整齐的队伍前面，大声说道："现在，我宣布红军游击队成立。"随即停下来，举起双手，使劲地鼓掌。

随着军委书记的掌声，人群中掌声四起，欢呼声震惊四方。

等人群中的欢呼声稍稍低下来之后，军委书记大声说："红军游击队是省委按照中央的要求，结合西北反帝反封建斗争形势作出的重大决定。红军游击队是人民的队伍，是党领导的为劳苦大众翻身求解放的队伍。红军游击队的成立是一个新的开端……"

军委书记讲解了一番组建成立红军游击队的意义、作用和任务，随后宣布游击队的组织结构和领导人名单。红军游击队设立总指挥部，总指挥由原同盟军总指挥担任，政治委员由省委军委书记兼任，老刘担任红军游击队副总指挥。游击队下辖三个步兵大队、一个骑兵大队、一个警卫队。

军委书记宣布完毕游击队的组织结构和人员组成之后，举行游击队授旗仪式：由旬邑县委书记将绣有镰刀斧头的红旗分别授予红军游击队总指挥和游击队各大队、各中队。之后，省委代表、游击队总指挥、旬邑县委书记、群众代表和士兵代表分别讲话。

为了加强对红军游击队的领导，红军游击队同时成立党委，游击队总指挥和副总指挥分别担任书记和副书记。

红军游击队与在此之前的游击队、赤卫队和同盟军有很大不同，它的成立标志着在西北乃至整个北方正式打出了工农红军的旗帜，公开了红军的身份，迈上了建立陕甘边革命根据地的征程。在此之前，同盟军、游击队、赤卫队尽管都是共产党领导的反帝反封建的革命武装，都是为了民族的解放、独立和自由，但是它们的旗帜、目标不能与红军游击队相比较。总指挥和各大队、中队的领导接过绣着镰刀斧头的旗帜时都忍不住满怀激情，使劲地挥舞着，犹如舞动鲜亮的火球。站在春风中的战士忍不住挥动手中的武器，从心底发出一声声振奋人心的呼喊。一些转战陕甘边多年的干部和战士忍不住流下激动的泪水。

这些热血男儿为了追寻自由、独立和解放，很早就开始在渭南、华阴地区发动农民和国民革命军第二集团军第三旅将士起义，先后几起几落，建立过工农革命军，建立过游击队，建立过赤卫队，建立过反帝同盟军，无一例外地遭到军阀和民团的"围剿"，有的遭受各种各样的挫折，有的最后走向了失败。在这一过程中，他们付出了血的代价，无数亲人和战友血洒疆场，无数英烈惨遭杀害。今天，他们拥有了真正的共产党领导的武装，组建了一支真正的红军队伍。他们要依靠这支队伍实现他们的革命理想。

李荣智一手牵着花青马，一手紧紧地握着武器，与朝夕相处的战友一起站在红军骑兵大队的队伍里，听着首长宣布成立红军游击队的决定，听着首长宣布游击队的编排和人员去向，看着首长接过绣着镰刀斧头图案的旗帜，与战友们一起呐喊，一起吼叫，一起舞动手中的枪支。对于自己的去处，他早已经明了于心。跟随老刘参加红军之后，他经历了大小十多次战斗，把马刀换成了步枪，缴获了数不清的弹药，有了健壮的花青马，成为骑兵队的一员，担负了比步兵队更多的任务。他见识过游击队的两次会合，经历了队伍的两次改编，看到了战友因为观点不同而引发的分歧和冲突，看到了战友们为弥合分歧而进行的努力。他兴奋过，满足过，失落过，迷茫过。每一次兴奋和满足都让他信心倍增，每一次失落和迷茫都让他倍感伤心。无论兴奋与满足，无论失落与迷茫，只要看见带领他走进红军队伍的老刘，看见朝夕相处的战友，他心里就敞亮。他有家难归，他必须跟随老刘和红军队伍寻求新生活。他愿意骑着花青马，扛着武器，与像他一样的战士一起，跟着老刘创建新队伍，建立新政权。虽然他还不完全明白部队改编的意义，不完全懂得部队首长讲话的内容，看见老刘不反对，他就坚决地跟着向前走。他不完全懂得成立红军游击队的道理，看到老刘为此忙碌，他就兴高采烈地和战友们一起忙碌。当他看见火一样的旗帜在春风中飘扬的时候，他的内心升腾起一股前所未有的力量。"工农红军"是一个全新的名字，是担负了无数劳苦大众命运和希望的名字。由小到大、不断发展壮大的工农红军注定是一支不平凡的队伍。

"李荣智，马匹刷洗过了吗？"李荣智出神地回想着早晨打麦场上授旗仪式的情景时，骑兵队队长强龙光走到他的面前，笑哈哈地问道，

铸魂

"想什么心思呢?"

"报告队长,想早上游击队成立大会的事情哩。太让人高兴了。"李荣智从沉思中惊醒过来,看着满面春风的骑兵队长。李荣智跟随强龙光的时间并不长,却经历了参加红军队伍以来最惨烈的变故,感受到了革命道路的曲折与艰难,感受到了探索革命道路时发生的碰撞。他无法改变事情的走向,却愿意跟随这支队伍坚定地向前走。在红军队伍四处转战、分分合合、起起落落的过程中,他深切地体会到了组建革命队伍、发展革命武装的艰难,也深深地懂得了革命道路的曲折,深深地懂得了追寻理想和信念的不易。无论是革命队伍内部的分歧,还是曲折转战的路程,都是革命过程中难以避免的代价,都是革命队伍从弱小到强大,从幼稚到成熟,从被动到主动,最后夺取胜利的过程中必须付出的代价。

"好好干吧!工农红军是共产党领导的队伍,是为人民的利益奋斗的队伍。在这支队伍中,我们一定会有美好的前景。"

"是,队长。"李荣智高高兴兴地回答强龙光的问话,看着强龙光走向其他战士,暗暗地静了静心思,开始一心一意地刷洗马匹。花青马是他的战友,是他的同伴,是他生命中不可分割的一部分。他必须像爱惜自己身体一样,爱惜花青马,使战马时时刻刻保持机警、干净、整洁和无畏。无论是战斗还是训练空隙,无论行军路上还是宿营休息,他始终惦记着他的花青马,惦记着他的同伴和战友,让花青马如同他一样保持整洁的外观和风范。红军游击队成立大会结束后不久,他牵着战马在训练场上驰骋,在乡间小路上飞奔,在田间地头溜达,让花青马感受他内心深处的喜悦、兴奋和期待,感受早春大地的复苏和期望,也让花青马啃食破土而出的青草,享受大自然的恩赐。做完这些事情之后,他开始刷洗战马,清扫花青马身上的尘埃。

五

红军游击队成立以后,总指挥和副总指挥没有像过去一样,着急带领队伍四面出击，争取战场上的胜利，而是首先把注意力和重点放在了部队的改组改造和战士的思想教育上。总指挥、副总指挥、政委、参谋长等人分头深入各个支队，悉心听取支队队长的意见，随后带领支队长，深入各大队、分队、班，与战士谈话谈心，组织建立士兵委员会，听取战士们的意见，仔细分析部队的现状，决定学习井冈山革命根据地的建军原则和建军经验，逐步对部队进行改造，实行军事、政治、经济三大民主和"三大纪律、六项注意"，成立士兵委员会，建立党的组织，加强党对军队的领导。尤其是针对部队来源复杂，战士们的军事和政治素质比较差，思想认识不完全一致的现实状况，以提高干部战士的军事和政治素质为重点，开展军政训练，组织干部战士学习省委送来的古田会议决议、中央红军政治工作制度，纠正军阀主义、平均主义、极端民主化。总指挥、副总指挥、政委、特派员和省委派来的军政领导，轮流讲解毛泽东在井冈山根据地提出并运用的"敌进我退，敌驻我扰，敌疲我打，敌退我追"军事原则，以及集中优势兵力打歼灭战和不打无把握之仗、无准备之仗等游击战战略方针，有意识地组织干部战士结合军事形势进行讨论，鼓励干部战士结合具体实践消化理解其中的道理，提高干部战士的军事素质和政治素质。

红军游击队成立之时，正是大地回春，草芽萌发，山花绽放，春种还无法大规模展开的时节。游击队在三嘉塬驻扎了一个多月，集中精力开展军事、政治训练和思想改造，纠正山头主义、宗派主义、教条主义和机会主义倾向，进行比较系统的思想路线教育和游击队战略战术训练。由于时间集中，方法得当，很受干部战士欢迎。这些训练和改造，消除了游击队员之间的隔膜和不解，促进了部队的团结，增强了部队的凝聚力和战斗力，极大地提高了部队的军事和政治素质。军政训练临近结束时，省委指示红军游击队开赴淳化、三原、富平一带开展对敌斗争。游击队及时派出人员化装侦察，了解周围形势，召开队委会，研究分析敌情，认为陕西淳化、三原、富平一带敌情复杂，贸然前往，不仅走不通，而且不利于稳定人心，决定先出兵占领陕甘交界的旬邑县职田镇，站稳脚跟后再进入清水塬、土桥一带，然后再向淳化、三原、富平方向发展。按照这一决定，红军游击队迅速行动，离开三嘉塬，开往职田镇。

红军游击队清晨离开驻地，到达职田镇时天色已晚。骑兵大队副大队长杨正琪奉命带领一队骑兵悄悄进入镇内，首先抓住了镇长和民团团总，随后在村民的带领下，抓住了附近村庄里的几个豪绅地主。天亮以后，游击队四面出击，在镇内张贴布告，发动组织群众，召开审判大会，宣布解散镇公所和民团队伍，镇压土豪地主，分配粮食、财物和土地。群众大会结束后，游击队和群众一起分工协作，搞宣传的搞宣传，烧契约的烧契约，分粮食的分粮食，分财物的分财物，在职田镇掀起了一股打土豪的热潮。

职田镇地处陕甘交界，位于旬邑县西北部。由职田镇向北走十多里路，隔刘家川与朱村塬相望，向东北走十多里路，即可进入三嘉塬地界。从行政和军事防守来看，职田镇属于陕西军阀管辖，驻军为西北军和地方民团；朱村塬则属于陇东，驻守部队主要是西北马家军和地方军阀，马家军和陇东军阀很少越界进入陕西地界。红军游击队选择在职田镇开展活动，主要是考虑到职田镇只有当地民团组织，没有正规的军阀武装，军事防守比较薄弱。一旦发生武装冲突，马家军和陇东军阀不会贸然出击协助职田镇民团，西北军出击职田镇需要从旬邑县曲折迂回。红军游击队一旦取胜或者失利，都有比较大的回旋余地和足够的撤退时间。从职田镇出发，进可向旬邑、三原方向发展，退可进入陇东朱村塬，迅速向子午岭腹地转移隐蔽。

红军游击队在职田镇得手之后，为了防止军阀和民团的进攻或偷袭，总指挥命令骑兵大队分成两队，由杨正琪带一队在东南面巡逻，强龙光带一队在西面巡逻。李荣智跟随杨正琪完成突击任务之后，又跟随杨正琪前往镇子东南面巡逻，警戒和监视富县、三原一带的军阀，防止西北军和民团突袭游击队。

职田镇土地宽阔，居民相对比较富裕，有钱有势的地主豪绅比较多。在游击队的组织发动下，当地群众从地主豪绅家里收缴了大量粮食和财物。看到堆得像小山一般的粮食和财物，群众议论纷纷，欢呼雀跃，但当听说要把收缴的粮食和财物分配给他们时，大部分群众面露难色，有的群众甚至返身离去。面对这种情况，旬邑县委书记找总指挥和副总指挥商量。总指挥和副总指挥听说后，笑着说："如果群众不来分粮食，就让战士们背着往群众家里送。"

站在一旁的军委书记听说后，不解地对总指挥和副总指挥说："这样做恐怕不行吧。粮食和财物可以背着送，难道土地也要背着送吗？"

总指挥和副总指挥两人相视一笑，说："这事情其实简单。先把粮食送去再说。如果群众不要，就让战士们给群众好好解释，慢慢做工作。分配地主劣绅的粮食和财物本身就是发动和组织群众，不做工作怎么行啊。"

群众之所以不要红军游击队分配的粮食和财物，说起来话还挺长。一年前的秋天，红军队伍曾经来到职田镇，打击豪绅地主，给群众分配了粮食和财物，群众很是高兴了一阵子。红军队伍离开后，豪绅地主在军阀和民团的支持下反攻倒算，群众为此吃了不少苦头，有的群众甚至倾家荡产，家破人亡，断送了性命。这次红军队伍分配豪绅地主的粮食和财物，与上次如出一辙，很多群众心有余悸，担心游击队离开以后，豪绅地主又会回来反攻倒算，他们还得吃苦头。所以，当听说红军游击队要分配豪绅地主的粮食和财物时，一些群众纷纷回避，表示不要粮食和财物。

面对这一情况，总指挥和副总指挥随即与军委书记、各大队队长开会研究对策。军委书记明确提出："要彻底消灭豪绅地主。只有消灭了豪绅地主，群众才敢于分配豪绅地主的粮食和土地，才不怕豪绅地主报复。如果不消灭豪绅地主，群众就害怕报复，就不敢分配豪绅地主的粮食和土地。"

旬邑县委书记看了看军委书记，又看了看总指挥和副总指挥，慢悠悠地说："我看不尽然。群众不愿意分配豪绅地主的土地，更重要的是思想觉悟不高，还没有认识到分配土地的重要性。只要我们做好组织宣传工作，真正把群众发动组织起来，群众的思想觉悟提高了，积极性就会提高，分配土地的问题就解决了。"

"还有一条，就是要发动群众，建立群众自己的政权——工农革命委员会。在革命委员会的领导下，开展革命运动，打击豪绅地主的嚣张气焰。"副总指挥眉头紧锁。

"我同意副总指挥的意见，先组织发动群众，建立革命委员会，组织开展革命运动。同时让革命委员会组织群众，成立赤卫军，由赤卫军保护群众，保护革命政权。这样一来，工作的基础就会更好。"一大队队长兴奋地说，"没有武装保护，群众的担心是必然的。把群众组织起来，成立赤卫队，既可以保护革命委员会，也可以保护群众，更重要的是可以建立比较稳固的根据地，便于我们开展游击战。"

讨论正热烈的时候，警卫队队长带着一个商人模样的人走进了窑洞。来人走进门，朝四下里望了望，举起右手，向总指挥和副总指挥敬礼。总指挥和副总指挥几乎同声叫道："这不是子轩吗。你怎么来了？"一边说，一边站起来，热情地迎了上去。

来人叫孙子轩，是受命打入西北军内部的共产党员，在西北军警卫团当连长。早些年已经与总指挥和副总指挥相识。孙子轩一左一右抓着总指挥和副总指挥的手，看了看在座的人，欲言又止。

总指挥和副总指挥会意，拉着孙子轩走进旁边的窑洞，说："有什么好消息？"

孙子轩说："我是专门来送情报的。陕甘游击队成立以后，西安城里人心惶惶，传说游击队要攻打西安城。按照蒋介石的命令，最近西北军准备派兵前来'围剿'你们。"

"大概多少人？"不等孙子轩说完，总指挥抢先问道。

孙子轩笑着说："人倒是不多，主要是警卫团四个连加上旬邑和彬县的保安团，总兵力大约在五百人左右。此次'围剿'由警卫团牵头负责，带兵的是一个姓樊的营长。"孙子轩说完，从口袋里掏出一个信封递给总指挥。

总指挥拆开一看是一幅作战地图。他低头仔细地看了看，顺手把地图递给副总指挥，对孙子轩说："回去以后代问张团长好。感谢他啊！"

孙子轩站起身，对总指挥和副总指挥说："张团长说，游击队刚建立起来，困难肯定不少，趁着'围剿'的机会给你们送一些枪支和弹药。"

总指挥和副总指挥相视而笑，上前与孙子轩紧紧握手。

孙子轩走出门，又返身回来，说："'围剿'时我肯定要来。我们要约定好联络暗号。"

总指挥和副总指挥与孙子轩定好联络暗号，一边说笑，一边送孙子轩离开游击队驻地。

总指挥走进会议室，回头看了看跟在身后的副总指挥。副总指挥点点头。总指挥会意，立即对参加会议的人说："同志们，我们有仗要打了。请各大队、各中队迅速组织人员，把缴获的粮食和财物分给群众，做好打大仗、打胜仗的准备。"

　　参加会议的人听说有仗可打，一个个眉飞色舞，摩拳擦掌，表示要大干一场，改善游击队的装备，打出游击队的威风。此次反"围剿"不同以往，刚刚结束的军事和政治改造，在很大程度上消除了游击队中的不良风气，游击队的思想和行动空前一致，组织协调能力和战斗能力大大提高，同时又有准确的情报和联络暗号，百分之百能打胜仗。因此，参加会议的人都高兴异常，纷纷出谋划策，准备一显身手，唯独军委书记高兴之余有些愁眉不展。按照省委的命令，军委书记在指导组建红军游击队之后，主要任务是跟随游击队分配土地，进行土地改革。游击队一旦取得胜利，站稳脚跟，他必须迅速组织群众，分配豪绅地主的土地，改变土地的所有制性质，瓦解豪绅地主存在的基础。面对突然而来的消息，他既希望游击队打大仗打胜仗，打出游击队的威风和气势，夺取反"围剿"战斗的胜利，改善游击队的装备，又担心反"围剿"战斗影响土地分配和土地改革，担心上级批评和嘲笑他工作拖拉，放不开手脚，没有工作成绩。

　　总指挥看出了军委书记的心事，笑着说："你放心吧。土地无论如何都要分给贫困农民，革命委员会和赤卫军无论如何也要建立起来，这是我们革命的目的和成果，也是我们革命取得胜利的保证。不进行土地改革，不建立红色政权，我们的革命还有什么意义？不过话说回来，在当前形势下，不打仗也不行。不打仗，就无法消灭敌对力量，就无法号召和组织群众，红色政权就没有建立的基础和条件，我们的游击队也不可能有发展。打仗就是为了消灭敌对力量，保证分配土地、建立革命委员会。打仗是一时之需啊。你担心的事情等仗打完以后再想办法解决。"

　　军委书记无奈地笑了笑，表示理解和服从。从省委来到地方工作之后，他虽然仍然是军委书记，但也是游击队的政委。他在推动游击队建设的同时，必须按照省委的要求，积极推动土地革命，尽可能地没收豪绅地主的土地，尽早分配给农民群众，瓦解封建制度的基础。

铸魂

游击队在职田镇取得胜利以后，他必须很好地完成他的工作任务。在全力组织伏击战的时候，他又不得不把自己的工作任务放在一边，首先确保战争的胜利。

由于涉及在敌对方隐蔽工作的人员，反"围剿"战斗的总体计划对基层士兵是保密的。游击队中只有各大队队长、副大队长和政治委员按照各自职责，分头调兵遣将，有条不紊地进行战前准备，其他人员并不知晓游击队的真实意图。

从总体布局上看，职田镇的地势地形和所处的位置不利于游击队全歼敌军。总指挥在地图前端详了半天，提出把反"围剿"战斗的主战场放在职田镇以东二十里的杨坡头，说："杨坡头地形两边高中间低，有道路穿行其中，又是从旬邑进入子午岭山区的必经之地，很适合打伏击。我们布一个口袋阵，想办法把敌人引进去，就地歼灭。"随后，一一征询副总指挥和大队长的意见。

副总指挥笑着说："我也看过了。你说的这个办法是最好的。如果不用口袋阵，很难把敌军一网打尽，也不好给子轩同志交代啊。"

总指挥见说，坚定地对参加会议的人说："就这么办。"

各大队队长听见总指挥和副总指挥如是说，也都表示赞成。

按照事先约定，游击队先头部队半夜起程，天亮前到达杨坡头，埋伏在道路两旁的山梁后面，只等"围剿"游击队的敌军到来，同时在职田镇至旬邑县城沿路派出暗哨，随时打探和传递消息。敌军进入职田镇以后听说红军游击队连夜逃跑了，只当游击队怯战，问清楚游击队去向之后，马不停蹄地跟在游击队屁股后面追赶了上来，企图把游击队赶尽杀绝。

总指挥和副总指挥带领游击队来到杨坡头之后，再次察看地形走势，分头带领人马进入埋伏地点，等待"围剿"的敌军到来。前来"围剿"的敌军进入游击队的伏击圈以后，总指挥首先把枪一挥，说了一声"打"，随即"叭、叭"就是两枪。埋伏在两边山梁背后的游击队员一听枪响，立即一齐开火。孙子轩在敌军队伍中，看见"围剿"的队伍全部进入游击队的伏击圈，急忙勒转马头，迎着前进的队伍向后直冲。敌军听见四面枪响，本来已经人心惶惶，看见孙子轩骑着马从前向后直撞，顿时乱了阵脚。游击队见势，立即封锁前后出口，从四面向敌军逼近。强龙光和杨正琪带领骑兵大队率先冲入敌群，高喊着："缴枪不打人！"敌军看见被红军游击队包围，无处可逃，很快崩溃，纷纷跪在地上，缴枪投降。

游击队以大队为单位，对敌军进行分块包围，俘虏了参加"围剿"的西北军和民团全部人马。看见分块缴械的几百个俘虏，副总指挥迎着从对面赶过来的总指挥，说："送来的东西咱们全收下，人就不收了吧！"

总指挥哈哈大笑，说："你说得对。这是张团长和子轩同志送给我们的礼物。我们把礼物收下，把送礼物的人放回去，也算是对他们的交代呀。"

反"围剿"战斗里应外合，取得全面胜利，缴获了大批武器弹药和银圆物资，特别是缴获了几挺机枪，游击队干部战士一个个喜笑颜开。打扫完战场以后，游击队再次返回职田镇，在镇公所门前召开庆祝会，表彰有功人员，宣传讲解红军游击队的政策，并宣布要分配粮食、财物和土地，成立工农政权和红色赤卫队。当地群众看到红军游击队半天之内解除了西北军和民团五百多人的武装，缴获了大量武器弹药，内心的疑虑慢慢消解，有的年轻人报名要求参加红军游击队，有的报名要求参加赤卫队，有的表示愿意帮助游击队分配粮食和财物，工作形势迅速好转。

庆祝大会结束以后，红军游击队留下一部分人和武器，在职田镇帮助建立赤卫队和工农政权，大部队转向淳化、铜耀、宜君方向，成功偷袭照金民团，全歼守敌；消灭宜君瑶曲民团和驻守焦坪的西北军一个连，尔后越过子午岭，绕道合水，进驻同盟军诞生地——北柴桥子村。

红军游击队大部队离开以后，留下来的游击队战士在旬邑县委的领导下，分头发动群众，建立赤卫队和工农政权，设法消除民团的影响，打击地主土豪的嚣张气焰。群众看到有了靠山，心里的顾虑逐步消解，开始接受分粮分地。

杨坡头一战歼灭西北军和民团五百多人，是李荣智参加红军队伍之后经历的第一次全部歼灭敌人的战斗，也是李荣智参加的最大规模的一次战斗。战斗发生的前一天晚上，李荣智和战友刚刚返回营地，通讯员急匆匆地走进来，传令让各队注意警戒，立即宿营休息，凌晨

铸魂

时出发执行任务。

"明天肯定有战斗任务了。"接到命令，李荣智和战友迅速宿营休息，他们却无论如何也睡不着。从通讯员和副大队长杨正琪的神情判断，明天必然有大行动。战友们躺在被窝里相互打听，一边议论，一边想象，期望在未来的战斗中一显身手。很多战友像李荣智一样，是土生土长的农家子弟，却无法在土地中劳作，无法依靠土地维持生活，不得不远离土地，寻求新的生活天地。一些战友虽然家境优越，却不愿意安于现状，想方设法寻求公平正义，为穷苦百姓寻求安身立命的制度和政府。一些战友跟随总指挥等人走南闯北，不屈不挠，不畏艰险，为建立人民军队和人民当家做主的新政府流血流汗，一些战友仰慕副总指挥等人威名，历尽千辛万苦，追寻红军游击队。与这些人在一起，李荣智感到踏实、自在、安稳，也感到快乐、自由、幸福。他期望与战友们一起奋斗，一起拼搏，寻求理想和希望，也期望在火热的战斗生活中建功立业，增长见识。

第二天天未亮，李荣智在睡梦中被战友叫醒，随着部队早早地进入阵地，埋伏在杨坡头东北边的山坳里，等待追剿游击队的西北军和民团的到来。杨坡头距离李荣智的老家朱村塬并不很远。隔着杨坡头北边的川道可以隐隐地看到朱村塬南坡，看见朱村塬上的土地和村庄，看见村庄里高大的树木和宽大的庄基。此时的他是一名普通的红军骑兵战士，正在进行战前准备，不能也不应该在隐蔽的时候想起家乡的土地和山水，不应该在这个时候想起哥哥和姐姐。他离开村庄是迫不得已，即便是回家去，也还是身不由己，没有自由生活的条件和环境。他只有铁定心思，跟随红军队伍坚定地走下去。这是他活命的依靠，也是他活人的依靠，是他处身立世的依靠。他也愿意跟随红军游击队坚定地向前走。中午时分，听到总指挥的命令和枪声，李荣智一马当先，冲入敌方阵营，与战友一起迅速将西北军和民团分割包围，不到半个时辰结束战斗，俘虏了所有敌军，收缴了武器装备，取得了游击队成立以来最大的一次胜利，也取得了他参加红军队伍以来最大的一次胜利。他听说要释放所有俘虏时，心里十分疑惑，跑着去问副大队长杨正琪。杨正琪笑着说："这是命令。"他忍不住说："为啥不像以前那样动员俘虏参加游击队呀。"杨正琪哈哈大笑，说："你还真有些野心哩。不过，你不能着急。至于为什么不动员俘虏参加游击队，过几天就知道了。"庆祝大会结束后，在跟随部队转移的路上他得知反"围剿"战斗是事先安排好的一场里应外合的计划。乍一听到消息，李荣智吃了一惊，同时也感到非常欣慰。这个消息让他第一次知道，已经有很多人聚集在红色旗帜之下，在不同的地方、通过不同的方式，为了一个共同的目标不懈地努力，也让他第一次懂得实现众人期盼的目标的方式不只是单纯地在战场厮杀。战争是实现革命目标离不开的方式，却不是唯一的方式。只有发动、组织、团结更多的人一起奋斗，革命才有可能早日取得胜利；只有建立人民的武装，才有可能建立人民的政府。

李荣智第一次感受到了革命战线和革命方式的众多，由此对于革命的目的和意义有了新的理解。

六

"你们可来了，真是太好了啊。狗日的军阀把乡亲们逼急了，乡亲们准备去县城'缴农'，和县政府闹事哩。你们有人有枪，赶紧想办法帮帮乡亲们吧。"李荣智跟随红军游击队绕道朱村塬，刚刚进驻北柴桥子村，便有乡亲来找他，说群众要去县城"缴农"，准备带着农具包围县城，向当地驻军和县政府示威抗议。

"咋回事，慢慢说。"李荣智惊奇地问道。红军游击队离开职田镇，之所以绕道前进，一方面是为了避开前进道路上的困难，尽量不与驻军和民团发生正面冲突，另一方面也是为了保密，确保游击队新的驻扎地的安全。北柴桥子村是红军游击队的老根据地，这里地势险要，人烟稀少，不容易被外人注意。游击队曾经在这里驻扎，在这里改编为同盟军，有着比较好的群众基础，不会轻易走漏风声。红军游击队刚刚驻扎下来，就有乡亲前来报告消息，李荣智不敢懈怠，细心打问，了解情况。

"唉，别提了，说来话长啊。今年开春不久，驻守县城的骑兵部队

铸魂

长官摊粮派款时肆意加大钱粮数额，缩短缴纳限期，还派人强征强抢，在南北两条塬上很多村庄里引发了流血冲突，好多人被驻军和保安团打得不成样子了，有的人还被抓去了县城。人们气愤不过，暗地里串联传递消息，准备带着农具，到县城里去'缴农'示威，抗议征缴粮款。"报告消息的乡亲好不容易说清楚事情的来由。

李荣智不敢慢待，急忙领着乡亲找到杨正琪，向杨正琪简单汇报了情况。杨正琪听说后觉得事关重大，带着他们直接找到总指挥，当着李荣智和老乡的面，报告了群众"缴农"示威的缘由和时间。总指挥听说后，立即派人找来副总指挥一起商议。

副总指挥听说群众"缴农"，高兴地说："这是千载难逢的好机会啊！群众自发组织起来，与国民党县政府和驻军闹事，说明群众觉悟很高，不愿意被欺压和盘剥。机会很难得，机会很难得啊。如果群众没有意愿，单凭我们去组织，难度就大多了。既然群众自发斗争，我们为何不趁着这个机会做点事情呢？我们去声援和支持群众，既能给国民党县政府和驻军压力，也能让群众看到我们和他们一条心，群众一定会相信我们。如果能趁机夺取县城就更好了，即便是夺不了县城也没关系，至少接下来的事情就好办了。"

"你说得对。我们和群众一起去围攻县城，想办法乘机夺取和占领县城。"总指挥高兴地看了看副总指挥，随即大声喊道，"通讯员，赶快让骑兵队派人去打听县城里是谁的部队，有多少人。要快。"

"现在天已经黑了，骑兵出去侦察不方便。我的意思就不派人侦察了。县城里驻扎的部队肯定是陇东军阀骑兵旅的一部分。人数不会太多，最多不会超过一个连。"副总指挥很有把握地说，"我在这一带活动的时间比较长，走过很多地方，对这里的军阀布防情况多少了解一些。现在天黑了，路途又比较远，还要翻越两条沟，派人出去侦察，一时半会儿也弄不清楚，不如就地宿营，明天早起直接配合群众行动，包围和攻打县城。"

"就这么定了。现在宿营休息，半夜起床吃饭，之后出发，赶在明天天亮之前到达县城，与群众一起攻打县城。"总指挥略一犹豫后，下定决心，立即传达命令，让游击队员就地宿营休息。末了，又对副总指挥说，"你向省委汇报的事情怎么办？还是不要拖延的好。没有省委的领导和支持，我们有很多问题不好把握。"

"我们一起去打县城，战斗结束以后我直接去西安。那边距离西安比这里还近哩。"副总指挥笑着说，"我快去快回。不耽误这里的事情。"

前往县城声援和支持群众抗议示威活动的命令下达后，红军游击队立即宿营休息，半夜时分起床吃饭，随后从驻地出发赶往县城。由于天黑，先头部队不熟悉路径，早上天亮之后发现走错了方向，与县城距离甚远，无法按照预定时间对县城进行突然袭击。副总指挥看了看从东边塬峁上升起的太阳，紧走两步，赶上走在前面的总指挥，说："我们的方向走偏了，现在去县城没有多大意义了。太阳升起之后，县城里的军阀会把城外的情况看得一清二楚。他们肯定会紧闭城门，不理睬群众的围攻。何况我们人数少，又没有攻城的武器，攻打县城肯定有困难。"

总指挥边走边抬头看了看越来越高的太阳，说："我也觉得方向走错了，没有想到差这么远。如果不能在敌人没有防备的情况下按时赶到县城进行突然袭击，大鸣大放地攻打县城，意义确实不大。弄不好还会徒增伤亡。"

"现在去可能会打草惊蛇，暴露我们的行踪和力量，不如不去的好。一个是群众攻击县城之后，县城里的驻军肯定有所防备，我们后面再去攻击，既无法发动突然袭击，也不能凭着现有装备发动强攻。另一个是我们事先没有和示威群众取得联系，仓促赶到县城，群众说不定还不信任我们。一旦群众自行散去，我们就更尴尬了。"副总指挥停下脚步，看着行进的队伍，"我建议就地宿营。其他事情等弄清楚之后再决定。否则，我们今天又要前不着村后不着店了。"

"停止前进。"总指挥发布停止前进的命令，随后对通讯员说，"让骑兵连派人去打问一下这是什么地方。"

"从群众围困县城的情况看，这里的群众觉悟还是很高的。如果有可能，我们可以利用群众的觉悟，组织建立工农政权，创建根据地，与敌人进行长期斗争。"副总指挥看着远处的山梁，眉头紧紧地拧在一起。

"这个主意好啊！可以向省委一起汇报。"总指挥赞同道。

　　由于迷失方向，红军游击队无法按时赶到县城，与群众一起围攻县城，随即改变行军路线，就近驻扎在西坡镇四圪瘩村。第二天天未亮，副总指挥按照原计划去了西安，总指挥带领部队就地休整。

　　因为驻军催缴粮款引发的"缴农"示威几乎涉及县域所有村镇。南北两个塬面上的群众暗中传递消息，天还未亮便背着农具，从村落里走出来，向着县城奔去。由于催粮逼款涉及面大，被打伤和抓到县城里的人多，参加"缴农"的群众众多，声势浩大，清晨时分陆续到达县城，四面包围了县城。县政府和驻军头目看到群众虽然人数众多，来势凶猛，却没有武器，随即紧闭城门，站在城墙上看了一会儿，纷纷走下城墙，对于群众的抗议示威不理不睬，视而不见。参加示威活动的群众群龙无首，在接连几次激烈冲击城门没有取得成效之后，散乱地围坐在城门周围。群众从早到晚，围着城门坐了整整一天。临近黄昏时分，参加"缴农"示威的群众看见围城不会有任何结果，便陆续离开县城，返回乡里。

　　群众"缴农"示威尽管没有取得成效，甚至没有引起县政府和驻军的足够重视，还是在县城内引起了很大震动。县城内人心惶惶，民众议论纷纷，驻守真宁县城的军阀指挥官觉得群众"缴农"示威，严重损害了自身威严，说百姓如此大规模闹事背后肯定有支持有预谋，扬言要血洗参与群众比较多的朱村塬。消息传来，朱村塬一时群情激奋，各村各户纷纷开始进行自保。一些村大、户大的村落和人家成立护院队、护村队，一些不安现状的人秘密串联，沉寂多年的哥老会、兄弟会再次热络，还有人与附近山区的土匪武装联络，让本来很不平静的村落更加纷扰。在几个大家族和大村落的联络撮合下，朱村塬十多个村庄联合起来，组织二百多人，成立民军。民军手执长矛、大刀、农具，集中在苟仁村商讨对策，准备与驻军和官府进行斗争。

　　红军游击队没能及时赶到县城声援群众"缴农"示威，将错就错，调整部署，驻扎在朱村塬四圪瘩村，一边休整训练，一边寻找机会，打击附近的民团和地主武装。由于四圪瘩村距离民军集聚的苟仁村不远，民军闻讯后，立即派人与游击队联络，请求游击队支持。总指挥召集游击队其他领导商议，认为朱村塬群众的反抗斗争是发动群众、开展武装斗争、扩大游击队影响难得的机会，决定在朱村塬发动和领导群众开展斗争，开辟根据地，建立苏维埃政权。

红军游击队迅速出击，在各个村庄张贴标语、召开会议、发动组织群众，开展武装斗争。此时，副总指挥去西安向省委汇报工作，总指挥与特派员等人带头深入农户，访贫问苦，发动组织群众。经过宣传发动，朱村塬各村纷纷成立农民联合会和贫农团，并将自发成立的民军改编为赤卫军。经过充分准备，红军游击队在新庄子村组织召开大会，选举产生朱村塬革命委员会，下设军事、财粮、工会、青年等委员会，组织群众，开展反封建斗争。同时成立赤卫军总指挥部，组织和训练赤卫队，配合游击队，打击民团和地主武装。

朱村塬革命委员会是红军游击队建立的第一个苏维埃政权。革命委员会成立以后，把发动群众，实行土地革命，镇压反革命，扩大武装力量，巩固新生革命政权和建立根据地作为首要任务。在陕甘游击队的支持和配合下，迅速展开以打土豪、分财产为中心的反封建斗争，先后没收了东城村豪绅刘家秋、朱家庄豪绅赵大享、马家庄豪绅雷斌义的粮食和牛羊牲畜，并分配给贫苦农民。与此同时，游击队把朱村塬与旬邑、彬县的群众运动连在一起，赶赴永乐镇、北极镇和新庙镇抓捕土豪劣绅，发动组织群众，开展武装斗争。在红军游击队的主导下，朱村塬革命委员会在苟仁村的寺院里召开公审大会，处决了民愤极大的豪绅赵大享和雷斌义。东城村豪绅刘家秋事先得到消息，翻过关押的院墙逃跑。

红军游击队通过建立革命委员会，组建赤卫军，分粮分财，打击了地方豪绅和民团的嚣张气焰，激发了群众支持和参加红军游击队的积极性，红军游击队的人数迅速增加，影响进一步扩大。

经过一系列工作和准备，红军游击队认为攻打县城，推动"缴农"示威活动更加深入的时机已经成熟，随即与赤卫军、护院队、护村队联合起来，一起包围和攻打驻守县城的国民党守军。正当游击队和赤卫队联合攻城之际，驻守陇东的国民党暂编十三师派出骑兵营前来增援被包围的守军。游击队在设伏消灭增援骑兵五十多人之后，撤出包围，与赤卫军一起返回朱村塬进行休整。这时，中共地下党送来情报说，国民党旬邑县城驻军换防，县城内空虚，红军游击队可以借此机会闪击旬邑县城。总指挥与已经返回部队的副总指挥当即决定抓住战

铸魂

铸魂

机奔袭旬邑县城。在地下党的密切配合下，红军游击队连夜从朱村塬出发，出其不意，迅速包围并一举攻下旬邑县城，歼灭守军三百余人，捣毁了县城各个机关，收缴了大量枪支弹药和财物。

闪击并夺取旬邑县城，是工农红军游击队成立之后第一次武装夺取国民党县级政府所在地，引起巨大震动，极大地鼓舞了游击队干部和战士，激发了当地群众参加和支持红军游击队的积极性。一时间，红军游击队成为群众追逐的目标，参加和支持红军游击队变成了很多青年农民向往的事情。红军游击队在陕甘交界的旬邑县和朱村塬一带影响大大提高。

当初，刚踏上家乡土地的李荣智得知乡亲们包围县城，"缴农"示威的消息之后，急切地期望红军游击队前往县城，声援乡亲们，帮助乡亲们攻打县城，消灭罪大恶极的驻军、保安团，解散县政府，打击为富不仁的豪绅地主。当听到总指挥和副总指挥决定带领红军游击队声援群众的消息之后，他兴奋得一夜没有睡觉，暗暗地期望大干一场，为家乡父老乡亲出气。可惜红军游击队半夜行军走错了方向，没有按照预定计划到达县城，失去了夺取县城的最佳时机，不得不就近宿营。好在很快与民军取得联系，在朱村塬组织开展了轰轰烈烈的群众运动。看到总指挥带人走村串户，宣传政策，组织群众，李荣智主动请缨，带着两个同伴回到朱家庄和梁家庄，宣传政策，动员在松堡子山被保安团抓捕又侥幸逃脱的金兴华等人参加了红军游击队，让两个本家兄弟走进了游击队和民军队伍。在红军游击队闪击旬邑县城时，他迅速归队，跟随骑兵大队出色地完成战斗任务，受到游击队的表扬。

红军游击队成立以后，以陕甘交界地区为中心，积极整训队伍，开展活动，好不容易取得了一些胜利，改善了装备和处境，打击了附近地区驻军和民团、地主豪绅的气焰，扩大了红军游击队的影响，尤其在很大程度上消除了内部分歧，肃整了纪律，提高了游击队的战斗力和军事、政治素质，稳定了军心。

可惜好景不长，不久，省里派来的领导老杜来到游击队，由于不了解游击队走过的道路和面临的处境，带领游击队吃了一些败仗。接替老杜而来的李良也在攻打孙家寨的赵冷娃时打了败仗，使游击队遭受重大损失。

连续半年多的转战和失败，使游击队大量减员，疲惫不堪。游击队总指挥老谢决定带领红军游击队在照金进行全面休整，一面动员群众参加红军游击队，补充兵员，一面发动群众筹粮筹款，改善游击队装备。但是军阀和民团并没有给游击队休整的时间。游击队刚刚落脚，陇东军阀两个团立即从宁县出发，经过真宁县向东攻击；驻守陕西的国民党军八十六师两个团由铜川向北逼近；富平、铜川、铜耀县民团由铜耀县向西进攻，三路大军形成合围之势，企图将红军游击队包围并消灭于铜耀县照金地区。

获悉军阀和民团的进攻计划以后，老谢立即召集老刘、阎定川等人研究，决定游击队向南运动，跳出敌军的合围圈。这时，游击队从抓获的俘虏口中得知，富平、铜川、铜耀县民团四百多人正向照金扑来，总指挥部立即决定让游击队向杨柳坪后撤，诱敌深入。富平、铜川、铜耀县民团进入照金扑空后果然上当，认为游击队已经逃跑，放松警惕。游击队抓住战机，当天晚上直返照金，第二天拂晓包围了还在睡梦中的富平、铜川、铜耀县民团。经过短暂战斗，除击毙的团丁以外，俘虏民团团丁三百余人，活捉民团头子胡老三、张谢芳、蔡子发等七人，缴获各种武器三百余件和大批军用物资，取得了红军游击队转战半年之久后难得的一次胜利。

照金战斗结束之后，游击队立即向西转移到甘肃境内的安子洼，不料又遭遇陇东军阀的袭击，游击队再一次遭受重大伤亡。游击队迅速脱离战斗，天黑时撤退到刘家店子，又遭到甘军警备七十八团袭击。游击队边打边撤，一直向东退到马栏镇，才摆脱敌军追击。红军游击队马不停蹄，一路向北直奔华池南梁。不久，游击队在偷袭保安县城时因向导迷路，将原计划的偷袭变为强攻，因情报有误最终导致攻击失利，一大队队长牺牲，骑兵队副大队长负伤，游击队伤亡严重。撤退途中，在富县墩儿梁、八封寺一带，游击队又遭到陕北军阀一个营的阻截。红军游击队元气大伤，转移到南梁平定川、豹子川时，减员到不足二百人。为了保存力量再图发展，指挥部决定分散活动，由老刘带领七十余人到合水、庆阳一带活动，参谋长老杨带领六十多人到三原县一带活动，阎定川率领骑兵队进入照金地区，一方面为部队筹备粮饷，一方面与上级组织联络。

铸魂

红军游击队遭遇成立以来最惨重的失败，武器装备不足，队员士气低落，不得不在军阀和民团的重重包围之中躲闪腾挪，寻求生机。

七

又是一个农历八月，原野上生机勃勃，满目一片碧绿。眼看着就要走到塬边了，李荣智不由得加快了行进步伐。他脚步匆匆，浑身是汗。前一年八月，他在三嘉塬林家坡追赶上红军，参加了红军队伍。今年八月，他又一次来到三嘉塬，不同的是上一次是离家，这一次是回家。他要回家去，看看他的哥哥和姐姐。

也许是回家心切，也许是在游击队里养成的习惯，或者是大病初愈后的虚弱，李荣智有些气喘。但他脚下依然生风，不由得加快脚步，急匆匆地向前行进。三嘉塬与朱村塬并不是很远，两者之间隔着刘家川川道。从三嘉塬边上走下去，向西北方向走几里路，然后跨过刘家川，走上川道旁边的土岭就到了朱村塬边。李荣智走到三嘉塬边上，一眼便看见了村庄里那棵高大的杨槐树，不由得心想："再有两个时辰就到家了。"

李荣智家所在村庄里的那棵高大的杨槐树是村庄的标志和保护神。无论谁，有多么急迫的事情，都不能也不得打杨槐树的主意。杨槐树什么时候栽种的，由谁栽种的，村庄里没有人知道。人们能够知道的是，一百多年前李荣智的祖上迁到村庄里来的时候，那棵杨槐树就已经长得很高大了。李荣智小的时候，经常和村庄里的小伙伴们一起，在杨槐树下嬉戏玩耍。杨槐树生长在一个足有半亩地大、六七尺深的圆形土坑里，树干笔直挺拔，要四个成年人才能勉强合抱得住。杨槐树的树冠像一柄巨伞，圆圆的足有十五丈大，遮盖地面少说也有两亩地大。树枝疏落有致，层层叠叠，遮挡了阳光和风雨。每到夏季天热，树枝上满是鸟儿筑的巢窝，各种叫不上名字的鸟儿叽叽喳喳，犹如一曲天籁之音。每当春秋两季下午太阳快要落山的时候，会有无数鸟儿飞到树上夜宿，那鸟儿有黑、有红、有白、有黑白相间的，一边鸣叫，一边在空中盘旋，景色煞是好看。每当这个时候，人们或站或坐在杨槐树下面，享受杨槐树带来的阴凉，静听鸟儿的歌唱，似乎还有彼此的牵挂和向往。

李荣智离开村庄，参加红军队伍一年了。在这一年时间里，他跟着红军游击队走了陕甘交界很多地方，做了很多事情，学习了很多规矩，长了很多见识。他的思想和情感发生了很大变化。他曾经多次在家乡的地界上活动，最近的时候距离生养他的村庄仅咫尺之遥。红军游击队在朱村塬发动和组织群众成立革命政权时他回过一次家，趁着动员乡亲们参加红军游击队和支持革命委员会的机会见过久违的哥哥和姐姐，除此之外他没有离开过部队，甚至没有过回家的念头。红军游击队是一支纪律严明的队伍。游击队有游击队的任务、规矩和纪律。游击队员有游击队员的规矩，红军战士有红军战士的纪律。他是游击队员，是红军战士，必须遵守游击队的纪律和规矩，不能随随便便脱离游击队，更不能随随便便放下肩负的任务去干私事。这次回家于公于私都些有道理，从感情上讲也是迫不得已。

上个月月初，红军游击队南下三原，受到强敌攻击，不得不向北转移，在庆阳川与陇东驻军赵文治部两个连相遇。游击队背水一战，在敌军立足未稳之际，发起猛烈攻击，很快突破了敌军防线。敌军溃败后，随即向左边土山上奔去，企图翻过土山，逃脱红军包围。李荣智所在的尖兵班处在战场最前沿。眼看一大群敌军向旁边的小桥涌去，一部分敌军已经通过小桥，爬上了半山腰，李荣智和全班战士一起跃出战壕，奋起直追，期望赶在敌军登上山顶之前截断他们的去路，阻止他们逃跑。李荣智一马当先，催动胯下战马，绕过山脚，抄近路朝沟内追去。但是，战马跑到山根前面时却无论如何也不上山。李荣智迫不得已，弃掉马匹，提着枪支，跑步向山顶奔去。

李荣智一口气跑上山顶，看见跑在前面的敌军已经冲过了山头，后面还有几十个敌军拼命向山顶上攀爬。李荣智不顾劳累气喘，守住山顶要道，端起步枪，对着向上攀爬的敌军大声喊道："往哪里跑，还不赶快缴枪。"

拼命向山顶攀爬的敌军一个个气喘吁吁，面色蜡黄，猛然听到喊声，抬头看见山顶上有了红军战士，不由得一齐跌倒在地，直喘粗气。

铸魂

李荣智接连大喊数声，四十多名敌军喘息未定，慢慢从地上爬起来，把手中的枪支扔到一边，耷拉着头，站在一起。

"你了不起啊……"大队长杨正琪带领战士冲上山顶，看见李荣智一个人俘获了四十多名敌军，非常高兴，正要开口表扬，忽然发现李荣智脸色苍白，立刻命令一排长道："快！赶快把他扶下去。"

李荣智心急气短，喘息未定，听见杨正琪如此说，刚要迈步向前，双腿忽然一软，跌倒在地。两个战士急忙上前扶起他，朝山下走去。走到半山腰一个无人居住的庄基外面时，战士看见庄基后面正在收拢俘虏，扶着李荣智靠着庄基围墙站住，对他说："你稍微站一会儿，我们看一看就回来抬你下山。"

李荣智背靠着庄基围墙，面朝火辣辣的太阳，不一会儿便难以忍受。他想挪移到不远处的树荫底下，无奈双腿绵软无力，不听使唤。他感到恶心一阵紧似一阵，喉咙里有一股甜丝丝的东西不断向上喷涌。他把嘴一张，一股鲜红的血喷出来，染红了脚下的土地。他顿时觉得天旋地转，头脑发昏，一个跟头栽倒下去。

搀扶李荣智的战士从庄基后面出来，看见李荣智跌倒在地，人事不省，正准备上前扶他起来时，杨正琪也从庄基后面走了出来。杨正琪见状，急忙命令战士不要乱动，随即快步走上前去，摸了摸李荣智的脉搏和额头，回头对军需官说道："赶快给他吃药。"

所谓药，其实是从地主土豪手里没收来的鸦片烟。军需官走到李荣智跟前，蹲下身，从背包内掏出一个小包，小心翼翼地打开，用指甲抠下小豆粒大的一块，放进李荣智的嘴里，又把水壶里的清水向李荣智嘴里灌了一点儿。过了一阵，李荣智慢慢地醒了过来。由于李荣智无法行走，几个战士用木棍和树枝绑了一个简易担架，抬着他走了十多里山路，来到一个树木茂密的半山腰，在一户人家的大门口停了下来。这家的男主人听见响动，走出院子，与红军战士打过招呼，帮着把李荣智抬进窑洞。杨正琪让军需官给主人留下一摞银圆，交代男主人说："好生看顾。过一阵子我们回来接他。"随后，带着游击队员踏上了新的征程。

李荣智在这个弄不清楚处所的山坳里居住了一个多月。主人对他非常关照，不仅倾其所有，好吃好喝给他补充营养，还几次外出，找来山野大夫，给他诊治病情，让他喝一些味道很苦的草药。有时候，他觉得药太苦，不愿意喝，主人就说："良药苦口。喝了药，病好得快些。你还年轻，一定要把病治好。"在主人的悉心照料下，半个月后他的病情有了很大好转。看到他有了气力，能下地走动时，主人只要有时间就扶着他在院子里走动，慢慢地走出院子大门，靠着大门外边的围墙晒太阳，在大门前的土路上来回行走，帮助他恢复体力。

这户人家的主人是一个勤快又有远见的人。因为不愿意在老家受人欺负，带着一家人流落到树木掩映的山坳里，开荒种地，过着远离人世的生活。他知道红军游击队反抗官府、打击豪绅和恶霸地主之后，对游击队产生了深深的同情和依恋。每次游击队路过或者把受伤生病的人员留下来，他都满心欢喜，倾其所有，招待这些年纪轻轻就离开家园的"孩子"。用他的话说："这些娃娃都是好人，正在做了不得的大事情哩。好人应该有好报，好人理应得到帮助。"

一天清早，李荣智早早起床，帮着主人给牲口准备好草料，把牲口拉出窑洞，拴在院子里的白杨树下面，又往圈养牲口的窑洞里运送了几担晾晒好的黄土，收拾好牲口粪便，与主人一起坐在土炕上吃早饭。看着有些苍老的主人，李荣智心里忽然一动，忍不住对主人说："大叔，谢谢你啊。这些日子你这么照顾我，真是太麻烦你了啊。"

主人停下筷子，抬起头，看着李荣智，说："这是哪里的话？你这孩子，在我这里这么长时间了，还这么客气。再说，你们毕竟还是孩子啊。小小年纪远离家人，在外面奔波，不容易啊。能照顾你，说明我们有缘分。"

"真的要感谢你啊。在你这里就像回到家里一样啊。"李荣智说。

"这孩子，是不是有什么事情瞒着我啊。怎么这么客气？"主人哈哈笑着，重新端起饭碗，一边吃饭，一边笑眯眯地看着李荣智。

李荣智看着主人，不好意思地说："我的身体好了，想回游击队里去了。还想在回游击队之前，回家里去看看。我离开家很久了，不知道他们咋样了。"

"离开家时间长了，回去看看是应该的。"主人收起笑容，"你是被逼离开家的，现在回家里去保险不保险啊？你不是说在家里没有办法生活才参加游击队的吗。你这样回去，官府的人会不会给你找麻烦啊？"

"李荣智在吗？"李荣智和主人商量离开的事情，游击队派来看望他的人一边大声喊叫，一边推开庄基大门，走进了院子。

主人急忙放下碗筷，对李荣智说："你别出去。我去看看是谁再说。"随即转身走出窑洞，边走边问："谁啊？找什么人……噢，是你啊！快到窑里坐，快到窑里坐。"

随着主人的说话声，窑洞里走进一个人。李荣智抬头一看，是与他一个班的骑兵大队战士，立即上前抓住战士的手，说："原来是你啊！"

看到李荣智身体已经恢复，骑兵战士高兴地说："首长派我来看你，给你带了几块银圆，让你安心养病。"一边说，一边从怀里掏出银圆交到李荣智手上。

李荣智对骑兵战士说："我的病已经大好了，正和大叔商量回部队的事，你就来了。不过，我有一件事情想请你回去向首长报告，我想趁着这个机会回家去看看。一个是我离开家一年多了，一直没有回去过，不知道家里人怎么样了。再一个是我父亲三周年快到了，我想回去给父亲上坟烧纸。我回去看看马上就回部队里去。请你向大队长给我请个假。"

骑兵战士离开后第二天，李荣智把红军战士送来的银圆悄悄地放在炕桌下面，告别照顾他的主人，赶往朱村塬老家。为了避免遇到不必要的麻烦，他绕开大路，寻找小道赶路。四天之后，他回到了家里。哥哥和姐姐见他回来，半是惊喜半是埋怨地对他说："不在外面好好地待着，跑回来做啥哩？家里哪儿还敢待啊！"

看着哥哥惊喜又为难的样子，李荣智忍不住问道："保安团还给你们找事啊？"

"唉，别提了。从你跑出去以后到现在这么长时间从来没有消停过。今天来找人，明天来要粮，三天两头来找事情，不得安稳啊。"哥哥李荣福边说边叹气，末了，又说，"你既然回来了，就在家里待两天吧。等老人三年的事情一过，你就赶快走。"

李荣智看着哥哥，说："我正是为这件事情回来的。父亲三周年是大事情，我不参加不行啊。"

说来也巧。第二天早上，李荣智跟着李荣福去看父亲的坟墓，在村口碰见村庄里的财主黄玉林。李荣智与保安队高一多结仇以后，黄玉林向高一多告密，领着保安队把李荣智堵在窑洞里。李荣智翻墙跳下沟逃走以后，李荣智的哥哥气愤不过，找黄玉林论理，黄玉林大骂不止，与李荣智的哥哥大打出手。黄玉林看见李荣智兄弟两个，立即满脸堆笑，讨好似的对李荣智说道："你回来了？在外面好着哩么？"

"好不好的不敢说，反正还活着就是了。"看见黄玉林迎面走来，李荣智恨不得立即挥拳教训一顿这个不安好心的狗财主。转眼一想，他回家是为了给去世的父亲过三周年，没有必要招惹是非，便换了口气，假意应付了几句后，跟着李荣福走了。

给去世的先人过三周年忌日，是陇东地区一项非常重要的习俗。无论家贫家富，父母长辈去世之后，后世儿孙都要在三周年忌日之时邀集亲朋，杀猪宰羊，设置供案，大肆祭奠。一些富裕的人家还要请来戏班子和吹鼓手，吹吹打打，在村社里热闹一番，以显示后人的富足和孝顺。三年前，父亲因病去世，李荣智很伤心。后来，由于与保甲局吴师爷为缴纳粮款的事情发生冲突，在村里无法立足，他历尽艰难，参加了红军队伍，期望找一个活命的依靠。战斗中负伤以后，在无亲无故的农人家里养伤，让他的内心多了一份柔软和牵挂，也多了一份不安和期待。家里还有哥哥和姐姐，还有乡邻和亲朋，还有看不见都能真实感觉到的亲情。他不顾伤痛初愈，执意回家，既想看看哥哥和姐姐，也想参加父亲三周年祭祀，以表做儿子的心意。虽然人在家里，但他暗地里还是时时惦记游击队的战友，注意保安队的动向。他尽量不招惹是非，谋求短暂的平顺和安宁。

"大路上来了一群人马，好像是镇子里的保安团上来了。他们会不会是对着你来的？"李荣智和李荣福回到家里不大一会儿，邻家大哥急急火火地跑进院子，抓着李荣智的手说。

两个哥哥听说，着急地对李荣智说："对不对着你，你都赶紧躲一躲吧。小心无大错。"一边说着，一边拉着李荣智朝院子外面走。

"这时候去哪里躲啊？"李荣智执拗地说。

"快去塬上的庄稼地里躲着吧。今年秋粮长势好，藏在里面没麻搭。你藏在里面千万不要出来，无论发生什么事情都不要出来。不管有什么事情，我和你二哥应付就是了。"大哥李荣福边走边叮咛。

铸魂

在哥哥的催促下，李荣智跑上塬畔，钻进塬畔上的玉米地，趴在套种在玉米地里的豆棵子后面，静静地看着村庄里发生的一切。不一会儿，镇保安团团总刘西诚带着三十多个保安队员，从小路走进村庄，径直向他家里走去。刘西诚一边走，一边吩咐保安队员包围李荣智家的庄基。保安队员手里端着枪支，一个个凶神恶煞，把守庄基的各个出口。刘西诚带着几个保安队员走下庄基通往塬边的土坡，走了几步之后，回头吩咐保安队员，说："看见李荣智跑出来就开枪。抓住他和打死他都立功受奖。"

过了很久，李荣智看见刘西诚带着保安队员走上土坡，招呼把守在庄基周围的保安队员收兵。黄玉林远远地站在自家庄基的坡头上，看着刘西诚带着保安队员离开村庄，忍不住摇了摇头，失望地走下自家庄基的土坡。

保安团团总刘西诚不是别人，正是红军游击队建立的朱村塬革命委员会抓捕的准备处决的东城村豪绅刘家秋的儿子。在红军游击队准备处决恶霸地主之前，刘家秋翻墙逃走，逃脱了红军游击队和赤卫队的追击。红军游击队撤离之后，刘西诚强迫刘家秋挖掘出埋藏在庄基地底下的钱财，变卖了重新从农户手中夺回的一部分土地，用钱财打通关节，疏通当地驻军、县政府和保安团，建立了一支半政府半私人的武装，最后当上了永宁镇保安团团总。他的弟弟刘西山也从家里跑出来，在他手下担任保安团大队长。他们依靠这支队伍控制了永宁镇的军政和民政大权，在镇子里呼风唤雨，在朱村塬作威作福，成为驻军和地方政府最忠实的"打手"。只要有风吹草动，他们便带领保安队员，出没在永宁镇的各个角落，出没在朱村塬的各个村庄，抓捕和殴打任何一个他们认为"违法"的人。

李荣智躲在玉米地里，悄悄地等待着，一直看着刘西诚带着保安队员离开村庄，沿着大路向镇子里走去。他站起身，低头想了想，返身走进玉米地深处，找了一个植物秧子稠密的地方，静静地躺在地上。他不能回家，也无法回家。他回家一次，家里人和他就会多一份危险。保安队不放过他，村庄里的地主财东也不放过他。他在村庄里无法立足。他只有跟着红军队伍坚定地朝前走。无论前面的道路多么艰险，无论将来会遇到多少困难，他都必须朝前走。他没有回头路可走，他也无法走回头路。

　　天黑下来以后，李荣智从地上爬起来，钻出玉米地，拍了拍身上的泥土，慢慢地朝家里走去。他刚刚走到自家庄基院墙跟前，两个哥哥和二姐便从大门里迎出来，急急地问："你到哪里去了？怎么这么长时间不回家？你不吃饭，不饿啊？"随后一左一右上上下下地打量他的身体和举止。

　　李荣智看了看哥哥和姐姐，不由得咧嘴笑了笑，说："好着哩。我在玉米地里睡着了。"

　　两个哥哥和二姐长出了一口气。二姐走上前，拉着李荣智的胳膊，说："赶紧回家吧。吓死人了。"

　　李荣智笑着说："这不是好好的吗，有什么好怕的。如果害怕，我就不参加红军队伍，就不去闹革命了。从今天的情况看，以后回来的机会恐怕不多了。村庄里的情况太复杂，不敢大意啊。"李荣智随着哥哥和姐姐走进大门，大哥李荣福返身关上大门，拉着李荣智走进窑洞。李荣智问哥哥："刘西诚都做了些啥事情？"

　　大哥说："他来能有好事情吗？你看，装面的瓦瓮和水缸又被打破了，还有一些家具也被弄得稀烂，我们也都挨了打。这都成常事了。保安团就是土匪，刘西诚兄弟两个就是活阎王。他们来了保准没有好事情。"坐在一边的二哥李荣泰看了一眼李荣智，插话道："刘西诚问你回来了没有。我俩老老实实说回来了。刘西诚又问既然回来了，现在人去哪里了？我俩说你回来看了看又走了。今日早晨才走的。"两个哥哥你一言我一语，向李荣智叙说事情的经过，然后催促李荣智："你还是赶快走吧。你在家里多待一天，就多一份危险。弄得不好，刘西诚还会带着保安团来找你。你走了，他就抓不到你了。只要抓不到你，就不会有大问题。他们也不敢把我们怎样。我们最多也就是挨些打，受些气，总比他们把你抓去了好。"

　　李荣智听着哥哥的话，看着哥哥脸上的瘀伤，不由得心下发酸。他静静地看了看哥哥和姐姐，看了看空荡荡的窑洞，无奈地问道："我走了，父亲三周年的事咋办哩？我是专门回来的，咋能就这么走了啊。"

　　"这事你不管了，逃命要紧啊。"两位哥哥异口同声地说，"要是父亲地下有知，只求他老人家保佑你平安吧。"

"你还是赶紧走吧。只要你平安，他们抓不到你，就比什么都好。"二姐一边说，一边朝窑洞外面走，"我这就给你收拾东西，你今天晚上就走吧。"

在哥哥和二姐劝说下，李荣智很不情愿地带着二姐和大嫂仓促准备的吃食，又一次趁着夜色，离开亲人，离开村庄，离开家乡，踏上追赶红军队伍的征程。他没有参加父亲三周年的祭奠，没有在父亲的坟墓上添一把土，也没有出现在拜祭父亲的人群中。这在他心中留下了永远的遗憾。多年之后，李荣智回想起来，仍然觉得心里堵得慌。

八

李荣智又一次离开了老家。虽然这一次离家也是被官府和保安团逼迫的，出走时依然行色匆匆，但他的内心却比以前安宁和踏实了很多。前几次离家，他是被逼逃亡，没有明确的方向和目标，这一次离家他却有清晰的方向，有坚定的目标。他要回红军队伍里去，跟着红军游击队闹革命，推翻没有穷人活路的不公平的世道。尽管对于实现这个目标还没有十足的把握，他却知道有一大批像他一样的人，以不同的方式为实现这个目标正在努力，他也知道有一个非常美好的目标把大家紧紧地联系在一起，有一个崇高的理想鼓舞着人们勇敢地奋斗。他知道这个目标非常美好，令人鼓舞，令人向往，也让人舍生忘死。他更知道和他一起战斗的人来自四面八方，家境有好有坏，有的是被逼迫的，有的是自觉自愿。为了实现这个美好的目标，即使牺牲生命，大家也在所不惜。这个目标像一条看不见的绳索把大家紧紧地连在一起，又像一股看不见的力量鼓舞大家共同奋斗，更像一个美好的未来激励大家勇敢向前。在为实现这个目标共同奋斗的集体之中，他安心也舒心，他心甘情愿，无怨无悔。他甘愿在这个集体中生活，甘愿承受战争的洗礼，甘愿为实现美好的未来流血流汗。

李荣智一边走一边回想在游击队的经历，回想哥哥们的生活，回想保安团的所作所为，回想保安团刘西诚、高一多和保甲局吴师爷的嘴脸，还有财主黄玉林的言谈和举止。他不想造反，却被逼无奈，不得不造反；他不想离开家乡，却无法在家里生活，不得不远离亲人和家乡；他不想与人结下冤仇，却被人欺负和追赶。吴义仁不过是保甲局的师爷，却能够耀武扬威，横行乡里，搜刮民脂民膏，让百姓不得有任何抱怨和不满。高一多不过是保安团一个小小的班长，却可以横征暴敛，吃东喝西，随意摊派粮款，随意猎取别人性命。刘西诚不过是东城村的财主，却可以用钱财开路，当上了保安团的团总，然后依仗保安团，横行乡里，随意捣毁农人的家什，随意抓捕他觉得不顺眼的任何人。这是哪里的规矩？这是哪里来的王法？官逼民反，民不得不反。红军游击队中的绝大多数人是被逼造反的。红军游击队的发展尽管曲曲折折，起起落落，却让他感受到了做人的尊严。红军游击队官兵平等，有事大家做，有饭大家吃，有困难大家担，用不着低三下四，用不着委曲求全，用不着担惊受怕。游击队领导人特别是总指挥和副总指挥的家境都不差，他们却抛家舍业，为了理想不惜流血牺牲；他们的学识和能力都不低，本可以有很高的地位，却放弃权力和地位，追寻美好的未来，为老百姓谋取利益。他们指挥着成百上千的人马，却没有一点儿当官的架子，看不到一点儿当官的排场。他们穿着与士兵一样的衣服，吃着与士兵一样的饭食，住着与士兵一样的地方，做着与士兵一样的事情。他们有理想、有志气、有能力，跟着他们，一定会实现美好的目标，建立公平的世道，让老百姓有一条更好的活路。

趁着朦胧的月色，李荣智从家里出来，沿着村庄西边的土岭从塬边走下去，走到刘家川，跨过清澈的河道，走上三嘉塬，沿着曾经回家的道路向前走去。三天之后在宜君县境内他找到了红军游击队。战友们看见他回来，高兴得围着他问长问短，问他身体恢复的情况，问他回家的感受，有人甚至故意走到他跟前，重重地拍打他的身体，查看他的伤病。他和战友们有说不完的话，叙不完的情。

在李荣智受伤离开的这一段时间里，红军游击队经历了太多的变故，游击队员经历了太多的磨难。有的战友牺牲了，有的战友受伤了，有的战友离开了，即便是他们认定的领路人也经历了被批评被免职又被重新起用的起落，直到现在仍然背负着莫名的压力和处分。

铸魂

李荣智回到红军游击队有一种久违的温暖，有一种血浓于水的亲情，有一种心底里永远挂念的回归。他在战友们中间转来转去，看战友们的装备和发生很大变化的骑兵大队，久久地抚摸着陪伴他很久的战马，想象着红军游击队的历程和处境。

晚上临睡觉前，睡在身边的战友悄悄对李荣智说：“你知道吗，听说游击队要改编成正规红军了。”

李荣智呼的一下坐起身，死死地盯着战友，认真地问道：“是真的吗？我一点儿也不知道。你给我说说是怎么回事……不知道以后会是什么样呀。”

“红军正规部队是共产党领导的工农武装。”准备脱衣睡觉的排长听见他们两个议论，神情严肃地说，“有了工农红军，就可以像南方红军一样，建立红色根据地，建立工农政权，让老百姓过上好日子。”

在此之前，中央为了推动北方地区的工农武装斗争，作出《中共中央关于陕甘边游击队的工作及创造陕甘边新苏区的决议》，要求“首先应该从现在的游击队中选拔中坚的有力的队伍编成为经常的正式的红军”。后来又在上海召开北方各省代表联席会议，讨论建立北方苏区时专门研究陕甘地区的工作，决定将陕甘游击队改编为中国工农红军。根据中央要求，陕西省委在西安召开秘密会议，传达中央北方会议精神，决定将工农红军游击队改编为一个团，争取在不长的时间内编成一个师，并命令红军游击队开赴宜君县张家店子集结。老杜以省委负责人和即将上任的红军政委的名义再次来到游击队驻地，主持召开大会，宣布中央和省委的命令。

老杜宣布省委的命令，讲解了建立正规军的意义和全国革命形式，并对原游击队的领导班子进行了改组。原总指挥老谢被派去上海临时中央受训，由王玉泰担任团长。在王玉泰等人的坚持下，老刘留下来帮助熟悉情况。

按照省委的指示，红军正规部队成立后的主要任务是，创建和扩大以照金为中心的陕甘革命根据地，发展壮大红军队伍和地方游击队，把照金根据地与渭北根据地连接起来，建立更加广泛的游击区。王玉泰上任之后处处留心，事事请教，不敢有丝毫马虎。

照金位于铜耀县境内，与淳化、旬邑、宜君、铜川交界，北起子午岭山脉中段，南接渭北平原，东临咸阳至榆林公路，自古就是要塞之地。相传隋炀帝曾巡游至此，称"日照金衣，遍地似金"，因此名传天下。照金境内森林密布，山峦重叠，沟壑纵横，地形复杂，从军事角度看，进可以攻，退可以守，向东经宜君、铜川可截断咸榆公路，向南经富平、三原、泾阳可出击渭北平原，向西过淳化、旬邑、永寿、彬县可扼守西兰公路，向北可退守子午岭山林，有很大的机动余地，是得天独厚的游击战争活动区域。但是，照金也有非常不利的条件，如距离西安等敌对力量统治中心太近，容易受到攻击和威胁；区域内人口稀少，土地贫瘠，不易解决部队发展和粮秣问题。

建立以照金为中心的根据地，首先要解决的问题是拔除周围的驻军和民团据点，在短期内迅速打开局面。为此，红军专门召开会议，研究分析敌情，制定作战方案。作为唯一的正规军团长，王玉泰担负着领导红军队伍、组织开展武装斗争、建立红色根据地的重要职责。他首先发言，说："照金周围敌人的据点比较多，游击队时期我们拔除了一些，现在尚有王家坪、瑶曲、庙湾、柳林、马栏、香山、高山槐等近十处之多。据了解，王家坪和马栏属宜君民团占领，力量相对比较弱。其余据点都是夏老幺民团分兵占领，人多，装备好，一有风吹草动，彼此支援，力量相对比较强大。这是目前的基本情况。先打谁，打哪里，如何打，先听听大家的意见。"

作为军政委的老杜也参加了会议。他听完王玉泰的介绍以后，看了看围坐在一起的其他人，干咳了两声，说道："我来这里时间不长，对照金周围的情况了解不多，还是先请大家发表意见吧。"老杜不懂军事，不了解红军的战斗力和照金周围的驻军、民团配置情况，在大敌当前，红军急需站稳脚跟，创建和发展根据地的大背景下，他不敢贸然决定红军队伍的军事行动。

参加会议的其他领导你一言我一语，各说各的看法和见解，有的说就近先打照金民团，有的说先从远处着手打，有的说拔除民团据点要处理好与夏老幺的关系……大家七嘴八舌，讨论了很长时间也没有讨论出结果。

老刘此时是团政治处副主任，他发言说："大家的发言我都仔细听了，都有道理。我谈一点自己的想法，大家听听看有没有道理。刚才

铸魂

有的同志说由外向内打，我同意。王团长刚才也讲了，王家坪和马栏两个地方的民团属于宜君县管辖，位置比较突出。这两个地方的民团特别是王家坪民团力量比较弱。我的意见是先打王家坪民团，然后再相机确定下一个目标。"

老刘话语不多，言简意赅，把红军队伍应该攻打的目标和其中的利弊说得清清楚楚，明明白白，大家异口同声表示赞同。老杜看到大家都支持老刘的意见，他自己又提不出更好的意见，也就没有反对。红军按照老刘的意见确定了作战意图，并迅速开始行动。

王家坪民团属于宜君县管辖，位置比较突出，民团力量相对比较弱。自从红军游击队落脚照金之后，王家坪民团就开始担心红军袭击他们，开始构筑工事，加派岗哨，严防死守，并在距离红军驻地不远的张家店子的山梁上设立哨卡，监视红军队伍的一举一动。为了出其不意，攻其不备，老刘提出采用声东击西战术，先麻痹敌人，然后攻敌不备。王玉泰接受了老刘的意见，命令部队向与王家坪相反的马栏川方向前进，作出攻打马栏的架势，给王家坪民团造成错误判断。王家坪民团果然上当，红军离开驻地的当天下午民团便撤走了设在张家店子山梁上的瞭望哨。红军部队朝马栏方向走了几十里路后就地宿营，夜间突然回师，强行军百余里，于天亮前赶到王家坪。走在队伍最前面的便衣队首先开火，接着骑兵连催动战马向民团驻地猛冲，步兵紧随其后，把民团全部包围在寨子之内。民团听见枪声，已经没有了反抗的机会，瞬间被击溃。除民团团长带着几个亲信随从逃脱之外，六十多名团丁无一漏网，全部被歼灭或俘虏。红军共缴获枪支六十多条，还缴获了大量弹药，取得了成立以来的第一场胜利，极大地鼓舞了干部战士。

打扫完战场，处理了俘虏，红军队伍迅速撤离王家坪，向香山寺方向开进。

香山寺是陕甘交界处闻名遐迩的古迹，建于唐朝中期，距离照金三十多里。寺内建筑宏伟，精巧别致，古朴典雅。四周山势雄奇，怪石突兀，地形险峻，苍松翠柏掩映其中，景色美不胜收。寺院有和尚和尼姑千余人，拥有良田近万亩，存储了大量粮食和用物。两年前，陕甘大饥馑以后，先后有近万名饥民逃难来到这里，企求得到寺院的救助。寺院因为饥民越来越多，一时难以解救，时常关闭大门，将饥民拒之门外。饥民看见红军队伍，一拥而上，拥挤在道路两旁向红军呼救，请求红军队伍打开寺院，发放粮食。为了救助难民，红军当即决定进驻香山寺，开仓放粮，救济饥民。

红军进入香山寺以后，迅速开仓放粮，救济难民。附近几十个村庄里的百姓听说红军分配粮食，有的赶着牲口，有的背着口袋，有的挑着担子，纷纷赶往香山寺，加上集结在香山寺周围的饥民，把香山寺挤得水泄不通。

红军在香山寺开仓放粮，救助贫苦群众和饥民，在当地群众和饥民中引起极大反响。贫苦百姓和饥民对红军的救命之恩满怀感激，一些群众自愿帮助红军写标语搞宣传，一些群众主动把窑洞腾出来供红军战士居住，一些青壮年农民和饥民主动要求参加红军。在群众和饥民的支持下，短短数天，红军又扩建了一个步兵连，人数由原来的二百多人增加到三百多人。

趁着队伍人数增加，士气高涨，群众支持，红军队伍迅速出击，接连消灭了照金民团和旬邑民团一部，并相机向南发展，消灭了淳化铁王镇民团一部，顺利进军到三原午字区，与渭北游击队会合。与此同时，红军和照金地区党组织相互配合，领导和组织群众打击土豪，组织农会和赤卫军，先后开辟了香山、九保两个游击区，协助组建了香山、芋园、照金、旬邑、宜君五支游击队，巩固了照金根据地南北区界，实现了武装建立根据地的目标。

红军队伍的发展壮大和照金根据地的初步建立，让养伤归来的李荣智高兴万分。虽然战斗中吐血对他的身体造成了很大损害，也留下了严重的后遗症。他经常晕厥，时时困乏，甚至感到力不从心。他还是尽力克服，坚持参加了红军游击队的改编和接下来的所有战斗。他不仅出色地完成了战斗任务，还帮助两名战士夺得了马匹，收获了数不清的枪支弹药。在战斗中，李荣智学会了思考，学会了事前分析利弊，把握得失，斟酌成效。他觉得红军正规部队确实和红军游击队不一样，无论组织结构、纪律要求、任务目标，还是士兵的精神状态和情绪，都有了可喜的变化。团里有政委，连里有支部，还有士兵委员会，过去游击队里有少数人抽大烟，现在这样的情况没有了。这些变

铸魂

化看起来微不足道，其实意义非常重大，影响也非常深远，提高了队伍的战斗力和凝聚力，也增强了战士们的信心和勇气。正因为如此，红军队伍的人数才会越来越多，革命力量才会越来越强，也才有了红军正规部队，有了根据地，有了更多群众的信任和支持。

李荣智的变化让连长曹一凡看在眼里，记在心中。红军队伍不仅要行军打仗，更要教育和培养人才，让干部战士成为有用的人才，成为革命的火种，成为推动革命胜利的基石。

九

年关临近，根据百姓反映，李荣智所在的骑兵连开赴高山槐，打击民愤极大的恶霸土豪。这次出击也是红军扩大和巩固照金根据地的重要组成部分。照金根据地建立以后，红军以照金为依托，抓住时机，对盘踞在根据地周围的军阀和民团据点实施清理，分头打击恶霸和土豪，稳定根据地周边的形势。

骑兵连进村之后，迅速对村庄进行搜查，在土豪家对面的半山腰设立指挥点，决定由骑兵连一排执行清剿任务，其余各排分散担任警戒，以防不测。一排长接到命令后挑选出四个人组成尖兵队，并亲自带领尖兵队执行任务。他们提着子弹上膛的短枪，朝土豪家的大门口走去。当他们接近大门的时候，大门内突然冲出四个手执镢头的小伙子，一起朝尖兵队冲了过来。走在前面的一班长赶紧扣动短枪扳击，但没等枪响，镢头已经落到了一班长头上，一班长躲闪不及，倒地牺牲。第二个小伙子蹿到李荣智面前，举起镢头朝李荣智砸来，李荣智抬手扣动短枪扳击，枪也未响。在镢头落下来之际，李荣智急忙向旁边一闪，迅速向后退了两步，躲过了砸来的镢头。这时，第三个小伙子已经冲到了第三个尖兵面前，举起镢头向尖兵头上砸了下去，尖兵举枪就打，短枪还是未响，尖兵躲闪不及，被砸中头部，倒地牺牲。四个小伙子迅速捡起倒地牺牲的班长和尖兵的短枪，返身跑回院子，关上了大门。李荣智、第四个尖兵和排长向后退了几步，举起短枪，扣动扳机，枪响了，却未打中逃进院子里的人。

　　看到尖兵队遭遇不测，驻扎在对面半山腰上的大队人马惊呆了。一排其余战士不等命令，纵马下山，冲向土豪家的大门。看到两个倒在血泊里的战友，战士们一个个眼内喷火，暴跳如雷，迅速朝大门口和院墙奔去，砸门的砸门，翻墙的翻墙。大门被打开后，战士们一拥而入，分赴各个窑洞和房子里找人。奇怪的是，他们翻遍了窑洞和房子的所有角落，除在一个窑洞里的土炕上坐着一个八十多岁的老太婆和一个十七八岁的傻姑娘以外，一个人也没找到。指导员张秀山非常奇怪，对连长曹一凡说："我们先不要惊动他们，回去以后马上派人侦察，把情况弄清楚以后，再想办法解决他们。这个土豪非得收拾了他不可。"曹一凡点了点头，安排战士抬着牺牲的战友返回驻地。

　　两天之后，新任班长带着李荣智和另一个战士化妆成山民，进山里收取山货和山药。他们在土豪家附近的一户百姓家里住下，晚上与主人闲谈时，说起这家土豪，主人诡秘地说："前不久，他们家正在闹分家，突然来了红军队伍。他们担心红军抢去家产，就冲出去用镢头砸死了两个红军战士，还夺了两支短枪。红军大队人马从山上冲下来，没找到人就开走了。红军找不到人是不知道这家人的底细。其实这家人在山背后还有一院庄基，这边一个窑洞里有个窨子与那边庄基相通。遇到事情两边都能对付。"听到这个消息之后，李荣智等三人不动声色，第二天继续装作收取山货，沿着小河旁边的一条弯道一直找到山背后，在山岇里找到了乡民说的那个院子。院子里有窑洞也有房子，门楼高大气派，院墙全部用青砖砌成，一看就是大户人家的住所。弄清楚情况以后，李荣智等三人赶回部队，汇报了收集到的情报。

　　第二天，骑兵连按照李荣智等人侦察到的情况，趁着天还未亮，兵分两路，包抄攻打这家土豪。一路由李荣智和与他一起侦察的战士为向导，迂回到南边的庄院，布兵将其包围。一路由班长做向导，直扑北面的庄院，冲进庄基，堵上所有窑洞和房子的大门，但情况与上次一样，在一个窑洞里唯有一老一少两个女人，其余窑洞和房子里仍然不见一个人。原来，上次红军袭扰之后，土豪家所有人全部搬到了南边院子，北边院子只留下一老一少两个女人照看门户。于是，负责攻打北边院子的队伍埋伏在院子里，只等攻打南边院子的队伍动手。

铸魂

天亮以后，居住在南边院子里的土豪发现红军包围了庄基，纷纷涌进窨子，向北院跑去，只留下几个小伙子拿着抢得的两把短枪，守着有窨子的窑洞。红军战士报仇心切，从大门口冲进庄基，被从窑洞里射出来的枪弹逼了回来。几个战士试着向院子里冲了几次后，窑洞里向外打枪越来越少，最后没有了动静。战士们估计窑洞里的枪没有子弹了，一拥而上闯进院子，冲进窑洞，却没有看见一个人。战士们断定窑洞里的人钻进了窨子，便分头躲藏在窑洞和院子里。过了一阵，土豪家有几个人钻出窨子，埋伏在窑洞里的战士一起动手，抓住了最前面钻出来的两个人，跟在后面的人见势不妙，又返身钻进了窨子。土豪家的人躲在窨子里不出来，南院和北院的红军战士不知道窨子里的底细，不敢贸然进去。北边院子里有个战士想出了办法，把麦草点火丢进窨子里。这个办法果然奏效，窨子里的人经不住烟熏火燎，全部从南边院子里跑了出来。守候在窑洞门口的战士出来一个上前抓住一个，把从窨子里跑出来的人全部抓了起来。几个年轻的小伙子穷凶极恶，举着镢头和铁锨，连砸带砍，拼死抵抗。红军战士们用刺刀和木棒与之较量。两个年轻小伙子紧逼不退，负隅顽抗，举着镢头疯狂地砸向红军战士，被受伤的战士开枪击毙，其他人看见大势已去，扔掉手中的镢头和铁锨，老老实实地束手就擒。

红军战士把土豪家的人全部收拢起来，骑兵连连长曹一凡向他们讲解了红军的政策，追查并处决了用镢头打死红军战士的两个小伙子，追回了被抢去的两把短枪。

"可了不得了。你们赶快去看看吧。"正当红军队伍准备撤离时，一名战士急急火火地从窑洞里跑出来，对着众人大声喊叫。原来他在给群众分配缴获的粮食时，无意中碰倒了粮食囤旁边的木板，看见木板后面露出一个洞口，他好奇地点着火把爬进去，发现是一只从外面封堵了的窑洞。窑洞里摆满了大缸。大缸里面装满了清油、陈醋和黄酒，还有四口缸里装满了烟土、金条和银圆。

曹一凡问清楚事由，命令战士从土豪家的人中间拉过来一个人，让他指认被封堵的窑洞的出口。这个人不愿意指认，顺势跌倒在地上，故意大声尖叫着，死活不说。红军战士又拉出来一个人，他同样不肯指认。迫于无奈，那个发现被封堵窑洞的战士带着两个人再次爬进洞口，从窑洞里面用镢头朝外挖掘，外面的人听见动静，从外朝内挖掘，打开了窑洞的出口。看见窑洞被挖开，被收拢在一起的土豪家的人发出一阵悲叹，好几个上了年纪的人瘫坐在地上，大声呼喊，哭天抹泪。

"我的老天爷呀！这是人老几辈子弄下的东西啊？"李荣智走进挖开的窑洞，看见整缸的金条和烟土，不由得发出一声惊叹。满满两大缸金条放在排列整齐的油缸、醋缸、烟土缸和被封了口的酒缸中间显得怪异而神奇，黄灿灿的光芒照耀着看见它的每一个人的眼睛，激荡着看见它的每一个人的心房。缸是那么大，金条是那么多。

"你才是没有见过世面啊。财物比这多的人家多的是啊。你还没有看见他们家有多少土地和长工呢。"班长拉了李荣智一把，带头走出了窑洞，"这都是剥削来的横财啊。"

"快，把这些东西搬出去。"曹一凡的喊声惊醒了李荣智，也惊醒了窑洞里的所有战士。

"连长，这些东西怎么办啊？"一排长大声报告。

"除留一部分维持他们的生活以外，其余全部没收。"曹一凡命令道。

根据曹一凡的命令，红军战士把没收的土豪家的大部分财物分给了当地穷苦百姓，金条和银圆等充作军资。

经过搜查得知，这户人家在高山槐一带很有威势，是附近有名的大地主，拥有上千顷土地，积有上千石存粮。全家五十多口人当中，有的做官，有的当兵，有的经商，遍布全国各地。仅南北两个院落就雇佣长工和短工六十多人。

照金根据地的建立和发展，特别是红军队伍和根据地游击队的建立，让军政委老杜喜不自禁，他要求部队利用大好形势集中力量打大仗，创造战绩，一鼓作气，消灭根据地周围豪绅地主的武装，并力主攻打庙湾夏老幺民团，加快根据地发展步伐。对此，王玉泰、老刘和其他领导人都不同意，理由之一是庙湾是夏老幺民团总部，团丁多是土匪、地痞出身的亡命之徒，加之地形险要，堡垒坚固，易守难攻，没有重武器很难攻克。另一方面，夏老幺过去与红军有过来往，与陕甘游击队长期互不侵犯，还卖给游击队大量物资弹药。如果盲目开打，必然会破坏红军与夏老幺的关系，给红军下一步活动带来困难，也会给根据地建设带来不必要的麻烦。

在老杜的强行要求下，红军强行攻打庙湾夏老幺民团，不但没有拔掉民团据点，反而造成重大伤亡，连长曹一凡和几个班长、排长牺牲，指导员身负重伤，与夏老幺反目成仇。

曹一凡的牺牲让见惯死亡的李荣智非常难过。参加红军游击队不久，李荣智在战场上夺得马匹，无论休息训练、行军打仗，都和骑兵连在一起。骑兵连从最初的十几个人，经过多次反复，拥有了五六十匹战马，成为红军突击作战特别是远距离突击作战的先锋和主力。每逢有重大任务，骑兵连都会被委以重任。骑兵连不负众望，多次迂回突击，强攻冲锋，出色完成作战任务，把骑兵机动灵活作战的能力发挥到了极致。李荣智参加了骑兵连承担的很多次战斗任务，见惯了战场上的打打杀杀，死死伤伤，自己也曾身负重伤，性命几近不保。身边的战友有的牺牲了，有的负伤离开了，有的甚至没有了下落，李荣智见惯了，也习惯了。牺牲和死亡是战争的必然。连长曹一凡的牺牲却让他悲愤和伤感不已。一方面，曹一凡是在红军游击队遭受惨重失败、处境最为艰难的时候，拉着带出来的一帮子弟兄参加了红军游击队，鼓舞和重振了红军游击队士气。曹一凡对于红军游击队和红二团的贡献显而易见。另一方面，曹一凡的牺牲可以说非常窝囊。从本质上讲，要建立和巩固照金根据地，必须消灭夏老幺民团。但就当下的形势来看，消灭夏老幺的时机并不成熟。"为什么会这样啊？"李荣智在心里默默地念叨着。

尽管有这样或者那样的不解和迷惑，李荣智在行动上还是非常自觉的，没有因为不解和迷惑而破坏和违反纪律。他仍然自觉服从领导，仍然严格要求自己。他只是把不解和迷惑悄悄地放在心里，在空闲之中默默思考和探寻。

庙湾战斗结束以后，红军返回照金休整。但因连年灾荒，照金及周围地区粮食奇缺，群众生活困难，红军队伍的到来让本来已经十分紧张的粮食缺口变得更大。迫不得已，红军决定把步兵留在照金，配合游击队组织群众，筹建红色政权；骑兵单独向宜君方向移动，伺机打击敌人，筹集粮食和物资，以减轻根据地的压力。

骑兵部队接到命令以后，立即整顿行装，离开照金向北开进，当夜宿营于衣食村的半山腰。半夜时分，一直寻机报仇的夏老幺民团突然将红军骑兵连包围，并发起袭击。好在红军骑兵部队行军向来睡觉时马不离鞍，将马缰绳拴在手腕上就地休息，遇到紧急情况时能迅速上马行动。听到枪声，战士们从睡梦中惊醒，忽地一下全部跃上战马，投入战斗。但因为天黑，情况不明，骑兵连被夏老幺民团截为两段，一部分朝北强行突出包围圈，一部分被包围困留在宿营地。被逼无奈，被包围的战士纷纷跳下战马，趁着黑夜钻入道路旁边的梢林。没有了主人的战马狂嘶乱奔，全部被民团掳去。按照行军序列，李荣智所在的一排在宿营休息时处于部队前列，与连长和指导员在一起。听到枪响，他一跃上马，跟随连长和指导员，向北冲出了包围圈。

红军骑兵连遭遇袭击，骑兵连连长张世清带领冲出包围圈的战士绕道回到照金根据地，弃掉战马的战士钻进梢林，趁着天黑，逃脱民团包围，也陆续回到了根据地。突袭中人员伤亡不大，但战马有一半被民团掳去，使骑兵连元气大伤。张世清引咎自责，要求免去他的骑兵连连长职务。最后，红军团部经过慎重研究，决定免去张世清连长职务，由杨正琪接任。

坚守照金根据地的步兵连和返回根据地的骑兵连一起，与根据地及其周围的游击队密切配合，连续出击，打击和扫除照金周围民团和驻军据点，尽管有失败有成功，却扩大了红军的影响，打破了西北尤其是陕甘地区的军事平衡。根据地周围的贫困农民奔走相告，通过各种渠道支持和参加红军、支持和参加游击队，让西北军阀和民团武装惊恐不安。西北军调集骑兵团、警卫团、特务团和当地民团，从不同方向对照金根据地发动进攻，企图把红军消灭于照金根据地之内。

面对强大的敌军，老刘建议避开敌军锋芒，跳出照金，到外线寻机作战，调动和消灭敌军，减少敌军对于根据地的破坏，摆脱被动挨打的局面，争取战场主动。军政委老杜却固执己见，坚持要坚守根据地，进行防御作战。

红军防御作战失利，老杜返回西安。恰在此时，省委决定以照金、旬邑游击队为基础，组建陕甘边游击队总指挥部，动员和组织群众，建立和发展地方武装，领导地方武装斗争。不久，又决定成立陕甘边特委，统一领导地方党的建设、政权建设和军事斗争，放手巩固地方

铸魂

工作，发动组织武装群众，稳定发展壮大游击队，配合红军进行外线作战，扫清根据地及其周边敌军据点，为根据地和红色政权建设创造条件。这些政策的实行，极大地缓解了红军和根据地面临的压力，推动了游击队等地方武装力量的发展，巩固和扩大了红色根据地。红军队伍的发展壮大，照金根据地内外部环境发生了重大变化，迎来了新的发展机遇。

十

　　中共陕甘特委、陕甘边革命委员会、陕甘边游击队总指挥部等领导机构的设立，使根据地的政权建设和游击队建设进入了新阶段。

　　红军审时度势，在距离照金东北十多里的薛家寨建立了后方基地，设立有医院、被服厂、修械所等机构，并配备了专门的管理机构，协调和管理后方基地的各项事务。

　　薛家寨周围群山连绵，山上山下长满了树木梢林，沟道和山岇里散落着一些村庄。薛家寨附近的几座山全是坚硬的沙石岩，由谷底拔地突兀而起，山顶距离沟底近千米。山的表面无路可走，只有靠北面的山顶与另一座山有一个"兔儿梁"相接。薛家寨居于群山之中，比周围其他山梁高出很多，接近山顶的半坎上有一排大小不一能容纳千人的天然石洞。洞内有很久以前人类居住生活之后遗留的痕迹。几股清泉从洞内汩汩流出，汇集到山下的小溪之中。薛家寨是一座易守难攻的天然堡垒，红军把后方基地建在这里可谓是独具慧眼。

　　根据地政权和红色游击队的发展壮大，后方基地的发展巩固，大大减轻了红军的后顾之忧。在游击队的支持和配合下，红军两次粉碎国民党驻军和民团的联合"围剿"，跳出照金，西出东进，打掉旬邑县几股民团，绕道进入三嘉塬，在三嘉塬创建新的根据地。

　　"还记得去年在这里打的那一仗吗？攻打孙家寨民团。"红军队伍重返三嘉塬时，老刘和王玉泰闲聊时，谈起前一年的秋天，红军游击队攻打孙家寨民团，遭受重大损失的惨况，嗟叹不已。

王玉泰抬起头，看了看窑洞的天窗，长叹一声，说："唉，怎么能不记得啊。我们这次来，应该想办法把这股敌人吃掉。这样做，既是清理根据地周围的敌军据点，也是为牺牲的同志报仇，让战士们从中看到部队的发展和进步，增加战士们的信心。"

老刘看着王玉泰，说："战士们有这种情绪，我理解。去年的仗打得实在窝囊，伤亡了那么多的同志，想起来就心疼。这一次如果我们要打，就要想办法一下子把它吃掉，绝不能像去年那样窝囊。不过，那里的地形确实太奇特，三面临沟，一面临塬，易守难攻，没有重武器很难打下来。就我们现在的装备而言，只能想办法智取，绝不能像去年那样死扛硬拼，更不能像去年那样糊涂冒进。就地形而言，最直接最有效的方法是把他们引到野外，在野外寻找机会进行围歼。"

"引到野外来打……是个好办法。"王玉泰随即派通讯员找来杨正琪等人，一起研究攻打孙家寨民团的办法。经过分析研究，大家认为孙家寨的赵冷娃生性强悍，骨子里有股犟牛劲儿，"诱歼"是最理想的办法，所以决定先派遣不足民团一半的兵力去佯攻，想办法激怒赵冷娃，将其诱出，再在野外进行围歼。

时值陕甘特委委派张一良、杜承苑等人在龙头塬、三嘉塬和朱村塬做地下工作，对孙家寨民团和附近的地形情况比较熟悉。王玉泰派人找到张一良，说明消灭赵冷娃民团的打算和意图，张一良欣然同意，并主动请求带领部队引诱赵冷娃出战。他还建议把围歼民团的地点放在靠近三嘉塬的石炭沟，说那里地形奇特，便于发挥红军作战的优势。

按照作战计划，杨正琪带领骑兵连提前埋伏在石炭沟，张一良带领十多名红军战士，扮成土匪王谋子的队伍，"引诱"赵冷娃出战。战士们听说要收拾赵冷娃，报前一年攻打孙家寨失利之仇，积蓄的愤恨一下子爆发出来，一个个摩拳擦掌，纷纷要求参加突击行动。一年前，红军游击队攻打孙家寨民团时，李荣智因为在作战时吐血生病，没有参加攻击作战，后来从战友们的只言片语中听说孙家寨地形险要，民团头目是个"犟牛"，对红军游击队造成了很大伤害，很多战友和领导就是在那场战斗中牺牲的。今年有机会再次攻打民团寨子，他急匆匆地找连长杨正琪报名请战，被杨正琪批准。

王谋子是黄龙山区的一名惯匪，手下有六七十人，其中绝大多数

铸魂

是亡命之徒，特别是他的几名贴身保镖，个个生性凶猛，胆大手辣，弹无虚发，号称"提枪不落空"。这股土匪从二十年代末开始流窜于关中、陇东、陕北一带，专干一些打家劫舍的勾当。他们没有明确的政治目的，既不投靠国民党，也不接近红军游击队。因为作恶太多，国民党和红军都想将其铲除。由于他们到处流窜，没有固定驻地，加上子午岭山大林密，要想将其消灭极不容易。这股土匪素以凶残著称，烧杀抢掠，无恶不作，陕甘地区的老百姓知其姓名的人很多。不久前，红军准备偷袭铜耀县寺沟民团时，在三嘉塬偶然碰到王谋子带领的土匪六十多人，由于游击队人多势大，经过谈判，王谋子被游击队收编。攻打铜耀县生义堡以后，红军游击队北上南梁途中，发现王谋子受不了红军队伍的纪律约束，有密谋逃跑的迹象，老刘和王玉泰商量，决定就地将其消灭。按照计划，王玉泰事先进行了秘密部署。为了稳住王谋子，王玉泰带着几名警卫，在街头与王谋子"拉闲"。过了一阵，老刘派人请王玉泰和王谋子前去开会，王谋子蒙在鼓里，跟随王玉泰一同进入大门后，被埋伏在门后的红军战士突出擒住。王玉泰反身出门，发出信号，战士们一齐动手，分别扑向土匪，将土匪全部擒拿。经审查，当场处决了王谋子和几名罪大恶极的匪首，其余土匪经过教育，发给路费，遣散回家。至此，这股流窜于陕甘一带为害多年的土匪被铲除干净。

消灭赵冷娃民团的作战命令下达后的第二天清早，张一良带领红军战士，乔装成王谋子手下的土匪，首先来到龙头塬梁家沟圈，找了一名当地百姓去给赵冷娃报信。接着装作土匪的样子，向群众要吃要喝，翻箱倒柜，抢老百姓的东西，捉老百姓的鸡，牵老百姓的羊，拉老百姓的牛，还装模作样地欺打老百姓。正折腾得热闹，哨兵跑来报告说，赵冷娃带着民团队伍从北边过来了，距离约有一里路。张一良查看清楚情况后，命令战士朝民团打了几枪，然后边打枪边向龙头塬南边撤退。

赵冷娃得到消息，问明只有十多个"土匪"时，恨不得立即将其消灭，抢夺"土匪"手里的枪支。他留下几个团丁看守寨子，带着二十多人朝梁家沟圈追赶过来。快到梁家沟圈时，听到枪声，看见"土匪"向南撤退，赵冷娃"见猎心喜"，指挥团丁拼命追赶。赵冷娃带领土匪追到塬边，"土匪"撤到了半山腰；赵冷娃追到半山腰，"土匪"跑到了川道里的河滩上；赵冷娃追到河滩上，"土匪"向东逃进了石炭沟口；赵冷娃追到石炭沟沟口，"土匪"沿着西边山洼里的小路跑到了南山半山腰，双方相距已不足三百米。

这石炭沟的地形很是奇怪。沟东北边的山梁从三嘉塬边延伸下来，自南向北蜿蜒而下，快接近河滩时突然向西拐下，与从西南面延伸出来的山梁相汇合，形成环形沟壑，沟内地势开阔，沟口却非常窄小。沟内半山腰有许多耕地，住着好几户人家，周围全是梢林。杨正琪带领骑兵连战士把马匹隐藏在山峁内的树林里，由两名战士看管，其余四十多人进入山梁后面的梢林里埋伏，专等赵冷娃带领民团到来。

看见民团进入沟口，沿着小路向上追赶，张一良操着浓重的关中口音，大声喊道："咋搞的，咋还不开枪呢？"话音未落，只听凭空一声炸响："打"，顷刻间弹如飞蝗，民团团丁纷纷倒地。张一良听见枪响，立即返身，带领战士从半山腰上冲了下来。民团团丁被红军两面夹击，死伤大半，活着的拼命向沟口外逃跑。李荣智和十多名骑兵战士一跃而起，冲下梢林，堵住了沟口。民团团丁看见沟口被堵，无路可逃，企图负隅顽抗，被红军战士全部活捉。几个红军战士看见没有被打死的团丁，恨得咬牙切齿，上前用枪托猛打，被杨正琪喝止住。打扫完战场，赵冷娃等六名俘虏被押解到狼牙洼，审问后被处决。

消灭孙家寨赵冷娃民团之后，红军战士们积聚了一年多的恶气一扫而光。附近村庄的老百姓听说红军消灭了赵冷娃民团，奔走相告，纷纷给红军送来食物，慰问犒劳红军战士。看到战士们情绪高涨，老百姓欢欣鼓舞。老刘思虑再三，找王玉泰等人征求意见，他说："孙家寨民团被消灭，消解了战士们心中的怨气，解除了老百姓的心头之患。如何保护好我们的战斗成果，真正把群众组织发动起来，建立和巩固革命政权却是一个重大问题。现在我们有了根据地，有了特委和革命委员会，有了游击队总指挥部，下一步就是去巩固、发展、扩大各个县的游击队武装，真正把地方武装搞起来，让地方武装在建设根据地和保卫红色政权的过程中做更多的事情，担负更多的任务。特委派张一良、杜承苑等人在这一带发展党员，建立党组织，目的就是为今后建立地方政权，巩固、发展和扩大根据地打基础。就目前情况来看，

铸魂

建立地方政权必须要有武装力量保护。没有武装力量保护，革命政权在敌强我弱的环境中很难长久。去年，我们在朱村塬建立革命委员会，群众的热情很高，可是等我们一走，轰轰烈烈建立起来的政权又散了摊子，这就是一个现实的例子。作为红军正规部队，既要打击和消灭敌人的武装力量，更要帮助建立、巩固、发展地方政权。建立工农政权是我们的根本任务啊。骑兵连的李荣智是这个地方的人，熟悉这里的情况，而且机智勇敢，胆大心细，可以独当一面。我建议把他留下来，让他到地方上去组织游击队和赤卫军。这样，既可以为今后在这里建立工农政权做一些准备，也可以为照金根据地提供外围屏障，为红军正规部队提供兵员。"

老刘的提议得到其他领导的一致赞同。团长王玉泰派人找来李荣智，原原本本地把老刘的意见向他复述了一遍。李荣智听说要他留下来搞地方武装有些犹豫。自从跟随老刘参加红军队伍以来，他一直在部队工作，熟悉部队的规矩和要求，也深深地喜欢上了部队生活，与很多战友结下了深厚友谊。让他离开部队从事地方工作，他内心里难以割舍。他真诚地对王玉泰说："能不能让我想一想。我在部队时间长了，舍不得走。"

王玉泰听说后，笑了起来，回头看了看老刘和杨正琪，说："到底是我们的战士，对部队这么有感情。但是，作为红军战士，首先要服从革命大局。在部队当兵打仗是革命需要，在地方发展游击队也是革命需要。留在地方工作，担子会更重，任务也更艰巨。"

李荣智想了想，说道："既然领导考虑好了，我留下来就再没说的。只是觉得我一个人力量有些单薄，遇到事情一起商量的人都没有，如果再有一个人就好了。另外，我还有个要求，把游击队搞起来以后，应当准许我再回到部队里来。"

老刘、王玉泰等人听到李荣智如是说，大声笑了起来。老刘看着李荣智，说："你想再要一个人，这个容易。过一段时间，根据情况再派一个人去协助你。游击队搞起来以后你想回部队里来，大家肯定欢迎，前提是你要把游击队搞起来。如果在工作中遇到难事，可以去找张一良同志商量。他在地方工作，有经验。"

说走就走。第二天下午，李荣智向连长杨正琪和战友们告别后，又专门向老刘告别，离开部队，向西从塬边下来，走到刘家川，晚上在亲戚家里住了下来。刘家川距离李荣智的老家不远。从这里向西走五六里路，再上塬向北走六七里路就到了李荣智家所在的村庄。李荣智的一位堂姐嫁到了刘家川的张家，堂姐夫有个弟弟叫张大奎，长得高大结实，为人忠厚老实又有胆识。晚上，李荣智把他离开部队，回到地方组织建立游击队的情况告诉了张大奎。张大奎听说以后兴冲冲地走出家门，带回来一个叫刘富贵的小伙子。李荣智看见这个人虽然长得不那么高大结实，但浑身上下显露出一股聪敏英武之气。因为有亲戚关系，李荣智便把他的来意和盘托出，张大奎和刘富贵两个人听得眉飞色舞，于是三个人一拍即合，准备参加和成立游击队。

刘富贵说："你参加红军的事我们早知道。我俩也一起说过当红军的事，好几次都想去撵红军，只是家里脱不开。现在好了，在当地参加红军游击队，既能顾上家，又能参加红军，做一些实实在在的事情。这样一来就没有什么顾虑了。"

李荣智高兴地说："就这样定下了。你们两个从现在起就是游击队员了。这里的人你们两个熟悉，你们想办法再给咱们联络一些人。联络的人越多越好。不过一定要记住发展有头脑、有胆量、身体好、靠得住的人。靠不住的人绝对不能要。"

刘富贵满心欢喜，高兴地说："这个没问题。我们一定找有胆量、靠得住的人。你放心吧。"随后又问李荣智，"你在红军队伍里是个啥官？"

李荣智说："能是个什么官。就是个班长。当红军不讲当官发财，大家一律平等，同住同吃，相互关心，相互帮助。"

晚上，李荣智、张大奎、刘富贵躺在一个土炕上，既兴奋又高兴，说了大半夜的话，鸡叫头遍才勉强睡下。第二天早起，三个人又一起讨论组建游击队的事情。天黑以后，李荣智离开刘家川，走上朱村塬，回到了自己家里。

哥哥李荣福和李荣泰看见李荣智回来，先是高兴，接着就数落起来了："你不好好在红军队伍里待着，又跑回来做什么？上次你侥幸走脱了，家里人可被刘西诚糟蹋苦了。他说家里人窝藏包庇你，几次逼着要你人，还让我们把你叫回来，要你去县保安团当中队长。否则，就要找家里人的麻搭。"看着李荣智不吱声，又接着说，"既然回来了，你就在家里好好待着，哪里也不要去。过几天就走，免得惹祸生事。"

李荣智对两个哥哥说："这一次我是被派回来搞游击队的，暂时不走了。只要把游击队搞起来，手里有了枪，谁还怕他们。"

两个哥哥无可奈何地说："你一个人势单力薄，啥时候才能把游击队搞起来，啥时候手里才能有枪啊？这提心吊胆的日子啥时候才能出头啊……"

李荣智在家里蜗居了几天，每天除过吃饭和睡觉，再无事可干，越是蹲着不出门越是心急。第四天天黑以后，他从家里跑出来，来到刘家川，找到张大奎和刘富贵。张大奎和刘富贵看到李荣智回来，都很高兴，急急地说："这几天我俩活动了一个人，是三嘉塬东庄村的，叫王秉德。年龄和我们差不多，身体很结实，人也厚道，头脑也好。我俩把情况给他一说，他很高兴地答应了。明天把他叫来，你看看。"随后又担心地说，"我们光有人没有枪怎么办呀？"

李荣智说："人是主要的。只要有人，事情就好办。有了人，没有枪我们可以向敌人去要。红军的武器弹药都是从敌人手里弄来的。今天我来也正是为了这件事。明天大奎去东庄叫王秉德，我和富贵挑两担硬柴去永宁镇上卖。我已经算好了，明天永宁镇逢集。我们趁着赶集见机行事。"

第二天吃过早饭，张大奎去了东庄村。李荣智和刘富贵各自挑了一担硬柴，戴了一顶破草帽，来到永宁镇赶集。这天，永宁镇集市很热闹，人来人往，熙熙攘攘。李荣智和刘富贵走进集市，找了一个人多的地方把柴放下，不大一会儿就卖掉了。

这时候，西北军已经开始在永宁镇修筑城墙，保安队的士兵端着步枪，骂骂咧咧地督工。李荣智和刘富贵在集市上转着看了看，来到街道南边通往赵家沟村的岔路口，看见有一个岗楼。他们向前走了几步，刚刚站下，保安队哨兵立即大声呵斥道："看啥哩？往远的滚！"

李荣智和刘富贵看见保安团哨兵呵斥，返身走了回去。刘富贵忍不住边走边小声骂道："你妈的，神气个啥？有你狗日的神气的时候。"

李荣智拉了刘富贵一把，说："好汉不吃眼前亏。这伙狗日的没有一个好东西。咱们走，让他狗日的神气去。"

李荣智和刘富贵在街道里转了一会儿，沿着通往赵家沟的小路朝南走去，一边走，一边查看周围的地形地势。走到赵家沟村畔，迎面来了一个人。走近一看，原来是李荣智的亲戚。他看见李荣智，又惊又喜，压着嗓子说道："我的老天爷呀，你这是吃了豹子胆了，还敢青天白日地来赶集？保安队通缉你哩，出八百银圆买你的人头。你竟跑到人家眼皮底下来了。"说着，伸手拉着李荣智和刘富贵朝家里走，"我不去上街了，咱们到家里去。"

李荣智说："家里我们就不去了，这里距离镇子太近，走漏了风声就不好了。我们还有事情哩。"

亲戚听说李荣智和刘富贵有事情，没有再勉强。临行时一再叮咛李荣智多加小心。走了几步，李荣智返身叫道："你停一停。"

亲戚听见李荣智叫他，停住了脚步，返身朝李荣智走过来。

李荣智走近亲戚，小声问道："你知道不知道街口岗楼上住着多少人？晚上岗哨在上面还是在下面？"

亲戚说："那个岗楼修成时间不长，听说一直住着一个班的人。岗楼里白天黑夜都有人站岗，晚上外面还要加一个流动哨，就在回村庄的半路上，离岗楼约莫二三十步远。"

问明情况，李荣智心里一亮，说道："你去赶集吧，我俩回去了。"

李荣智和刘富贵回到刘家川，走进张大奎家的窑洞，一眼看见了王秉德，心想："这个小伙子真是我想象中的人。"张大奎把李荣智和王秉德拉在一起，相互作了介绍。两人都觉得似曾相识，两双手紧紧地握在了一起。

四个人说了一阵子话，张大奎的家人把午饭端了过来，他们一边吃饭，一边谈论。吃过饭，李荣智对刘富贵和王秉德说："今天晚上我领你们两个去永宁镇取枪。"

听说去永宁镇取枪，刘富贵心里明白。张大奎和王秉德不解地问："谁弄的枪？"

李荣智笑了笑，说："去了就知道了。"说完，又回头对张大奎说，"你在家里等着，我和富贵、秉德三个人去取。"

天黑以后，李荣智向张大奎要了一根木棍，带着刘富贵和王秉德走出家门，向永宁镇走去。

农历四月底的夜晚，天黑得伸手不见五指。李荣智带着刘富贵和王秉德来到赵家沟村，让刘富贵和王秉德藏身在距离村庄不远的一个土坎下面，耐心地等着，自己一个人沿着通往永宁镇的小路向前摸去，他弯着腰，向前走一阵，倒下身子向前爬一阵，耳朵伏在地面上听一听，约莫距离岗楼有四五十步远的时候，他听见有人慢步走动的声音，看见半空中有一团火光忽然亮了一下，接着又熄灭了。原来是保安团的流动哨兵在抽烟。哨兵点火抽烟，目标全暴露了。李荣智看见那团小火一会儿亮了，一会儿又暗了；一会儿出现了，一会儿又没有了。他估计那团火亮的时候，是哨兵面对着他的方向抽烟；那团火没有了的时候，是哨兵转身走动了。于是，他趁那团火没有了的时候，快速地向前爬行；发现那团火出现了，赶快停下来，伏在地上。约莫过了吃一顿饭的时间，李荣智爬到距离哨兵不到十步远的地方。这时，敌哨兵似乎听到了动静，惊慌转过身，哗啦一声把枪里的子弹推上膛，厉声问道："谁？干啥的？"

李荣智屏住呼吸，一动不动地趴在地上。哨兵见没有什么动静，骂了两句，背起枪，又开始走动。李荣智看见时机已到，紧爬一阵，一跃而起，没等哨兵反应过来，木棍已经落在了哨兵的头上。只听"咔"的一声，保安队哨兵像木桩一样栽倒在地。李荣智迅速把枪捡到手里，用脚踏住哨兵的脊背，揪下子弹袋，返身跑了回来。

李荣智跑到刘富贵和王秉德面前，两个人同时发出惊叹："刚听到'咔'地响了一声，怎么你就到我们跟前了？"

李荣智提着步枪和子弹带往回跑的时候，岗楼上的哨兵听见响动，大声问道："干什么的？"随后又叫了两声被李荣智打倒的哨兵的名字，没有听到回应，立即举起枪支，朝空中打了两枪。清脆的枪声划破了寂静的夜空，在黑夜里显得怪异而刺激。保安团岗楼里的灯光顿时全部亮了起来，接着保安团营房里的灯也亮了起来，保安队员全体出动，漫无目的地向镇子外面打枪。顿时，整个镇子乱成了一锅粥。

李荣智和刘富贵、王秉德听到镇子里噼里啪啦的枪响，在黑暗中嘿嘿笑了几声，扛着缴获的步枪，提着子弹带，沿着乡间小道跑到塬边，跑下山坡，朝着刘家川跑去。

十一

李荣智和刘富贵、王秉德回到刘家川，把扛在肩上的枪交给张大奎。

张大奎接过枪，不由自主地发出一声惊呼："我的老天爷呀，你们真的弄到枪了啊。"

李荣智关上门，压低声音，说："我怎么会骗你呢？怎么样？"

"真的了不起？你们是怎么弄来的？"张大奎高兴地把枪拿到油灯近处，借着油灯的亮光，翻来覆去地看着。

"这都是荣智的功劳。我们只是陪着他跑了一趟。"刘富贵兴奋地把李荣智夺取保安团哨兵枪支的过程说了一遍，"我们只听到'咔'的一声响，他就回到我们眼前了。"

张大奎听说后，惊奇地大张着嘴，不相信地看着李荣智和刘富贵，直到刘富贵笑着问他的时候，他才"嗷"的一声惊叹："你真的了不起啊。"

看着缴来的步枪和子弹，张大奎、刘富贵、王秉德兴奋不已。一会摸摸这个，一会摸摸那个，简直爱不释手。这些种地的农民使惯了农具，看见枪支既有发自内心的畏惧，又有由衷的新奇。艰难的世道让他们忘记了枪支的危险，而关注枪支的力量，关心枪支带来的踏实和安全。保安队用枪支强迫他们缴款纳粮，他们也要学会用枪支保护自己免受伤害。接连几天，他们白天心绪不宁，期盼着天早一点儿黑下来，好让他们夜深人静的时候把缴获的步枪拿出来，跟着李荣智学习使用枪支的要领。在李荣智的精心指导下，他们很快掌握了枪支的使用原理，从装子弹、上膛、瞄准、发射到拆卸、安装，无不熟练自如。枪支在他们手里犹如使用习惯的农具，犹如自己身体上的器官，让他们熟悉，让他们迷恋，让他们沉醉。

看见张大奎、刘富贵、王秉德熟练掌握了枪支的使用方法，李荣智从心底里感到高兴。这些拿惯农具的庄稼汉成了既可以手拿农具耕

铸魂

地又可以手拿枪支杀敌的游击队员，成了革命的支持者和参与者，革命岂有不成功的道理。只要有更多的人支持和参加游击队，就用不着担心革命不能成功。一天，李荣智对张大奎等人说："你们三个知道咋样用枪了，成了咱们游击队的骨干。但是游击队光有咱们四个人远远不够，还要想办法发动和组织更多的人参加，尽力把游击队的人搞得多多的。"停了一会又接着说："这两天咱们暂时各回各家，过几天再在这里集中，商量以后的工作。不过，你们还要抓紧时间给咱们物色人，搜集长矛和马刀，把游击队武装起来。"

张大奎、刘富贵、王秉德对李荣智的提议表示赞同。

天黑以后，李荣智离开刘家川，再一次悄悄地走上朱村塬，沿着塬边的小路，回到自己的家里。走进家门，哥哥李荣福惊奇地问道："怎么又回来了？你没有走吗？"

李荣智答道："我在南川里逛了几天哩。暂时不回红军队伍里去了，要在咱们这里把游击队组织起来以后再回去。"

李荣福看了看李荣智，感叹地说："这几天镇子里传得风吼哩。说保安团的哨兵半夜里站哨时被人打昏，枪和子弹袋被抢走了。你听说了没有？"

李荣智故作惊讶地说："谁这么大胆，敢到镇子上去抢枪？"末了，又说："抢就抢了吧，和咱有啥关系哩？不管他们那些闲事。全部抢完才好哩。"

李荣福从李荣智说话的语气里听出了一点儿眉目，又想起李荣智上次回来说要搞游击队，猜测保安团哨兵的枪被抢十有八九与李荣智有关，就没有再说下去。他将话题一转，说："有个事情还要和你商量。后天，西头李家要给儿子娶媳妇，家里还得去个人行门户……你既然回来了……"

李荣智听说，立即回答道："我去吧。"

哥哥吃惊地说："你不能去，你不能去。你静静地在家里蹲着，哪里也不能去。"

李荣智道："既然已经回来了，总不能一直这么藏下去啊，该露面的时候就得露面。"

"我本来是想让你看着门户的……"李荣智执意要去，哥哥挡不住，怯生生地答应了。

这天晌午，李荣智从家里出来，准备去西头李家贺喜。走出家门，碰见村庄里几个熟悉的乡邻，他主动笑着打过招呼，走上院墙外面的土坡，朝西头李家走去。人说"冤家路窄"，李荣智刚刚走到村口，迎面碰见村庄里的财主黄玉林。黄玉林笑嘻嘻地问道："哟，你啥时候回来的？现在去哪里啊？"

李荣智心里先是一沉，想道："怎么这么倒霉，又碰上这狗东西。"口里却答道："回来好几天了。西头李家娶媳妇，去行个人情门户。"

黄玉林笑着说："噢，天不早了。那你赶紧去。回头有时间到家里去坐坐啊。"

"有时间肯定要去。"李荣智故意笑着，大声说，"好久没有到你家里去了，听说你这几年大发了。"

"哪里，哪里，都是胡说哩。"黄玉林听说，尴尬地龇牙一笑，急匆匆地离开了。

看着黄玉林离开，李荣智转身向西头李家走去。李荣智家住的村庄实际上叫朱村，与西头本是一个村庄，中间只隔着一畛子地，习惯上把朱村西头称作"朱村"或者"西头"。朱村西头的李家是李荣智家的老亲，两家的人情来往一直没有断过。离开黄玉林，李荣智边走心里边犯嘀咕，不觉走过一畛子地，走进了李家院子。李家大叔看见李荣智来了，急忙迎上前去，拉着李荣智的手说："你可是个稀客啊！"随即压低声音，悄悄地说，"你胆子真大啊。啥时候回来的？"一边说，一边请李荣智去客人吃饭喝酒的窑洞里坐。这时候，客人已经来了很多，院子里熙熙攘攘，迎亲的唢呐吹得很是热闹。乡亲们看见李荣智，都走过来问长问短，把他往席面上推。他被推让到宴席上首，坐在席面上的人热情地向他敬酒，他痛快地接过喝了一盅，第二盅刚刚接到手里，只见李家大叔慌慌张张地闯进门来，神色不宁地对他说道："崖背子上有人喊，说北面坳里尘土扬得大得很，好像回回的马队下来了。不会是冲着你来的吧。你赶紧躲一躲吧。"

所谓"回回的马队"就是青海马步芳的骑兵部队。在红军游击队的时候，李荣智曾经与他们交过手，知道马家军骑兵速度快，进展神

铸魂

速，如狼似虎，杀人不眨眼。乡亲们听说马家军的骑兵来了，不由得面面相觑，神情紧张，有的催李荣智赶快下沟，有的说来不及了，让李荣智赶快藏起来。李荣智面不改色，镇定如常。他放下手里的酒盅，对客人们说道："大家照常吃饭，不要惊慌。"又回头指着他的座位，对旁边的客人说："麻烦你过来坐在我刚才坐的位子上。"说罢，快步走出窑洞，走到支在院子里的锅灶跟前，伸手从锅底下面抠下一些锅灰，往脸上抹了抹，把草帽戴在头上，往下按了按，推开正在锅灶上压饸饹面的人，扛起压面床子，一板一眼地压起了饸饹面。

这时，窑洞崖背子上面已经站满了马家军的骑兵。十几个士兵提着枪，咚咚咚地从土坡上跑下来，冲进大门，把院子包围了起来。一个满脸杀气的军官手里提着短枪，带着几个如狼似虎的士兵，径直朝客人座席吃饭的窑洞里走去。他一边走，一边上下扫视着眼前每一个人的神态和举动。凶狠的目光由一个人的脸上移到另一个人的脸上，把座席吃饭的人、端盘子上菜的人、站在桌子旁边伺候客人吃饭的人全部扫视了一遍。如果看见谁脸上稍有不正常，马上揪离宴席，让士兵拉出院子进行拷问。常言说"人不做贼心不虚"。坐在席面上的人和伺候客人吃饭的人都是老实本分的百姓，也早已见惯了这样的场面，任凭军官和士兵如何逞凶，都静静地坐着吃饭。马家军军官没有看出异常，把手一挥："给我搜。"士兵听到号令，跨出窑洞，扑进院子里的其他窑洞，翻箱倒柜。一霎间，院子和几只窑洞从里到外被翻腾了个底朝天，炕洞、猪窝、狗窝、鸡舍也都被翻腾了一遍，院子和窑洞里乱七八糟，家具和用物横七竖八，全然没有了娶亲迎新的气息。

乡亲们看见李荣智站在灶台后面，一个个提心吊胆，为他捏着一把汗。

混乱之中，李荣智悄悄放下手里压面的床子，挑起锅灶前面的水桶，慢悠悠地朝大门外面走了出去。正在院子和窑洞里翻箱倒柜的马家军丝毫没觉察到他们要抓的人就是挑着水桶从大门口走出去的人，仍然不停地翻腾着院子和窑洞里的物件。站在院子里无所适从的李家大叔看见李荣智走脱，心里的一块石头顿时落了地，悄悄地用手在胸脯上抹了抹。乡亲们长长地出了一口气，重新开始各自的营生，胆子大的人忍不住端起眼前的酒杯，悠长地喝下一杯酒，吆喝着要和同桌子的人猜拳行令。

没有搜出嫌疑人，也没有找到嫌疑人留下的蛛丝马迹，马家军军官不死心，提着短枪，走到院中央，凶狠地问道："谁是这家的主人？"

李家大叔赶紧走上前，毕恭毕敬地回答说："我是。"

马家军军官眨了眨眼睛，说："你把红军藏到哪里去了？"

"老总啊，你可不敢胡说。他们可都是来贺喜的亲戚啊，哪里来的啥红军啊？再说，你们刚才不都齐齐搜过了吗？"李大叔说。

"你还问是谁，李荣智！"军官声嘶力竭地吼道，伸手"啪"地打了李大叔一个耳光，接着左右开弓，在李大叔脸上又打了几下，直打得李大叔满嘴流血，军官才停住手，随即歪着头，对站在身旁的士兵说："查喜帖。如果查出来喜贴上有李荣智的名字，就把这老家伙拉出去枪毙掉。"

马家军军官这么一说，院子里的气氛顿时比李荣智走脱前还要紧张。很多人停下手里的活计，静静地看着马家军军官，刚才开始猜拳喝酒的人骤然间寂静无声。马家军杀人不眨眼是出了名的，要是查出喜贴上有李荣智的名字，李家大叔十有八九就没有了性命。听到命令，几个士兵上前抢过喜帖，从头到尾接连翻了几遍，一个名字挨着一个名字往下查，却没有找到"李荣智"三字。有人明明看见李荣智进门时上了礼，写喜帖的小伙子李显也将他的名字一个字一个字写了上去，为什么就没有了呢？原来，李显看见马家军来了，在院子和窑洞里乱翻东西，查找李荣智的下落，灵机一动，飞快地把写有李荣智名字的那一页纸撕下来，填进嘴里嚼了嚼，咽到了肚子里。马家军搜查了半天，没有找到李荣智，觉得非常奇怪，于是气势汹汹地捣了李家大叔和几个来客几枪托，大声咒骂着离开了。

李荣智挑着水桶，装作去沟底里挑水，逃出了险境。他走到半坡上的一个拐弯处，把水桶往路边一扔，转过山嘴，跑下沟底，径直朝南川里奔跑。他边跑边思忖，越想越奇怪："这都怪了，怎么马家军迟不来早不来，刚一坐下吃饭就来了，而且就是冲着他来的呢？"猛地，他想起在村口碰见过黄玉林。

俗话说"没有不透风的墙"。李荣智是镇公所和保安队挂了号的要犯。镇公所和保安队早已在村庄里设下眼线，暗地里监视他和他家里

耕魂

人的行踪。只要他回到村庄里，消息就会立刻传给镇公所和保安队。李荣智三次回家，三次碰到黄玉林，三次差一点儿被保安队或者马家军捉拿：他第一次回家，在村口碰见黄玉林，不大一会儿工夫保安团堵住了大门，李荣智冲出窑洞，用镢头把打出一条路，跳下门前的深沟，逃跑了；第二次回家，又在村口碰见黄玉林，村里人给李荣智报了信，李荣智钻进塬边的玉米地，趴在豆棵子下面，亲眼看见保安团总刘西诚带着部下来抓他；这一次还是在村口碰见黄玉林，马家军跟着屁股就来了……

李荣智一边跑一边想，不觉跑出好了几里地。他放慢脚步，伸手抹了抹头上的汗水，回身看了看身后的道路，在路边一块草地上坐下来，心想："不把眼线除掉，就回不了家，在家里也待不下去。在家里无法立足，怎么能把游击队拉起来？谁还会跟着参加游击队？"他默默地看着西斜的太阳，伸手抹了抹头上的汗水，从怀里掏出旱烟，"杀人总不是个好事情……不除掉他又无法立足，无法把游击队拉起来……邻里之间，怎么下手……"李荣智越想越纠结，越想越无奈。他想不通一步之遥的乡亲为什么要害他，想不通无冤无仇的地主财东为什么要害他，想不通从小看着他长大的黄玉林为什么要三番五次加害于他。黄玉林知道保安团的手段，知道保安团抓住他之后的后果，为什么会一而再再而三地让保安团抓捕他……抽完两锅子旱烟后，李荣智站起身，一跺脚："黄玉林，你狗日的太歹毒，不除掉你这事情就没办法干！你这是自寻死路，怪不得我。"

李荣智抬头看了看天色，忍不住信步走到刘家川，对张大奎说出了自己的处境和想法。

张大奎说："不把他除掉，游击队的事情就没有办法干。你想想，你都自身难保，谁还会跟着你，谁还会参加游击队？他狗日的是自己寻死，怪不得别人。我帮你去收拾他。"

李荣智看着张大奎，欲言又止，停了许久，说："还是我自己去吧。要让他死个明白。"

第二天天黑，李荣智悄悄回到村里，在黄玉林家的庄基上看了半天，找了一个僻背的地方躲起来。他没有回家，没有惊动村庄里任何人，一个人躲在暗处，悄悄地盯着黄玉林家的大门，静静地等着。大概是做贼心虚，老奸巨猾的黄玉林此时也深深地躲了起来。

时间在等待中过去了好几天，李荣智终于看见黄玉林走上自家庄基的土坡，向朱村西头走去，便在黄玉林回来的路上找了一个僻静的地方悄悄地躲起来，等待着黄玉林回家。直到天将黑的时候，黄玉林才鬼头鬼脑地朝村庄里走来。等黄玉林快要走到眼前的时候，李荣智猛然从躲藏的地方跳出来，堵住了黄玉林的归路。黄玉林一看是李荣智，惊得魂飞魄散，马上又强作镇静，皮笑肉不笑地问道："你咋在这里？去家里坐坐吧。"

"没事干。正找你哩。"李荣智一边说，一边盯着黄玉林。

黄玉林做贼心虚，看见李荣智堵住了他的去路，不由得一边向后退，一边战战兢兢地问："你……你要干什么？"

"你自己做的事情你不知道吗？"李荣智低声回答道。

"不是我说的。我……我没有对马家军说你回来的事情……"黄玉林前言不搭后语，战战兢兢地说，"你不能怪我……我没有说，我没有说。"

正当李荣智准备动手的时候，同村庄的一个老太婆胳膊上挂着篮子从村子外面回来，径直朝着他们走了过来。看见李荣智和黄玉林站在一起，老太婆大声问道："你俩站在这里做啥哩，怎么不回家里去？"

"正要回家哩，正要回家哩……咱们一起走，咱们一起走。"黄玉林看见老太婆，像抓到了救命稻草一样，寸步不离地跟着老太婆，边说话边往村子里走。

李荣智看见不好下手，只好暂时作罢。

晚上，李荣智找了一根长矛，闯进黄玉林的家里，却发现黄玉林不在家里。他悄悄在村庄里打问黄玉林的去向，接连打问了好几家，都说没有看见。李荣智猛然想起傍晚时碰到的那个老太婆，三步并作两步地赶了过去。不料，他刚刚走到塬边，忽然听见从村边的道路上传来踢踢踏踏的脚步声。他急忙闪身，藏在塬畔的一棵大树后面，借着微弱的星光，探视着从马路上传来的声响。

"你能确定李荣智确实在家里？"一个有些耳熟的声音在黑暗中询问着。

"我能确定。天黑前我还见他了。他不可能到别的地方去，一定在

铸魂

家里的。"黄玉林的声音在黑暗中讨好地回答道。

"这一次再抓不到他，我把你狗日的命要了。"一个声音恶狠狠地说，"你骗我们已经不是一次了。"

"我不敢骗你，不敢骗你。"黄玉林有些着急，"前几次本来是应该抓住他的。不知道咋回事，让他从眼皮底下逃跑了。今天晚上，他肯定在。他跑不了。"

"高队长，你带几个人守住坡口，孙二娃带几个人守住崖背子，其他人跟我走。看见李荣智跑出来就开枪。打死和抓住活的一样立功受奖。"黑暗中传来的声音是保安团总刘西诚。

"我咋办哩。我不能被他们家的人看见。"黄玉林有些胆怯。

"你在这里等着。抓到李荣智是你立功，抓不到李荣智你小心脑袋。"刘西诚说。

保安团队员分头扑向了指定地点，刘西诚带着一部分人直奔李荣智家的庄基，黄玉林跟着刘西诚跑了几步，站在了李荣智家庄基的坡口上，等待刘西诚马到功成。

在刘西诚带领下，几个保安队员破门而入，砸坏李荣智家的院门和窑洞门，把李荣福和李荣泰兄弟俩，以及其他家人从被窝里拉出来拳打脚踢。刘西诚带着保安队员搜遍了所有窑洞，也没有看见李荣智本人。

"你们这是要干啥哩，深更半夜的？"黑暗中李荣福大声问道。

"你别揣着明白装糊涂。李荣智哪里去了？"刘西诚恶狠狠地问道。

"你们原来是找他的啊？他好久都没有回来了。不知道他在哪里。"李荣福松了一口气。

"你是真的没见到还是假的没见到？你们村子里有人说他晚上看见李荣智回家了，你怎么说没有见到？"刘西诚狠狠地说。

"别人都是胡说哩。如果回来，我咋会见不到他。前些日子听他说搞什么游击队，根本就不回家里来。你不信可以问问其他人。"李荣福底气十足。李荣智回不回家，什么时候回家，他没有办法知道。他确信李荣智现在不在家里。只要李荣智不在家，就不怕保安团抓住李荣智。只要保安团抓不住李荣智就比什么都强，大不了就是挨打受气。

"再搜。"刘西诚大声命令道。

"没有找到。"保安队员在窑洞、柴房、茅厕……所有能够藏身的地方又搜了一遍。

"他妈的，真是见鬼了。"刘西诚大声骂着，带领保安队员垂头丧气地离开李荣智家，沿着土坡向塬边走来。

"抓住了没有？"站在土坡上的黄玉林看见一队人马从院门里走出来，静悄悄地向土坡上边走来，以为保安团抓住了李荣智，急忙向前走了两步，在黑暗中讨好地问。

"他根本就没有回来。你这个王八蛋又他妈谎报军情。"刘西诚一肚子火无处发泄，在黑暗中伸手给了黄玉林两个耳光，"你以后看清楚了再来报告，省得老子来回空跑。"

黄玉林挨了打，又不敢声张，毕恭毕敬地站在土坡旁边，看着保安队员从身边走过去。他百思不得其解，"明明晚上一起进了村，怎么就不见了呢？"

黄玉林在黑暗中抚摸着被打的脸庞，在土坡旁边看着刘西诚和保安队员离开，听着他们走远了，才慢慢地走下自家庄基外面的土坡，之后又走上来，朝着他想好的地方走去。李荣智肯定在村庄里，李荣智回来可能就是奔着他来的。绝对不能大意。

李荣智在村子旁边的大树底下站了很久，一直等到刘西城带着保安团离开。本来，他想趁刘西诚带人抓他的时候去收拾黄玉林，后来担心被保安队员发现，就一直在黑暗中等待着。他听见了刘西诚和黄玉林的对话，听见了保安团在家里所做的一切，也听见了黄玉林的所作所为。他更加坚定了除掉黄玉林的决心。

按说，李荣智和黄玉林是本村的乡亲，李荣智不应该对黄玉林动手。但是，黄玉林觉得李荣智是一个祸害，三番五次带着保安团抓捕李荣智，企图要了李荣智的命。尤其是李荣智不服管教，殴打保甲局的师爷，准备枪杀保安团的班长之后，李荣智成了黄玉林的眼中钉、肉中刺，黄玉林非要取了李荣智的性命而后快。李荣智由此没有了退路。李荣智和黄玉林成了你死我活的对头，必须有一个人离开这个世界。

李荣智从塬畔走下来，径直朝着傍晚见到的老太婆家里走去。他来到院墙外面，听了听，没有听见动静，一纵身，翻墙进入院子，走

耕魂

到窑洞门口，用手悄悄推了推门，发现窑洞门从里面关得紧紧的。他用力把门推开，走进窑洞，随手关了窑门，点亮油灯，看见土炕上放着一条摊开的被子，像是有人刚刚睡过的样子。他仔细在窑洞里找了一遍，窑里头、囤背后、柜子里都没有人。他走上前，看见炕洞里冒着烟，用手一摸，土炕是热的，断定黄玉林就在窑洞里。

傍晚，黄玉林在回家路上碰见李荣智，觉得李荣智对他不怀好意，正在难以脱身之时被老太婆无意之中撞见，救下了性命。他觉得老太婆是他的救星，就寸步不离地一直跟着老太婆回到家里，给了老太婆一块大洋，要老太婆管他吃住。老太婆磨不开面子，安顿他吃过晚饭，给他腾了一只窑洞让他睡觉。他躺在土炕上越想越不安稳，重新穿好衣服，抄近路跑到镇子里，向刘西诚报告了李荣智的行踪，请求刘西诚带人抓捕李荣智。开始时，刘西诚看见天黑，不愿意出兵。后来经不住黄玉林的千求万请，只好带着保安队员直奔村庄。没有承想，黄玉林看得清清楚楚的事情却泡了汤。看见刘西诚带着人空手而归，黄玉林做贼心虚，没有回家去住，再次走进老太婆给他准备的窑洞。他因为有事在心，睡觉不踏实，听见院里有人进来，感觉情况不妙，急忙从土炕上爬起来，提了衣服和鞋子，钻在锅灶旁边的风箱背后。听见李荣智推开窑洞门，点亮油灯，一手提着长矛，一手端着油灯，在窑洞里找他。他不敢出声，更不敢露头逃跑，只能静静地躲藏着。

李荣智端着油灯，反复在窑洞里寻找，无意中看见风箱背后有人的脚指头露在外面，走上前，一把抓住，拖了出来一看，正是黄玉林。李荣智厉声喝道："起来，穿上衣服。"

黄玉林看见李荣智，吓得战战兢兢，上牙碰着下牙，说道："荣智啊……咱是一个村里的……乡邻，你就放过……放过我这一回吧，以后我再……也不敢了……"

"你这话鬼才相信。你三番五次害我，怎么就不念我们是乡邻啊？你不知道保安团抓住我会是啥结果？"李荣智无论如何也不会听信黄玉林的话。他狠狠地斥责道："快穿你的衣服。"

黄玉林穿好衣服。李荣智用绳子捆了他的双手，从窑洞里拉出来，走上土坡，一直拉到南沟畔才停下来。李荣智问道："我和你一无冤二无仇，你为啥三番五次地向保安团报告，要害死我？"

黄玉林觉得李荣智没有在村庄里杀他，是李荣智害怕，不敢杀死他，便强作镇静，装着像死了一样，一声不吭。

李荣智端着长矛，骂道："狗日的，你以为装死就能躲过去吗？你喜欢打小报告害人，我今天晚上就成全你，让你到阴司里通风报信，再害人去。"

黄玉林听见李荣智这么说，看到李荣智手里明晃晃的长矛，"噗"地跪倒在地，边磕头边求饶道："好我的荣智爷哩，你饶了我吧，我一时糊涂……下次再也不敢了。"

"去你妈的。再糊涂，也只能有个再一再二，哪里还能接二连三地去通风报信？"李荣智骂了一声，一脚将黄玉林踢翻在地，用手里的长矛捅了过去，黄玉林惨叫了一声。李荣智接连又捅了两下，黄玉林顿时没有了气息。

十二

李荣智在朱村西头贺喜的时候从马家军骑兵眼皮子底下逃脱，铲除了保安团安插在村庄里的眼线，让驻军、保安团和镇公所颜面尽失。远道而来的马家军恼羞成怒，严令镇公所、保甲局、保安团追查李荣智和红军队伍的下落。镇公所和保甲局、保安团被逼无奈，派出多路人马，一个村庄挨着一个村庄搜罗，百般威逼利诱，收买和布置眼线，监视跟踪李荣智和在朱村塬活动的共产党游击队，以及倾向、同情和支持共产党游击队的人。此消息一出，朱村塬形势骤然紧张。一个关系要好的乡邻借口借用农具，把他知道的情况全部告诉了李荣智，催促李荣智早一些躲藏，以避风头。

在乡亲和哥哥的劝说下，李荣智返回刘家川，把朱村塬发生的事情告诉了张大奎和刘富贵。张大奎和刘富贵听说后，劝道："强龙不压地头蛇。他们人多势众，我们刚刚起步，人少势弱，不能和他们硬碰硬。先在这里躲一躲风头，以后慢慢再说。"

李荣智说："回来这么长时间了，只联络了你们几个人，枪支也不够，没有办法交代啊。我们还要抓紧活动，想办法多联络一些可靠的人，寻找一些长矛和大刀，早一点儿把游击队组织起来才好。"

刘富贵听了李荣智的话，从粮食囤后面拿出一把大刀，对李荣智说："你看这个家什怎么样？听说是一口春秋大刀。我弄不清楚。"

李荣智接过大刀，提在手里试了试，看见很像人们传说的《三国演义》中关云长使用的青龙偃月刀。刀很重，刀把很长，刀刃弯曲，磨得飞快，舞起来很有一些威猛的样子。李荣智看过刀，说："是一把好刀，够分量，使用起来很凑手。还要多搜寻一些才好。"李荣智边说边把刀递给刘富贵，说："把刀藏好。这些东西绝对不能让外人知道。"

刘富贵接过大刀，在手了掂了掂，试着向下砍了几砍，说："这家伙确实够分量，没有一点儿气力还玩不转。"说着，重新把刀藏在了粮食囤后面。

李荣智看着刘富贵藏好刀，回过头说："我明天去一趟三嘉塬，找一找省委派到这一带做群众工作的同志，把我们这里的情况汇报一下，看他们有没有新的要求和安排。同时，看他们能不能给我们一些指导和帮助。你们三个人抓紧时间再给咱们物色合适的人。没有人，我们的事情就没有办法干。不过，一定要注意隐蔽，绝不能暴露身份。下一步的事情等我回来以后咱们根据情况再商量。"

第二天早上天未亮，李荣智找了一根结实的榆木棍，从刘家川出发，沿着河滩旁边的小路向东走了一阵子，随后上山，向三嘉塬上奔去。三嘉塬对李荣智来说，既陌生也熟悉。陌生的是他在这条塬上没有亲戚，以前没有来过，不熟悉这里的地形地貌和风土人情；熟悉的是他在这条塬上找到了老刘，跟着老刘参加了红军队伍。他跟随红军游击队在这里驻扎过一个多月，参加过军事政治训练，伏击过西北军警卫团和民团，对这里的老百姓多了一份感恩和喜爱。走上三嘉塬，李荣智装扮成寻牛的失主，一个村庄挨着一个村庄打问，悄悄地寻找在地方开展工作的同志，终于在梁子塬找到了张一良和杜承苑。李荣智曾经和张一良一起参加过伏击赵冷娃民团的战斗，彼此认识。几个人一见面倍感亲切。杜承苑问李荣智道："你怎么到这里来了？"

李荣智说："我从部队上下来组织游击队，回来快两个月了。"随后把经历过的事情述说了一遍，几个人听说，唏嘘不已。李荣智看到他们一起五个人，便问道："我记得攻打赵冷娃时你们一起四个人，现在怎么多了一个？"

张一良笑着说："发展呀。他是个新党员，叫高学智，本地人。来，你俩认识认识。"

李荣智和高学智两个人握了握手，各自问好。杜承苑又接着说："我们这次来这里工作，很有成绩。在龙头塬，我们发展了一批新党员，建立了党小组。过些时候，党员多一些了，准备在那里建立党支部。"

晚上吃饭时，几个人凑在一起，一边分析工作形势，一边商讨遇到的困难和问题。杜承苑突然对李荣智说："你可要注意安全啊。现在的形势很复杂，弄不好会有生命危险。你一个人单打独斗，安全第一。前几天，我们在龙头塬一个村庄里开会，保安团二十多个人突然到了村口。接到群众报信，我们赶紧撤离。我们刚刚钻进村庄东边的树林，保安团就进了村。要不是群众及时报信，我们肯定吃大亏。"他看见李荣智听得很认真，又接着说："听说，最近保安团派了便衣队，专门侦探寻找我们党的秘密工作人员。这些人装备好，很猖狂，放言要把我们赶尽杀绝。据群众说，最近有三个外地口音的便衣侦探在龙头塬和三嘉塬上转悠。他们行动诡诈，极其凶残。这个钉子不拔，迟早是我们的害。你一定要小心。"

李荣智问："就三个人吗？"

"附近好像就三个人。群众提供的情况，弄不太清楚。我们几个人只带着一把老旧的短枪，遇到他们，对付不了。"杜承苑心有不甘地说。

李荣智听了杜承苑介绍的情况，特别是三个便衣侦探的情况，心里沉甸甸的。第二天离开时，张一良把他送到村口，再三叮嘱说："你回来时间不长。一个人单独行动，一定要处处留心，处处小心，千万不敢马虎大意。如果这里有什么事情，我们会随时派人和你联系。"随后，张一良特意给他交代了联络暗号和联络地点，对他说："龙头塬距离你们那里近些，如果你遇到意外情况，找不到我们，可以去龙头塬找郭宁璠和郭存信等人，他们是我们新发展的党员。记住，不到万不得已，不要去找他们。还不到相互见面的时候。"

铸魂

　　李荣智告别张一良，从三嘉塬北边走下来，边走边在心里盘算如何除掉三个便衣侦探，最后决定在三嘉塬与龙头塬之间的关家川、第家川、何家川等村庄里守株待兔。李荣智来到第家川的一个亲戚家里，亲戚惊奇地问道："听说你离家两年多了，怎么会到这里来？"

　　李荣智说："我回来好多日子了。来这里找几个人，不知道你知道不知道。"

　　亲戚问道："不知道你要找什么人？这几年人来人往，事情多得很。"

　　李荣智笑了笑，说："听说最近有三个外地口音的人在附近转悠，你知不知道？"

　　亲戚见问，既惊奇又害怕，说道："是有这么几个人。这些家伙坏透了。自从他们来了之后，附近这几个村庄就没有安宁过。他们不仅要好吃好喝，吃饱了还糟蹋女人。乡亲们恨得要命，却又惹不起，不敢惹，每天都提心吊胆地躲着应付着。他们手里有枪。"

　　李荣智听说，半是揶揄半是认真地说道："既然这样，我就住在你们这里不走了，专门等他们来。不过，你和乡亲们要替我留神，有情况就赶紧告诉我。"

　　亲戚说："既然这样，我给你找一个人，你问问他，说不定还知道一些情况。关家川有个放羊娃，天天在山上放羊，到处走动，让他盯着最好。这个娃很机灵，人也好，托付给他没麻搭。虽然是两个村庄，但住得不太远，互相认识。我叫他来一趟，你们两个人当面说。"第二天，趁放羊娃在山上放羊，亲戚把他叫到家里，李荣智和放羊娃寒暄了几句，问道："最近是不是来了几个外地人，到处要吃要喝糟蹋人？"

　　放羊娃说："对着哩。一共三个人。我见到过两次。他们每次来，都住在半山腰那户人家里。有一次，我去那户人家要水喝，看见那三个人坐在土炕上卸枪哩。他们看见我，凶声凶气地对那家主人说：'这个娃是干啥的，让他滚开！'主人对他们说是'川里的放羊娃，来找水喝。'这三个人听了，才没有再吭气。"

　　李荣智对放羊娃说："给你托个事。这几天你在山上放羊时注意这几个人。如果他们来了，你就赶快来告诉我。"

　　放羊娃看了看李荣智，诡秘地一笑说："没麻搭。我天天在半山放羊，一定替你盯着他们。看见他们，我就来找你。"

李荣智在亲戚家里住下来，一边帮着亲戚干农活，一边打听三个便衣的去向。一天晚上，他正和亲戚一起吃饭，放羊娃急急慌慌走进门，拉着李荣智，走到避开人的地方，说："那几个人来了，就三个。还住在半山腰那户人家里。"

李荣智听说，三下两下吃完饭，拉着放羊娃走到另一个窑洞里，悄悄地对放羊娃说："你敢不敢跟我一起去？"

放羊娃摸了摸头，挺了挺腰板，很神气地答道："这有啥不敢去的？你要我去我就去。"

李荣智看了看放羊娃，年龄约莫十四五岁，个子不高，但虎虎实实，浑身是劲。他对亲戚说："给我准备几条麻绳，再找一根结实的木棍。"又回过身，对放羊娃说："我们先等一等，等人睡静之后再去。"

半夜时分，人们已经睡去，村庄里寂静无声。月亮透过淡淡的云层射出微弱的光泽，抚摸着寂静的山川。李荣智提着绳子，放羊娃扛着木棍，从亲戚家里出来，直奔半山腰那户人家。他们悄悄摸到院子外面，趴在院墙上观察院子里的动静。院子里一共有三个窑洞，其中两个窑洞里的灯黑着，只有靠着右边的一只窑洞的天窗里透出一道光亮。李荣智贴着院墙，观察了一阵，估计三个便衣侦探住在这个窑洞里，他悄悄对放羊娃说："你在这里等着，我进去看看。听见我喊话，你照着我的话答应就是了。"随后，他蹑手蹑脚地翻过院墙，走到窑洞门口，悄悄地听着窑洞里的动静，窑洞里果然传出几个男人的说话声。

李荣智透过窑洞窗户的缝隙看见三个人在土炕上躺成一圈，正围着大烟灯抽大烟。大烟灯旁边放着一把左轮手枪，被灯光照得闪闪发亮。其中有一个秃头，四十岁左右，说一口外地话，胖得像头喂饱了的大肥猪，满脸横肉，络腮胡子，很是凶恶的样子。他一边抽着大烟，一边有一搭没一搭地说："我们出来快两个月了，到现在一无所获，到时候怎么向上面交差呀？他们真他妈的狡猾。"另外两个人听说，也叹了口气，其中一个人说："着急也没有用。只能慢慢打听啊。"另一个说："摊上这么个事情，只能算我们倒霉。这么大的地方，没有准确的目标，我们只能瞎撞。撞上了是运气好，撞不上只能干着急。"

李荣智悄悄地走过去，轻轻地拴了门，朝窗子上猛拍一掌，厉声

耕魂

喝道："你们被包围了，赶快把枪交出来。"

三个便衣正抽在兴头上，猛地听见外面有人喊他们缴枪，知道大事不好，立刻在土炕上乱作一团。

为了迷惑窑洞里的三个便衣，李荣智转过身，对着院墙外面高声喊道："刘排长，再过来一个人，其他人压在墙院外面不要动。"

放羊娃听见李荣智给他问话，答道："知道了。你先把门拴好，别让狗日的冲出来跑了。我马上过来。"说完，故意放重脚步，从院墙上跳下来，腾腾地跑到李荣智身边。随后又故意大声说："连长，看清楚了，人全在里面吗？"

李荣智说："看清楚了，都在里面，三个人。"

三个便衣听见李荣智和放羊娃的对话，听说来了一个排的人，乖乖地蹲在土炕上，不敢乱动。

李荣智大声催促道："赶快把枪交出来，否则对你们不客气。"

三个便衣磨蹭了一会，打开窗户，递出来两支手枪。李荣智接过枪，又有一手帕子弹递了出来。李荣智迅速把一支手枪插入腰带，在另一支手枪里装满子弹，把剩余的子弹装进怀里，用手在外面按了按，随即大声说道："现在我叫一声，你们出来一个。不许乱跑。谁乱跑就打死谁。现在出来一个。"

窑洞门慢慢打开后，秃头便衣最先走了来，放羊娃迅速给他套上绳子，结结实实捆了起来。剩下两个便衣，李荣智喊一声，走出一个，同样被放羊娃捆结实，然后又把三个便衣用麻绳连在一起。李荣智抓住绳头，对放羊娃说："你在前面带路。"

放羊娃扛着木棍走在前面带路，李荣智抓着绳子走在后面，三个便衣被夹在中间，一直走到对面一座山的半山腰，放羊娃才停下脚步，回头对李荣智说："到了。"

三个便衣看见只有李荣智和放羊娃两个人，恶狠狠地问道："你们要把我们弄到哪里去？"

李荣智坦然答道："就在这里。"

"在这里干什么？"秃头便衣问。

李荣智低声骂道："你们这些狗日的，整天寻找共产党游击队。老子就是共产党，就是游击队。你们作恶多端，今天送你们回老家。"

三个便衣听说，顿时凶相毕露。秃头便衣转过身，一头向李荣智撞来。李荣智飞起一脚，把他踢倒在地。另外两个便衣向放羊娃撞去，无奈被绳子捆着，又与秃头便衣串在一根绳子上，到不了放羊娃跟前。放羊娃举起木棍，只两下，便把两个便衣打倒在地。随后，放羊娃走到李荣智跟前，指着不远处的土塄畔底下，说："就是那个水哨眼。"

李荣智提着枪，说："你先收拾那两个。"

放羊娃丢下棍子，解开连接的绳子，一手提一个，把两个便衣掼入土塄畔底下的水哨眼，又返身把秃头便衣拉起来，掼了进去。

把三个便衣掼入水哨眼以后，李荣智和放羊娃松了一口气。这水哨眼比普通水井井口大不了多少，是山洪冲刷自然形成的，谁也不知道里面有多深。为防止三个便衣从水哨眼里爬上来，放羊娃趴在水哨眼口上悄悄地听了一会儿，凑到李荣智耳边："你听见了没有？里面好像有响声。"

李荣智走过去，侧着头，仔细听了一阵，果然听见里面传来刺啦刺啦的声音。他点着一把柴草，往下一照，看见秃头便衣两腿叉开，脚蹬着水哨壁，正在奋力地向上爬。放羊娃看清楚后，跃起身，跑到土塄畔下面，搬来一大块土疙瘩，向水哨眼里砸了进去，回头向李荣智做了个鬼脸，一把抢过李荣智手里的火把，往下一照，水哨眼里面黑咕隆咚，秃头便衣不见了踪迹。为了保险无事，放羊娃把火把朝水哨眼里扔了进去，又搬来几块土疙瘩，朝水哨眼里砸了下去，随后趴在水哨眼上面听了听，见没有动静，翻过身，坐在水哨眼旁边，静静地等着。约莫过了半个时辰，料定再不会有事，他才站起身来，对李荣智说："没事了。他们跌不死也得闷死或饿死在里面。"

李荣智和放羊娃站起身，拍了拍身上的尘土，朝山下走去。放羊娃边走边回头对李荣智说："今天晚上真把气出了。这些狗日的太坏了，最近这些日子把附近几个村庄里的人快糟蹋死了。他们就该落这么个下场。今天如果弄不干净，有一个活着回去，附近这几个村庄里的人就得遭大殃。"走了一阵，他又对李荣智说道："今天这事一做，我心里不踏实，不想在家里待了，能不能让我跟你去当红军？"

李荣智说："当然可以。不过暂时还去不了。过一段时间，我来叫

耕魂

- 101 -

你。"

李荣智和放羊娃分手时，问清楚放羊娃的名字和家里的情况。放羊娃叫关义民。

第二天晚上，李荣智带着缴获的两支左轮手枪和子弹，回到张大奎家里。张大奎又把刘富贵叫来，三个人关上门，点亮灯，李荣智从怀里掏出两把蓝光闪闪的左轮手枪，张大奎和刘富贵一人拿起一把，翻来覆去地看不够。张大奎问："这枪太好看了！你是怎么弄到的？"李荣智把消灭三个便衣的经过简单地说了一遍。刘富贵惊奇地说："两个没拿枪的收拾了三个拿枪的，这都成了奇事了。你们胆子太大了。"

李荣智说："游击队搞起来没有枪不行。现在虽然有了这几支，还是不能抵事。咱们能不能找个做铁活的，最好是小炉匠，再找一个隐蔽的地方，开个小工厂，自己打造一些长矛和大刀。如果有可能，再造一些打单发子弹的'折腰子'。有了小工厂，我们还可以随时修理损坏的枪支。组织游击队，修理枪支的事情迟早少不了，必须下决心搞。不过，话说回来，做铁活的人和地方还要你们几个人想办法，我对这里的地形和人不熟悉。"

"这个你就放心吧。你只管想办法、出主意，把要办的事情想清楚，其他事情有我们几个人呢。"张大奎信心百倍。

第二天早起，李荣智和张大奎等人分头行动，找人的找人，找地方的找地方。几天以后，几个人回来报告他们的成绩。张大奎在向东走二十几里的洞子沟选好了地方，说那里森林茂密，很隐蔽，附近只有两三户人家，有一院庄基没有人居住，窑洞里面有土炕和灶头，带上用物就能居住。刘富贵带回来一个姓乔的人，三十来岁，是从河南逃荒来的，一家三口在附近几条塬上和川道里走乡串户，依靠打造农具和修理小件家具维持生活。刘富贵找到他，他二话没说就欣然答应。由于他比其他人年长几岁，大家习惯称他"乔师"或"乔老哥"。至此以后，乔师一直为游击队打造大刀和长矛，制造"折腰子"，修理枪械，成了游击队不可缺少的枪械技师。随后，李荣智、刘富贵把工具和简单的生活用具搬到洞子沟，筑好炉子，弄来石炭，安装起简单的工具，干了起来。一天，他们正在安装一把"折腰子"的时候，对面山坡上忽然传来一声枪响，几只狍子从树林里窜下河沟，接着有人骂道："他妈的，谁叫你开枪，不想活啦。"

开枪的是保安团搜山的小股部队。自从三个便衣侦探失踪以后，驻军和保安团加强搜寻力量，不时派出小股部队，在附近的村庄和山洼里转悠，寻找失踪人员，搜捕共产党的秘密工作人员和游击队。

李荣智听见枪声，急忙扔下手里的活计，跑出门外去查看。透过树林，他隐隐约约看到对面半山腰的小路上吵吵嚷嚷、骂骂咧咧地走下来一群人。他断定这伙人是保安团的搜山队，立刻跑进窑洞，对乔师、张大奎和刘富贵说："赶快收拾工具，能带走的都带走，带不走的藏起来。保安团的搜山队来了。"

张大奎和刘富贵同声问道："来了多少人？"

"梢林挡着哩，看不清楚。"李荣智边回答边从地上捡起装好的"折腰子"，顺手插进腰里。乔师、张大奎和刘富贵把几件工具包入包袱，焦急地问道："往哪里走？"

"你们把工具背上，下了河沟向东走，找有人家的地方住下，我随后就到。路上有人问或者碰上保安团，你们就说是打造修理农具的。"李荣智边说边向门外面走。

"你到哪里去？"张大奎和刘富贵异口同声地问。

"你们赶快走，我看这伙狗日的到底来干什么。"李荣智说。

"不行，太危险了。要走咱们一起走。"张大奎说。

"梢林这么大，有的是家伙，我就不信他们能抓住我。"李荣智边说边抽出左轮手枪，向庄基上面跑去。乔师、刘富贵和张大奎背起工具，钻进梢林，朝河沟里跑去。李荣智跑到庄基上面，趴在一棵大树后面，静静地看着对面山坡上的保安团搜山队。

洞子沟梢林茂密，七沟八岔，地形复杂。李荣智等人把制造和修理枪械的地点选在这里，如果不是保安团搜山无意中碰见，不会轻易被发现。李荣智藏在窑洞上面的大树后面，把保安团搜山队看得清清楚楚。搜山队约莫一个排，一边往下走，一边布置岗哨。可能是搜山队发现了这边的庄基和窑洞，一部分人跨过山下的河沟，径直朝窑洞走了过来。搜山队走进院子，发现有人居住过的痕迹，以为找到了"共匪"的窝子，看见物件就毁，看见东西就砸，把所有东西毁坏净尽，两个保安队员还把用来压钻子的磨盘石推出大门，推下河沟。李

铸魂

荣智看了一阵，悄悄向后退了几十步，隐藏在另外一棵大树后面，朝搜山队"叭、叭"打了两枪，接着高声喊道："冲啊……快，快截住。狗日的往哪里跑？"

搜山队听到枪声和喊声，弄不清楚情况，一窝蜂地跑出院子，不顾一切地跑下河沟，朝着对面山坡上跑去。李荣智狠狠地骂了一句："没用处的怂包。"随后，悄悄地蹲在大树后面，看着搜山队跑下河沟，沿着林间小路跑上对面的山坡，趴在地上向这边瞭望。

十三

转眼到了秋季，树上的叶子开始泛黄，风中也有了丝丝凉意。李荣智从朱村塬回到刘家川，先他回来的刘富贵在张大奎家里看见他，急忙说："我得到消息。有一个人只要能活动来，对我们成立游击队绝对有好处。听说这个人在好几个兵营里当过兵，前不久犯了事被枪毙，抬回来没有死，正在南畔村背后的槐树洼里养伤哩。"

李荣智惊奇地问："是谁？"

刘富贵说："是西城人，叫唐一良。"

"你说他啊！这个人我以前在家里时听说过，但没见过。"李荣智说。

刘富贵说："现在他那个境遇，估计无路可走了，说不定一说就能成。要不要去试一试？"

李荣智说："你说得有道理。无论如何都应该试一试，能活动来更好。"

第二天下午，李荣智从张大奎家里拿了一点儿食物，一个人到槐树洼里去看唐一良。槐树洼里在刘家川西北面的半山上一个山㟖里，周围是茂密的梢林，梢林里间或有一块块耕地，距离耕地不远处住着几户人家。从槐树洼里向北走上塬是南畔村，再向北走就是唐一良的老家西城村。从槐树洼里向南下川是刘家川，再向南上山便到了三嘉塬。

李荣智和唐一良居住的村庄相距七八里路，此前并不相识。李荣智刚刚走进唐一良养伤的人家的院子，主人便迎了出来，李荣智作了自我介绍，说："我叫李荣智，我来看看唐一良。"主人打量了一番，领着他走进唐一良居住的窑洞。

李荣智和主人在院子里说话的时候，唐一良听见来人自报姓名，忽地一下从土炕上坐了起来，李荣智走到窑洞门口，唐一良已经下了土炕，站在了脚地上。看见李荣智，唐一良欢喜地迎上前，问道："你就是李荣智呀？早就听说了。你不是跟着红军走了吗，为啥又到这里来了？"边说边抓住李荣智的手，紧紧地握在一起。

李荣智看见唐一良尽管脸色有些苍白，但身材高大，臂膀结实，似有千斤之力。李荣智端详着唐一良，回答说："从队伍上回来好几个月了，从事地方工作……找你说点私事。"随后把他如何参加红军、如何在战斗中吐血生病、部队领导如何决定让他回老家养病、如何让他组织游击队等事项，详细地说了一遍，停了一下又说："你的遭遇我们都知道了。我来看你，就是想请你参加游击队，我们一起和他们斗。"

唐一良听见要他参加游击队，神情严肃地说："你说的这事情我想过。我现在这样子，是愿意参加也得参加，不愿意参加也得参加。如果他们知道我没死，一定不会放过我，也肯定会来找我。我要想活命，只有参加游击队当红军这一条路可以走。我本来想等身体养好了以后去找红军，没有想到我还没去找红军哩，红军就先找我来了。看来都是命里注定的，躲不过。"

说话间，李荣智听说唐一良比他年长几岁，说道："相互认识是咱们的缘分。从今往后我们就是一起战斗的兄弟了。"

唐一良说："我们一起战斗。一定要把这个吃人的世道给他弄翻。在这个世道里，穷人没有办法活……"随后，把他如何落草跟着毕大头当土匪，如何投靠军阀陈珪璋当兵，如何流落到西北军当兵，如何犯事被西北军枪毙，如何死里逃生的经过说了一遍。唐一良越说越激动，李荣智越听越伤感，越听越悲愤，共同的命运将他们紧紧地连在了一起，他们从此成了生死相依的兄弟。

二十世纪初，清政府被推翻以后，军阀和土匪泛滥成灾，军阀之间、土匪之间、军阀和土匪之间的战事此起彼伏。二十世纪二十年代

铸魂

末期，国民党虽然名义上统一了国家，实际并没有完全解决"山头"林立的问题，军阀战争、帮派斗争从来没有真正停止过，人民始终生活在水深火热之中。在陕甘交界地区，军阀和土匪多达几十股，少则几人、十几人、几十人，多则几百人、上千人、过万人。他们像走马灯一样，纷纷扰扰，让百姓苦不堪言。与此同时，青海马步芳、宁夏马鸿逵时而联手，对陇东和陕北进行袭扰，控制地方财政、军事和政治大权，向老百姓摊派粮款，使老百姓苦上加苦，苦不堪言。

唐一良先后在土匪和军阀部队里待过四年多时间，看到了军阀和土匪的残暴和腐败，渐渐对世道产生嫉恨。暗地里听说共产党如何好、红军队伍对士兵和老百姓如何好以后，逐渐对共产党和红军产生倾慕。唐一良为人耿直豪爽，待人诚恳实在，不论走到哪里，人缘关系都很好，与班长和排长等下级军官私下里多以兄弟相称，时常帮人替红军买枪买弹药。一个偶然的机会，他们"通共""通匪"的事情败露，包括唐一良在内的十多人被逮捕。经过核实，唐一良等六人被判处死刑。行刑之前，唐一良所在部队通知他的家人前来收尸。

"有钱能使鬼推磨"。唐一良被判处死刑的消息传到家里以后，族人和亲戚凑了几百个银圆，托人送钱走关系求助，挽救唐一良的性命。行刑的那一天，正当准备收尸的人焦躁万分时，一个人悄悄地对他们说："枪一响你们赶快把尸首抬走，什么话也不要问。"收尸的人还要问时，那个人已经不见了踪迹。

这天，刑场上共押来六个人犯，每一个人犯左右两边各有一个人抓着他们的胳膊。六个人犯被十二个人推到预定位置，被推倒跪在地上，六个行刑的刽子手端着枪，分别走到人犯背后，用枪口对着人犯的后脑。只听监斩官一声令下，六个刽子手同时扣动扳机，六个人犯同时倒下，一个个鲜血喷涌，脑浆横流，唯有唐一良的血从头顶溢出，模糊了他的头和脸。前去收尸的人看见刽子手退下，抬着预先准备好的担架，迅速跑到尸体跟前，把唐一良的"尸首"搬上担架，抬起来飞一般地离开刑场。抬担架的人中途相互替换，一口气把唐一良抬回老家。母亲揭起捂脸的血布，看见唐一良满头满脸是血，抱着唐一良哭得死去活来。这时，唐一良从昏迷中醒来，猛地坐起身，紧紧地抓住母亲的手，叫道："妈，我活着哩，没有死。"母亲看见儿子活着，又惊又喜，立即止住哭声，吩咐家人端来温水，洗去儿子头上和脸上的血迹，敷上刀箭药，换上干净衣服，当晚就把他送到槐树洼里养伤。

为了掩人耳目，预先给唐一良打好的坟墓，第二天天亮之前照常举行了埋葬仪式。

唐一良之所以不死，既是族人用钱活动的结果，也是他平日里要好的班长和排长暗地里相救的结果。他的班长和排长通过上司，用银圆打通关节，刽子手行刑时使了手段，只让子弹冲破他头顶的表层。表面上看起来他血流满面，实际上子弹在头顶造成的创伤并不大，顺利地瞒过了监斩官。

唐一良在槐树洼里养好身体之后，被李荣智、张大奎、刘富贵接到刘家川，参加了游击队。他的到来给张大奎、刘富贵、王秉德增添了几分信心，也加快了游击队建立的步伐。他年岁长，阅历深，关系广，懂得军事技能，是游击队难得的又一位领头人。

唐一良看了李荣智缴获的几支长、短枪之后，赞不绝口，说："都是外国造的好枪。不过，若要明着和敌人斗争，枪和人特别是枪的问题就一定要解决。枪少、人少，不能和敌人硬干，否则会吃大亏。枪的问题可以通过多种渠道去搞。从敌人手里夺的办法可以继续用，但要小心谨慎，千万不能'狗肉吃不成，让狗带走铁绳'。另外，还有一个办法也许会弄到一些枪支弹药。我在军阀部队干了两年多，知道军阀部队里的一些事。军阀部队里那些当官的差不多手里都有扣压下的枪支弹药，有些退出军界的老兵痞手里也有藏下的枪支弹药。当官的手里的枪支弹药一般都是打仗缴下的，仗打完向上级呈报时瞒报隐藏，数量一般很大；那些兵痞手里的枪支不多，一般也就一两支或者两三支，弹药数量也很少。如果有机会，当官的和兵痞都会通过关系，用枪支弹药换取大烟或者银圆。要走这条路子，就得想办法弄一些大烟和银圆。"

李荣智、张大奎、刘富贵听得目瞪口呆。他们压根不知道军阀部队里还有这样的事情，也不知道可以通过军阀部队的军官和兵痞弄到枪支弹药。唐一良的说法，让他们吃惊也让他们厌恶。他们忍不住暗暗地想："怪不得老百姓要闹革命，怪不得老百姓愿意跟着红军游击队。军阀的队伍将来不失败才是怪事情。"

铸魂

李荣智看了看唐一良，又看了看在一旁发愣的张大奎和刘富贵，说："只要能弄来枪支和子弹就行。银圆和大烟我们想法筹。"

经过多方联络，唐一良通过老关系，一次搞到了七支步枪和一些子弹，加上李荣智缴获的三支长、短枪，一共有了十支枪。看到这些枪支，李荣智既高兴又急迫。高兴的是经过几个月的努力，终于解决了组建游击队的最大难题，有了最初的武器装备；急迫的是与发展来的人员相比，枪支还有很大缺口，需要尽快把游击队组织起来，把游击队的旗号打出去，要想办法再弄更多的枪支和子弹。他与唐一良商量："这些天，大奎和富贵分头活动了一些人，找来了一些长矛和大刀，还有你弄回来的这些枪，总体上准备得差不多了。我想还是抓紧时间把游击队的旗帜打出去，先弄出一些动静，让老百姓觉得有依靠，让保安团和地主老财有顾忌。你觉得怎么样？"

唐一良说："你说得对。游击队的发展需要一个过程，不可能一步到位。及早把游击队的旗帜打出去，让老百姓知道红军游击队就在他们身边，对游击队的发展壮大有好处。我们先把队伍拉起来，然后一步一步，慢慢往大的做。依我的看法，游击队将来恐怕是给正规部队提供兵源的最可靠的保证。"

"就这么办。"说办就办，李荣智立即把张大奎和刘富贵叫来，与唐一良一起商量建立游击队的时间、地点和组织结构等问题。最后在梁子塬举行了游击队成立大会，李荣智和唐一良担任游击队队长和指导员，张大奎、刘富贵、王秉德担任三个分队的队长。除李荣智、唐一良、张大奎、刘富贵、王秉德以外，游击队还发展了张彦兴、王占英、关义兴等二十多人。全队有步枪八支、手枪二支，还有几把"折腰子"和一些长矛、大刀。将近三十人的游击队很有一些气势，引得附近村庄里的群众啧啧称赞。

陕甘特委和游击队总指挥部委派开展地方工作的张一良和杜承苑等人参加了游击队成立大会。张一良还在成立大会上发表讲话，高度赞扬游击队员的斗争精神，鼓励游击队员认真训练，提高军事技能，支持红军正规部队开展对敌斗争。

游击队成立以后不久，有消息说龙头塬吴家沟有一支民团武装，二十多人、十多条枪，团头叫吴积连，很不得人心。唐一良和刘富贵提议攻打这股民团，解决游击队的武器装备和给养。李荣智说："确实是一个解决武器装备、锻炼队伍的好机会。不过，这是我们游击队开展的第一场战斗，一定要先把情况弄清楚，瞅准机会再下手，确保我们旗开得胜，绝不能盲目出击。"

唐一良笑着说："弄清楚情况是肯定的。"

吴家沟位于龙头镇西边的一个沟垴里，距离龙头镇不到十五里路。吴积连是吴家沟的土地大户，村庄里的大多数人依靠租种吴积连家的土地过生活，收获的粮食大部分以"租子"的方式流进了吴积连的家里。吴积连仗着有民团武装，为富不仁，无恶不作，一方面帮着政府催粮逼款、抓派壮丁，一方面借机抬高土地租金、搜刮民财、奸淫妇女，引起老百姓的强烈不满。老百姓暗地里恨不得扒了他的皮，吃了他的肉，喝了他的血。

游击队侦察发现，吴积连由于坏事干得太多，做贼心虚，担心被人暗算，不仅拼命扩大民团队伍，还把民团团部设在自家院子里，不分昼夜地守护院落，尤其是每到天黑便关上大门，派团丁轮流把守。李荣智和唐一良趁着天黑，带领游击队，钻进距离吴积连家不远的庄稼地，半夜时分包围了吴积连家的院子，派人悄悄翻墙进入院内。但事不凑巧，正赶上吴积连半夜起床出来上厕所，猛然发现有人翻墙。他大喊一声，急忙返身钻进窑洞，爬上高窑，和民团团丁一起用步枪和手榴弹抵挡游击队进攻。游击队无法得手，只好撤离。临走时，李荣智从身边的游击队员手中接过步枪，对着高窑窗户连开两枪。第二天，村庄里传出吴积连的父亲被游击队打死的消息。

吴积连被游击队袭击，他的父亲被打死，让他在乡亲们面前颜面尽失。第二天一大早，他带着人在村庄里大骂，说村庄里"没有一个好人，都是勾结土匪和红军的王八蛋"。命令民团团丁强迫村民披麻戴孝，为他的父亲吊丧送葬，扬言"游击队杀了我父亲，这仇不共戴天。不消灭游击队，我誓不为人"。与此同时，他加强戒备，在自家院子门口又修筑了三座碉堡，通过地道和天桥，把碉堡与窑洞和高窑连接起来。随后，又变本加厉，变着花样祸害乡里，随意抓壮丁，摊派粮款，对群众进行报复。吴积连的行为激起乡邻和百姓更大的反感。一些百姓知道游击队的去向后，暗地里给游击队报告消息，找游击队诉苦，

铸魂

要求游击队为民除害。

一天，吴积连带领民团团丁，在新庄子和双佛堂一带抓壮丁、抢东西、拉牲口时，乡邻悄悄地找到游击队，请求游击队为他们做主。李荣智和唐一良根据群众提供的消息，带领游击队埋伏在吴积连回家路途的高粱地里，准备伏击无恶不作的民团团丁。一个时辰之后，吴积连带着保丁，抬着抢来的东西，大摇大摆地出现在西边的大道上。游击队员按照预定计划，等吴积连带着民团团丁经过时，突然竖起预先准备好的旗子，大喊："捉活的。一连冲锋，二连截后，冲啊。"一边呐喊，一边奋力朝民团开枪射击。吴积连和团丁摸不清楚情况，慌忙丢掉抢来的财物，返身拼命地逃了回去。游击队由于装备不足，不敢贸然追击，把吴积连抢来的东西收集起来，号召附近的村民前来认领，随后把剩余的东西挨家挨户送回被抢的人家。游击队的这一行动赢得了群众的认可，人们暗暗称赞，相互传送，诉说游击队的好处。

游击队第二次伏击吴积连又没有取得预想的结果。吴积连带着团丁逃脱游击队伏击，连滚带爬，绕道跑回吴家沟，龟缩在碉堡和高窑里，不再外出。一直等着风声过去以后，他才带着民团团丁，扛着枪支，想方设法抓捕参加红军和游击队的人的家属。他把抓来的人集中在自家院子里，严刑拷打，逼迫他们交代游击队的去处和下落，有的人被打得昏死过去，他叫人用冷水泼醒以后再打。他还把抓来的人的手脚绑住，脊背朝上，反吊在空中，中间搭上木板，自己躺在木板上面使劲摇晃，美其名曰"坐飞机"。被吊在空中的人受不了，大声叫喊，他一手揪住人家耳朵，一手拿着刀子，威胁说："再叫，再叫就割了你的鼻子和耳朵去喂狗。"游击队员听到这个消息，一个个怒不可遏，坚决要求铲除吴积连，给乡亲们报仇。李荣智和唐一良把张大奎、刘富贵、王秉德叫在一起商议，决定尽早铲除吴积连和吴家沟民团，为百姓除害。

吴积连尽管想尽办法打听游击队的落脚之地，企图带领民团攻打游击队，他的内心还是担心受到游击队的攻击。他觉得在自家门前修筑的三座碉堡和高窑还不能保护自己和家人，灵机一动，又派团丁到附近村庄里抓人，在他的庄基崖背子上面加修碉堡。李荣智和唐一良听到这个消息后，决定派人化装成民夫，混在老百姓之中，去给吴积连修碉堡，约定晚上民团吃饭时点火为号，里应外合，铲除吴积连及其民团。按照约定，游击队提前埋伏在庄稼地里，等待院子里发出暗号。天黑后不久，吴积连家的院子里忽然燃起三个火把，刘富贵一个箭步，率先冲到吴积连家的大门口，擒住哨兵，大队人马一拥而入，冲进吴积连家的院子。民团团丁没来得及反抗全部当了俘虏。游击队员孙世英带着两个队员迅速爬上高窑，用力顶开进入高窑的石盖，一跃而起，跳到吴积连躺着的土炕跟前。这时，吴积连和老婆正躺在土炕上抽大烟。孙世英猛扑上去，把吴积连死死地压在身下。吴积连的老婆被突如其来的情景吓得尖叫一声，钻到土炕角落里，瑟瑟发抖。吴积连拼命挣扎，拉响了藏在土炕上的手榴弹，孙世英头部受伤，吴积连本人被炸死。

战斗很快结束，除两个民团团丁被打死以外，其余全部当了俘虏。游击队共缴获长枪十三支、短枪一支，还有不少子弹和手榴弹；另外还缴获了大量银圆、烟土和浮财。当天夜里，游击队把缴来的浮财散给村庄里的百姓，遣散了俘虏，带着战利品，抬着孙世英撤回了三嘉塬。

游击队缴获了民团的支枪，没收了吴积连的财物，解决了武器装备，筹措了给养，极大地改变了游击队的装备和处境。唐一良利用没收来的财物，寻找原来的熟人，又弄了几支步枪。尽管有的步枪缺少零件或者锈蚀斑斑，经过乔师的"兵工厂"修理，又成了可以使用的家当。队员们看见武器越来越多，经费充足，心里越加踏实，参加训练和活动的劲头越来越足，对于游击队的未来和发展越发充满信心。

十四

消灭吴家沟吴积连民团之后，游击队的装备得到很大改善。李荣智和唐一良商量，趁着秋收后的闲暇，把游击队员召集在三嘉塬北面的老虎沟，进行集中训练，让游击队员熟悉和掌握使用枪支的要领，懂得基本的军事技能和纪律要求。他和唐一良既当军事教官，又当政

铸魂

治教员，给游击队员讲解他们了解的思想和政治要求，教授游击队员使用枪支的方法。通过集中强化训练，游击队员的军事素质普遍提高，参加游击队活动的积极性更加高涨，对于革命的认识和对游击队的理解也更加清晰。

看着游击队训练水平越来越高，凝聚力越来越强，李荣智从内心深处感到高兴。他觉得游击队已经成为一支成熟的武装力量，他也完成了领导交办的任务，应该回根据地向部队首长汇报工作的进展，也该回到部队去继续原来的工作……随着时间的推移，这种想法越来越急迫，越来越强烈，甚至让他难以自已。他强烈地期望回到根据地去，早一点儿见到带领他走上革命道路的老刘等人，早一点儿回到需要人手的正规部队中去。

一天早上，李荣智和唐一良带着游击队员做完晨练之后，悄悄地把唐一良拉到一边，说："我想这几天去一趟照金，一个是看看红军队伍和根据地的情况，再一个是把游击队的情况给首长说一说，听听首长们的意见。"

唐一良说："游击队刚刚有些起色，有了一点儿战斗部队的样子，你走了咋办哩？"

李荣智笑着说："不是还有你吗？你年长，当过兵，经见得多，比我强，完全可以带好游击队。"随后又说，"我离开部队时首长有约定，把游击队搞起来以后我就可以回部队去。我回来好几个月了，游击队也搞起来了，部队里缺少人手，我想回部队去。另外，也想给首长汇报这里的情况，听听他们对建立游击队的意见。"

唐一良越听越着急。两个多月的交往，他与李荣智有了更多的了解和理解，也多了一份信赖和信任。在建立游击队、发展游击队员、置办装备的过程中，他们相互信赖，相互配合，建立了深厚的友谊，也增强了游击队员们的信心。李荣智突然离开，让唐一良心里多了一份不安和不舍。他对李荣智说："你回去汇报了情况之后还是回来吧。你回来，我们一起干，我心里踏实。"

李荣智笑着说："我先回去汇报情况，能不能回得来，还要听首长的命令。我是红军战士，必须服从命令，自己做不得主。"李荣智一边说，一边从腰里拔出攻打吴积连时缴获的短枪，递给唐一良，说："这把枪你留下指挥作战用。它打起仗来比左轮枪强得多，子弹也好弄。我想把两把左轮枪带到照金去给首长防身用。左轮枪战场上不好使，作为防身武器既轻便又保险，是件好家什。"

唐一良说："还是你想得周到。在战场上左轮枪的缺陷太明显，射击距离和威力都不够，作为防身武器倒是一件不错的家什。"

李荣智说："现在根据地很艰难，条件差，危险大，武器少，尤其是防身用的短枪更少。很多首长连个防身的家什都没有。像在咱们这边做工作的张一良和杜承苑，他们好几个人才带着一把老旧的短枪，实在不安全。以后我们也要想办法多给他们一些支持，起码要保护他们的安全啊。"

唐一良接过缴获的吴积连的短枪，在手里掂了掂，笑着说："还是这家伙稳当，拿在手里踏实。"说着，从腰里掏出左轮枪，递给李荣智，"不怕你笑话，这把左轮枪玩起来很轻巧，我还真有些舍不得。"

李荣智也笑了，说："好枪多得很，我们想办法弄就是了。以后保证有你挑花眼的时候。"

李荣智找出另外一把左轮枪，与唐一良还给他的左轮枪放在一起，找了一块擦枪布，仔仔细细地擦拭了一番，又找来两块旧布包好，装在贴身之处，一个人来到照金，找到游击队总指挥部。接待他的是刚刚接任游击队总指挥的王子文。李荣智向王子文详细汇报了离开红军队伍，回到地方组织游击队的原因和经过，以及在家乡组织游击队的情况。

王子文认真地听完李荣智的汇报，站起身，在窑洞的脚地上一边走，一边神情严肃地说："你们了不起啊。短短几个月时间，你们就拉起了几十个人的队伍，还白手起家，弄了几十条枪。成绩很大啊。"王子文担任红军游击队总指挥之前，被任命为游击队总指挥部政委，不久又接任游击队总指挥，负责根据地和附近地区游击队的建设工作。此前，他并不知道李荣智从红军部队受命回地方组织和建立游击队，也不知道游击队组建之后的活动情况。听了李荣智的汇报，他深深地体会到组织和发展地方游击队的重要意义，体会到把红军正规部队的干部战士派到地方上去组织游击队的做法的正确性。它是一条推动红军和游击队建设，扩大和巩固根据地的好办法。尽管在此之前，他在家乡也组织过游击队，有建立游击队的经验，但是，那个时候他想得更多的是拉队伍造反，是建立革命武装，不像现在这样有组织有计划地建立地方游击力量，配合红军正规部队开展武装斗争，建立和扩大根据地。正因为有陕甘游击队总指挥部，有散落在根据地和根据地周围的游击队，红军渭北失败后才有力量去寻找和接应失散的干部和战士，有力量重新组建新的红军正规部队。革命离不开群众，革命离不开游击队啊。

李荣智笑了笑，说："都是老百姓支持的结果啊。没有老百姓支持，我们什么事情都弄不成。官府、军阀和民团把老百姓害苦了，老百姓巴不得有人替他们说话，巴不得有人替他们出头，也巴不得有人打击军阀和民团哩。建立游击队，在地方开展武装斗争，群众的积极性很高。"他一边说着，一边从怀里掏出一把左轮枪和一包子弹递给王子文，说，"根据地枪支不多，这把枪是缴获敌人便衣侦探的，给你留下作防身用吧。我这里还有一把，想送给齐进同志。听说他现在是军委书记。"

"齐进同志你认识吗？他担任军委书记快半年了。"王子文接过左轮枪，一边给李荣智介绍情况，一边翻来覆去地看着左轮枪，忍不住夸奖道，"这家伙实在太漂亮了，太漂亮了。舍不得用……说实话，我还真的想弄一把枪。你这是雪中送炭啊。"

李荣智说："我认识齐进同志。我在部队的时候就认识了。"随后，跟着王子文向齐进的办公地点走去，边走边向王子文说着他认识齐进的经过。

李荣智第一次见到齐进是前一年的夏天。当时，红军在杨柳坪练兵，齐进来到杨柳坪观看红军战士训练。李荣智正在骑队长杨正琪的那匹大白马。那匹马性格怪异，只认杨正琪不认其他人，骑兵连很多战士骑它都吃过亏，不是被甩下马背，就是被踢伤或咬伤。训练间隙，几个战士故意取笑李荣智，"激"他去骑那匹"怪马"。李荣智觉得"面子"上下不来，硬着头皮走向大白马，刚要伸手去抓马的缰绳，大白马立即后腿直立起来，发出愤怒的嘶鸣。李荣智猛地一把抓住大白马的笼头，使劲把它的头拉下来。大白马张开大嘴，像是要咬他一样。李荣智重重地在大白马的肩胛处拍了一巴掌，猛地一跃身，跨上马背。

大白马一声嘶鸣，像风一样跑开了。从此，大白马再没有咬过红军战士，也没有踢过红军战士，更没有撂过红军战士。后来得知，大白马在张家坪激战中被敌军俘获，敌军士兵蜂拥上前抢夺它时，它踢伤了好几个敌军士兵，咬折了一个敌军士兵的胳膊，被敌军士兵一阵乱枪打死了。

齐进站在训练场边，看到了事情的整个过程。李荣智骑马回来后，他高兴地走上前，夸赞李荣智骑马技术好，询问李荣智是哪里人、什么时候参加红军、都做过哪些事情。李荣智一一作了回答，从此与齐进相识。

李荣智第二次见到齐进，是齐进调任红军先锋连指导员以后。齐进在红军先锋连期间，李荣智经常与齐进见面，知道了齐进的经历，也见识了齐进的为人，对齐进尊敬有加。

齐进十七岁那年，受党组织派遣，在国民党警备骑兵旅从事"兵运"工作。他利用各种手段和办法，发动和启发士兵，秘密发展党员，建立党组织，在所在营的各个连都建立了党支部，班、排、连级干部大部分成了党员骨干。后来，得知所在的营换防的消息以后，他认为"兵变"的时机已到，与其他同志一起组织发动"兵变"后，带出三个连二百多人。在北进途中，部队多次遭遇地方民团和西北军阻截，最后在麟游遭遇土匪袭击，被彻底打散，"兵变"失败。后来，他翻越老爷岭，在杨柳坪找到红军队伍。不久，又被派回家乡，开辟渭北游击区。很快又回到照金，担任红军先锋连指导员，随后被任命为特委军委书记。

王子文把李荣智领到齐进的办公地点，推开半掩着的窑洞门，一边招呼齐进，一边指着李荣智对齐进开玩笑，说："认识这个人吗？"

齐进看见李荣智，高兴地上前抓住李荣智的手，对王子文说："老熟人了，咋能不认识。前年夏天我去杨柳坪的时候，红军部队正在那里训练，他在那里练骑马，我们还说了一阵话哩。后来我去了红军先锋连，我们还一起战斗过一段时间。我们很熟悉了。"

因为有在红军部队一起战斗生活的经历，齐进问起李荣智的工作情况。李荣智把在战斗中受伤、身体没有完全恢复和部队派他回家、在家乡组织游击队的情况一一作了汇报。齐进听了之后询问他身体的恢复情况，夸奖他组织游击队有成绩，勉励他多动脑筋，做好党员发展和游击队的工作。当李荣智从怀里掏出另一把左轮手枪，与一些子弹一起递给齐进时，齐进高兴地接过枪，由衷地赞叹道："好枪。真是好枪啊。这种枪在国民党部队里只有团长以上的军官才佩带。你是怎么弄到它的？"

王子文在一旁看见，高兴地对齐进说："这家伙本事大得很，一下子弄了两把左轮枪。你瞧，我这里也有一把。他说让我们防身用。根据地没有枪支是大问题啊。"一边说，一边把短枪拿出来，看了又看，眼神里透出一股由衷的喜爱。

李荣智说："枪是从敌人便衣手里弄来的。"随后把左轮手枪的来历简单叙述了一遍。其实左轮枪威力并不大，好就好在射击时即便子弹中有臭子，一扣扳机，臭子可以随着弹轮转过去，后面的子弹可以复位被击发，不像其他短枪需要再拉一次扳机，使臭子退出弹膛后好子弹才能上膛。

齐进听了李荣智夺枪的过程，夸奖道："到底受过部队训练，身手不凡啊，不过以后一定要注意安全。你是部队派回去组织游击队的，是游击队的负责人，组织和带领游击队责任重大啊。大家可都指望你出主意想办法，把游击队带领好。你出了事情，游击队怎么办啊？既要夺取敌人的枪支，广泛地组织游击力量，狠狠地打击敌人，也要爱惜身体，爱惜生命啊。"他看看枪，又看看王子文，笑着说，"恭敬不如从命。我就不客气了，枪我收下。枪支在根据地是宝贝啊。还要谢谢你啊。"

李荣智不好意思地笑了笑，说："我还有一件事要向首长报告哩。当初离开部队时，老刘和王团长说好的，把游击队建立起来以后我就可以回部队来。现在游击队建立起来了，有唐一良同志领导，我是不是可以回红军队伍里来了。"

齐进听了李荣智的话，心情骤然沉重起来。随后给李荣智详细介绍了照金根据地的形势和李荣智离开以后红军部队的去向。直到这个时候，李荣智才弄清楚他离开部队的几个月时间里，陕甘红军发生的令人极其痛心的事情：一是红军遭遇的失败；二是省委个别领导人投敌叛变，省委和党组织遭到严重破坏；三是西北军王泰吉骑兵团耀县起义失败，根据地处境非常困难和危险。

老杜第二次返回红军部队时，正值西北军、地方保安团、民团对红军和根据地进行疯狂"围剿"的关键时期。面对严峻形势，他不顾红军装备差、力量弱小的实际，极力主张打大仗、打阵地战，与敌军硬打硬拼，很快让红军队伍陷入被动。之后他又完全失去信心，决定建立新的根据地。

在老杜的强力命令下，红军离开照金根据地，随即遭到西北军和地方民团的重重袭扰，红军指战员伤亡惨重。幸运的是，红军的骨干力量绝大部分返回了根据地，后来都成为陕甘边根据地的重要领导人。

红军离开照金根据地的时候，老杜并没有随部队行动，而是回到了西安，随即被敌人捕获叛变。他带领国民党特务捕杀共产党员，捣毁共产党的组织，搜集共产党组织和红军的情报，使省委和各级党组织遭受严重破坏，很多干部、党员和地下工作人员被捕牺牲。与此同时，西北军王泰吉骑兵团在陕西耀县起义，宣布把骑兵团改编为西北民众抗日义勇军。撤离耀县时遭到西北军袭击，损失惨重，王泰吉部一千多人只剩下一百三十余人，退入照金根据地。

面对这一严峻形势，陕甘边特委在陈家坡召开连以上党政军干部会议，分析讨论面临的形势和今后的任务，通过了保卫陕甘边根据地的决定，组建了陕甘边红军临时总指挥部。随后，红军主力离开照金，向彬县、旬邑、合水出击，取得战果，特别是消灭了旬邑县政府所在地张洪镇民团一百余人，缴获了大批武器弹药和物资，镇压了国民党县长、国民党县党部书记和民团团长，暂时减轻了根据地的压力。

李荣智听到这些变故之后，不由得惊出一身冷汗。建立一支真正的红军队伍不是一件容易的事情啊。它寄托了无数人的期望，倾注了无数人的心血，怎么能轻易离开根据地，轻易陷入敌对势力的包围，被敌人追逐和消灭？他不明白其中的原因，想不清楚其中的道理，无法判断贸然做出的决策。他不停地重复着一句话："怎么会这样呢？"

返回游击队总部的路途上，王子文心情格外沉重，但还是不断地规劝李荣智："战争就是如此，非常残酷。一场战斗既有可能胜利，也有可能失败，更有可能全军覆没。现在，我们的力量还很弱小，人数少，装备差，很多事情处在摸索之中，再加上个别人政治信仰不坚定，

铸魂

出现意外的可能性非常大。这要求我们的决策者和指挥员一定要深入实际，了解情况，绝对不能想当然、拍脑袋，更不能凭借一时冲动盲目决策。如果想当然决策，后患无穷啊。"

"现在，重要的是如何恢复和重建红军正规部队，鼓舞群众，鼓舞游击队员，鼓舞我们的战士。你想回到部队来，继续在部队里工作，这是好事情。部队正在重建，也正是需要人的时候。你以前在部队里工作过，熟悉部队的情况。回部队去也有好处，至少熟悉情况，熟悉部队的规矩，能给其他同志做榜样。"王子文边走边说。他期望李荣智鼓起勇气，坚定信心。

"老杜怎么会叛变呢？"李荣智期望弄清楚能够想到的所有问题。

"不说他了。他是个软蛋，啥事情都不懂。"王子文生气地说，"不了解根据地，不了解红军队伍，不了解游击队的力量，不了解敌对势力，想当然地指挥打仗，不失败才怪哩。只是没有想到他那么没骨气，还没有等敌人用刑，他就招了，丢人。"王子文既像是给李荣智讲道理、做工作，又好像是在发泄心中的愤懑和不满。老杜的叛变和叛变之后的行为给组织带来了重大损失，也给根据地建设带来了灾难。在西北军、地方保安团、民团的重重包围之中，收缩回到照金根据地的各级组织、机关、人员不仅增添了根据地的粮食、住宿、物资负担，也增加了根据地的安全保卫责任。无论是红军正规部队，还是游击队，既要抗击敌人"围剿"，又要防止敌人渗透；既要在前方打仗，又要保卫后方安全，压力可想而知。

"他是个坏蛋。"李荣智突然说。

"不说他了。现在根据地成立了红军临时指挥部，正在想办法恢复和重建红军队伍。我们都要尽我们的力量啊。"王子文用手抹了抹脸，像是要摆脱什么不愉快。

"那是肯定的。我们都尽力做事，情况一定会好转。"李荣智满怀信心。

十五

李荣智回到红军队伍，原来的部队番号被取消，新组建的红军正规部队由渭北游击队改编而成，周围绝大多数人都是从未见过面的新人，熟悉的面孔很少。红军仍然只有一个团的兵力。看到这种情况，李荣智既悲伤又兴奋。他为由于老杜错误指挥而失败的红军队伍而悲伤，为新建立的红军正规部队而高兴。他甚至暗暗地想：如果原来的红军部队还在，红军是不是已经有了两个团的正规部队，是不是有了更加强大的力量，是不是可以做更多的事情啊。然而，这一切注定只能是空想，只能是一个人暗地里突发奇想。

回过头去想，稍微留意或者总结红军游击队和红军正规部队的经历，就不难发现不切实际的错误指挥给红军队伍带来的损失有多大。红军游击队成立不久在陕西旬邑县打了胜仗，老杜来到游击队，借口红军游击队没有声援群众"缴农"，对总指挥和副总指挥横加批判指责，并将他们撤职调离，强行命令红军游击队突击平原地带，致使红军游击队惨遭损失。红军游击队返回陇东以后，与曹一凡会合，好不容易恢复了元气，老杜又委派李良来指挥，要游击队打阵地战，搞土地改革，致使红军游击队被西北军和民团包围，接二连三打败仗，差一点儿全军覆没。红军游击队好不容易恢复了一点儿元气，老杜又亲自出马，借游击队改编为正规部队，先后撤销了老谢、老刘、阎定川的职务，后来又因错误指挥而导致全军覆没。

原来的红军队伍没有了，革命力量遭受到了严重打击，好在这个时候陕甘边地区的形势发生了新的变化。一方面，在各级党组织的努力下，陕甘边地区建立了相当数量的地方游击队，组织和发展了数量庞杂的游击队员，在一些群众基础比较好的地方还建立了赤卫队，发展了赤卫队员。游击队、赤卫队的发展为恢复和重建红军正规部队提供了可能，打下了基础。另一方面，老杜等人的离开，也减轻了没有武装斗争经验的领导对根据地工作的干预，熟悉根据地情况的陕甘特

铸魂

委有了更多的自主权和裁量权，能够根据形势发展需要成立红军临时总指挥部，可以依靠根据地内部的力量恢复和重建红军正规部队。

李荣智一边熟悉周围的环境，一边观察部队的人员变化。老刘回来了，王玉泰回来了，红军部队的很多领导回来了。这些人有的在红军临时总指挥部工作，有的在红军正规部队工作，有的去了地方游击队，有的去了边区其他地方。他们在不同的地方和不同的环境中为红军队伍的壮大和根据地的建设劳心费力。他们兢兢业业，不怕牺牲，置个人生死于度外。这种精神和行为多么让人尊敬和佩服啊。

红军正规部队重新组建起来之后，红军临时总指挥部根据陕甘边地区复杂多变的形势，以及敌我力量对比变化，决定采取内外线相结合的办法进行作战，改变敌我力量和形势，加紧创建和扩大根据地，由红军、西北民众抗日义勇军、游击队耀县三支队和陕北一支队组成主力红军，转向外线作战，打击外围敌人，改善红军装备，扩大红军影响；由陕甘特委带领照金地区各路游击队，坚持在根据地开展斗争，打击根据地内部的反动民团和土匪武装，改善群众生活。按照这一决定，主力红军从照金出发，经过马栏川，翻过子午岭，沿着真宁县、宁县边沿地带北上，最后到达黑木塬。在黑木塬经过短暂休息，红军主力冒雨夜行，奇袭合水县城，毙俘守军二百多人，缴获大批武器弹药和物资，从监狱中救出同盟军二支队二大队队长和八十余名在押的干部群众，没收了国民党县政府和地主土豪的财产，为百姓开仓放粮，取得了跳出根据地后的第一场胜利，鼓舞了战士们的信心。

主力红军离开照金北上的第二天，西北军、耀县民团对照金根据地发起进攻，包围了游击队总指挥部和红军后方机关薛家寨。根据地开始了殊死地反"围剿"斗争。敌军一次接着一次发动猛烈进攻，游击队阵地前硝烟迷漫，杀声震天。游击队凭借着薛家寨的有利地势，一次次击退敌军的疯狂进攻。天黑之后，在叛徒带领下，敌军趁着夜色从后山一条缝隙中攀着树枝爬上山顶，向游击队发起突然攻击。游击队阵地被突破，形势急转直下，不得不进行突围。战士们把手榴弹捆扎在一起，在山脚下炸开一个缺口，掩护后勤人员撤离后，相互交替掩护，边打边撤。游击队突围后，离开照金根据地向北转移，在柳林镇打掉民团数十人，经张家店子、转角、石底子，转而向西，在北柴桥子村与主力红军会合。

　　主力红军拔掉合水县城，消灭赵文治部二百多人。赵文治恼羞成怒，率领全团人马尾追不舍，企图全部消灭红军部队。看到敌军尾追不舍，红军采取疲劳战术，与敌军在附近几个县兜圈子。十多天后，红军与尾随的追兵在毛家沟相遇，看见时机成熟，红军立即集中力量，再次打击赵文治。战斗开始后，红军装出怯战的样子，不停地向北山撤退。赵文治误判形势，命令部队开始攻击。等到赵文治率众追到半山腰时，红军领导人当机立断，命令部队进行反击。冲锋号一响，红军战士像潮水一样向山下冲去。赵文治部被红军迅速冲垮，红军毙、俘赵文治部二百多人，缴获枪支二百多支。赵文治不得不带领残部逃回庆阳。

　　主力红军与游击队会合之后得知薛家寨失守，照金根据地被西北军和民团占领，不得不把建立新的根据地提上日程。红军领导人抓住时机，在包家寨召开联席会议，学习毛泽东红色政权理论和井冈山道路，分析陕甘边革命形势，总结照金根据地斗争和薛家寨失守的经验教训，批判"左"倾冒险主义影响，决定按照中央关于建立相当力量正规红军的思想，组建红二十六军四十二师。根据中央关于一块和若干块红军政权区域长期存在的思想，建立以安定为中心的陕北、以南梁为中心的陇东、以照金为中心的关中三路游击区；根据南梁地处陕甘两省交界，梢林密布，地形复杂，交通不便，回旋余地大，敌人统治力量薄弱的实际情况，建立以南梁为中心的陕甘边"南梁根据地。"

　　包家寨会议之后，红军临时总指挥部率领部队进至葫芦河地区的莲花寺，进行休整和整编，正式成立红四十二师。红四十二师设有司令部、政治部、给供处和直属警卫连，下辖第三团和骑兵团，共三百余人，战马六十余匹。

　　红军部队整编完成后，立即兵分两路开始创建新的根据地：一路由红四十二师师部率红三团向东北出击，进击咸榆公路，横扫沿途地主武装；一路由骑兵团向西北出击，经柔远、二将川，直捣南梁地区的反动武装。一个月之后，两路红军完成预定任务，迅速回师，在南梁会合。红军被动挨打的局面得以改善。

　　形势的变化，为建立新的根据地提供了条件。红四十二师和陕甘

铸魂

边特委决定，趁着战斗间隙，把红军正规部队建设与游击队建设结合起来，把武装力量建设与发动和组织群众结合起来，推动根据地建设，由红四十二师配合地方开展工作，在平定川、豹子川、白马庙川、二将川、葫芦河川等地宣传和组织群众，帮助建立第二路游击队。不久，红四十二师党委在林锦庙梁家沟召开会议，讨论军事斗争的方针和南梁根据地的建设问题，决定成立第二路游击队总指挥部，统一领导庆阳、合水、保安、安塞、庆北、定边、华池、环县、庆华、柔远等地的游击队。随即又决定派游击队陕北一支队返回陕北，以安定为中心开辟陕北第一路游击区。为了促进宁县、淳化、耀县、旬邑等地的游击活动，红四十二师同时决定抓紧时机南下作战，帮助第三路游击队扩大游击区。

由于游击队陕北一支队曾在安定一带打过游击，熟悉安定的地理地形，有比较好的群众基础，红军临时总指挥部派游击队陕北一支队返回陕北，作为第一路游击队的基本部队，组织建立第一路游击区。莲花寺整编时，陕北游击队一支队未被编入红四十二师，同时抽调一批得力干部等到一支队，充实领导力量。莲花寺整编后，红四十二师在东华池举行欢送会，勉励一支队贯彻包家寨会议精神，迅速组织建立第一路游击队，以安定为中心向四周拓展，尽快实现与南梁根据地连成一片的目的。一支队表示，坚决执行包家寨会议精神，以实际行动配合红军主力在南梁中心地区创建根据地。

为了促进宁县、淳化、耀县、旬邑等地的游击活动，红四十二师在稳定南梁中心区域形势之后，迅速挥师南下，帮助第三路游击队扩建游击区，同时护送王泰吉去从事兵运工作。老刘接替王泰吉担任红四十二师师长，率领部队从南梁出发，经廉家砭、古城川，沿宁县、真宁南下，直抵淳化蒋家山、马家山一带，帮助淳化和旬邑等地党组织组建和整顿游击队，发动群众扩大游击区，相机消灭了小股敌对武装。在侦察到三原县北部有一股四十多人的民团非常猖獗，群众意见很大以后，红四十二师决定采取偷袭的办法，消灭这股民团，为群众除害。根据路程距离，计划以骑兵为主，当天夜里出发，黎明前到达，发动突然袭击，战斗结束后立即撤回驻地。

此时正值深冬腊月，天寒地冻，红军骑兵部队出发后不久，指战员在马背上被冻得手脚麻木。半夜时分，部队来到一个庄院外面时传令休息，战士们按照规定把马缰绳绑在手腕上，怀里抱着枪支，靠着土墙或柴草堆休息。因为长途行军，部队一直没有休息睡觉，战士们坐下后不久就睡着了。约莫一个时辰之后，庄院外面突然传来两声巨响，接着有人大声呻吟，战马惊恐嘶鸣。从爆炸的威力和声音断定，是从院内扔出的手榴弹。王玉泰命令战士不要惊慌，立即派出战士弄来麦草，燃起火堆，这时才看清楚有两名战士被炸死，四名战士被炸伤，两匹战马被炸成重伤，血流如注。李荣智距离手榴弹爆炸的地点很近，他的战马被炸成重伤，他右边的战士头部被弹片击中牺牲，战马也被炸成重伤。受伤的战马颤抖不已，不住地打着响鼻，用前蹄刨着土地。

借着火堆的亮光，战士们看清楚部队停留在一个大庄院外面。庄院背靠大山，高大宽畅，一看就是大户人家的院落。院子里左右两边各有一排土木结构的房屋，靠山根有几孔窑洞。距离院子大门不远的崖面上有一个高窑，高窑上有一扇很小的窗户和门。高窑通过一个有护栏的木制天桥与院子大门上面的顶楼相连。顶楼上有两扇窗户，可以看清楚院子外面的情况。根据庄院的规模和建筑可以断定这是一个人口较多的富户。火光中不知道谁突然喊了一声："把这狗日的不收拾了还等到几时哩？"听到喊声，站在庄院大门口的战士一起向大门撞去。不几下，院子大门被撞开，战士们冲进院子。高窑里的人看见大门被撞开，又扔下一颗手榴弹，所幸没有造成新的伤亡。愤怒的战士端着枪朝高窑射击，还有一些战士扑向窑洞和房屋。

这时，一个战士指着高窑说："扔手榴弹的人在高窑里。不抓住他们就对不起死伤的战友。"随即，大声对高窑里的人喊道："高窑里的人听着，赶快自己下来，要不然我们就要开炮了。"战士喊了一阵，只听高窑里有人回话："你们的话不敢听。事情闹到这一步，下不下来都是死。我们是不会下来的，你们想咋办就咋办吧。有本事你们就攻上来吧。"

从窑洞里进入高窑的入口被从上面堵得严严实实，无法上去。一个战士看了看高窑，发现高窑的顶部距离上面的草坪只有一丈多高，大声喊道："干脆从高窑上面挖个窟窿，用火烧。"战士们听说，立即

铸魂

找来镢头和铁锨，奔上庄院上面的草坪，由草坪向高窑顶部竖挖，很快在高窑顶部挖开一个竖洞。有战士把从打麦场上弄来的麦草点燃，扔进高窑，引燃大火。高窑内的人被烧得坚持不住，有两个人通过天桥跑进门楼。又有战士提议用打麦场里的碌碡去砸门楼，立刻有战士把放置在打麦场里的碌碡弄来，对准门楼推了下去，门楼半边被砸垮。顶楼里的人又通过天桥跑进高窑。战士们不停地把点燃的麦草扔进高窑，逼迫高窑中的人投降缴械。这样翻来覆去，一直到第二天中午时分才把这一突发事件处理清楚。突袭民团的计划由此落空。

偷袭民团不成，又死伤了几名战士和战马，战士们怒气难平。他们掩埋了牺牲的战友，把受伤的战友扶上马背，集合队伍，返回淳化驻地。李荣智换乘了牺牲战友的马匹，把负伤的战马拴在马鞍子上，走了几十里路后，战马终于支撑不住，倒地牺牲，让李荣智很是伤感。战马是他参加红军不久在战斗中缴获的，花青色，身材匀称，健壮有力。除了他受伤养病和回老家组织游击队不在部队之外，其余时间战马一直跟着他，他与战马结下了很深的情感，没有想到一次意外，花青马竟然离他而去。

在红四十二师帮助下，陕甘边根据地南部的形势基本稳定，游击队数量和游击队员数量都有增加，建立第三路游击队总指挥部的条件基本成熟。经过红四十二师研究，当年秋天，陕甘边第三路游击队总指挥部在三嘉塬正式成立。在三路游击队指挥下，陆续建立了宁县一支队、三支队，真宁县二支队、五支队、八支队、回民支队，以及新庙、耀县、赤水、郴甘、中宜等十多支游击队。至此，南梁革命根据地的外围障碍基本扫除。

红二十六军四十二师的组建和三路游击区的开辟，以及各个游击队的建立和发展，在武装力量、群众基础等方面为根据地的建立、巩固和发展打下坚实基础。红军和陕甘边领导人吸取创建照金根据地的经验教训，调整思路，把打土豪与解决群众生活困难、做好群众工作与建立群众组织、建立革命武装与开展游击活动、建立工农政权与开辟根据地有机结合起来，为红色政权的建立和发展创造了条件。根据地领导人来到南梁地区之后，把深入细致的群众工作作为重点，引导贫苦农民认清封建剥削和国民党反动统治的本质，让他们懂得只有拿起枪杆子才有出路，只有建立劳苦大众自己的政权才能过上好日子，组织和吸引群众参与根据地建设，很快在南梁周围的村庄里建立了农民联合会、雇农工会、贫农团等组织，领导农民进行土地革命斗争；在荔园堡和东华池等地建立赤卫军大队，用长矛、大刀、土枪和步枪武装农民，让赤卫队站岗、放哨、送饭、监视土豪恶霸、转移伤病员、保护群众，配合主力红军和游击队作战，保卫胜利果实和根据地的安全；在南梁革命根据地内形成了主力红军、地方游击队、赤卫军三位一体的武装力量，以南梁为中心的陕甘边红色区域扩大到保安、安塞、甘泉、鄜县、庆阳、合水、宁县、正宁、旬邑、淳化、耀县、宜君、中部等十多个县。不久，在南梁小河沟四合台村组织召开陕甘边工农兵代表大会，宣布成立陕甘边革命委员会，负责组织领导陕甘边党组织建设、政权建设和反封建斗争。

此前，由于叛徒出卖，省委遭到破坏，陕甘边特委解体，陕甘边特委的职权由红四十二师代行。随着苏区的发展壮大，为了加强党对苏区工作的领导，保证红四十二师集中进行军队建设，红四十二师在南梁召开党委会议，决定恢复中共陕甘边特委，同时成立陕甘边革命军事委员会，统一指挥陕甘边革命武装力量。至此，一个组织机构比较健全、基础相对稳固的陕甘边南梁根据地正式建立，陕甘边革命根据地进入了一个新的发展阶段。

李荣智重新回到部队之后，在部队首长的带领下，一边参加作战，一边帮助地方组建游击队，开展武装斗争。他见证了陕甘边红色根据地建立的全过程，见证了陕甘边革命委员会建立的全过程，见证了红军队伍由小到大发展的全过程。红军队伍的重建和迅速发展，让他深深地感受到了革命形势发展变化的迅疾，感受到了革命者队伍的庞大和激昂。根据地的建立、巩固和扩大，让他深深地感受到群众对于共产党和红军队伍的认可和支持，感受到了群众革命意志和革命积极性的增强。在建立和发展红军队伍，巩固和扩大根据地的过程中，革命的领导者和革命群众的结合更加紧密，对于革命理论、革命道路、革命方法的认识越来越明确，越来越成熟，革命的成效越来越显著。

李荣智更加坚定了革命的信念，坚定了跟随共产党、跟随红军的信念。

铸魂

十六

"命令先锋连死守北城墙,不让敌人靠近一步;一连和二连埋伏在北城门外的洼地里待命,待敌军靠近城墙之后从侧面进行攻击。迅速通知骑兵团归队,准备战斗。"看到敌军蜂拥而来,老刘当机立断,部署战斗任务。

在陕甘红军和陕甘边特委的努力下,以南梁为中心的陕甘边革命根据地迅速形成和发展,打破了陕甘边区原有的力量平衡,触动了既得利益集团的根基,震慑了地方民团势力,在陕甘两省乃至西北地区引起极大震动。西北驻军和地方民团一起,动辄出动数万兵力,对陕甘边革命根据地进行"围剿""驻剿"和"进剿",围攻红军和地方游击队,企图摧毁和剿灭刚刚建立起来的红色政权。面对敌对力量的大规模"围剿",根据地军民和红色政权的领导人心急如焚,积极寻找反击敌对力量"围剿"的策略,探寻发展和壮大红色政权的办法。经过反复商议,红军和边区特委决定兵分三路,红四十二师两个主力团和第二路游击队一部,跳出外线,寻机歼敌,保存和发展红军主力;第三路游击队袭击和牵制南线敌军,减轻根据地的压力;第二路游击队一部和赤卫军坚持在南梁根据地内部,进行防御作战,袭扰和打击来犯之敌。

按照红军和根据地领导人的决策,红四十二师第三团和骑兵团五百余人从南梁出发,南下寻机作战,先后在铜川,宜君姚曲、大石板、五里镇,保安蔺家砭、崖窑,庆阳元城子、李家梁子等地开展游击战和运动战,消灭了多股民团和正规军两个骑兵连,缴获大批财物、马匹和武器弹药。在李家梁子歼灭军阀一个骑兵连之后,经过悦乐、城壕川,进入赵家塬,摆出攻打合水县城的架势。合水县城守军看见红军兵临城下,急忙向王子义团求援,王子义命令副团长带领两个营和机炮连连夜增援合水守军。不等敌军援兵赶到,红军突然向西华池进发,顺利拿下西华池城。敌军援兵扑空后,立即转向,穷追不舍,一路追逐红军到达西华池城下，企图一举剿灭红军主力。

红军进入西华池后，与杨正琪带领的第二路游击队八十多人会合。下午三时许，老刘正在召集军事会议，研究分析敌情，第二路游击队侦察员报告说"远处发现敌情"，老刘当即宣布散会，与杨正琪等人登上城墙，查看敌情。发现追兵来势汹汹，企图合围红军之后，老刘站在城墙上，对红三团和骑兵团的战斗位置进行部署，要求杨正琪带领的游击队参加反"围剿"战斗。

在距离西华池城不足三百米的地方，追随而来的敌军四散散开，以班、排为单位，分头向红军发起攻击。此时，在沟底里饮马的骑兵团只有一排长张守成带领一排战士走上了塬畔。看到敌军向城池发动猛烈进攻，情急之中，张守成带领全排二十多个骑兵冲向敌人。冲击中，张守成被一种叫作"巴拉斯"的纯铅枪弹击中头部，削去半个脑袋，摔下马背牺牲。多名战士被机枪击中，栽下马背。李荣智左手无名指被子弹截去半节，鲜血染红了枪托和衣襟，所骑乘的白马前胸连中十多发机枪子弹，倒地死亡。他跳下倒毙的战马，端着步枪，边打边向前继续冲锋。

正在饮马的骑兵团其他战士听见枪声，全部从沟底里冲上来，在团长赵国瑞率领下，迅速迂回到敌军背后，向敌军指挥中心和机炮连展开攻击。敌军指挥中心和机炮连迅速被冲垮。坚守北城墙的红军先锋连战士看见骑兵连与敌军接火，也跳下城墙，冲向混乱的敌军。杨正琪带领游击队从东沟畔向敌人发起攻击。战场形势瞬间发生变化，企图包围和攻打城池的敌军被红军和游击队包围在西华池城下。

枪声、手榴弹爆炸声、人喊声、马嘶声震耳欲聋，被包围的敌军惊慌失措，企图从原路突围。骑兵团抢先一步，迅速截断敌军退路。敌军几次疯狂冲锋都被压了回去。被压制在城池西边土坳中的敌军像无头苍蝇一样胡乱冲撞，被红军和游击队死死地围在中间。慌不择路的敌军发现西北面无人把守，立刻朝西北方向涌去。岂知西北边是一条大深沟，沟边仅有两条平时供牧羊人行走的小路，大队人马无法通过，也无法行动。

红军包围圈越缩越小，许多地方展开白刃战。敌军眼看无力招架，纷纷向西北边的沟垴里涌去，企图通过牧羊人行走的小路逃出红军的

铸魂

包围圈。无奈路窄人多，负重的马匹四处乱窜，不时中弹栽倒在地或者掉下深沟。沟垴里人踏人、马踏马、人马相踏，死伤累累。来不及逃下沟底的敌军只好就地举起双手，缴械投降，被红军战士俘虏；逃到沟底里的敌军拼命向沟口奔跑，红军大声呵斥，要求他们投降，对着沟底里不听劝阻的敌军进行射击。

　　混战之中，李荣智无意中发现三个敌军向沟口奔去，他抓住一匹战马，跃上马背，向西边的山梁上冲了出去。接近梁头时，由于梢林茂密，骑着战马无法通过，他跳下马背，提着步枪钻入梢林，抄近路赶到梁头，居高临下，看着逃跑的敌军。跑在最前面的敌军头戴大盖帽，脚蹬一双长筒马靴，手提两把短枪，身后紧跟着的两个敌军也提着短枪。三个人像疯了一样，拼命地向前奔跑。李荣智大喝一声："站住！站住！不站住就开枪了。"三个敌军像没有听见一样，头也不抬，狠劲地向沟口奔跑。李荣智随即卧倒在崖头上，朝着跑在后面的两个敌军连开两枪。跑在后面的两个敌军顿时栽倒在地。李荣智看了看跑在前面的敌军军官，觉得距离太远，急忙站起身，提着步枪，向前追去。敌军军官看见有人从山梁上追了下来，随即隐藏在沟边一棵大树背后，朝李荣智开枪射击。由于距离太远，连开数枪都没有打中。敌军军官提着枪，从树背后钻出来，沿着河沟继续向前奔跑，一边奔跑，一边扔掉了帽子和公文包。李荣智紧追不舍，边追边喊："站住，再不站住就打死你！"敌军军官又转身朝李荣智射击，一连两次都没听见枪响。李荣智估计敌军军官没有了子弹，大着胆子朝前追赶。敌军军官跑到一个水洞跟前，哧溜一下钻了进去。李荣智赶到水洞口前面，大声喊道："出来，缴枪不杀！"李荣智连续喊了几声不见动静，探头一望，看见敌军军官半截皮靴露在外面，身子隐在水洞拐弯处。他又喊了几声，敌军军官仍不出来。李荣智朝水洞壁上打了两枪，随即听到水洞里传来声音："别，别开枪。我出来，我出来。"敌军军官首先扔出两支短枪，随后慢慢地钻了出来。李荣智看见敌军军官的狼狈相，差点儿笑出声来。逃跑时，敌军军官跑得大汗淋漓，钻进水洞后从头到脚沾满了泥土，汗水和泥土混杂之后，人像刚刚从泥水中捞出来的一般。

　　敌军军官耷拉着脑袋，浑身瑟瑟打战，不断地斜睨着李荣智。

李荣智捡起两支短枪，插在腰里，解下裹腿，把敌军军官捆了个结实，押着向沟外面走去。他一边走一边问，才知道抓获了敌军的营长。

李荣智高高兴兴地押着敌军营长往回走，迎面碰见团长赵国瑞。赵国瑞看见李荣智，劈头盖脸一通批评。李荣智莫名其妙，心里想着："我打了胜仗，活捉了敌军营长，自己还负了伤，不表扬就算了，怎么还挨了一顿批评。"打扫完战场后，赵国瑞专门找李荣智谈话。他说："你都是骑兵团的老人手了。不知道骑兵的规矩吗？失去战马之后，骑兵不能再向前冲锋，这是规矩。尤其是你，在没有战马、没有帮手的情况下，一个人单枪匹马地追击三个敌人，不要命啦？"

"当时情况紧急，没有来得及多想。"李荣智嗫嗫地说。

"什么叫情况紧急啊？你给我说说，战场上什么时候不紧急？"赵国瑞故意大声问。

李荣智低着头，偷偷地看了一眼赵国瑞，发现赵国瑞虽然声音很大，似乎余怒未消，脸色上却没有过多的愤怒。忍不住低声咕嘟道："我知道错了，以后改。"

听到李荣智检讨，赵国瑞放低声音说："以后一定要记住，战场上既要打击敌人，更要保护自己。一个敌人逃跑了不要紧，我们的战士受伤了或者牺牲了就是大事情。我们战士的性命比敌人宝贵得多。"

"团长，我知道。以后一定改。"李荣智挺胸抬头，认真地向团长保证。

赵国瑞看了看李荣智，脸上挂满了笑容。说："知道错就好。不过话说回来，你还是很勇敢的。这种精神是应该表扬的。你将功抵过吧。"

李荣智憨憨地笑了笑。

战斗结束以后，李荣智光荣地加入了中国共产党，成为一名为共产主义事业奋斗终生的红军战士。入党之后，骑兵团政委杨森林专门找他谈话，讲解共产党的性质、宗旨和奋斗目标，讲解开展工农武装斗争的意义，勉励他努力学习，在完成战斗任务的同时，不断提高政治和军事素质，做一名有理想、有追求、有担当的共产党员。杨森林的谈话让李荣智的心里更加亮堂。他懂得了共产党领导人民实现民族解放和独立的意义，看到一个更加宏伟、更加远大、更加令人向往的

铸魂

目标，也懂得了加入共产党之后所肩负的重任和使命。实现党的奋斗目标要依靠每一个党员的努力，依靠党员动员、团结、组织和带领群众一起努力。党的形象要依靠每一个党员去维护，党的纪律要依靠每一个党员去遵守。党员必须按照党的要求，严格要求自己，认真履行职责。在跟随红军队伍走南闯北的过程中，他看到了很多像带领他走上革命道路的老刘一样的人，他们用自己的言行践行共产党的宗旨，为实现中华民族解放独立的目标和理想而抛头颅、洒热血。他要像他们一样，做一个合格的共产党员，做一个优秀的共产党员，做一个有崇高理想的共产党员。

红军以少胜多，取得了西华池战斗的胜利。此次战斗共消灭敌军一百多名，俘虏敌军近五百名，缴获各种枪械六百余支，同时缴获了大量弹药物资。最令战士们欢欣鼓舞的是缴获了两挺重机枪和两门迫击炮。战士们像看热闹一般，这个上前看看，那个上前摸摸，爱不释手。李荣智像其他战士一样，也忍不住跑上前去，抚摸着机枪和迫击炮，企图弄清楚它们其中的构造，发现它们的秘密，弄明白它们的强大威力的来源。他的排长就牺牲在其中一挺重机枪射出的子弹下，他的战友中也有人因为其中一挺机枪失去了性命或者负伤流血，包括他心爱的战马也是在机枪的疯狂射击中毙命的，他左手的无名指也挨了其中一挺机枪的子弹。红军队伍如果在战斗中能够有迫击炮和重机枪做掩护，还有什么样的战斗不能取胜？

"你想什么呢？这么入神？"战友赵大勇看见李荣智站在重机枪前面出神，忍不住走过去，拍了拍李荣智的肩膀。他和李荣智是一个班的战友。战斗开始前，他们一起在沟底的小溪里饮完马，牵着马向塬畔上走。因为马鞍子有些松，他边走边想办法拉紧马鞍子，无意之中落到了队伍后面。走上塬畔时，正赶上敌军向城池发起冲锋。听到枪声，排长率先冲向敌人，他随即跟着战友叫喊着冲向敌人。战斗中，他的战马被打死，他被摔在地上，侥幸活了下来。他们班五个战士只剩下他和李荣智两个人。

"哦！这家伙太厉害了。我们要是能有更多这样的武器该多好啊。"李荣智从沉思中回过神，神情严肃地说。

"有了这种武器，我们就不会牺牲那么多的好同志了。"赵大勇说。

西华池战斗结束后，红军主力返回南梁休整，用缴获的部分武器弹药装备了第二路游击队，大大提高了第二路游击队的战斗力。休整结束以后，红军主力离开南梁，向铜耀县开进，沿途打掉了铜耀县至铜川之间的黄堡子据点，在铜耀县境内待了几天后，准备相机攻打淳化县城，因敌情变化转移至十里塬休整。此时，第三路游击队指挥部送来情报说，军阀贺高侯部两个连准备从土桥镇出发去淳化，要路过三里塬。红军指挥部命令驻扎在十里塬的骑兵团和游击队从西面包抄三里塬，红三团跑步赶往三里塬参战。半途中，红军把敌军两个连团团包围，迫使其龟缩进道路旁边的村庄里。

这个村庄名叫甘家咀，位于三里塬塬尾。村庄前面是一片开阔地，有一个场院四周筑有围墙，院墙外面的土地中间有一条土坎高于前面的开阔地。敌军带队的营长带领一部分人逃进院子，以院墙和土地中间的土坎为掩护，进行抵抗。战斗开始以后，红三团分别从村东、村北两个方向发起攻击，骑兵从村庄南面进行攻击。由于村庄南面地形不利，骑兵冲锋无法展开，骑兵战士迅速下马，徒步向敌军阵地冲锋。冲锋中，骑兵团政委杨森林不幸头部中弹。战士们看见政委负伤，一时喊杀声骤起，怒吼着扑向敌军。敌军隐藏在院墙和土坎后面，拼命地向冲锋的红军射击，立时有十多名红军战士牺牲或受伤。老刘和王玉泰商议，抽调十多名红军战士组成突击队，每人配备一把短枪和一把马刀。首先集中机枪和步枪，向敌军阵地猛烈扫射，趁敌火力被稍稍压住时，突击队员躺倒在地，滚向敌军阵地。李荣智参加了突击队，与战友们一起，把短枪和大刀抱在怀里，翻滚着冲向敌军阵地。

接近敌军凭仗的土坎时，突击队员一跃而起，高举马刀，闪电般向敌军冲去。敌军看到寒光闪闪的马刀，顿时魂飞魄散，爬起身来，蜂拥着向后撤退。坚守在院子里的敌军看见防线被红军突破，也在营长带领下突出大门，与院子外面溃败的敌军搅和在一起，一窝蜂似的向西溃逃。突击队员紧追不舍，一边追击，一边开枪射击。敌军被一排排地打倒在地。老刘看到突击队攻击得手，立即命令吹响冲锋号，红军战士怒吼着赴向敌军阵地。骑兵一马当先，穿过敌群，向西猛插，截住了溃逃的敌军。被骑兵截住去路的敌军返回头，向南一拐，向村庄西边的沟底里逃去。来不及逃跑的敌军跪在地上，举着枪当了俘虏。

铸魂

红军骑兵兵分两路，沿着左右两边的山梁冲出去，截住了逃跑的敌军，把敌军包围在沟底里。

正在追击敌军的李荣智和几名突击队员看见一个提着短枪的敌军军官带着几个敌军士兵逃进沟垴里的窑洞，跟随追击，来到窑洞外面。原来逃进窑洞的正是敌军带队的营长。敌军营长带着士兵逃进窑洞之后，立即从门和窗子向外射击，阻止红军战士进攻。李荣智和突击队员跑到院墙外面，在敌军猛烈射击下无法冲进院落，只好紧贴着墙，站在院墙外面，等待和寻找机会。趁着敌军射击间隙，李荣智高声喊道："你们跑不了啦，赶快缴枪吧。"话音未落，从窑洞里射出一排子弹，打得墙头尘土乱飞。

李荣智站在墙边，故意一会儿高声喊叫，规劝敌军投降，一会儿把枪伸过墙头，朝窑洞里打两枪，骚扰和麻痹敌军。在敌军射击间歇，他朝窑洞门口甩出一颗手榴弹，随后趁着手榴弹爆炸、窑洞里的敌军停止射击，端起枪，朝窗户接连打了几枪，猛跑几步，跃到窑洞窗户底下。他紧贴着墙壁，慢慢地抬起头，朝里一望，看见几个敌军向外打枪，另外几个敌军在窑洞脚地上砸枪，敌军营长坐在炕头上，也拿着一块石头砸他的短枪。李荣智手起枪响，一颗子弹钻进了敌军营长的脑袋。敌军营长的短枪从手里滑落到土炕边沿上，身体顺势栽倒在土炕背后。几个随从看见营长被打死，急忙起身，举起枪，准备抵抗，冲在前面的两个战士开枪击毙了正要射击的敌军士兵。其他敌军士兵看见没有反抗机会，乖乖地丢掉枪支，举起双手，当了俘虏。李荣智和突击队员冲进窑洞，收缴了敌军士兵的枪支，把俘虏的敌军士兵押解到塬上，交给收容队，返身向沟底里追了下去。这时，沟洼里像开了锅的水一样，到处都是"缴枪不杀"的喊声。不久，一长串接着一长串的俘虏被从沟底里押了上来。

此次战斗，二百多名敌军无一漏网。战斗中杨森林负伤，二十多名红军战士伤亡。战斗结束后，红军部队把伤员和缴获的武器全部交给第三路游击队。第三路游击队按照区域内的游击力量分配了武器装备，极大地改善了各个游击支队的装备，提升了游击队的战斗力。李荣智看到分发给游击队的枪支，羡慕地说："要是当初组织游击队的时候也能像现在这样该多好啊！"

"羡慕游击队有武器啊？"排长在李荣智身后开玩笑地问道。

"我只是觉得现在的游击队比起我组织游击队的时候好多了。至少不再为没有枪支发愁了啊。"李荣智没有想到自己的一句玩笑话竟然让排长听见了，老老实实地说，"当初我离开部队，回家乡组织游击队的时候一支枪都没有。我们的第一支枪还是黑夜里从敌人哨兵手里抢来的。"

"哈哈，没想到你还有这样的本事啊。"排长笑着说。

"被逼无奈啊。那时候枪支太少了，不要说游击队没有一支枪，根据地的很多领导护身的枪支都没有。那时候，组织游击队的难度可大了。这才多长时间啊，红军就有能力给游击队送枪支了。"李荣智说。

"游击队有了枪支，装备水平提高了，说明革命形势变化大啊。以后我们还要多支援游击队才好啊。游击队发展了，我们就没有了后顾之忧，正规部队的作用就能发挥得更好啊。"排长说着，自顾自地笑了起来。

"像这样的速度发展下去，要不了多久，游击队就会越来越多，红军正规部队也会越来越强大啊。"李荣智忍不住感叹。

李荣智返回红军部队不到一年时间，红军建立了四十八师，建立了步兵团和骑兵团，人数发展到六百多，还帮助地方建立了三路游击队，壮大了根据地的军事力量。更重要的是，红军的战略战术思想越来越成熟，战斗方式越来越灵活，在强敌包围之中东进西出，南突北闯，取得了一系列胜利，打击了敌军的气焰，鼓舞了战士和群众的信心，建立了更加广泛的根据地。作为一名普通的骑兵战士，李荣智在部队首长的指挥和带领下，奋勇作战，尽职尽责，完成了战斗任务，光荣地加入了中国共产党。可惜的是，他的身体大不如前。在战斗中吐血以后，他的身体虽然恢复了，却留下了严重的后遗症。心力和体力不足，成为他在战斗中无法避免的现实问题。很多时候，他必须总结经验，花费更多的心思，寻找完成任务的技巧，而不能像过去那样有气力有体力，可以灵活自如地做好每一件事情。这个过程非常艰难，也极其痛苦。每当深感力不从心时，李荣智就有些沮丧。好在训练和行军、战斗中，他没有过多地遇到这个难题，排长和连长也没有能够发现他的疾病，他得以像肌体健康的战友一样，参加所有的战斗。这

铸魂

个过程艰难，也快乐，令李荣智终生难忘。在后来的很多时候，李荣智经常想起这个艰难的过程，也多次感受到这个过程在他身上留下的印迹。

十七

"快！赶快下马，准备阻击。"排长大声喊道。

李荣智得到命令，迅速带领一班战士跳下马背，把战马拴在涝池旁边的柳树上，跟着排长向小路旁边的山咀子跑去。

在特委和红军领导人的共同领导下，红军与第三路游击队紧密配合，接二连三取得胜利，打击了军阀和民团，尤其是夺取西华池，南下淳化，全歼陕西军阀贺高侯部两个连以后，引起陕甘军阀的高度警觉。他们以为红军渭北失败后，陕甘地区已经没有了红军队伍，也不会有共产党游击队，没有想到在很短的时间里红军不仅恢复重建了正规部队，有了步兵团和骑兵团，还建立了人数众多的地方游击队，组建了地方政权，控制了陕西和甘肃交界大片区域。这些变化对于与陕甘红军打惯交道的地方军阀来说，无疑是一个重大的打击。他们迅速联合起来，制定新的计划，对陕甘革命根据地开始新一轮的"围剿"：驻守庆阳的军阀和庆阳县民团由北向南攻击；新调马鸿章骑兵团驻守真宁县县城，对西路实行封锁；陕北军阀一个营和民团几百人在直罗镇、黑水寺一带布防，另有两个营在张家店子、转角镇一带拦截；贺高侯部和旬邑、淳化、耀县民团从淳化、旬邑出发，向北进击，企图把红军和各路游击队包围并消灭在陕甘边地区。

面对敌情，红军迅速北上，准备跳出敌军合围圈。红军主力经过一天一夜急行军，于第二天天亮前到达真宁五顷园子，又得到消息说：敌军一个营已经到达石底子，准备设防堵截红军。老刘立即决定以红三团为主力，直达石底子，消灭这一个营的敌军，扫清北上通道。红三团出发后不久，后面突然响起激烈的枪声。原来，驻守真宁县县城的骑兵向南翻越秦家店子，扑向五顷园子，与殿后的红军骑兵一连交火。

红军骑兵一连清早早起，按计划等待其他部队出发后才整队出发。他们刚刚走上五顷园子山峁，敌军骑兵便出现在五顷园子对面的两顷园子。五顷园子和两顷园子是朝东西两个方向突出来的两个圆疙瘩山峁，中间是低凹的崾岘，两面山峁相距不足一里之地，中间的道路仅能容下一辆马车通过。从崾岘最低处到两边山峁均为五十多度的斜坡，斜坡上的小路是一条狭窄的胡同，两旁梢林密布，地势极为险要。

连长看到敌军骑兵马上到了眼前，立即命令一排长带领一班进行阻击。一排长带着李荣智等一班战士拴好马匹，迅速跑到五顷园子朝向两顷园子的山咀子上，发现敌军骑兵先头部队已经站上了两顷园子西边的山峁，后面的敌军骑兵像潮水一样，不断从山背后向上涌来，马蹄蹬起的尘土遮蔽了山坡。

排长和李荣智带领一班战士趴在山咀子背后，手里握着步枪，瞄准对面山峁上的敌军骑兵。尽管距离较远，当手执小旗的敌军骑兵一摆旗子，指挥骑兵向五顷园子冲锋的时候，只听排长一声喊："打！"顿时八个人八支枪一齐开火，手执小旗的敌军骑兵应声栽下马背。红军骑兵接着又是一阵排子枪，拥挤在一起的敌军骑兵又有一批被打下马背。敌军骑兵被一阵又一阵的排子枪打得有点儿发懵。战马受惊，驮着士兵乱窜乱撞，有的士兵被受惊直立起来的战马掀下马背，在地上拼命地乱喊乱叫。趁着敌军混乱，红军骑兵一班八名战士一阵排子枪接着一阵排子枪，阻击汹涌而来的敌军。

敌军骑兵毕竟久经战斗，经受过严格训练，他们听到红军枪声稀疏，断定红军兵力不多，很快恢复阵容，组织起来，开始冲锋。敌军骑兵的前队冲过崾岘，挨了红军战士一阵排子枪，好几名士兵被打下马背。由于后面蜂拥而来的骑兵太多，马匹奔跑速度极快，一班八名战士八支步枪难以抵挡，无法减缓和迟滞敌军骑兵的冲击。眼看着大批敌军骑兵冲了上来，排长大喊一声："投弹！"红军战士迅速起身，朝冲上来的敌军骑兵投出手榴弹。趁着手榴弹爆炸，排长喊道："快上马，撤！"红军战士迅速跑到身后的柳树下面，解下马匹，跃上马背，向后撤退。

战士上马以后，排长由于个子小，一时慌乱，未及上马。李荣智

铸魂

跳下马背，把排长推上战马，在马的屁股上狠狠地拍了一巴掌，排长骑着战马，迅速跑上前面的小路。这时，敌军两匹战马距离李荣智只有十多步远，后面的敌军骑兵一个接着一个闪过塬畔，冲了上来。李荣智心下一急，狠狠地在马屁股上打了一拳，战马受惊，迅速向前奔去。李荣智顺势抱着战马的脖子，两腿紧紧夹着马的腰部，向前跑了一阵子之后才翻上马背，骑着马向前奔跑。

敌军骑兵的战马都经受过严格训练，全是个头高、身段长的大黑马，老百姓管它们叫"黑马队"。敌军骑兵借助战马速度快，仅仅跑出几华里路，便在野狐崾岘赶上红军骑兵。他们左右分开，从道路两边箭一般地向前窜出，铁桶似的把红军战士围在中间。敌军骑兵越跑越多，紧紧地围缠着红军战士，使红军战士难以分身。敌我双方相互交织，彼此混杂，彼此能听到对方的喘息声，却谁也不敢开枪。看见难以脱身，跑在最前面的红军战士在道路拐弯处突然跃起，跳下马背，钻进路边的梢林里，接着又有几名战士跳下马背，钻进路边的梢林。李荣智处在红军骑兵最后面，被敌军裹挟在马队中间，无法脱身。跑在他左边的敌军士兵恶狠狠地盯着他，几次伸手，想把他拖下马背，都被他使劲甩脱。敌我双方相互追逐着跑出十多华里路，来到地势比较宽阔的团家掌。

团家掌前面不远处有一个五六十米高的山峁，山峁中间有一条便道，便道两边全是梢子洼。眼看敌军骑兵越来越多，李荣智觉得如果不能在此脱身，过了团家掌要想脱身可就难上加难了。在接近山峁时，李荣智瞅了一个空当，双脚狠狠地夹了几下战马肚皮。战马像懂了人意一样，一声长嘶，在骑兵中间横冲直撞，利箭一般向山峁冲去，把敌军骑兵甩在了身后。战马冲上山峁，又朝梢洼里猛跑。李荣智右手攥着步枪，左手紧紧抓住战马的前鞍。由于战马跑得太快，颠簸得厉害，战马跑到半山洼时马鞍被蹾破，顺着战马脊背两边掉了下去。李荣智死死地抓住马鬃，两腿使劲夹着马肚子，坚持着向前猛跑。尽管他使尽了全身力气，身体还是随着战马的奔跑止不住往前溜，最后从马背上摔了下来。在跌坐在地上的一刹那间，他顺势一个挺跃，翻起身，向前奔跑。这时，一个敌军骑兵追了上来。听见马蹄声，李荣智回头一看，追赶上来的敌军骑兵竟比他高出半头，一脸大胡子，气势汹汹。敌军骑兵接近李荣智时候，忽地一下，跳下马背，一把抓住李荣智扛在肩上的枪头，向后一拉，只听"叭"的一声枪响，子弹钻进了敌军骑兵的胸膛。敌军骑兵栽倒在地。

原来，在五顷园子撤退时，由于情况紧急，李荣智推上膛的子弹没有来得及击发，倒霉的敌军骑兵抓住枪头往后一拉，李荣智的食指恰好钩在枪的扳机上，子弹被击发，把敌军骑兵送回了老家。这时，敌军骑兵的十多匹战马向前跑了一阵以后迂回过来，山峁上的敌军骑兵也成群结队地冲了下来。在接近李荣智时，敌军骑兵一个个跳下战马，企图活捉李荣智。李荣智飞快地在梢洼里朝下奔跑，与一个迂回过来的敌军士兵撞了一个满怀。敌军士兵扑上来，抱住李荣智的肩头，李荣智趁势向下一蹲，滚进了深草丛。一群敌军大喊："别让他跑了，快抓住他，抓住他。"跳下马背的敌军士兵蜂拥而上，向李荣智扑来。李荣智弯腰钻进梢林，飞快地拐了几个弯，下到河沟，朝东南方向奔跑。

五月的子午岭山林草木吐出了嫩绿，装扮了贫瘠的山势，遮挡了人们的视线。敌军骑兵追到梢林边上，探头探脑不敢进去，端起枪支，朝着梢林发疯似的打了一阵子之后，朝山里面追了进去。

战斗开始时，红三团走在队伍最前面，听到后面传来激烈的枪声，迅速部署阻击。由于敌军骑兵速度快，很快与断后的红军骑兵搅在一起，随即将步兵冲乱。阻击部队在梢林密布的山地和狭窄的道路上无法展开，手榴弹投不出去，枪械射击受到梢林阻隔，火力难以发挥效力，最后被敌军大队骑兵冲散。失去统一指挥的红军战士们钻进道路两旁的梢林，一边与敌军纠缠，一边向安全地带撤退。团长王玉泰带领部分人马交替掩护撤退，穿过茂密的梢林，登上西边的山梁，才将敌军摆脱。

李荣智脱险以后，在沟底的梢林里转悠了大半天，沿途遇见了六十多名隐入梢林里的战士，其中包括十多名骑兵战士。临近傍晚，敌军追击部队才命令收兵，从雕翎关出发，沿着追击线路返回驻地，一边撤退，一边搜寻掩埋战死的士兵。天色暗下来以后，李荣智带着收容在一起的战士，从山洼里回到山梁上，迎面看见团长王玉泰带着十多名干部战士，在道路两旁的梢林里寻找伤员和牺牲的战士。李荣智

铸魂

立即列队，带着六十多名战士向王玉泰报到。王玉泰神色黯然，看到李荣智带着六十多人报到，勉强地笑了笑，对李荣智说："这些人是你带回来的，你就当他们连长吧。"

李荣智一听让他当连长，连忙摆手，嗫嚅地说："一个连我恐怕带不好，我还是回骑兵团吧。"

"你先把他们收拢好。其他事情回去以后再说。"王玉泰交代说，"不能让他们再出现意外了。出了意外我就找你算账。"

说话间，天已经黑下来了。王玉泰征求大家意见之后，认为已经与敌军骑兵交过手，敌军意料不到红军会原地驻扎宿营，便带领部队，搀扶着负伤的战士，返回五顷园子，宿营过夜。第二天早上，部队首长分头做群众工作，把负伤的战士安置在农民家里养伤。随后带领队伍重新返回昨天的战场，掩埋了十多名阵亡的战士。第三天，部队由五顷园子出发，经过石底子、上畛子，向北进发。第五天，在丁字川与一、二连、先锋连会合。第六天早饭后，部队正准备开拔，敌军一个营和民团二百多人突然而至。红军部队稍一接触，立即向北撤退。敌军不明情况，害怕中了红军埋伏，没有贸然追击。两天后，王玉泰带领红三团回到南梁荔园堡，与在五顷园子突围后最早回到南梁的骑兵团会合。李荣智回到骑兵团。

晚上，先期返回根据地的骑兵排长找到李荣智，说："真的要感谢你啊。阻击敌军骑兵的那一天如果不是你帮那一把，估计这会已经不知道我在哪里了。"

李荣智笑着说："我们是一起战斗的战友，理应相互帮助、相互关心。当时实在太紧张，来不及多想。只要我们都安全，就比什么都好啊！"

排长问道："你们班几个人没有回来？"

"我们班有两个人没有回来。"李荣智回答道。

"我们这一次损失很大啊，全排有十多个人没有回来。尤其是二班，全军覆没，一个人都没有回来。"排长说。

"咋搞的啊？怎么丢了这么多人啊。"李荣智大吃一惊。战斗减员在战争年代是平常不过的事情，一次战斗造成全军覆没还是让人非常伤心的。

排长默然地站了一会，抬起头看了一眼李荣智，认真地说："保重啊！"

部队会合后经过查对，发现五顷园子战斗损失惨重。红军部队除丢掉两门迫击炮和两挺重机枪之外，有四十多名战士伤亡，二十多名战士被敌军俘虏。敌军把俘获的二十多名红军战士捆绑在马背上驮回县城，在当晚的突击审讯中把他们打得遍体鳞伤，但没有一个红军战士向敌军屈服。敌军没有得到任何有用的口供，第二天在县城关帝庙后面挖掘了一个大土坑，把被俘的红军战士押到土坑边，再次威胁利诱，在没有达到目的情况下，残忍地用枪托和木棒把红军战士打入坑中。被打入土坑中的红军战士高喊着"共产党万岁！""红军万岁！""打倒军阀！"的口号被敌军全部活埋。

红军主力南下外线作战之后，南梁根据地由第二路游击队一部和赤卫军负责防守。甘肃警备第二旅两个团千余人窜入南梁中心区域，所到之处，烧房毁屋，砸锅碎缸，拉牛牵羊，放火烧粮，劫掠财物，捕人杀人，无恶不作，打残了保护红军埋藏财物的村民，活埋和枪杀了二十六名红军修械所工人、游击队员、苏维埃政府工作人员和群众，用铡刀铡死了六名乡村干部。

红三团撤退到合水县和尚塬时，与陇东军阀骑兵营和民团二百多人相遇。红三团稍一接触，迅速脱离敌军，然后北上洛河川，在保安县马子川又遭遇井岳秀部一个营和当地民团共计七百余人的攻击。当时，红军部队正在休整，敌军趁早晨迷漫的大雾突然发起攻击。由于雾大，红三团一时搞不清楚敌方兵力情况，只好一边阻击，一边向村外的山梁撤退。战斗持续到下午太阳西斜之时，老刘忽然发现敌军正面进攻并不像开始时猛烈，立即派人侦察，发现正面进攻之敌意在拖住红军，另有一支由一百多人组成的"敢死队"进行迂回，企图包抄，截断红军退路。发现敌军意图之后，老刘命令王玉泰派一个连跑步抢占侧面山头，先于敌军抢占有利地形，用猛烈的火力将迂回包抄的敌军压了下去。敌军正面部队看见红军有所准备，随即停止进攻，但敌军"敢死队"仍不停地发起冲锋，有的干脆脱光衣服，光着膀子向前冲锋。老刘对王玉泰说道："敌军攻势凶猛，打了一天还摆脱不了，非反击不可了。"

铸魂

王玉泰赞同地说："我们控制着山头，有组织反冲锋的条件。反冲锋要先打垮'敢死队'，只要打垮'敢死队'，其他敌军自然就垮掉了。"

老刘点了点头，说："照你说的办。"

王玉泰一边组织反冲锋，一边指派李荣智等三名战士把老刘死拉硬拖，强制扶上马，准备送出危险区。老刘放心不下，坚持不走。王玉泰焦急地说："这里太危险。如果你有闪失，我怎么向其他领导交代？"说着，向李荣智使个眼色，说道："你原来是警卫队的，你去负责送老刘最合适。你们几个无论如何要把老刘安全送回根据地。"

李荣智说："团长放心，只要我们中间有一个人活着，保证把老刘安全送到根据地。"说罢，拥着老刘，催马离开前沿阵地。半道上，老刘听到阵地上枪声激烈，放心不下，几次要打马返回，都被李荣智等人阻挡。

送走老刘以后，王玉泰命令先锋连死守山头，一、二连组织"反冲锋"突击队，规定敌军不到四十米不准投掷手榴弹。布置停当，趁着敌军第四次攻击失败后退之际，突击队突然跃起，将手榴弹成排地投向敌群。先锋连从正面进行攻击，一、二连从两侧反压，敌军阵地被突破，很快全线被击溃。这时，天色已经暗了下来，敌军大队人马趁势败退而去。红军清理战场，共毙伤敌军五十多名，缴获各种枪支五十多支和一批弹药。随后，红军趁着夜幕，迅速脱离战场，返回安全地带。第二天，红军部队在向大凤川转移途中，与进攻南梁根据地的甘肃警备第二旅一个营狭路相逢，红军部队趁着敌军立足未稳，突然发起攻击，冲入敌群，展开白刃战，歼灭大半敌军，迫使其余敌军脱离战斗，狼狈逃窜而去。

这时，第二路游击队一部、第三路游击队和赤卫军，在主力红军配合下不断出击，取得一系列重要战果。庆阳县游击队袭击敌军后方基地，夺取骡马二十余匹和大批物资；保安县游击队袭击吴起镇、宋家砭、金鼎山、王家桥，重创敌军，消灭敌军大量有生力量；合水县游击队袭击合水县城后，又在盘克镇、固城连续伏击敌军骑兵，歼灭敌军一百多人，缴获武器七十余支、战马四十余匹。

陕甘红军和游击队、赤卫军经过大小五十多次战斗，歼敌两千余人，特别是消灭了驻守梨园堡的敌军营部，确保了南梁根据地的安全。南梁根据地周围二百多平方公里的敌军据点全部被拔除，陕甘边革命根据地发展到包括淳化、耀县、甘泉、华池等十八个县的部分地区。不久，陕甘特委、红四十二师与陕北特委、陕北红军游击队总指挥部在南梁闫洼子村召开联席会议，决定派红二十六军第三团去陕北，与陕北游击队配合作战，粉碎敌军对陕北的围剿。

红三团进入陕北以后，与游击队陕北一、二、五支队一起，先后在安定县金吴塌、清涧张家圪台、河口镇三次战斗取得胜利。之后，又取得了清涧折家坪、安定县长蛇湾等战斗的胜利，游击队发展到二十余支一千余人，赤卫军发展到两千余人，打开了陕北革命根据地的新局面。

十八

"你不是回红军队伍里去了吗，怎么又回来了？"李荣智趁着夜色回到家里，哥哥李荣福打开窑洞门，吃惊地问道。随即急急火火地把李荣智拉进窑洞，反手关上窑洞门，站在脚地上，借着微弱的油灯，上下打量着李荣智。

"赶快给我弄点儿吃的，我还没有吃饭呢。"李荣智看见哥哥上下打量自己，内心有些歉疚。上一次回来时，他不想让哥哥担心，没有告诉哥哥自己在战斗中负伤和留下后遗症的事情。这次回来，哥哥一个劲儿地瞅着自己，肯定是发现了，只是不愿意揭穿。在哥哥心里，只要他活着就已经是万幸了。

"你从哪里回来的啊？这么晚还没有吃饭。"李荣福一边问，一边走出窑洞，在旁边的窑洞门口低声叫了几句妻子的名字，让妻子赶紧起床，给李荣智做饭吃。

李荣智看见哥哥走出窑门，走过去坐在土炕边沿上，借着微弱的灯光看了看窑洞里简单的陈设，顺势躺在了土炕上，很快进入了梦乡。

五顷园子突围以后，李荣智跟随红军部队一路边打边撤，在和尚

铸魂

— 141 —

塬奉命护送老刘撤离，与老刘一起回到南梁根据地。在骑兵团休整结束，南下关中，帮助第三路游击区开辟新的根据地的过程中，他因为劳累过度在行军途中昏迷。部队首长考虑到他的身体，再一次委派他回三路游击区组织和发展地方武装。这时，距离他第一次回到地方组织发展游击队差不多快两年了。在这期间，根据地和游击区的形势发生了很大变化，地方武装迅速发展。第三路游击区内游击队从原来的一个支队发展到了四个支队，人数也从原来的三十多人发展到了三百多人，大大增强了开展武装斗争的实力。游击队不仅根据形势需要及时出击，打击土豪劣绅和恶霸民团，在地方上形成影响，成为根据地群众的主心骨，还及时配合主力红军开展对敌作战，成为根据地不可或缺的武装力量。他前一年组织的三十多人的游击队也发生了很多变化，绝大部分人担任了支队长、分队长、班长和指导员，成为新发展的游击队的骨干，比他稍早一点儿被派回地方工作的赵二娃担任了第三路游击队二支队队长。

李荣智回到地方不久，为了更好地组织和发展游击力量，推动根据地政权和游击区建设，在陕甘边南区特委的主持下，相关县红色政权派出代表在龙头镇召开大会，选举成立了革命委员会，下设财政、粮食、军事、土地、劳动、文教、公安七个部门，负责区域内的革命斗争。在这次大会上，李荣智被任命为革命委员会军事部长，主管区域内的军事工作，负责组织发展游击队和赤卫军。根据杜承苑的建议，李荣智把组织发展壮大游击队和赤卫军的重点选在人口稠密、基础比较好的朱村塬。在第三路游击队二支队、八支队、五支队和回民支队协助下，他积极寻找联络当年成立朱村塬"革命委员会"时参加过赤卫军的人员，通过多种渠道组织发动群众参加游击队和赤卫队，在很短的时间内使赤卫队恢复发展到二百多人。根据形势发展需要，革命委员会又任命他兼任赤卫队总指挥，负责赤卫队的组织、训练和其他工作。

李荣智从红军部队回到地方工作的时候，正是陕甘边和陕北革命根据地进行反"围剿"斗争的关键时期。这一时期，随着红二十六军四十二师的发展壮大和红二十七军八十四师的建立和发展，以及三路游击队、红色赤卫队的建立和发展，陕甘边革命根据地和陕北革命根据地建设取得了重大发展。根据地的规模越来越大，红军队伍越来越多，人民群众的支持度和信任度越来越高，极大地触动了西北军阀和国民党政府统治地位。依靠西北军、保安团、民团的力量已经难以遏制革命力量的发展。因此，蒋介石政府积极实施《剿共临时施政纲要》，在加大对南方红军"围剿"的同时，加紧对陕甘红军和根据地的清剿。他亲自下令，调集陕西、甘肃、山西、宁夏等省军阀部队四万余人，依照"围剿"江西革命根据地的办法，采取"三分军事，七分政治"的方针，从政治欺骗、经济封锁、军事清剿三个方面，对陕甘和陕北根据地进行大规模的"围剿"。同时，在根据地周围大量构筑碉堡，实行"一户通共，十户杀绝"的株连法，加紧对根据地的控制和封锁。在军事进攻过程中，采取"稳扎稳打、步步为营、分割包围、各个击破"方针，积极向根据地内部推进，每占领一个地方，立即建立保甲制度，网罗当地地主、富农、地痞、流氓，组成"还乡团""便衣队"，破坏共产党的组织和红色政权，捕捉地方干部、共产党员、红军战士和游击队员。

面对国民党的军事、政治、经济进攻，红军和边区领导人经过认真分析，认为陕甘边和陕北苏区地域宽广，敌军战线拉得过长，很难与红军主力决战；敌军多半是地方杂牌军，相互之间很难形成合力，都想保存实力，扩大地盘，同床异梦；军阀各部之间早有间隙，互有戒备，很难协同作战；敌军各部驻防镇点处于陕甘边和陕北两个根据地之中，联系起来困难比较大。如果红军部署得当，配合默契，英勇作战，取得反"围剿"胜利有一定把握。从兵力情况看，陕甘边和陕北苏区的发展为反"围剿"打下了基础，陕甘边革命根据地已经占有十八个县的部分地区，并在这些地区建立了红色政权，红四十二师发展到五个团两千多人，第二路、第三路游击区的游击队人数超过两千人，总兵力达到四千余人；陕北苏区在十四个县的部分地区建立了红色政权，红二十七军八十四师三个团发展到一千余人，游击队发展到一千余人，总兵力超过两千人。从作战经验看，红二十六军自成立以来，经历了大小数百次战斗，积累了丰富的作战经验，具备一次消灭敌军一个团的能力；红二十七军在战斗中迅速成长，不断发展壮大，战斗力也有很大提升。同时，陕甘边和陕北苏区地域辽阔，主力红军

- 143 -

作战回旋余地大，加之各地游击队、赤卫军坚持斗争，作战能力大大增强；陕甘边和陕北苏区群众在地方党和政府领导下，形成了一致对敌的战争态势，敌军进入苏区后行动困难；陕甘边和陕北苏区山大林密，地形复杂，敌军没有进行大兵团作战的条件；陕甘边和陕北苏区党政和红军的领导坚持从实际出发的作战原则，摆脱了"左"倾冒险主义的错误指挥，落实了正确的战略方针。但是，也存在敌我力量悬殊等不利条件，陕甘边和陕北苏区主力红军一共只有四千人，敌人的兵力则达四万余人，是红军总兵力的十倍；陕甘边和陕北苏区被敌人分割包围，没有完全连成一片，畅通、支援、与敌周旋受到限制；陕甘边和陕北两苏区分属两个领导体系，陕甘边苏区和红军属省委领导，陕北苏区受中央驻北方代表领导，没有形成统一的领导；红军主力缺乏重武器，没有攻坚作战的能力，不能强攻敌军驻守的城镇等。

正当紧张地谋划反"围剿"斗争的时候，北方代表派出特派员来到陕北苏区，指示"成立西北工作委员会和西北军事委员会"，统一指挥陕北和陕甘边的武装斗争。根据北方代表的指示精神，北方代表派驻西北的军事特派员约请陕甘边特委和陕北特委负责人商讨反"围剿"大计。按照约定，陕甘边地区领导人前往陕北安定县水晶沟，与陕北地区领导人相见，商讨反"围剿"方针，以及加强陕甘边与陕北两个苏区的统一指挥和统一领导问题，取得一致意见。陕甘边特委和陕北特委在安定县周家崄召开联席会议，成立了中共西北工作委员会，统一领导陕甘边和陕北地区革命工作。

根据陕甘边特委和陕北特委联席会议决定，集中红二十六军和二十七军主力组成西北红军主力兵团，发布反"围剿"动员令，反击国民党军队对根据地的"围剿"。在此之前，宁夏马鸿宾部三十五师已经对陕甘边苏区发起进攻，陕甘边苏维埃政府率领游击队和赤卫军，用疑兵之计在老爷岭迷惑打击敌军，造成红军主力凭险抵抗的假象，使敌军滞留一个多月，掩护了主力红军的战略行动。按照西北军事委员会的作战意图，红四十二师三团、西北抗日义勇军、骑兵团向东前进，在宜君歼灭敌军两个排，随后回师陇东，在五蛟地区又歼灭敌军两个骑兵排。红二团和西北抗日义勇军发起田嶷岘战斗，歼灭敌军一个连；附近敌军两个连前往增援，又被红二团、西北抗日义勇军和合水、庆阳游击队包围并歼灭一百多人。不久，红三团、骑兵团、西北抗日义勇军发起六寸塬战斗，歼灭马家军二十余人。随后，红四十二师决定红三团、抗日义勇军开赴陕北作战，骑兵团、红一团、红二团及各游击队坚持在陕甘边根据地开展反"围剿"斗争。

主力红军进入陕北后，陕甘边根据地的军民在极端恶劣的环境中坚持斗争，给敌军以沉重打击。人民群众积极行动，给部队筹粮送菜，帮助部队侦察敌情、封锁消息；游击队、赤卫军全力配合骑兵团、红一团、红二团作战，救护伤员，送水送饭，打扫战场；红四十二师骑兵团、红一团、红二团在陕甘边区的广大区域内，不断袭扰西线、南线、西南线敌人，牵制和打击敌军的"围剿"。在红二十六军和红二十七军、游击队、赤卫队的共同努力下，取得了一系列胜利，连续攻下延长县、延川县、安塞县、靖边县、保安县等六座县城，主力红军发展到五千余人，游击队发展到四千余人，取得了反"围剿"斗争的胜利。

"起来吃饭吧。吃完饭脱了衣服睡觉，这样睡容易着凉。"李荣福端着妻子做好的饭菜走进窑洞，看见李荣智和衣躺在土炕边沿上，把手里的饭菜放在土炕另一边，走上前推了推李荣智。

李荣智从睡梦中惊醒，睁开眼睛，看着站在灯光下的哥哥。他很久没有这样安稳地睡觉了。从部队回到地方工作之后，他先去陕甘边南区特委报到，听取工作指示和安排，随后组织和参加相关会议，排查区域内的游击队和赤卫队力量，在三嘉塬、朱村塬、龙头塬组织和动员群众参加游击队和赤卫队，很快组织起几支像模像样的赤卫队，在根据地站岗放哨，为游击队和红军队伍提供情报。在这一过程中，他没有时间休息，也没有时间回家看望哥哥和姐姐。尤其是担任赤卫队总指挥之后，在敌情非常复杂的环境之中，他既要保护好自己，保护好散落在南区各个村庄之中的游击队和赤卫队，还要抽时间对赤卫队进行训练，教会赤卫队员使用武器，让他们在参加和支援红军与游击队的过程中学会保护自己，学会判断进出村庄的人的身份。他不能马虎大意，必须时时警觉，处处留心，甚至不能随意住宿睡觉。现在他回到了家里，在自家的窑洞里，他安心地睡着了。

听到李荣福呼喊，李荣智坐起身，双手用劲搓了搓脸，伸手从木托盘中抓起馒头咬了一口。这时，他真的感到饿了。早上，他离开南

铸魂

区特委驻地之后，就近在三嘉塬两个村庄里转了转，找游击队和赤卫队负责人了解最近的训练情况，交代他们要尽一切力量保护南区特委的安全，绝对不能在反击敌军"围剿"过程中使南区特委处于危险之中。之后，他从三嘉塬走下来，在刘家川找到刘富贵，询问游击队的活动情况，顺便在刘福贵家里吃过中午饭，随后向北走上塬，在龙头塬的两个村庄里了解情况，不料离开时碰到从县城里出来的保安团，他不得不藏在群众家里，一直等待天黑之后，才从村庄里跑出来。他本来打算回三嘉塬驻地，走上塬边时忽然觉得距离自己家所在的村庄不远，他从部队回来以后也一直没有见过哥哥，随即绕道苟仁村，一路回到家里。

"慢点儿吃，小心噎着。"李荣福坐在土炕边沿上，看着弟弟狼吞虎咽，忍不住提醒道，"你多长时间没吃饭了？"

"就是晚饭没有来得及吃。中午在刘家川富贵家里吃过饭，跑了一下午，没有顾上吃晚饭。现在还真的有点儿饿了。"李荣智有意识地放慢吃饭的节奏，轻描淡写地述说吃饭的经过。他没有给哥哥述说组织和训练赤卫队的情况，更没有述说遭遇保安团的经过。回到地方以后，很多时候他独来独往，一个人行走在碉堡和保安团、民团、驻军林立的村庄之中，不能带枪，更不能随意开枪。他只能像普通农人一样，手里拿着一根结实的木棍，小心地躲避带着武器的保安团、民团，以及散落在村庄里的"还乡团""便衣队"。遭遇敌军的危险随时可能发生，他决不能向没有任何想法和经验的哥哥述说他随时可能遇到的危险，更不能让习惯在土地之中寻求生活的哥哥担心受惊。

"这次回来还走吗？"李荣福小心地问道。以前，他很少询问和打听弟弟的行踪，甚至不愿意打听弟弟的行踪。弟弟在外面奔波了四年多，见过的阵势很多，经历过的危险也很多，有了经验，也有了见识。弟弟从事的事情远非他能够理解，也远非他能够想象。他对弟弟从事的事情知道得越多，对于弟弟和家人越是负担，还不如让弟弟随心所欲做应该做的事情。

"不回部队去了，但也不能经常回家里来。我们在三嘉塬建立了根据地，那里有好多人，也有好多事情需要做。我离不开。"李荣智用手抹了抹嘴，长长地出了一口气，"今天吃美了。好久都没有吃家里的饭食了。"

"既然再不到队伍里去，如果想吃就回来吃。三嘉塬距离又不远。"李荣福笑着说，"你嫂子的茶饭还是很好的。你回来吃就是了。"

"我知道了。如果能回来，我尽量回来看你们。我二哥和娃娃们都好吧？好久没有见他们了。"李荣智边说边站了起来，"我还有事情哩，今天晚上一定要赶回去。"

"什么事情这么紧张？三十多里地，黑灯瞎火，你咋回去啊？明天早上回去吧。"李荣福说。

"明天早上还有好多事情哩，由不得我啊。如果有空余时间，我就回来看你们。"李荣智笑着说，"我刚刚从部队上下来，对地方上的事情还不完全了解，加之最近情况又比较复杂，要做的事情太多了，脱不得身。"

李荣福陪着李荣智走出院子，看着李荣智从大门旁边拿出木棍，消失在夜色之中，一个人站在院墙外面，看着黑黢黢的夜空，一直到他感觉有些凉意的时候，才很不情愿地慢慢走进院子，关上院门，回到平常睡觉的窑洞。他无意中看见李荣智用过的碗筷，不由得心里暗暗发酸：村庄里像李荣智差不多大小的人都已经成家，有了孩子，有了一份属于自己的快乐，李荣智仍然风里来雨里去，奔波在很多人不懂得的道路上，做着随时都可能被抓，甚至被杀头的事情。这些事情什么时候能做完，世道什么时候能安宁啊。

十九

农历九月，空气中有了丝丝凉意。农人收割完地里的庄稼，赶在秋雨充盈的时节种植好过冬的小麦，翻耕着来年春种的土地，宿养土地的墒情。李荣福像所有农人一样，赶在霜冻前收割完庄稼，赶着牲口，翻耕塬上的土地。这些年，他的日子并不好过。弟弟参加红军以后，他时常被一些说不清楚来路的人抓打拷问，被一些在官府里掌权的人骚扰欺负，一年到头辛苦耕种收割的粮食，要么被平白无故地糟

铸魂

蹋，要么被莫名其妙地没收，即便是费了九牛二虎之力置办起来的家什，动不动也会被公家人砸毁或者平白无故地没收。他提心吊胆地过着日子，应付着飞来横祸，应付着意外而来的灾难，唯有祈求弟弟平安健康，祈求弟弟从事的事情顺利成功，祈求天下太平、生活安顺。秋雨之中，好不容易盼来一个风平浪静的日子，他套上牲口，在平整的塬地里劳作，祈求来年有一个好收成，全家人有一个好吃喝。

临近晌午时分，李荣福远远地看见一大队身穿制服的军人从大路分岔处朝村庄里走来，不由得心想："这伙土匪又来做什么？他们来不是逼款就是要粮，总不会有什么好事。他们到哪个村里，哪个村准保遭殃。"他看了一眼，又低下头，继续手中的活计。大路上过兵过匪，村庄里来兵来匪，在兵荒马乱的战争年月是再平常不过的事情。他实在不愿意看见耀武扬威的兵痞，不愿意看见这些害人的兵事匪事。

从大路分岔处走进村庄的队伍，是驻扎在永宁镇上的保安团和西北军一个排。走进村庄以后，近百名军人端着上了刺刀的步枪，气势汹汹地把正在打麦场上收拾剩余秋粮的农人赶在一起，由几个士兵端着枪，在周围看管。另外几个士兵跑步赶到正在犁地的李荣福面前，不由分说地把他拉到打麦场里，推到挤在一起的人群里。其余的士兵分散开来，挨家挨户地把全村庄里的人从东西两头赶到位于村庄中间的打麦场里。保安队员和西北军士兵随即围成半圆，把人们包围在打麦场中间。这时，一个头戴礼帽、身穿长袍、手提马鞭的人迈着八字步，趾高气扬地走到人群面前，人们这才看清楚领头的人是来过无数次的永宁镇保安团团总刘西诚。刘西诚这次来不同以往，不仅带着保安团，还带着驻守永宁镇的西北军。他身上的装扮也不同以往，不再是大盖帽和军服，而是一身土财主的绅士装扮，头戴礼帽，身穿长袍，手提马鞭，显得悠闲而又威武。他的这身打扮让深知他本性的百姓心有余悸，静静地站在打麦场里，不敢表现出些许不满。

刘西诚走到打麦场中间，按了按头顶的瓜皮帽，斜着眼，扫视了一遍静悄悄的百姓，慢条斯理地说："乡亲们啊，你们不要害怕，鄙人来是因为公务在身，也是迫不得已啊。还要乡亲们多多支持才行啊。"说着，又扫视了一遍垂头静听的百姓，故意咳嗽了两声，继续说道，"听说李荣智最近回来了，在咱们这一带领着头闹事，活动得很厉害。

你们谁见过？他现在在哪里？说出来重重有赏。"

在陕甘边南区特委的领导下，南部地区根据地建设、打击土豪劣绅、整顿和扩大游击队和赤卫队的工作迅速展开，在民众之中的影响越来越大。对此，国民党真宁县政府和地方武装非常震恐，与地方驻军相互勾结，采取多种形式，围困和打击地方红色政权，消除红色政权和游击队在民众之中的影响。但是，慑于区域内不断发展壮大的游击队、赤卫队和经常出没的红军正规部队，国民党地方政府和保安团并不敢轻举妄动，更不敢像以前一样贸然出击，肆意横行，只能一方面通过建立保甲制度和扩大正规军驻防力量，加强地方政权，威慑区域内的民众，另一方面在根据地周围和游击区边沿地带大量修建碉堡，限制红军和游击队的活动，寻机抓捕和迫害红军、游击队和共产党员家属。

永宁镇公所和保安团得知李荣智回到了朱村塬，并在革命委员会内任职的消息以后，按照国民党真宁县政府和保安团的要求，先使出手段，托人说和，许愿让李荣智在县保安团担任职务，收买和拉拢李荣智，威逼李荣智为国民党地方政权和保安团服务，被李荣智狠狠地教训了一番。在收买和利诱不能得逞的情况下，真宁县政府恼羞成怒，指使永宁镇公所和保安团把赌注押在李荣智的亲属身上，企图通过抓打李荣智的哥哥和亲戚，迫使李荣智退出游击队和红色政权，投靠县政府或者镇公所和保安团。正因为有了这样的安排，才有了永宁镇保安团团总刘西诚带领保安团和西北军，包围李荣智哥哥和村民的行动。

"今天来只有这一件事。只要有人说出李荣智的下落，或者让李荣智来归顺投降，就什么事情也没有，也不会为难大家。有没有人知道啊？"刘西诚慢条斯理，不急不躁，一边说，一边巡视见过无数次这种阵势的乡亲，"既然没有人说，那我可就问了。如果问到谁，谁不说实话，就按窝藏'共匪'论处，一律收监问罪。"

乡亲们对刘西诚的说辞司空见惯，不再相信刘西诚说的话，也不再畏惧出入乡村和在乡亲们面前耀武扬威的保安团。自从李荣智参加红军之后，朱村塬建立过革命委员会，成立过红军自卫队，一些人还跟着自卫队去围攻过县城，一些人暗中支持共产党和红军游击队，一些人经常给李荣智和游击队提供掩护，在这个过程中也有很多人在保安团和镇公所挂了号，经常被保安团和镇公所抓打或拷问。保安团团总刘西诚也不止一次带着保安团到村庄里搜人抓人，不止一次在乡亲们面前说大话吹牛皮，也不止一次对乡亲们进行恐吓和威胁。乡亲们见惯了，也就不再担心和害怕了。尽管刘西诚每一次来都会有人挨打受气，甚至被弄得倾家荡产，但刘西诚也每次都气急败坏，失望至极。你爱抓人就抓，爱打人就打，爱拿东西就拿，反正老百姓像草芥一样的性命值不得几个钱，空荡荡的窑洞还在那里，平整肥沃的黄土地还在那里，怕与不怕对于老百姓来说又能怎么样呢？斗不过你，打不过你，不能骂你，总可以不理你吧。

看着乡亲们无动于衷，无人吭声的样子，刘西诚一边摔着手里的皮鞭，一边在乡亲们面前来回走动，搜寻中意的目标。走到李荣智的侄儿李安民面前时，他突然停下脚步，转过身，用手中的鞭子指着李安民的鼻子问道："你是李荣智的啥人？"

李安民看了看刘西诚，嗫嚅地说："我是他侄儿。"

刘西诚眼睛一瞪，"你是他侄儿？你这个贼儿子！"一边大声骂着，一边把马鞭倒过来，用马鞭的把手在李安民的额头上狠狠地敲了几下。李安民的额头上立时起了几个大疙瘩，接着又问，"你知道李荣智回来了没有？"

李安民双手捂着额头，狠狠地瞪了刘西诚一眼，一声没吭。

刘西诚看了看李安民，觉得问不出所以然，提着马鞭继续巡视。走到村民魏仁厚跟前，他又突然停下脚步，大声问道："你是李荣智什么人？"

魏仁厚看了看刘西诚，满不在乎地说："我姓魏，和李荣智没啥关系。"

刘西诚又问道："听说李荣智最近经常回来，你见到过他没有？"

魏仁厚说："回来没回来不知道。没听说过，也没见过。"

刘西诚顿时火冒三丈，大声骂道："这匪窝里的人就是硬，我看你给我硬。"边骂边举起马鞭，朝魏仁厚的头上和身上一气乱抽，抽得魏仁厚满脸血痕。魏仁厚一边躲闪，一边气愤地嘟囔道："你怎么像疯狗一样乱咬人啊。没见就是没见，你打人就能见啊。"

刘西诚打完魏仁厚，又指着魏仁厚身边的李显说："你姓李还是姓魏?"

"我姓李，是前几年从外地搬迁到这里来的，和这个村里的李姓人不是同宗。"李显是个书生，二十四五岁年纪，说话声音轻，又是外来人，刘西诚似乎格外开恩，没有骂他，也没有打他，而是继续在乡亲们面前走来走去，两眼滴溜溜地在人群中搜寻着。

刘西诚和李荣福打交道不是一次两次了，他们算得上很熟悉的"熟人"了。这些年，他多次带着保安团到村庄里来找李荣福，寻找李荣智的下落，打听共产党游击队的去向，领教过李荣福的硬脾气。他心里清楚这次捉拿李荣智与其他任何一次一样，不会有什么结果，但他还是来了，还是要要足威风，让李荣智和他的亲戚知道保安团的厉害，知道他刘西诚的厉害，更要老百姓知道参加共产党和红军游击队的后果，他也预谋着让李荣智的亲人尝尝保安团的厉害和他刘西诚的手段。在乡亲们面前巡视了两圈之后，刘西诚走到李荣福面前，满含嘲讽地说道："你这个'共匪'家属想好了没有？是继续死不改悔，还是想通了，说出李荣智的下落，或者把他叫回来？实话告诉你，这一次如果找不到李荣智，我就拿你开刀，让你生不如死。"

李荣福知道刘西诚不过是想要威风，抬头看了看刘西诚，没好气地说："人我是叫不回来。你们那么多人，又是布眼线，又是出动人马抓他，还把他堵在窑洞里。你们要人有人，要枪有枪，你们都捉不住他，我能有啥本事把他叫回来啊？有本事你们捉他去就是了。"

刘西诚顿时火冒三丈，举起马鞭，朝着李荣福狠命抽去。

李荣福挨了几马鞭，心下一横，不顾一切地扑上去，和刘西诚厮打起来。两个保安队员急忙上前，用枪把李荣福和刘西诚隔开。李荣福长得结实，力气很大。他甩脱保安队员的撕扯和阻拦，跑到打麦场边上，拣起一把木锨，朝刘西诚打去。几名保安队员一拥而上，把李荣福死死地摁在地上，反扭了双手。

刘西诚脸色铁青，厉声骂道："他妈的，真是一个土匪窝子，竟敢和老子动武。你也没掂量掂量你是个什么东西……把他狗日的带走。"他边骂边对保安团副官一挥手，在人群中指了指，"把那几个人也带走。"

保安队员一拥而上，把李荣福、魏仁厚、李安民、李显用麻绳捆

耒
魂

住了，准备押走。

刘西诚骑上马，指着人群愤愤地说："捉不住李荣智，把你们这些贼徒迟早都是一剿灭。"说完，在马屁股上狠狠地抽了一鞭子，离开了村庄。

刘西诚押着李荣福等人没有去永宁镇保安团团部，而是直接押解到了他的老家东城村。东城村距离李荣智的老家有七八里路程，在永宁镇通往龙头镇的半道上。驻守永宁镇的西北军驻军团副在刘西诚的弟弟、自卫队队长刘西山的陪同下，早早地等在村庄里。团副看见刘西诚押解着四名人犯，以为早先商量好的事情已经办妥，向刘西诚挥了挥手，说："还是刘团总有办法啊。"

刘西诚虽然心中有气，却不好表现出来。他慢慢悠悠地从马背上下来，把马缰绳交给士兵，边走边对团副说："别提了。他妈的，整个一个土匪窝子，一个比一个坏，一个比一个硬。差一点儿让我丢大人了。"随后对团副和刘西山叙说了抓捕李荣福的过程，恶狠狠地说："今天一定要好好把这些狗日的收拾一顿，让狗日的知道我们的厉害，让李荣智知道与我们作对的后果和下场。"

刘西山没等刘西诚把话说完，直接走到院子旁边，从柴火堆里抓起一根劈柴，照着李荣福的腿就是两下。李荣福被打得跌倒在地，昏死了过去。

团副慢悠悠地抬起头，看了看躺在地上人事不省的李荣福，对刘西山说："先问问这几个人吧。"随后指着李荣福说，"怎么处理他过一会再说吧。不着急。"

刘西山扔掉手中的硬柴，提着马鞭，陪着团副审问被押解回来的魏仁厚、李安民、李显。问了一圈之后，团副对刘西山说："这个姓魏的和李荣智没有啥关系；这个娃娃虽然是李荣智的侄儿，年纪还小不懂事；这个小伙子姓李，但和李荣智不是同宗。我看把这三个人放了算球了，留着没意思。"

刘西山看了看团副，没有吭声。团副朝士兵挥了挥手，士兵解开捆绑的绳子，把魏仁厚、李安民、李显赶出了院子。随后，刘西山命令保安队员给李荣福头上浇了一盆冷水，把李荣福从地上拉起来，与团副和刘西诚一起进行审讯。

刘西诚刚要开口问话，李荣福从昏迷中醒来，摸了摸麻木的双腿，看见魏仁厚、李安民、李显被放走，随即破口大骂，把刘西诚和刘西山的人老八辈子翻腾了一遍，让驻军团副和刘西山很是尴尬。

李荣福从看到团副和刘西山的第一眼开始，就知道刘西诚和刘西山兄弟没有安好心。如果安好心就不会既带着保安团又带着西北军，也不可能让保安队员把他从劳作的土地里叫回来，更不可能平白无故地抽打侄子李安民和没有任何关系的旁人。所有这些只不过是刘西诚兄弟两个和驻军团副的预谋。如果不是预谋，刘西山也不可能平白无故地动手打他。刘西诚把他和其他三个人押解到东城村而没有押解到永宁镇就是想对他动用私刑，而不是公事公办。既然要动私刑，就不会有什么好结果。说实在话，大不了就是一死，有什么了不起。如果真的被刘西诚兄弟两个打死，兄弟李荣智和红军游击队绝对不会放过他们，也绝对不会让他们有好日子过。李荣福下定决心，从被带到团副和刘西诚兄弟面前开始，口无遮拦，破口大骂，让审讯他的人无法开口。刘西山看到达不到目的，喝令保安队员把李荣福拉到院子里，每人抓起一根劈柴，轮番对李荣福进行毒打。李荣福被打得昏死过去以后又用冷水泼醒，一直被打得血肉模糊、人事不省方才罢休，最后被拖进堆放柴草的窑洞里。

保安队员用劈柴毒打李荣福的时候，刘西诚的爷爷正由下人搀扶着去上厕所，见此场面，不由得对刘西诚和刘西山说："再不要打了，看把人都打成啥样了。你们这样打人，就不怕遭天谴吗？"

刘西山说："这是公事，不是你管的事。你管不了。"

刘西诚的爷爷说："一步临近的，都是亲戚。你们为啥要和人结仇啊？李荣智是好惹的吗？红军是好惹的吗……哎哟，我怎么养了这些白眼狼啊……"边说边颤颤巍巍地回窑洞里去了。

第二天吃过早饭，驻军团副和刘西诚、刘西山骑着马，李荣福双手被绑在一起，拴在刘西山的马鞍子上，从东城村一直拖到永宁镇，全身的衣服被拖得稀烂，大路上留下一绺绺斑斑的血迹。

在驻防永宁镇的西北军支持和纵容下，刘西诚把李荣福和前些天在丰集村作战时被俘的五名红军战士一起，押解到永宁镇南边的碑子坟地里，派人把镇子和镇子附近村庄里的老百姓赶到一起，专门召开

铸魂

公审大会，审判所谓"共匪"和"共匪"家属，儆效和整饬不听话的民众。审判大会现场临时搭建的审判席上坐满了驻军、县保安团、镇保安团和镇公所的头头脑脑。审判大会开始后刘西诚首先讲话。他在诬蔑、诋毁、谩骂了一番共产党和红军之后，一一公布了六名"罪犯"的"罪行"。随后，驻军团副从座席上走下来，指着六个人当中一个只有十五六岁的红军战士问道："你是哪里人？"

红军战士看了团副一眼，没有吭声。当他看到团副没有离开的意图之后，不屑一顾地说："陕北人。"随后把头扭到了一边。

团副又问："你是自愿当的红军，还是被共产党抓去的？我听说你是被红军抓去的，对不对？"

"当红军都是自愿的，只有你们的兵才是强抓的。如果说不自愿，也是被你们这些王八蛋逼的。"没有等团副接话，年轻的红军战士便怒目横眉，大声骂道，"你不就是想劝我投降吗？你想都别想。根本不可能。你就早点儿死了这条心吧。今天既然当了你们的俘虏，要杀要剐随你们的便。红军是杀不完的。十六年后，老子又是一条好汉，还会当红军。"

老百姓管这个团副叫张团副，他在附近几条塬上颇为有名。坊间流传最广的是有一年三伏天，他带着勤务兵骑马从县城里回来，急急忙忙把马拴在蜜蜂窝旁边的拴马桩上，不料被一只蜜蜂蜇了前额。他一时性起，掏出短枪。朝着蜜蜂窝一连开了好几枪。挡在蜜蜂窝口上的木板被打掉，蜜蜂受到惊吓，呼啦啦地飞出来一大群，把张团副和他的马蜇得满地乱跑。马被蜇得跑出了城外，张团副被蜇得头脸肿胀，好几天睁不开眼睛。镇子里的头头脑脑被张团副骂得大气也不敢出，一个个哭笑不得。

刘西诚看见张团副被红军战士大骂，立即从座位上走下来，对着张团副耳语了几句。张团副转过身，把手一挥，恶狠狠地说："杀！"

刘西诚听到命令，对押解"罪犯"的士兵大声喊道："带人犯。"

李荣福和红军战士分别被保安团士兵扭着胳膊，推到早已摆好的六口铡刀跟前，把头压入铡刀口。这时，一个军官模样的人再一次走到年轻的红军战士旁边，低下身子，强做惋惜地劝道："你还是个娃娃，死活就是你一句话。只要你说是被抓去当的红军，马上就放了你。"

年轻的红军战士两目圆睁，大声骂道："老子不过一死罢了。想劝我投降，做你妈的梦去吧。总有一天，你们这伙匪徒会被红军消灭干净的。"

走回到座位上的张团副看见达不到目的，向刘西诚挥了挥手。

"开铡！"刘西诚一声令下，六口铡刀一齐按下，六颗人头滚离铡口，六腔热血从六个脖颈上同时喷出。被赶来参加公审大会的百姓一个个惊叫不已，吓得捂上了眼睛，现场一片混乱。

李荣福和红军战士被铡之后，参加公审大会的老百姓被保安团和驻军驱离会场。刘西诚喝令保安队员把六颗人头用麻绳串起来，排成一行，悬挂在城门楼上面，威慑和恐吓进出镇子的老百姓。最初几天，保安团派出专人值守，站在城门下面，指着悬挂着的人头，向过往的行人介绍被铡者的"罪行"，宣传驻军和保安团处置"共匪"的手段，讲解国民政府镇压红军和消灭根据地的政策。很多时候，宣传人员有意识地指着李荣福的人头说："大家仔细看看，这就是'共匪'李荣智哥哥的人头……这就是'通共''通匪'的下场。"

二十

"哥哥的死，都是因为我啊。这仇不报，我怎么对得起哥哥，怎么对得起家人和亲戚朋友啊。"李荣智得知大哥李荣福被国民党驻军和保安团杀害时，已经没了眼泪，留给他的只有仇恨。他恨这个罪恶的世道，恨这个世道黑暗邪恶，恨这个世道残酷无情，恨这个世道没有穷苦百姓的活路，更恨国民党驻军和保安团草菅人命。他几次在枪膛里压满子弹，走出院子，想只身去找刘西诚和刘西山报仇，都被同志们拦了回来。他一个人坐在窑洞里不吃不喝，喃喃低语。

回到地方工作之后，李荣智被选为军事部长，负责区域内游击队的组织和训练，之后又兼任赤卫队总指挥，多了一份组织穷苦农民开展武装斗争的责任。随着他在各个村庄里出入次数的增多，以及游击队和赤卫队的发展，他对乡亲们的生活和期盼有了更多的了解，对于共产党领导人民闹革命有了更深刻的认识。如果说在此之前他的认识仅仅局限于个人的生活和命运，局限于哥哥姐姐和乡邻的生活和命运，他现在所认识到的是更多人的生活和命运，是共产党领导人民闹革命的必然性。共产党领导人民翻身得解放是人民群众的期盼，是历史的必然。当然，随着斗争的深入，他在乡村和乡亲们中的影响、在游击队员和赤卫队员中的影响、在边区和根据地的影响也越来越大，很快便成为当地国民党政府和保安团、民团的眼中钉、肉中刺。永宁镇驻军和保安团在威逼、利诱、搜捕等手段没有取得成效的情况下，把矛头对准了李荣智亲人、亲戚和乡邻，最后以"通匪"的名义杀害了李荣智的大哥李荣福，企图以此逼迫李荣智投降或者主动出现在保安团的视野之内。正因为如此，驻军和保安团在杀害李荣福和五名红军战士之后，不仅把他们的头颅悬挂在城门之上，广泛宣传，还让散布在角落里的"暗线""眼线"四处散布消息，传播流言蜚语，企图激怒或者诱使李荣智主动出击。正是在这种情势之下，李荣智先于亲人获知了哥哥遇害的消息。

"这件事情你要想开。你哥哥是驻军和保安团杀害的，不是你杀害的。罪责在镇公所、保安团和驻军，不在你。镇公所、保安团和驻军才是杀害你哥哥和红军战士的凶手。当年，你不也是被他们逼迫地在家里待不下去才到处流浪，最后当的红军吗？你能保证你不当红军，他们就不杀你的哥哥吗？"唐一良、赵二娃、张大奎、刘富贵等一起在第三路游击队工作的老相识深知李荣智脾气火爆，有仇必报，纷纷前来劝阻李荣智，提醒和督促李荣智不要意气用事。

"我们两个这么多年一起走过来，经见的事情不算少了。你不觉得这是他们的阴谋诡计吗？你从部队上回来以后，在地方工作，组织游击队，训练赤卫队，谁人不知谁人不晓。国民党县政府、镇公所、驻军、保安团，还有地主豪强组织的民团，哪一个不想抓到你，不想要了你的命？他们抓不到你，消灭不了你，就拿你的亲人、亲戚和乡邻开刀，期望你走出来，与他们面对面地战斗。只要你站出来，站到他们面前，他们的目的就达到了。因为他们知道你面对面打不过他们，知道我们现在的力量还很弱。"看到李荣智不吃不喝，一个劲儿地叫喊着要去报仇雪恨，唐一良放心不下，专门留下来，陪着李荣智，劝解李荣智。

"这口气怎么能咽下去啊？我怎么向家里人和亲戚们交代啊。无论怎么说，哥哥的死是由我引起的。"李荣智无法接受哥哥被杀的事实。

"这不是交代不交代的问题，也不是谁对不起谁的问题。这是那些当政的人残忍无道的问题。正因为他们残忍无道，你才不能在家乡待下去，你的哥哥和红军战士才会惨死，也才有这么多人起来革命啊！"唐一良和李荣智躺在土炕上，静静地盯着窑洞顶部，看着油灯微弱的光在窑洞顶上留下的阴影，"别的不说，你就看看我。在家里活不下去，当土匪，给别人当炮灰，差点儿还被人给杀了，只有跟着你参加了共产党游击队才觉得心里亮堂了，活得像个人样了。为什么啊？思前想后，还是这个世道。这个世道不改变，我们这些人就不会有出路，也不会有好日子过。"

"这些狗日的太狠了，用铡刀杀人啊。"李荣智感叹道。

"他们就是想用这种手段激怒你，激怒游击队和红军战士，引诱我们前去报仇啊。他们知道我们现在还很弱小，打不过他们，他们才这样猖狂啊。如果我们力量强大，给他们十个胆，他们也不敢。"唐一良分析其中的利害关系，"边区也罢，南区也罢，红军队伍也罢，游击队也罢，力量弱，装备差，谁都知道。我们知道，敌人也知道。他们正是看到这一点，才想尽一切办法诱惑我们出战，借以消灭我们啊。这是阴谋，千万不可上当。小不忍则乱大谋啊。"

唐一良一番推心置腹的话语让李荣智陷入了深思。他出身农家，原本在土地中寻求生活，却遭人盘剥，被人逼迫，不得不离开土地，寻找新的生活。参加红军队伍，走上革命道路，使他的眼界和内心发生了巨大变化。他认识到了社会的丑恶，懂得了革命的道理、意义和目标，不遗余力地工作，为革命早日胜利尽职尽责。他也懂得了革命的艰难和曲折，知道革命过程中会有流血牺牲。他在战斗中见惯了流血牺牲，见惯了死亡和伤残，在受伤后留下了严重的后遗症，连他的亲人、亲戚、乡邻、朋友也因为受他牵连而遭受磨难。

"你哥哥被敌人杀害，大家都很痛心。你报仇心切，大家也很理解。可是，你想过没有，你一个人去能顶什么用？就是把分区的游击队全都拉过去，就能拿下永宁镇，就能杀了刘西诚和刘西山兄弟两个？再说，即便是杀了他们，又能怎么样呢？难道杀了他们，社会就安宁

铸魂

了，老百姓的日子就好过了，你就能回家了？杀了他们，只是报了私仇，报不了阶级仇，报不了整个穷人没有活路的大仇啊。我们革命为的不是个人的私仇啊，而是整个穷人的仇，整个社会的仇啊。现在我们的力量还很弱小，等我们发展壮大了，建立了自由解放的新政权，让所有的穷苦百姓都有好日子过，让所有的老百姓都幸福安宁，才能报我们的阶级仇。穷人没有活路，是阶级仇，是大仇，是我们穷苦人大家的仇。我们要报阶级仇啊！"南区革命委员会、分区特委领导王子文、张一良、杜承苑等人得知情况之后，也以不同的方式劝导和宽解李荣智，要李荣智以大局为重，切不可操之过急，意气用事，影响大局。尤其是王子文，因为以前与李荣智有过多次交往，与李荣智非常投缘，对李荣智的一举一动更是关心。他专门找到李荣智，带着李荣智在塬畔上转悠，引导李荣智走出阴霾，让李荣智很是感动。

"听说你哥哥被保安团杀害以后，你一直有思想包袱。事情过去这么久了，你怎么还放不下啊？我们是好几年的老相识，也是一起工作过的老同事。我给你说几句话，你好好想一想。这件事你要想开，不能钻牛角尖。我们革命是敌人逼迫的，是寻求救国救民的途径。有革命就会有流血牺牲。我们参加革命会流血牺牲，我们的亲人也会跟着遭受磨难，甚至流血牺牲。这是反动派强加给我们的。我们不能因为有流血牺牲就不革命，也不能因为亲人流血牺牲，就丧失革命的信心和勇气。无论我们自己流血牺牲，还是我们的亲人流血牺牲，我们都应该坚定革命的信心和决心，坚决把反动派消灭掉，让我们的鲜血不白流，让我们的亲人不白白地牺牲。这才是正确的态度。再说，人死不能复生。无论你如何想不开，有多么沉重的思想包袱，死去的亲人也活不过来啊。你现在需要做和能够做的事情就是振作起精神，好好工作，为革命的早日胜利尽自己的力量，让亲人的血不白流。也只有振作精神，努力工作，才是报仇的根本出路和办法。君子报仇十年不晚，这个仇迟早会报……"受省委派遣，齐进来到南区特委和苏维埃政府驻地南邑村。他得知李荣智的哥哥被驻军和保安团杀害的情况以后，心情非常沉重，专门找李荣智谈心，规劝李荣智放下思想包袱，帮助李荣智排解心中的阴影。

"谢谢你啊。这件事对我的影响确实很大。很久以来，我的内心都不得安宁。哥哥的死是我造成的，我内心不安啊。"齐进的指点和鼓励，让李荣智深受启发。李荣智认识齐进已经好多年了，他们曾经一起共事、一起战斗，尤其是李荣智回到三路游击区之后，与齐进接触更多，对齐进的人品、能力和作风更加熟知和钦佩。他非常尊重齐进，愿意把自己的心思和想法告诉齐进，愿意按照齐进的意见和要求做工作。李荣智把齐进说的话和王子文说的话对照起来，越想越理解首长和同志们的心意，越想越感觉到首长和同志们对他的关心。他慢慢地放下了思想包袱，专心于游击队和赤卫队的组织、训练工作，使分区成为红军部队非常重要的兵员来源地。

此时，由于工作需要，陕甘边南区的机构和人员都有了新的调整，工作区域也有了新的划分。为了把地方各级政权统一为苏维埃政府，南区特委和苏维埃政府区域机构进行了调整，李荣智离开担任了一年多时间的革命委员会军事部长岗位，全身心地负责赤卫队和新成立的特务队的工作。工作性质的转化，使他更加深刻地感受到了形势的变化。红军主力部队采取灵活多样的战术，打掉了根据地很多敌人的据点，打败了"围剿"根据地的地方部队和民团，改变了队伍的装备，扩大了队伍数量，取得了战略和战术上的主动，有效地推动了根据地建设。根据地普遍建立了苏维埃政权，组织了人数众多的游击队和赤卫队，肃清了一系列敌特活动。同时根据形势发展需要，建立了独立营、独立团和警卫营等地方部队，加强了地方军事力量，支援红军正规部队，保卫边区安全。李荣智把全部心思集中在游击队、特务队和赤卫队的建设上，积极组织和率领游击队和赤卫队，活跃在三嘉塬、龙头塬和朱村塬，打击土豪劣绅，袭扰驻军和保安团、民团，为老百姓分忧解愁，支援红军主力部队和边区警卫部队作战。

在李荣智第二次离开家乡的两年时间里，永宁镇公所在驻军督促下，强征百姓，把镇子构筑成为一座巨大而坚固的土城，并把镇公所、保安团、自卫队全部搬进了土城里。有了城垣的护卫，西北军根据战事需要，撤走了一部分派驻的正规军，把地方治安更多地交给了保安团和自卫队。镇公所、保安团、自卫队住进土城里以后，似乎再也不怕红军和游击队袭击，不怕手无寸铁的贫民袭扰，经常有恃无恐地祸害百姓。镇公所在保安团、自卫队的护卫下，三天两头到村庄里催粮、

铸魂

要款、抓派壮丁，随意拉羊、赶猪、捉鸡、拿东西。人们稍有不从，便被肆意打骂或者投入镇子里的看守所。老百姓虽然恨之入骨，却无能为力。一些胆子大一点儿的百姓要么逃离家乡参加红军或游击队，要么暗中求助于红军和游击队，期望红军和游击队为民除害。

在老百姓的要求下，按照南区特委的指示精神，第三路游击队决定配合红军南下，攻打永宁镇，消灭祸害乡里的保安团和自卫队，扫除边区周围的敌军据点，并决定由李荣智负责落实战斗任务，同时委派赵二娃、刘富贵、王占英带领区域内的游击队二支队、五支队、八支队和赤卫军共五百多人攻城。

李荣智接受任务之后，与各个支队队长商议，决定由王占英带领五支队住赵家沟村，围攻镇子南面；刘富贵带领八支队住陈家庄，围攻镇子西面；赵二娃带二支队住城北的丰集村，围攻镇子北面；李荣智跟随八支队行动，负责各游击支队之间的协调。同时针对城内驻军和人员组成情况，尤其是游击队的装备情况，决定采取围而不打，先喊话分化瓦解，让保安队开门投降；如果喊话无效，保安团不投降，就长时间围困镇子，直至镇子内食物耗尽，迫使保安团突围，在野外集中力量予以消灭的方法进行攻击。根据战斗命令，各个游击支队迅速到位，从南、西、北三面包围了永宁镇。

驻守永宁镇的国民党驻军撤离后，镇子附近没有其他正规部队驻防，城内被围的只有镇公所、刘西诚的保安团和自卫队共一百多人。镇公所看见游击队和赤卫军人数众多，声势浩大，一时无法击退游击队，便紧闭城门，任凭游击队喊话和宣传政策，全然不予理睬，只在城墙四面的垛口处分派人员观察城外游击队的动静。

游击队包围镇子后，阻隔了镇子与外界的来往，让永宁镇变成了一座孤城。但是，两天过后，城镇子里仍然没有任何动静，既没有人回应游击队喊话，也不派人外出联系，更没有人到城外寻找粮食和水源。迫于无奈，游击队派人与驻扎在南邑镇的红一团联系，让红一团假装国民党中央军，诱使永宁镇内的保安团和自卫军出战。第三天天亮以后，红一团假装国民党中央军，从镇子东边过来，走到永宁镇东街时故意向游击队阵地开枪射击。游击队听到枪声，假装着向穿着国民党军服的红军放了两枪，急急忙忙向南、北两个方向退去。保安团和自卫队驻守在城墙上，看着镇子外面的动静，既没有出城迎接，也没有向游击队和红一团开枪射击。

看到保安团不肯上当，红一团因有其他任务，不得不撤回驻地，游击队又重新包围了镇子。刘富贵找到李荣智，说："干脆这样吧。派人在附近村庄里打问打问，看有没有刘西诚或者其他人的亲戚。如果能找到他们任何一个人的亲戚，就让他们的亲戚来喊话，想办法分化和瓦解他们。"李荣智听说以后觉得有些道理，派出熟悉情况的游击队员到附近村庄里去打听。有群众得到消息，前来提供情况，说自卫队副队长李邦年有个姐姐嫁到附近的村庄，让人去把李邦年的姐夫叫来喊话，说不定能起点儿作用。根据群众提供的线索，李荣智和刘富贵商议后，委派了两个老成持重的游击队员直奔李邦年姐姐所在的村庄里，找到李邦年的姐夫说明来意，李邦年的姐夫当即表示愿意前去喊话，帮助游击队做李邦年的工作。说话间，游击队员看见一个三岁左右的男孩子坐在李邦年姐姐跟前，于是指着小孩问是谁的小孩。李邦年的姐夫说是李邦年的孩子，并说李邦年因为作孽太多，怕被人暗算，将儿子寄养在姐姐家里。

晚上天黑以后，游击队在南街口通往赵家沟村的碑子旁边架起火堆，让李邦年的姐夫和李邦年的儿子给李邦年喊话。李邦年在土城里听到他姐夫的喊话和儿子叫大的声音，走上城墙，对着城外大声喊道："游击队的头头们听着，我李邦年跟国民党跟定了，量你们那几个人几条枪，成不了什么气候。我们不怕。想要我们开门投降就做梦去吧。我的儿子落到了你们手里，想烧、想杀、想剐，随你们的便，我权当没有这个儿子。"说完话，头也不回地走下城墙，没有了任何声音。

第五天早上，天刚刚开始放亮，五支队分队长张荣新早起，走到院子外面上厕所，无意中看见村庄西边的山梁上成群的人向塬上跑，回头看见村庄东边的山梁上也有人向塬边跑。东、西两边山梁上人数众多，移动迅速。跑在前面的人快要接近塬畔了，后面的人还密密麻麻，不断向塬边上面涌。张荣新返身跑进窑洞告诉李荣智。李荣智拿起枪，跟着张荣新跑到院子外面，看见敌军从东、西两边山梁上涌了上来，想抄游击队的后路。张荣新和李荣智不约而同地举起枪，朝空中"叭、叭"打了几枪，随即大声喊道："快起来，有情况。"就在这

铸魂

时，值勤的哨兵也发现情况，向空中放了几枪。

游击队员听到枪声，迅速跳起来，提着枪跑上塬边。住在丰集村的二支队听到枪声，跑上塬后，迅速绕过城东，向南边跑了过来。此时，住在赵家沟村的五支队和住在陈家庄的八支队全部跑上塬边，看见围攻的敌军已经近在咫尺。敌我双方同时向对方发起攻击，枪声打破了清晨的寂静，惊醒了沉睡的村落和百姓。敌军的机枪在清晨的寂静里更显得放肆，疯狂地号叫着，让人不禁生出一丝寒意。

游击队分兵作战，抵挡敌军的攻击。住在赵家沟村的五支队阻挡从东边山梁上涌上来的敌军，住在陈家庄的八支队阻挡从西边山梁上涌上来的敌军。游击队员以排为单位，相互交替掩护，边打边向北撤退，在永宁镇东街口与二支队会合之后，三个支队一起边打边迅速向东撤退。敌军追赶到东街口以后停止追击，朝着游击队撤退的方向打了一阵子枪，被永宁镇的保安团和自卫队迎进了镇子里。

事后得知，游击队包围永宁镇的第三天半夜时分，保安团眼看游击队没有撤退的意思，随即趁着夜深人静，派出两名送信的士兵从城墙西面攀爬而下，连夜把游击队包围永宁镇的消息送给彬县国民党驻军，请求驻军派兵营救被包围的保安团和自卫队。驻军问清楚游击队情况之后，于第四天下午派出两个营的兵力，急速赶往永宁镇，于半夜时分到达南川后就地休息宿营，黎明时分分头从东、西两个山梁上塬，企图在天亮之前包围并消灭游击队。

游击队返回驻地不久，李荣智接到陕甘边南区领导人王子文的一封信，要他带领游击队两个支队于第二天下午到后掌村集中。当时正值国民党调集陕西、山西、宁夏、甘肃四省军阀，向陕甘边和陕北革命根据地发动"围剿"的关键时候。李荣智遵照王子文的指示，与唐一良、赵二娃、张大奎、刘富贵、王秉德等人商议，从游击队几个支队中调抽出一百二十人，由他和张大奎、刘富贵、王秉德带领，于第二天下午赶到预定地点，与王子文带领的分区直属队八十多人会合。

看到李荣智带领游击队按时到达，王子文非常高兴，拉着李荣智说："你们能来真是太好了。"

李荣智不解地看着王子文，笑着问道："这么急迫。不知道要执行什么任务啊？"

王子文和张大奎、刘富贵、王秉德见过面之后，仔仔细细地看着李荣智带来的队伍，说："我们去攻打铜耀县县城。"

李荣智不解地问："铜耀县县城里驻有西北军一个营，还有铜耀县保安团，我们二百来人能打下来吗？"张大奎、刘富贵、王秉德等人也疑惑地看着王子文。

王子文笑着说："你们有所不知。铜耀县县城里确实驻有西北军一个营，还有铜耀县保安团二百多人。前天，南区直属队侦察员看到约四百名全副武装的敌军出了城门。为了弄清这么多敌军出去干什么，侦察员找到游击队安插在铜耀县县城里的交通人员，获知敌军两个连去西边执行任务，几天以后才能回来。侦察员把这一情况报告给我，我与分区其他领导商议，觉得这是攻打铜耀县县城的好机会，决定调动游击队两个支队，与南区直属队一起，乘机消灭铜耀县县城内留下来的敌军，支援红军反'围剿'斗争。"

听到王子文如是说，大家摩拳擦掌，跃跃欲试，表示要大干一场。随后，王子文和李荣智等人一起制订好作战计划，于当天下午带领队伍沿着梢林遍布的山道向铜耀县县城开进，第二天早上天亮之前到达铜耀县县城北面的半山上。按照预定计划，刘富贵带领三十多人向城门口摸去，大部队跟在刘富贵后面不远处，等待城门打开后，刘富贵率领前队突击进城，后续部队随后涌入，一举拿下县城。

谁知，刘富贵率领的三十多人刚刚走到铜耀县县城下面，便被城上的敌军哨兵发觉。敌军哨兵举起枪支，"叭、叭"朝游击队开了两枪。城内的敌军听到枪声，得知城外发现游击队，迅速集结，盘踞在城南据点里的民团也绕过县城追了过来，敌军兵力随之大增。刘富贵看见情况有变，立即带领游击队员一边向敌军开枪射击，一边向后撤退。王子文和李荣智带领大队人马也随之调转方向，迅速撤退至北边山地，准备伏击敌军，接应刘富贵等人归队。

这时天已经大亮。刘富贵等人撤退到埋伏地点时，敌军先头部队也已经距离埋伏地点不远。王子文发现敌军先头部队即将与埋伏的部队接仗，城门口仍然有大量敌军向外奔涌，觉得情况出现意外，一边急切地说"咋搞的？咋搞的？咋这么多敌军"，一边命令李荣智"趁大队敌军距离还比较远，赶快带领队伍向山上撤退，抢占有利地形"。

铸魂

原来，外出执行任务的国民党驻军在天将亮之前先于游击队回到铜耀县县城，由此使铜耀县县城内的兵力不少于七百人。这些情况游击队并不知道。当敌军发现游击队的时候倾巢而出，游击队不得不陷入被动防御状态。

李荣智得到命令，立即传令游击队快速向北山撤退。

游击队员得到命令，相互交替掩护，很快撤到了铜耀县县城北边的半山腰。说是山，其实就是大山前面的小山包，距离北面的大山还有很长一段距离。山上没有梢林和树木，从山下到山上全是一台一台的耕地。台地宽窄不等，有的二三十米宽，有的只有两三米或者十几米宽。游击队退到半山腰时，敌军大队人马追赶到了山下，架起机枪，开始向山上射击，同时很快整顿队形，向游击队展开猛烈攻击。

由于敌军人数较多，加上装备远远好于游击队，游击队被迫不断后退，最后二百多人挤在一条七八米宽的台地上，被敌军的多挺机枪打得抬不起头。台地边沿上全是被敌军机枪子弹冲出的一道道渠沟。王子文仰面朝天，躺在台地边沿上，把短枪伸出台地，向敌军打出一梭子子弹又换上一梭子子弹。敌军攻上一个台地再攻上一个台地，双方距离由开始的五六个台地到只有两个台地，眼看敌军就要攻上游击队员占领的台地。王子文爬到李荣智跟前，急促地问："咋办哩?"

李荣智也像王子文一样，仰躺在台地上，不断把短枪伸出台地边沿，向敌军射击。他听到王子文的问话，深知敌情严重，想了想，说："这个时候只有反击一条路可走。就是集中力量进行反击，打敌人一个措手不及。反击虽然不一定见效，但不反击我们非吃亏不可。再说，我们突然反击一下，也不一定就败给他们。"

王子文说："我们想到一起了。那就立即组织反击吧。"

李荣智说："先让他们再上一个台地，这样距离近些。等他们接近了，我们先用手榴弹炸一下，接着发起反冲锋，直接往下冲。我就不信他们狗日的不怕死。"

王子文诡秘地笑了笑，说："就照你说的办。"

反击命令很快传达到每一个游击队员。趁着间隙，游击队员拿出带着的所有手榴弹，拧下后盖，将拉线套在手指上，等待着反击的号令。这时，敌军又向上攻进了一个台地，与游击队之间只隔了一个台地，到了投掷手榴弹的最佳距离。在准备投掷手榴弹的时候，游击队突然停止射击。敌军听到游击队停止了射击，不知道发生了什么事情，也停止射击，伸着头朝游击队阵地观看。这时，游击队突然吹响冲锋号，伏在台地上的游击队员一跃而起，将成排的手榴弹投向敌军。顿时烟尘大起，爆炸声震耳欲聋，敌军鬼哭狼嚎。趁着手榴弹爆炸的烟雾，游击队员们端着上了刺刀的步枪，跳下台地，像猛虎一样冲向敌群。敌军万万没有料到游击队会突然发起反击，措手不及，被打得狼狈不堪，像倒塌的山梁一样，瞬间土崩瓦解，返身拼命向城内逃跑，指挥官和督战队想拦也拦不住。

游击队队员反击冲向敌军时，游击队机枪手把机枪架在台地边沿，对着逃跑的敌人猛烈扫射，跑在后面的敌军要么被打倒在地，要么负伤逃窜，要么就地投降。敌军知道了游击队的厉害，迅速逃回县城，紧紧地关闭了城门。

攻击铜耀县县城虽然遭到意外不测，游击队差一点儿被敌军吃掉，但最后侥幸转败为胜，打败了敌军，打击了敌军的嚣张气焰，也打出了游击队的气势和威名。游击队迅速掩埋了牺牲者的遗体，抬着或架着受伤的游击队员撤离了战场。

为了防止敌军追赶，王子文命令刘富贵和王秉德带领一个支队断后，游击队急速向北转移，返回根据地休整。

李荣智随着游击队走了几里路后，一个游击队员从前面跑过来对他说："刘队长让你赶快到前面去，有一个受伤的游击队员要见你，有话要给你说。"

李荣智急忙跟随通讯员赶到队伍前面，只见一个游击队员躺在用两根树干和一些藤蔓绾成的担架上，面色蜡黄，气息奄奄。受伤的游击队员名叫戴启娃，是三嘉塬人。一个偶然的机会，他跟着李荣智参加了游击队。他参加游击队虽然还不到两年时间，但作战勇敢，很得同志们喜爱。在攻打铜耀县县城的战斗中，子弹从他的肚皮侧面穿过，把肚皮切开，肠子从肚子里流了出来。战士们把他的肠子塞进肚子，用几根裹腿布紧紧地捆着，抬着他回根据地。由于流血过多，他一会儿昏迷，一会儿清醒。看见李荣智来到跟前，他断断续续地说："队长……我实在受不了，我……不想连累大家……就给我一枪吧……"

铸魂

听了戴启娃的话，李荣智禁不住热泪盈眶，旁边的游击队员一片唏嘘，有的游击队员哭出了声。李荣智强忍悲痛，悄悄地对他说："再坚持一下，回到根据地马上找人给你医治，你会好起来的……"游击队里缺医少药，在战斗频仍的时节是一个难以化解的难题。

戴启娃又昏迷了过去。李荣智紧紧地跟随着担架，期望戴启娃能够从昏迷中醒来，转危为安。但是戴启娃终究还是没有醒过来，没有再看一眼带着他加入游击队的李荣智。他因伤势过重、流血过多，牺牲在返回根据地的路途上。

戴启娃的牺牲让李荣智心生悲悯。戴启娃还是一个十几岁的孩子，却已经有了十多年扛长工的经历。因为家庭贫困，通过别人说合，他不到八岁就到同村的财东家里干活，从伺候少东家开始，随后放养羊群，圈养骡马牲口，下地干活。他陪伴着少东家由小到大，长大成人，却没有得到少东家的信任和关心。有一次，少东家因为与邻村庄的人打架吃亏，把心中的怨气和仇恨都发泄在了他身上。他有苦难言，强忍疼痛，承受了少东家雨点般的鞭打。少东家却因为他不敢反抗，竟然用镰刀剁掉了他左手的小拇指。一个偶然的机会，他听说了李荣智的故事，决意跟随李荣智参加游击队，寻找新的生活。在李荣智带领游击队路过村庄的时候，他扔掉手中的农具，从土地里走出来，参加了游击队。李荣智曾经有心把他推荐给红军队伍，只是由于这样那样的原因未能如愿。

看着躺在担架上的戴启娃，李荣智心如刀绞。多么年轻的生命啊！为了自由和解放，为了被人平等地看待，为了吃一口饱饭，戴启娃参加了穷人的队伍，却在血腥风雨中失去了年轻的生命。这是多么无奈，多么残酷啊！

李荣智带着几个游击队员，把戴启娃抬到一个僻静的向阳处，在附近村庄里买了一口现成的棺材，挖好墓坑，把戴启娃埋了下去，在坟头立了一块大大的石头。

返回驻地之后，王子文对李荣智说："这次多亏你了。多亏你提出进行反击，若不是我们及时反击，游击队可能就遭受灭顶之灾了，我们恐怕也都殁了。真的要感谢你啊。"

李荣智笑着说："怎么能感谢我啊。是我们大家一起用命，齐心协力，才打退了敌军的进攻啊。再说，战场上的形势就是这样，随时可能有变化。敌情变化了，我们不知道，由不得我们啊。"

"教训太深了。这样的教训一定要记住啊。"王子文一边说，一边把他手中的短枪塞给李荣智，说："这把枪作战抵事，把它送你，权当这次作战的纪念吧。"

李荣智笑着问道："把枪给我，你怎么办？"

王子文说："我还有一把哩。"

李荣智接过枪，在手里翻转着看了看，吃惊地问："这把枪你是从哪里弄到的？"

王子文说："是三里塬战斗结束后，王团长送给我的。"

"这把枪我认识。是三里塬战斗时，我们几个战士把敌军营长逼进一个庄子的窑洞里击毙以后缴获的。枪身上还有敌军营长砸枪时留下的印记呢。"李荣智一边指着装弹夹的枪身处给王子文看，一边说着缴获枪支的过程。枪身上果然有用硬物砸过的痕迹。

人世间很多事情都有无法叙说的缘由。王子文送给李荣智的短枪是李荣智在战场上缴到的。战斗结束以后，他把短枪和其他战利品一起上缴红军总部，一年之后短枪又奇迹般地回到了他的手中。这是一把德国精制的二号盒子枪，枪管长、准头好、射程远，在战斗中非常实用。在此之后，这把短枪跟随李荣智十多年，直到革命胜利以后再次被李荣智上缴。

二十一

时令很快进入了冬天。一天清早，天气阴沉沉的，刺骨的西北风中夹杂着雪花，大地一片白茫。在朱村塬安兴村不远处，有一条水胡同由南向北，与从永宁镇通往新庙镇的大道胡同相交形成一个"十"字，"十"字旁边有一座山神庙。一高一矮两个穿着破破烂烂的"叫花子"胳膊上挂着篮子，手中拉着棍子，迎着风雪向山神庙走来。他们一边走，一边机警地盯着周围的地形，眼睛里透着机敏。走到山神庙

铸魂

跟前，大个儿的"叫花子"对小个儿的"叫花子"说："天气太冷了，我们到山神庙里避避风，过一会再走吧。"

小个儿的"叫花子"点点头，又斜睬了一下周围的地势，说："避避风也好。这天气真是少有，冷得要命。"

大个儿的"叫花子"走上前，推开庙门，惊喜地道："哎呀，有火哩。赶快到胡同拐上拔一些干蒿子，把火烧旺些，咱们烤一烤，暖和暖和。"

小个儿的"叫花子"看见有火，没有等大个儿的"叫花子"把话说完，早已经放下木棍和篮子，返身走出了庙门。不大一会儿工夫，他抱着一大把干蒿子柴，笑呵呵地走了进来，边走边问道："你看这些柴火够不够？"

大个儿的"叫花子"看了一眼，说道："够了，够了。"随后从破棉袄袖子上撕下一疙瘩棉花，拨了拨神位前面冒着烟的香，放在棉花上吹起气来。棉花点燃以后，他捡起一把干蒿子柴，用手揉了揉，把点燃的棉花卷在干蒿子柴里面吹了一阵，干蒿子柴毕毕剥剥地燃了起来。

两个"叫花子"靠近火堆，搓着双手，高兴地烤着，不大一会工夫便觉浑身暖和了。大个儿的"叫花子"笑着对小个儿的"叫花子"说："这下暖和了吧？"

小个儿的"叫花子"笑着说："暖和多了。刚才真的快把人冻死了。不知道咋的了，今天的天气这么冷。"

"既然暖和了，我们就走吧。"大个儿的"叫花子"说。

两个"叫花子"重新挎上篮子，拿上木棍，走出了庙门。他们一边走，一边观察着周围的地势。刚刚走到大道胡同拐坎上，小个儿的"叫花子"急忙用棍子一指，低声叫道："快看，那边跑过来了两匹战马。"

大个儿的"叫花子"抬头望去，果然看见两匹战马由西往东飞奔而来。跑，已经来不及了。小个儿的"叫花子"急急地问道："怎么办？"

"别慌，见机行事。"大个儿的"叫花子"低声说道。

说话间，两匹战马飞奔到了"叫花子"面前，在不远处停下来。

只见战马上一个士兵用马鞭指着"叫花子"大声吼叫道:"干什么的?"

"要饭的。"大个儿的"叫花子"回答说。

"妈了个巴子,大冷天要什么饭?分明就是共产党的探子。"一个骑兵骂骂咧咧,伸手要从腰里取枪。

"老总啊,我们真是要饭的。"大个儿的"叫花子"边说边看了小个儿的"叫花子"一眼。

说时迟那时快,没有等骑在马背上的士兵再搭话,两个"叫花子"扔掉篮子和棍子,闪电般地从腰里拔出短枪,抬手"叭、叭"就是两枪。两个巡逻的士兵看见情况有变,急忙打马往回跑。其中一个胳膊上中了一枪,差点儿跌下马背。

两个"叫花子"不是真正的乞讨者,而是游击队战士假扮的。大个儿的是南区特务队队长李荣智,小个儿的是游击队八支队分队长张海山。这天早上天蒙蒙亮,按照前一天商量的结果,他俩起床化装成叫花子,去朱村塬安兴村以下十多里外的几个村庄里侦察,了解驻扎在附近村落里的驻军布防情况,没想到走在半路上遇到了驻军的巡逻兵。为了不被当成"活靶子",他俩先下手为强,从怀里摸出短枪向巡逻兵开枪射击。巡逻兵逃走以后,李荣智和张海山提着枪,飞也似的朝安兴村里跑去。

在安兴村边上等待消息的唐一良听到枪声,急忙带着一百多名游击队员趴在村庄旁边的土坎下面,观察枪声传来方向的情况。宽敞的坳里白茫茫一片,看不见一个人影。李荣智和张海山顺着水胡同奔跑,一直跑到胡同口才被唐一良和游击队员发现。唐一良看见李荣智和张海山飞奔而来,急忙从地上站起来,上前问道:"坳里一个人影也没有,你俩跑得这么紧干啥哩?"

李荣智和张海山看见唐一良带着游击队员埋伏在村庄旁边,放缓奔跑的脚步,喘着气说:"那边有情况。"

"刚才的枪是你们打的?"唐一良问。

"是我们打的。"李荣智摘下帽子,擦了擦头上冒出的热气,拉着唐一良蹲在地上,一边比画,一边说着发现的情况,最后说,"驻军距离这里不远。如果巡逻兵回去报告了遇到的情况,驻军很有可能会出动人马,朝这边赶过来。我们干脆利用水胡同设伏,狠狠地打他们一

铸魂

下，给他们一点儿教训。"

唐一良看了看地形，说："打一下可以。就怕对我们不利。驻军在新庙镇驻兵很多，而且装备良好，我们只有一百多人，又没有重武器。要打他们得好好计议一番。"

李荣智说："东北军初到这里，对咱们这里的情况不了解。他们虽然兵多势众，可多数都是步兵，跑不快。在这山塬地带用两条腿跑，他们无论如何也比不上我们。况且东面驻扎着我们的正规军，枪一响他们肯定会赶来增援。我们完全可以打一下。"李荣智看了看几位分队长，继续说："我们就以眼前这条水胡同为屏障，顶得住就狠狠地打，顶不住就顺着胡同往南撤，朝沟底里跑。只要跑下沟底，东北军就是有天大的本事也奈何不了我们。"

李荣智说完，转过脸征询几个分队长的意见。几个分队长听说遇到了东北军的侦察兵，都围着李荣智和唐一良摩拳擦掌，跃跃欲试，期望与东北军过过手。唐一良看了看李荣智和几个分队长，把手一挥，说："打就打。打不过咱们就走，还有退路。"

商量完毕之后，李荣智和唐一良带着游击队员沿着水胡同跑步前进，到达预定地点后，一字儿摆开，悄悄地埋伏在水胡同的塄坎下面，等待着东北军前来攻打。李荣智和唐一良两个人趴在水胡同塄坎上，死死地盯着西面的道路。约莫一顿饭的工夫，东北军果然从新庙镇开了上来。冬天的庄稼地一片空旷，东北军一出现便清清楚楚地暴露在游击队员的眼前。东北军由几匹战马作前导，后面紧跟着大队步兵，沿着新庙镇通往永宁镇的道路逶迤前行，黄拉拉的数也数不清楚。

"九一八事变"爆发以后，东北军二十多万人进入关内，驻扎在北平附近。为了消灭南方红军，蒋介石任命张学良为"剿共"副总司令，把东北军调往鄂豫皖一带。在国民党几十万军队"围剿"之下，中央红军、鄂豫皖红军、湘鄂西红军相继离开苏区，开始长征，之后蒋介石又把东北军调往陕甘地区。张学良仍然担任"剿共"副总司令，他带领的第五十七军分别驻扎于陇东和关中一带，专门对付陕甘红军和地方游击队。

东北军前导部队的十多匹战马走到接近水胡同的一个土丘后面停下来，两个军官拿着望远镜，朝山神庙方向搜寻目标，边搜寻边指手画脚。过了好一会，东北军军官收起望远镜，打马返回原路。不久，东北军步兵走到了土丘后面，很快爬上水胡同前面的土坎，由南向北展开，朝东压了过来。五百米、四百米、三百米、二百米、一百米，李荣智一声喊："打！"

顿时，游击队员一齐开火。跑在前面的好几个东北军士兵栽倒在地，跑在后面的士兵迅速卧倒在地。这时，游击队突然停止射击。东北军摸不清虚实，静静地趴在地上向东张望。过了一会儿，东北军又从地上爬起来，开始向前冲锋。刚刚向前跑了几步，游击队又一阵排子枪劈头盖脑地打过去，一批东北军又被打倒。东北军接连几次冲锋，都被游击队的排子枪挡住了。东北军吃了亏，气急败坏地架起机枪，发了疯似的朝游击队阵地扫射，子弹像狂风一般刮向游击队的阵地，打得游击队员不敢抬头。

李荣智看见趴在水胡同中间无法得手，瞅空子转移到水胡同旁边的坟包后面，悄悄地探头看着东北军的攻击线，猛然看见大道胡同土塄坎上的粪堆旁边有两个东北军士兵正在操弄一挺机枪。于是，他沿着水胡同爬到了唐一良身边，用枪头指了指。唐一良顺着李荣智的枪头看了看，会意地笑了笑，随即点了点头。李荣智将短枪递给身旁的游击队员，顺手抓过游击队员的步枪，跳下大道胡同，弯着腰向前猛跑。估计快到粪堆附近时，他放慢脚步，悄悄探头向上瞭望，看见两个士兵正抱着机枪，没命地朝游击队阵地扫射。李荣智借势猛地向上一跃，冲上胡同塄坎，照着机枪手的脑袋一枪托砸了下去，随即上前一把夺过机枪，跳下胡同塄坎，飞也似的向回奔跑。另一个士兵被这突如其来的情况惊呆了，等回过神已经迟了，急忙大声惊呼道："啊，快……快，机枪……"

趴在水胡同塄坎后面的唐一良看见李荣智得手，担心东北军追赶发生不测，立即指挥全队拼命射击，压制东北军。眨眼间，李荣智提着机枪，跑回到游击队阵地。

失去一挺机枪后，东北军恼羞成怒，疯狂地进行报复。他们在阵地后面架起迫击炮，朝游击队阵地轰击。李荣智刚刚趴在坟包后面，架起抢夺来的机枪，一发炮弹不偏不斜，正好落在坟包前面。一声巨响，震得山摇地晃，坟包被掀起了半边，土和杂草被震得飞向空中，

铸魂

李荣智的上半身连同机枪一起被埋在了土里。

东北军的迫击炮弹接二连三地在游击队阵地附近爆炸，弹片横飞，烟尘弥漫，激起根根土柱。唐一良看到炮弹掀翻了大半个坟包，李荣智被埋在了土里，不顾一切地朝坟包爬去，把李荣智和机枪一起从土里拉出来，拖下胡同，一边爬，一边大声喊道："海山，海山，你们快过来几个人。"

张海山听见唐一良喊叫，立即起身跑过来，看见李荣智满身泥土，斜躺在唐一良身边，着急地说："怎么办？"

"不要紧，人没伤着。只是被炮弹震昏了，过一会儿就会醒的。"唐一良急切地对张海山说，"赶快叫几个人过来，你们架着他向南朝沟底里跑。我带全队掩护。快……"

"你们怎么办？"张海山焦急地问。

唐一良说："你们先走，我们随后就撤。"

张海山向后挥了挥手，几个游击队员跑过来架起李荣智，沿着水胡同向南边的沟底里跑去。他们刚刚脱离险境，东北军突然停止打炮，叫喊着发起了冲锋。唐一良端起机枪，与队员们一齐向东北军猛烈射击。东北军遭到密集阻击，又一次卧倒在地。唐一良看见时机已到，一摆手，大声喊道："快，快撤……"

游击队员们听到命令，扛起枪，飞也似的离开阵地，在唐一良带领下，沿着水胡同向南边奔跑。游击队员刚刚跑到沟边，东北军又开始了进攻。这次进攻非常顺利，没有受到任何阻击。东北军叫喊着冲到水胡同旁边，游击队已经沿着水胡同跑进了拐沟，瞬间跑得无影无踪，水胡同里只剩下散落的空弹壳。

东北军被蒋介石调到陕北主要是与西北军一起，"围剿"规模和势力越来越大、声望和影响越来越广的陕甘红军及游击队。驻扎在新庙镇的东北军绕道旬邑、彬县而来，企图通过向朱村塬、龙头塬推进，进攻驻扎和活动在龙头塬、三嘉塬的红军队伍，清除区域内活动的共产党游击队，完成对陕甘边根据地的包围。依仗装备精良、兵马强壮、人数众多，东北军并没有把陕甘红军和地方游击队放在眼里，一路上趾高气扬，气势汹汹，不可一世，没有想到刚刚踏上新庙塬与朱村塬交界处便被游击队袭击，不但死伤了很多士兵，还被硬生生地抢去了一挺机枪。东北军指挥官带着人马，顺着水胡同，朝南一直追到沟边，气急败坏地朝着沟底里一阵疯狂扫射。

唐一良带领游击队跑下沟底，沿着沟底里的小道跑到南川大道，随后朝东奔去，一路经过陈家川、刘家川、关家川、第家川，回到了三嘉塬根据地。经过陈家川时，唐一良把张海山叫到一旁，说："我想把老李留在这里，让他在这里养几天。他的脸色不好，耳朵好像也不太好使。"

"这个主意对着哩，应该让他养几天才好。他原来身体就不好。这一段时间事情又多，今天又被炮弹震了一下，要好好休养休养才好。"张海山说。

"我的意思是让你陪着他留在这里，其他人我不太放心。"唐一良说，"他不光是我们的兄弟，还是游击队的负责人。他出了问题，我们不好交代啊。"

"没问题，我留下。"张海山干脆地说。

"你的任务一个是负责他的安全，再一个是操心他的病情。老李在部队上的时候受过重伤，心脏一直不太好，动不动就心虚气短，浑身无力。你一定要注意。"唐一良交代说，"你在这里打问打问，看哪里能找到好一点儿的大夫，趁着养伤，给他吃几服药。他在这个村子里有亲戚，另外大奎和富贵的家也在这个村子里，他们的家人会帮助你。"

"我知道了。你放心吧。"张海山说。

唐一良又转身走到李荣智身旁，对李荣智说："把你留在这里吧，等养好了再回去。我把海山给你留下。"

李荣智头疼欲裂，听清楚唐一良的意思后，点了点头。

李荣智和张海山在刘家川住了一个月。李荣智吃了很多中药，身体有所恢复，心虚气短的毛病有所缓解，他的左耳朵被炮弹震坏，落下了终身残疾。

铸魂

二十二

"听说这一次来的敌人更多了。"唐一良走进窑洞，看着一心一意擦拭枪支的李荣智，看似不经意地说。刚刚过去的抗击陕、甘、宁、晋四省军阀的战争，打击了军阀的势力，壮大了红军队伍，扩大了游击区域，让人民看到了希望，进一步巩固了陕甘边根据地。作为南区地方游击支队的负责人，唐一良和他的战友参加了主力红军组织的战斗，也参加了陕甘边特委和苏维埃政府组织的战斗，还根据形势的发展，在南区特委和苏维埃政府领导下，自行组织开展了一系列区域内的战斗。在参加这些战斗的过程中，无论是他们自己，还是普通的游击队员，都得到了锻炼。他们熟悉了游击队在反"围剿"战斗中的战术，看到了游击队的作用，更加主动地做好工作，尽力为根据地和主力红军提供支援。他们按照特委要求，主动组织和训练游击队员，为红军队伍输送了更多的战士。红二十六军中的主力团之一就是由第三路游击队选拔整编而成的。在这个过程中，唐一良加入了中国共产党，成为一名共产党员。

李荣智专心于手中的枪支，没有听清楚唐一良的话，抬起头，看着唐一良问了一句。他手里的枪支是攻打铜耀县县城之后王子文送给他的纪念品。在战斗过程中赠送枪支不仅仅是纪念，更多的是友谊，是信任，是鼓励，是生命的托付。尤其在枪支短缺、战事频仍的时期，得到一把称心如意的枪支并不那么容易。王子文把自己的枪送给他，就是期望他能够奋勇杀敌，能够保护好自己，他怎么能够不珍惜、不爱惜呢？擦拭枪支成为他闲暇时的一种习惯。

"听说这一次围攻根据地的队伍比上一次还多。国民党上一次从周围几个省调集队伍来攻打根据地，不但没有打败红军队伍，还被红军和游击队打死了不少。他们不死心，最近又调集更多的兵力来攻打根据地。"唐一良一板一眼地说。

在根据地军民的英勇反击下，蒋介石集中陕、甘、宁、晋等省军队，对陕甘边和陕北根据地进行"围剿"，以失败告终。而远在江西苏区的中央红军在"左"倾错误思想的指挥下，却没能粉碎蒋介石军队的"围剿"，不得不放弃根据地，在数十万国民党军的围追堵截下一路溃败。在遵义会议上，终于结束了王明"左"倾冒险主义的错误指挥，确立了毛泽东在红军中的领导地位。然后，中央红军一边与敌作战，一边向四川进发，途中突破乌江天堑、四渡赤水、巧渡金沙江、强渡大渡河、飞夺泸定桥、翻越终年积雪的夹金雪山，在懋功与张国焘、陈昌浩、徐向前率领的红四方面军会师。对此，蒋介石如骨鲠在喉，感到中央红军可能继续北进，与在陕甘一带的西北红军会合，于是调集十余万大军，又一次对陕甘边和陕北根据地发动大规模"围剿"，企图一举消灭两个根据地的红军，使共产党中央和中央红军进入陕甘后无处立足。蒋介石的"围剿"部署是：在东面由晋军沿黄河一线向陕甘革命根据地西压，在西面由陕西、甘肃、宁夏三省军阀部队和东北军八个师一字儿摆开向东压，在北面由西北军两个师在陕北清涧等地驻守，在南面由东北军六十七军等向北进攻。

　　"没有什么了不起。从红军队伍成立的那一天开始，国民党军队、保安团、民团就没有停止过攻打和'围剿'。不但没有消灭红军队伍，反而越'围剿'红军越多，越'围剿'根据地的规模越大。别的不说，我刚刚参加红军队伍的时候，红军队伍也就三百多人，现在有多少人谁能说得清楚。红军不仅有了红二十六军和红二十七军，还有了散落在各地的游击队、赤卫队，一些地方还有自卫队。人数有多少，谁也说不清楚。你看看，光我们这里就有多少啊。不说赤卫队，就说游击队吧。我第一次回来的时候，就我们几个人，现在我知道的差不多有近二十多支队伍，上千人了。这还不算我们输送给红军正规部队的人。国民党军队来多少人，都没有用处。我们还是我们，只会越来越好。"李荣智一边说，一边看着擦拭好的枪支，继续笑着说，"我们的任务就是组织和训练好游击队和赤卫队，按照上面的要求，主动灵活地打击和袭扰敌人，保卫根据地和特委的安全。"

　　"你说得对。"唐一良走过去，坐在李荣智对面的土台子上，"红军队伍取胜是必然的。红军队伍来自老百姓，了解老百姓的疾苦，做的事情也是为了老百姓，有老百姓支持。不像国民党军队，走到哪里抢

铸魂

到哪里，祸害到哪里，和土匪一样。祸害百姓的军队能好到哪里去？祸害百姓的军队能打胜仗才怪哩。"

"国民党军队之间也是一盘散沙，相互不服气，各想各的事情，各捣各的鬼。明面上是一家子，暗地里恨不得把对方吃了。"李荣智笑哈哈地说，"靠这样的军队迟早都会一败涂地，成不了气候。"

"和日本人打仗没眉眼，糟蹋起老百姓一个能顶两个。都是一群王八蛋。"李荣智狠狠地说，"迟早要把这些狗日的收拾了。"

面对国民党军队的四面夹击，陕甘红军主力在瓦窑堡附近的杨家园子召开团以上干部会议，决定将红军主力集中起来，在运动中乘敌之隙各个击破，打破东北军"围剿"；陕甘边各路游击队、赤卫军和广大群众通过广泛灵活的游击战，打击和牵制东北军。据此，红军主力趁东北军"围剿"部署尚未完成，向吴堡、慕家塬晋军据点突然发起攻击，歼灭驻军及增援部队六百多人，又在延家畔打垮晋军一个营，随后转移到绥德新庄一带隐蔽待机。随后，主力红军和抗日义勇军、游击队、赤卫军突然向定仙墕之敌发起攻击，把晋军第三旅一部两千余人包围在金不拦沟如数歼灭，毙伤敌团长以下二百余人，俘虏一千七百余人，缴获长短枪一千九百余支、轻重机枪六十余挺、迫击炮六门、骡马近百匹及大批物资，并击落敌机一架。战斗结束后，红军主力伺机向南运动，准备打击南面的国民党军队。但是，当红军主力抵达延川县文安驿时，中央驻西北代表团也到达文安驿。在文安驿，代表团负责人召集红军前敌指挥部人员开会，要求红军主力全面出击，用运动战策略配合阵地战，打通并将神木、府谷、吴堡、绥德连成一片，巩固宜川苏区并向韩城方向发展，北边以洛川为基点，向定边、陇东方向发展，南边以马栏为基点，向同官、富平、泾阳方向发展，同时要求红军主力和游击队、赤卫军配合，扫清苏区内东北军的支撑点，攻打瓦窑堡、清涧、延安等东北军驻守的重要据点。

不久，东北军七个师由洛川、鄜县向陕北根据地进犯。为了粉碎东北军的进攻，红十五军团采取"围点打援"战术，以少量部队围攻甘泉县城东北军一个营，将主力布置在延安与甘泉之间的劳山，设伏诱使延安之敌增援甘泉守敌，取得劳山、榆林桥作战胜利，乘势夺得瓦窑堡，陕甘晋省委和西北军委随后移驻瓦窑堡，境内的东北军据点被拔除。

此时，中央红军突破天险腊子口，到达甘肃宕昌境内的哈达铺，获取了国民党的一些报刊，其中有一份《大公报》刊登有关于"陕乱"的情况，披露了陕甘、陕北苏区和西北红军的消息。有报道说："全陕北二十三县几无一县不赤化"，"全陕北赤化人民七十万，编为赤卫军者二十余万"，"现在陕北状况，正与民国二十年之江西情形相仿佛"。这些报道给中央和中央红军提供了北进的依据，坚定了北上的信心。中央军委将红一军团、红三军团、干部团等共六千余人改编为中国工农红军陕甘支队，途径甘肃天水、定西、平凉、庆阳，到达陕北吴起镇，结束了历时一年多时间的二万五千里长征。

随着陕北和陕甘边形势变化，地处陕甘边南区的第三路游击区形势也随之发生了重大变化：多支游击队的骨干力量抽调和改编为红军正规部队，一些支队的年轻人补充到红十五军团，还有一部分游击队合并组成地方部队，留下来的除了负责组织和训练游击队员的负责人之外，还有一些长期坚持地方工作的军事干部，以及从事地方党的建设和苏维埃政权建设的政工干部。最早被李荣智组织到一起的唐一良、刘富贵、张大奎已经成为游击支队的负责人，既负责带领游击队参加红军部队、地方部队组织的战斗，反击国民党军队、地方军阀、保安团和民团的"围剿"和进攻，清除民愤极大的恶霸地主，还负责地方政府和特委机关的安全，组织和训练新的游击队员，为红军正规部队提供情报，保护根据地的安全。共同的任务让他们时常一起出击，彼此照顾，彼此依靠，互相支持，结下了深厚友谊。

二十三

"你们听说了没有，'肃反'结束了。"张大奎走进窑洞，急匆匆地说。

"你从哪里得到的消息？"唐一良呼地一下站起来，高兴地迎过去，大声问道，"这可真是太好了。"

铸魂

"区委新来了书记，他正找人说事情哩。"张大奎说，"我把选拔的队员送到直属营，听见营里的领导也在那里议论。我多嘴问了问。他们告诉我说'肃反'结束了，还说老刘被安排了新的工作。"

"老天爷开眼啊。"唐一良双手合在胸前，仰望着窑洞外面的蓝天，"陕甘红军保住了，陕甘根据地保住了啊。"

听到"肃反"结束的消息，李荣智长长地出了一口气，一下子坐到了土炕上，眼睛直直地看着两位一起出生入死的战友。他静静地坐着，听着唐一良和张大奎两个人说话，不言不语。在"肃反"期间，他与赵二娃、刘富贵去环县寻找中央红军未果，听了王玉泰的吩咐，急急忙忙回到游击队驻地，把熟悉的留在根据地等待消息的人召集到一起，分析形势，研究保卫地方部队和根据地的办法，一致认为要团结一致，加强警戒，灵活打击和迟滞西北军、东北军和地方民团，确保根据地领导人和根据地安全，把守好根据地南大门。他们跑遍了区域内所有游击队，查看游击队的布防和训练，研究情况，相互协商，安排防务，要求各个游击支队严守纪律，加强训练和防备，互通消息，防止西北军、东北军和保安团、民团袭击，尤其要防止敌人破坏根据地。根据工作分工和要求，他来往协调，督促落实，不敢有丝毫怠慢和松懈。张大奎报告的消息让他看到了希望，让他有千斤重担落地般的解脱。他心中的石头落了地，身上的担子轻了很多，心中的积霾没有了。他放松地坐下来，看着一起出生入死的战友。

"荣智，你怎么不说话啊？"张大奎看见李荣智静静地坐在土炕上一声不吭，忍不住回头喊叫道。

"我说什么呀。这是天大的好事情啊。红军有救了，根据地有救了，我们这些人也有救了啊。"李荣智依然坐在土炕上，一动不动，"唉，你们两个不知道啊。前些日子我们几个人去环县和南梁找中央红军的时候，形势真的危险啊。我和二娃、富贵找熟悉的人找不到，找落脚的地方没有的，想把心里的话说一说、把南区的情况说一说，都没有人听啊。现在党中央来了，'肃反'运动结束了，一切终于过去了，一切都结束了啊。"

"好消息还多着哩。党中央还在瓦窑堡召开政治局扩大会议，研究政治局势和党的策略路线以及军事战略问题哩，通过《中央关于目前政治形势与党的任务决议》，提出政治工作的中心是开展民族革命战争，党的组织中心是团结领导千千万万的群众在党的周围，明确了以后的工作重点和工作目标。"张大奎手舞足蹈，把知道的事情一股脑儿倒了出来。

"确实应该有一个明确的方向和目标才好啊。要用方向和目标尽可能地把人心统一起来，凝聚起来啊。方向不明，目标不定，谁还会跟着走啊。现在的陕甘地区和以前不一样了。不光有在陕甘边和陕北闹革命的人，还有鄂豫皖红军，有中央红军，人越来越多了啊。人多了，事情也就多了，把人心统一起来的事情就要紧了。就眼下的情形看，把我们的党和红军队伍壮大起来才是根本啊。你说说，还有什么消息，我们也听一听。"

"另外听说日本人来了，把东北很多地方都占了，又来占华北……小日本占领东北以后贪心不足，又要往南打，想占领我们更多的地方，还想把我们的国家给灭了。在这种情况下，中共中央做出决策，发表了《中国共产党中央委员会为日本帝国主义并吞华北及蒋介石出卖华北出卖中国宣言》《中华苏维埃共和国中央政府、中国工农红军革命军事委员抗日救国宣言》，号召全国人民团结起来'反蒋抗日'。还提出用四十天时间完成东渡黄河的准备，把红军开到接近抗日前线的山西去，在那里创建根据地，打通国际路线。现在正在拟订行动计划，准备进行东征哩。"

"这个消息很重要。红军既然要东征，必然要进行整编，一个是红军现有的正规部队要进行新的归并，另一个必然要从根据地抽调更多的人参加红军正规部队。根据这个情况，我们以前决定的事情不但做对了，而且还要抓紧做，一个是采取多种方式动员和吸收更多的人参加游击队，参加红军部队，壮大我们的武装力量，另一个是加强训练和教育，尽一切可能提高游击队员的思想和军事素质，为部队培养和储备更多合格的战士，支持红军正规部队的发展。"李荣智神情严肃。关于游击队的建设和游击队员的训练一直以来都是他最为关心的问题，也是他回到地方工作之后的职责。无论走到哪里，做什么事情，他最为惦念和牵挂的还是游击队和游击队员。

"荣智这个判断很有道理。红军开赴抗日前线，一是要抗击日本人

铸魂

的侵略，与其他部队一起，把日本人赶出去，同时也是要寻求建立新的根据地。陕甘边和陕北地方小，土地也很贫瘠，中央红军到来之后，根据地人数增多，加上这几年各路军阀多次扫荡，粮食、装备、后勤补给都会很紧张。另外，我们闹革命，也不能仅仅局限于这么一小块地方啊。革命应该把全国人民都号召起来。"唐一良接着李荣智的话茬，继续着能够想象到的一切。

"我还听说党中央决定建立和发展抗日民族统一战线，以东北军为主要对象，尽可能把更多的人团结起来，一起反对蒋介石的不抵抗政策，抗击日本帝国主义的侵略。听说还成立东北军工作委员会，专门负责与东北军的联络协调，争取与东北军联合抗日。"张大奎说，"不过，我没有弄明白什么是统一战线，为什么要和东北军联合抗日。东北军在我们这里做了很多坏事啊。联合他们，我有些想不通。"

"这没有什么想不通。打日本人不像打国民党，也不像打西北军和东北军。日本人是外来的，是想占领我们的土地，灭我们的种族，打日本人是大事情。先要把他们打出去，再说我们与国民党的事情。所以，联合所有抗击日本人的人是对的。至于统一战线，也许就是把自己人联合起来，去打外来的日本人。这个以后再慢慢说吧。"唐一良有些说不下去，自嘲地笑了笑。

"联合东北军打日本人的策略是对的。毕竟东北军的老家让日本人占了，他们到我们这里来也不习惯。不过，联合他们也要讲策略和方法，不能让他们干坏事。他们干坏事，我们还要打。"李荣智坚定地说，"我们不能搞无原则联合。"

"报告，刘队长派人送信来了。"李荣智、唐一良、张大奎正说到兴头上，通讯员进来报告说。

李荣智看了纸条，顺手交给了唐一良："海山出事了。我们得去看一看。"

唐一良接过纸条，迅速扫视了一遍，交还给李荣智，说："你和大奎去一趟吧。我回支队里安排一下。你们快去快回。"

纸条是第八支队队长刘富贵派人送来的，说分队长张海山腿部受伤，请李荣智赶到冉家峁驻地，商量如何隐蔽治伤的问题。李荣智问清楚情况后，与张大奎一起随同送信的人一块儿赶往冉家峁。

原来这天早上，张海山带人在周家川执行任务时，刚刚走出沟口，被路过的东北军骑兵侦察兵发现。此时，东北军骑兵正向南坡上面跑，看见张海山等人以后，跑在最后面的东北军骑兵返身朝张海山等人打了几枪，一颗子弹正好击中张海山右腿膝盖骨。

周家川位于陕西和甘肃两省交界处。从这里向南上山是陕西旬邑县恒安洲村，再往西南十几里是旬邑县职田镇。从这里过河，向西北上山不足二里路是朱村塬冉家峁，再往西北七八里路即是永宁镇。东北军骑兵侦察队从永宁镇出发，抄小路经过周家川去职田镇执行任务，路过周家川，突遇游击队。东北军骑兵侦察兵开枪之后没有停留，继续朝职田镇方向跑去。

李荣智和张大奎赶到冉家峁，走进农户喂养牲口的窑洞，看见张海山躺在土炕上，一脸愁苦。刘富贵和几个队员正在劝解。看见李荣智和张大奎走进窑洞，张海山挣扎着要坐起来。李荣智上前一步按住他，说："你受伤了，还是躺着吧。伤到哪里了？重不重？"

张海山拉着李荣智的手，垂头丧气地说："走路不方便了。"

李荣智和张大奎看了看张海山的伤势，看见张海山的膝盖骨被子弹击碎，膝盖上血肉模糊，知道张海山的右腿已经残废，以后走路可能极不方便，心下禁不住一阵唏嘘。张海山虽然只是八支队的分队长，却是游击支队乃至第三路游击区的骨干。他意志坚定，作战勇猛，心地善良，在游击队很有威望，经常担当重任，很得领导和同志们喜欢和信任。

冉家峁是一个独户山庄，整个山梁上只有一户人家，地势偏僻，便于隐蔽。农户庄基周围除去很少的一部分地方是耕地之外，其余全是树木和梢林。庄基坐北朝南，东西两面是树木和梢林密布的大沟。农户依靠耕种几十亩山洼地生活，日子还算可以。李荣智了解了冉家峁的地势和这户人家的情况之后，与刘富贵和张大奎商量，决定把张海山暂时留下来养伤，等待张海山能够下地走动之后再想办法转移。刘富贵把这户人家的主人请来，再三交代要照顾好张海山，同时安慰张海山要安心静养，一切听从主人安排，游击队会经常派人来看他。

张海山听说要他留在这里养伤，忽然心下悲酸，不由得流下了眼泪，说："我知道，膝盖骨被打碎，无论如何都好不了了，这条腿废

铸魂

- 181 -

了，以后再也跑不动了。我再也不能和大家一起上战场，不能一起痛快地去杀敌了。"说着，泣不成声。

李荣智、刘富贵、张大奎只得一边宽解，一边找话题转移张海山的注意力，好让张海山心情好起来。只是一帮惯于拿刀动枪的大男人面对朝夕相处的战友，再好听的话也说不出来。即便是再中听的话，自己首先不好意思起来，觉得说不出口。最后，几个人脱掉鞋子，一起坐在张海山躺着的土炕上，东一句，西一句，回忆起过去的战斗生活。

在李荣智等人的劝解下，过了好大一阵子，张海山的情绪才慢慢平复。他对李荣智、刘富贵、张大奎说："这几年在游击队里打了不少仗，有些仗很痛快，有些仗很窝囊。去年秋天在下于家庄没费一枪一弹收缴了几十条枪，是我参加游击队以来最痛快的一仗。每当想起它，我心里就像吃了蜂蜜一样甜美，什么时候都忘不了……可惜，以后再也没有那样的机会了……"说着，情绪又有些低落。

李荣智见机接过话茬，说："那一仗也是游击队成立以来的得意之作，上级组织表扬了多次哩，表扬我们有想法，有胆识，灵活机动，发挥了游击队的优势……"

前一年秋天，游击队在下于家庄不费吹灰之力收缴了保甲队的枪支，摧毁国民党地方政府好不容易建立起来的保甲队，造成下于家庄没有人愿意当保长，没有人愿意参加保甲队，曾经在分区轰动一时，游击队多次受到上级组织和首长的表扬。

那时候，秋季的庄稼已经收割完毕，塬上空旷无边，一无遮掩。游击队两个支队经过商议，决定趁农历月底夜晚没有月亮攻打沟垴头城。

沟垴头城位于陕西旬邑县地界，与职田镇在同一条塬上。城堡修筑在靠北边的塬边上，地势险要，稳固结实，很有一些易守难攻的样子。从沟垴头城向北下山，翻过川道，走上山是新庙塬。城堡内驻守着旬邑县保安团四十多人。这支保安队伍虽然人数不多，却凭借着城堡坚固，地势险要，是旬邑县保安团的嫡系，平时欺男霸女，在附近几个村庄之中为非作歹，还经常出没于第三路游击区，时不时地袭击和骚扰游击队，抓捕共产党员和群众。游击队对于它的存在耿耿于怀，一直想伺机铲除。

天黑之后，游击队两个支队从三嘉塬出发，向西绕过职田镇，直奔沟垴头。在距离沟垴头城不足二里地的村庄，游击队一分为二：由刘富贵带领一部分人负责寻找长椽和麻绳，绑扎攻城用的云梯；由李荣智和张大奎带领一部分人先去城堡附近察看敌情，寻找攻打城堡的具体方位。

　　李荣智和张大奎带领游击队员来到沟垴头城的时候已经小半夜了，沟垴头城墙上仍有灯火和士兵走动，城墙内有人拉着胡琴唱小曲，很热闹的样子。李荣智和张大奎带着队员，趴在城墙不远处的土坎上，听着城墙内保安队员闹腾嬉戏，断断续续听见在胡琴的伴奏下，一个声音唱道："隔墙撂过来石头来呀，干妹妹开门来！哎——干妹妹开门来呀……"不由得怒从心起。张大奎愤愤地低声骂道："这一伙天杀的坏透了，没有一个好东西，深更半夜还这么闹腾。"

　　李荣智虽然生气，看到张大奎气愤难平，笑了笑，说："就让他坏吧，一会儿收拾掉就不坏了。"

　　"这不知道又是从哪里弄来的唱曲的，唉……"张大奎一声长叹，随后一侧身，坐在了土坎下面。

　　李荣智和张大奎带着游击队员，坐在城墙外面的土坎后面等了很久，等到城墙内的闹腾慢慢消停下来了，李荣智对张大奎说："派人去联络一下富贵，时间差不多了。"

　　张大奎伸手拉住身边的游击队员，说："去找刘队长，看看他们准备得怎么样啦？"

　　过了一会儿，刘富贵带着游击队员，抬着扎好的云梯来到土坎下面，与李荣智和张大奎商议好攻城的办法，抬着云梯，悄悄地搭在城墙下面，开始攻城。游击队员求战心切，争抢着朝云梯上面爬。由于爬上的人太多，一架云梯"咔"的一声断为两节。爬上云梯的游击队员全部掉在了城墙下面。云梯折断的声音在寂静的夜里特别响亮。城墙上面的哨兵听到响声，立即端起枪，朝城外开枪射击。霎时，城墙上面灯火通明，枪声四起。李荣智、刘富贵、张大奎看见战机已失，一声令下，带领游击队迅速向东撤去。

　　撤退的路上，李荣智看了看夜色之中行进的队伍，对刘富贵说："你带八支队回三嘉塬，我和大奎带五支队翻北川去一趟新庙塬。最迟

铸魂

明天晚上回来。"于是，李荣智和张大奎带领五支队从沟垴头直接下南坡，翻过北川，走上北坡到了新庙塬，张海山也一起跟着去了。上塬以后不久，张海山边走边气呼呼地对李荣智和张大奎说："他妈的，绑好云梯，等了半夜，想弄条大鱼，结果云梯折了，弄了个劳而无功。真败兴。"

李荣智侧过身，看了看张大奎和张海山，笑着说："这有啥败兴的？不过是让狗日的再多活几天罢了。今天晚上打不成，过些日子我们再打。我就不信收拾不了他们？收拾他们是迟早的事情。再说猴子都有个打盹的时候哩，何况我们？"李荣智一边说，一边抬头看了看漆黑的夜空，又说："看天上的星星，现在时间还早哩。你们俩好好想一想，再找地方出击一下。你俩觉得怎么样？"

张海山听说，唏嘘了一下鼻子，说道："我也正想这事哩。今天晚上大家的劲头鼓得很足，都想着要大干一场，结果落了空。这样空手回去，岂不太窝气。"

"既然如此，我们就搞它一搞，不让大家空手回去。你说去哪里好？"李荣智问。

张海山看了一眼张大奎，对李荣智说："听说最近下于家庄成立了一个保甲，保长是一个姓刘的永乐镇人，手下有三十几个保丁，二十几条枪。如果能收拾掉他们，也不失一块瘦肉。"。

好半天没有吭声的张大奎插话说："既然不是瘦肉，我们为啥不去吃哩？吃下这块肉，也不枉今天晚上我们跑这一趟。"

李荣智和张大奎、张海山说完，又征求了一番游击队员的意见。随行的六十多人没有一个人提出异议。于是，他们带领游击队员朝下于家庄方向奔去。艰苦的环境造就了人们生存的本领。游击队在艰难的环境下生存发展，游击队员的能力也很快适应了环境的要求。就说走夜路这一项，也是他们的特长和本领。几十里路在他们的脚下是"小菜一碟"。

走到距离下于家庄碉堡不远处，游击队停止前进。李荣智和张大奎、张海山一起，借着星光悄悄地向前走了走，蹲在地上，看着星光下的碉堡。碉堡像一个高大的魔鬼，静静地伫立在黑夜里。零星的灯光透过碉堡上的射击空，在夜空中留下一丝光亮，让碉堡显得更加阴森。碉堡周围是宽大的战壕，战壕把碉堡与周围的土地和道路隔开，使碉堡显得更加高大威严。碉堡前面吊桥高悬，碉堡顶上的哨兵来回走动，时不时地停下来，盯着收割完庄稼的空旷土地。

李荣智在黑暗中观察了一阵，压低声音对张大奎和张海山说："庄稼秆秆都收拾了，坳里空空荡荡，一点儿遮掩的物体也没有，天又不太黑，要接近碉堡十分困难。我们得想个别的办法……听说新庙塬上的保丁非常害怕彬县马继武的保安团。只要听说马继武的保安团来了，都乖乖的，不敢有任何反抗。咱们干脆大咧咧地往碉堡跟前走，哨兵问的时候就说是彬县马继武的保安团，晚上上来有任务。如果不开门，咱们就给狗日的来个下马威。"

张大奎和张海山齐声说："这是个好办法。"张海山又故意说："如果不出意外，这个办法比吃仙丹妙药还要灵哩。"

商量完毕之后，李荣智和张大奎、张海山朝后面的游击队员挥了挥手，直起腰，带着游击队员故意绕了一个大圈子，从碉堡东边来到碉堡西边，然后大摇大摆地走向碉堡。快要接近碉堡时，碉堡上面的哨兵忽然拉得枪栓哗啦响，问道："干什么的？"

"我们是马继武的保安团。刚从新庙镇上来，有要事要找保长商量，快把吊桥放下来。"张海山大声说。

哨兵心虚，说道："黑天半夜的，谁能看清你是牛继武的团还是马继武的团，等我报告了我们班长再下来给你们开门。"

张海山心急，怕班长被叫醒闹出乱子，厉声骂道："他妈的，吃豹子胆了，你敢骂我们团长。门开迟误了事，老子回来把你的头提了哩。"

哨兵看见对方气势汹汹，张口骂人，又是从西面走上来的，心下盘算十有八九是马继武的保安团，害怕门开迟了挨打，立即改变了口气，客气地说："你们稍微等一等，我这就下来给你们开门。"哨兵说完，把枪背在肩上，急忙走下碉堡，蹬蹬蹬地跑到吊桥旁边，解开绳索，把吊桥放了下来。

李荣智担心被敌哨兵发觉，吊桥刚一接近战壕，就一跃身跨了过去，上前用短枪抵住哨兵的胸脯，小声说："不要动，喊一声就打死你。"

铸魂

哨兵一听是游击队，魂儿早吓飞了，一个趔趄跌倒在地。李荣智一把把哨兵从地上揪了起来，问道："你们保长在哪里住？"

"保……保长……不……不在这里。"哨兵哆哆嗦嗦地回答。

"在什么地方？"李荣智追问。

哨兵说："他……他不在这里住，在……村庄里住着哩。"

趁此机会，张大奎和张海山带着游击队员早已冲进碉堡，把熟睡的保丁一个个从被窝里拎了出来。一个年幼的保丁吓得哆哆嗦嗦，在土炕上呜呜地哭了起来。游击队员收缴了保丁的枪支，逼着保丁穿好衣服，把保丁全部赶出碉堡，在院子里集中起来。

李荣智走到保丁面前，厉声问："谁是带班的？"

"我，我……是。"一个个儿高点儿的保丁结结巴巴地回答。

"你带我们去你们保长的住处。"李荣智说。

保丁班长抬头看了看："行，我……我带你们去。"

张海山用短枪指着保丁班长的脑门："你最好老实一点儿。要有半点儿不老实，小心你的狗头搬家。"

"是，是……不敢作假，不敢作假。"保丁班长点头哈腰。

游击队兵分两路，张大奎带领二十多个人留下来看管俘虏的保丁，负责警戒，另一部分人由李荣智和张海山带领，押着保丁班长去村庄里抓捕保长。

保长的住处在一个沟垴子上。庄基顺着土崖修建，一个半圆形的院落里有好几只窑洞。窑洞对面打制了高大的院墙。院墙旁边开着一个供人进出的小土门。李荣智带着游击队员，在保丁班长的指引下来到土门旁边，一个哨兵怀里抱着枪，背靠着门框，正在打盹。恍惚之中听到脚步声，猛然站直身子，大声问道："谁？"

"喊啥？是我，找保长有事。"保丁班长训斥道。

哨兵还要再问，两个游击队员箭步上前，捂住哨兵嘴巴，拖着离开土门。保丁班长推开土门，把李荣智和张海山带到保长居住的窑洞门口，指着窑洞说："保长就住在这个窑洞里。"

李荣智上前猛地推开窑门，一步跨进了窑洞。两个游击队员一拥而上，把正躺在热乎乎的被窝里做梦的保长死死地压在土炕上。

保长朦胧中听到有人撞进了窑洞，以为是保丁找他有事，正要开口训斥，忽然被两个人死死地压在土炕上，双手迅速被反绑，不得动弹，一时惊得魂飞魄散。

压在他身上的游击队员说："不许反抗。反抗就要了你的狗命。"

听了游击队员的话，保长心里明白了大半。他放弃挣扎，哀求道："好我的爷哩，我刚当了几天保长，实在没有糟蹋过老百姓，请你们高抬贵手。"

这时，游击队员点亮了油灯。李荣智看见土炕头上放着一把短枪，伸手拿过来插到了腰间，说："别啰唆，穿好衣服，往院子里走。"

"好，好。"保长无可奈何地从土炕上爬起来，穿好衣服，溜下土炕，跟着游击队员走出院子。这时，住在另外几个窑洞里的保丁已经被全部赶到了院子里，二十多个人黑乎乎站满了院子。李荣智和张海山耳语了几句，与游击队员们一起押着保丁，走出庄基，朝塬边上走去。张海山押着保长，走在队伍最后面。走出院子的土门以后，张海山装作去墙根底下上厕所，故意把保长放在一边。保长看看周围再没有别人，猛地窜下沟渠，顺着沟壑逃跑了。张海山诡秘地笑了一下，故意惊呼道："哎呀，保长跑了。"

走在前面的李荣智会意，故意站在塬边，大声问道："你是咋搞的，咋能让他跑了？"

"我没在意，狗日的挣脱跑了。"张海山大声回答说。

"算啦。跑了就跑了吧，一时半会也不好找。你赶快上来，这边还有事情哩。"李荣智故意大声催促道。

张海山提起裤子，三步并作两步赶上了队伍。

走上塬边，碉堡里的保丁已经被押了过来。游击队把两处抓获的保丁集中在一起，三十多个人分成四排，站在庄基背后的土路上。李荣智走到保丁队伍前面，大声说道："你们不要害怕。我们知道你们中间大多数人是穷苦出身，当保丁时间也不长，没有犯下多少罪恶，够不上杀头的条件。今天晚上放你们回去，希望你们不要再听信反动宣传，给国民党当炮灰，更不要再去祸害老百姓。你们中间谁愿意参加游击队，我们欢迎，今天晚上就可以跟我们走。不愿意跟着我们走的，就回家好好种地，好好过日子。"李荣智停了停，又说："你们的名字我们都记下了，以后如果有谁还敢再干国民党，还敢再去祸害老百姓，

铸魂

- 187 -

再被我们抓住，就不客气了。你们听到了没有？"

"听到了。"保丁们齐声回答。

李荣智讲完话，游击队当场释放了全部保丁。有几个保丁有意参加游击队，张海山询问了他们的出身，讲解了游击队的规矩，把他们安排进了游击队小分队。

游击队没放一枪，缴获了二十多条枪和一些子弹、手榴弹，新招收了几名队员，在南区一时被传为美谈，这也成了张海山参加游击队以后最美好的记忆。

二十四

"不好了，老刘殁了。"赵二娃找到李荣智，急匆匆地说。

"胡说，你胡说哩，根本不可能。"李荣智大声叫喊道。在此之前，他也已经耳闻这一消息，只是在内心里不愿意承认。他一直期待这个消息是一个误传，或者是敌军编造的扰乱人心的谣言。赵二娃的话打碎了他的梦，打碎了他心底里唯一的一点儿期望，他无法接受，也无法忍受。

"是真的，特委的人说的。说是从前线传回来的消息。"赵二娃解释说。

"这不可能，这不可能。"李荣智无法接受这一消息。在他的心里，老刘是有大智慧的人，是英雄。有那么多的人拥戴他、保护他，他不可能出现意外。

"是真的。'肃反'结束后，老刘被任命为中央军委西北办事处副主任、红军北路总指挥兼瓦窑堡警备司令、新组建的红二十八军军长。红军东征时，他率领红二十八军与红十五军团一起行动。东征红军渡过黄河以后，红一军团南下，红十五军团北上，一路横扫，连续取得黑峪口、兴县城、康宁镇战斗胜利。山西军阀阎锡山为了阻止红军北进，调集八个师近十万人，蒋介石也派出十个师支援晋军，并委派陈诚统一指挥对东征红军的作战。老刘接到总部命令，要求红二十八军'相机攻占三交镇，牵制调动北线敌人'。三交镇是中阳县的一个镇子，由晋军的一个营驻守。镇子里筑有城堡，明碉暗堡十分坚固。红军连续几天攻击也未能攻克，但国民党军队在红军的轮番攻击下，被拖得疲惫不堪。红军得手后，一部分敌军被消灭，剩余敌军突出镇子，退到镇子外面的半山腰，凭借山势负隅顽抗，红军被阻截在山脚下不得前进。黎明前，战斗越来越激烈，老刘在战斗中被从敌军阵地上射来的子弹击中胸部牺牲。"

"这不可能啊。你肯定是听错了，肯定是听错了。老刘不会死，老刘不会死。你肯定听错了，特委的同志肯定听错了。"李荣智大声呼声着，双手拼命地撕扯着头发和衣服，"我要去见特委的人。你听错了，不会是真的……"

赵二娃看着李荣智失神落魄的样子突然有些后悔，后悔不该把老刘牺牲的消息这么快告诉李荣智。虽然李荣智回到地方工作之后，再也没有见过老刘，但是在李荣智的心目中，老刘不仅仅是陕甘边红军队伍的创建者和领导者，也不仅仅是陕甘根据地的创建者和领导者，更重要的是他是李荣智的领路人，是带领李荣智走上革命道路的领路人，也是李荣智追求人生价值的领路人。在老刘的带领下，李荣智从一个无处可去的逃亡者，成长为一个具有坚定理想和崇高信仰的红军战士、游击队领导人、革命活动的坚定支持者和参与者，从一个倔强保守的农民成为一个懂得了更多人生道理、愿意把自己的命运与更多人的自由和幸福生活连接起来的革命者，从一个只追求个人安宁、幸福生活的农民成长为追求平等、自由和民族独立解放的战士。在这个过程之中，李荣智的身体、心里都发生了根本性的变化。他对于老刘有着深深的热爱、崇拜、尊敬和期待，他无论如何也接受不了老刘离去的消息。

"我不相信你，不相信你说的话。你这是道听途说，你是上了敌人的当。老刘不会牺牲。说老刘牺牲是敌人为破坏根据地和扰乱人心故意造谣……"李荣智自言自语，在窑洞里回不停地走着，时不时用手撕扯着头发和衣服。

"你冷静一点儿。"赵二娃看着李荣智失神的样子，极力地劝说道。

"我清楚得很，冷静得很。敌人在造谣，在破坏根据地，在扰乱人

铸魂

心。"李荣智嘴里不停地大声嚷嚷，在地上胡乱走动。

"我实话告诉你吧。牺牲的不光是老刘一个人，你的老领导杨正琪也牺牲了。"赵二娃忽然一副豁出去的样子，"你要冷静，要克制自己。有战争就会有死亡，谁都有可能在战争中牺牲。老刘、杨正琪，还有老参谋长杨森林都牺牲在了前线。他们是在战斗中牺牲的英雄。"

事实上，在红军东渡黄河后不久，担任三团团长的杨正琪就在康宁镇战斗中牺牲了。在红军东征返回途中，副军长兼参谋长杨森林为掩护党中央和红军主力西渡黄河，与追袭的国民党军队发生激战，也不幸中弹壮烈牺牲。

"我要到特委去，我不相信。"李荣智不觉悲从中来，满眼泪水，一边大声嚷嚷，一边向门外走去。

"你别去了。老刘牺牲了，大家心里都很难受。你这个时候去，不是让大家更难受吗？好好待在这里，等冷静下来以后再说。"赵二娃急忙上前拉住李荣智，极力地劝说道，"现在，做好工作，稳定人心才重要啊。你跟着老刘的时间长，对陕甘红军的感情深，在南区游击队中的影响也大，你这样会影响大家的情绪，影响游击队的稳定啊！"

"老刘真的殁了吗？这怎么可能啊，这怎么让人接受啊。跟着他的那些人是干啥吃的，不操心吗？"在赵二娃极力劝说和安抚下，李荣智终于慢慢地平复下来，退回到窑洞里，坐在土炕边沿上，痛苦地低下了头。

"战争总会有人牺牲。只不过是谁牺牲了，牺牲了多少的问题。作战双方都想把对方置于死地，都想要了对方最高长官的命。红军东征人生地不熟，遇到的敌人多，付出巨大牺牲就在所难免了。可惜的是我们最喜爱最崇敬的领导人牺牲了。这是我们的损失啊。"赵二娃坐在李荣智旁边，一边劝说李荣智，也一边劝说自己。他和李荣智都是从红军队伍回到地方上工作的，李荣智参加红军比他早，他从红军部队回到地方工作比李荣智早。李荣智在红军队伍中时间长，见识的事情多，经历也广，军事和政治素质都比较高，本来很有希望在部队中做更多的事情，可惜在战争中身负重伤，留下了后遗症，影响了身体健康。回到地方工作之后，李荣智工作的任务很重，既要负责区域内的游击队建设，负责赤卫队的建设，还要负责根据地领导的安全，不像他只要负责二支队的事情就可以了。他们都是跟着老刘参加红军队伍的，都经历过部队的训练，见识过老刘的为人和气魄，对红军队伍和老刘有非常深的情感。回到地方工作之后，他们时时牵挂着红军队伍的发展，牵挂着老刘等人的安危，期望红军队伍不断发展壮大，期望老刘健康安全。他们无法接受老刘牺牲的噩耗，无法接受杨正琪、杨森林等在陕甘红军创建过程中发挥了巨大作用的人牺牲的噩耗。他们心疼，他们难过，他们不安，他们又不得不相互安慰，尽力排解心中的痛苦。革命还要继续，红军队伍还要发展，他们必须放下包袱，尽自己的力量推动革命的发展。

"要做好同志们的工作啊！"整整一天，李荣智和赵二娃都静静地坐在窑洞里，不吃不喝，不与任何人交谈，不听任何人劝阻。直到太阳落山的时候，李荣智才慢慢地从土炕旁边站起来，一边擦拭眼泪，一边喃喃地说，"老刘的牺牲是巨大的损失啊。我相信根据地很多人心底里都不接受，都很痛苦。在这种情形下，有些工作容易马虎，也容易松懈。我们把守的是根据地的南大门，责任重大，必须保持克制和警惕，防止突然变故，尤其防止西北军和东北军趁机进攻根据地，也要防止民团和保安团造谣惑众，趁机捣乱。必要的时候，我们还要想办法打击敌人，安定人心啊。"

"你说得对。我们明天就向特委汇报，争取让特委直属部队和我们一起行动。这样既可以安定大家的情绪，也可以防备西北军和东北军突然袭击，配合红军保卫根据地。"赵二娃赞同地说。

第二天，在赵二娃的提议下，李荣智、唐一良、赵二娃等人一起，专程赶到马栏镇特委驻地汇报，要求与分区（这时候南区已经更名为关中分区）直属营一起，在根据地周围以灵活多样的方式袭扰、打击和迟滞西北军和东北军进攻，通过游击战、袭扰战等方式，打击敌人，以期在心理上首先打垮敌人，得到特委的肯定和支持。特委军委书记专门给他们讲解根据地的形势和党中央建立抗日统一战线的主张，要求他们认清形势，带好队伍，始终保持昂扬的斗志，说："建立与西北军和东北军的抗日统一战线是党中央确定的方针。中央红军到达陕北之后不久，党中央就把争取西北军和东北军的工作提上了日程，期望通过建立抗日统一战线，团结西北军和东北军，打破国民党对于陕甘

铸魂

边区和陕北根据地的封锁和'围剿',改变敌我形势,减轻陕甘边和陕北根据地的压力,已经开始派人与杨虎城等西北军要人接触。在东征红军出发前,毛泽东主席也以他和彭德怀的名义给张学良发电报,说明谈判代表从瓦窑堡启程去洛川进行和平谈判。东征红军离开陕北以后,周恩来等人遵照党中央的既定方针,通过多种渠道与东北军和西北军秘密接触,据说已经取得了成效,基本达成了一些协议。但是,蒋介石仍然严令东北军、西北军向陕甘根据地发动进攻,仅派来进攻我们关中苏区的东北军就有六万多人。你们可能已经感觉到了,东北军在南北好几条塬上分头并进,企图将我们关中苏区机关、各县机关和地方部队围歼于苏区境内。所以说目前的形势非常严峻啊。"

"我们怎么办?"李荣智问道。他们本来是要主动出击,打击进攻根据地的西北军和东北军,借以统一思想,保证根据地的安全。没有想到西北军和东北军来势更凶猛,进攻更急迫。

"这是问题的关键。一方面为了达到建立统一战线的目的,我们不能与西北军和东北军彻底撕破脸,至少不能公开撕破脸,我们需要避让。另一方面也是为了避敌锋芒,保存力量,不让西北军和东北军掌握和了解我们的底细。特委决定将特委机关、各县机关、地方部队撤离驻地,向子午岭山区转移,一路向北撤退到直罗镇的桃花砭一带,把关中苏区五个县全部让给东北军。但同时也像你们说的一样,不能轻易让西北军和东北军得利,觉得我们好欺负。特委还决定把一部分游击队化整为零,留在原地,把赤卫军全部分散隐藏在群众中间,通过有组织地分散袭扰,打击和迟滞东北军行动。为前方谈判争取更多的筹码。"特委军委书记说,"你们来得正好,今天就把任务领回去,做好分散活动的准备。我本来以为要给你们做工作,没有想到你们想得比我还早,想得也很透彻,我就不再多说了。在游击队和赤卫队的活动方式上要灵活多样,分散和集中结合,切不可麻痹盲目。当然,所有活动必须以保存力量为前提,不能不计代价,不计后果,让游击队和赤卫队暴露在他们的视野之中。"

"就是想办法打击敌人,保存自己。"赵二娃说。

"是这个道理。但是你们一定要注意到在国民党军队大兵压境的险恶形势下,最近一个时期以来,一些地方驻军、保安团、自卫队蠢蠢欲动，地主、富农、豪绅纷纷反水，向分了他们的土地和财物的百姓'反攻倒算'；一些被国民党驻军占领的地方加紧分化瓦解，清查户口，编制保甲，加强地方控制，摧毁各级苏维埃政权；更重要的是他们大肆进行反动宣传，恐吓、威逼和政治利诱相配合，极力拉拢和收买我们的党员和地方工作人员。据可靠消息说，游击队三支队队长刘德寿经不起利诱和恐吓，带领十八支队指导员和二十一支队长以及四十多名游击队员投入了国民党的怀抱。之后不久，十八支队剩余的游击队员又在队长周辅才带领下叛变投敌。这给我们的压力很大啊。"特委军委书记非常惋惜地说。

"怎么回事？这是真的啊？"唐一良惊奇地问道，"前些天隐隐约约地听到一点儿风声，没有想到还真是这样啊。"

"是真的。他们已经被国民党真宁县保安团接收，委任了新的职务。这种整建制的叛变投敌，不仅损害了游击队的形象和游击队的威信，而且给我们下一步的工作带来相当大的威胁。他们知道我们的活动区域，熟悉我们的武器装备，了解我们的作战意图和方法，尤其是了解和熟悉我们的人，所以必须提高警惕。"特委军委书记边说边看了看李荣智，"你们几个人他们差不多都认识。你们一定要提高警惕，防止他们暗中抓捕或者伤害你们。尤其是老李，你们以前还认识。"

"我们一定注意。"李荣智说。

"针对目前的状况，打击敌人，扩大影响，提升游击队的威信迫在眉睫。特委和各县区委机关撤离后，各个游击支队在分散袭扰和迟滞西北军和东北军行动的同时，还要注意打击国民党地方政府和地主豪绅，安抚和动员群众，鼓舞群众的斗志。"

"要不要我单独找刘德寿谈一谈？我在没有参加红军队伍的时候就认识他。"李荣智主动请缨，期望把刘德寿等人拉回来。

"算了。他们几个是密谋好的，死心塌地要跟着国民党，已经拉不回来了。相反，你要更加注意安全，不要让他钻了空子。"军委书记说。

"他不敢把我怎么样。当年在北塬上闹事的时候，我救过他的命。"李荣智说，"他原来还是很有想法的，不知道咋回事就钻了牛角尖。"

"人是会变的。你们小心点儿吧。"军委书记笑着说。

按照关中特委和军委的部署，李荣智等人返回朱村塬，利用熟悉情况和了解民情的优势，深入群众，侦察敌情，动员和组织群众，袭扰国民党军队。一天下午，因为前一天夜里有重要行动没有睡觉休息，李荣智、张大奎、魏玉清正在梁家庄靠沟底的魏大叔家里睡觉，魏大叔突然急急忙忙跑进窑洞，喊醒他们，着急地说："快起来，敌人从西边路上上来了。"

"有多少人？"李荣智睡眼惺忪，仓忙之间问道。

魏大叔说："来的人很多。刚才我从塬上跑下来的时候看到很多士兵进了村庄，还有一些顺路向东走了，后面还有很多士兵往上涌，黄拉拉的一大堆，数都数不清楚。知道你们几个人还在睡觉，我不敢停留，赶紧跑下来喊叫你们。住在这个窑洞里不保险，弄不好这些兵也要住在这里。你们三个咋办哩？"

李荣智、张大奎、魏玉清听说，急忙翻身穿好衣服，走出院子，探头向对面的山梁上望去，只见北洼里的崖畔上三五成群地站满了东北军士兵。李荣智回身对张大奎和魏玉清说："走不成了，现在出门往下沟里走等于给他们当靶子，得想其他办法才行哩。"

魏大叔说："暂时不怕，你们可以在这里躲一躲。"一边说，一边走到窑洞最里面，指了指放在窑洞最里面的大条囤，继续说，"囤背后有个窨子，你们先钻在窨子里吧。等他们走了以后，你们再出来，或者天黑以后从河沟里逃走……让你们住在这个窑洞里，也是为了以防万一，在这个窑洞里方便些。"

李荣智、张大奎、魏玉清相互看了看，点了点头。李荣智又回头看了一眼魏大叔，与张大奎和魏玉清一起走到大条囤后面，移开堵在窨子口上的木板，钻进了窨子，回身重新放好木板，沿着窨子走了下去。他们在窨子里摸索着走了一阵子，前面依稀漏出一些光亮。他们向着光亮走去，不一会走到出口，推开堵在窨子出口的两捆干柴，来到了沟底。三个人转身看了看，不约而同地说："我们为啥不利用这个机会把狗日的袭扰一下呢？"随后相视，嘿嘿嘿地笑了起来。

说起这个窨子，至少也有七八十年的历史了。这类窨子在子午岭附近的塬面上差不多每个村庄里都有，绝大部分是清朝末年老百姓为了躲避当时战乱挖制的，少部分是民国初年军阀混战时老百姓为了预防兵祸和土匪挖制的。老百姓用它躲过了不少劫难。

笑过之后，李荣智、张大奎、魏玉清又返身回到了窖子里，重新堵好柴火，悄悄地坐在窖子里，等待太阳落山。

李荣智家的村庄距离梁家庄北洼里不远，也驻扎了东北军一个连和一个营部。东北军营长安排好队伍之后，让士兵在村庄里找来几个人问话，其中有李荣智的侄儿李安民。东北军营长开口便问："李荣智家在这个村庄里吧？"

几个人见问，你看看我，我看看你，很不情愿地回答说："就是的。"

东北军营长又问："李荣智最近回来过没有？"

"没有。没见过他回来。"几个人答道。

东北军营长指着李安民问道："你是他什么人？"

李安民说："我是他侄儿。"

东北军营长又问："你叔父上过什么学？"

李安民说："没上过啥学。"

东北营长再问："没上过什么学，那他学过什么法术？"

李安民说："没有学过啥法术。"

东北营长一再追问："没上过什么学，也没学过什么法术，那他为什么能飞檐走壁？"

李安民说："这个我就不知道了。他出去好多年了，是不是在外面学过啥法术，我们在家里就不清楚了。"

被一同叫来问话的村民魏仁厚听出东北军营长心虚，对李荣智很胆怯，心想为何不借此机会唬他一唬，故意放低声音，说："你说他会飞，小心晚上来把你头抓了去。"

东北军营长听了一惊，回顾左右说："晚上睡觉清醒些……"

说起李荣智飞檐走壁，还真有那么一些影子。那一年，李荣智被郑光斗的赤卫队截去，在松堡子山被真宁县保安团包围，赤卫队队员要么被抓获，要么被杀死，唯有他冲出院子，跳下五六丈高的悬挂挂崖逃跑了。从那以后，李荣智会飞檐走壁的话在老百姓中间慢慢传播开了。随着时间的推移，越传越真，越传越神奇。有些时候，老百姓也故意添油加醋，用来糊弄不明事由的驻军、保安团和民团。东北军初来乍到，对当地的风土人情不了解，被老百姓一再糊弄，以至于很

铸魂

多军官听信百姓的传言，对李荣智心怀胆怯。

李荣智和张大奎、魏玉清在窨子的出口处坐着，一直等到夜深人静，村庄里没有了动静。李荣智对张大奎、魏玉清说："估计东北军睡下了，我上去看看。"随后，借着依稀的月光，指着沟底河渠里一棵黑咕隆咚的大树，说："过一会儿你俩下去，在河渠里那棵树底下等我。"说完，李荣智返身进入窨子，顺着窨子一直走到窑洞大条囤背后的出口，轻轻地挪开两块木板，钻出窨子，从大条囤的一侧向窑洞的脚地上看去：脚地的一边一个挨一个地睡着七八个人，土炕上也睡满了人，窑洞里至少有一个班的士兵。窑洞门口有一个哨兵端着枪慢慢悠悠地走来走去。李荣智又轻轻地转到大条囤另一边，向外张望，发现在脚地上睡觉的东北军脚下靠墙立着一挺机枪。李荣智顿时心花怒放，喜不自禁。他悄悄地缩回身子，蹲在大条囤旁边，死死地盯着在窑洞门口值勤的哨兵。

约莫过了一个时辰，窑洞门口的哨兵终于熬不住瞌睡，抱着枪，坐在窑洞的门槛上打起了呼噜。李荣智站起身，轻轻地走出囤卡，跨过睡觉的东北军，提起机枪，向窑洞门口走去。在窑洞门口停下来，看见哨兵没有动静，悄悄地跨过哨兵横伸在窑洞门口的腿，迅速走出院子，沿着院子外面的小路跑到了河渠里那棵大树底下。

在黑暗中焦急等待的张大奎和魏玉清看见李荣智提着一挺机枪跑了下来，高兴地跳了起来。张大奎悄声说："真有你的！怎么还弄了一挺机枪？"

"狗日的睡得像死猪一样，我就来了一个顺手牵羊。"李荣智悄悄地说了一番弄机枪的过程。

"你干脆用机枪向上打一梭子，我俩再用短枪打几下，让他狗日的乱去。"张大奎提议道。

李荣智咧嘴笑了一下，低声说："这时不搅他个天翻地覆还等啥呀。"于是，三个人端起枪，向东边打几枪，又向西边打几枪。枪声在寂静的夜里尤其清脆，特别是连发的机枪声在寂静的夜里更是响亮。

东北军听到突然而起的枪声特别是机枪的声音，顿时乱作一团。一时间，人喊声、马叫声、枪声混成一片。西边的士兵开枪向东边打，东边的士兵开枪向西边打，乱打了一阵子之后，又跑到塬边上，朝着坳里放了一阵子枪，却什么也没有发现。东北军找不到开枪的人，又不敢回去睡觉，一直闹腾到天亮才消停下来。

李荣智和张大奎、魏玉清本来想趁着天黑故意闹腾东北军，不让东北军安稳睡觉，却意外弄到一挺机枪。待东北军胡乱打枪的时候，他们三个人沿着河渠走到沟口，然后朝东一拐，走过陈家川，向南走进梢林，上了南坡，回到了三嘉塬。两天之后，经过侦察，李荣智和唐一良又带领游击队员半夜趁东北军熟睡之际，潜入东北军骑兵驻地解家川，牵走十多匹战马。两处地方，两起事件，迫使进剿关中苏区的东北军不得不加强防卫，经常半夜不敢睡觉。

二十五

"今天在观音庙镇听群众传言，国民党观音庙镇联保处通知，这几天趁着逢集要在镇子里召开群众大会，布置征收钱粮和组织保甲队的事情。"农历六月，正值盛夏季节，天气异常炎热。李荣智、赵二娃、张大奎、刘富贵等带领游击队二支队、五支队、八支队和关中分区特务队，在九岘镇集结活动时，侦察人员回来报告。

红军主力离开根据地东征和西征期间，关中根据地在西北军和东北军的"进剿"下几乎全部沦陷。国民党地方政府乘机设立据点，建立保甲，清查户口，妄图长期占领关中根据地。留守在根据地的地方部队、游击队采取多种方式与国民党军队周旋，伺机拔除国民党新设立的据点和保甲，捣毁镇公所，袭击驻军，迟滞和延缓国民党军队行动，打击西北军和东北军的士气，清除国民党对根据地的渗透，打击反水的地主和土豪的嚣张气焰，鼓舞群众，促进游击队的发展。

"什么？哈哈，这可真是瞌睡遇到枕头了。正愁没有机会收拾他，他主动找上门送死来了。"张大奎高兴地说，"我们借这个机会闯一下观音庙镇，设法除掉联保主任杜傻子，打击一下反水的地主和恶霸的气焰。"

"怎么回事啊？"赵二娃问。

铸魂

- 197 -

"你有所不知。观音镇联保处是西北军和东北军打过来之后刚刚建立的，专门负责收粮催款，给西北军和东北军提供粮草和维持地方治安。联保处主任杜傻子是镇子里的一个暴发户，品行低劣，手段毒辣，罪大恶极。他借着西北军和东北军的支持，弄了几条枪，成立了一个什么保甲队，专门做一些乌七八糟的事情，弄得百姓鸡犬不宁，人人憎恨。前些日子，好多人找游击队，让我们去把这些人收拾了。当时，一个是我们人少，担心吃亏，一个是杜傻子隐匿太深，没有找到合适的机会，就一直拖着没有解决。"张大奎介绍说，"这一次他敢公开露面，我们就给他来一个下马威，打打他的气焰，也给其他地方的保甲队敲敲警钟。"

"这事其实简单。我们去几个人在会场上收拾他，让其他人接应，速战速决，打完就走。"赵二娃说，"这样既可以打击杜傻子的嚣张气焰，又可以扩大游击队的影响，何乐不为？"

"荣智，你们几个有没有意见？"张大奎问。

"这里距离老唐那里不远，给他说一声，让他找几个熟悉情况的人，我们一起去。"李荣智说。

"那就这么定了。我这就派人通知老唐去。"张大奎边说边朝门外走，走出门又返回来说，"我刚才算了算时间，明天就是观音庙镇逢集的日子，说不定杜傻子就在镇子里。我们明天就行动。"

"好。这里的情况你熟悉，就你负责，你安排。"李荣智说。

张大奎把通知唐一良的人派出去之后，又回到窑洞里，与李荣智等人商量，最后决定由张大奎负责，李荣智、赵二娃、唐一良等八个人参加，组成突击队，闯荡观音庙镇，相机除掉杜傻子。

观音庙镇和宁县盘克镇在同一条塬上，两个镇子相距不到十里地。从宁县出城朝东北上塬是春荣塬，再向东北走十多里地是石鼓镇，再向东走是九岘镇。从九岘镇到观音庙镇，走大路须从石鼓镇下山，翻越湘乐镇的川道，再上盘克塬。观音庙镇没有城池，集市设在旷野之中，街道两旁除了几间低矮的店铺和一些稀稀拉拉的民房之外，就是国民党新设的联保处。

第二天天未亮，张大奎、赵二娃、李荣智等人从九岘镇出发，在距离湘乐镇不远的地方翻过川道，走上塬，走进距离观音庙镇不远的村庄，叫开两户老百姓家的门，隐蔽下来，等待集市开始。按照分工，除了他们八个人去观音庙镇以外，其余人员由刘富贵带领，负责接应。临走时，张大奎再三给刘富贵等人叮嘱："今天镇上逢集，来往行人很杂，耳目很多，要特别小心，千万不能走漏风声。如果有外来人进来，讲明情况，只准进不准出。"

百姓接到观音庙镇联保处开会的通知，比往常赶集动身早，特别是距离镇子比较远的人早早地上路，三五成群，赶往观音庙镇看热闹。吃过早饭不久，通往镇子的大小道路上已经熙熙攘攘。张大奎、赵二娃、李荣智等人怀里揣着短枪，有的挑着柴、有的挑着粮食、有的担着菜瓜蔬果，带着赶集交易的农产品，像农人一样急匆匆地赶往镇子里。为了掩人耳目，再加上天气燥热，每个人头上还戴了一顶破草帽，衣服穿得破破烂烂，脸上和身上弄得汗迹斑斑。他们分头从藏身的百姓家里出来，先进入村庄旁边的庄稼地，然后在不同地方走上道路，三三两两，拉开一些距离，一同往镇子里走去。

张大奎、赵二娃、李荣智等人走进观音庙镇的时候，开会赶集的人已经很多。他们八个人各自寻找地方蹲下来，贩卖带来的农产品。过了许久，联保处一帮人从一家羊肉馆里走出来，剔着牙床，边走边嚷嚷。一个穿着白上衣、黑裤子、头戴草帽的三十多岁的人肥肥胖胖，很是招摇地走在众人前面，一边走，一边指手画脚，嘴里嚷嚷着什么事情。此人就是观音镇联保主任杜傻子。杜傻子前几天刚刚带人在乡下搜刮了一些民财，为壮大自己的保甲队伍招兵拉丁。他身后跟着的一大群人，是附近村庄里的保长、联保处的工作人员和保丁。杜傻子带着一群人，横冲直撞，拨开众人，径直朝戏台子走去。

走上戏台子以后，几个保丁和联保处工作人员拿着枪，一边耀武扬威地吆喝着，一边把开会和赶集的人连推带搡地赶到戏台子下面。一个保长模样的人提着一只铜锣，"咣、咣"地敲了几次，使劲地清了清嗓子，大声喊着开会了，命令赶集的群众不要吵闹，要认真听联保主任讲话。随后，点头哈腰，把戏台子让给不可一世的杜傻子，悄悄地退到戏台子的角落里，看着在戏台子下面看热闹的老百姓。

张大奎、赵二娃、李荣智等人扔掉各自的营生，跟在人群后面，找到搭建好的戏台子。张大奎绕着戏台子转了两圈，分头通知与他一

铸魂

起进入镇子里的人：他和赵二娃混入戏台子下面的人群里，找机会开枪击毙杜傻子；李荣智和唐一良分别站在戏台子下面左右两个角落里，负责对付持枪的保丁；其他四个游击队员散开站在人群后面，负责预防其他不测和枪响之后拦阻群众。在保丁清理戏台子，驱赶群众时，他们趁机走到预定位置，紧紧地盯着戏台子上的动静。

戏台子下面围观和开会的人有三百多，黑压压地站了一大片，把戏台子前面围得水泄不通。会议开始后，只见杜傻子起身走到台前，两手举起往下压了压，大声说道："站在前面的人都坐下来，不要挡着后面的人。"随着杜傻子话落，站在台边的保丁大声吆喝站在戏台子前面的群众坐下来，群众只好很不情愿地席地而坐。张大奎和赵二娃站在人群中间，看见前面还有一些群众没有坐下。为了不影响开枪射击，他们不动声色地向前挤了挤，站到坐着的人与站着的人交界处，装模作样地看着戏台子上面的杜傻子。

杜傻子站在戏台子台前中央，很有威势地看了看台下拥挤的观众，故意清了清嗓子，大声地说："乡亲们，这次开会只有一件事，就是要壮大和发展我们的民团队伍。这可是关系每个人安危，保护我们不受红军和土匪袭乱祸害的大事情。这件事不仅要办，而且一定要办好，还要抓紧办，不能有任何延误。希望各位乡亲按照党国要求，以保护自身利益为前提，支持我们做好工作。按照上面的要求，从现在起，所有人都要有人的出人，有钱的出钱，齐心协力，尽快把队伍拉起来。具体事情由各保甲催办，如果有人不听命令，敢于抗拒，必定严办……现在红军和土匪都很猖獗，尤其是红军，他们人多势众，已成气候，不过我们不能怕他们，也不必怕他们，有国民政府领导，有西北军和东北军支持，我们会很快消灭红军的。为了免受红军和土匪的袭扰，我们要尽快把队伍拉起来，训练好，严厉打击红军和土匪武装。所以，我们一是要拔丁，二是要购买枪支弹药……如果有一百条枪，我们就打进子午岭去，剿灭红军和土匪……"

张大奎和赵二娃开始还在看热闹，想看一看杜傻子的表演，听一听杜傻子说些什么，当听到杜傻子要拉起队伍，进子午岭"围剿"红军时，都忍不住了，觉得杜傻子实在太猖狂。张大奎看了看赵二娃，两个人交换了一下眼色。赵二娃迅速从怀里掏出短枪，顺手顶上子弹，抬手就是一枪。子弹从杜傻子的胸膛射入，还在自鸣得意的杜傻子一个跟头栽下了戏台子。站在戏台子两边角落里的李荣智和唐一良看见杜傻子被打下戏台子，迅速掏出短枪，对着保长和保丁大声喊道："都不许动，谁动就打死谁。"站在戏台子两边的保丁和保长看见左右两个大汉，手持短枪，对着他们，顿时呆若木鸡，乖乖地扔掉了手中的枪。戏台子下面的百姓听见枪响，看见杜傻子栽下了戏台子，顿时像炸了锅一样，"轰"地一下从会场里往外涌。站在外围的四个游击队员，以及站在人群中间的张大奎、赵二娃同声高喊："不要跑，不要跑。我们是红军，我们是红军游击队，是专门收拾杜傻子的，绝不为难大家，大家不要跑。"

四散乱跑的群众听见是红军游击队，纷纷停下飞奔的脚步，回头看着站在不同地方、手持短枪的游击队员。在张大奎、赵二娃等人一再解释和劝说下，群众重新聚集到戏台子下面，看着站在戏台子周围的游击队员。一些在街道上闲逛的群众听见枪声，看见飞奔的群众又重新回到了戏台子下面，忍不住也跑过来凑热闹，看着从天而降的好戏。

李荣智和张大奎收缴了保丁的枪支，押着保丁和保长走下戏台子，站在戏台子下面的角落里。张大奎走上戏台子，大声对台下围观的群众说："各位父老乡亲，我们是红军游击队，是专门来收拾杜傻子这个恶贼的。请大家不要害怕……"一边说，一边指着趴在戏台子下面还没咽气的杜傻子和被集中起来的保长，历数他们的种种罪行，宣传红军和游击队的政策。

"杀了杜傻子，杀了杜傻子……"围观的群众听了张大奎的讲话，不由得想起杜傻子祸害百姓的种种罪行，大声吼叫着要杀死杜傻子。有的群众冲到戏台子下面，放开手脚，踢打还在呻吟的杜傻子。

在群众的强烈要求下，张大奎迅速转移话题，从群众中选出几名代表，走上戏台子，控诉杜傻子和保长的罪行，最后在群众的簇拥下，把杜傻子拖出会场，在背街的土壕里予以枪毙。对保长和保丁进行教育以后，全部予以释放。随后，张大奎、赵二娃、李荣智等人扛着缴获的步枪和子弹、手榴弹离开观音庙镇，与刘富贵带领的接应队伍会合，钻入道路旁边的庄稼地，从庄稼地进入林区，返回了根据地。宁县保安团闻讯赶到时，游击队早已不知去向。

铸魂

不久，为了加强关中苏区的领导，改善关中苏区的工作局面，中共中央调整了关中分区领导力量。新领导上任后，立即在耀县杨槐树庄召开会议，研究对敌形势和工作任务，决定恢复关中特委和苏维埃政府。接着，又在赤水县七届石召开会议，专题研究坚持游击战和关中苏区所属县、区党组织及政权恢复问题，决定以县为单位，整顿和扩大游击力量，成立关中苏区游击队指挥部，统一领导关中苏区游击队。到年底时，关中苏区各级政权基本恢复，游击队在原有基础上得到迅速发展。此时，中共中央加紧与东北军和西北军进行谈判，受"枪口对外，一致抗日"方针的感召，东北军和西北军停止对苏区的大规模军事行动，关中苏区的紧张态势得以缓和。

正在这个时候，发生了一件震惊中外的大事，对中国革命产生了很大影响，也对关中根据地产生了重大影响，并由此改变了李荣智等人的命运。这就是震惊中外的"西安事变"。

中央红军到达陕北之后，随即派出代表，与东北军和西北军进行秘密接触，首先与东北军建立起了比较友好的关系。期间，虽然蒋介石一再严令东北军和西北军"进剿"苏区，特别严令东北军进攻中共中央所在地瓦窑堡，双方的关系也没有受到根本影响。蒋介石看见东北军和西北军行动迟缓，没有取得期望的结果，便亲自带领陈诚、卫立煌等人来到西安，强令张学良、杨虎城率领东北军和西北军去陕北"剿共"。张学良、杨虎城一再向蒋介石进谏，遭到蒋介石严厉训斥。在向红军进攻不能，向蒋介石进谏不成的情况下，张学良和杨虎城发动"兵谏"，在临潼华清池扣押蒋介石及其随行人员，向全国发出通电，陈述发动"兵谏"的原因，提出"改组南京政府，容纳各党各派，共同负责救国；停止一切内战；立即释放上海被捕之爱国领袖；释放全国一切政治犯；开放民众爱国运动；保障人民集会结社一切政治自由；确实遵行孙总理遗嘱；立即召开救国会议"等八项主张。

"西安事变"震惊了南京政府。对如何解决"西安事变"，南京政府出现了两股势力、两种主张：以军政部长何应钦为首的亲日派主张立即调遣军队，组织东、西两路军，向西安进攻，讨伐张学良、杨虎城；以蒋介石的亲属宋美龄、孔祥熙、宋子文为首的亲美派则不顾一切地反对何应钦等人的主张，提出和平解决"西安事变"，营救蒋介石。

"西安事变"发生后，周恩来受中共中央派遣到达西安，对张学良、杨虎城发动"西安事变"的用意和主张给予充分肯定，提出和平解决"西安事变"的主张。

如何解决"西安事变"，国共两党都在分析研究，寻找最好的解决办法。中共中央认为和平解决"西安事变"，有可能为结束内战、一致抗日创造条件，这是全国人民和一切愿意抗日的各党各派各界所欢迎的前途，因此主张用和平的方式解决"西安事变"。南京国民政府方面，派出宋美龄、宋子文来到西安，与中共代表周恩来，以及张学良和杨虎城谈判。经过谈判，宋美龄代表南京政府作出"停止剿共"等承诺。周恩来和宋美龄、宋子文一同面见蒋介石，蒋介石表示："停止剿共，联红抗日"。至此，国共两党"停止内战，一致抗日"的统一战线终于有了结果。

"西安事变"发生后，关中苏区的形势发生了重大变化，各地方游击队的任务也随之调整。配合红军主力部队作战，成为李荣智等人的主要任务。

二十六

"上级命令分区游击队和直属营南下淳化，策应红军主力南下。你们赶快准备一下，明天早上出发。"大清早，分区通讯员急急忙忙赶到游击队驻地，通知分区游击队军事负责人李荣智。

"怎么这么突然啊？事先一点儿消息也没有啊。"李荣智笑呵呵地说。

"首长说最近形势很复杂，变化也很快。"通讯员说完，急忙骑马离开了。

李荣智看着分区通讯员离开，迅速通知特务队所有人员，两个人一组，分头通知和召集各游击支队，务必于第二天早上集合出发，策应红军主力南下。

铸魂

"西安事变"得以和平解决，国共两党合作抗日的局面基本形成。不久，进至三原、泾阳、耀县的红一军团奉命返回关中特区驻防，红十五军团也返回陇东，进驻庆阳和西峰之间的驿马关，开始在驻地集中整训。

李荣智等人带领游击队完成策应红军南下的任务之后，迅速撤回根据地，协助分区直属部队清除反攻倒算的土豪地主和残留的敌特分子，维护根据地安全。红军部队在关中分区整训时，关中分区各个游击队又有一批战士调整充实到了红军正规部队，游击队的人员和装备有所弱化。在关中特委领导下，各个游击支队一边积极参与红军整训活动，提高游击队员素质，一边积极吸收游击队员，扩大游击力量，同时尽力打击敌方恶霸势力，为群众排忧解难。

"李队长啊，你们赶紧想想办法治一治'狗乡约'，那个狗日的把人能害死。"一天，李荣智带领特务队执行任务返回时，被两个乡亲拦住去路，硬拉着到窑洞里喝水休息，乡亲们千求万请，请求游击队为他们做主。

李荣智认真听完乡亲们的请求，在村庄里转了转，告诉乡亲们说："你们说的事情我知道了，我们回去商量之后再说。肯定会有消息的，你们放心。"回到驻地之后，李荣智立即派人进行侦察，了解乡亲们反映的情况。

原来，在关中分区的铜耀县与淳化接界附近有个镇子叫五里镇。镇子里有一个土豪花钱买了一个"乡约"的名分，凭借这一名分鱼肉相邻，人们背地里称他为"狗乡约"。"狗乡约"是当地一个很有名气的恶霸，占尽了五里镇附近半条川的土地。他依靠占据的大片土地，加上在镇子里开店经商，积聚了大量财富，在五里镇很是威风。东北军和西北军大举"进剿"根据地的时候，根据地各级政权组织相继撤离，"狗乡约"乘机勾结国民党镇公所和保安团，出钱买枪，组建了一支二十多人的自卫队。他不仅依靠自卫队看家护院，想尽办法增加自己的财富，还带领自卫队祸害百姓，替国民党政权催粮缴款，抓捕共产党员、地下工作人员、红军战士、游击队员及其家属，使五里镇笼罩在一片白色恐怖之中。东北军和西北军撤离后，关中苏区各级政权机构逐步恢复，群众不断向地方组织和游击队反映"狗乡约"的恶行，要求游击队铲除恶霸，为民除害。李荣智把了解到的情况向关中分区作了汇报。关中特委根据李荣智的汇报和群众的反映，决定在春节来临前，由李荣智负责，设法除掉"狗乡约"。

李荣智接到关中游击队指挥部命令以后，立即派人前往五里镇侦察，了解到"狗乡约"在五里镇为非作歹，积怨很深，民愤极大。"狗乡约"对自己的罪责非常清楚，不但雇佣和征召了很多自卫队员，修筑暗堡和高楼，保护自己和家人的安全，他的生活起居也非常警觉，平时极少出门，即使出门也带着众多的自卫队员，前呼后拥，浩浩荡荡。同时还了解到"狗乡约"有一个远房外甥住在旬邑县，因为多种原因，很多年甥舅间没有来往。为了确保抓捕行动万无一失，李荣智召集游击队员仔细研究制定捕获"狗乡约"的具体办法，有的游击队员提出利用"狗乡约"专横跋扈的习性，白天装作过路的商客，相机进行突袭；有的提出晚上夜深人静之后设法接近"狗乡约"的住所，摸掉哨兵，进入院中偷袭；也有人提出利用"狗乡约"的远房外甥，装作拜年，进行骗袭。李荣智几经斟酌，决定派出小分队，前往五里镇，装作其远房外甥拜年，用"骗袭"的办法，铲除"狗乡约"。

腊月二十八日下午，李荣智和副队长周善合带领七名游击队员，来到距离五里镇不远的半山腰上，敲开居住在山上的独户人家的大门，向主人说明身份和目的，表示要借宿一晚上。这家住户靠种地和做挂面生意生活，听说游击队要去五里镇消灭"狗乡约"，热情地招呼游击队员进门，安顿游击队员吃住。第二天吃过早饭，李荣智派出两名游击队员前往五里镇购买年货。中午时分，游击队员背着购买的年货回到借宿的人家，报告了五里镇的情况。

李荣智查看完游击队员购买的礼品，对这户人家的主人说："我们傍晚去五里镇，想要借你们家的毛驴一用，不知道你愿不愿意？"看了看主人，接着说，"如果毛驴能回来就回来，万一回不来，我们就按市价用银圆赔偿你的毛驴钱。你看行不行？"

主人听说，满口答应："看你说的哪里话。你们为咱老百姓做事情哩，要用什么东西都没有问题，怎么还说钱的事情啊。"

为了防止这户人家与外界接触，走漏风声，惹出麻烦，也为了避免抓捕"狗乡约"失手，返回时无人接应，李荣智留下两个游击队员

铸魂

驻守宿营之地，他和周善合一起带着其他五名队员，把"外甥"给"舅舅"拜年的年货架到驮子上，赶着毛驴下山，向五里镇走去。这时，天阴沉沉的，天空飘起了雪花，地上落下了一层薄薄的积雪。

李荣智带着游击队员来到五里镇"狗乡约"家的大门口时，已经到了傍晚点灯的时候。由于天色已黑，加上天空飘着雪花，几步之外很难看清楚来人的面目。在大门口站岗点灯的哨兵看见一帮人赶着牲口，驮着年货，朝着大门口走来，不禁警觉地问道："你们是干啥的？"

李荣智上前一步，客客气气地回答道："我们是从旬邑来的，给舅舅拜年哩。"

哨兵认认真真地看了看李荣智和游击队员，说："我不认得你们。你们先等一会儿，待我回去告诉主人以后再说。"

这时，院子里有人问道："是谁？干啥哩？"

哨兵回答说："来人了，说是你旬邑的外甥，拜年来了。"

随即，听到有脚步声朝大门口走来。李荣智根据哨兵说话的语气和内容，判断是"狗乡约"本人出来了，暗暗地做好了袭击的准备。"狗乡约"走到门口，看见好几个人赶着毛驴，驮着年货，站在不远处，问道："咋这么迟才到啊？"

李荣智回答说："从家里走得迟了。天下雪，路上有些滑。"李荣智边说边向前走了两步。

"狗乡约"听出说话的声音不对，既不是纯正的旬邑口音，也不像外甥的口音。即使几年不见外甥，也不至于听错。他警觉地看了看游击队员，朝后退了一步，高声向楼上喊道："下来几个人接客。"话没说完，返身朝院子里面走。

李荣智发现身份暴露，当机立断，一个箭步扑了上去，从身后抱住"狗乡约"，将他摔倒在地。执勤的哨兵看见大事不好，大叫一声，朝院子里面跑去。周善合迅速抽出短枪，一枪打倒哨兵。其他队员也都抽出短枪，顶上子弹，举枪向木楼上面射击。守在木楼上的自卫队员听见枪声，知道来的人不是土匪就是红军，随即用探灯往大门口照射，想看清楚院子里的情景。周善合举起枪，朝着探灯方向接连开两枪。自卫队员随即关掉了探灯。他们既不敢往院子门口照探灯，又不敢贸然往院子门口打枪，既担心游击队员冲进院子里，又担心枪弹伤害了主人，只是一个劲儿地朝院子的空处打枪，阻挡游击队员进入院子和房屋。站在院墙外面和大门洞里的游击队员不断向木楼上的自卫队员开枪，想办法压制自卫队员的火力。游击队员和自卫队员互相对峙，谁也不敢向前跨出一步。

"狗乡约"虽然五十多岁了，但人长得高大结实，很有气力。李荣智把"狗乡约"摔倒在地以后，揪着"狗乡约"后脑上留着的长辫子，使"狗乡约"面目朝地，右膝顶住"狗乡约"的脊背，尽力把"狗乡约"压在地上，不让"狗乡约"反抗。"狗乡约"凭借自身的力量，不断地躬腰，企图把李荣智从身上掀将下来。李荣智骑在"狗乡约"身上，感觉"狗乡约"力气很大，而且拼命挣扎，只能拼力压住"狗乡约"，不让"狗乡约"从地上翻转过来。

周善合和游击队员不停地朝木楼上开枪，阻止自卫队的火力。

李荣智右手抓着"狗乡约"的辫子不敢松手，左手无法抽出插在右边衣襟下面的枪支。他意识到相持下去终究不是办法，大声对周善合说："快，快，快照着狗日的头开两枪。"

趴在李荣智身下挣扎的"狗乡约"听见要开枪打他，又猛地躬起腰，奋力地挣扎起来。周善合调转枪头，对着"狗乡约"的头开了一枪，对李荣智说："快撤。"随即带头冲出大门，向街道上跑去。其他队员听到命令，也停止射击，跟着周善合迅速向街道上跑去。

谁知，周善合并没有打到"狗乡约"的要命处。子弹划过"狗乡约"的脖子，只伤了脖子一边的肉皮。李荣智感到周善合开枪之后，"狗乡约"的身子并没有松软下来，还不断挣扎，企图将他从身上翻腾下来，他断定子弹没有伤到"狗乡约"的要命处。在没有帮手的情况下，他只能一个人拼死一搏。于是，他左手抓住"狗乡约"的辫子，死命地将"狗乡约"的头压住，尽力腾出右手，从衣襟下面抽出短枪，用短枪压弹处狠劲地砸向"狗乡约"的头。砸了两下后，"狗乡约"的身子松了下来，李荣智跳起身来，迅速把子弹顶上膛，朝"狗乡约"的头开了两枪，返身冲出大门，跑向了街道。

李荣智冲出大门，沿着街道朝东猛跑，自卫队员跑下木楼，冲出院子，在他身后不断开枪射击。子弹雨点般落在他身后的街道上，打得用石子铺成的路火星飞溅。

李荣智跑离五里镇以后，抄近道回到半山腰上的那户人家。老乡已经煮好挂面，等待游击队员到齐以后吃晚饭。周善合和游击队员坐在土炕上，专等李荣智归来一起吃饭。李荣智走进门，看见周善合和游击队员，非常生气地大声说："你们就知道等着吃饭。还有人管我的死活吗？"随后冲着周善合大声说："你还是副队长哩。你那一枪是怎么打的？你打枪多长时间了，怎么一点儿准头都没有？"

周善合莫名其妙地看着李荣智，一句话也说不出来。他以前没有见过李荣智发火，更没有见到过李荣智骂人，突然看见李荣智怒气冲冲，一时不知道如何是好。

李荣智生气地说："你压根就没打到'狗乡约'的要命处。差一点儿让他翻过身，要了我的命。还有，你们撤退的时候为什么不看看周围的情况，不看看其他人能否跑得了。你们都跑了，我一个人怎么对付从楼上下来的自卫队员？你们都是老游击队员了，怎么一点儿经验也没有，一点儿规矩都不懂。"

周善合大吃一惊，急忙从土炕上跳下来，满脸歉意地说："我是照着'狗乡约'的头上开的枪啊，怎么会打偏了呢？"

看见周善合吃惊的样子，李荣智的火气忽然消解了。他说："你是照着'狗乡约'的头上开的枪不假，你打到哪里去了你知道吗？你打的那一枪只擦破了他脖子上的一点儿皮，根本没有打到要命处。你打枪的时候，他一个劲儿地在地上乱折腾，头和身子动来动去，你就没有看清楚。"接着，把处置"狗乡约"的情况给游击队员们叙述了一遍。

周善合听完李荣智的话，上前抓住李荣智的手，满怀愧疚地说："这是我的过错，这是我的过错，我没想到那一枪打偏了。这是教训，血的教训啊。要不是你力气大，反应快，这一会儿在哪里就难说了。我，不，大家都要从这件事情上吸取教训，高度重视战场上的配合和协作。我一个小小的疏忽差一点儿害了李队长啊。"

其他队员听了李荣智的话，也一个个争相自我检查：这个说自己马虎大意，那个说脱离战斗时没有很好地观察战场形势，这个又说没有顾及其他同志的处境，那个说没有协作精神。游击队员的检查诚心诚意，发自内心，既认真地检查自己的错误，又表示以后在战斗中一定要相互协作，相互配合，彼此照顾，绝不再让此类事情发生。

听了游击队员说的话，看着游击队员着急的样子，李荣智心里窝着的无名火消解了许多。他说："算了。事情已经过去了，就不再说了。不过一定要总结经验，从中吸取教训。打仗是需要协作配合的，无论是大规模战斗中与兄弟部队的配合，还是游击作战中战士之间的配合，都非常重要。兄弟部队配合不好可能会导致战斗全局的失败，战士之间配合不好可能就会付出生命的代价。我们游击队作战更是如此。任何人一个小小的马虎和失误，也许就会使本来不会发生的事就发生了，不该牺牲的同志就牺牲了。战斗中谁牺牲了都是损失，都是痛苦。"停了停，又接着说，"这次任务我们完成得不够好，没有完全达到预想的目的。我们虽然除掉了'狗乡约'，可以给群众一个交代，却没有收拾掉自卫队，没有从根子上铲除这一帮子恶势力。这是一个遗憾。"

吃过饭，李荣智对这户人家的主人说："我们打扰了你们两天，又是住，又是吃，还把你们家的毛驴给弄丢了，实在对不起啊。我们是红军游击队，有红军的纪律和规矩，吃了拿了老百姓的东西都要给钱。我们吃了你的饭、住了你的地方要给钱，弄丢了你的毛驴更要赔钱啊。"

周善合见李荣智如是说，急忙让一个游击队员拿出一摞银圆交给这家主人，说："如果不够，以后我们再想办法补给你。"

这家主人看见游击队员拿出银圆，要给他吃饭和住宿的钱，还要赔偿他的牲口，很是为难，极力推脱，说："听你们的口音也都是本地人，一步临近的乡亲还收什么饭钱？何况你们是为穷人出头闹事情，是为大家都有好日子过，我怎么能拿你们的钱呀。"

李荣智笑着说："这是我们的纪律。我们到你这里住的时候，也是和你说好的，你就不要再推脱了。"其他游击队员也纷纷劝说，主人这才红着脸，说："牲口钱我收下了，饭钱和住宿的钱分文不能收。收了你们吃饭和住宿的钱，我以后还怎么见人啊？绝对不能收啊！"

处置"狗乡约"以后不久，根据斗争形势需要，关中分区把游击队五支队和八支队合编为第二独立营，任命李荣智担任独立营营长。之后，又根据部队建设和发展需要，命令第二独立营留下一部分骨干分子作为地方武装斗争的种子，其余人员被编入边区地方部队。第二

铸魂

独立营随即撤销。不久，又将五支队和八支队留下来的一部分人与二支队、回民支队编为关中游击队第四大队，任命赵二娃为大队长，李荣智为副大队长兼武功队长。卢沟桥事变后，游击队第四大队大部分人又被编入边区地方部队，给游击队五、八、二支队和回民支队分别留下二十多个人，按照原来的建制开展活动。游击队第四大队随之撤销。红军改编为八路军以后，赤卫军改成了民兵。

日本帝国主义的大规模侵略，使中华民族与日本帝国主义之间的民族矛盾上升为主要矛盾。周恩来等人奉中央之命到杭州、庐山，代表共产党与国民党正式接触，就红军的改编问题进行谈判。1937年5月，国民党中央派代表团到延安考察。1937年7月7日，日本帝国主义突然向驻守在北平卢沟桥的国民党第二十九军发起进攻。中共中央随即发出《中国共产党为日军进攻卢沟桥通电》，呼吁全国人民："平津危急！华北危急！中华民族危急！只有全民族实行抗战，才是我们的出路。……全国上下立刻放弃任何与日寇和平苟安的希望与估计。"毛泽东、朱德、彭德怀等致电蒋介石，表示红军将士愿意"为国效力，与敌周旋，以达保土卫国之目的"。在全国抗日救亡运动不断高涨和共产党积极倡议下，7月17日，蒋介石在庐山发表谈话："如果战端一开，那就是地无分南北、年无分老幼，无论何人，皆有守土抗战之责任，皆应抱定牺牲一切之决心。"话虽如此，蒋介石仍然没有完全放弃与日军谈判媾和。但是，日军不但没有停止军事行动，反而得寸进尺，很快占领察哈尔、热河、绥远、河北、山西大片土地。8月13日，日军又从陆上、海上进攻上海，蒋介石急调大批军队投入抗敌，中国军队伤亡惨重。迫于抗战形势，国共两党就红军改编一事迅速达成协议。随后，中共中央在洛川召开会议，正式讨论确定红军的整编方案，会议通过了《关于目前形势与党的任务的决定》《抗日救国十大纲领》。8月25日，中共中央军委发出命令，将红军改编为国民革命军第八路军，朱德任总指挥，彭德怀任副总指挥，下辖第一一五师、第一二〇师、第一二九师。

不久，红军部队在陕西云阳镇集结，冒着大雨举行誓师大会，随即举行阅兵仪式。朱德、彭德怀通电全国，宣誓就职，率领八路军从三原出发，向韩城开进，在芝川镇渡过黄河，兼程北上，奔赴抗日前线。遵照中央军委命令，一一五师开往晋东北，一二〇师开往晋西北，一二九师开往晋东南，相机配合兄弟部队作战。

抗日战争全面开始以后，国共两党之间的内战暂时停止，关中分区的形势和工作任务发生了重大变化，开始为支援前线抗战而努力。

二十七

红军改编为国民革命军第八路军，开赴山西抗日前线以后，陕甘根据地各级苏维埃政府不失时机地与国民党地方政府进行沟通谈判，建立统一战线，划定治理区域，采取多种措施，加强党的地方组织和政权建设，壮大地方部队和游击队，发展生产，减租减息，改善群众生活水平，在物力、人力和财力上为抗战前线提供支援。由于关中分区地处陕甘边根据地南部，承担着守护根据地的南大门的职责，工作任务和工作要求自然重大。关中分区及时调整工作思路，转移工作重点，开展党组织建设和地方政权建设，发展农业生产，改善人民生活，同时积极组织训练游击队和民兵等地方武装力量，加强地方部队建设，保护根据地安全。

工作重心的转移，给从事游击队建设和军事领导工作的李荣智提出了新的要求，也给他提供了新的活动空间和新的工作环境。为根据地建设争取更多的资源、支持和帮助，他利用各种机会，与原来熟悉的乡亲接上关系，通过他们扩大影响，疏通关系，购买物资，为根据地建设提供帮助。随着交往的增多和关系的加深，他在家乡的影响越来越大，声望越来越高。如果说以前只有镇公所、保安队和驻军知道他的大名，想方设法抓捕他，甚至想要了他的性命，现在镇公所、保安队和驻军只有对他礼让的份儿，即便是怀恨在心，在公开场合下也对他无能为力，更不敢与他公开为敌。他在老百姓中间的影响与日俱增，成为很多百姓心目中的英雄。影响的扩大和声誉的提高，又使很多群众愿意为他提供支持和帮助，他的行动也随之更加自由，活动范围更加广泛。

铸魂

"你这几天着急不着急走，如果不着急走，有个事情我想和你商量。"大哥李荣福被永宁镇保安团和驻军杀害之后，二哥李荣泰主动挑起了家庭的担子，既照顾自己的妻子和孩子，又照顾大哥的遗孀和孩子，还时不时地操心出门在外的弟弟。弟弟李荣智在外闯荡了六七年，做着人老八辈子没有想过的事情，有长进，有见识，有了做大事情的本事和能力，但也损害了身体，耽误了个人的人生大事。村庄里和他差不多年岁的人早已经结婚生子，成家立业，有了一家人的过活，他还孑然一身，东奔西走，没有一个固定的住所，没有一份固定的家业，当然也没有天伦之乐。人说长兄如父，弟弟不操心自己的终身大事，当哥哥的自然要多操一份心，多尽一份力，为弟弟成家立业尽一份责任。

"有什么事情你说就是了。我想办法去做。"李荣智不解地看着哥哥。在他的记忆中，二哥李荣泰从来没有这么客气地和他说过话，甚至他们没有真正坐下来交流过各自的心事。二哥语气的变化，让他有些难以适应，甚至有些无所适从。他看着二哥，企望从二哥的表情上看出究竟，可惜却没有。

"这话本来不该我说，现在我不能不说。"李荣泰慢慢地走过去，坐在土炕边沿上，看似很为难地说，"父母去世早，大哥前两年又被人害了，在这世上我们最亲的人也就只有大姐、你二姐、你和我四个人了。大姐有了一大家子人，姐夫也操心，会过日子，生活还能过得去。你二姐也结婚了，眼看着也有了孩子，有自己的庄基，有自己的土地，只要勤快一点儿，日子也能行。大哥殁了，剩下嫂子和侄子孤儿寡母两个人不容易，我和你嫂子一起拉扯着往前走吧。剩下的就是你。你在外面闯荡了这么多年，长了见识，有了本事，做着很多人不敢想不敢做也做不了的事情，这没有什么错。但是，你眼看着年龄越来越大，身体也不好，你结婚成家的事情总该有个着落才好啊。"李荣泰说着，停下话头，耐心地看着李荣智，期望李荣智能有回应。

"你说的这个啊，我还以为是什么大不了的事情。"李荣智突然有些羞怯。他二十七岁了，在外面闯荡了很多年，经历了常人见不到的事情，见识了各种各样的人，在个人问题上还真的没有认真思量过。与他一起出生入死的战友当中，除过唐一良和赵二娃等几个年龄稍大的人前些年父母包办，娶妻生子，有了一份牵挂之外，其他人大都像他一样，一个人来去无牵挂。哥哥提起他的终身大事，他有些不知所措。

"这是个大事情，不是小事情。人生在世，结婚生子，成家立业，是逃不脱的大事情。谁都逃不了。"李荣泰看着弟弟，尽着自己最大的能力，认真地讲解他能说明白的道理，期望弟弟能够尽早考虑终身大事，"你年龄不小了，到了成家立业的时候了。不过这事情也不是一时半会儿就能想通，能决定和做好的。我问你在家里待多长时间，就是想让你好好地想一想，趁早拿个主意。如果有合适的机会，就抓紧办了。"

"我明白。让你操心了。"李荣智有些慌乱，又有些心酸。这是他出门闯荡之后第一次觉得心酸。父母去世之后，由于他年龄尚小，对人生在世的很多道路都不甚明白，也没有过多的了解和理解，尤其是哥哥和姐姐对他细心照顾，百般呵护，他并没有觉得世事有太多的艰难。被逼出门闯荡，参加红军队伍之后，他的眼界、想法、目标、追求都有了变化，对于人生在世的理解与哥哥和姐姐有了区别。他越来越多地远离了哥哥和姐姐的视线，越来越多地远离了哥哥和姐姐的想法。哥哥和姐姐却一直挂念着他，关心着他，期望他平安，期望他过活幸福的日子。

"说实话，如果父母和哥哥还在，这个事情就用不着我操心。父母和哥哥不在了，我就得操心，就得想这些事情。你无论做什么事情，无论走多远，结婚生子、成家立业这些最基本的事情还是不能忘记的。"李荣泰似乎有些伤感。

"我记住了。不过，这事情还要慢慢来。一个是我现在身不由己，有很多事情要干，经常不着家。另一个是我的人身安全并没有保障，弄得不好，说不定哪一天就出问题了。无论找什么样的人家，对人家都不好交代。再说，谁愿意把自己的孩子嫁给一个没有着落的人啊？"李荣智没有了开始的羞怯。他坐在哥哥面前，认真地看着哥哥，向哥哥袒露心迹。

"你说不安全是咋回事情？现在不是平安了吗？怎么还不安全啊？"李荣泰问道。

"有些事情你不知道。国民党现在不敢和共产党打仗，是因为日本

铸魂

人打进来了，全国人民要求停止内战，一致对外，把日本人赶出去。从根本上来说，国民党和共产党不是一条道上走的车。国民党是有钱人的党，关心的是有钱人的利益，不会真正管老百姓的死活，也不会真正为老百姓谋利益。共产党则不一样。共产党是穷人的党，是为劳苦大众谋利益的。共产党要为老百姓说话谋利益，国民党肯定不同意。国民党迟早还要给共产党找事情，也会想办法压制和打击共产党，压制和打击根据地。我们这些人肯定也是他们打击的对象。"李荣智平心静气地说，"再说，即使现在这种形势，我仍然是镇政府、保安团，甚至是县政府那些人的眼中钉、肉中刺，他们还想抓我，还想要我的性命，只不过是不敢明着抓就是了。所以说，我个人的安全从根本上来说是没有保障的。不瞒你说，这几年在我身上发生了很多事情，也从来没有消停过，现在仍然时常有人跑到根据地去明地暗地找麻搭。既然我不安全，怎么能让别人家的女子跟着我担惊受怕呢？"

"只要你同意考虑自己的事情，别的事情就好办。咱们慢慢打听，慢慢说。国民党再厉害，保安团再恶毒，也不是所有人都怕他们，也不是所有人都不敢和他们斗。不要说你们这些人拿着刀枪和他们面对面斗，就是普通百姓，真正惹急了也会和他们闹事的，也会让他们吃不了兜着走。老百姓中想把姑娘嫁给你们这些人的人还是有的。"李荣泰长长地出了一口气，"我慢慢打听吧，看有没有合适的人家。如果有了合适的人家，你就得去见人家。不能说话不算数。"

"这事不能急。"李荣智欲言又止。哥哥的想法没有错，结婚生子是人生大事。在古老的黄土高原深处结婚娶妻是长大成人的标志，必须明媒正娶，不可随意马虎。生长在这样的环境之中必然会受这种习俗的影响，出生在黄土高原深处的人无论走多远，骨子里仍然保存着这一份期望。

"我慢慢打听吧，打听好了以后再和你说。"李荣泰似乎完成了一项重大的使命。他慢慢地从土炕边沿上站起来，慢悠悠地走出了门外。

李荣智看着哥哥的背影，心底里隐隐不安。他这样的年纪还让哥哥操心在黄土高原深处是会被人耻笑的，他却不得不让哥哥操心。在风雨飘摇的年代，他虽然不能说是朝不保夕，但确实时时有生命之忧，尤其是回到地方工作之后，一方面他把全部的精力投入到了工作当中，没有时间和精力顾及个人安全，另一方面他也面临很多危险，无论是在各种各样的战斗之中，还是在平时的活动之中随时都可能发生意外，特别是镇公所和保安团、民团时不时地派出人员，偷袭游击队和各级政府驻地，暗杀共产党员和游击队领导人，甚至曾经悬赏两千大洋买他的人头，他不得不随时小心，随时提防躲避。在这样的形势之下，他也不敢考虑个人问题。哥哥提出他的终身大事，不仅仅是尽一份兄长的责任，更多的是关心，是爱护，他确实到了应该考虑个人问题的时候了。

李荣智带着一份深深的歉疚离开朱村塬，回到游击队所在的三嘉塬刘家堡子。虽然他的注意力和关注的重点仍然在游击队的训练和特委机关的安全上，他还是忍不住时不时地想起哥哥说的话，想起哥哥说话时的神情，还有哥哥离开时的脚步和背影。人生在世不能只顾自己活人，还要关心其他人，爱护其他人，如同共产党为老百姓打江山一样，要有大爱。人也要有父母、兄弟、姐妹、战友、朋友、乡邻之间的亲情和关爱，当然也要有夫妻之情，有儿女之情，有天伦之乐。

"怎么啦？最近怎么觉得你有心思。"唐一良从窑洞外面走进来，笑呵呵地说，"有啥事情说出来大家想办法，不能有事情憋在心里头。"

"没有什么事情啊。"李荣智从沉思中清醒过来，笑眯眯地看着唐一良，"我哪里会有心思？如果真的有心思的话，就是游击队的训练和特委机关的安全保卫。我们这里现在虽然没有大的战争了，但是前线仍然在打仗，仍然需要更多的人和物资，何况对面的那些人并没有完全死心，动不动就会给我们找事情。分区机关在我们这里，保卫分区机关和工作人员的安全绝不能掉以轻心啊。"

"这些事情我知道。我觉得你上一次回家之后就有了心思。是不是家里有啥事情了？"唐一良笑着，边说边坐到窑洞脚地上的炕桌旁边，自顾自地倒了一碗水，一口气喝了下去，然后用手抹了抹嘴。

"真的没有事情……唉，也不是没有事情。"李荣智吞吞吐吐，"上次回家的时候二哥催问我的个人问题。当时我没有往心里去，这几天想了想，哥哥说得也有道理，应该给二哥有个交代，免得他操心挂念。大哥被杀之后，二哥心里一直没有放下。他既要操心自己一家人，还要操心大嫂和侄子，操心两个出嫁的姐姐，现在又操心起我的事情来

铸魂

了。我心里很不安稳，觉得无论如何也不该再给他添麻烦了。"

"二哥问得对着哩。你的年龄不小了，到了该操心的时候了。"唐一良说。

"我们眼下这个样子怎么办啊？一个是没有时间，再一个是不安全。谁愿意把女儿嫁给我们这些人啊。"李荣智说道。

"那也说不定。只要你开口，保证有人愿意嫁给你。只要你的要求不是太高。"唐一良笑了笑说，"你和大奎、富贵都该成家了。成了家才是大人，才有完整的人生啊。一个人活得再好也是不完整的，只有男人和女人在一起，组成家庭，生儿育女，才是'好'啊。"

"现在这么多的事情，周围环境又不好，怎么能顾得上这事情？"李荣智说。

"这个你可没有说对。现在环境好多了，至少比前几年好啊。这样吧，如果你没有意见，我给你留心着，说不定就办成了。我还要操心大奎和富贵的事情哩，不止你一个人啊。"唐一良突然严肃起来，"不过，话说回来，找媳妇，不能太挑剔，主要看是不是和你一条心，能不能和你一起过日子，其他问题是小事。"

李荣智哈哈一笑，不置可否。

过了几天，唐一良找到李荣智，悄悄地说："你的事情有眉目了，你要不要去看一看。"

李荣智一愣，随即笑着问道："我的啥事情有眉目了？"

唐一良认真地看了看李荣智，笑着说："看来我这腿是白跑了。我千辛万苦跑腿，托人说合，你却一点儿不着急啊。就是给你说合媳妇的事情啊。事情很顺利，女子就是富贵村庄里的，姓张，今年二十三岁。人长得俊俏不说，主要是懂道理，茶饭和针线更是没有说的。以前说过几家，都没成。要说有缺陷的话就是不识字，是个睁眼瞎。"唐一良说着，似乎有些遗憾，故意停下话头，看着李荣智。

李荣智被唐一良看得有些不好意思，说："人家不嫌弃我们就行了。我们哪里还能去挑拣人家啊。我不也是睁眼瞎吗，怎么好意思嫌弃人家。"

"你还是找机会亲自去看一看好。"唐一良郑重其事地说，"我给人家说的时候，人家先听说是游击队的人，就很高兴，说游击队里都是好人，没有坏人。后来听说是你，就啥意见也没有了。说早就听说过你，也在村庄里见过你，只要你没有意见就行了。彩礼和迎娶的时间由你定。看来你在群众中的影响确实大得很啊，只要说起来，人家都知道。"

"这也是保安团和镇政府追击的结果啊。保安团和镇政府想抓我，我就得满世界乱跑，满世界躲藏，最后很多人都知道我在保安团和镇政府挂了号，当然也知道我跟着共产党和红军闹革命，不是杀人放火的土匪。"李荣智神情严肃，看不出一点儿是给自己说亲寻媳妇的样子。

"这样吧，找个机会，我带你去悄悄看看人家，免得你将来后悔和嫌弃。"唐一良笑着说。

"我看人家，人家不看我啊?"李荣智没有了羞怯。

"人家早就看过你了。你就不操心了。"唐一良松了一口气。

在唐一良的张罗下，不到半年时间，张大奎、刘富贵和李荣智都有了合适的对象，并很快成了家。他们的婚礼不是同一天举行的，但都是按照黄土高原深处的习俗办理的，三媒六证迎娶，高头大马接送，唢呐阵阵庆贺，磕头对拜认亲……唯一不同的是宴席没有那么招摇。婚宴上尽管也有长长的臊子面和白花花的蒸馍，席面上却只有为数不多的至亲和出生入死的战友。这其中并不完全是因为根据地的形势，也不完全是由于游击队的纪律，更多的是婚礼主角的自觉。当时，正值抗战时期，前方将士流血牺牲，后方民众忍饥挨饿，缺食少粮、缺医少药、缺枪少弹的现象随处可见，在这样的环境之中，游击队的领导人娶妻结婚怎么能够大操大办，大宴宾客。李荣智虽然有哥哥和新娘家人的支持，有哥哥和姐姐不厌其烦的请求，他还是非常简单地操办了自己的婚礼，带着几位出生入死的战友，专程去新娘家所在的村庄，用自己平时骑乘的大马把新娘子驮了回来，以至于新娘子的父亲后来多次笑着说自己的女儿是被"抢亲"的。这个过程新奇而有趣，成了很多游击队员争相效仿的做法。李荣智曾经暗自询问妻子："为什么愿意嫁给性命都无法保障的革命者?"妻子意味深长地说："喜欢革命者勇敢决绝的精神。"

"你还是回家去结婚吧。结婚之后把新媳妇带出来都能行。"李荣智结婚之前，李荣泰专门从朱村塬赶到三嘉塬游击队驻地，要李荣智

铸魂

回朱村塬老家结婚。

"在这里不是挺好吗？为什么要回去？"李荣智不明白哥哥为什么非要让他在老家结婚。按照他的想法，在三嘉塬结婚更方便，一个是距离妻子的娘家更近，省却来回折腾。一个是在三嘉塬游击队驻地更安全，不会有人趁机捣乱，如果回老家去结婚，保不准永宁镇保安团会借机寻衅捣乱，弄出一些事情来，家人、自己和游击队员脸上都不好看。还有一个是作为共产党游击队的负责人，他不能也不愿意在个人问题上太过张扬，以免在根据地造成不良影响。据他知道的情况，根据地很多人包括部队里的首长都没有结婚。他虽然在地方工作，却也属于军事干部，必须严格要求才行。

"你在外面奔波多年了，在老家也有一些影响了，有人说好，有人说坏。有的人想真心地祝贺你，有的人却也想看你的笑话。你在老家结婚办喜事，让乡亲、邻居、亲戚们知道知道，也让给你寻事的人看一看。在外面结婚成亲，家里谁都不知道啊。那些想害你的人背后还笑话你哩。"李荣泰思路有些乱，说得前言不搭后语。

"你的意思我明白。无非就是有人恨不得我早点儿死，想看我们的笑话。这有啥大不了啊。我结婚是个人的事情，与他们有什么关系啊？这个你要想开，不能和他们一般见识。"李荣智看了看哥哥，继续说，"再说，我是共产党员，是游击队的负责人，还管着一些事情哩。回家结婚办喜事不符合纪律要求，尤其是不安全。你想一想，如果镇子里的人跑来寻事，我当时应该怎么办？或者他们真的来抓我，我总不能扔下你们自己跑吧，那样做不是更丢人了。"

听到游击队的纪律要求，李荣泰并没有在意，但当听到安全问题时，他的心里顿时不安起来。李荣智毕竟是被逼迫逃离出去的，保安团和镇政府里的很多人仍然想找他报仇，也有人想抓住他去领赏金，有人想借机扬名。如果他们其中有人要寻事找麻搭，事情还真的不好办，不但兄弟的性命会受到威胁，亲戚们脸上更不好看。李荣泰思虑再三，嗫嚅道："你真的不回去办喜事了？"

李荣智看着哥哥，突然笑了起来，说："真的不回去，就在这里办，到时候你带着嫂嫂和侄子们来就是了。"

"好吧。"李荣泰无奈地说。

李荣智在三嘉塬结婚娶妻。婚后，妻子一直跟着他在三嘉塬生活，像他一样，足迹几乎遍及三嘉塬各个村落。

二十八

春来冬去，寒暑交替，时间总是在忙碌之中飞速流逝。

早春的一天，县委统战部长郭宁璠专门到分区驻地找到李荣智，带着李荣智去见县委书记李永科，与李永科一起给李荣智布置工作任务。郭宁璠对李荣智说："今天找你来，有一项非常重要而又非常特殊的任务。思来想去，这个任务非你莫属。"

李荣智看着郭宁璠和李永科，轻松地说："有什么任务就说吧，哪用这么客气啊。"

郭宁璠神情严肃，说："是这样，最近很多群众找县委反映，说朱村的张玉林自当了保长以后，用多种手段残害百姓，诈取百姓财产和钱粮，老百姓非常憎恨，要求处置他。县上了解到你家与张玉林家距离很近，还沾亲带故，觉得派你去做张玉林的工作比较合适。根据分区的指示精神，县上决定请你去做张玉林的统战工作。一个是让他收手，不再残害百姓；一个是看能不能把他拉过来，为我们所用。"

郭宁璠说着，回头看了看李永科。李永科接过话头，继续说："张玉林文化程度比较高，在村庄里还有一些影响，如果工作做通了，可以为我们所用。如果工作做不通，你就告诫他，让他不要为虎作伥，不要欺压百姓。现在是国共合作时期，国共合作抗日是大事，我们不想和他们起摩擦。如果他继续毫无顾忌地祸害老百姓，我们是绝不答应的。再说，不闹摩擦也只是我们一厢情愿。如果他们不讲原则，闹摩擦，我们也不害怕。国民党从来都容不得共产党，与共产党合作是迫于'西安事变'的压力和全国民众的抗日呼声，是迫不得已。从根本上讲，国民党不愿与共产党合作，不愿意看着共产党为老百姓做事情，更不愿意看到共产党在老百姓中间的影响越来越大。他们伺机找共产党的茬，伺机给共产党脸上抹黑，总是要阴谋、闹分裂，期望有朝一日消灭共产党。去年，在陇东和关中几个县发生的摩擦事件，已经说明国民党亡我之心不死。在这一点上，我们要有清醒的认识，做好充分的准备，既不为眼前的形势所迷惑，放松警惕，也不能任凭他们做坏事，去祸害老百姓，影响我们在老百姓中的声誉。做张玉林的工作要有两手准备。"

郭宁璠随后又说："给张玉林做工作，先尽量用商量的口气劝说，多讲我党的统战政策，争取把他从邪路上拉回来。如果能把他拉回来，就是一件很好的事情。如果他继续执迷不悟，听不进去劝告，不愿意和我们合作，还继续祸害老百姓，到时候我们也就不客气了。"

李荣智边听边想，明白了县委的意见。他分别看了看郭宁璠和李永科，想了想，说："你俩的意思我听明白了。是这样，我和张玉林所在的村子原来在一个村庄，后来分成了两个村庄。张玉林比我大两岁，小的时候我们还经常一起玩耍。后来我参加了红军，他去国民党政府干事，从此成了两条道上的车，再也没有来往过。他做的事情，家里人和村里人都说过不少。现在的张玉林不是过去的张玉林，完全成了另外一个人。县委把争取他的任务交给我，我想办法尽量去做工作。当然，工作能做通，再好不过。如果工作做不通，我们就采取别的办法。据我所知，他这个人一旦上了贼船，要想把他拉回来也不那么容易。张玉林既然上了国民党那条破船，他下不下来在他。我把要说的话说清楚，把要做的事情做到位，听不听，改不改，全在他。我会做好两手准备。"

张玉林是李荣智小时候的伙伴。他们两个所住的地方最早属于一个村庄，后来虽然分为东西两个村庄，但两家相隔不过一畛子地，加之又是老亲，小时候经常一起玩耍。长到十来岁的时候，张玉林因为家里富足上了学，李荣智因为家里供不起他念书，只好去给财东陆春发家放羊，两个人见面玩耍的机会随之减少，但是只要有时间，他们还在一起玩耍。长到十八九岁时，李荣智离家投奔了共产党，参加了红军队伍，张玉林从学校毕业，参加了国民党。李荣智因为怒打催粮款的吴师爷，无法在村庄里立足，出门参加了红军，在镇公所、保安团和当地驻军中挂了号，十多年来很多人都想抓住他，以便邀功请赏，升官发财。张玉林在镇公所谋了差事，开始时还算老实本分，后来混迹官场，耳濡目染了很多事情，慢慢沾染了很多恶习，尤其是当了保长，掌握了一些权力之后，欺下瞒上，巧取豪夺，变得无恶不作，在百姓中间的名声越来越坏。

李荣智接受任务之后很是费心了一阵子，怎么见，怎么谈，谈好了怎么办，谈坏了怎么办，都是问题，都要深思熟虑。尤其是他和张玉林是一步邻近的乡亲，又是老亲，沾亲带故，轻重缓急都需要掂掇。弄得不好，乡亲们会认为他六亲不认，不通情理，也会认为共产党不讲人情。

春天的夜晚，空气中还飘着丝丝寒意。距离李荣智家不远的朱村城里的老百姓大都关门闭户，进入了梦乡，唯有保甲队驻地的窑洞门敞开着，窑洞里灯火通明，保丁们吆五喝六，猜拳喝酒，闹腾得不亦乐乎。保甲队部对面，隔着一条小河沟，是保长张玉林居住的窑洞。张玉林头枕枕头，脚蹬山墙，侧身斜躺在热乎乎的土炕上。土炕中间放着一个用纸罩罩着的大烟灯，昏黄的火苗一闪一闪地向上窜。窑洞里的光亮随着大烟灯光的跳跃闪烁着，一明一暗。大烟灯旁边放着一个托盘，盘子里放着一疙瘩黑乎乎的大烟膏子和几支长短不一的烟枪。大烟枪有银的，有铜的，还有瓷的，很容易激发让人吸食的欲望。撩拨大烟的钎子式样更多，在不懂的人看来有点儿眼晕。一支黑得发亮的二把盒子枪放在张玉林枕着的枕头不远处，仿佛在诉说主人的身份，又好像暗示着主人的命运。

张玉林侧身躺着，一边吸着大烟，一边不紧不慢地吐着喉咙过滤过的清气，窑洞里弥漫着一股说不清楚的味道。时间过了很久，张玉林终于过足了烟瘾，放下烟枪，翻转身子，平躺在土炕上，打了个哈欠，长长地舒了口气，伸了伸懒腰，然后双手抱着后脑勺，盯着在灯光的闪烁中时明时暗的窑洞顶部。

这时候已经小半夜了。张玉林躺在土炕上的一举一动，被站在门外的李荣智看得清清楚楚。李荣智右手提着短枪，透过门缝看着仰躺着的张玉林，看着曾经熟悉现在已经完全陌生的儿时玩伴。正当李荣智伸出手，准备推门进入窑洞的时候，窑洞崖背子上突然有人叫道："保长，保长。"

这是李荣智第二次来找张玉林。第一次来的时候，李荣智给张玉

铸魂

林讲解了共产党的政策，也提了一些要求，希望张玉林悬崖勒马，改邪归正，能够为老百姓做些事情，张玉林不置可否。这一次，他还想与张玉林继续谈。一方面，他期望张玉林能够改邪归正，回到正路子上来，为老百姓办一些好事情，也为共产党和游击队提供一些方便。无论怎么说，把能够争取的人争取过来总比往敌对组织中派一个人容易一些。另一方面，他觉得他和张玉林毕竟是一步邻近的乡亲和亲戚，不能也不愿意看着张玉林往火坑里面跳，更不能也不愿意看着张玉林祸害百姓。

李荣智听到窑洞崖背上有人喊叫张玉林，伸出去的手不得不又缩回来。他急忙轻轻地向后退了两步，背贴着窑洞的山墙，直直地站着，手里紧紧地攥着短枪。

张玉林听见窑洞崖背子上有人叫他，翻身坐起来，打开窗户，伸出半个脑袋，大声问道："谁呀？"

"我。"崖背子上的人回答。

张玉林听清楚是管账的先生喊他，随口问道："有啥事吗？"

"陈家台那圈羊的事咋弄呀？明天去不去？"管账的说。

"这事不急，过两天再说吧。你下来不下来？"张玉林问。

李荣智一听张玉林叫管账的先生下来，暗自吃了一惊。心想如果管账的先生下到院子里来，自己的计划就不好办了。正思忖间，听见管账的先生说："那就过两天再说吧。天不早了，我就不下来了。你睡觉吧。"

管账的先生说完，提着灯笼走了。李荣智悬着的心放了下来。

说起陈家台那圈羊有些话长。张玉林三十来岁年纪，表面上态度和善，其实他的容貌和内心很不相符。张玉林从小念书，写得一手好字，毕业后被国民党政府看中，招去当了县政府的书记员。几年过后，他觉得在县政府舞文弄墨捞不到油水，决心独霸一方，干一番"事业"。恰恰在这个时候，国民党真宁县政府决定在治内一些村庄里增办保甲，维持地方治安。张玉林得到这个消息以后，赶忙进行活动，最后终于当上了朱村及附近几个村庄的保长。他把保甲队部设在他家所在的村庄里，招收了一些保丁，修建了碉堡，作威作福起来。

为了满足发家致富和出人头地的欲望，张玉林把搜刮民财作为上任后的第一要务，除了按人头硬性摊粮派款之外，还有一个拿手诀窍就是派壮丁。老百姓有句话说："宁愿倾家荡产顶壮丁，不愿去当刮民兵。"张玉林一旦知道谁的家底殷实，不管你家里有没有能当兵的人，只管给你派壮丁。只要这张牌往出一摊，明晃晃的银圆便手到拿来。稍有怠慢，就给你扣上抗兵抗丁和与"政府"作对或者"通匪"的罪名。对于老百姓来说，这哪里能受得了啊？管账先生所说的陈家台那圈羊就是张玉林发家致富想出来的"奇招"。张玉林知道羊的主人家里没有人能当兵，为了敛财，他偏偏给这户人家派了壮丁，逼迫这户人家纳粮缴款。名义上是抽壮丁，实际上是想要这户人家的羊。

张玉林和管账的先生说完话，听着管账的先生从窑洞崖背子上离开后，随手关了窗户，重新躺在了土炕上。正当他百无聊赖，准备解衣睡觉时，窑洞门猛然被推开。他抬起头，借着昏黄的灯光，看见一个手持短枪的大汉站在土炕旁边，死死地盯着他，顿时惊得三魂荡荡，"啊"了一声，右手下意识地向放短枪的地方伸去。

"不要动。"李荣智低声喝道，随即抢前一步，抓过张玉林放在枕头旁边的短枪。

张玉林看见短枪被拿走，立刻像泄了气的皮球，瘫软在土炕上，不住地打战，头也不敢抬一下。

"不要害怕。"李荣智说。

张玉林听出是李荣智的声音，抬起头仔细一瞧，禁不住长舒了一口气："啊！是你呀，真吓死我了。你们一起来了多少人？"

"就我一个。"李荣智回答。

"噢！快上炕来，暖和些。"张玉林说着跳下土炕，把李荣智往土炕上推。

李荣智也没有客气，脱掉鞋子，盘起腿，直接坐在土炕头上，掏出旱烟锅，装了一锅旱烟，就着烟灯吸着后说道："你当保长以后，我这可是第二次来了。"

张玉林搔了搔浓密的头发，说："对着哩，是第二次。"

"你知道我这次来啥事吗？你也不问问？"李荣智问道。

"有啥事尽管吩咐。哪里用得着我，一定帮忙，又不是外人。"张玉林既很客气又闪烁其词。

铸魂

- 223 -

"我们还是开门见山地说吧。上一次来，我已经把该说的话都给你说清楚了，你说你再考虑考虑，这次你给我一个准信吧，是继续跟着国民党走，干你的保长，还是回到人民这边来，跟共产党走？还有一个问题很重要，你必须想明白，也不能再做了，就是你不能再祸害老百姓。最近听说你经常通过抓壮丁，榨取老百姓的钱财和牛羊牲口，搞得老百姓怨声载道。老百姓给国民党镇公所和县政府说了不起作用，动不了你的根基。老百姓给共产党和游击队说了可是会起作用的，也会有人管。你再继续干昧良心的罪恶事情，恐怕就不会太安稳。我实话告诉你，其实你也清楚，我两次来都是上面派的，也不是来给你说一说就能完结了的。你要好好想清楚，希望你能悬崖勒马，就此收手。"

话不说不明，理不讲不端。李荣智的一席话可以算得上是肺腑之言，是看在乡亲和亲戚的面子上极力争取。张玉林也不是听不出李荣智说话的内容，也不是不明白李荣智的用意。李荣智两次找他，是共产党的政策，也是李荣智的情义。真正说起来，李荣智能够走进他的窑洞，收拾他的性命也在顷刻之间。李荣智没有取他的性命，苦口婆心地给他讲道理，陈说利害关系，本身就是挽救他啊。张玉林双手抱着头直喘粗气，额头上的汗珠子不停地往外渗。他喃喃地说："荣智兄弟，你说的话我明白。可就是说起来容易做起来难啊。我如果投了共产党，国民党能放过我，能放过我家里人吗？即使不考虑国民党这边，就我个人而言也不好办啊。过去，我做过不少对不起共产党的事情啊。即使我投了你们，想重新做人，你们现在能容得下我，往后还不知道你们能不能容得下我？这实在太难选择了啊。"

"国民党那边的事情我不敢保证，共产党这边的事情你不用担心。一个是共产党不记前仇，只要你能够悔过自新，改邪归正，共产党一百个欢迎。另一个是国民党如果为难你的家人，伤害你的家人，我虽然不能保证，但我们也有仇必报。谁找你的麻烦，我们就找他的麻烦，一定让他知道共产党的厉害。"李荣智看着张玉林，很认真地说。

"你们的政策我知道，其中的道理我也明白。唉……只是事情不是你想的那么简单啊……要从长计议才好……"

李荣智和张玉林面对面坐在土炕上整整说了一夜，有共产党的政策，有红军游击队的战绩，有国共合作抗战的要求，也有小时候两个人的交情，有几辈子人的老亲戚，也有为老百姓做事的好处，有国民党的腐朽和恶劣，更有张玉林做下的恶事，不知不觉之中鸡叫了两遍了。李荣智长长地叹了一口气，语重心长地说："就这样吧。一个晚上，说了很多话，讲了很多道理。关键在你。听不听在你，改不改也在你。你再好好考虑考虑，过些时间再说。但是，有一句话你一定要记住，就是千万不能再在邪路上往前走了，再不能做残害老百姓的事情了。如果你不听，还继续在邪路上往前走，继续残害老百姓，你就不会有好结果。"李荣智一边说，一边从土炕上下来，穿好鞋子，准备离开。

一个夜晚，说了很多话，几乎到了无话可说的地步。怎么选择，走哪一条道路，关键在于张玉林。天快亮了，挽留李荣智只能是假意客气。李荣智要离开，张玉林也不挽留，说道："走就走吧，天一亮就不太方便了。你说的话，容我再考虑考虑。"

"把这个还给你吧。"临走时，李荣智把短枪还给张玉林，"这个你收好。我能把它还给你，也能从你手里再拿回来。你好好想想吧。"

张玉林急忙上前一步，双手接过短枪，说："我记住了，记住了。"一边说着，一边把短枪放在土炕上的被子下面，拉着李荣智的手，"我送你上塬。"

李荣智没有客气，也抓住张玉林的手，走出院子，走上院子外面的土坡，走上塬，走到两个村庄相连的土地中间，才彼此松开手，说了一声再见。

张玉林送走李荣智，回到窑洞里之后，像热锅上的蚂蚁一样坐卧不宁。他一会儿脱掉衣服在土炕上躺下睡觉，一会儿穿好衣服在脚地上来回走，一会儿拉开窑洞门看着黑黢黢的天空，一会儿又对着窑洞里的灯光发呆。他满脑子里都是李荣智说的话，都是李荣智说话的神情和举止。直到天快亮的时候他才拿定主意："天亮以后就撤到城堡里头去住，住在城堡里比住在窑洞里更保险。国民党人多、枪多、势力大，谁能战胜它？共产党说得好听，要枪没枪，要人没人，拿什么和国民党斗？现在的世道就是靠枪靠人靠实力，只要有人有枪有实力，就能占山为王，就能坐江山治天下。靠着国民党就有吃穿有威风。老

铸魂

子就是靠着国民党才有人有枪有坚固的城堡，有拿不完的好处，耍不完的威风。共产党凭着几杆子破枪就想夺天下？能跟着这些看不见出路的人去干事吗？这天下不还是国民党的天下吗？凭着这个城堡和这些枪支，你游击队能把我怎么样？"

张玉林主意已定，说干就干。第二天便把保甲队部搬进了城堡里，紧接着又新招收了一批保丁，加强了城堡的防卫，接着派人把陈家台那圈羊搞到手，然后去陈家川把有骡子的四户人家的主人叫在一起，要他们每家抽一名壮丁，否则就用骡子顶壮丁。这四户人家被逼无奈，有三户人家愿意用骡子顶壮丁，有一户人家的主人苦苦哀求，说他家里实在没人能当兵，不在抽壮丁的范围之内。谁知他越哀求情况越糟糕。保丁们不但不听他解释，反而把他用绳子绑了，一边用枪托打，一边推搡，强行押解到朱村的城堡里。

这家主人被押解到朱村城里以后，索性豁出去了，又是说理又是乱骂，完全是一副天不怕地不怕的样子。张玉林非常生气，指使保丁把这家主人围住，用枪托和鞭子又一顿乱打，打得这家主人鼻青脸肿，满身伤痕，躺在保甲队部的院子里直哼哼。

张玉林的哥哥看着实在忍不住，上前劝阻道："看把人打成啥样子了？再不敢打了。有啥事情好好说，商量着解决不行吗？何苦要这样打人啊。"

张玉林看见他哥哥出面劝阻，无名之火一冒三丈，大声呵斥道："你知道个啥？这事用不着你管。"一边呵斥，一边从保丁手里夺过鞭子，亲手抽打起来。

看到这种情况，张玉林的哥哥气得浑身发抖，脸涨得通红，转过身，愤愤地一边走，一边嘴里连连说道："你打，你打，我管不着，我管不着……将来有你好果子吃哩。"

打了一阵子之后，张玉林把鞭子一扔，对挨打的人说："限三天之内来一人当兵。如若不然，就把骡子拉来，用骡子顶。"然后，自顾自地回到窑洞里，点起大烟枪，斜躺在土炕上，过起了大烟瘾。

三天之后，四匹骡子顺利落入张玉林手中。从此以后，张玉林凶恶霸道的名声在老百姓之中越传越远，越传越凶，越传越响。张玉林的能干也在永宁镇公所和国民党真宁县党部、县政府中越传越神乎。

老百姓对张玉林恨之入骨，接连向游击队控诉，要求惩办恶名远扬的保长张玉林，给乡亲们一条活路。尤其是挨了打又被夺取骡子的那户人家的主人养好伤之后，独自一个人拄着拐杖，摸索到三嘉塬，多方打听到关中分区和游击队驻地，要求游击队给他报仇雪恨，还威胁说："如果游击队不报仇，就吊死在游击队的院子里。"游击队把这一情况报告给县委，县委又把这一情况报告给关中分区，关中分区回复由县委负责除掉张玉林。县委下达了铲除张玉林和他所依靠的保甲团的命令，请求分区游击队协助实施。

　　仲春时节的一个晚上，月光透过薄薄的云层，映射着生机盎然的大地。李荣智带领分区游击队四个支队三百多人，奉命来到朱村保甲团驻地，准备攻打城堡，消灭保甲队，为老百姓除害。这个任务对于李荣智来说有些为难。虽然他曾经为了规劝张玉林两次夜闯"狼窝"，苦口婆心，说尽了他能够想到的话语，讲清楚了他能够讲清楚的道理。他曾经试图把张玉林从不归路上拉回来，谁知张玉林不识好歹，不但不听他的规劝，反而变本加厉，毫不悔改，偏要在死路上往前走。除掉张玉林他多少有些不忍，毕竟他们是一步邻近的乡亲和亲戚，是小时候一起玩耍的伙伴啊。

　　游击队走到距离朱村城堡不远处的庄稼地中间停下来。李荣智再次派人去城堡周围侦察，察看张玉林和保丁当晚的住宿分布情况。这是一次必须百分百一网打尽的战斗，必须慎之又慎，不能有丝毫的马虎和懈怠。负责侦察的游击队员回来报告说，张玉林和三十多个保丁分别居住在保甲队部的窑洞里。窑洞门口不远处设有一个岗哨，有一个哨兵。城堡上驻守着一个班，十多个人分别防守城门楼子和城墙北、西两个角上的碉堡。城堡的东、南、西面都是深沟，只有北面与塬畔相连接。北面城墙下面是一条一丈多宽的壕沟，靠城堡门口有吊桥与城堡连接。此时，吊桥早已高高吊起，强行从北门进攻城堡很难得手，要采取其他办法才行。

　　根据侦察情况，李荣智和几个支队长商量，决定由路相贤和王秉德带领四支队和六支队，在永宁镇通往朱村城堡的半路上埋伏，防止永宁镇保安团前来增援；由王占英带领五支队从北面城堡门前攻打城堡；李荣智和刘富贵带领八支队从南面深沟里往城堡里面摸。另外，

铸魂

从四个支队里挑选出二十多人，由分队长魏玉清带领，隔着西面的壕沟监视和封锁保甲队部的窑洞，防止战斗开始以后保丁冲出窑洞，跳下壕沟逃跑。

安排布置好任务之后，李荣智一声令下，各支队迅速向预定地点移动。李荣智和刘富贵带领八支队，绕道村庄旁边的小路，从一户人家的庄基旁边下到沟底里，然后慢慢往上摸索。快到沟畔的时候，李荣智命令队员们停止前进，他和刘富贵继续向上摸索前进。暗淡的月光下，保丁哨兵的刺刀上闪着寒光。他俩爬到距离哨兵不远的一堵矮墙下，等待哨兵刚要转身向回走的时候，刘富贵一跃而起，猛地朝哨兵扑了过去。哨兵还没明白怎么回事，糊里糊涂当了俘虏。

李荣智和刘富贵把哨兵拖到矮墙下面，用手死死地捂住哨兵的嘴巴。李荣智低声说："不要怕，我们是游击队。你老老实实说清楚城堡里的情况，我们就不杀你。"

哨兵看见矮墙外面有很多人，战战兢兢地说："行……行，只要你们不杀我，让我干啥都行。"

刘富贵问："城堡里一共有几个岗？在什么位置？"

"三个。城门楼子上一个，队部院子里一个，这里一个。"哨兵老老实实地回答。

刘富贵问："兵力是怎么布置的？"

哨兵回答："城堡上面有一个班，其余的人都住在队部的窑洞里。"

李荣智问："张玉林住在哪里？"

哨兵答道："以前在家里住，现在不知道咋的搬到队部里居住了。"

"你在前面带路。"李荣智命令道，"如果不老实，小心你的头。"

在被俘的哨兵引导下，李荣智和刘富贵带领游击队员直接奔上城堡。由于事先已经知道了哨兵的具体位置，几个游击队员分头行动，摸掉正在打盹的哨兵，然后一拥而上，冲进城堡，不费吹灰之力收拾了正在碉堡里做着美梦的保丁，把保丁一个个拉出被窝，捆绑起来，集中在院子里，接着打开城门，王占英带领五支队从北面进了城堡。

"叭……"正在这时，突然传来一声枪响。原来，魏玉清带领的负责监视保甲队部窑洞的游击队员被在窑洞门口值勤的岗哨发现。哨兵朝着游击队员所在的方向打了一枪，随即向窑洞里面跑去，边跑边大声喊道："快……快，游击队，游击队……"

张玉林睡梦中听见枪声，忽地一下爬将起来，一把推开半面窗户，向对面望去，看见壕沟塄畔上有人头晃动，大声呼喊保丁开枪，督促保丁朝窑洞外面冲。几个保丁冲出窑洞，被从对面射来的子弹逼了回来。保丁们退回到窑洞里，把枪伸出窑洞窗户和门洞，拼命地向对面射击。游击队和保丁相互对射，一时枪声大作，像炒豆般激烈。

在保丁和游击队互相射击的间歇，张玉林听见窑洞崖背子上有了人声，知道城堡已经失守。心想此刻从窑洞里已经跑不出去，只能指望保丁们守住窑洞，盼望永宁镇保安团前来营救。随即一边开枪射击，一边大声呼喊各个窑洞里的保丁开枪阻止游击队的进攻。

游击队从河沟对面和窑洞崖背子上攻击了一阵子，始终无法得手。几个游击队员爬下土坡也被保丁密集的子弹逼了回来。正在李荣智和刘富贵商量新的攻击办法的时候，一个队员跑过来，指着堆放在窑洞崖背子上的麦草垛子说："为啥不用火烧？"

李荣智和刘富贵恍然大悟："好办法，用火烧。"

刘富贵指挥游击队员把一个麦草垛子从窑洞崖背子上推了下去。麦草垛正好堆在了窑洞门口。游击队员点燃火把，从窑洞崖背子上扔了下去。火把点燃麦草，一时烈焰腾空，浓烟滚滚，映红了整个院落，照亮了半个城堡。游击队员手里握着枪支，爬在窑洞崖背子上，把院子里和窑洞里的情况看得清清楚楚。

张玉林和保丁们在窑洞里抵抗了一阵子，终于经不住火烤烟呛，纷纷从窑洞里窜出了院子。早有一些游击队员从窑洞崖背子上跑下去，等候在了院子里。保丁出来一个，游击队员上前抓捕一个。三十多个保丁全部当了俘虏。张玉林最后一个跑出窑洞，同样被游击队员捉住，用绳子捆绑了起来。

张玉林和三十多个保丁被押上塬畔，在庄稼地里整好队伍，李荣智简单地讲了一番政策，随后释放了大部分被俘的保丁。有几个保丁要求参加游击队，被留下来，编入刘富贵带领的游击队八支队。

处理完被俘的保丁之后，李荣智回过身，看了看低着头站在一旁的张玉林，不紧不慢地走过去，很似为难地说："我给你多次做工作，希望你改邪归正。你觉得有国民党做靠山，手里掌握着几十杆枪，很

铸魂

了不起，不但听不进去一句规劝的话，反而变本加厉地祸害百姓。你觉得百姓好欺负，没钱没枪没势力，不敢把你怎么样，你就没有想一想还有为百姓做主的共产党游击队？到了今天这个地步，我就是和你沾亲带故，也没办法救你。你这是咎由自取，怪不得任何人。"

张玉林知道他难逃一死，说道："荣智兄弟，到了今天这个地步，我不怨你。这是国共两党之间的事情，你我并无个人怨仇。我们两个只不过是各为其主。事已至此，我再无话可说。最后只有一个要求，就是希望能给我留个全尸。"

张玉林说完，直直地向前走了几步，站在一片庄稼茂盛的地方。刘富贵看了看李荣智，李荣智转过了头，刘富贵举起短枪，朝着张玉林后背开了一枪。张玉林栽倒在了庄稼地里。

朱村城堡里枪声大作的时候，永宁镇镇长李文辉和保安团总刘西诚站在永宁镇的城墙上，远远地听着朱村城堡里由激烈到稀落的枪声，看着渐渐从天边暗淡下去的火光，不由得发出一阵悲叹。他们没有集合队伍，也没有商量出兵，甚至没有交换过彼此的想法。永宁镇距离朱村城堡的距离并不很远，但在这条黑黢黢的道路上有说不清楚的计谋：共产党游击队不会打无把握之仗，贸然前去救援张玉林，弄不好会羊入虎口，还是保存实力为上策。

处理完保甲队员之后，埋伏在永宁镇至朱村城堡的道路两旁的游击队四支队和六支队接到命令，迅速撤离，与其他队伍一起，趁着夜色，返回了驻地。

第二天，朱村城堡被游击队攻破、张玉林被镇压、保甲队的枪械弹药被收缴的消息像长了翅膀一样传遍了永宁镇和真宁县。国民党真宁县党部和县政府非常震怒，责成永宁镇公所和保安团迅速调查，弄清楚情况，与共产党游击队交涉。永宁镇镇长李文辉和保安团总刘西诚更是暴跳如雷，大骂共产党游击队不讲规矩，说游击队镇压张玉林是蓄谋破坏"国共合作"，破坏"团结抗日"。他们之所以如此，既有兔死狐悲的担心，也有断了财路的失落。这些年张玉林没少给他们上供，也没有少替他们背黑锅。张玉林搜刮来的钱财有一多半落入了他们的腰包。张玉林一死，他们的这条财路也就断了。于是，他们极力诅咒共产党游击队，给游击队加上各种罪名，到处张扬，四处交涉，同时把仇恨记在李荣智身上，想方设法折磨李荣智的亲人和亲戚，企图强迫李荣智为他们服务，分化瓦解游击队的力量。

二十九

朱村城堡被攻破，保长张玉林被杀所引起的轰动出乎关中分区和游击队的意料。一方面，朱村塬的百姓拍手称快，认为游击队手段高明，为民除害，办了一件了不起的大好事，纷纷传扬游击队的功劳，称颂游击队的功德。另一方面，永宁镇公所和保安团气急败坏，对游击队恨之入骨，明着不敢说游击队断绝了他们中饱私囊的路子，却借口合作抗战，强说游击队枪杀保长、解散保甲队，是破坏统一战线，要求关中分区处理破坏合作抗战的坏分子，赔偿保长张玉林性命。与此同时，镇公所和保安团联手，暗中向李荣智的亲戚施加压力，企图通过处理李荣智的亲戚，挽回镇公所和保安团的面子，缓解县政府的责难。

镇公所和保安团的报复行动立竿见影。这一次，保安团和镇政府把目标锁定在李荣智的二哥李荣泰身上，企图通过打击和陷害李荣泰，引发李荣智的不满，挑起"红区"与"白区"的纷争，为保安团和驻军进入根据地，攻击游击队和"红区"寻找借口。这一任务被交给了永宁镇政府。

"镇上需要几匹好马，按规定给你们村子派了一匹。这件事得由你来牵头。想什么办法都可以，只要弄来一匹好马就行。"张玉林被杀之后不久，永宁镇镇公所干事张世华受指派来到李荣智家所在的村庄里，找到李荣智的哥哥李荣泰。

李荣泰看了看张世华，说："你这是说耍话哩吧？一匹马要几百块银圆哩，村子里人这么穷困，你让我向谁去讨？就是把皮剥了也讨不下这么多的钱啊。"

张世华看着李荣泰，皮笑肉不笑地说："下功夫讨嘛。实在没办法了，就对你荣智兄弟说。他是共产党的领导，这几年在外面发了财，

铸魂

认识的人多，路子广，办法多，肯定能弄到。再说，游击队里有的是好马啊，实在不行，让他给你牵一匹回来不就行了嘛。"

李荣泰听了张世华的话，不由得心想："这狗日的明明是来找事的。这麻缠事如果不应承，必然会引出其他事情来。"自从大哥李荣福被刘西诚枪杀之后，他深知干公事的人心黑手辣，什么罪恶的事情都敢干，什么见不得人的事情都能做，在心里时时提防，全然不与干公事的人犟嘴。在镇子里干公事的人，个个心黑手辣，在附近塬面上是出了名的，绝对不可招惹。尤其是眼前这个张世华。全镇子稍微懂点事的人都知道"永宁镇上有三恶：老贼、跛狼、黑乌梢"，其中的跛狼就是张世华。凡是撞到这些人手里的百姓，没有一个能够平安过来，弄不死也得脱几层皮。"张世华亲自前来，绝对不会有啥好事。不答应他，他绝对不会善罢甘休。"计议已定，李荣泰故意装作很为难地说，"既然你这样说了，这事我先给你应承下。我尽量想办法去找你们所要的好马。找好之后，我给你报告，你看了觉得合适，我们再想办法弄。你看好不好？"

张世华本来是要以买马为借口找事的，没有想到李荣泰很痛快地答应了，他一下子没有了借口。看看实在无话可说，只好应承着说："那好，那好，你抓紧时间弄吧。这事情紧得很，拖延不得……"说罢，心有不甘地告辞离开了村庄。

由于张世华腿脚不灵便，走起路来一条腿一颠一颠，加上他对老百姓凶狠如狼，人们给他起了个外号"跛狼"。李荣泰假意答应买一匹好马之后，张世华便不等李荣泰报告，三天两头地到村庄里来找李荣泰，催促找马买马。李荣泰稍有推脱，他便住在村庄里，要吃要喝，寻事生非，弄得村庄里鸡犬不宁。

李荣泰寻思无计，只好偷偷地跑到三嘉塬游击队驻地，把张世华要求找马的事情告诉了李荣智，要李荣智想办法化解遇到的困难。李荣智听了哥哥的话，琢磨了好一阵子，最后凑近李荣泰，对着李荣泰耳语了一番。

李荣泰听说后，高高兴兴地离开根据地，回到村庄里，继续往日的过活。过了两天，张世华又到村庄里找李荣泰询问买马的事情。李荣泰装作很高兴地对张世华说："马昨天刚刚找好，我今天还惦记着去镇子里找你去哩，你就追着来了。运气好得很，马是花青颜色，腰细腿长，牙口又轻，实在是匹好马。"

张世华惊喜地问："在什么地方？找时间去看看吧。"

"在陈家川南台上，是魏家的。看你时间，你哪一天有时间，我就哪一天陪你去。只是钱一时不凑手，弄不好要赊欠一段时间，就怕主家不同意。"李荣泰回答。

两个人约好看马的时间，张世华高高兴兴地回镇子里去了。李荣泰不敢耽搁，连夜跑了三十多里路，在三嘉塬找到李荣智，把与张世华约定的情况告诉李荣智，又连夜赶回到村庄里。

第二天刚刚吃过早饭，张世华迫不及待地来到村庄找李荣泰去看马。李荣泰领着张世华，一路说说笑笑，向陈家川赶去。为了作威炫耀，张世华一身去舅舅家的打扮，头戴红顶黑色瓜皮帽，上身穿一件白布衫外套黑色小马褂，下身穿一件扎着脚弯的黑色灯笼裤，脚穿白布袜、黑布鞋，右肩斜背着一支带套盒子枪，右胯吊着个绿色带穗的眼镜盒，走起路来一幅神气活现的样子。

李荣泰和张世华两个人冒着暑热天气，风风火火地来到陈家川南台魏家的院边。院边上长着一棵高大的核桃树，浓密的枝叶覆盖了大半个院子，树底下的木桩上拴着一匹花青马。张世华看见花青马，高兴得眉飞色舞，连声称道："好马，好马，真是一匹好马。就是它了，就是它了……"

话音未落，从浓密的核桃树枝上跳下来两个人，两把盒子枪一前一后抵在了张世华的身上。

张世华一屁股坐在地上，双手抱着头，惊叫一声："好汉饶命，好汉饶命。"

原来这是李荣智和李荣泰两人定下的"捉狼"计。手执短枪的两个大汉一个是李荣智，一个是区干部张文轩。两个人一前一后，把张世华围在中间，用枪顶着张世华的胸脯和后背。没想到张世华样子看似凶恶，内心里却是个熊包，竟然一屁股坐在了地上。张文轩伸出手，从后面一把抓住张世华的衣领，把他从地上提了起来。

这天早上吃过早饭，李荣智找到张文轩，笑哈哈地说："你不是老喊着要跟我出去吗？今天我领你出去耍一趟，让你见识见识。"

铸魂

张文轩问道："干什么去?"

李荣智笑着说："今天领你出去'捉狼'。"

"说耍话哩,哪里有狼可捉?"张文轩既高兴,又半信不信。

"你跟着我去就知道了。"李荣智笑着说。

面对突如其来的变故,李荣泰心里清楚,故意站在一旁不敢出声。张世华被蒙在鼓里,被人突袭,因为惊吓过度,一屁股坐到了地上,又被人从地上提起来,心里早已经不是滋味。他瑟瑟地站着,低着头,斜着眼,感觉到两支枪仍然一前一后逼着他,心里早已虚了半截。猛然间看见站在前面的人是李荣智,更是心虚,吓得脸色寡白,颤抖不已。

李荣智看见张世华的模样有些想笑,心想:"这个'跛狼'也不过如此啊。平时看起来耀武扬威,原来也经不住事。"随后说,"不要怕,你跟我们走一趟。"

张世华既害怕又胆怯,心里还想赖着不走。李荣泰见状,故意走上前为张世华"说情"。李荣智只是不允,非要把张世华带到根据地去不可。张世华的枪早已被张文轩提到了手里,被逼无奈,只好和李荣泰一起,跟着李荣智和张文轩上了三嘉塬,来到游击队根据地。

回到根据地之后,李荣智命令两个游击队员把张世华用绳子绑在拴马桩上,对两个游击队员耳语了几句。两个游击队员提来一把马刀,搬来一块磨刀石,又端来一盆清水,当着张世华的面,一边磨刀一边试刃,嘴里时不时地念叨着马刀的快慢。张世华看见游击队员磨刀,只当是要用马刀杀他,便"大"一声、"爷"一声地喊叫起来:"不要杀我,不要杀我。我家里有老父老母,有妻子儿女,杀了我他们怎么办?啊呀,千万手下留情啊……"边说边大声哭喊。

李荣泰故意走上前,跪倒在地,抱住李荣智的双腿不放,大声为张世华"求情":"你要杀世华就先把我杀了吧。我身在白区,有妻子儿女。你杀了世华,难道他们不杀我吗?"哭得像个泪人。

李荣智见戏已做成,故意声色俱厉地问张世华道:"你三番五次地给我哥寻事,这是你的主意还是其他人的主意?你说实话就放了你,如有半句假话,今天非杀了你不可。"

张世华见事已如此,为了保全性命,老老实实地对李荣智说:"实话说，这不是我的主意。游击队镇压了张玉林以后，断了很多人的财路，县上和镇上很多人很愤怒，想着法儿要收拾你，给你找麻搭，但又不好直接弄，也找不到你人。李镇长和刘团总指示糟蹋你村里的人和你哥哥，以便想办法激怒你，让你上当受骗。主意都是他们出的，办法也是他们想的。我在人家手下端饭碗，不干没办法啊。"

看着张世华说出实情，李荣智让两个游击队员给张世华松了绑，说道："念你是受人差遣干此坏事，你说的也是实话，这一次就放你回去。希望你不要再祸害百姓，不要再和我们作对为敌。如果你执意不改，你也会像张玉林一样，没有好下场。我们做事的原则和规矩你是知道的，如果真想要滑头或者死不改悔，绝对会让你半夜死等不到天明。"

张世华一听要放了他，脸面上立刻有了喜色："只要不杀我，回去以后不光坏事我不干了，你们如果有用得着我的地方，我一定尽力而为，决不食言。如果我今天说了假话，任凭你们今后如何处置，包括我一家老小。"

看到张世华如是说，李荣智把他拉到一旁，让游击队员给他倒了一碗水，给他讲了一番统战政策，随后又留他吃了饭，最后把枪还给他，放他回去。张世华感激涕零，真心诚意地对李荣智说："你要让我给你们干事，我被你们俘虏的事一定要严加保密，否则我不但帮你们干不了事，恐怕我这条命都要搭上。"

"这个你放心，我们一定会给你保密的。"李荣智答道。

吃过饭之后，李荣智亲自把张世华送出根据地。临行时，张世华抱拳作揖，对李荣智说："不杀我，说明你们共产党仁厚，也说明你是一个讲道理的人，这个大恩我一定会报。你放心吧。"

张世华没有食言。回到镇子里之后，他不仅想办法免除了强加给李荣泰买马的事情，还通过共产党地下工作人员掌握的商道，不时给游击队购买枪械、子弹、白布、药品等物资，为打破国民党对根据地的封锁做了不少好事。

张世华的转向让镇公所和保安团寻衅报复，挑起事端的阴谋落空，也让镇公所通过欺压李荣泰，引诱李荣智的阴谋不了了之。随着形势的变化，国民党政府加强了对陕甘边根据地的封锁和限制，位于关中

铸魂

分区边缘地带的朱村塬被派驻了大量军队。永宁镇派驻了一个营的部队，构筑于根据地周围的碉堡被直接划归驻守部队，原来碉堡里只派五个人防守，现在增加到了六个人防守。这样一来，整个朱村塬的驻军达到了两个整编团。此时，西北军和东北军已被整编撤销，派驻在镇子里和碉堡中的军队是国民党的嫡系胡宗南部队，很多军人都操着本地人无法明白的"鸟语"，与老实本分的当地居民格格不入。保安团团总刘西诚又看到了出人头地的希望，他苦心经营多年的保安团在沉寂了两年之后被再一次重用。刘西诚又活跃在了朱村塬不大不小的舞台上。

三十

七月的黄土高原骄阳似火。火辣辣的太阳炽烤着它能够抚摸的每一寸枯黄的土地，空气里弥漫着难以忍受的燥热，即使太阳快要落山的时候仍然热浪滚滚。

李荣智像往常一样，从枪架上拿起一支步枪，拉开枪栓，看了看枪膛，转身从土炕旁边的柜子里抓了两把子弹，装进衣服兜里，又伸手抓起一把，看了看，放进柜子里，末了再一次抓起来，放进了衣服兜里，用手在外面捏了捏，走出窑洞，走上院子门外面的土坡，踏上从驻地黄柏村去康家塬北梁碉堡上察哨的路程。

巡视和察看哨位是李荣智日常必做的功课，也是他的工作职责。自从国共两党联合抗日之后，共产党游击队和国民党政府在各自的范围内行使和履行职责，相互之间曾经有过短暂的"和平"。随着时间的推移和抗战形势的变化，这种暂时的平衡和稳定动辄受到威胁，尤其是原来占据主导地位的国民党政府极力地期望削弱共产党和所属军队的影响，缩小或者消灭共产党掌握主动权的"红区"。一些原来的土地所有者、权力所有者、财富所有者蠢蠢欲动，千方百计鼓动掌握权力的人为他们夺回失去的利益。"红区"由此变成很多不安于现状的人觊觎的重点目标。"红区"周围和边沿地带没有了安宁，像李荣智一样的红色政权的保卫者也没有了安宁，必须花费更多的精力和心思，维护"红区"的平安，保护边区政府工作人员和人民群众的生命财产安全。

黄柏村距离康家塬有二里多路。游击队为了保护根据地的安全，也不得不像国民政府一样，在靠近"白区"的塬边上修筑碉堡，由游击队员轮流值守，防止"白区"的军队突然发动攻击，对边区进行破坏。正因为有了这些碉堡，李荣智也就有了更多和更重要的职责，每天定期不定期地对根据地周围的碉堡和岗哨进行巡查，了解和掌握根据地周围形势的变化，洞察所有"野心家"的心思和行动，当然也要尽心尽力抵制"野心家"和"阴谋家"的攻击，以便让他们安分守己。

李荣智背着枪，一边走一边察看周围地势的变化和见到的人。虽然已近黄昏，天气依然燥热难忍，没有走多久，他便浑身是汗。他伸手擦了擦额头上的汗水，无意中看见从北边塬畔上跑来一个人，边跑边擦着头上的汗水，不断向南边瞭望。李荣智不由得加快脚步，迎着跑过来的人走去，等走近了才看清楚跑过来的人是北梁碉堡上的哨兵。哨兵跑得大汗淋漓，上气不接下气，衣服全被汗水湿透了。哨兵看见李荣智以后，急切地说："队长，北塬上的人过来了。"

李荣智问："什么人？从哪里过来的？"

哨兵说："是对面的驻军和保安团，从陈家川沟口出来的。班长让我赶快过来报告。"

李荣智问："你们看清楚了没有，大概有多少人？"

哨兵说："现在还说不清。我从碉堡上下来时，看到他们正从沟口往外走，走出沟口的至少有一百多人，后面还有人继续往外走。"

李荣智对哨兵说："你赶快到村庄里去，让张队长把所有人马上带到北边塬畔上来。记着，带足子弹和手榴弹。"

哨兵听说，迅速向黄柏村跑去，边跑边擦着头上和脖子里的汗水。李荣智加快脚步，向北边塬畔奔去，快跑到塬畔上的时候，看见其余三个哨兵也已经跑上了塬畔。他们看见李荣智以后，都站在原地，一边说着发现的情况，一边指着身后的川道。李荣智对三个哨兵说："不要着急。张队长他们一会就过来，我们先看看这些狗日的到底要干什么。"

李荣智带着三个哨兵，迅速跑过去，趴在塬畔上，探头向河川里

铸魂

望去，看见穿着国民党军服和保安团军服的队伍密密麻麻地沿着河道北面的小路向东跑步前进，兵力最少不下两个连，大约有三百多人。队伍向东跑了一阵子以后停下来开始过河，过了河的士兵跑步向剪子峁方向奔来。

"不好，这些狗日的要进根据地了。"趴在李荣智身边的哨兵不禁出声。

"注意监视。这些狗日的找事来了，大家注意警戒。"李荣智死死地盯着山下的队伍，悄悄地往步枪枪膛里装子弹。

剪子峁在林家坡村西北边的一条山梁上，山峁和塬边落差有几十米。剪子峁东北边有一个山峁叫槐树峁，西边有一条梁叫康家塬北梁，山梁半腰上也有一个山峁，山峁上有游击队修筑的碉堡，是游击队监视"白区"动静的哨所，与对面的"白区"隔河相望。剪子峁、槐树峁、康家塬北梁的山峁在一条线上，从山梁上凸出来，向着四郎河眺望。走过四郎河，上塬走十多里路便是"白区"的永宁镇。

这时，张大奎带着张荣新等五名队员和报告消息的哨兵来到李荣智身边，把带来的子弹和手榴弹分发给李荣智和其余三个哨兵，随即一同趴在塬边上，观察着沟底里的动静。李荣智和张大奎简单地交换了一下意见，带着游击队员和哨兵，一起向剪子峁跑了下去。他们跑到山峁上的时候，国民党中央军和保安团已经距离山峁不到三百米。他们刚刚趴在山峁上，国民党中央军和保安团就发现了他们。由于不知道游击队到底有多少人，走在前面的国民党士兵停止前进，迅速四散开来，趴在山峁下面的碰畔上，架起了机枪和步枪。张荣新禁不住问李荣智道："这么多敌人，咱们就十来个人，敌人冲上来挡不住咋办呢？"

李荣智说："不要紧，南庄子距离这里不远，那里驻有分区骑兵连。咱们这里枪一响，他们听到枪声肯定会很快下来支援。"接着又说，"我们驻在这里就是守土的。国民党军队侵犯我们的疆界，我们人多人少都得阻截，这是上级交给我们的任务。现在天快黑了，就是仗打开了也不要紧。开始我们用枪打，等距离近了，我们就成排地投手榴弹。我们在山上，他们在山下。我们占着有利地形，人少也不怕，他们占不了便宜，非败不可。"

国民党中央军和保安团到底过来干什么，暂时谁也说不准。抗战期间，国共合作。尽管国民党不断制造摩擦，但共产党为了抗日大局总是忍耐让步，不到万不得已绝不开枪。这是共产党顾全抗日大局的方针。其实，从1939年到1942年的三年多时间里，国民党在全国范围内制造了三次大规模摩擦，各地的小摩擦更是接连不断。每次摩擦都是国民党挑起事端，制造口实，企图消灭共产党。这股国民党中央军之所以偷偷地进入根据地，无非也是这个目的。

夜幕快要降临了，国民党中央军和保安团的机关枪终于响了。开始的时候，国民党中央军和保安团好像要发起冲锋，枪声很是集中和激烈。李荣智对队员说："大家沉住气，等他们发起冲锋的时候，我喊一、二，咱们一起开枪，用排子枪打。"

激烈的枪声过后，一个手持短枪的国民党中央军军官站起身，把手中的短枪向前一挥，他身后一群士兵从地上爬起来，一起冲上碥畔。李荣智喊一声"一、二，打"，游击队十几个人同时开枪，国民党军军官应声栽倒到了碥畔下面。随后，游击队员很快推上子弹，李荣智又喊了一声"一、二"，游击队员又打一个排子枪。国民党中央军的机枪手被打中，机枪突然不响了。李荣智听见机枪停止射击，大喊一声"冲啊"，游击队员一起大喊"冲啊"，随即甩出手榴弹。手榴弹在碥畔下面发出强烈的爆炸声，冲起一股尘土，弥漫了碥畔下面的土地。

这时，天已经黑了下来。随着李荣智一声大喊和接下来的手榴弹爆炸声，三百多名国民党中央军和保安团摸不清游击队的情况，像听到命令一样，掉转枪头，返身朝山下跑去。国民党军指挥官也跟着士兵，一起向山下逃去。国民党中央军和保安团士兵逃到川道里以后，因为不熟悉地形，像无头的苍蝇一样满河滩乱跑。其中一部分向东北方向逃上了刘家川山梁，一部分朝西往下川跑去，其余部分沿着原路跑进了沟内。

国民党中央军和保安团士兵刚刚四散逃开，关中分区骑兵连就赶了过来。原来，骑兵连按照惯例，黄昏时在沟底里饮马，刚刚走到半坡上时，突然听到林家坡一带枪声激烈，骑兵连急忙整队，在连长的带领下赶了过来，但还是来迟来了一步。骑兵骑着战马，站在塬畔上，看着四散而去的国民党军，觉得有些好笑。骑兵连长纵马下山，跑到

铸魂

山峁上，与李荣智开玩笑道："你们用了什么新式武器，十多个人把三百多人打成了这个样子?"

李荣智与骑兵连长见过面，笑着说："都是些㞞子㞞，经不住打。"随即把整个情况说了一遍。

骑兵连长说："真没有想到你们的胆子这么大，十多个人竟然敢与三百多人交手。以后千万要注意，切不可让他们讨了便宜，笑话我们防守不严。"

李荣智笑着说："我们知道你们距离不远，增援速度快，才敢冒险和他们交手。以后遇到这种情况我们一定会小心的。"

骑兵连长带着队伍离开后，李荣智对张大奎和队员们说："今天晚上换一下哨位，新哨去碉堡上。其余人明天早上起早一点儿，到这里来打扫战场。战场上的收获肯定少不了。不过，以后我们再不能这么干了。这样干太危险，万一失手，损失和影响可就大了。"

这天夜里，国民党中央军的调队号整整吹了一夜，一直到第二天早上吃饭时才停下来。这一仗，国民党中央军一个排长被打死，机枪手受了重伤，数十名士兵被打死或打伤。后来弄清楚，这部分国民党中央军是国民党永宁镇驻军从附近碉堡上集中起来的守军，他们和刘西诚的保安团一起，按照上级指示，企图进入根据地捣乱，制造摩擦，不料被游击队哨兵发现，被打得落花流水，狼狈逃回。逃回的国民党中央军和保安团对老百姓说："没想到游击队仗火这么硬，打起仗来还真是不要命。"

第二天一大早，除在碉堡上留守的四个哨兵以外，李荣智和张大奎等人全部去打扫战场，在前一天发生战斗的几个硷畔里，看见到处扔着整带、整排或零星的子弹和手榴弹。他们把子弹和手榴弹集中在一起，堆了一大堆。不得已，到山下的村庄里借了老百姓运粪的筐，用担子轮换着挑回游击队驻地。

回到驻地之后，李荣智收拾好缴获的军火，把前一天晚上写的向分区的汇报拿出来又看了一遍，找到张大奎，说："昨天对面的那些人吃了大亏，估计今天不会也不敢再过来了，但也不能掉以轻心，哨位和值班人员我已经安排好了。现在，我去一趟分区，把昨天晚上的情况向分区做个汇报。你要多操心，留神他们再弄出什么幺蛾子。"

张大奎笑着说："昨天那一仗之后，估计他们近期不敢再寻事了。"

"也不一定，国民党亡我之心不死啊。这些年，尽管我们这里发生的事情不算多，但在其他地方就一直没有消停过。别的不说，就咱们关中和陇东一带，他们挑起的冲突就不少。我听分区首长说，在我们关中分区，抗日战争全面爆发后不久，国民党就开始制造事端，搞摩擦，千方百计给我们找事情。最早的一起事件发在旬邑土桥镇。当时八路军为防止日本人轰炸伤病员，决定把伤病员从三原县云阳镇疏散到旬邑县土桥镇。八路军伤病员刚刚进入土桥镇，国民党行政区就调集保安团八百余人，强令他们离开。迫不得已，八路军伤员只好离开土桥镇，进入旬邑县八路军驻防营地。去年五月下旬，旬邑县八路军残废院采购员外出采购，被国民党保安团枪杀，八路军伤病员知道后悲愤不已，派出二十余名代表去国民党县政府请愿，又被保安团枪杀九人。随后，国民党县政府调集保安团一千余人，向县城八路军独立一营进攻，八路军在击退国民党军队七次进攻后撤出县城，与残废院一起撤退到店头、骆池一带。今年三月下旬，国民党胡宗南部二十四师向八路军独立二营驻守淳化县的部队发起进攻，八路军在连续击退国民党军队多次进攻后，为了不使事态扩大，主动撤离淳化县城，到达旬邑马家堡。前不久，国民党预备第三师和保安四支队一部向新正县六区一、二乡进攻，被游击队和自卫军击退；国民党胡宗南部侵占新正县西峰村，又炮轰马家堡；国民党陕西保安四支队两个中队向赤水井村进犯，被关中分区部队全部消灭；国民党陕西保安二旅向刘家店进犯，甘肃保安部队向一区进犯；国民党预备第三师攻击咱们关中分区直属部队……真要说起来，多的数都数不清楚了。"李荣智满脸悲愤。

"怎么这么多啊！我还以为现在合作抗战，国民党不敢明目张胆地进攻八路军和根据地呢。看来狗日的确实贼心不死啊。"张大奎吃惊地说。

李荣智看着张大奎，平静了一下自己的情绪，说："你还不知道吧，在陇东地区国民党军进逼八路军驻地的事件就更多了。一些国民党地方部队曾经扬言'指日消灭八路军，占领庆阳县城'，猖狂得很。去年四月下旬，第八战区行政长官部秘密调集国民党一六五师一个营、甘肃第三区专署保安队和镇原县保安团共一千余人，包围攻击八路军

铸魂

- 241 -

驻守镇原县城的七七〇团三营，被八路军打败。四月底，国民党宁县县长率领保安团七百余人进攻八路军宁县驻军，与八路军激战三天，被八路军击溃。十二月上旬，在国民党甘肃第三区专署保安队三个中队和九十七师一个团的增援下，宁县县长又率领保安团突袭八路军三八五旅七七〇团三营，迫使八路军撤离宁县县城。十二月中旬，合水县保安团一百六十多人在县长率领下，袭击八路军在城内的驻军警七团特务连，被八路军击败后，包括县长在内的大部保安队员缴械被俘。不久，国民党镇原县县长指挥保安大队四百余人进攻八路军驻军三五八旅七七〇团二营，在消灭一部分保安团后因为国民党军队增援部队赶到，八路军自动撤出。十二月底，国民党环县县长指示县保安大队一百多人和二百多名壮丁偷袭共产党环县机关，被八路军自卫部队击退。真说起来确实是县县有冲突，时时有挑衅啊。"

"国民党是说一套做一套啊。"张大奎感叹道。

"这话算说对了。国民党从来就没有放弃过消灭共产党的念头和打算。我听首长讲，早在国民党五届五中全会开始之前，蒋介石就公开叫嚣'攘外必先安内'。后来又提出'融共、防共、限共、反共'，然后雇佣反动文人疯狂叫嚣要'取消共产党''取消陕甘宁边区''取消八路军和新四军'。你想想，这是合作抗日的做法吗？"李荣智在脚地上转了一圈，把手里的报告放在桌子上，继续说，"不过话说回来，国民党有他的做法，我们也有我们应对的策略，我们并没有傻等着挨打。对于国民党这些把戏，我们共产党的领导人早有觉察，而且早有应对策略。国民党刚刚开始进行政治和军事进攻的时候，毛主席和党中央早就发现了他们的图谋，针锋相对地提出'有理、有利、有节'和'人不犯我，我不犯人；人若犯我，我必犯人'的方针，以应对国民党的摩擦、蚕食、捣乱和破坏。毛主席还在中央政治局会议上专门针对关中和陇东地区的反摩擦斗争提出要求，说：陇东、关中对边区关系很大，我们不能让步。我们对边区必须采取坚决争取的方针，一尺一寸也不放松。边区是基本根据地，中央所在地，全国有威信的，必须坚决保卫之。你听听，这说得多好啊。"

"嘿，我们不就是这么做的吗。"张大奎高兴地说。

"是啊。"李荣智一边说，一边站起来，向窑洞外面走，"不能和你说了。我要赶紧去分区机关，把昨天晚上的事情说一说，请分区弄一个完整的策略，防止对面的人再来骚扰。别的事情都不要紧，关键有一个政治影响问题。弄得不好，狗日的还说我们挑事端呢。"

"路上小心点儿，家里的事情你放心，有我们哩。"张大奎跟在李荣智身后走出窑洞，看着李荣智骑上马背，踏上去分区驻地的土路，才慢慢地走回到窑洞里，重新坐在窑洞土炕边沿，出神地回想李荣泰告诉他的情况。大敌当前，迫于国内和国际压力，也迫于日本人的疯狂进攻，国民党不得不做出团结抗战的姿态。但是，从骨子里和根本上，国民党绝对不会允许共产党和共产党领导的军队的存在，会采取各种各样的方式、寻找各种各样的借口打击和妄图消灭共产党游击队。"红区"周围的千里封锁线和碉堡就是国民党防范、遏制和打击共产党游击队和红色政权的铁证，从"白区"通往"红区"的道路上的各种关卡也是国民党封锁和限制红色政权的铁证啊。苏维埃政府和游击队不能掉以轻心。

张大奎从土炕边沿站起来，走出窑洞，抬头看了看天上的太阳，返回窑洞，拿起枪支，走上院子外面的土坡，像李荣智一样，开始对村庄和附近的岗哨、碉堡进行巡察。说实话，在此之前，他的精力主要在游击队员的选拔和训练上，对于防范国民党军队和保安团的进攻并不是非常重视。他觉得组织更多的人到前线去和日本人作战，才是大事，才是包括国民政府在内的所有人的职责。在团结抗战的大形势下，国民党不敢冒天下之大不韪，贸然攻击队伍越来越强大、支持者越来越多、政权越来越巩固、组织结构越来越完善的共产党政权和红色根据地。国民党只有团结全国人民，调动一切力量，打败日本人的进攻，才能赢得民心，维护和巩固自身的统治地位。在民族危亡的关键时刻，只有奋起抗战，才是国民政府唯一的选择。但是，这种想法在残酷的事实面前是多么幼稚，多么单纯。国民党军队不但故意挑起摩擦，制造事端，攻击属于同一个系列的友军，而且主动出击，攻击维护"红区"安全的共产党地方部队和游击队。

"做好警戒防范和打击国民党军队的进攻同样重要啊。"张大奎边走边想。

太阳高高地挂在半空中，空气中弥漫着难忍的燥热。张大奎扛着

耕魂

枪，行进在防范国民党中央军和保安队进攻的哨位与碉堡之间，不一会就汗流浃背，气喘吁吁了。

三十一

农历七月初七，是传统的牛郎织女相会的鹊桥节。按照习俗，黄土高原家家户户都在蒸、烙花馍，准备乞巧的吃食和陈设。临近中午，国民党永宁镇保安团协同驻军一个连，由驻军于营长带领，气势汹汹地来到新庄子村。进村之后三步一岗五步一哨，在村庄里布撒岗哨，同时抽调兵力，设立流动哨位，在村庄和周围的道路上进行巡逻。看见国民党驻军如此架势，村庄里的农人以为出了什么了不得的大事，纷纷躲进自己家的窑洞里，趴在门缝里，偷偷地看着发生的事情。

真说起来，新庄子村还真有很深远的革命传统和群众基础。当年，红军游击队突出陇东地区时，在这里建立了陕甘第一个革命政权，组织开展了一系列革命活动，播撒了革命的种子。只是后来随着红军队伍的撤离转移，村庄重新被国民党政府控制。在国共合作抗日时期，村庄处在国民党统治之下，远不像隔沟相望的三嘉塬属于"红区"。

于营长在村庄里布置安排好岗哨和巡逻队之后，趾高气扬地带领剩余的十多个士兵走进村民刘文玉家崖背子上的碉堡，不久之后又走出碉堡，走下刘文玉家院子外面的土坡，径直朝刘文玉家里走去。走到刘文玉家院子大门口，于营长气势汹汹地使劲踢开大门。用木板做成的大门在于营长的皮鞋撞击下，散架似的朝两边打开。

于营长带着一队人马走进院子，劈头喝问从窑洞里跑出来的刘文玉："你是刘文玉？"

刘文玉莫名其妙地回答道："是。你们干什么啊？"

"捆起来。"于营长把手一挥，几个跟在他身后的士兵一拥而上，用早已经准备好的麻绳把刘文玉五花大绑起来。于营长又一摆手，大声喊道："押走。"

刘文玉被五花大绑，押着走出院子，刘文玉的母亲听见动静，急急忙忙地从窑洞里走出来一看究竟。当看到儿子被国民党士兵五花大绑着要抓走时，她急匆匆地挥着沾满白面的手，跑到押着刘文玉的士兵后面，一边撕扯，一边哭喊："你们为啥要抓我的儿子？你们为啥要抓我的儿子？"

于营长很不耐烦地看了刘文玉的母亲一眼，向士兵摆头示意，几个士兵立即回头，用枪托朝刘文玉的母亲捅去，刘文玉的母亲被捅倒在地。几个士兵一拥而上，一边撕扯，一边踢打，由于刘文玉家的院子外面地势比较狭窄，院畔下面是另外一户人家的庄基。刘文玉的母亲被国民党士兵踢打，掉下院子外面的庄基。

于营长回头看了看被踢打掉下庄基的刘文玉的母亲，像什么事情也没有发生一样，朝士兵挥了挥手，押着刘文玉走上塬，扬长而去。驻守刘文玉家崖背子上的碉堡的士兵也一同被撤走。

刘文玉看见母亲被踢下院子外面的庄基，一边哭喊，一边挣扎，想要看下母亲的伤势。因为被绳子捆得结结实实，又被两个士兵抓着肩膀和胳膊，他的哭喊没有任何作用。他被几个身强力壮的国民党士兵强推硬拉，押着离开了新庄子村。

刘文玉的母亲是李荣智的大姐，在兄弟姐妹中排行老二。

新庄子村距离李荣智家的村庄向东约莫七八里路。从新庄子村到永宁镇，要从李荣智家的村庄不远处经过。于营长带着士兵返回永宁镇的时候，顺道拐进李荣智家的村庄，抓了李荣智的哥哥李荣泰，与刘文玉一起押解到永宁镇。当天下午，国民党驻军团长对李荣泰和刘文玉进行了审问，第二天早上便派人把李荣泰和刘文玉押解到陕西彬县，交给国民党三十七师司令部羁押。

刘文玉和李荣泰被押解到彬县以后被直接关进国民党三十七师的大牢。晚上，三十七师军法处长专门提审他们时，他们才知道了自己的"罪行"。

军法处长首先询问李荣泰："你是李荣智的什么人？"

李荣泰回答说："我是他哥。"

军法处长又问："你家窑洞崖背子上面是不是有一个碉堡？碉堡上驻守的士兵你熟不熟悉？"

李荣泰说："我家窑洞崖背子上有一个碉堡。碉堡里驻守的士兵就

耕魂

那么几个，我都见过，都不熟悉。"

"你们经常来往吗？"军法处长问。

李荣泰答道："只是见过，没有什么来往。他们居住生活在碉堡里，一般不出来，和村子里的人接触不多。我认识他们，他们不认识我。"

问过李荣泰后，军法处长又问刘文玉："你是李荣智的什么人？"

刘文玉答道："外甥。"

军法处长又问："你家窑洞崖背子上面碉堡里的几个人跑了，扛走了机枪和几支步枪，还有几箱子弹药，这事你知不知道？"

刘文玉说："前两天听人说起过，具体是怎么回事我不知道。你们队伍上的事情我们老百姓哪里知道啊？"

"不知道就好。"军法处长意味深长地说。

军法处长问过话，看了看放在面前的一沓子材料，又抬头看了看被抓来的一老一少两个农民，从桌子后面站起来，走出了屋子。刘文玉和李荣泰被带出屋子，随后被关进了水牢。

国民党驻军在新庄子抓了刘文玉，又抓了李荣泰，这其中有个原因：前些日子，国民党驻军设在新庄子村的碉堡里的五个士兵带着机枪、步枪、弹药和手榴弹逃跑了。逃跑的五个士兵以前正好驻守李荣泰家的窑洞崖背子上面的碉堡。驻军换防时，五个士兵被调到新庄子村，驻守刘文玉家的窑洞崖背子上面的碉堡。五个士兵逃跑以后，负责管理他们的永宁镇驻军经过调查了解，认为刘文玉和李荣泰是甥舅关系，而且一个是李荣智的外甥，一个是李荣智的哥哥，由此怀疑碉堡里发生士兵逃跑的事件与李荣智有关，刘文玉和李荣泰是游击队的牵线人，五个兵士逃跑是有预谋的"投敌"事件。

李荣泰和刘文玉家的窑洞崖背子上面的碉堡，是国民党为封锁和监视陕甘边区，限制红军和游击队活动而修筑的，是国民党构筑的千里封锁线的一部分，距离村庄不远的永宁镇的土城也是修筑碉堡时一起修建的。朱村塬上至龙头塬，下至新庙、永乐塬，凡是靠南面川道的山头和山峁上每隔几里路都修筑一座碉堡，派驻一个班或者半个班的士兵把守，目的就是为了封锁和防备关中"红区"。

国民党驻军修筑在封锁线上的碉堡一般相距四五里地，但在李荣

- 246 -

智家所在的村庄里却修筑了三座碉堡，一座修建在李荣智家的窑洞崖背子上，其余两座分别修建在村庄东西两面不足一里路的山咀子上。国民党中央军和永宁镇公所指名道姓说这三座碉堡就是专为防备李荣智而修筑的。修筑三座碉堡期间，驻军借故欺凌村庄里的百姓，凡修筑碉堡所用的物资和人员吃的喝的用的一应之物都由村庄里供给，百姓稍有不从就会遭到打骂和处罚。三座碉堡修成以后，驻军更是有恃无恐，千方百计折腾和虐待村庄里的百姓，让村庄里的百姓不得安生。百姓家圈养的猪羊狗之类的小畜生只要被驻军发现，差不多就等于没有了性命。驻军在糟蹋百姓家畜的过程中往往会闹出许多笑话，让百姓在心疼自己的劳动成果时偷着一乐。

有一天上午，驻守碉堡的士兵无意中抓住一只在厨房里偷吃食物的土狗。他们用麻绳把狗缚住，拴在沟边的一棵小树上，准备用枪把狗打死以后吃狗肉。村庄里的人听说后，纷纷从家里走出来看热闹，不料两个负责开枪打狗的士兵射击水平实在太差，接连开了几枪，不但没有打中狂叫乱跳的土狗，却打断了拴狗的绳子。被吓坏了的土狗像疯了一样，狂叫着跳下沟边逃跑了。围在场边看热闹的人们止不住笑出声来。李荣智两个年幼的侄儿五娃和六娃此时也站在人群中间，像众人一样被惹得大笑不止。两个负责开枪打狗的士兵听见笑声，非常尴尬，也非常愤怒，觉得百姓的笑声是侮辱他们，恶狠狠地走上前去，一边叫骂，一边用枪托击打看热闹的群众。他们走到五娃和六娃眼前时，边打边怒骂道："我让你们笑，我让你们笑。"随后，用手指着西边山咀子上的碉堡对众人说："以后就让这两个娃娃给那个碉堡里送水，每人每天送两担水。如果不送，小心狗命。"

秀才遇上兵，有理说不清。世道动乱，老百姓怎么能够与胡作非为的士兵讲清道理？挨了打的五娃和六娃只好忍气吞声，每天给修筑在村庄西边山咀子上的碉堡里送水。因为五娃和六娃只有十四五岁年纪，都是没有长大成人的孩子，没有足够的气力挑满一担水，每次只能挑大半担水送往碉堡，以至于他们每天要往返多次从沟底里往塬上挑水。但是，碉堡里的驻军士兵每次却只收他们送来的一桶水，另外一桶水则被驻军士兵倒进碉堡外面的土壕里，原因是这伙士兵认为他们挑来的两只水桶中，挑在后面的水桶里有五娃和六娃放的屁。由此，

耕魂

五娃和六娃每天要多挑两次水，把挑在前面的水桶里的水交给碉堡里的士兵。

关押刘文玉和李荣泰的水牢又冷又脏，水深达到了人的腰部。人被关押在水牢当中站也不是坐也不是，更不要说睡觉休息。水牢里唯一没有水的地方是牢房刚刚进门的台阶。关押在水牢里的人只要走上台阶，哨兵就会立即将他们赶入水中。经过一天一夜的折腾，刘文玉和李荣泰已经疲惫不堪。第二天早上，牢房的门被打开，一个副官模样的军官站在门口，喊道："刘文玉，李荣泰，你们两个人出来。"

刘文玉和李荣泰带着沉重的脚镣从水中走出来，一个台阶一个台阶地走到牢房门口。当他们快要走到水牢门口时，副官模样的人回过身看了看，看见四下无人，小声对他们说："你俩要想活命，审问时要一口咬定'不知道'。以后每次审问都不要变口供。"在后来的审问中，只要这个副官来提人，他总是要轻声叮嘱一句："口供不变。"

刘文玉和李荣泰认真地看了看副官，看见他没有什么坏心眼，暗暗地点了点头。他们始终牢记这位副官的叮嘱，在后来的提审中，不管什么人审问，受到的刑罚有多重，都一口咬定"不知道"或"不清楚"。对于这个副官，他们两个人心中的疑惑始终没有解开。他们不知道这个人到底是什么人，是真正的善良之人，还是有其他原因和意图，或者是共产党安插在敌人内部的人。

驻军审问了几次以后，看没有什么结果，开始用惨无人道的酷刑。先是老虎凳、架飞机、压杠子、夹手指、鸭子浮水，后来在鼻孔里灌辣椒水，几乎把所有的刑罚都用了一遍，也没有问出名堂。在严刑折磨下，刘文玉和李荣泰很快没有了人形。李荣泰被老虎凳折磨得昏死过去，一连几次泼冷水救活过来，两个腿关节严重受损，不能站立。刘文玉被往鼻孔里灌辣椒水，呛死过去又泼冷水救活过来，以至于在后来的几十年里，他双目眼球发红，见风流泪，落下了终身眼疾。

刘文玉被国民党驻军抓走的当天，村里人得知他的母亲被国民党士兵推下窑洞崖背子摔死了，相约着帮忙抬埋尸体，处理后事。正当人们忙活的时候，忽然听到窑洞崖背子上有人大喊："快，文玉他大在地里的桃树上上吊了。"

原来，刘文玉的父亲看见儿子被抓走，妻子被国民党士兵踢下窑洞崖背子摔死，瞬间觉得生活无望，活着失去了意义，趁人不注意，从家里拿了一根绳子，一步三回头，走上塬畔，走进自家的庄稼地，在一棵桃树上上吊自尽。人们发现后，急忙把他从树上放下来时，他早已魂断气殒了。

不到一个时辰，刘文玉一家八口一下子死去两个，一个被抓，剩下的五个儿女，最大的十六岁，最小的仅有三岁，一个个哭得死去活来。村庄里的邻居和族人无不为之叹息和伤悲。到底是飞来横祸，还是人为的惨剧？在动乱年代，生活在底层的老百姓真的难以逃脱被人欺压、盘剥、摧残的命运，难以保障自己和家人的生命安全。他们像风中飘零的树叶，无法把握自己的命运，无法把握自己的未来，无法保护自己和家人的性命。面对孤独无依的孩子，乡亲们有粮的拿粮，有钱的拿钱，在悲愤和叹息之中埋葬了刘文玉的父母，千方百计地帮助几个未成年的孩子。

埋葬了死去的大人，解决了孩子的生存问题，被国民党军抓走的人怎么办呢？村庄里的邻居和族人、亲戚一起商量，觉得必须想尽一切办法救出刘文玉，而要救出刘文玉必须搬动有威望的人，先打通县政府，然后由县政府出面，与驻守的国民党三十七师沟通协商，寻求解救的办法。乡亲们思前想后，商量来商量去，最后决定搬动本村人刘进儒，通过刘进儒，打通关节，营救亲人。

刘进儒是村庄里的富户和乡绅，又是国民党县政府的议员，在当地很有威望，在国民党政府中也有一定能量。刘文玉的叔叔找到刘进儒说了些事，刘进儒很是气愤伤感，他一口答应帮忙。他说："文玉与我本是一家人，发生这样的灾祸我心里很是不安。即使你们不来找我，我也已经有营救他的打算。现在最重要的是搭救人，先把人救出来再说。明天我就去县城里找人。"

从刘文玉家的窑洞崖背子上的碉堡里逃走的五个国民党士兵因为不满意上司克扣军饷，早就有了脱离队伍、逃跑或者投奔"红区"的想法。他们在李荣智家的窑洞崖背子上面的碉堡里驻守时，经常听村庄里的人说起李荣智，看到李荣智的哥哥在村里很受尊敬，便生出去"红区"投奔李荣智的想法。换防之后不久，经过商议，他们带着碉堡里的武器弹药，趁着天黑，向南翻过陈家川，经过小半夜奔波，走到

铸魂

"红区"三嘉塬的南庄子村。此时已是半夜时分，人们都已沉沉睡去，他们无法找到要寻找的人，便在打麦场里的麦草垛子上撕下麦草，就地睡在了麦草垛子下面。第二天早上天还没有大亮，关中分区保卫队在执行任务时路过打麦场，发现了睡在麦草垛下面的"国民党士兵"，立即把他们包围起来。这几个士兵在睡梦中被"缴枪不杀"的喊声惊醒时很是紧张，急忙爬起来，大声喊道："别开枪，别开枪，我们要找李荣智。"

保卫队长听说后问道："你们几个人谁是头儿？从什么地方来？"

几个士兵中年龄稍长一点儿的人壮着胆子说："我是，我是。我们是从新庄子的碉堡上过来的。"

保卫队长问："你姓啥，是啥职务，跑出来打算到哪里去？"

"我姓张，是碉堡上带班的班长。我们哪里也不去，就是来投奔李荣智的游击队的。"自称班长的人回答说。

保卫队长说："既然是投游击队，那就跟我们走吧。投奔李荣智和投奔我们是一样的。"

几个跑出来的士兵听说要他们跟着保卫队走，你看我，我看你，一时间没有了主意。

保卫队长看出了他们的犹豫，说："在我们这里官兵平等，你们投奔谁都是一样的，还是跟着我们走吧。"

五个士兵看见手里拿着武器的保卫队员个个虎视眈眈，心里有些胆怯，生怕不跟着保卫队走会吃亏，只好说："我们跟你们走。"随后站起身，扛起他们带出来的机枪、步枪和弹药，跟着保卫队到了关中分区驻地。过了两天，五个士兵当中有两个人领路费回了老家，三个人被送往山西抗日前线，参加了八路军正规部队。

三十二

"家里出事了……"李荣智的侄儿李金珠在亲戚的陪伴下来到三嘉塬南庄子游击队驻地，一见到李荣智就哭倒在地。

李荣智大吃一惊，急忙上前把他们扶起来，问道："哭啥哩？有什么事情就说什么事情，为啥要哭哩？"

李金珠和亲戚抹了抹眼泪，从地上爬起来，说："二大和表兄被镇子里的军队抓走了，被送到彬县的队伍上去了……"随后一边哭诉，一边把在老家发生的事情从头到尾说了一遍：叔父李荣泰和表兄刘文玉被驻军抓去了彬县大牢，大姑父和大姑母被驻军迫害致死，二姑夫和二姑母被也驻军抓走，一个关押在宁县监狱，一个关押在西峰监狱，家里乱成了一锅粥，没人能做主，不知道事情咋办哩。

李荣智听到突然而至的变故，一下子瘫坐在凳子上，半天站不起来。在此之前，他多次想象过家人和亲戚的安危，尤其是哥哥李荣福被刘西诚枪杀之后，他曾经想着把家人和亲戚带出来，让他们远离随时都有可能出现的危险。但是，由于家人和亲戚上有老下有小，在老家有土地和家业，无法参加游击队，也舍不得离开家乡。后来国共两党合作抗日，形势有所缓解，他也觉得国民党地方政府和保安团不敢公开枪杀共产党员和八路军、游击队家属，不会因为他再去为难家人和亲戚，便把萦绕于心的牵挂暂时放了下来。谁知道在国共合作抗日的关键时期，国民党军队会因为士兵逃亡，在没有调查清楚原因的情况下对他的家人和亲戚大开杀戒。

李荣智在凳子上坐了很久，也无法平稳地站立起来。他无法想象哥哥和姐姐遭遇的不幸，无法平复悸动的心胸。他静静地坐着，极力地控制着内心的愤懑和仇恨。过了好久，他才缓缓地从凳子上站起来，走上前，抓住侄儿和亲戚的手，缓缓地说："事情我知道了。我尽力想办法去解决。现在家里没有人不行，你们先回去，把家里照看好，千万不能再出别的事情。如果情况再有啥变化，你俩随时来告诉我。"

原来，国民党三十七师抓捕李荣智的哥哥李荣泰和外甥刘文玉以后，又以同样的罪名抓捕了李荣智的二姐和二姐夫，把李荣智的二姐关进了国民党宁县监狱，把李荣智的二姐夫送往西峰监狱监禁。

送走侄儿和亲戚之后，李荣智赶到关中分区驻地，找到分区司令员张一良，报告了发生在家人和亲戚身上的一连串事情。张一良听了李荣智的报告之后，惊奇地说道："这就对了。前几天是有那么几个人带着枪来找你，说是要投奔你当八路军。当时，我考虑他们是从国民

铸魂

党正规部队里投奔过来的，留在分区部队或者游击队不合适，就直接让保卫队把他们的情况弄清楚之后，送到前线的八路军部队里去了。我们对国民党军队以此为借口打人抓人的事情一无所知。既然出了这么大的事情，得赶快想办法救人啊，把人救出来再说。这样吧，我们现在就去找齐进书记。"

张一良带着李荣智找到区委书记齐进，向他汇报了事情的起因和经过。齐进说："现在，最关键的问题是想办法把人救出来。不管国共两党之间有多大问题，也不管荣智和他的哥哥、外甥是不是做过国民党士兵的工作，现在总归还是全国人民共同抗日的时期，任何人都有奔赴抗日前线的责任。国民党士兵投靠我们，要求上前线打仗，总归是好事情。任何人、任何组织都不能以任何借口阻止人们奔赴抗日前线。只要我们把握住这个原则，做好工作，料他们也不敢把事情往绝的做。何况，叛逃过来的人和枪现在都已经送到了抗日前线。"随后，派人找来分区统战部长，对营救李荣智的哥哥和外甥做出具体安排，要求分区统战部和县委统战部一起行动，想尽一切办法，做好国民党县政府和国民党三十七师的工作，以最快的速度把人营救出来。

临离开区委驻地时，张一良把李荣智拉到关中分区司令部驻地，说："有一件事情要给你交代，一直不凑巧，没有说成。今天你来了，正好给你说一说。是这样，你是咱们关中游击队的老骨干，在组织和训练游击队方面很有经验。这些年组织、训练和输送了大批优秀的游击队员，其中很多人现在都成了正规部队的优秀战士。就目前的战争形势来看，今后进一步发展壮大正规部队、发展壮大游击队在所难免。对于我们来说，在做好边区保卫工作的同时，把游击队员训练成为合格的八路军战士，把更多的人组织到游击队中来的任务会越来越重。你回去之后，既要抓紧营救亲人，尽快把你哥哥和外甥营救出来，免得家人和亲戚们担心，同时更要做好组织和训练游击队员的工作。要通过各种办法和渠道发展壮大游击队，随时准备向正规部队输送兵员。"一边说，一边让通讯员通知保卫队扛来七支步枪，嘱咐李荣智，"这几支步枪你带回去吧。这些年游击队给正规部队输送一批队员就带走一批武器，游击队武器不足大家都知道。你把这些武器带回去，算是分区对你们的一点儿补偿吧。"

李荣智急忙站起来，说："游击队缺少武器是事实。我今天把这几支枪拿走，保卫队的武器不就又少了吗，还是把枪留给保卫队吧。游击队武器不足可以想办法从敌人手里去搞。"

张一良笑着说："保卫队的枪支够用，不会少了他们的。你只要抓紧组织和训练游击队员就行了。"

李荣智接过一支步枪，拉开枪栓，认真地看了看枪膛，笑了笑，说："那我就真的把枪带走了，谢谢首长啊！"

李荣智带着步枪，离开分区驻地，迅速赶回游击队驻地。张一良送给游击队的七支步枪都是好枪。其中有一支精致的英国造"大鼻子"七九步枪，李荣智一直带到全国解放。

按照预先商量，新庄子乡绅刘进儒第二天清早离开村庄，径直前往县城寻求搭救刘文玉的办法。一路上他思前想后，觉得直接去县政府找人并不妥当，弄得不好会堵死解决问题的路子，必须另辟蹊径。他走进县城后直奔商会会长李震民的家，找李震民商议。李震民和刘进儒都是县上的名人，两个人脾气和性格颇为投缘，都乐善好施，乐于助人，关系非同一般。李震民是县商会会长，掌握着全县经济的半壁江山，加上他性情温和，做事宽厚大度，在商界、官场、群众中都有很高的信誉和威望，政界的官员也对他非常敬重，他说话办事一般都说一不二。

由于两个人年龄相仿，且性格相合，脾气相投，刘进儒走进李震民的家门，李震民高兴地执手让座，指使下人递烟泡茶，百般忙活。

还没等坐稳，刘进儒开门见山地说："李会长啊，你先坐下来。我这次来找你是有一件人命关天的大事情哩，非你出面不能解决啊。这忙你非帮不可啊。"

李震民坐在刘进儒对面的太师椅上，认真地看着刘进儒，说："言重了，言重了。有什么事情你直说吧，我们两个之间千万不用这么客气。"

"那我就直接说了。最近发生的李荣智的哥哥和外甥被三十七师抓去的事情你知道吧？"刘进儒径直问道。

李震民看了看张进儒，不解地问道："听说了。你为什么要管这个事情？你和李荣智有什么关系吗？"

铸魂

"我和李荣智没有什么关系，但他的外甥刘文玉是我的本家族人。你说这事情我能放之不管吗？"刘进儒说。随后，把整个事情的前后经过给李震民仔细叙述了一遍。

李震民说："其实事情早已经传到我耳朵里了，只是详细情况不清楚。你今日一说，我全知道了。我看这样，这事情急不得。等我先暗暗地问一问情况，讨一下有关方面的口风。过几天你来，咱们根据情况再商量如何办的问题。"

"有劳了。"刘进儒边说边站起来，双手相合，抱拳辞别。

过了两天，刘进儒按照约定如期走进李震民的家。寒暄过后，直奔正题，李震民说："情况我已经了解过了。据说共产党也在为这件事找这边做工作，口气和动静还比较大。当然，共产党他做他应该做的工作，我们做我们应该做的事情，虽然是一回事，但互不相扰。这件事要真说起来还是比较蹊跷的。出事的一班人在两个碉堡里待过，正好一个在李荣智家的崖背子上，一个在他外甥家的崖背子上，而且是从李荣智家的崖背子上的碉堡换防到他外甥家的崖背子上的碉堡，李荣智又在共产党那边干事情。所以，人家怀疑他的哥哥和外甥同谋，一次把两个人都抓了似乎也在情理之中。依我看，这件事十有八九是对着李荣智的，因为他是共产党游击队的负责人。牵扯上他之后，事情的大小就不是普通人能够掌握和控制得了了。但不管怎么说，'救人一命胜造七级浮屠'，我们不能袖手不管。"

"你说这事怎么办才好？"刘进儒急切地问道。

"现在的情况你清楚，办什么事情都不容易。社会混浊到这种程度，官场黑得深不见底，救人命的事情仅凭找人说话解决不了根本问题，最后可能非得出一股子钱不可。"李震民说。

刘进儒说："这事情我明白，也早有准备。不过依你估计，如果事情最后解决了，得花费多少钱？"

"现在还说不准。不过，你回去先筹集，尽可能地宽展一些。否则弄到半道上人家不满足，中途停止处理，再想办可就费事了。我们是多年的老交情，我说话也不避你。如果钱实在凑不齐，你也不要过分紧张，到时候我可以先给你垫支一些，这个你放心，把人保出来再说。"李震民说。

"你把话说到这程度了，我这个求你办事的还能说什么呀。钱的问题，我回去尽一切力量筹集，最好不给你添麻烦。"刘进儒说。

李震民接着说："根据传出来的话，现在问题定在两个字上，一个字是'有'，一个字是'无'，也就是'有'通匪嫌疑和'无'通匪嫌疑。'有'通匪嫌疑就是'杀'，'无'通匪嫌疑就是'放'。这是'官家'的话。话是这样说，但历来'事在人为'。人说'有钱能买得精脚鬼上皂夹树'，虽是古话，其实也是现时社会的写照啊。要办成事就得随社会走，除此而外还能有什么办法？'天下衙门朝南开，有理无钱莫进来'呀。"

听了李震民的话，刘进儒深深地叹了口气，说："世事坏透了，你说的是真真的本情实话。社会如此，谁能有办法？只能跟着走。你看看现在，从军队到地方，到处物欲横流，贪腐成风，是非颠倒，好人受欺，世事纷纷，不得安宁……如此下去，何以得了呀？"

刘进儒告别李震民，急匆匆地回到村庄里，发动族人和乡亲们凑钱，准备营救刘文玉。正在这时，李荣智再一次走进刘进儒家里，询问刘进儒进县城找人的经过和结果。刘进儒把他知道的情况和他的判断一一告诉李荣智，说："从咱们这边来看，要使令兄和外甥平安回来，非得出一大笔钱不能抵事。除此而外，似乎再没有第二条路可走。"

李荣智告别刘进儒，刚刚回到驻地，唐一良、赵二娃、张大奎、刘富贵等人迫不及待地赶来探问消息。李荣智把了解到的情况，包括他找上级组织和上级组织出面活动、刘进儒等人私下活动、事情的进展情况、解决问题的办法和所需费用等，一一向唐一良等人做了介绍。听到事情有了解决的希望，唐一良等人松了一口气，说："只要能把人救回来，钱可以大家凑。我们都是有家有业的人，尽管都很穷苦，没有多的但有少的，大家一起凑一凑，能凑多少凑多少。国民党腐败到了这种地步是长久不了的，拿着他们的钱将来也没有用处。"

第二天，唐一良、赵二娃等人再一次来找李荣智，少则十来个，多则二十个，程度不同地带来了一些银圆。他们把银圆交给李荣智，要李荣智尽快送到新庄子刘进儒手里，想办法营救被抓的亲人。面对战友们解囊相助，李荣智万分感激。他说："出了这么个事情，真是天大的不幸。现在命运掌握在人家手里，我们只能努力到什么程度算什么程度。大家拿来了这么多银圆，我收下了。我感谢大家了。"

唐一良年岁大，他听见李荣智如是说，禁不住说道："其他事情就不说了。这事我们别的忙帮不上，只能凑上一点儿银圆，表示一点儿心意。救人要紧，把人救出来再说。退一万步讲，总还有五个国民党士兵跑到我们这边来了。把国民党的士兵拉过来一个算一个，看他狗日的有多少人供我们拉。"

正在李荣智和唐一良等人说话的时候，李荣智的二姐夫孙福顺突然跌跌撞撞地进了门。李荣智急忙站起身，扶住孙福顺，急切地问道："你不是被抓去了吗？怎么回来的？"

"一言难尽啊！"孙福顺有气无力地说。刘文玉和李荣泰被驻军于营长抓走后的第二天，孙福顺和妻子也被以同案犯的罪名抓了起来，一个被投进了宁县监狱，一个被投进了西峰监狱。在西峰监狱短短二十多天时间，孙福顺彻底改变了模样。他的头发和胡子长得很长，形体瘦弱，面目憔悴，满脸愁苦，一下子苍老了许多。

唐一良等人知道撞进门来的人是李荣智的姐夫以后，看见他形容枯槁，一个个心酸而愤恨。他们知道李荣智和姐夫有话要说，安慰了孙福顺和李荣智一番，先后告辞离开。临走之时，唐一良在李荣智的肩膀上拍了拍，又用劲捏了一把。

李荣智在唐一良的手背上拍了拍，算是对于唐一良的回应。随后站起身，送唐一良等人离开。李荣智返回窑洞，急忙给孙福顺端了一盆水，让孙福顺洗脸，随后又走出窑洞，弄来一些吃食，端到孙福顺面前。

孙福顺狼吞虎咽，一连吃下好几个馒头。然后，把他和妻子被抓、在监狱里的生活，以及从监狱里逃出来的经过详详细细地对李荣智说了一遍。他说得悲愤而心酸。

李荣智的哥哥李荣泰和外甥刘文玉被抓走的第二天早上，单门独户居住在马家沟山庄的孙福顺刚刚吃过饭，正在收拾农具，准备去沟底里的土地中除草，院子外面突然冲进一伙全副武装的国民党士兵。士兵冲进院子，很快包围了窑洞。一个军官模样的人带着几个士兵盛气凌人地走进窑洞，看着被突如其来的变故吓得不知所措的孙福顺一家人，指着站在灶膛前面的李荣智的二姐大声问道："你是李荣智的姐姐?"

李荣智的二姐被气势汹汹地军人吓得不知所措，哆哆嗦嗦地回答道："我是。他怎么啦?"

军官模样的人把手一挥，说："抓起来。"

站在窑洞脚地上的孙福顺看见士兵要抓妻子，急忙扔掉手中的农具，冲上前去，挡在妻子面前，大声喊道："你们要干什么? 你们要抓人就抓我好了，不能抓她。"

军官模样的人看见孙福顺发急，上前踢了孙福顺一脚，厉声问道："你是谁?"

孙福顺顾不上被踢的疼痛，大声说道："你们有什么事情冲我来，欺负女人家干什么?"

军官模样的人再一次大声喊道："你是谁?"

孙福顺梗着脖子说："我叫孙福顺，是她男人。"

军官把手一挥，指着士兵说："把他也抓起来，一同带走。"

士兵一拥而上，迅速用绳子捆绑了李荣智的二姐和二姐夫，押着走出窑洞。两个年幼的孩子被突如其来的变故吓得不敢吭声，直到看见父亲和母亲被人押着走出院子，才突然放声大哭，叫喊着追出院子。军官模样的人头也没有回一下，带着士兵，趾高气扬地离开了马家沟。

李荣智的二姐和姐夫被押解到永宁镇，短暂停留后，又被押解到真宁县城，随即被安排押往陇东重镇西峰。在路过宁县县城时，李荣智的二姐被关进了宁县监狱，姐夫孙福顺被直接押往西峰，关进了西峰监狱。两个人被关进监狱以后，分别被提审了两次，随后再也没有被提审过。在被提审的过程中，他们才得知是受了刘文玉和李荣泰案件的牵连。

国民党西峰监狱位于镇子旁边的郊区。监狱很大，很有气势，四面筑有很高的围墙，围墙四角建造有高出围墙很多的岗楼。监狱内关押的主要是政治犯和刑事犯。孙福顺被投进监狱以后，与一群政治犯关押在一间牢房里。因为他事先并不知道李荣智的外甥刘文玉和哥哥李荣泰被抓，也不知道刘文玉家的窑洞崖背子上碉堡里的国民党士兵带着武器逃跑，所以在提审过程中，审问者既没有询问出任何有价值

铸魂

的信息，也没有发现孙福顺有作为同谋者的蛛丝马迹。在接下来的日子里，无论是关押人犯的监狱，还是负责抓获嫌疑人的抓人者，似乎都对孙福顺失去了兴趣，既不询问他所犯的罪行，也不管他的死活，甚至没有人关心他的存在。孙福顺每天除了吃饭、睡觉、放风，剩下的时间就是与同在一个牢房中的狱友闲谈。这样的日子没有过多久，孙福顺与狱友便相互熟悉起来，知道了狱友被监禁的原因，与狱友成了无话不说的朋友。

与孙福顺关在同一间牢房里的六个人当中，除了孙福顺一个人是农民以外，其他人都是共产党的地下工作人员。狱友们听了孙福顺被抓的原因以后，都非常同情他的遭遇。尤其是听说他是游击队领导人李荣智的姐夫以后，把他当作一起战斗的战友，主动关心他、照顾他，有什么隐秘的事情也不隐瞒他。有一天中午吃饭时，狱友们从送进牢房的米汤桶里倒出几把用油纸裹着的锉刀，急忙藏在枕头和铺盖下面。一个狱友从包裹锉刀的油纸中间找到一个小片纸，看到纸片上面写着"明天晚上十二时暴动"。原来，中共地下党通过监狱炊事人员给被关押的战友送来了锉刀，并约定在第二天晚上举行暴动。

拿到锉刀以后，狱友们悄悄地商量如何锉断脚镣和准备暴动。其中一个人悄声说："暴动时间定在明天晚上十二点，但今天晚上就要开始锉脚镣，否则就来不及了。这样吧，今天晚上吃过晚饭放风的时候，我们故意找茬闹事。事闹得越大越好，要惊动哨兵和监狱管理人员，向他们提出一些无法解决的要求。趁着闹事的机会，其他人抓紧时间用锉刀锉脚镣。一定要记住，今天不能直接把脚镣锉断，要留下一些明天晚上再锉，只要能在明天晚上十二点钟之前把脚镣全部锉断就可以。否则，明天白天不好应付。"

晚上吃过饭，犯人们按照惯例，听到放风的哨音以后，慢悠悠地走出牢房，在院子里装模作样地放风闲聊。不久，只见两个犯人互相对骂，随之相互撕打起来。在院子里放风的犯人迅速围了上去，大声起哄。起哄过程中，又有人相互厮打，使两个人之间的争吵变成犯人之间的群殴。在狱管人员出手制止和哨兵举枪威胁下，犯人们被赶回牢房。进入牢房后不久又传来犯人相互对骂和相互撕打的声音，整个牢房被闹腾得一塌糊涂。趁着混乱，手中有锉刀的犯人开始锉脚镣。

这边几个牢房里相互叫骂和撕打的声音刚刚停止，那边几个牢房之间又传来相互对骂的声音。你在这个牢房里骂一阵，我在那个牢房里叫一阵，哨兵和狱管无法制止。叫骂声直到深夜方才停了下来。第二天如同前一天一样，又有犯人在放风时互相打架，被哨兵和狱管赶回牢房后再一次像唱戏一样，你唱一段，我唱一段，把整座监狱变成了戏场。

因为早有内应，关押犯人的牢房门锁被做了手脚。半夜十二时整，趁着天黑，几间牢房门被轻轻打开，犯人们按次序悄悄地溜出牢房，沿着监狱的墙根向监狱大门口走去，不料被岗楼上值勤的哨兵发现。哨兵立即朝空中开枪报警，监狱内顿时大乱。在墙根底下阴影处行走的犯人"轰"地一下四散开来，在监狱的院子里乱跑。孙福顺等六个人相互拉扯着跑到围墙底下，情急之中同时用肩头向土墙撞去，一堵土墙在犯人们的合力撞击下竟被撞到。六个人一涌而出，逃出监狱，在漆黑的夜里拼命向前奔跑。跟在他们后面的犯人像疯了一样，冲出监狱围墙的豁口，在漆黑的夜晚里奔跑。

监狱围墙的岗楼上，哨兵举着枪，朝着监狱院子里和跑出狱墙外的犯人扫射，夜幕中不时传来有人栽倒和受伤呻吟的声音。

孙福顺在漆黑的夜幕掩护下疯狂地向前奔跑。他只有一个心思：不断向前奔跑，跑得越远越好。等他感觉到离开监狱足够远的时候，才发现他的身边没有一个人。漆黑的夜幕里只有他一个人向前奔跑，只能听见他一个人奔跑时脚下发出的声响和他一个人奔跑时的喘息声。跑了很久之后，孙福顺不由得放慢脚步，依据天上闪烁的星星，摸索着踏上南归的道路。

孙福顺是从监狱里逃出来的犯人，身上没有像样的衣着，口袋里没有解决温饱的钱财。他既不敢到人多的地方去，也不敢贸然出现在人来人往的大道上，只能抄小路行走，在人烟稀少的地方出没。实在饿得不行了，他就装扮成讨饭的叫花子，找偏僻的人家讨要一口吃食，或者悄悄地跑进庄稼地里，弄一点儿能填饱肚子的食物。实在走不动了，他就找草木深厚的地方眯上一眼。一路上，他不敢停歇，不敢放松，甚至不敢让自己在草窝子里好好睡上一觉。他知道被抓的原因以后，觉得牵连他的案子很大，不能让人知道他的身份。他从监狱里逃了出来，还不知道妻子的下落，更不知道遗落在家里的孩子的情况。

铸魂

他只有一个念头，就是早点儿找到妻弟李荣智，寻求解救妻子的办法。几天后，他终于赶到三嘉塬，见到了李荣智。

洗过脸，吃过饭，缓过神之后，孙福顺对李荣智说："兄弟，我不回家了。你教我打枪吧。我要参加游击队，狗日的太欺负人了。"

李荣智看着孙福顺，说："你不回去，单门独户的山庄，你的孩子谁来经管，你的家谁来照看，家里的地谁来耕种？你都三十好几了，游击队的苦你吃不了。不说别的，就是跟着队伍跑，你都跑不下来。"

孙福顺说："那你说咋办？回去在家里也待不成啊，那些狗日的坏透了，根本不会让人安安稳稳过日子。不参加游击队，我就没有活路了啊。"

李荣智说："这个你不要怕。事情可能很快就解决了。我哥哥和文玉如果放出来，你就可以回去了，不会再有人追究你，找你的麻搭。"

几天后，也就是刘文玉和李荣泰被抓去的第六十天，事情终于有了结果。国民党三十七师最后判定：刘文玉和李荣泰"无通匪嫌疑"。表面上看，国民党三十七师经过调查，认为从刘文玉家的窑洞崖背子上的碉堡里逃走的五名士兵没有投奔李荣智，而是投奔了八路军，人和枪都去了抗日前线，算不得投敌叛国，与李荣智本人以及李荣智的哥哥和外甥没有关系。内地里讲，一方面刘进儒通过李震民，在国民党真宁县政府和国民党三十七师做了很多工作，送了很多钱财，堵住了一些人的嘴。另一方面关中分区通过各种渠道给国民党真宁县政府和三十七师施加压力，迫使三十七师不敢公开处置八路军和游击队的家属和亲戚。尽管案件落下了帷幕，落下了一个所谓的"无"字，新庄子村刘文玉的族人和亲戚却为此花费了价值八十余石小麦的钱财。这笔花费成为随后很多人支持和参加游击队最直接的理由：至少游击队不会平白无故让人家破人亡，游击队的干部战士不会收人钱财。

刘文玉和李荣泰被接回家之后无法行走，生活不能自理，吃饭和睡觉都需要人伺候。几个月之后，两人才能勉强下地走动。对事情经过毫不知情的孙福顺离开游击队驻地回到家里，李荣智的二姐因与案件无关随后也被放了回来，一家人总算有了着落。

李荣智的二姐见到丈夫孙福顺，方才得知大姐和姐夫因为此案被逼迫死亡，忍不住泪水横流，痛哭不已。末了，哭着对孙福顺说："大姐和姐夫都殁了，那些娃娃怎么过活啊？最小的才三岁多啊。你去把他接到我们这里来，我们养活吧。"

孙福顺含着泪水，点了点头。第二天，他早早起床，赶赴新庄子村，把大姐和姐夫留下的最小的孩子抱回马家沟，与自己的孩子一起养活，直到长大成人。

三十三

李荣智带着张一良交付的枪支回到南庄子村，把区域内游击支队负责人召集到一起，原原本本地传达了张一良的要求，给每个支队分配了一支步枪，说："前一段时间，我们几个支队整编到正规部队的同志表现很好。分区和部队首长非常满意，希望我们多做工作，尽可能给部队提供更多的支持。从现在开始，我们要做好安全保卫工作，保证地方工作人员和边区的安全，更要想办法吸收更多的人参加游击队，进一步扩大游击队的数量和规模。还要加强游击队的训练，提高队员们的作战能力和军事技能。说到底就是要按照正规部队的要求组织游击队，训练游击队员，为部队储备和提供更多的兵员。"

刘富贵笑着说："这事情弄到点子上了。就眼下的情况看，组织和训练更多的游击队员已经刻不容缓了。一个是前线战事不断，边区保卫部队多数都到前线去了，根据地的保卫任务需要游击队承担起来。另一个是抗日前线需要大量的队伍和人员，把游击队员抽调整编成正规部队的步伐会越来越快。再一个是国民党亡我之心不死，即便将来和日本人的战争结束了，形势也可能不会太平。从这三点来看，组织和训练游击队员的任务会越来越迫切。我们不能掉以轻心。"

张大奎说："依照我的想法，我们要大力发展游击队，加强游击队的训练，提高队员们的单兵能力和游击队的作战能力，在合适的时候把游击队整编为正规部队，我们的力量就会越来越强大，就不怕他们再找事情。"

从此开始，李荣智一边想办法营救哥哥和外甥，一边和几个支队

铸魂

负责人一起按照分区部署，通过县、区、乡政府，想办法做群众工作，为游击队征召发展游击队员，在保持游击支队基本力量的情况下，为八路军和边区警卫部队输送兵员。哥哥李荣泰和外甥刘文玉被营救出来之后，他把全部心思放在游击队员的征召和训练上，期望用工作抹平心中的不满，用工作排解心中的愤恨。哥哥和外甥被抓，特别是营救的过程让他更加清晰地看到了国民党政权的腐朽，也看到了国民党政权最终的结果。他更加痛恨国民党政权，痛恨国民党政府中掌握权力的人，期望早日打败日本帝国主义，打败国民党反动派，建立人民当家做主的新政府，让人民过上幸福安宁的新生活。他期望通过自己的工作为抗击日本帝国主义的胜利，加速国民党政权的失败尽一份力。

一天，李荣智带着张大奎和张荣新在张村做了几户人家的工作之后，看见天色已晚，住在了群众家里。第二天早上天未大亮，三个人还在蒙头大睡，塬上忽然传来密集的枪声。三个人一跃而起，立即提着枪，跑上塬边，趴在塬畔的土坎后面，观察枪声响起的地方。浓雾之中，他们隐约看见一个人迎面朝村庄里跑了过来。那个人一边跑，一边不时地回身向后开枪射击。在他身后不远处人喊狗叫，隐隐约约有一大队人马追赶了过来。此时正值深秋季节，坳里晨雾弥漫，十步之外看不清楚人影。

"那不是金宗吗？他大清早一个人在这里做啥哩？"张大奎指着在晨雾中奔跑过来的人，对李荣智和张荣新说。

"确实是金宗，赶快准备接应他，追他的是保安团。"李荣智也看清楚在晨雾中奔跑的人是三嘉乡的工作人员许金宗，并根据许金宗奔跑的方向和身后的狗叫声判断出追赶他的是真宁县保安团。在附近所有武装力量中，只有国民党县保安团有军犬。于是，李荣智大声喊道："金宗，金宗，快往东拐一拐，把弹路让开。"

许金宗正不知如何是好，猛然听到李荣智在前面喊他，随即加快脚步，向东南方向紧跑几步，然后又向南边跑了过来。李荣智紧紧地盯着在晨雾中奔跑的许金宗和随后追赶的保安团，对张大奎和张荣新说："你们两个去接应金宗，我来收拾这些狗日的。"

张大奎和张荣新向东跑了几步，把许金宗接应到土坎下面。这时，保安团已距离土坎不远。李荣智透过晨雾，看见有一个人在前面牵着狗，狗一边向前跑，一边狂吠着，紧跟在后面的是大队的保安团士兵。李荣智看到许金宗已经安全，悄声对许金宗、张大奎和李荣新说："你们几个暂时不要开枪，我先把这个狗给打了，然后看情况再说。"说着，举起张一良送给他的那支英国造"大鼻子"步枪，迅速推弹上膛，瞄准军犬就是一枪。随着枪响，边跑边吠的军犬惊叫一声，栽倒在地。

李荣智随即在土坎后面大声喊道："对面的人听着，你们不要再撵了，我是李荣智。你们谁是带队的，站出来说话。"

在蒙蒙的晨雾中紧追不舍的保安团士兵看见狗被打死，又听见李荣智在土坎后面大声呼喊不让追赶，一时弄不清楚游击队有多少人马，立即停下追赶的脚步，站在晨雾之中朝村子里瞭望。

原来，这天早上，真宁县保安团中队长刘德寿带领属下奉命翻越北川，到朱村塬和龙头塬催促保长抓壮丁，无意中碰见在龙头塬上工作的许金宗，立即带领保安团进行追击，不料却遇到了李荣智。刘德寿听见李荣智喊话，随即停下脚步，向保安团士兵挥手让其向后撤退，自己迎着李荣智向前走了几步，站在晨雾中回话道："我是刘德寿，你是荣智兄弟呀。我俩自从走了殊途，已有好多年没见面了，别来无恙啊。"

"原来是德寿啊，我还以为是谁呢？"李荣智大声说，"这些年你我在战场上虽然多次交锋，但无缘一起说话。今天碰到一起了，有了说话的机会，我想和你说几句话。"

当年，李荣智被逼逃离家园之后，刘德寿曾经和李荣智一起在北塬上闹腾过，很早就与李荣智相识。后来，红军队伍建立第三路游击队，刘德寿参加游击队，曾经担任第三路游击队的支队长。东北军奉命"围剿"陕甘边区的时候，刘德寿被策反，叛投国民党，担任了国民党真宁县保安团中队长。由于早已相互熟识，又一起在第三路游击队共事，刘德寿和李荣智建立了比较深的个人友谊，相互关系曾经非同一般。刘德寿生得结实，长着一口大板马牙，在游击队里得了一个"刘大牙"的外号。不论游击队、县区乡干部，还是老百姓，背后都叫他的外号不叫真名，以至于他的真名在人们的记忆里显得生疏。

李荣智说道："两兵交战，本来没有兄弟。因为现在是国共合作抗日时期，你虽然带着保安团追赶我们的同志，我却不能随便向你们开

铸魂

枪。打死你们的狗，是迫不得已，也是告诉你们，不要再撵了。今天碰上了，说说话也无妨。我想问问你，为什么扔掉游击队支队长不干，偏要投靠国民党，去当保安团的中队长？共产党和游击队又没有亏待你，你何苦要走错路？"

刘德寿沉默了一阵，说道："兄弟，有些话我一时给你说不清。我今天之所以不和我的中队一起撤，是因为我们曾经一起出生入死共过事，也是因为你为救你们的同志打狗不打人，想和你叙叙旧。我一向佩服你的枪法、胆量和谋略，也敬重你的人品和眼光。毕竟我们兄弟一场，错过今天这个机会，以后还能不能见面就难说了。你问我为什么要投国民党，说起来也是一念之间的事情。我给你简单说几句说实话，当时，东北军和西北军联合起来，大兵压境，人数和装备都比我们好，让人看不到希望啊。还有一个就是国民党做工作招降策反。他们把我的家人、亲戚、邻居、朋友发动起来做工作啊。我不管自己，总还是要为家人、亲戚着想啊。事情到了现在已经没有什么好说的了，我只有一条道走到黑，再没有回头路可走了。既然投靠了国民党，我就打算跟到底。国民党胜我跟着胜，国民党败我跟着败，即使跟着死，也死而无怨。我是共产党的叛徒，虽然现在是国共合作，你要是开枪打死我，在共产党那里也不犯错，因为你打死的是叛徒。就你的枪法，今天你要是想打死我，我是决然逃不脱的。兄弟，我俩过去是很好的朋友和战友，现在变成了各为其主的对手。但我可以给你保证，不论以后国共关系到了什么程度，如果你我再在哪里碰到，我和我的中队绝对不会向你开枪，哪怕悬赏你人头的银圆再多，我都会绕着走。这个你尽可以放心。再见了，兄弟。"

李荣智说："'人各有志'。既然你死了心，就照你的路走吧。但有一句话我要告诉你，我们都是贫苦百姓出身，在战场上无论你怎么做，那是做军人的本分，平时祸害百姓的事你还是不要做的好，做了坏事总不会有好结果。"

刘德寿不置可否，招了招手，转身走了。

看着刘德寿消失在浓雾之中，李荣智在土坎后面坐了一会儿，长长地叹了一气，问许金宗："你大清早怎么会被保安团追着满坳跑呢？"

许金宗说："昨天，我在大路北边几个村子里做了几户人家的工作，结束后天晚了，我就住下了。早上早起想赶回三嘉塬，不料刚刚过了大路就被保安团发现了。多亏今天雾大，又遇上你们几个，要不然，我可能被那些狗日的抓住哩。前几天我的左脚受了点儿伤，没好利索，跑不快。”

“腿脚不利索，你还跑这么远的路啊。今天要是遇不见我们几个，你咋办哩？”李荣智说，“国民党驻军和保安团都没有对我们安好心，动不动就想给我们找麻搭，以后千万要小心啊！”

“今天万幸遇到你们几个啊。”许金宗从隐蔽的土坎后面站了起来。

“荣新扶着老许吧，我们回三嘉塬去。”李荣智把枪背在肩膀上，伸手拉了拉衣服。

张荣新走上前，扶了许金宗，四个人抄近路向三嘉塬赶去。

两天后，担任新宁县军事部长的唐一良到分区驻地汇报工作，晚上绕道来看李荣智，给李荣智讲了一件奇事，让李荣智感叹了半夜。

刘文玉和李荣泰的案件结束之后不久，国民党三十七师驻守永宁镇的部队被调往距离永宁镇二十里外的罗川镇驻防。一天夜里，带兵抓捕刘文玉的于营长带着护兵，闯入镇子里一户富裕人家，强行奸污了这户人家的媳妇。几天后，镇子里传出这户人家的媳妇被于营长奸淫后得了重病，后来竟不能起身下地。人们背地里议论纷纷，个个恨得咬牙切齿，却畏于于营长手中掌握的部队，不敢轻举妄动，生怕招惹祸端，只能背地里骂于营长为“驴营长”。

事有凑巧。这户人家的媳妇抱病期间，有一天早上吃过饭，兵营里跟着于营长把守门户的一个士兵忽然捂着鼻子尖叫号哭，随即躺在地上翻滚不停。其他士兵急忙上前扶起他时，看见这个士兵两个鼻孔流血不止，鲜血之中似乎还掺杂有清鼻涕。由鲜血和鼻涕组成的似红非红、似白非白的两条细线，从两只鼻孔里垂下来，足有一尺多长。两条线软绵绵地挂在胸前，让人觉得既恶心又胆怯。军医和镇子里的医生想尽一切办法，都无济于事，既不能阻断鼻孔里流来出的两条红线，也无法解除病人的痛苦，最后眼睁睁看着这个士兵最后被疼死。

奇怪的是，这个死亡的士兵刚刚被埋葬，另外一个曾经跟着于营长的士兵又患上了与死亡士兵一样的疾病，没有多久也死于非命。随即，一个营几百官兵从上到下开始紧张起来，有人说是“邪病”，有人

铸魂

说是"瘟疫",也有人暗地里说是于营长干了坏事,天怒人怨。一时间兵营里沸沸扬扬,人心惶惶。

这种病确实有些邪性,没有人见过,也没有人听说过。发病的人都是军营里的士兵,发病前没有任何征兆,突然之间,病人的鼻孔里就会流出鲜血和鼻滴混杂的"线",细细的,长长的,分不清楚是红色的还是白色的,甚至不能轻易断决。不到半个月时间,于营长掌管的兵营里有十多名士兵死于这种疾病。

刚开始有士兵患病的时候,于营长还让随军军医和镇子里的医生诊断,做一些简单的治疗,后来看见实在找不到治疗的办法,士兵发病后只能放弃不管,全凭士兵个人的造化。开始时还要等到患病的士兵死了之后才挖坟墓埋葬,后来患病的士兵越来越多,只要士兵患病,不等死亡便被抬出去埋了。曾经有一个士兵还挣扎着哭喊道:"排长,不要埋我,我一顿还能吃两个馒头哩。"

排长狠狠地骂道:"吃你娘的屁,早死早托生,你赶紧滚吧。"随即把士兵抬出兵营,埋在了距离镇子不远的泰山庙底下的深沟内。不到一个月时间,泰山庙底下的深沟内一块荒洼地里堆满了新添的坟茔。

镇子里的百姓听说兵营里发生了瘟疫,很多人拖家带口,趁着夜色逃离镇子。没有过多久,偌大的镇子变得冷冷清清,没有了多少住户和行人。

终于有一天,被百姓暗地里骂做"驴营长"的于营长也患上了这种无法治疗的疾病。他死之后,被士兵和百姓称作"瘟疫"的怪病戛然而止,兵营里再也没有一个士兵因为患了这种不治之症而死亡。

说来奇怪,这种鼻子里流血的"瘟疫"只在于营长管辖的兵营里肆虐了一阵子,并没有传染到民间。后来,人们给这种没听说过也没经见过的怪病起了个名字——红线病。因为患病的人都是从两个鼻孔里垂出两条红红的、细细的、长长的"线"。

有老百姓传说:这完全是报应,是老天对恶贯满盈的于营长的报应。这种说法也只限于老百姓在私底下传扬,至于这个传说到底是不是真的,没有人去深究。据兵营里活下来的人说,患病的绝大多数人是于营长的亲信,曾经跟着于营长捞取了不少好处,沾过于营长不少光,享受了于营长不少恩惠。因为事关军事秘密,也同样没有人去探究。

李荣智听完唐一良讲的故事，很是吃惊。他惊奇地问道："这事情不可能吧？是不是于营长坏事做得太多了，老百姓故意背地里糟蹋他哩。"

　　"这事情不好说。于营长和他的很多部下死于怪病确实是真事。罗川镇泰山庙沟底里有很多新坟，驻军新近补充了很多士兵也是事实。"唐一良神情严肃，一脸迷茫，"兵营里和镇子里都在传着这个故事，而且越传越神奇，越传越真实。"

　　"这事情确实怪了。"李荣智无可奈何地说，末了，又心有不甘地说，"有时间我一定去一趟罗川镇，看看到底是怎么回事。如果兵营里人心不稳，我们还可以做一些工作，分化瓦解他们的士兵。"

　　"分化瓦解国民党军队确实值得考虑。不过从这个故事中我们也能看出，人不要做坏事，人做坏事总不会有好结果。于营长这些年作恶太多，朱村塬和罗川镇几乎人人都骂他哩。有的人恨不得吃了他的肉，剥了他的皮。别的不说，就老百姓的诅咒，他都受不了。"唐一良说。

　　后来，李荣智找机会去了一趟罗川镇。他在镇子里的街道上转悠了大半天，最后在一家店面很小的羊肉面馆里听到老百姓仍然议论兵营里的是非，传言兵营里死了很多人。他还去了镇子西南边的泰山庙，站在上山的土路上看了看沟底里荒滩上的一堆蒿草还没有完全长起来的乱坟堆。他不由得想起小时候老辈人说的"人不能作恶，作恶太多，人不报天会报"的说法。

三十四

　　"李队长，分区通知让你和张队长去开会。"分区通讯员骑着马，来到游击队驻地，找到正在和张大奎一起训练游击队员的李荣智。

　　"我们两个都去了，游击队的训练咋办哩？没有人操心不行啊。"李荣智笑着说，"这个时候不会有特殊情况，我们两个人去一个行不行？"

　　"这个恐怕不好说，听说是传达什么精神。"通讯员饶有兴趣地看

铸魂

着穿着不一、土里土气的游击队员在打麦场里走正步，练刺杀，相互格斗。这些看似土气的游击队员正步走得很有些架势，口号也喊得震天响。

"我们的队员怎么样？"李荣智看到通讯员兴致很高，故意笑着问道。

"你们的训练抓得很紧啊。"通讯员答非所问，仍然看着训练中的游击队员。

"不抓紧不行啊。平时训练紧一点儿、苦一点儿，总比在战场上紧一点儿、苦一点儿好啊。他们平常事情多，劳动紧张，没有时间训练。不抽时间抓紧训练，战场上会吃亏。你没有看到最近的形势吗，边区周围不安宁了。"李荣智说完，回过身，大声喊道，"大奎，把操练交给荣新，你过来。"

正在喊操的张大奎一边喊操，一边回过头看了看，把走在队伍前面的张荣新叫出来，低声吩咐了一下，随即朝李荣智走来，一边走，一边擦着脖子和头上的汗水。

等到张大奎走近了，李荣智才说："分区通知我们两个去开会。你回家安排一下，我们现在就去分区。"

"没有啥好安排的，让金虎给家里说一声就是了。"张大奎笑呵呵地说，"刚才没有给荣新说清楚，我再去交代一下。游击队训练要抓紧些，有些人有松活了，跟不上大家的节奏。"一边说，一边朝着训练的队伍走去，走到队伍跟前时，大声喊着游击队员停止训练，站好队伍。

李荣智和分区通讯员站在打麦场边上，远远地看着张大奎整队、训话，等待张大奎安排好队伍，才一起离开打麦场，回到驻地的窑洞里，牵出马匹，一同向分区驻地奔去。

所谓开会，其实是分区区委和司令部联合召开的吹风会，参加会议的不仅有各个县区的游击队负责人，还有分区、县、区政府的负责人，有地方部队和驻扎在关中分区的八路军部队负责人。这次会议是李荣智参加的规模最大的一次会议，也是层次最高的一次会议。区委领导、分区司令部领导、地方部队领导、八路军部队的领导都出席了会议，也都在会议上讲话、做报告，向与会人员介绍全国和陕甘宁边区的形势、抗日战争形势、国共关系和发展人民武装的形势，重点讲解抗战形势和国民党对于根据地的态度问题。对于首长的讲话和报告，李荣智听得很仔细，也很认真。尤其是八路军部队首长介绍抗战形势和国民党顽固派挑起摩擦冲突的过程，他听得更仔细更认真。在他看来，这些事情就发生在他的身边，与他的生活和工作息息相关，与他的未来和命运紧密相连。如同八路军部队首长一样，他坚信在不久的将来，抗日战争一定会取得胜利。因为在抗日战场上不仅有我们中国人，还有其他国家和地区的人民，全世界人民都在为战胜日本法西斯、德国法西斯和意大利法西斯而战斗。战胜日本帝国主义，实现中华民族的独立、自由和解放，是谁也阻挡不了的历史潮流。在中国共产党的领导下，中国人民一定会取得最后的胜利。

当八路军首长讲解国共两党之间的关系，尤其是最近几年两党军队之间的矛盾冲突时，李荣智感同身受。抗日战争爆发以来，国民党一直没有放弃消灭共产党的图谋，多次发动军事进攻，挑起战争，企图消灭共产党及其领导的八路军和新四军。前些年，他多次听说也多次参加发生在边区及其周围的冲突，曾经指挥游击队在康家塬与国民党军和保安团进行战斗。他也知道蒋介石早早地下达命令，修筑西起宁夏，南延泾水，北接长城，东迄黄河，绵延数省的五道碉堡封锁线，严密封锁陕甘宁边区。他切身感受过修筑在关中分区周围的东起黄河，经陕西宜川、洛川、宜君、同官、耀县、淳化、旬邑，连接甘肃正宁、宁县、西峰、靖远，进入宁夏的长达千余里的碉堡封锁线的威力，率领游击队参加过反击侵占职田镇、马家堡、井村、马栏等地的国民党军队和保安团、民团的战斗，与国民党顽固派和地方反动势力做过各种各样的斗争。他知道为了保护陕甘宁边区，尤其是为了保护陕甘宁边区南大门，中央军委把警备一旅调到关中分区，与关中保安司令部合并，成立关中警备司令部，加强对关中分区的军事领导。他却对中央军委把三五九旅调到延安东南面的南泥湾、金盆湾、九龙泉，一边屯垦解决粮食问题，一边练兵把守延安南大门不甚了解。三五九旅属于八路军一二〇师，在国民党不断挑起矛盾，加强对陕甘宁边区的封锁和包围的情况下，党中央审时度势，把它调到了陕甘宁边区南部，开荒种地，解决根据地的粮食问题和守护陕甘宁边区的安全。

当八路军部队首长说，国民党曾经在皖南地区包围并枪杀四千多

铸魂

名新四军战士，妄图取消新四军番号时，李荣智激动难耐，深深地憎恶国民党反动派出尔反尔，以及大敌当前环境下的卑劣行径。他依稀记得前些年分区传达毛主席《关于国共关系僵局中对国民党的策略的指示》时的情景，以及对处理国共关系"政治攻势，军事守势"八字方针的不理解，当时他觉得应该与国民党反动派针锋相对，在军事上狠狠打击国民党反动派。现在，他理解了为什么党中央当时会提出"政治攻势，军事守势"，明白了"只有军事攻势才会妨碍蒋之抗日，才是极错误政策。政治攻势反是，只会迫蒋抗日，不会妨蒋抗日"，"用蒋介石的手破了一条缺口的国共关系，只能用我们的手才能缝好，我们的手即政治攻势"。中国共产党站在夺取抗日战争最后胜利的大局上看待国共两党之间的矛盾，以民族独立和解放为前提处理国共两党的关系，高瞻远瞩，意义深远。我们的党是伟大的党，我们的领袖是伟大的领袖。在我们的党和领袖的领导下，抗日战争一定会胜利，中国革命也一定会胜利。

李荣智静静地坐在人群之中，专心地听着首长讲话，品味其中的道理。他是一名基层游击队领导人，他的活动范围、他所接触到的事物、他所关心的事情，都很有限。但是，正是在这个非常有限的空间之中，他做了他能做的一切。他明白了首长讲话的道理，他看到了未来和希望。

"大家是否还记得三年前甘肃二十多个县发生'民变'的事情啊？当时，蒋介石以为我们共产党会支持民变，打算以此为借口向边区发动进攻。我们的党中央看清了国民党反动派的企图，命令边区部队谨守领地，不给顽军以可乘之机，最后让国民党的如意算盘落了空。大家是否还记得当年共产国际宣布解散的时候，国民党反动派认为是镇服我们共产党的良机，立即调集了一个骑兵师、两个步兵师、一个炮兵旅、一个装甲团来攻打我们的边区。他们的计划都制订好了，想得美得很。他们计划分三步向我们的边区进攻：第一步，完成对关中和陇东两个区的攻防准备和实际封锁；第二步，加强封锁兵力，收复关中囊形地带；第三步，协力收复马栏、关中、陇东全部。他们觉得这个计划好得很。蒋介石还在计划上批示说：切实准备，但须俟有命令方可开始进攻，否则切勿行动，并应极端秘匿，毋得声张。他们还保密，其实我们早就知道了。党中央及时发出通知，明确指出：国民党乘共产国际解散机会，准备以武力进攻陕甘宁边区，迫我就范。同时发动宣传攻击，以造成反共舆论，要求发动宣传反击，同时准备军事力量粉碎其可能的进攻，在延安举行了三万多人的紧急动员大会，呼吁团结，反对内战。我们八路军总司令朱德还致电胡宗南：当此抗战艰虞之际，力谋团结，犹恐不及，若遂发动内战，必至兵连祸结，破坏抗战团结之大业，而使日寇坐收渔利，陷国家民族于危亡之境，并极大妨碍英美苏各盟邦之作战任务。要求国民党悬崖勒马，停止进攻。毛主席为《解放日报》撰写社论，揭露国民党顽固派破坏团结抗战、挑起内战的阴谋，号召全国人民共同制止内战。通过这些办法，把国民党进攻边区的图谋扼杀在了摇篮里，使它没有发展成大规模的军事进攻。"八路军首长有事件、有过程、有对策、有政策的讲解，让李荣智如痴如醉，让他听到了以前没有听到过的事情，明白了以前没有完全弄明白的道理。

会议开了两天。会议结束后，李荣智和张大奎迅速回到游击队驻地，开始了新的工作。抗日战争的形势和国共关系的变化，对地处陕甘宁边区南部的关中分区提出了新的要求，处理好"红区"与"白区"的关系，处理好八路军、地方警卫部队、游击队、民兵与国民党军队、地方保安部队、自卫队的关系，处理好根据地的安全与分区工作人员的安全，等等，都是李荣智等人必须面对和考虑的问题。来往于"红区"与"白区"之间的百姓，进出"红区"与"白区"之间的商贩，活动在"红区"与"白区"之间的特务，甚至包括百姓的日常起居和人情来往，都需要散落在群众之中的游击队和民兵及时掌握了解，洞察其中隐含的秘密。也许一个不经意的疏忽就会酿成巨大的灾难。

这时候，天气已经大热，黄土高原上生机盎然，农人已经开始了麦收前的忙碌。作为半军半农的游击队员，大部分人在参加军事训练和战斗之余，专心于自家土地里庄稼的长势，专心于麦收前的准备。夏秋两季收获，关系到家人一年的生活，也关系到能为边区和前线提供多少支援。尤其是夏收，要与老天爷赛跑，以免老天爷突然变脸，一场雷阵雨或者几天连阴雨，让期盼了一个冬天和一个春天的希望瞬间无踪无影。无论是普通农人，还是风里来雨里去的游击队员，都在

铸魂

暗暗地期待着、盼望着有一个好收成，有一个好年馑。

　　李荣智从红军部队回到地方工作之后，居住和生活在三嘉塬，国共合作抗日时他的老家被划归为"白区"，他无法回家也不能回家，更无法在家里居住和生活，因为家乡有人仍然以这样或者那样的方式等待着他，让他不得安生，让他的家人不得安生。两年前，哥哥和外甥被抓，表面上看起来与他无关，背后蕴藏的是针对他和游击队的阴谋。这个阴谋的参与者不仅有镇公所、县政府之类的地方政府，也有民团和保安团之类的地方军阀，有地主豪绅，更有国民党正规部队。稍有不慎，引起的事端不仅涉及他和他的家人，也涉及共产党游击队和边区政府，弄不好还会为国民党顽固派提供进攻边区的借口，为镇公所和县政府绞杀支持共产党游击队的人提供口实，为抱有不良企图的地主豪绅和失去权力、地位、土地和财富的人提供反攻倒算的机会。尽管事情最后得以平顺解决，没有为别有用心的人提供借口和机会，他的家人和亲戚却为此付出了沉重的代价，花费了价值八十石小麦的银圆。八十石小麦是什么概念啊？需要多少土地去产出，需要多少农人去辛劳？正因为如此，那件事情结束以后，每当这个季节来临的时候，他都会感到迷茫，感到惶恐，有时候还提心吊胆。他担心人们在这个季节里遭受意外，担心人们在这个季节里遭受飞来横祸。他暗暗地观察，暗暗地努力，不给任何别有用心的人提供机会。他加强了碉堡里的防卫力量，增加了流动哨位的数量，增多了检查和督促，时时刻刻注意着川道对面队伍的动向，注意着进出村落里的人群，甚至不随意放过一个流落在村庄里的货郎、乞丐和客人。在这个季节里，普通农人没有重大意外绝对不会串亲访友，也绝对不会离开土地。

　　"荣智，出大事了。"赵二娃火急火燎地走进窑洞没头没脑地说。

　　"怎么啦？慢点儿说。"李荣智放下正在擦拭的枪支，一下子站了起来。

　　"爷台山方向打起来了。"赵二娃说，"前些天，国民党陕西保安二团起义，击溃设在淳化县的保安部队指挥部以后投奔关中分区。随后，保安三团又发动两个连和一个排起义，烧毁十里封锁线上的碉堡，攻克方里镇外围所有据点，投向解放区。借着淳化事件和方里镇事件，国民党当局大造舆论说淳化兵变是共产党撑的腰，共产党遂乘机侵据淳化、通洞、方里镇等要地，欲向三原、铜、耀进击，夺取西安，并以此为借口，命令河防部队九个师同时开往同官、耀县、淳化、旬邑等地，准备进攻陕甘宁边区，用三个师进攻爷台山地区的八路军部队。国民党军队这次来势汹汹，看来是要有大动静了。"

"前面那两起事情我听说了，后面的情况我不知道。既然国民党军队这样兴师动众地进攻边区，肯定要打大仗了。给我们是什么任务？"李荣智问道。

"我们的任务还没有下来。我是听交通员说的，提前给你报告消息，以便提早做好准备。"赵二娃说。

"如果消息可靠，我们肯定有任务。"李荣智边说边走到窑洞门口，大声喊道，"通讯员，通讯员。"

通讯员听到喊声，立刻从旁边的窑洞里跑了过来："李队长，有什么事情？"

"有没有分区的通知？"李荣智问。

"没有。这两天啥通知都没有。我昨天去司令部的时候还问过，他们说没有情况。"通讯员说。

"有消息随时报告。"李荣智说，"你去把张队长请过来，就说我有事商量。"

"是。"通讯员走出窑洞，不一会儿张大奎提着枪走进了窑洞。

李荣智看见张大奎风风火火地走进窑洞，与赵二娃相视一笑，说："你太着急了，带着枪做什么？是这样。刚才老赵说国民党借口淳化和方里镇保安团起义，投奔边区，调动部队准备进攻爷台山及其附近地区。但是，到现在分区司令部仍然没有命令，不知道咋回事情。我想着我们应该早做准备。"

张大奎把枪放在炕桌上，拉了拉衣服，笑着说："让通讯员通知我准有事，我猜对了，我就把枪带来了。淳化和方里镇的事情我听说了，无论怎么说，他们是投靠了八路军，我们应该保护他们。国民党进攻根据地不过是想找个借口。他们既然要来，我们怕他们做啥？与他们打就是了。分区司令部没有命令，也许是觉得我们力量不足，人手不够。干脆这样吧，我们直接给分区司令部写请战书，要求上战场，说不定司令部就批准了，反正打仗不怕人多。"

铸
魂

"这是个办法，写请战书。"赵二娃哈哈大笑。

正在李荣智安排写请战书的时候，分区司令部通讯员前来通知说："分区命令各个游击支队迅速集中，向爷台山周围地区运动，策应八路军部队撤退。"

"咋回事吗？我们这边刚刚请求参战，那边怎么就要撤退了？"赵二娃大声嚷嚷道。

通讯员笑着说："首长猜到你们会这样问，已经让我告诉你们原因了。三天前，国民党暂编五十九师、骑二师以淳化事件和方里镇事件为借口，由淳化县城向方里镇以南进击，并向爷台山地区了发动攻击，用重炮摧毁了八路军前沿阵地，八路军逼迫收缩防线，退守爷台山主峰阵地。这个时候，国民党军暂编十五师、五十二师也全部出动，向旬邑土桥、上下墙地区发起了攻击。八路军因寡不敌众准备撤出战斗，放弃爷台山、熊家山、官庄、于村、宋家洼、杨家沟、张家岭、十里塬一线阵地。因此，司令部命令边区各个游击队迅速出击，按照各自区域，以灵活多样的战术打击和骚扰敌人，迟滞敌人行进速度，掩护八路军部队转移集结。"

"原来这样啊。"赵二娃笑着说，"我说咋回事，哪能不打就撤退。你回去说，我们这里已经明白，保证完成任务。"

"不过好戏还在后头哩。"通讯员临走时笑着说。

李荣智站起身，一边送分区通讯员离开，一边命令游击队通讯员："赶快通知各个支队，明天早晨天亮之前在杨家沟路口集中，等候行动命令。"看着通讯员离开之后，他急忙返回窑洞，与赵二娃、张大奎一起商量游击队的行动路线，最后确定集中所有游击支队，相互掩护，交叉打击和骚扰推进到十里塬的国民党军队。

国民党军占领爷台山及其以西的四十余个村庄之后，企图继续北犯。陕甘边区和关中分区按照"有理、有利、有节"的原则，一边通过各种方式，呼吁国民党停止进攻，一边通电全国，揭露淳化和方里镇事件真相，同时紧急调集陕甘宁晋绥联防军新四旅、教导第一旅、教导第二旅、三五八旅火速南下关中，会同关中分区警备一旅等部队准备进行反击作战。为了协调所有进入关中的部队，边区联防军司令部按照中央军委命令，成立爷台山反击战临时指挥部，决定乘国民党军队立足未稳，集中优势兵力歼灭爷台山守敌，打击国民党军队的嚣张气焰，由新四旅五个营各配山炮一门为主攻部队，警备第一旅三团配合，消灭爷台山、官庄、宋家洼之敌，而后扩大战果，收复全部被侵占村庄；三五八旅为第二梯队，集结于凤凰山、照金地区机动，准备打击反攻之敌；教导第一旅主力、第二旅全部集结于零湾、上畛子地区为预备队，监视东、西两面之敌，以保障战役后方安全。在多处攻击均未取得成效、战斗陷入胶着状态的情况下，司令部及时调整兵力部署，命令第二梯队三五八旅投入战斗，配合新四旅夺取敌爷台山主峰阵地。两天之后，爷台山主峰阵地上的国民党军队被全部消灭，老庄子、宋家洼的五个碉堡被攻下，被国民党军队侵占的大片地区和村庄被夺回，进犯边区的国民党军一千余人被毙俘，缴获轻重机枪十九挺、长短枪千余支和大批弹药物资。

李荣智和张大奎、赵二娃带领区域内五个游击支队在十里塬一带一边骚扰敌人，一边为八路军撤退部队提供支持，后来又随同边区进攻部队向爷台山方向进击，收复被国民党军队侵占的村庄。完成任务后返回驻地，帮助群众收割和打碾小麦。在这个过程中，有一部分人员被抽调编入了边区警备部队，游击支队人手不足的问题有所暴露。回到驻地后，经过区委和司令部同意，各个游击支队吸收部分民兵，恢复了游击队的基本力量。

爷台山反击战是关中分区在抗日战争时期进行的最后一次反击国民党顽固派的战斗。战斗取得胜利的日子，正是日本天皇宣布无条件投降的日子。爷台山战斗结束后，关中分区进入了短暂的"和平期"，既没有国民党军队的大规模进攻，也没有保安团、自卫队、民团的骚扰，即便是一些曾经非常嚣张的镇政府、县政府工作人员和恶霸地主，似乎也进入了一种"冬眠"和"休整"状态，不敢给"红区"和在"红区"工作的人员寻找麻烦，制造事端。在这种情况下，李荣智和张大奎、赵二娃等人甚至可以自由出入"红区"和"白区"，探望他们的家人和亲戚，帮助家人耕种土地，收获粮食。同时，他们利用时机，报经分区司令部同意，对游击队的组成和部署做了调整，有意识地进行宣传动员，让国民党统治区的百姓亲身感受到游击队的作用，对于游击队有了新的认识，对于共产党和八路军有了新的认识，国民党统

铸魂

- 275 -

治区的百姓因为抓壮丁逃亡到"红区"的事情越来越多，很多百姓宁愿跑到"红区"投靠八路军和边区的地方部队，甚至加入边区游击队，也不愿意在熟悉的土地上被人拉去当壮丁，给有钱有势的人当炮灰。

三十五

"这个小伙子要找你们李队长，你们把他领进去见见吧。"一天，南庄子村来了一位南方口音的年轻小伙子，逢人便说要找李荣智，被一位好心的老乡领着来到位于南庄子村边上的游击队岗楼门口。

哨兵听老乡说小伙子要找李荣智，转过身，看着小伙子。只见小伙子中等偏上的个儿，面色白净，眉清目秀，看起来很精干的样子。哨兵盯着小伙子看了半天，感觉没有什么问题，走出岗楼，站在窑洞崖背子上大声喊叫道："闫金虎，闫金虎，有人找李队长。"

南庄子村位于三嘉塬西北边，村庄坐南朝北，宽阔敞亮。南庄子村是共产党管辖区域，属于关中分区领导，是游击队驻守的根据地。游击队在靠沟边的土崖上从上到下修建了几排窑洞，供游击队负责人、游击队的骨干和一些无家可归的游击队员居住。游击队大队长李荣智居住在靠塬畔的一个院子里，游击队哨兵执勤的岗楼正好在他居住的窑洞崖背子上面。

听到喊声，游击队通讯员闫金虎跑上塬，与哨兵低声说了几句话，看了看远去的老乡，又盯着小伙子看了一会儿，对小伙子说："找李队长有什么事情吗？"

"我要跟他参加游击队。"小伙子看着闫金虎，很是腼腆地说。

"参加游击队是很苦的，弄不好会送命，你不害怕吗？"闫金虎故意说。

"我不怕。"小伙子看上去很坚决的样子。

"你跟我来吧。"闫金虎边说边向土坡走去。

小伙子回头看了看哨兵，感激地笑了笑，跟着闫金虎走下了土坡。

这时，李荣智和张大奎等人商讨完要办的事情，正在谈论局势。

大家你一言我一语，谈得非常热烈。谈论的中心不自觉地落到战事问题上，集中一点就是对于爆发战争冲突的担心。

日本法西斯战败投降，饱受深重灾难的中国人民期待建立和平民主的政府。国民党政府邀请毛泽东飞抵重庆进行谈判。经过四十余天的交锋商榷，国共两党最终签订《双十协定》。但是，蒋介石邀请毛泽东去重庆"和谈"，本质是为了混淆视听，麻痹人民，争取时间为发动内战做好准备。同时，暗中向华中、华北、东北的重要城市和交通要道、战略要地运兵，抢占战略要地，准备发动对内战争。对于蒋介石的假和平、真内战的险恶阴谋，中国共产党早已洞若观火，并积极进行应对准备。中央发出《关于日本投降后我党任务的决定》，指示全党全军争取保卫抗日的胜利果实。毛泽东在延安干部会议上作《抗日战争胜利后的时局和我们的方针》的讲演，预测抗战胜利后时局发展的方向，提出中国共产党要做好争取和平和准备战争的两手准备。在这种形势下，身处根据地边沿的基层游击队领导人和游击队员对于战争的体会和认识比别的地方更直接。过去的若干年，尽管国民党挑起了无数次的战争和摩擦，国共双方军队也曾有过交锋，但在陕甘宁边区内部并没有发生过大的战争。为了抗战的胜利，陕甘宁边区各级政府和人民做得最多的是发展生产和支援前线，是动员和组织所有力量，支持在敌占区奋战的将士。现在对外战争结束了，曾经合作抗战的国共两党之间在建国和恢复重建的问题上产生了很大分歧，一方想要独霸"朝纲"，实行家天下式的统治，一方要为更多的人谋取更大的利益，推动和平民主。双方的争执是必然的，不可避免的。

听着大家谈论，李荣智心中很不是滋味，不由得参与到谈论之中。他说："大家对战事都很担心，谈得也很有道理，其实也说明战争不可避免，战争已经到了我们面前。我也听领导们说起过，开战只是时间问题了。对于战争，领导们也说过，打就打，没有什么可怕的。十年前在南方，红军只有十多万人，国民党百万军队，剿了几年都没剿灭。我们这里也是这样。我参加红军队伍的时候，红军队伍也不过三百来人，他们三番五次来"围剿"，没有想到越剿越多，越剿红军势力越大。所以，大家要放下心做好自己手头的事情，不怕和国民党再打仗。当然，更要抓好训练，提高战斗能力，尤其是普通战士的作战能力和

铸魂

游击队打好阵地战的能力……"

"报告！"几个人正说到热闹之处，通信员闫金虎推门进来，指着身后的小伙子说，"这个小伙子说要找李队长，参加我们的游击队。"

大家看见来了一个年轻精干的小伙子，都忍不住投以赞赏的目光。李荣智高兴地说："想参加游击队是好事啊，欢迎，欢迎。"一边说，一边上下打量小伙子的长相，发觉小伙子眉目之间不像北方人，随口问道："你是哪里人啊？"

小伙子见问，急忙回答说："我老家是安徽的。"

"安徽……安徽……远得很啊，你是怎么到这里来的？"李荣智不紧不慢地问。

小伙子说："逃荒来到这里的。老家遭了灾，家里人饿死的饿死，逃荒的逃荒，没有什么人了，我跟着乡亲们逃荒来到了这里。"

李荣智又问："你姓啥？多大年龄了？"

小伙子说："我姓杨，十九岁了。"

李荣智发觉小伙子口齿清楚，语气沉着，忍不住继续问："你说你找我参加游击队，我们这里的游击队到处都有，还有正规部队，你为啥偏要找我呢？"

小伙子听出问话的人就是李荣智，高兴地回答说："你在国统区里名气很大，老百姓都说你很厉害。我非常仰慕你，就找你来了。"

李荣智哈哈一笑，说："我的名气有那么大吗？"接着又问道："看你的样子好像念过书，你念过几年书啊？"

听到李荣智询问念书的事情，小伙子伸手搔了搔头，有些不好意思地说："中学没有毕业。"

李荣智看了看小伙子，继续问道："你有啥特长没有？"

"我喜欢唱戏，唱我们家乡的黄梅戏。"小伙子说。

李荣智问完话，看了看其他人，对闫金虎说道："你先把他领去。从今天开始，他就和你住在一起，让他了解和熟悉咱们游击队的规矩，过一段时间再决定让他具体干啥事情。"

闫金虎带着小伙子走出窑洞以后，张大奎忍不住对李荣智说："我怎么感觉这事有些奇怪啊。这个人来得这么突然，而且一来就找你，你怎么不做一点儿防备呢？现在的情况这么复杂，我们该防的还得防啊。不能随随便便什么人都留下来。"

李荣智看着张大奎，说："你说的话对着哩，古来就有'防人之心不可无'的说法。在不了解底细的情况下，确实非防备不可，况且这个人又是个外地人，更要严加防备。我之所以让金虎先带他去，也是为了防备万一。金虎警惕性高，个人军事能力强，应付意外情况应该不会有多大问题。"

张大奎见说，顿时松了一口气，说："这种事情确实要先小人后君子，该防的防，该收的收。这两年发生的事情还少吗？前年在黄柏村发生的事就是教训啊。"

抗战胜利之后，国共两党虽然没有发生正面冲突，边区周围也没有发生大的战事。但是地处陕甘宁苏区南部的关中分区并不安宁，渗透与反渗透、破坏与反破坏的较量一直进行着，尤其是敌特分子的活动更是猖獗。一些死心塌地跟定国民党的人、一些受更高级别组织派遣的人、一些投机钻营两面讨好的人、一些被剥夺了权力和利益的人、一些在国统区作威作福的人像苍蝇一样，时不时地飞进飞出，刺探消息，暗杀苏区干部，破坏苏区地方组织，造谣和煽动百姓脱离共产党领导的事情层出不穷。如何防备和肃清敌特分子破坏，鼓舞和提高群众和战士们的斗志，成为苏区各级组织和武装力量不得不面对的问题。李荣智和张大奎等人作为游击队的负责人，不仅肩负着保卫苏区各级政府组织和工作人员安全的职责，也要处处防备，确保游击队自身的安全。

所谓在黄柏村发生的事，是两年前的夏天，游击队驻防距离南庄子村不远的黄柏村时发生的国民党特务暗杀游击队领导人的事件。有一天，一个挑着箱子和工具的小炉匠来到黄柏村，借着给百姓修理小件家具的机会，晚上住在村庄里一户人家家里。小炉匠与这家主人闲谈时多次问及李荣智是不是住在村庄里，变着法地打问李荣智居住的具体地方。由于在此之前，村干部和游击队早有交代，如果村里来了不知底细的陌生人，要及时给村干部和游击队报告。这家主人听见小炉匠一个劲儿地打听李荣智的下落，立刻警觉起来。他和小炉匠说了一阵子闲话，借口出去方便，把小炉匠的情况报告给了游击队。游击队支队长张大奎闻讯后立即带着两个游击队员来到这户人家家里，对

铸魂

小炉匠进行盘问。小炉匠看见游击队的人来了，说话有些前言不搭后语，引起张大奎的警觉。张大奎命令两个队员当场打开小炉匠的箱子，开始时只从箱子里搜出一铁盒红糖和一铁盒果糖，以及一些针线之类的货物。张大奎感觉很奇怪，围着箱子转悠了两圈，最后走到箱子跟前，伸手把箱子往起提了提，感觉箱子有些沉重，又用手捏了捏箱底，感觉里面有问题。他把箱子里的东西倒在地上，然后把箱子倒过来一试，果然发现箱底很重。张大奎又把箱子从里到外看了一遍，量了量箱子的内部和外部，发现箱子外面的高度比箱子里面的高度高很多，很快断定箱子里有夹层。于是，张大奎把箱子反转过来，将箱子底朝上，然后用手在一侧抠住一抽，箱子底下的夹层里果然掉出了东西。东西用破布包裹着，周围垫得很瓷实，翻来覆去倒弄的时候没有一点儿响动。张大奎看见箱子夹层里掉出的东西，又看了看箱子夹层，顺手把箱子扔在一边，捡起掉在地上的东西，撕开缠绕的破布，发现是一把美制"八页子"短枪和两颗日本蛋形手榴弹。小炉匠看见露了底，一下子瘫倒在地，立即招供他是受国民党真宁县自卫队派遣，来刺探游击队情况并刺杀李荣智的。张大奎向这户人家的主人要了一根绳子，让两个游击队员把小炉匠捆结实，押到游击队住处继续审问。第二天，李荣智把这一情况报告给关中分区。自此以后，李荣智等人按照上级指示要求，在同志们的关照下，和家眷一起，经常转移和变换居住的地方，即使在同一个村庄里居住，一年之中也要变换好几个住处。

最初十多天里，姓杨的小伙子待人和气，手脚勤快，跟着通信员和其他游击队员忙个不停，不是干这就是干那，很快与大家混熟了，与很多人尤其是与闫金虎建立了不同一般的关系。时间不知不觉过去了两个月，小伙子似乎有些焦虑不安和迫不及待。一天，趁着没有其他人在场，他对李荣智说："李队长，你把我留在队部里，让我给你当通信员吧，我想和闫金虎一起干。"

李荣智看了看小伙子，笑着说："你有些着急了？慢慢来吧。通讯员要求高，尤其是要有比较高的军事素质和单独执行任务的能力。这样吧，你先把游击队里的规矩和要求弄清楚，跟着金虎多学习一些军事技能，咱们再商量你的工作好不好？"

小伙子听了李荣智的话，不觉红了脸，讪讪地走出了窑洞。

"金虎，去把马拉出来备好。今天杨坡头逢集，我到集市上去看看。"几天之后，清早吃过饭，李荣智走出窑洞，对正在院子里擦枪的闫金虎说。逢集赶市是这些年游击队各级领导养成的一种习惯，也是游击队各级领导一项必需的任务。抗战期间，国民党在边区周围修筑了数不清的碉堡和岗楼，对边区进行严密封锁，使边区各种物资极度匮乏。游击队不仅缺少必备的战备物资，也缺少必备的生活物资。一些生活物资尽管可以依靠游击队员自力更生、自行解决，但是像药品和食油、盐之类的用品，还需要到集市想办法，要么购买，要么以物换物。这些任务绝大多数情况下必须由游击队各级领导亲自出马完成。

闫金虎迅速收起枪支，走进旁边的马棚，用刷子刷洗干净马背，给马搭好鞍子，把马牵到李荣智居住的窑洞前面，大声喊道："队长，马备好了。"

听见喊声，李荣智走出窑洞，上前接过马缰绳，右手在马的脖颈上摸了摸，把闫金虎叫到跟前，对着闫金虎说："今天给咱们磨一点儿粮食，晌午吃长面。"随即低声耳语了几句。

闫金虎点了点头，悄声说道："放心吧，我会处理。"

李荣智临上马时，故意大声对居住在旁边窑洞里的张大奎说："张队长，我去集市上了，你让张荣新和我侄儿套上骡子，去粮站打上些粮食。再给我的家属说一声，等金虎把面磨好了，晌午咱们擀长面吃。"

张大奎听见叫喊，在窑洞里大声回应道："知道了。你在路上小心些。"

看着李荣智骑上马，走上窑洞旁边的土坡，闫金虎转过身，对站在一旁的小伙子说："去把骡子拉来，咱们去套磨子磨面。李队长要吃长面哩。"

小伙子跟着闫金虎套好骡子，背着粮食去磨坊里磨面。他俩一边张罗着磨面，一边闲谈说笑。临近中午时分，闫金虎一边磨面一边唉声叹气，小伙子惊奇地问道："你叹什么气呀？我看你一天到晚很高兴，今天有什么事让你这么不痛快？"

闫金虎装作很不情愿地说："我告诉你，你千万不要对别人说，其实我高兴都是面子上装出来的。最近经常听人说不久就要打仗了，我

铸魂

心里着实着急啊。你看看现在这情况，国民党要枪有枪，要人有人，背后还有美国人支持，力量那么强大。如果国民党真的要和共产党打起来，共产党能打得过人家吗？共产党如果真的被国民党打败了，我们这些人怎么办啊？"

小伙子听闫金虎如是说，不由得皱起了眉头，说："照你这么说，如果这仗真的打起来，谁胜谁败现在还真的说不上。按常理说，共产党人少，武器又不好，想打败国民党确实很难。那你说，如果真的打仗了，我们怎么办才好？"

闫金虎故意装作很认真的样子看着小伙子，过了好一阵子才说："不瞒你说，这事情我想了很久。我早都想离开游击队了。一个是共产党取得胜利实在没有把握，二是游击队要吃的没吃的，要喝的没喝的，生活实在太苦了。单凭这两样，我已经受不了了。如果共产党再打了败仗，我们不都要跟着倒霉吗。与其等着共产党失败之后再离开，还不如早些离开他们去投国民党好。"

听了闫金虎的话，小伙子面露喜色。他回头看了看周围，向前靠近了一些，对闫金虎说："这事可不是随便说随便干的，一定要想好才是，决不能冒冒失失去做。如果弄不好，命就没有了。"说着又回头看了看，继续说，"这事要干，就一定要秘密地去干。只有等条件成熟了以后才能下手。"说着，又往前走了几步，凑到闫金虎跟前，对着闫金虎耳语了几句。

闫金虎抬起头，认真地看了看小伙子，点了点头。

中午时分，李荣智从杨坡头赶集归来，看见闫金虎给他使眼色，心里便明白了。他立即让闫金虎去从岗楼里叫来几个游击队员，一起把小伙子抓起来进行审讯。当闫金虎和游击队员走到小伙子跟前时，小伙子已经有所察觉，知道大事不好，面色灰白，定定地窨在那里。

游击队员上前准备抓捕时，小伙子立即跪在地上磕头求饶，说："我绝对没有坏心。"审问中，小伙子交代说："说老实话，我确实有使命在身，就是要刺杀李荣智李队长。不过，自从来到根据地以后，我才真正知道了世界上谁是好人，谁是坏人，谁是坑害老百姓的，谁是真心实意为老百姓的。你们都是好人，都是真心为老百姓做事情。特别是见到李队长以后，我既感到胆怯，又感到亲切，刺杀他的想法一天天地减弱。我不敢杀他，也不忍心杀他。正因为这样，刺杀他的事情才拖了这么长时间。当然我也想过，如果刺杀不成功，我绝无可能在你们这里逃过一死；如果不实行刺杀，他们也要置我于死地。想来想去，横竖都是死，我还不如不害好人，让他们来杀我。所以，我也就慢慢没有了刺杀李队长的想法。再说，即便是我刺杀成功，悬赏的一千块大洋我也不一定能拿到手……"

小伙子越说越激动，越说越恳切，眼泪从两眼中往外滚落。

看到小伙子说得入情入理，李荣智禁不住问道："到底是谁派你来的？你要一点儿都不留地全部说出来。我看在你也是穷苦出身的分上，只要你说的全部是实情，我们绝不会杀你。你自己掂量。"

小伙子看着李荣智，说："感谢李队长不杀之恩。"随后把事情的整个经过全部说了出来。

原来，小伙子的家乡确实遭了大难，随着乡亲一起逃难来到宁县境内，在街道上讨饭时被国民党宁县自卫队中队长王明胜撞见。王明胜看到这个小伙子长得精干，在问明他的身份和处境之后，把他推荐给宁县自卫队。小伙子在自卫队待了不长时间，王明胜和国民党真宁县某镇的自卫队长伍金钟取得联系，由伍金钟派小伙子设法打入游击队，争取取得李荣智的信任，通过给李荣智当通信员，接近并刺杀李荣智。如果刺杀成功，小伙子想当兵就留下来当兵，不想当兵就奖励一千块大洋，派人送他回安徽老家。

核实清楚情况之后第二天，李荣智派通信员把小伙子的情况向关中分区做了汇报，关中分区回复让把小伙子送到关中分区保卫大队。小伙子被送到关中分区以后，分区保卫大队又对他进行了详细审查，之后被送往延安，在剧团当了演员。

三十六

"知道你近来身体不好，本来不想告诉你，怕给你增加负担。但是，这件事又不能不告诉你。刚刚接到分区紧急通知，要求边区游击

铸魂

队配合新四旅和警三旅牵制国民党胡宗南部,策应解放军三五九旅进入陕甘宁边区。"李荣智由于旧疾复发,正在驻地休养,赵二娃带着刘富贵急匆匆地找到他,传达关中分区司令部命令。

"三五九旅不是在中原吗,怎么让我们去策应?"李荣智从土炕上坐起来,看着赵二娃和刘富贵。上个月,他因为去北塬工作时突遇雷阵雨,着凉感冒,引发旧疾,近来一直卧床休息,对时局变化不太了解,更不知道关中分区的局势和全国的形势一样,发生了根本性的变化。在他生病卧床期间,解放区各级政府担心的事情还是发生了。蒋介石派遣三十万大军向中原解放区发动突然攻击,拉开了对共产党各解放区全面进攻的序幕。从此,八路军和新四军统一改名为"中国人民解放军",国共之间的战争全面爆发。

"你有所不知啊,在你生病期间,蒋介石命令国民党军队突然进攻中原解放区,把包括三五九旅在内的解放军包围在中原狭小的区域内,企图一举歼灭。面对数倍于己的国民党军队,中原解放军遵照中央首长的指示,分南北两路进行突围。李先念、王震等人率领中原局、中原军区机关、第二纵队和三五九旅等共一万五千余人向北突围,现在已经突破了平汉铁路封锁线,冲过多处国民党军队的大规模截击,进入了商南县境内。为了迎接三五九旅回到陕甘宁边区,党中央连续多次给西北局发电,要求边区部队迅速组织力量进行策应和迎接。"赵二娃说。

三五九旅原来属于八路军第一二〇师。抗战期间,为保卫边区安全,被中央军委调回陕北南泥湾、金盆湾、九龙泉等地屯垦。抗日战争结束前,南下到达中原地区,与新四军第五师一起创建中原解放区。抗日战争胜利后,蒋介石调集重兵,多次向中原解放区发动进攻,到内战爆发时,三五九旅已经处于国民党军队的重重包围之中。陕甘宁边区各级政府和人民群众对三五九旅非常熟悉,对于它的去向也非常关注。

"具体任务是什么?"李荣智问道。

"三五九旅中原突围后,现在已经到达陕南地区。分区命令游击队马上行动,像新四旅和警三旅一样,抽调部队,以连为单位进入预定位置,牵制堵截三五九旅的国民党军队。我们这里的情况你也清楚,前一段时间，游击队的大部分战士编入了边区警备部队，留给每个支队的不过二三十人，四个支队合起来最多只有原来一个支队的兵力。如果以连为单位组织兵力，需要把现有的几个支队合成一个支队。"赵二娃坐在土炕边沿上，半是介绍情况，半是筹划作战意图。

李荣智说："策应野战部队进入边区是大事情，必须无条件服从，不能讲困难，也不能讲条件。即使有困难，也要想办法克服，绝对不能给上级提要求，讲条件。落实分区的命令，我们只能按照你说的办法，先把几个支队的兵力合起来，完成任务之后再恢复原来的建制。我的病不要紧，是原来的老毛病，最近好多了，不碍事。参加行动没有问题。"接着又问道，"我们的具体任务是什么，如何行动？"

赵二娃说："新四旅和警三旅抽调的部队以连为单位，有十几支，加上关中地区其他游击队共有二十多支，分布在关中分区到陕西西部和甘肃东南部的多个地方。我们的任务是从驻地出发，向南行进，经过旬邑、淳化，到达终南山，与其他部队一起参与策应三五九旅行动。"

"按照分区的命令办。现在就下达命令，赶快把各个游击支队集合起来，准备出发。要求能参加的人尽量都参加，实在不能参加的人也要组织起来，协助分区留守部队做好根据地的安全保卫。国民党军队开始进攻以后，根据地周围的形势肯定会变化。一些人觉得机会来了，一些人贼心不死，都会采取各种各样的办法进行渗透和破坏，甚至可能组织各种各样的武装队伍，伤害我们的工作人员和群众，根据地的安全保卫绝对不可马虎大意。尤其是游击队离开以后，边区的保卫力量就更弱了。"李荣智从土炕上下来，一边在窑洞脚地上来回走动，舒展筋骨，一边对赵二娃和刘富贵陈说自己的想法。依据他多年的经验，每当有风吹草动，根据地周围的国民党驻军、保安团、民团和地主豪绅组织的自卫队就会蠢蠢欲动，企图抢先进入根据地，夺回失去的权力和土地，对根据地的共产党员和群众大打出手。游击队离开根据地以后，一定要防患于未然，保护留在地方工作的同志和家属。

"你说得对，我们应该建议分区注意这个问题。从最近的情况看，国民党军队迟早会动手，动手的目标可能就在我们这一带。"刘富贵看着赵二娃说。

铸魂

"我想起来了，我们走了之后，弄不好分区也没有部队了。这样吧，让通讯员给老唐和大奎说一声，请他们想办法把各个村庄里的民兵组织起来，让民兵负责政府工作人员的安全。"

"这倒是一个办法。就是不知道他们是不是也和我们一样，要配合部队策应三五九旅转移。"赵二娃和刘富贵既高兴又担心，"分区的兵力整体上比较少，唐队长他们参加分区活动的可能性很大。"

第二天天未亮，李荣智、赵二娃、刘富贵等人一起，带领由各个游击支队整编起来的游击大队，按照分区的命令，与陕甘宁边区警备三旅一起行动，南下陕南，策应和迎接三五九旅进入陕甘宁边区。

中原解放军向北突围的部队进入陕南之后，中央决定李先念带领部分队伍留在陕南建立根据地，王震率领三五九旅继续北进，建立陇南根据地。三五九旅进入陇南地区以后，受到国民党军队重兵包围和进攻，难以立足，遂决定向陕甘边区转移。国民党军队发觉三五九旅北进意图之后，迅速调集十九个团的兵力，企图围歼三五九旅于千阳、陇县地区。王震率部迅速行动，连续五次突破国民党军的围追堵截，由宝鸡、凤县穿过川陕公路，越过渭河与陇海铁路，一路向北急进，其中两个团及旅部在警三旅策应下进入陇东屯子镇，一部分在新四旅策应下进入真宁县宫河镇一带，另一个团从平凉越过西兰公路，进入镇原马渠解放区。

三五九旅长途转移，绝大多数时间处在数倍于己的国民党军队包围之中，指战员们昼夜奔跑，吃不上饭，睡不好觉，进入根据地时一个个又黑又瘦，胡子和头发都很长，许多人穿着短裤，有的光着脚板。进入陇东解放区以后，在当地政府和群众的热情迎接下，三五九旅得以休息休养，战士们的体力得到恢复。在陇东休整半个月后，三五九旅回到延安，受到毛主席和党中央的热烈欢迎。在两个多月的艰苦征战中，三五九旅从中原突围时的五千余人锐减至一千八百余人。王震因为很长时间没有刮脸，胡子长得又密又长，在边区得了一个"王胡子"的雅号。

李荣智、赵二娃、刘富贵带领游击队，与警三旅和新四旅抽出的连队，以及旬邑、淳化等地的游击队一起，奉命在淳化、耀县、三原、兰田一带袭扰牵制国民党军队，等待和接应三五九旅的到来。三五九旅出终南山，绕道宝鸡、凤县，经过千阳、陇县，进入甘肃平凉以后，策应任务完成，游击队奉命回撤。返回途中，为了躲避国民党军队设立的封锁线，游击队一路翻山越岭，专门寻找小路行军。一天晚上，在淳化县西川，因天黑路径不熟，游击队误入国民党军队的防区，走进一条两边都是陡峭崖壁的峡谷。国民党军队在峡谷的咽喉地带的峭壁上修筑了碉堡，坚固结实，互为犄角，在峡谷中形成交叉火力，牢牢地控制了峡谷中的道路。此时虽然已是半夜时分，但碉堡内灯火通明，哨兵死死地盯着峡谷之中的小道。

看到这种情况，在前面负责开路的赵二娃命令游击队停止前进，迅速派人把李荣智和刘富贵带到队伍前面，察看地形。李荣智和刘富贵紧贴着峭壁，仔仔细细地看着巨大的碉堡，不由得焦急起来。游击队如果此时不能迅速穿过峡谷，天亮之前就很难顺利闯过敌占区。

赵二娃忍不住对李荣智和刘富贵说："你们两个看怎么办才好？"

刘富贵抬起头，看了看夜色中长舌一样的天空，说："这时候如果后退另外寻找路径，在敌占区危险很大，弄不好就出不了敌占区，必须想办法从这里穿过去。"

赵二娃说："从这里穿过去很危险。如果强行冲击，被国民党军队发现，两边碉堡同时射击，一定会造成很大伤亡。弄得不好，很可能会全军覆没。"

刘富贵说："现在赶紧想办法。如果天亮之前过不去，天亮后肯定会暴露。如果国民党军队两面夹击，我们就会无路可逃。"

一直盯着碉堡和山间道路的李荣智回过身，不紧不慢地说："根据这里的地形情况和碉堡里的灯光看，碉堡里的守军加起来最多超不过两个班，一个班分驻两个碉堡也说不定。如果这样的话，我们可以造造声势，大张旗鼓地向前走，在声势上镇住敌人，他们就不敢向我们开枪。"

刘富贵说："我看这个办法行。如果碉堡里只有几个人，看到过往的部队很多，一般情况下不敢贸然开枪。他们怕惹火烧身。"

赵二娃想了想，说："'兵不厌诈'。咱们就趁着天黑，弄些树梢子，分成几队，让战士们集中拉着，故意弄出声响，大咧咧地往前走，造成大兵压境的假象。"

李荣智对赵二娃说："也不可马虎大意，行动之前，要先给碉堡上的士兵喊话，进行一番威胁和吓唬。这样可能更保险一些。另外，带上几个人，让他们用枪瞄准碉堡射击孔，一旦发现碉堡内的人有不良企图，立即开枪射击，打掉他们的枪手。"

赵二娃说："就这么办吧，要抓紧时间。你们现在带领战士去折树枝，准备行动。我带人先去喊话。你们根据我喊话的情况，决定怎么行动。记着，行动一定要快。"随即带着几个人大踏步向前走了走，站在道路旁边的峭壁下面，对着碉堡大声喊道："碉堡上的官兵弟兄们，我们是共产党关中游击大队，刚刚迎接王震将军经过这里，请你们把路让开。如果同意，你们就把碉堡内的灯吹灭，用手电筒在空中绕三圈，然后再把灯点亮，放在射击孔上。如果不同意，就不要怪我们不客气了，你们就等着吧。"

赵二娃一连喊了三遍，随即回过头大声命令道："刘连长，让迫击炮做好准备。"

王震率领三五九旅北上的消息，这一带的国民党守军早有耳闻，听到赵二娃喊话，自知力量不足，乖乖地熄灭了碉堡里的灯光，用手电筒绕了几绕，然后点亮灯火，放在碉堡射击孔上。

看到碉堡里的守军按照喊话的意思做了，李荣智和刘富贵立即带领游击队一百多人，分成几队，拉着树梢，浩浩荡荡地从碉堡下面走了过去。碉堡里的守军听见动静，探头向碉堡外面望着，无奈碉堡射击孔上灯光亮着，碉堡外面黑咕隆咚什么也看不见，担心被解放军狙击手射杀，只好乖乖地缩回头，守在碉堡里面，任凭游击队大摇大摆地从峡谷中走过去。

脱离碉堡的射击距离之后，李荣智和刘富贵带领游击队，扔掉树枝，加快脚步，迅速朝峡谷口跑去。

赵二娃站在路旁，看着游击队员全部通过后，大声对着碉堡喊道："国军兄弟们，谢谢你们了。来日再见。"随后，大踏步赶上队伍，迅速向北撤退。

三十七

阳历二月初还在农历腊月之时，陇东高原数九寒天，冷风凛冽，大地一片萧瑟。农人们大都缩在自家的土炕上，享受着难得的闲暇。即便是一些勤快的农人，最多也只是花费心思喂养自家的牲口，堆积农家肥料，等着春暖花开之时运往贫瘠的土地里，播撒一年的希望。村庄里除过偶尔传来的牲口和狗的叫声之外，听到最多的声音是军人早起出操的口号，以及嘹亮的军歌声。不久之前还是合作抗战的"兄弟"，因为党派和信念的不同已变成反目成仇的"敌人"，相互之间不仅没有了过去的"容忍"和"协作"，反而多出很多来来往往的厮杀。共产党管辖区域周围突然建起更多的炮楼和碉堡，还有一些不知道从哪里调集来的军队，曾经建立很久都没有实效的"保甲"制度骤然紧张，让曾经一度自由往来的以土地为生的农人受到很多限制，心底里生出很多不解和迷茫。动辄传来的枪炮声再次让人们习以为常，也让人们再一次感受到了纷争和动荡。

国民党对共产党领导的解放区的全面进攻，并没有取得他们期望的结果。国民党军队不但没有实现消灭共产党军队和占领解放区的目标，反而在短短八个月时间损失七十余万人，导致进攻兵力严重不足，不得不把全面进攻改为向山东、陕甘宁两个解放区的重点进攻。由此，陕甘宁革命根据地成为国民党三十四个旅二十三万人重点进攻的目标。地处陕甘宁边区南部的关中分区首当其冲，成为国民党军队进攻的第一个目标。

其实，在关中分区所属的区域内战争风云早已经弥漫，国共两党所属部队之间的冲突早已发生。无论是坚守根据地的警备部队、游击队和民兵，还是驻守在根据地边沿的国民党中央军、地方军、保安团、自卫队，都在变着法儿地进行进攻和反进攻式的战斗。值得注意的是，抗战时期共产党进行的根据地建设见到了成效，不仅建立起了有效的政府组织和正规部队、游击队、民兵等武装组织，更主要的是通过卓

铸魂

有成效的工作，赢得了广大群众的信任、支持和拥护，即便是身处国民党统治区的民众有了困难或者遭受了欺负，也愿意跑到根据地寻求帮助，希望共产党游击队主持和伸张正义。正因为有了这一变化，在国共两党军队之间的战争中，无论是情报和信息供给、战场后援支持，还是伤员收集和看护，共产党正规部队和游击队明显优于国民党中央军和地方部队。无论是大规模的战役，还是小规模的战斗，很多时候是国民党中央军和地方部队还没有行动，消息已经被送给在前面等待的共产党正规部队和游击队；国民党中央军和地方军败退之时，往往是地方游击队、武工队、民兵大显身手之时，有时候一些胆大的民众也加入到追击的行列。如果遇到共产党军队战败撤退，往往像变戏法似的，在很短的时间内大量人员不知所踪，让追击而来的国民党军队无从下手。表面上看来，共产党军队在数量、装备、后勤保障等方面都比国民党军队差很多，在局部战斗中却往往以少胜多，掌握着战场主动，并积少成多。国民党军队的数量一天比一天少，士气一天比一天低，后继兵员越来越差，最后不得不依仗"抓壮丁"聊以为继。与此相反，共产党军队的数量越来越多，士气越来越高，装备越来越好，后续保障越来越充足。

清晨，天空中忽然弥漫起阴沉沉的云层，一场大雪似乎即将降临。吃过早饭，李荣智像往常一样，安排好一天的任务，开始对布防在村庄周围的哨楼和岗哨进行巡查。巡视岗楼、检查哨位、调整哨位设置，是他日常工作的重要组成部分，也是他的工作职责。国共两党军队重新开战以后，关中分区成为保卫陕甘宁根据地的前沿，游击队、武工队、民兵等地方武装力量的作用也越来越重要。在正规部队进行大规模作战的过程中，根据地日常防卫的担子落到了游击队身上。作为游击队的负责人，李荣智身上的担子也比以前重了很多。他既要安排游击队的日常防务，还要保卫根据地党政机关的安全，维护游击队自身的安全，更要做好游击队员的招募和训练，为正规部队提供更多的兵员。无论怎么说，游击队抵不过正规部队，尤其抵不过装备精良的国民党中央军。战争开始之后，国民党军队动辄把飞机、大炮派上阵，远距离的炮击，高空轰炸和扫射，让参加战斗的共产党军队深受其害。装备和人员素质远远不如正规部队的游击队更是难以招架，维护游击队自身安全的任务非常艰巨。

李荣智走到设置在村口的炮楼前面，看到哨兵站在各自的岗位上，全神贯注地盯着村外的道路和土地，他暗暗地向看见他的游击队员挥了挥手，躬身走进炮楼，询问夜晚值勤的情况和白天值班人员的安排。正在整理内务的游击队员认真地回答说："没有意外情况。就是天气太冷了，站在岗楼上冷得招架不住……"这时，哨兵进来报告说，东边大道上有人骑着马向这边奔了过来。李荣智走出门外，果然看见一匹战马正朝着村庄飞奔而来。

骑马飞奔而来的人是关中分区的通信员。通讯员打马跑到岗楼前面，顾不得从马背上跳下来，对站在岗哨旁边的李荣智大声说："李队长，分区首长命令你火速前去参加紧急会议。"

李荣智高声问道："是撤离的事情吗？"

通信员顾不得详细回答，随口说："就是的。详细情况不清楚。"说着，调转马头，双腿一夹，像离弦的箭一样又飞奔而去。

根据经验和通信员的神情，李荣智感到情况紧急。在长期的斗争实践中，特别是在抗日战争中，共产党的领导人和各级组织逐步走向成熟，学会了灵活机动的战略战术，在运动中保护自己，消耗敌人，在运动中创造和寻找战机，积小胜为大胜，最后夺取胜利。正因为如此，在抗击国民党全面进攻和重点进攻的过程中，从上级组织领导人到基层组织领导人都懂得和非常好地运用自己的战略战术，懂得和运用避敌锐气、保存力量、寻机歼敌的方法。作为基层游击队的负责人，李荣智也学会了判断和分析形势。

看着分区通讯员离开，李荣智立即命令游击队通讯员备马，加快步伐回到居住的窑洞里取了枪支，一边走一边交代张大奎等人注意警戒，做好随时撤退的准备，随即牵过马，向着分区司令部驻地飞奔而去。

南庄子村距离关中分区司令部所在地马家堡，如果翻沟走小路只有十多里地，步行至少需要一个时辰。如果骑马，就必须走塬路，需要向东从蔡头湾绕过去，足足有三十里地。李荣智一路快马加鞭，不敢停歇，不到一个时辰就赶到了。

分区司令部其实是老百姓腾出来的几孔窑洞。除了办公以外，分区机关和司令部十多个人吃饭和睡觉都在里面。李荣智把马拴在院子

铸魂

门口的大树底下，伸手摸了摸马的脖颈，又拍了拍马背，大踏步地走进大门，迎面碰见司令员陈伟国从大门里向外走。李荣智站在一边，喊了一声陈司令员。

陈伟国看见李荣智，哈哈笑着，说道："来得好快啊。先进去烤烤火，人还没到齐，我去外面看看就回来。"

李荣智和陈伟国打过招呼，走进开会的窑洞，看见窑洞里已经来了不少人，多数是曾经一起战斗的战友。战友相见，免不了又是一番亲切攀谈。正说话间，新正县保安科长宋学璋和县长郭宁璠相继走进了窑洞，李荣智上前与他们握手，彼此问候。过了一会儿，陈伟国从外面走进来，大声问道："人到齐了吧！到齐了我们就开会。"

随着陈伟国话音的起落，刚才还吵吵嚷嚷的窑洞里顿时寂静无声。从各个县里来的领导和游击队的指挥员正襟危坐，一脸严肃，满怀期待地看着站在正前方桌子旁边的军分区司令员陈伟国。

陈伟国走到桌子前面，把烟袋锅子往桌子上一放，说道："同志们，知道今天会议的内容吗？可能有些同志已经猜出来了，就是国民党蒋介石假和谈、真反动的狰狞面目终于彻底暴露了。过去八个月，他们仗着人多武器多装备好，背后有美国人支持，全面开花，对我们各个解放区发动全面进攻，被我们解放区军民打得落花流水，损兵折将七十多万人。现在，他们又觉得战线太长，兵力不足，开始对我们山东和陕甘宁两个解放区发动重点进攻。就我们陕甘宁边区而言，胡宗南、马步芳等人的三十多个旅二十多万人已经兵分几路，向边区扑过来了。根据情报断定，南线胡宗南十四万人直压延安，西线马步芳部和胡宗南一部共十个旅向我陇东、三边进攻，北线榆林的邓宝珊意欲向我绥德一带进犯。蒋介石胃口大得很，这次竟然亲自坐镇西安进行督战，看样子是想把我们一口吞掉啊。面对几十万强敌，我们只有区区三万人，正规部队和敌军相比是八比一。众寡悬殊，情况严重得很哪。"陈伟国目光炯炯，神色严肃，拳头不住地捶击着桌子，"大敌当前，为了保卫边区，保卫革命果实，毛主席、党中央要我们暂时放弃已经解放和占领的地方，避开敌人锐气，撤退到子午岭一带的梢山里面去，在运动中寻找战机，歼灭敌人。等待时机成熟以后，再全线反攻，彻底粉碎敌人的进攻。"

虽然很多人对于撤退早有预想，但真正听到陈伟国说要撤退的时候，不少参加会议的人还是很难接受，甚至痛心疾首："难道我们辛辛苦苦十几年，好不容易创下的这块根据地白白地丢给敌人了么？我们有的是人，有的是武器，为什么不打，偏要走？"新宁县武工队长赵二娃猛地从座位站起来，愤愤地要求道："大家走吧，我们武工队留在原地坚持斗争。我们要拖住狗日的腿，让他动弹不得。"

陈伟国看见大家议论纷纷，很有情绪，不愿意轻易放弃解放区和根据地，便停止讲话，站在桌子前面，神情严肃，静静地听着大家的议论，一直等到大家发完牢骚，情绪逐渐平稳，开始心平气和地琢磨撤退的问题后，才又开口讲话。他耐心解释道："你们都是带兵打仗的人，难道就不懂得一点儿用兵的原则和技巧？明明打不过人家，还要硬着头皮硬碰硬。这怎么能行啊？就不会动点儿心思，找点儿技巧，搞点儿迂回？人家几十万人，又有飞机大炮，难道我们非要把头伸到人家的飞机大炮底下去，等着人家来打？我们人少，装备差，打不过人家，我们就避开锋芒，让他们的飞机大炮无处使，然后发挥我们的长处，在崇山峻岭之中和他们兜圈子，拖疲、拖垮、拖死他们，我们不就成功了吗？现在放弃一些地方，正是为了将来能够长久地占住更多的地方啊。如果我们不撤退，与比我们多十几倍的敌人硬拼，把人都拼光了，将来还有谁来占领这些地方？毛主席说了，存地失人，人地皆失；存人失地，人地皆存啊。这个道理深得很哪！只要我们按照毛主席、党中央制订的行动计划来做，齐心协力，不计较一城一地的得失，在运动战中消耗敌人，消灭敌人，我相信我们一定会最终战胜敌人，一定会取得胜利。"

陈伟国的话语犹如一股春风，吹进了大家的心田，解开了大家心中骤然而起的思想疙瘩。坐在窑洞里参加会议的很多人脸上露出了一份喜色与自信。

陈伟国巡视了一眼会场，脸上有了一丝笑容。他接着说："会议之后，大家赶快回去准备，先把老百姓转移到安全地带。分区机关、县委机关、区委，还有武工队和游击队，除留一部分人坚持原地斗争以外，其余全部撤离。各级工作人员家属能随队撤离的随队撤离，不能随队撤离的提前与老百姓一起撤离转移。转移和撤离过程中必须做好

铸魂

安全保卫工作，防止敌特分子混入和破坏，禁止出现任何形式的安全事故。"

会议结束时，分区司令部宣布了各个机关和地方的撤离路线，同时宣布撤离过程中的安全保卫任务：分区机关由分区独立营担任警卫，各县委机关由保卫大队担任警卫，各区委由游击队警戒，撤离行动要灵活隐蔽，不得造成任何形式的恐慌。

陈伟国再三叮嘱参加会议的人员："情况紧急，大家回去之后务必要做好群众和战士们的思想工作，更要服从命令，说撤就撤，不得有任何形式的拖延和延误，还要准备吃苦。"

由于游击队驻地处于关中分区边缘地带，会议结束后，李荣智不敢停歇，与宋学璋和郭宁璠简单交换过意见之后，随即快马加鞭，返回游击队驻地，向张大奎等人传达会议内容和分区的要求，立即准备撤离。

第二天早晨，李荣智早早起床，带领游击队员分头把前一天下午和夜晚捆绑好的驮子抬上牲口脊背，对张大奎说："你带着队伍先走。给我留下两个人，我们察看一下周围的情况，随后去追赶你们。"李荣智走到跟随他的侄儿李金珠面前，说："战争形势变化了，我们需要避开敌人的锐气，进行撤退转移。你已经长大了，在路上要多操心，照顾好你叔母和两个弟弟。遇到事情及时给张队长汇报，张队长会帮你们处理。你绝对不能随心所欲做事情，不能不听从指挥，随意脱离队伍，更不能掉队。"

李荣智的大哥李荣福被保安队枪杀后，他的大嫂带着侄儿李金珠在二哥李荣泰的帮助下生活，李荣泰由于国民党士兵叛逃被抓之后，体弱多病的大嫂惊吓过度，含恨离开了人世。为了确保李金珠的安全，李荣智专门回家，与二哥李荣泰商量，决定把李金珠带到相对安全的二嘉塬，在他的身边居住生活。

送走张大奎之后，李荣智带着留下来的张荣新和闫金虎，重新把驻地的窑洞巡查了一遍，把一些带不走的东西搜罗在一起，找了一个偏僻的地方埋藏好，骑上马依依不舍地离开了居住了两年多的南庄子村。

先期离开根据地的张大奎走出不远，碰见区委书记魏宏军带领的区干部和家属，不久又与分区和县上的机关大队相遇，几支队伍会合在一起组成机关大队，在寒冷的夜幕里，悄无声息地急急地向东北方向行进。队伍经过的村庄，老百姓能跑能走的都已经跑得无影无踪，留下的是一些行走不便的老汉、老婆和娃娃。

这一天是农历腊月初八，也是传统的腊八节。如果没有国民党军队的大肆进攻，这时候农人也许正围坐在自家的土炕上，等待着吃腊八节早上热腾腾的腊八粥哩。

李荣智带着张荣新和闫金虎离开南庄子村，骑着马一直向东北方向追赶。这时候天快要亮了，进攻根据地的国民党军队已经距离根据地不远。为了防止被国民党军队发现，李荣智和张荣新、闫金虎把衣服反穿过来，让衣服的白里子朝外，以便于在白茫茫的雪地里行走。他们走到秦曲时，天已经大亮。老百姓也已经逃离，村庄里没有一点儿生气和动静。他们登上无人把守的碉堡，向周围瞭望，察看地形和方向，猛然间发现紧随而来的国民党军队密密麻麻，绵延在弯弯曲曲的道路上，向东开了过来。

"队长，敌人。"张荣新一声惊叫，随即一把抓住李荣智的胳膊，趴在碉堡顶上。闫金虎一个鱼跃，紧贴着李荣智另一侧身体，也趴在了落满积雪的碉堡顶上。

"别紧张，我看见了"李荣智拍了拍张荣新，又拍了拍闫金虎，"他们还远着呢，没有发现我们哩。"

"我们咋办哩？"张荣新低声问道。

"我们分散开来，在不同的地方向他们打几枪。吓唬吓唬狗日的，让他们摸不清楚情况，迟滞他们行进，也好给前面的大部队争取一点儿时间。"李荣智说完，重新从地上站起来，弓着腰，尽力地望着晨曦之中涌来的国民党军队。随后，对张荣新和闫金虎说："你们两个往两边走一走，选择一个合适的地方，听见我开枪之后，你们也开枪。等国民党军队停止前进，准备向我们进攻的时候，我们在村庄旁边会合，然后一起向东跑。打中打不中他无所谓，只要他们停下来就行。"

"明白了。"张荣新和闫金虎跳下碉堡，朝着不同的方向跑去。李荣智弯着腰，看见他们两个停下来之后，直起身子，贴着碉堡顶部的台阶，举起枪，朝迎面而来的国民党军队开枪射击。张荣新和闫金虎

铸魂

听见枪声，也举起枪，同时向国民党军队射击。

在晨曦之中前行的国民党军队被突然响起的枪声吓了一跳。走在前面的国民党军队随即停下脚步，四散隐蔽。行走在队伍中间的军官急忙跳下马背，举起望远镜，朝着村庄里张望。

由于李荣智和张荣新、闫金虎开枪的地方距离国民党军队差不多在千米之外，他们射击出去的子弹没有打中国民党军队，却打乱了国民党军队前进的队形。国民党军队不得不停止前进，四散开来，察看地形地势，寻找向他们开枪的人。看见追击而来的国民党军队停止前进，李荣智向张荣新和闫金虎挥了挥手，跳下碉堡，骑上马，沿着村庄里的胡同，跑到村口，与张荣新和闫金虎一起，向东追赶大部队而去。一直到中午时分，他们才追赶上行进中的机关大队。

机关大队朝东走了一阵子，随后向北一拐，开始下山。这时，可以清楚地听到西北方向的雕翎关一带传来激烈的枪炮声，解放军三五八旅狙击部队与国民党第四十八旅已经接火。为了掩护机关、部队和游击队撤退，三五八旅狙击部队阻击敌人将近一天时间，国民党军队被阻击得不能前进，第二天傍晚时分，不得不停止进攻，向西撤退。

机关大队冒着严寒，忍着饥渴，不顾疲劳，连续行军，一个个累得精疲力竭。有的人走着走着就打起了盹，有的人走着走着就跌倒在路旁昏睡过去，但是没有一个人掉队，也没有一个人让自己的同志掉队。有的人刚刚跌倒在地，前面或后面的人很快将他摇醒，搀扶着一同前行。三天之后，队伍来到石底子后停止前进。石底子是一个居住着几户人家的小山村。村庄周围布满了树木和梢林，地势隐蔽，便于隐藏，队伍决定在此地休息休整。命令刚一下达，人们便三个一群五个一堆，脊背靠着脊背，肩膀抵着肩膀，就地睡着了。

好几天没有吃过一口热饭，没有喝过一口热水，加上白天黑夜连续行军，人们都累坏了。为了让大家恢复体力，分区和县、区领导一起商量，决定做一顿热饭吃。得到命令，游击队随即派人从老百姓家里买来小麦，在石磨子上磨了起来。由于一起行走的人太多，无法在短时间内把小麦磨成细面，给大家烙饼子做面条，只能把小麦磨碎，放在锅里烧成麦粥，给所有人盛麦粥吃，大家形象地管它叫"麦仁饭"。也许是常说的饥不择食，饿极了的人无论吃什么饭食都觉得香甜可口，恨不得一下子把食物全部吞下去。"麦仁饭"虽然只是麦糁烧的粥，这时候却成了难得的美餐。一个有文化的同志为了缓解人们狼吞虎咽的急迫，一边吃着"麦仁饭"，一边给大家讲故事。他说："当年，曹操兵败赤壁，闯华容道脱了险境，人困马乏，饥不可忍，遂召部下找来一位当地老农给他弄饭吃。老农用带着沙子的大米烧成稀粥。曹操饿极了，端起碗，狼吞虎咽。尽管稀粥里的沙子硌得他不敢合牙，他还是边吃边问老农：'为何这粥吃起来这样香。'老农回答说：'这是你饿了，吃什么东西都香啊。'如今我们吃的这个'麦仁饭'里面起码没有沙子硌牙啊，比曹操吃的那顿粥好多了。"他的一番话语招来满院子的笑声。

另外一个人接上话茬，说道："你说得不对。曹操是兵败，我们可不是兵败，我们是主动撤离，迂回作战。现在我们吃些苦，背着敌人走，说不定哪一天我们来个大反击，追得胡宗南他狗日的连带沙子的粥都喝不上哩。"还没有等他说完，刚刚要沉寂下去的笑声被哄然大笑所取代。

大家吃得正香的时候，担任警戒的部队派人通知说国民党军队追上来了，必须赶快离开。话音未落，后面已经响起激烈的枪声。大家只得放下饭碗，整顿行装，揣着半饱的肚皮，看着剩下很多的"麦仁饭"，恋恋不舍地踏上了撤退的道路。虽说如此，总算吃上了一口热饭。热饭下到肚里，浑身顿时热乎乎的，增添了不少劲头。行军速度明显快了起来，不多时便走出了好一段路程。

行军队伍在高低不平、乱石崛起、荆棘丛生、溪流冰冻的山川河道里急进。李荣智一边走，一边与几个牵着骡子的人说话，远远看见宋学璋骑着马由前向后赶来。距离还很远的时候，宋学璋便大声呼喊道："老李，赶快向后面传话，敌人的飞机出动了，赶快分散隐蔽。"

李荣智听说，立即返身向队伍后面跑去，一边跑，一边大声喊道："大家赶快进入树林隐蔽，有敌机。"

李荣智通知行军队伍隐蔽后，返身向队伍前面奔跑，还没有等他走到刚才的位置，天空便传来嗡嗡的响声。李荣智抬头一看，一架飞机从对面的山顶上飞了过来。他发现右前方有个土坎，紧跑了几步，想跳进土坎后面隐蔽。只听见张荣新在不远处的一棵大树底下急促地

铸魂

喊道：“队长，快，快趴下！”

也许是敌机发现了李荣智或者行进队伍的踪迹，在李荣智刚刚趴到地上的时候，飞机怒吼着俯冲下来，子弹在他前方不远处咕咕叫着钻进土里，激起缕缕烟尘。

飞机飞走以后，队伍又继续前进。刚刚走出不长一段路，空中又传来了飞机的嗡嗡声。听见飞机的轰鸣声，大家自动跑进道路两旁的树林里隐蔽起来。李荣智钻进树林以后，回头看着隐蔽的战士，只听旁边一个战士低声喊道：“哦，‘黑寡妇’，‘黑寡妇’，三架‘黑寡妇’。”

李荣智抬头一看，果然看见三架黑得发亮的飞机贴着山顶飞了过来。

飞机这一次来与上一次不一样。飞机在空中盘旋了一阵之后，开始用机枪胡乱扫射。开始时，飞机并没有明确的目标，只是怪叫着俯冲下来，打一阵机枪，又怪叫着向高空飞去。一连几次之后，驮着迫击炮的骡子经受不住惊吓，暴跳如雷，被飞机发现。飞机发现受惊的骡子之后，时起时落，纠缠不休，拼命地向骡子射击。有两匹骡子的缰绳被子弹打断。脱缰的骡子疯了似的在河滩里乱跑。敌机尾追不放，来回穿梭扫射，两匹骡子中弹栽倒在地。

由于人员隐蔽得当，纪律严整，飞机来回盘旋俯冲了几次，没有发现隐蔽的人员，胡乱打了一阵机枪，扔了几颗炸弹以后飞走了。有一颗炸弹落在有人隐蔽的树林里，万福朝等五名区干部被炸死和炸伤。

从中午开始，飞机一连三次在行军队伍上方进行轰炸和袭扰，迫使机关大队走走停停，停停走走，难以快速向前行进。直到天黑以后，飞机因为难以看清地面的物体，加之周围全是崇山峻岭，才不得不停止骚扰，行军队伍才安定下来，趁着难得的间隙继续向前行进。

晚上，机关大队在行军路上就地宿营，第二天天不亮动身继续赶路。约莫走出二十里路的光景，担任后卫的独立营一连赶上来，说机关大队凌晨离开宿营地不久，国民党军队的便衣队占领了宿营地两面的山头，天亮以后向河滩的茅草庵打了一阵枪，发现一个人也没有，才退回去了。人们不禁倒吸了一口凉气。

接连几日，国民党军队在后面追赶寻找，飞机在天空侦察轰炸，机关大队在警一旅、新四旅、分区独立营和游击队的交替掩护下，在子午岭深处与国民党军队捉迷藏、钻空子，走走停停，曲曲折折。恶劣的环境使人们得不到休息，日夜兼程使人们疲惫不堪，挨冻受饿使人们深受煎熬，很多人的眼睛熬红了，面容憔悴消瘦。有的人好几天没有洗脸，胡子和头发长得很长；有的人棉衣被荆棘挂破，撕得东一块西一块，露出了棉花；有的人脚上打了水泡，走起路来一跛一拐很是艰难。艰苦的环境并没有消磨人们的意志，很多人虽然身体有这样那样的伤痛，仍然乐观向上，既鼓励自己，也鼓励战友。有一个战士的棉衣被荆棘撕烂，里面的棉花大部分被扯掉，只剩下被扯烂的面子和还算完整的里子。他穿着这样的衣服冷得不行，行军时把晚上睡觉盖的毯子披在身上，说说笑笑，为大家排解忧愁。

"叔，快去看看，婶婶咳嗽得很厉害。"一天晚上，李荣智正与分区独立营营长商量第二天行军的线路，侄儿李金珠匆匆跑来找他，焦急地说。

"比昨天还严重吗？药吃了没有？"李荣智回过头问道。

"吃过了，作用好像不大。"李金珠嗫嚅地说。

"你赶紧回去看看吧。天气这么冷，千万不要耽误了。天寒地冻，连续行军，吃不好，睡不好，对人的损伤很大哩。不要说女同志，就是身强力壮的小伙子也吃不消啊。"独立营营长说，"你赶紧回去看看吧。明天的事情按照刚才说的办就可以了，你不用担心。"

"家属受了风寒，咳嗽得很厉害。昨天向卫生队要了一点儿药，看来作用不大。"李荣智不好意思地笑着说。告别独立营营长，跟着侄儿回到宿营的地方，看见妻子搂着两个儿子躺在用树枝和野草搭建的窝棚里，身上盖着行军毯，不停地咳嗽着，李荣智随即上前，轻声问道："吃药了没有？"

妻子听见李荣智走进窝棚，挣扎着翻过身子。

李荣智上前一步，轻声说："别动了，好不容易热乎一点儿，坐起来就又要冷了。"一边说着，一边把自己的行军毯搭在妻子的行军毯上，用手轻轻地压了压。

妻子一边咳嗽，一边说："把毯子给我，你咋办啊？天气这么冷，不要你也生病了。你还有任务呢。"

铸魂

"安心睡吧。睡着就好一些了。"李荣智安慰道。

"这一会儿好多了。天气太冷，着了风，一时半会儿好不了。你还有事情哩，不要记挂我。大家的事情才是大事情。"妻子说着又咳嗽了起来。

李荣智走出窝棚，找到通讯员，弄了半杯热水，端到妻子面前，看着妻子喝了水，拽了拽被子，安顿李金珠睡下，随后坐在窝棚里的草堆上，看着妻子和孩子睡着了，起身走出窝棚，一个人站在夜幕里，抬头看着黑黢黢的夜空。

寒冬腊月，连续行军，躲避国民党军队的追击，损伤了很多人的健康，分区、县、区的很多干部，尤其是家属患上了这样那样的疾病。由于药品匮乏，很多人的身体受到了损伤。医治患病的队员和家属，是行军路上的一个大难题啊。

黎明时分，机关大队悄悄地从窝棚里爬出来，又开始了一天的行程。

行军一路经过的村庄自战争开始后，老百姓陆续跑进深山里躲藏，房舍和院落里空无一人，各家大门都上了锁，没有来得及带走的鸡鸭猪羊无人看管，要么逃进了山沟，要么被冻死在住所周围和河滩里。遍地横陈的家畜尸体在冬天的土地里显得诡秘而凄凉，也让撤退途中的革命者多了一份辛酸。抗战的烽火刚刚熄灭，内战的纷争业已点燃，追求独立、自由和解放的道路上布满荆棘，对于一手拿着枪支、一手拿着锄头的游击队员来说，不能不说是一种煎熬和考验。他们不仅要战胜严寒等自然环境的考验，还要战胜掌握着飞机大炮的敌对者的追击。但是，他们有钢铁一般的意志，有战胜困难的信心和勇气。他们用自己的双脚丈量着冬天的土地，用自己的双手创造着人类历史上一个又一个神话。

分区、县、区机关和部队、游击队撤离后，尾随而来的国民党军队很快侵入根据地，占领了他们失守多年的土地。也许是内心满怀着对于重新获得土地占有权的冲动，也许是对于撤离根据地的共产党政权的憎恨，也许是对于支持红色政权民众的报复，国民党军队每到一地，见东西就抢，见物品就砸，把老百姓没有来得及带走的锅碗勺盆砸得稀巴烂。国民党军队经过的很多村庄房舍倒塌，瓦砾遍地。国民党真宁县保安团与永宁镇自卫队一起突进根据地，在根据地内设置据点，任命保甲，加强对老百姓的控制。一些共产党员、游击队员家属和同情革命的人受到残酷迫害，很多人被杀或者被抓捕。永宁镇保安团总刘西诚疯狂叫嚣道："这下好了，再要见到一个'红军'，除非日头从西边出来。"在严酷的形势和国民党的策反宣传下，游击队支队长吴占英、侯旺财、任致祥等一些未撤离根据地的不坚定分子投敌叛变，根据地内部的斗争形势更加艰巨复杂。

转眼之间过去了一个多月，分区、县、区机关干部和家属根据上级指示，不停地按照侦察路线迂回奔走，一路经过石底子、零湾里、丁字川、碾卫子河、上畛子、桂花塬、艾蒿店子，最后在康家塬才将尾随的国民党军队甩脱。这时候，传来特大喜讯：胡宗南最精锐的王牌第四十八旅在雕翎关与解放军三五八旅对阵之后，没有占到便宜仓皇向西撤退。三五八旅按照上级指示，向东北方向撤离战场。胡宗南四十八旅侦知三五八旅去向后，立即调转方向，加快行军速度，向东北方向追击，企图与三五八旅决战。他们哪里知道，此时解放军独一旅、新四旅和警三旅在西华池附近埋伏，给他们设好了"口袋"。解放军三五八旅进入西华池时，胡宗南四十八旅尾随着赶到了西华池。在西华池设伏的独一旅、新四旅和警三旅看到胡宗南四十八旅后立即向后撤退。胡宗南四十八旅看见西华池是一座空城之后，不顾命令，拼命地往城里钻。解放军独一旅、新四旅和警三旅趁胡宗南四十八旅进城后立足未稳，突然返回，迅速包围了胡宗南四十八旅，并发起猛烈攻击。胡宗南四十八旅遭到数倍解放军的进攻后，猛然发觉已被包围，随即凭借武器好弹药充足，拼命冲锋，夺路而逃。经过半天激战，解放军消灭胡宗南四十八旅一千五百余人，击毙四十八旅旅长，迫使其突围队伍迅速逃跑。

西华池战斗的胜利极大地改变了陇东战局形势。陇东地区恶劣的环境暂时被扭转，关中分区的形势也随之好转，上级随即命令分区、县、区机关和游击队趁机返回根据地，恢复地方政权，进行恢复重建。

国民党部队向西撤退，关中分区、县、区机关大队从康家塬向九岘塬转移过程中，没有遭到国民党中央军的袭扰，却时不时地受到国民党便衣队的骚扰。便衣队或三五成群，或十几人一队，乘机入侵根

铸魂

据地，打家劫舍，搜捕革命者，袭扰撤退转移和回撤途中的共产党机关工作人员和游击队。由于自卫队大部分人是地皮流氓和无赖恶棍，虽然人数不多，但危险性和危害性极大，很不容易对付，稍有不慎就会被他们袭击或者伤害。面对这一情况，分区命令李荣智组织"反敌便衣侦破队"，以自己的"便衣队"反制敌人的便衣队，让敌对力量不敢轻易组织便衣队到根据地骚扰百姓，破坏根据地建设。

按照上级命令，李荣智和张大奎经过商议，从随行的游击支队中挑选出精干人员组成"便衣队"，根据群众提供的情报，化装以后，在敌人的便衣队经常出没的村庄里寻找机会。一天下午，他们正在一户人家了解情况，猛然听见村庄西边传来货郎鼓的声音，并伴有"卖洋糖针线哩噢"的吆喝声。李荣智拉开大门，探头向外一望，只见一个货郎打扮的人担着担子，从西边的小道上走了过来，边走边吆喝，边走边四处张望。老乡看了看，对李荣智说："前两天来的好像就是这个人，到处打问游击队的下落。"

李荣智和张大奎简单地交换了一下意见，决定把"货郎"扯回屋里来。于是，他们简单地做了分工，两个人负责捉拿"货郎"，其他几个人负责监视附近的动静。眼看着"货郎"越来越近，等快要走到大门口时，李荣智向门外猛地一闪身，一把抓住"货郎"的肩头，用力一扯，"货郎"被拉进院门，货郎担子噼里啪啦掉落在院子里。"货郎"被突如其来的袭击吓了一跳，手立即伸到腰里去摸枪。说时迟那时快，李荣智挥拳向"货郎"面部打去，张大奎照着"货郎"的腿部猛踢一脚，"货郎"瞬间被打翻在地。李荣智顺手夺了"货郎"的"大机头"盒子枪。

"货郎"被夺了枪之后，立刻像泄了气的皮球一样瘫软在地，额头上的冷汗直往外冒。李荣智用枪顶着"货郎"的脑袋，问道："说，你一起还有没有其他人？到这里干什么来了？"

"货郎"先是支支吾吾，不肯说实话。张大奎故意抬起脚，装作要踢下去的样子，"货郎"急忙求饶道："就我一个人，就我一个人。今天来侦察情况，其他人明天再来。"

"如果不说实话，小心你的皮。"张大奎呵斥道。

"货郎"急忙说："是实话，是实话。如果说假话我不得好死。"

第二天，李荣智带领"便衣队"，提前埋伏在敌人便衣队路过的地方，果然有敌人的便衣中了伏击，被全部缴了械。从此以后，李荣智带领"便衣队"，依靠群众掩护，连连出击，连连得手，使得国民党军队的小股便衣队不敢轻易出来活动。

三十八

阳历四月，浩瀚的子午岭山林，万木吐翠，春意盎然。李荣智带领"自卫队"肃清敌对力量的"自卫队"之后，重新回到游击队，与张大奎一起，带领游击队员，保护分区、县、区机关干部及家属在子午岭山区腾挪转移，寻机恢复和重建地方政权。

这时，前线不断传来好消息，经过几个月的巧妙穿插反击，继西华池一战以后，解放军在西北战场取得了一系列新的胜利：陕北青化砭一战全歼国民党三十一旅，羊马河一战全歼国民党一三五旅，改变了战场形势和敌对态势。分散隐蔽撤离的地方工作人员、游击队、武工队纷纷踏上返回驻地的道路，以各种各样的方式打击和清除侵入根据地的敌对力量，重建地方政权，发动组织群众，准备物资和军粮，为解放军行军和作战提供支持。

不断传来的好消息让李荣智等人对于结束撤退转移生活充满期待。尽管他们也是战争的参与者，也在寻找打击入侵者的机会，他们仍然期待战争早日结束，期待早日回到根据地过安宁和平的日子，期待早日结束撤退和躲藏的生活。每当听到解放军和边区部队在战场上取得胜利，他们就像喝了蜜汁一样高兴，甚至不顾禁忌，走出躲藏的山林，到人烟集中的地方去，到曾经熟悉的地方去，寻找和购买分区、县、区干部和家属生活的必需品，寻找和购买食用盐和食用油，偶尔还买回来一些蔬菜和肉制品，改善大家的生活，为人们特别是为随队转移的孩子们带来一份惊喜。

国民党军队进入陕甘宁边区之后，表面看来犹入无人之境，没有遇到大规模抵抗，甚至没有与解放军和地方部队交手，很顺利地侵占

铸魂

了边区大片土地，重建了自卫队、民团和乡镇、保甲等一系列军事武装和地方政府组织，但在解放军灵活机动的战略战术面前，他们也损兵折将，断送了很多有生力量。尽管像李荣智一样的地方军事干部带领游击队员和他们保护的干部、家属遭受了从未有过的艰难，他们的数量却没有减少，信念没有动摇，追求没有降低。在艰难的环境中，他们的意志和信念更加坚定，行动更加自觉。无论行军还是宿营，他们相互照顾，相互关心，相互保护。他们像一家人一样，在崇山峻岭之中行进，在强敌进攻的间隙中前进，在不经意之中捣毁国民党军队刚刚组织起来的民团、保安团、自卫队，抢夺枪支，改善装备，打击敌对势力的气焰。

正当李荣智带领游击队保护分区、县、区机关干部和家属从子午岭深处走出来，逐渐向关中分区靠近的时候，机关大队接到命令，要求分区、县、区机关以最快的速度返回根据地，重建和恢复地方政权，打击敌特分子，组织群众支援解放军。根据命令，李荣智对随行的武工队和游击队进行重新整编，划定线路，分清职责，约定联络方式，保护分区、县、区干部和家属，分头向关中分区驻地推进。

"你看，对面山梁上有好几处火堆，周围好像还有人，你带上几个人去弄清楚情况。记着，绝不能暴露目标，打草惊蛇。"李荣智带领武工队和四支队部分人员，护送县、区干部和家属，沿着秦直道一直向南，在石底子转向西南，随后又朝南行进。当他们走到芋子沟的时候已经半夜，李荣智猛然发现对面山梁上有好几处篝火，周围似乎还有人在活动，立即命令队伍停止前进，吩咐分队长带人前往侦察。

"是。"分队长借着李荣智指着的方向，看清对面山梁上火堆的方向，随即挑选了几名精干的队员，迅速消失在深沉沉的夜色里。

李荣智安排随行机关人员和家属就地休息，不得发出任何声响。武工队员四散开来，把守道路和隘口，注意警戒。约莫半个时辰之后，分队长带领侦察队员回来报告说："国民党军队在对面的山道和村庄周围设立了六处卡子，每处大约有一个班的兵力，上山的路口和村庄北面出口的兵力比其他地方多，大约有一个排。因为是临时设立的卡子，还没有来得及构筑碉堡和工事，也没有挖好战壕。驻守卡子的士兵围坐在一堆堆篝火旁边取暖过夜。"

李荣智说："狗日的人还不少哩，差不多快一个连了。你们辛苦了。"随即把其他随队的领导召集在一起，在黑暗中研究突击和冲过卡子的办法。

随队的县政府领导说："如果只有游击队和政府工作人员，硬闯卡子绝对没有问题，靠突然袭击也能冲过去。但是，我们带着家属和小孩，行动起来不是很方便。弄得不好，可能会有大麻烦。"

李荣智觉得很有道理，说："带着家属和孩子确实不好硬闯。"随后转过身，对坐在旁边的分队长说："你们再辛苦一趟，去几个人，顺着沟边过去，到沟垴上看一看有没有别的道路可走。"

分队长听说，立即起身，带着刚才跟随他去侦察的武工队员，翻过山梁之间的沟壑，沿着沟边摸索前进，一直绕到沟垴里，发现无路可走，只得迅速返回来报告。此时已经后半夜，如果再找不到跨过国民党军队关卡的办法，天亮以后更无法跨越。经过研究商议，最后决定抽调一部分武工队员，带足手榴弹，走在行军队伍最前面，边走边监视国民党军队，一旦被国民党军队发现，立刻用手榴弹袭击，保护大队人马闯过关卡。如果国民党军队麻痹大意，没有发现游击队和机关大队人马，所有人员就悄悄绕过关卡，不要与其发生冲突。

按照商定意见，很快挑选出二十多个年轻力壮、富有战斗经验的武工队员，由一排长带领，走在队伍最前面，大队人马随后紧跟前进。上山之前，所有人员全部扔掉不需要的物品，以保证轻装前进。为了防止牲口嘶鸣和行走时发出响声，每个牲口尾巴上带着石头，嘴巴上拴了草料袋子，四只蹄子用破布做了包裹。一行人马悄悄地走下这边山梁，跨过山梁下面的小河沟，沿着上山的小道朝着对面的山梁行进。

趁着天色黑沉，前队在距离国民党军队关卡不远的地方停止前进，所有人员趴在地上，手里紧紧地握着拉出弦的手榴弹，死死地盯着围坐在火堆周围的国民党军队。大队人马远远地绕道沟边，沿着山梁静悄悄地向前行进。等到大队人马走出去很远以后，由二十多名武工队员组成的前队在一排长带领下，才悄悄地从地上爬起来，向前追赶上大队人马，所有人员迅速消失在夜幕里。两天后，分区、县、区机关及分区独立营、保卫大队、游击队、武工队陆续回到离开三个多月的根据地。唐一良、刘富贵、王秉德带领的武工支队回来了，赵二娃带

铸魂

领的武工队在山内被敌人围困一个多月，最后寻机在夜晚突围脱险，全队而归。关中分区所有的游击队、武工队全部按时返回驻地，开始了新的任务。

李荣智带领队伍返回驻地，很快得到消息说边区部队要攻打齐家坡国民党军队据点。李荣智、唐一良、刘富贵、王秉德等人主动请缨，被安排负责把守北面的塬畔，防止驻防北塬的国民党军队和自卫队增援齐家坡据点。

齐家坡据点是关中分区和各县、区机关撤离以后国民党军队插进根据地的"一只脚"。据点是一个三面环沟一面靠塬的城堡。城堡大门连接的塬边是一个只有一丈多宽的细岘子，细岘子被挖断后在上面搭建了吊桥。城堡内的守军是真宁县保安团和永宁镇保安团、自卫队临时拼凑起来的一支队伍，大约有七十多人、六十多支步枪和两挺机枪，由国民党新任镇长马文真坐镇指挥。国民党军队凭借险要的地势和坚固的城堡妄图与边区部队对抗。

西北人民解放军第四纵队命令警一旅拔除据点，为老百姓除掉祸害，为陕甘宁边区部队南下作战扫清道路。警一旅接到命令，责成第三团完成这一任务。三团团长王荣芝接受任务之后，一边带人了解情况，一边抵近城堡，观察城堡周围的地形，命令三营事先埋伏在后掌崖沟方向，防止职田镇一带的国民党军队前来增援，通知李荣智、唐一良等人带领游击队和武工队埋伏于北面塬畔，防止永宁镇和龙头镇方向的国民党军队增援，一营和二营突击进攻，夺取堡垒。

布置停当后，王荣芝带领一营进至攻击位置，开始攻击作战。由于城堡坚固、地形狭窄无法展开，加之国民党军队火力强大，解放军多次攻击不得奏效。狂妄的国民党军队看见解放军几次攻击不能得手，毫无顾忌地嘲笑和侮辱解放军攻击部队。只要解放军停止攻击，国民党军队士兵便站在城堡垛口上疯狂辱骂进攻部队，嘲笑进攻部队指战员。

面对坚固的城堡和强大的火力，王荣芝寻思良久，决定停止强攻，派人夜间在城堡前面横着的土梁上掏洞，缩短进攻距离。城堡南面的土梁约莫两丈多高，近三丈多厚，距离城堡十多丈远。土梁北面有一条一丈多深的胡同，胡同北边是与土梁差不多高的庄稼地。

半夜时分，排长王德胜率领十多名战士，开始在土梁上掏洞子。天快亮时洞子即将掏通，一连来到洞口附近，打算等洞子掏通后，趁敌人睡觉难以察觉，悄悄通过洞口，以迅雷不及掩耳之势快速出击，在城堡前的岘子上搭放木板，替代吊桥，放大部队冲入城堡，消灭敌人。但是事不凑巧，在洞子打通的瞬间，洞子外面剩余的土层坍塌，惊动了守在城堡瞭望孔的两个国民党士兵。借着黎明的晨曦，站在瞭望孔前面的国民党士兵指着打通的洞口给后面的士兵看，后面的士兵马上举起枪支，朝瞭望孔外面伸出来。从洞口爬出来的战士看到已被国民党士兵发现，不等国民党士兵把枪口伸出瞭望孔，立刻举枪扣动扳机，子弹穿过站在前面的国民党士兵头部，进入后面国民党士兵的胸膛，两个国民党士兵同时向后跌了进去。

枪声划过黎明前的夜空，惊动了城堡里的国民党军队。城堡里立刻像开了锅一样，呐喊声和枪支射击的声音响成一片。解放军攻击部队看见机会丧失，沿着胡同向东北方向撤出战场。

久攻不下，让王荣芝非常着急。他连夜召集连以上干部研究进攻之策。大家认为齐家坡据点地形险要，城堡坚固，在没有重武器的情况下强行进攻困难很大，容易造成较大伤亡。经过反复商议，最后决定采取智取：利用城堡三面临沟、一面与塬上相接的地形特点，派出部队隔绝城堡与外界的联系，形成城堡出不去、进不来，又无援兵的局面，给守卫城堡的士兵心理上造成恐慌，然后派出"假援兵"，诱惑城堡里的守敌打开吊桥，借机摧毁城堡。正在这时，把守北边塬畔的唐一良和李荣智等人带领的游击队抓获了永宁镇自卫队给齐家坡自卫队送信的信使，从信中了解到，永宁镇自卫队要齐家坡自卫队再坚持几天，某月某日永宁镇驻军将派兵前来增援解围。唐一良和李荣智等人喜出望外，立即把信和送信的人押送到齐家坡，交给王荣芝。王荣芝得到这一情况后，高兴地说："这真是瞌睡遇上枕头了，我们就给他来个将计就计。"把信仍旧封好，派人假扮成永宁镇自卫队的信使，把信送进城堡。随后，由二连连长假扮成增援的永宁镇驻军营长，三连连长带领全连干部战士穿着缴获的国民党保安团军服，化装成解救齐家坡据点的"援军"，悄悄离开驻地，从城堡北边的白沟村的山梁上走下去，然后打着国民党的青天白日旗，气势汹汹地从柏树山山梁上走

铸魂

上来，径直向齐家坡据点开进。

这时，负责围攻齐家坡据点的警一旅三团二连加紧向城堡发动佯攻，城堡内的国民党军队拼命还击，双方弹如飞蝗，战况激烈。装扮成国民党军队的警一旅三团三连听到齐家坡方向枪声密集，按照原定计划，急速向齐家坡方向运动，一边行进，一边排列成进攻队形，装作攻击前进的架势，向城堡开来。

负责佯攻的警一旅三团二连看见国民党军队"援兵"已到，与"援兵"稍一接触，急忙开始向后撤退。被围困在城堡里的国民党军队看见进攻城堡的解放军部队受到"援军"攻击后撤退，立即放下吊桥，迎接"援军"到来。自卫队队长看见"援军"营长，急忙上前恭恭敬敬地敬了一个军礼，报告说："谢谢你们，谢谢你们。终于把你们盼来了。"假扮成国民党军队营长的二连连长瞅了一眼自卫队队长，一副爱理不理的样子，随后又扫视了一眼城堡的地形和战场形势，故意装作生气的样子，开口骂道："你们他妈的都是些废物，要人没人、要枪没枪的游击队就把你们困住了？真他妈没用，还不赶快进攻？"

自卫队队长连声说："是，是……"急忙整顿队伍，随着"援军"向撤退的解放军冲去，没有跑几步，就钻进了解放军设下的伏击圈。自卫队队长被三连连长一枪撂倒，其他国民党士兵发现情况有变，急忙回头，向城堡里面涌去，吊桥却被"援军"死死堵住。警一旅三团二连和三连一起冲了过来，自卫队进不了城堡，像被捅了窝的黄蜂一样，在城堡下面乱窜。绝大多数自卫队员因为有血债在身，不敢向解放军投降，只好边跑边开枪负隅顽抗，最后被消灭在城堡下面。有几个自卫队员绕到村口，被一群扛着农具的百姓截住，一阵镢头和铁锨，全部被砍砸而死。经过清理，自卫队员中只有一个十五六岁的孩子活了下来，其余六十多人全部被击毙。这个孩子前一天被抓来当兵，第二天城堡就被解放军围困。战斗结束后，他留下来参加了解放军。

王荣芝带领部队撤离时，把后事交给关中区委处理。这时，传来消息说，国民党真宁县保安团和永宁镇保安团、自卫队放出话说，如果三嘉塬百姓不把被消灭的齐家坡自卫队队员的尸体送到指定地点，他们将与马家军一起"血洗齐家坡"。得知这一情况后，关中区委负责人召集唐一良、李荣智、赵二娃等分配布置任务。唐一良、李荣智、赵二娃听说后纷纷表示，要带领游击队攻打永宁镇自卫队。

区委负责人笑着说："还不到攻打他们的时候。再说，永宁镇驻有国民党的正规军，如果没有解放军配合，单凭游击队的装备和力量很难奏效。就目前情况看，消灭不消灭永宁镇自卫队是小事情，关键是要抓紧时间处理掉被消灭的齐家坡自卫队员的尸体。他们绝大多数是北塬上的人，北塬上的自卫队要人也在情理之中。现在天气暖和了，如果不及时处理尸体，时间一长就会腐臭，会引发其他问题。不如趁着国民党军队索要尸体，我们派人与永宁镇自卫队联系，按照他们的要求，想办法把尸体送给他们，让他们去处理。这样既可以免受处理尸体的问题，也可以消除敌人对百姓的威胁，至少让他们没有出兵的借口。"

"便宜自卫队了。那些狗日的太坏了。"赵二娃说，"北塬上很多人要求我们攻打自卫队，消灭这一帮子'祸害'。"

区委负责人笑了笑，说："我们用不着在交接自卫队员尸体的问题上制气。把自卫队员的尸体交给他们，让他们去处理还能减轻我们的负担。只是交接尸体的地点要选好，老百姓运送尸体时游击队要进行掩护，防止自卫队言而无信，对运送尸体的老百姓下毒手。尸体交接之后，游击队要时刻警惕，以防他们偷袭齐家坡，确保百姓安全。"

按照区委的安排，由唐一良和李荣智负责，经过联系协商，游击队与自卫队把交接尸体的地点定于陈家川南台的耕地里。川道里由于四郎河从东向西流过，把河川里的土地一分为二。在抗日战争时期，河的北边被划为"白区"、南边被划为"红区"。"红区"和"白区"以河为界，各安其分，各自负责治内的生产和民众生活。抗战结束后，国共之间"红区"和"白区"的界限不复存在。国民党军队在全面进攻和重点进攻时都曾经派出部队，深入"红区"，清缴共产党政权和游击队、武工队，抓捕和杀害共产党员和家属，以及支持和帮助共产党的群众，让"红区"老百姓不堪其苦。解放军粉碎国民党军队的进攻之后，共产党关中分区、各县、各区政府机关和游击队、武工队陆续返回根据地，恢复和重建政权，重新掌握了"红区"的管辖权。

在游击队与自卫队交接被打死的自卫队员尸体时，游击队护送一百多名百姓抬着在齐家坡被打死的自卫队员尸体从三嘉塬出发，走向

铸魂

陈家川南台。永宁镇自卫队督赶着一百多名准备接收自卫队员尸体的百姓从朱村塬出发，走向陈家川南台。游击队和永宁镇自卫队各有二百多人，手持武器，跟随运送和接收尸体的百姓走向预定地点，停留在南、北两山的半山腰，隔河对峙，监督百姓交接完毕尸体，返回各自的区域。

至此，游击队与自卫队再次陷入对峙状态。游击队按照战场形势，积极开展群众工作，组织人力物力，在支援前线的同时，严格防范永宁镇保安团和自卫队袭击。永宁镇自卫队虽然动辄口出狂言，企图寻找机会剿灭游击队，但是随着战场形势的变化，只能龟缩在早已构筑好的城堡和岗楼里，紧紧地盯着时不时逃往"红区"的百姓。

不久，陕北战场再次传来特大捷报：解放军在蟠龙地区全歼国民党一六七旅。短短三个月时间，西北解放军四战四捷，彻底粉碎了国民党"重点进攻"的美梦，西北战场的战局发生了重大变化，国民党军队逐渐转入"守势"。

三十九

"李队长，赶紧把武工队和游击队集中起来，这次有大仗打了。"关中分区司令部通讯员在打麦场里找到李荣智，兴奋地说。

"什么时间？在哪里？"齐家坡城堡被拔掉之后，关中分区靠近陇东地区的形势发生很大变化。临近的国民党部队被集中整合，一些地方保安部队也被收编或者改造，地方防御力量主要是一些没有被收编的保安团和自卫队。由于形势的变化和武器装备等原因，这些武装力量无法对根据地构成威胁，更不敢贸然进入根据地挑起冲突。关中分区的安全形势由此得以改善，游击队和武工队任务骤然减轻。除了完成一些必须由游击队和武工队完成的特殊任务，以及组织群众支援解放军和边区地方部队之外，主要是为分区各级地方政府和群众提供服务，保护地方政府和群众安全。因此，在夏收来临之前，李荣智的全部心思就是带领游击队和武工队组织群众互助合作，尽快将土地里的粮食收割回来。听到突然而至的消息，他多少有点儿兴奋，毕竟他是地方游击队的负责人，是曾经参加过红军队伍的老战士，看到和听到向往已久的胜利越来越近的时候，他的心境与过去有很大不同。

"明天晌午。具体安排要等部队通知。"通讯员说。

"是支援部队作战吗？"李荣智问道。

"解放军大部队要从三嘉塬进入边区休整，我们要配合部队截断尾随而来的敌人，不让追击的敌人进入边区。"通讯员说，"这一次战斗结束之后，我们这里的局势基本上就确定了，老百姓的日子就真的安稳了。"

蒋介石发动的对陕甘宁边区的重点进攻，短短四个月被西北人民解放军寻机歼灭近三万人，陕甘宁边区的局势由此得以稳定。中央根据形势变化，在靖边县小河村召集西北解放军、陕甘宁晋绥联防军、晋冀鲁豫野战军太岳纵队负责人，召开前委扩大会议，对战争全局做出"中央突破、两翼牵制、三军挺进、互为犄角"的战略布局，决定将战争引向国民党统治区，将主力打向外线去大量消灭敌人，用五年左右的时间彻底打败国民党蒋介石。随后，中央军委将西北解放军定名为西北野战军，并把晋绥军区第三纵队划归西北野战军。为加强西北地方军区武装和后方工作，中央军委还决定统一晋绥与陕甘宁两个解放区的领导，把晋绥军区划归陕甘宁联防军建制，组成陕甘宁晋绥联防军新的领导机构，下辖晋绥军区、吕梁军区、绥蒙军区和陕甘宁所属关中、绥德、延属、三边、陇东五个军分区。西北野战军和陕甘宁晋绥联防军在沙家店全歼胡宗南部三十六师、一六五旅、一二三旅后，彻底扭转了陕甘宁边区的战争危局。西北野战军和陕甘宁晋绥联防军随即转入外线作战。

不久，人民解放军发动西府战役，攻取陕西重镇宝鸡，牵动和打乱了国民党胡宗南在西北战场的总体部署，迫使胡宗南重新调整部署，组织和调动裴昌会、李振两个兵团西进反击，与青海马继援所属三个骑兵旅和一个步兵旅形成的防线相衔接，企图将西北野战军包围聚歼于长武、灵台、泾川、镇原地区。根据战场形势的变化，西北野战军主力向董志塬转移。不料，先头部队第六纵队教导旅进入镇原屯子镇后被马继援八十二师骑兵包围，双方血战竟日，死伤累累。野战军第

耕魂

一、第四纵队长途出击，解救被包围的先头部队。由于电台联络不畅，解围部队没有及时到达预定位置发起攻击，使攻击力量大大减弱，直至午夜时分，被围部队才在解围部队的掩护和接应下分散突出重围。教导旅从屯子镇突围后，所有部队向东移动，向陕甘宁边区靠拢。因马继援八十二师抢先占领高金、西峰等地，解放军部队无法由此进入解放区，转而向南，向关中分区转移。

西北野战军一、二、四、六纵队经过永宁镇与职田镇交界的周家川时，国民党军队尾随其后，紧追不舍。切掉"尾巴"，顺利进入边区休整，成为殿后部队的重要任务。西北野战军经过职田镇恒安洲时，留下一个营在道路两旁的山咀子上构筑工事，准备利用自上而下的有利地形，打击尾随而来的国民党军队。

恒安洲在职田镇靠向永宁镇的北边塬畔上。从这里向东隔一条大沟是三嘉塬，向西北隔周家川上塬是朱村塬，向南是职田镇后掌村，向西南是职田镇，连接职田镇和永宁镇的大道从此处经过。大道接近恒安洲塬边时是一条又深又长的胡同，胡同两边是高低不平的山地和树木。负责阻击和切断"尾巴"的野战军部队把机枪阵地设在胡同里。他们在胡同两旁的崖壁上斜挖出几孔小窑洞，把重机枪枪口倾斜着伸出窑洞口，在胡同中间形成交叉火力。胡同两边的山头上分别构筑了战壕，等待着尾随而来的国民党军队。

在这种情况下，关中分区司令部命令驻扎在三嘉塬的游击队二、五、八支队和区游击队、武工队配合西北野战军进行"割尾巴"战斗。

李荣智接到命令之后，集中各个游击支队、武工队和特务队，与唐一良、赵二娃、张大奎、刘富贵等人一起，跟随关中分区地方部队，在恒安洲对面的康家塬北梁和林家坡北梁等处通往塬边的小道上构筑掩体，参加阻击尾随国民党军队的战斗，防止国民党部队转移攻击地点，阻断国民党地方部队对野战军的骚扰。

清晨，西北野战军四个纵队全部通过恒安洲，进入职田镇，转而向根据地内部进发。此时，国民党军队先头部队一个旅已经追击到北边的塬畔上，隔着陈家川川道用迫击炮轰击撤离的野战军和塬头阻击部队的阵地。随后，国民党军队大队人马从北边山梁上漫山遍野冲下来，在周家川改走大路，攻击恒安洲的西北野战军阻击阵地。国民党军队在接近野战军阻击阵地射击距离后，阵地上的机关枪、步枪像爆豆般响起。由于地势相对狭窄，不便于大规模作战，国民党攻击部队以连为单位，向野战军阵地发动攻击，一个连冲锋就是一次冲击波，而每一次冲击都被野战军打垮。在督战队驱使下，国民党攻击部队从早晨到天黑接连发动十多次冲锋，都被野战军阻击部队打垮。在一次次冲锋之后，野战军阻击阵地前面的大路上、山洼里、庄稼地里躺满了死伤的国民党士兵。野战军重机枪阵地前的胡同口尸体堆叠如丘。

战斗开始时，野战军阻击部队一个营的兵力在阵地上只投放了一个连，其余两个连在距离前沿阵地不足一里路的田地中间吃过喝过老百姓送来的饭和水之后，开始休整。战士们有的打扑克，有的下象棋，有的谝干传说闲话，有的干脆躺在软绵绵的草地上呼呼大睡。他们好像听不见阵地上激烈的枪声，前沿阵地上的激烈战斗似乎与他们无关。

天渐渐黑了下来，国民党军队停止攻击。他们在周家川的河岸上、河道里架起篝火，在火上烤食物，烧水，吃晚饭。之后，围着火堆，一边取暖，一边休息。第二天天刚刚放亮，国民党军队吹响集合号，接着派出一个连向山头开始进攻。国民党军队冲击到恒安洲野战军阵地前沿后停止前进，探头探脑，观察野战军阵地前的情况。他们看见野战军阵地前的工事里没有任何动静时，大着胆子冲向野战军阵地，发现阵地上空无一人。

原来夜半时分，野战军阻击部队在阵地前栽了两根高高的杆子，将两盏马灯点亮，挂了上去，然后离开阵地向南撤退，迅速与先头部队会合。疑兵之计，使国民党军队误以为野战军还坚守在塬边上的阵地里。早晨，国民党军队大队人马追至恒安洲的大道，野战军早已走到马栏西川，进入了解放区。国民党军队不敢跟进，只好拐向西南，向西安方向撤退。

恒安洲阻击战打了一整天，从早晨战至天黑，西北野战军以很少的伤亡消灭国民党军队五百余人。参与阻击战的关中游击队和分区部队在掩体内坚守了两天之后，随着战斗的结束，一起撤离了阵地。第一天，他们在野战军阵地斜对面的山头阵地上，看着国民党军队向山头一次次攻击被解放军一次次打下去，在阵地前沿留下成堆的尸体。第二天，他们看见国民党军队爬上野战军阵地，信心满满地追击，垂

铸魂

头丧气地撤离。

李荣智像其他人一样，趴在掩体里看着发生在眼前的战斗，看着在战斗中毙命的国民党士兵，看着野战军的机智灵活，再一次感受到了战争的残酷与震撼。很多次，他是作为战争的参与者亲临战场，来不及感觉战争的残酷和激烈。这一次，他既是参与者又是旁观者。他经历了一场战斗的整个过程，从战斗部署、工事修筑、兵力配置、火力安排，一直到最后撤离。

战斗结束之后，李荣智与唐一良、赵二娃、张大奎、刘富贵带领游击支队返回驻地不久接到分区司令部命令，需要从三嘉塬的游击支队和武工队中抽调部分人员，编入野战部队，参加远距离作战。由于此时各个游击支队的人员已经比撤退转移时大大减少，多数政治素质高、军事能力强、家庭负担轻的人员已经编入西北野战军或者陕甘宁晋绥联防军，留在游击队中的人员要么年龄偏大，要么军事能力不高，要么刚刚发展成为游击队员，要么家庭负担重一时难以离开。李荣智思前想后，决定把各个支队的分队长以上人员集中起来进行讨论，寻找既可以完成整编任务，又可以保持游击支队基本力量的办法。

"要是年轻几岁该多好啊。"赵二娃在会议之前闲聊时忍不住感叹道。

"年轻几岁怎么啦？你还想回部队去啊？"张大奎笑嘻嘻地问。

"你没有在部队里待过，不知道在部队的好处啊。部队里年轻人多，热闹，有朝气，忘不掉啊。"赵二娃满脸神往，"要是再年轻几岁，我就回部队去当战士，跟着首长走南闯北打天下。"

"在游击队不好吗？"张大奎一脸坏笑。

"我没有说在游击队不好。"赵二娃笑着说。

张大奎见赵二娃不上当，也不好再继续开玩笑。他看了看赵二娃，认真地说："我是担心你身在曹营心在汉，不好好工作，想回部队去。"

"你放心，我现在想回部队都不可能了。一个是年龄大了，跟不上部队的节奏。再一个是离开部队时间长了，不适应部队的生活了。如果再年轻一些，我真的要回部队去做一名最普通的士兵，不骗你。"赵二娃认真地说。

"不要胡思乱想了。还是把现在该做的事情做好吧。时光再也回不去了。"张大奎说。

"其实这些年在游击队也挺好。认识了你们几个人，我们一起做了那么多的事情，为部队发展和地方政权建设尽了力，也为百姓做了很多好事。问心无愧啊。"赵二娃好像放下了千斤重担似的长长地出了一口气，"人一辈子能做一两件大事就没有白活啊。"

"你这家伙今天怎么回事啊？"张大奎走上前，在赵二娃的肩膀上拍了拍，拉着赵二娃走向了开会的窑洞。

赵二娃和张大奎走进窑洞的时候，绝大多数的支队长、分队长都已经坐在了座位上，李荣智和唐一良站在窑洞最里面说话。张大奎拉着赵二娃，找了一个座位坐下来，等待着会议开始。

过了一会儿，李荣智看见参加会议的人都已到位，与唐一良打过招呼，走到放在窑洞最里面的桌子旁边，扫视了一眼朝夕相处的战友，开口说道："大忙季节把大家找来开会，真的有些不好意思，但是这个会不开又不行。我长话短说吧。"随即把分区司令部的命令读了一遍，接着继续说，"把大家请来就是为这事。目前，我们几个支队的人手都不多，抽谁，怎么抽，请大家拿个主意。"

李荣智说完话，站在桌子后面，静静地看着坐在座位上的战友。其实，这个问题他早已经想过了。随着战争形势的变化，根据地越来越安宁，越来越稳定，游击队的任务也越来越轻，继续保留多支游击队的必要性和实际意义都已经值得商榷了。完成司令部交代的任务，最直接、最简单的办法就是把几个游击支队合并起来，减少游击队员数量。但是，这个意见要征得各个游击支队的同意，也要征得分区党委和分区司令部的同意。无论怎么说，游击队是分区党委和分区司令部领导下的武装力量，撤并不撤并，怎么撤并，都需要分区党委和分区司令部同意。

"我有一个不成熟的想法，就是看我们各个支队能不能再动员一些年轻人参加解放军和地方部队。如果能动员一批人，我们就抓紧训练，提高他们的军事技能和政治素质，为部队输送合格的人员。"赵二娃说，"多给大家讲一讲部队的好处，我估计还能动员一些人参加解放军。"

"这是一个办法。大家看看还有没有其他办法。"李荣智又扫视了

铸魂

一遍战友。

"干脆这样吧,给分区党委和司令部说一说,看能不能把游击支队做一些合并,减少游击支队和游击队员的数量,把更多的人送到部队里去。"唐一良从座位上站起来,一板一眼地说,"随着解放军在各个战场上不断取得胜利,解放区的规模越来越大,我们这些老根据地慢慢变成了后方,局势也越来越安定,保留太多的游击队意义已经不大。还不如把游击队里的年轻人整编到野战军和地方部队之中去,以增强野战军和地方部队远距离作战、大兵团作战的力量,让解放军解放更多的地方。"

"老唐这个意见我赞成。"张大奎说,"游击队的规模确实应该慢慢缩小了。无论咋说,游击队比不得正规部队的组织性和战斗力啊。"

"我也同意这个意见。"听到唐一良建议缩小游击队规模,在座的一部分游击队分队长情绪被调动了起来。以前,由于游击队承担着比较大的任务,在整编和抽调游击队员参加正规部队的时候,一些骨干力量仍然被留在游击队之中,没有机会或者不能参加正规部队。如果缩小游击队规模,一部分骨干力量必然会离开游击队参加正规部队。他们很期待这种机会,期望早一些参加正规部队,进行大规模作战。

李荣智看见大家你一言我一语,为唐一良的提议叫好,心下慢慢踏实了。他曾经暗自担心分队长们不同意撤并游击队,或者不愿意离开地方游击队到野战部队中去。现在看来,游击队员的觉悟超过了他的想象,他的担心完全是多余的。他不由得长长地出了一口气,站在桌子旁边看着大家发表各自的看法,直到窑洞里慢慢静下来之后,他才故意清了清嗓子,说:"就按照大家说的办法办。会议结束之后我就去分区汇报,听取分区党委和司令部的指示。不过有一条大家一定要记住,就是大家回去之后仍然要抓紧工作,做好动员,尽可能多地动员一些人参加解放军,动员一些人参加游击队。"

按照讨论的结果,李荣智赶到马栏镇,向关中分区党委和军分区司令部汇报了三嘉塬游击队的建议,分区党委和军分区司令部同意把三嘉塬的六个游击支队缩编为两个游击支队,一个游击支队由唐一良担任支队长,一个由赵二娃担任支队长,李荣智负责协调两个支队和散落在三嘉塬各个村庄里的民兵组织,张大奎、刘富贵担任两个支副队长。游击支队和武工队之中相当一部分年轻人整编到军分区直属部队。

不久，西北野战军改称中国人民解放军第一野战军，原各纵队依次改为军，旅改为师。陕甘宁晋绥联防军改成为西北军区，下辖晋绥、晋南军区和西北军区军政大学，以及延属、绥德、三边、陇东、关中、黄龙、西府、榆林八个军分区，陕甘宁边区面貌发生了根本性变化。

"你是杨志清吧？"在关中分区司令部的院子里，李荣智看着迎面走来的军人。

"你是……荣智，李荣智？"军人停下脚步，上前一步，紧紧抓住李荣智的手，惊奇地问，"真是荣智兄弟啊。你怎么在这里啊？你可好啊？"

"我来分区司令部办点事。你现在在哪里？过得怎么样？好多年没有见了。"李荣智也抓着杨志清的双手，使劲地握着，"十几年了啊！"

"我也是来分区司令部办事情的……北塬上一别，转眼十六七年过去了啊。"杨志清认真地看着李荣智，拉着李荣智边走边说，"走，咱们找一个地方好好说说……能见到你，不容易啊。我们一定要好好说说话啊。"

杨志清是李荣智被逼逃亡时在北塬上结识的兄弟。李荣智流落到松堡子山被保安团打散以后，曾经回北塬寻找一起闹腾的兄弟，因为无处可去，最后投奔红军队伍，与杨志清失去了联系。

杨志清拉着李荣智走进关中分区司令部的院子，找了一个僻静的地方坐下来，吩咐警卫员去司令部转交材料，然后仔仔细细地看着李荣智，说："你这些年到哪里去了，还好吧？"

"真是一言难尽啊。那一年我回家里取吃食，半路上遇到在松堡子山赤卫队当战士的老相识，被他们带到了赤卫队驻地。赤卫队被保安团剿灭时，我跳崖逃跑，回北塬上找你们没有找到，我就到处打听，寻找红军队伍，最后在三嘉塬参加了红军队伍。后来，由于在战斗中负伤，在建立三路游击区的时候回到地方工作，一直在关中分区。"李荣智简单地叙说了一番自己的经历，急忙询问杨志清的经历，"你这些年是怎么过来的？我看见你好像带着警卫员？"

"要说起来我比你幸运得多。你离开之后，我们几个人等了一段时间，也闹了一些事情。因为等不到你，又看见保安团抓捕的风声比较

铸魂

紧，就商量着分散活动。我和二弟去了一趟西安，后来到了渭北，参加了渭北游击队。现在在警备一旅。这次来是顺路协调地方部队和野战军配合作战的事情。"杨志清简单地叙说了自己的经历，急急地问道，"德寿他们几个人怎么样？都做什么事情啊？你知道他们的下落吗？"

"说起来也是一言难尽啊。德寿他们几个人后来也参加了红军游击队，德寿还当过县上的军事部长。中央红军刚刚到达陕北的时候，也就是东北军和西北军联合'围剿'根据地的时候，他经不起诱惑，叛变投敌，当了县保安团的中队长，有两个兄弟也跟着他一起叛变了。清殿、西林、魁山、双成等几个兄弟战死了，有的死在了根据地保卫战中，有的死在了抗日战场上，还有两个兄弟在野战部队，留在地方上工作的就剩下我一个人了。"李荣智有些伤感。

"怎么会这样啊？德寿为啥要叛变投敌啊？当时他是那么坚决地闹事情，怎么说变就变了呢。"杨志清不解地看着李荣智，非常遗憾地叹了口气。

"人各有志吧。很多事情都不好说啊。"李荣智长叹一声，双手使劲地抹了抹脸，"你在地方上能待多久？如果有时间，我们住下来，好好说说话。"

"战争已经到了关键时候，我有任务在身，不能久留，办完事情必须立即回部队里去。"杨志清意味深长地说，"如果像现在这样的规模和速度，用不了多久我们就能取得最后的胜利，彻底把国民党反动派消灭掉。那时候，只要我们都还活着，我们就坐下来，好好地说道说道过去的事情。"

"你要多保重啊！"李荣智站起身，再次抓住杨志清的手，使劲地握着，"能顺顺当当走过来不容易啊。战乱年代，血腥风雨，一定要保重啊。"

"你也多保重啊。"杨志清认真地看着李荣智。这个昔日一起闹事的兄弟经历了战争的洗礼，经历了血腥风雨，越来越成熟，也越来越珍爱生命。从他握着的双手可以明显地感觉到岁月的痕迹，战争的痕迹。

四十

局势说变就变，没有半点儿犹豫。人民解放军转入外线作战不久，很快牢牢地控制了战场主动权，战争的规模和形势随之发生巨大变化。解放军的人数、装备和作战能力大幅度提升，以摧枯拉朽般的速度，横扫国民党蒋介石残余力量。在这种形势下，游击队中的年轻人绝大多数转入野战军部队或者地方部队，保卫根据地安全、肃清敌特分子破坏的任务越来越多地转移给留守的地方部队和保留下来的游击队及民兵。

作为关中分区游击队的骨干，李荣智带领保留下来的游击队，积极护防关中分区和县、区政府，参与边区地方部队和野战军作战，多次出色完成任务，受到分区、县和地方部队、野战军部队的表扬。为了更好地完成任务，他在处理好日常事务之后，努力学习研究战场和战争形势，尽力把需要做的事情想在前面，做在前面，极力防止和避免工作的盲目与被动。

一天，李荣智像往常一样，检查游击队的哨位，对游击队的工作做出安排以后，坐在窑洞的土炕边沿上翻阅分区的命令，查看游击队的训练情况，关中分区司令部通讯员骑着马找到他，说："司令员让你和刘富贵马上到分区去一趟，说有要事相商。"

李荣智抬起头，正要问什么事情时，通讯员却已转身，骑上马背，准备离开。他不由得心里咯噔一下，随后自嘲地笑了笑，向通讯员挥了挥手。他站在窑洞门口，看着通讯员跑上门前的土坡，骑马离开，然后回过头对游击队通讯员说："你去把富贵叫来，就说分区有事情让他和我去一趟。"

游击队通讯员答应了一声，转身朝院子外面走去。李荣智在通讯员身后又喊了一声："顺道把大奎也叫来吧。"

通讯员大声回应道："知道了。"一边说，一边蹦蹦跳跳地走出院子，跑上院子外面的土坡。原来的通讯员去了边区部队，新来的通讯员还是个没有长大的孩子。

铸
魂

不一会儿，张大奎和刘富贵结伴走进了院子。李荣智已经收拾好行头，站在院子里等待刘富贵的到来。他看到张大奎和刘富贵以后，先对刘富贵说："你赶紧回家去收拾一下，刚才分区通讯员说，司令员让我和你去一趟分区驻地，说有重要事情商量。你收拾好了，我们就出发。"

刘富贵哈哈一笑："没有什么要收拾的，我们现在就可以走。大男人哪里来那么多婆婆妈妈的事情。"

李荣智笑了一下，说："那好，我们现在就出发。"随后转身对张大奎说："我们两个离开后，你多操心游击队和县政府的安全。最近部队调动频繁，事情比较多，也比较杂，不安稳，老唐不在，你要多操心。"

张大奎看看李荣智，又看看刘富贵，似有不舍地说："家里的事情你们放心。你们还要走几十里山路哩，要多操心才是哩。"

李荣智和刘富贵相视一笑，说："放心吧。"随即与张大奎握了握手，走出院子，走上土坡。李荣智一边走，一边问刘富贵："我们走大路，还是走小路。"

刘富贵说："还是走小路吧，小路近些，走的路少。"

"听你的。"李荣智说。

随后，李荣智和刘富贵翻沟走捷径，朝关中军分区司令部驻地马家堡奔去。

此时正是秋高气爽的季节，路边草木茂盛，田野里丰收在望。李荣智和刘富贵一边走，一边说着闲话，不由得回想起十五年前李荣智离开红军队伍回到家乡发展游击队，以及他们一起带领游击队员开展武装斗争的过程，还有那些在战斗中负伤和牺牲的战友。

刘富贵长叹一声，说："想想真的很快啊，眨眼之间已经十五年了。这十五年里，我们做了多少事情啊。游击队由小到大，红军队伍由小到大，根据地由小到大，马上就要夺取全国胜利，建立人民当家做主的新政权了。老百姓再也不用担惊受怕、东躲西藏了啊。"

"是啊。十五年，眨眼的工夫啊。过去十五年，我们做了很多事情，也经历了很多事情。再有十五年，我们还会做很多事情，经历很多事情。我们的国家肯定和现在不一样，老百姓的生活也肯定和现在不一样，既不会东躲西藏、担惊受怕，也不会缺吃少喝、卖儿卖女，为过不下去日子发愁啊。"李荣智顺着刘富贵的思路，想象着未来的生活。

"老百姓的生活肯定比现在好得多。不但不会缺吃少喝，还会有更好更富裕的日子哩。"刘富贵满眼神往，"真不知道那该是什么样的日子啊。"

李荣智哈哈一笑，边走边回头看了刘富贵一眼，说："什么样的日子到时候就知道了，用不着着急。我们一定会有好日子的。"

"但愿吧。"不知道什么原因，刘富贵的情绪突然有些低落。他不由得停下脚步，看着远处的土地。对面山洼里那块土地里的玉米已经成熟，玉米秸秆绿中带黄，在秋风中摇曳着，有些婀娜，有些诱人，"那一块地里的玉米今年丰收了。"

李荣智停下脚步，回头看着站在路边的战友。眼前这个骨子里还是农民的游击队领导人离不开土地，离不开熟悉的生活啊。李荣智说："今年是个好年景，粮食丰收了。"

刘富贵说："不知道这次叫我们去又要布置什么任务？"随后，又迷恋地看着远处的沟壑和土地。

"搞不清楚。我刚才来的时候还在看这几天的命令哩，没有发现有什么特别紧急的事情啊。"李荣智一边说，一边朝前走去，"不知道为啥，这一次得到通知，我心里有些毛草，火烧火燎的，感觉好像要发生什么事。这种感觉很奇怪，以前从来没有过。风里雨里跑了十几年，不管遇到多么危险的情况，都没有过这样的感觉。"

刘富贵很奇怪地看了李荣智一眼，欲言又止，跟在李荣智后面继续朝前走去。

李荣智和刘富贵来到关中分区驻地，径直走进军分区副司令员王子祥工作和居住的窑洞。因为是分区机关的熟客，哨兵和警卫员没有阻拦他们，还向他们敬礼问候。

王子祥看见他们，放下手里的材料，握了握他们两个人的手，开门见山，说道："以前通知你们来，是给你们布置作战任务。这次叫你们来，不是给你们交代什么任务，而是一桩案子需要你们两个配合一下。不过，你们两个先得委屈一段时间，待问题弄清楚才能离开。"不等李荣智和刘富贵回答，王子祥对身边的工作人员说："你把他们两个的枪先保管一段时间，事情结束以后再还给他们两个。"

铸魂

李荣智和刘富贵俩人对视了一眼，从腰里掏出枪支，解下枪套，交给工作人员。

刘富贵把枪支交给工作人员以后，转过身，问王子祥道："什么案子啊？还收我们的枪，关我们的禁闭。司令员能不能给我们说清楚，总不能让我们这么糊里糊涂，弄不清楚怎么回事啊？这样下去，我们晚上觉都睡不好哩。"

王子祥听说，抬头看了看刘富贵，又转过身子看了看李荣智，说道："也没有什么好隐瞒的，就给你们两个说清楚算了。最近有人状告你们两个，重一点儿说是你们两个杀了我党的地下工作人员，轻一点儿说是杀了我党的统战对象。"

听王子祥如此说，李荣智有些忍不住了，急忙问道："司令员，这话可得说清楚。你说有人状告我们两个人杀了我党的地下工作人员或者统战对象。这是谁告的状？这个地下工作人员或者统战对象又是谁？这可是了不得的事情啊，怎么敢说这种话？"

王子祥说："你们先不要着急。通知你们来，只是要你们两个配合调查。告你们的状子有署名，现在还不能告诉你们是谁告的状。不过，估计我告诉你们状子上说的你们两个杀的人是谁，你们可能就知道是谁告的状了。状子上说你们杀的人叫刘西山。"

听王子祥说完，刘富贵急忙说："不要说谁告的状了，我知道是怎么回事了。"

李荣智说："有人告状说刘西山是我党的地下工作人员，那么他的哥哥刘西诚也该是我们党的地下工作人员了？这个事情你觉得可能吗？当年，朱村塬'革命委员会'成立时，刘西诚的父亲就因为是朱村塬为富不仁的大地主而成为革命委员会抓捕的对象，当时不知什么人给他透了风没有被处决。革命委员会只处决了陈元亨和刘得功，刘西诚的父亲成了漏网之鱼。后来，刘西诚和刘西山成立保安团和自卫队，伙同永宁镇国民党驻军，在镇公所后面的土壕里把我哥哥李荣福当作红军家属，与被俘的五名红军战士一起用铡刀铡死。这两件事能说刘西诚和刘西山是我党的地下工作人员，是我党的统战对象么？我们党的地下工作人员或者统战对象能这样挑头杀害我们自己的人吗？自从我开始搞地方武装到现在十多年，按照上级命令镇压过不少恶霸地主、豪绅和敌对分子，也保护过不少开明地主和豪绅，从来没有人告诉过我刘西诚和刘西山是我党的地下工作人员或者统战对象，相反却有很多人想要他们的命。如果他们这样的人都是我们党的地下工作人员或者统战对象，早就该抓回来审问审问了。"

刘富贵一会儿看着李荣智，一会儿看着王子祥，一直等待李荣智把话说完，才接着说："司令员说有人状告我们把地下工作人员或者统战对象杀了，请上级派人去调查。如果上级调查落实我们杀错了人，这杀人的罪责由我刘富贵来承担，无论怎么处置我，我都不会有意见。刘西山是今年正月十五晚上处决的。不处决他不行，他做的坏事太多，群众实在受不了，多次找游击队，要游击队报仇雪恨。处决他的侦察工作是我做的，决心也是我带头下定的。不能因为这件事情连累其他任何人，我一人做事一人当。不过，实话说，在战场上被敌人的子弹打死，我心甘情愿。如果我们内部有人背后捅刀子，下毒手，我死也不服。"

王子祥听完李荣智和刘富贵两人的话，想了想，说道："自从陈伟国同志调走以后，分区司令员一直由野战部队的首长兼任。我这个副职大事情做不了主。这件事情我只负责调查核实，怎么处理要看调查的结果和领导研究的结果。把你们找来，就是为了调查落实。你们两个是党员，要相信党，相信组织，也要相信我，要相信事情总会调查清楚。我来这里工作时间不长，对以前的事情了解不多。你们两个说一说，谁最能把这件事情说清楚，我们就找谁去核实，尤其是能说明情况的领导同志。"

李荣智说："这个不用想。最能说明情况的人很多，齐进、一良、邦英、伟国都在这边工作过，而且时间很长，知道和了解的事情也很多。这边的工作是他们领导的，他们都清楚。不过，现在战事这么紧，他们也都远离关中分区，怎么让他们来证明？"

王子祥说："这个不要紧，可以派人前去问他们。只是时间要拖得长一些，你们要多委屈几天。"

"还有，可以派人想办法找刘西诚啊。找到刘西诚就能知道他的兄弟是不是我党的地下工作人员了。"刘富贵说完，静静地看着王子祥。

王子祥看着刘富贵，说："你又不是不知道，你们枪杀刘西山以后不久，永宁镇的保安团就解体了，刘西诚也不知所踪了。你不想想，

铸魂

如果刘西诚还是永宁镇保安团团总，还有人写告状信啊？"

刘富贵听了王子祥的话，觉得很有些道理，随口说道："看来告状的人把什么都想到了，我们只有背黑锅一条道了。"随即脱口问道，"我们现在去哪里？"

"我带你们去。"王子祥边说边朝外走。李荣智和刘富贵跟在王子祥身后走出了窑洞。

李荣智和刘富贵被安排在距离关中军分区很近的一个普通农家院子里住下。按照程序和惯例，他们住进窑洞以后，窑洞的门被上了锁，窑洞门口也加了岗哨。

安排好李荣智和刘富贵以后，王子祥独自回到军分区驻地，在院子里踱来踱去，一时拿不定主意。这一封信非比寻常，处理起来非常棘手。一边是两个战功卓著的老同志，一边是被杀的"我党地下工作人员或统战对象"。写信的人又是地方组织的负责人，无论出于什么目的，说的事情虽然算不得真凭实据，却有姓有名有事实。刘西山是被李荣智和刘富贵带人捕杀的是事实，刘西山杀害了李荣智的哥哥也是事实。问题在于李荣智是不是公报私仇，刘西山是不是告状的人所说的"我党地下工作人员或统战对象"？如果不是，就属于诬告，可以不去理会。如果刘西山真的是我党的地下工作人员，李荣智可真的就罪孽深重了。退一万步讲，假如事实成立，这两个老同志可能会被处以重刑，最好的结果至少也得被监禁。现在唯一的办法就是寻找能够说清楚被杀人身份的证明材料。这个证明材料的来源有两个：一个是被杀人的亲属，尤其是曾经与被杀人一起共事的被杀人的哥哥。弟弟是不是我党的地下工作人员或者统战对象，哥哥一般情况下会清楚，但是被杀人的哥哥却莫名其妙地失踪了。另一个是我们党最早在这一带工作过的人，尤其是一些领导同志。被杀的人如果是我党的地下工作人员或者统战对象，那么他是谁发展的，和谁联系，受谁领导，都做过哪些事情？这些问题只有在当地工作过的领导能够说清楚。但是这些领导都已经远离了根据地。告状的人为什么会选择在这个时间告状呢？这不只是还两个老同志清白的问题啊。

王子祥越想越不安，越想心里越不是滋味。这是一起关系重大的事件，稍有不慎就会铸成冤案，后果不敢想象啊。

"必须进行广泛深入地调查，彻底查清楚事情的真相，绝对不敢有半点儿疏忽和马虎。"王子祥在院子里转悠了半个晚上，终于拿定了主意。刘西山如果是我党的地下工作人员，那么是谁派去的，与谁联系，做过哪些工作，相关决定请示过谁？如果是我党的统战对象，是谁统战的，为什么要统战，是谁批准的？写信人为什么要把捕杀刘西山与刘西山杀害李荣智的哥哥联系起来，目的到底是什么……必须一个一个把问题核实清楚，绝对不允许冤枉人。

人生道路上最惨痛的灾难是蒙冤受屈。很多时候，人可以失去生命，却不愿意蒙受冤屈。有些冤屈即使逃得性命或者脱解了屈辱，也会在心灵深处刻下难以磨灭的印记。在这一点上，作为处理问题的当事者，王子祥心里非常清楚。

王子祥兄弟姐妹五人，他排行老大。在几十年的革命生涯中，他们兄弟姐妹和亲戚中先后有四人失去了生命。他的妹妹王侠仙在河北抗日根据地被敌人捕获后杀害，他的弟弟王子文曾经蒙受不白之冤，后来虽然洗刷，却在与敌作战中牺牲。

"一个真正的革命者要有坚定的意志，也要有爱护同志、关心同志、保护同志的胸怀啊。"王子祥下定决心要弄清楚事情的经过和真相，还真正的革命者以清白。

李荣智和刘富贵被关进窑洞，限制了活动自由，对于他们这些性烈如火的革命者来说，这实在是一个无法接受和面对的问题。他们参加革命的目的，最初就是不愿意接受黑暗的世道，不愿意被人欺负和压迫，其中当然也有有冤无处诉的郁闷。在十几年的革命生涯中，他们接受了新思想，懂得了革命道理，有了远大的革命理想：建立人民当家做主的新政权。他们在革命战争中锻炼，在革命战争中成长，接受了革命思想，也养成了严肃、谨慎的革命作风。在密闭和失去自由的环境中，他们郁闷而痛苦。他们首先考虑的问题是失去自由的原因，是重获自由的道路，是摆脱困境的方法。

李荣智和刘富贵躺在窑洞里的土炕上，面对紧闭的木门，听着门外哨兵走动的脚步声，回想着自己的经历，寻找能够想到的线索，探寻能够摆脱困境的希望。他们情绪低落，内心矛盾，心境复杂，一会儿觉得被陷害，一会儿觉得被抛弃，一会儿又觉得是上天的安排，一

铸魂

会儿觉得自己疏忽大意，一会儿觉得敌我斗争形势的复杂。环境让他们深感郁闷，问题让他们深感艰险，时间让他们觉得斗争复杂，革命形势又让他们心急如焚。在革命即将胜利的时候，他们被自己人关押着，失去了在战场上拼搏的机会。

"你觉得告黑状的人会是谁？这他妈的也太歹毒了，想一下子置我们于死地啊。"刘富贵侧过身，看着李荣智，不等李荣智回答，又自顾自地说，"如果说是敌人的阴谋，我还能想得通，毕竟我们是他们的眼中钉、肉中刺，想办法除掉我们是他们梦寐以求的愿望。他们也用了很多办法想要我们的命。如果是有人故意告黑状，这是想把我们整死，这他妈的就太毒辣了。"

李荣智眼睛盯着窑洞顶部，双手放在脖子后面，满脸无奈地说："你说的这些我都想过，我也分析过告黑状的理由和原因。我觉得你说的这两种可能都有。既有可能是刘西诚本人或者亲戚写的，目的就是为了报他兄弟被杀的仇恨。写状子告我们两个人，既有可能达到他们的目的，也有可能搞乱我们内部，让我们自己人互相猜忌，闹不团结，他们从中取利。还有一种可能是刘西诚放长线，通过关系弄通我们内部的人，让我们的人状告我们两个人，破坏我们内部的团结，造成分散和分裂。还有就是我们内部的敌特分子故意破坏。就现在的情况来看，敌中有我、我中有敌的事情不是没有。是明着的敌人的阴谋也好，是隐藏在我们内部的敌人的诡计也罢，都不奇怪。目的就是想借刀杀人，借我们同志的手杀掉我们，报他们的仇。如果是内部人下这样的杀手，其残酷性和危害性远远比敌人大。"停了停又说，"你我自参加革命，何曾后退过半步？执行命令，何曾讲过半点儿价钱？如今被人陷害，死不足惜，落下恶名，九泉之下，心何以平，恨何以消？"

刘富贵听说，忽地一下坐起身来，愤愤地说："你一边说，我一边想，越想越觉得憋气。我怎么也想不通刘西山会是我党的地下工作人员或者统战对象。他做的那些事情怎么也不会是地下工作人员和统战对象做的事情啊。他不光是坏，他是恶，是毒，是心底里的歹毒。他连个好人都够不上啊。"

李荣智说："这个我知道。我和他打了十几年交道了，他是什么样的人我早都知道了。他不光杀害了我的哥哥，杀害了红军战士，他还杀害过不少老百姓啊。他手上的命案和血债岂止是一件两件？这还不算他糟蹋的人，逼迫人家家破人亡的事情。永宁镇想要他性命的人不光是我们啊。现在的关键问题是有人说他是我党的地下工作人员或统战对象，而且还有人相信。再说，他到底是不是地下工作人员或统战对象？谁去分辨，怎么分辨？谁去调查，怎么调查？"

"如果真是你说的这样，这个事情可就真的难办了。真的不知什么时候才能把事情调查清楚，把问题彻底解决了啊。如果不解决问题，就把我们关在这里，什么时候才是个头啊？就我这个性格，要真的时间很长，非得给憋死不可。"刘富贵一声长叹，顺势倒在土炕上，两眼直直地看着窑洞顶部。

李荣智看了看刘富贵，说："你也不要着急。事情既然到了这一步，急也没有用处，生气更没有用处。我们唯有相信组织，唯有耐心等待。我们也要相信党，相信组织一定会把事情弄清楚，还我们清白。我们跟着共产党十几年，经历过那么多的事情，都有比较圆满的结果。尤其是我们党经过几十年的奋斗，路线方针越来越成熟，在大是大非问题上认识越来越明确，对于目标和方向的把握越来越准确，我们的领导人也越来越有经验，越来越有水平。我们要相信这件事情一定会调查清楚的。再说，王司令家里也曾有人蒙冤受屈，他对这种事情的记忆应该更深，他处理这个问题时会慎重了再慎重。当然，话说回来，'天有不测风云'，再好的马也有失前蹄的时候。如果真的处理不好，把我们冤枉了，我们应该有个思想准备。我们要尽量把经历过的事情想清楚，说清楚；说话、做事、提要求，都要更慎重，更周全，防止由于我们的疏忽，造成新的被动。否则，我们两个真的就得冤枉死。"

"唉……"刘富贵一声长叹。

皎洁的月光从窑洞的天窗里照射进来，给窑洞添了一丝光亮。李荣智和刘富贵两个人时睡时醒，似睡非睡，一边回忆做过的事情，一边想象和探寻写信的人以及写信的目的。

在接下来的日子里，王子祥只要有时间，便来到他们两个人的住处，询问一些问题，与他们谈话宽心。有时候他一个人来，有时候带着别人一起来。每次询问和谈话之后，王子祥总会给他们一些宽慰，要他们相信党、相信组织，耐心等待组织调查，相信组织会慎重处理，

铸魂

绝不会冤枉他们。

时间在询问和等待中一天一天过去了。半个月后的一天早晨，李荣智刚刚起床，刘富贵躺在土炕上对他说："三哥，不知道咋回事，我头有些麻，还想吐。"

李荣智侧过身，认真地看着刘富贵，从刘富贵的脸色上没有看出异常，便说："大概是想我们的事情想多了，晚上睡得又迟，欠下瞌睡了。从今天开始，我们尽量少想一点儿我们的事情，少说一点儿我们的事情。反正想得再多，说得再多，我们也决定不了。另外，从今天晚上开始，我们早点儿睡觉，养好身体。"

刘富贵挣扎着起床，穿好衣服，蹲在脚地上作呕，没有吐出任何东西。吃过早饭之后，刘富贵比刚起床时好了一些，便不以为意。但是，从这天开始，刘富贵的身体一天比一天差，从开始的头麻木到头昏，又从头昏到头痛，后来便呕吐不停，吃不下去饭，睡不着觉。几天之后，他的脸色开始变化，由黄变紫，又由紫变青，嘴唇裂了很多口子。关中分区工作人员请大夫来看，拿药给他吃，全然不起作用。又过了几天，刘富贵开始吃不下去饭，渐渐地从土炕上下不来，上不了厕所，总是昏睡不止。有一天早上，刘富贵睡醒过来，躺在土炕上，有气无力地对李荣智说："三哥，我恐怕不行了。这两天只要一闭眼，就看见天阴沉沉的，满地都是死人死马，还有牺牲的战友、村里死去的乡邻和亲人，他们都在大声喊我……"

"兄弟，不要这么说，也不要这么想，做噩梦是心火旺盛，身体发热所致。你要挺住，我给他们说，让他们送你回家去治病。"刘富贵生病后，李荣智自始至终一直守在眼前，他没有想到刘富贵的病情变化如此之快。刘富贵才三十多岁年纪，正是年富力强的时候，怎么会说不行就不行了呢？李荣智心如刀绞，"兄弟，你稍微等一会儿，我这就喊他们，让他们送你回家去治病。"随即迅速穿好衣服，大声呼喊哨兵，让哨兵去找关中分区的工作人员。哨兵开始时还有点儿不愿意。李荣智大声责骂道："他要是出了问题，我把你狗日的头拧下来哩。"

李荣智不愿意让刘富贵看到他痛苦的表情，转过身子，站在窑洞脚地上，大声骂着哨兵，悄悄地抹着眼泪。

哨兵没有想到一向通情达理的李荣智突然发怒，急忙离开哨位，跑着去找来关中分区的工作人员。分区工作人员被哨兵急急乎乎的样子吓了一跳，急忙跟着哨兵跑了过来。他们走到窑洞跟前，打开门，看到刘富贵病情严重，又返身回去找王子祥。王子祥看过以后，根据李荣智的建议，派人通知刘富贵的家人赶快把刘富贵抬回去医治。刘富贵的家人接到通知，在村庄里找了六个人，抬着用门板绑扎的"担架"，来到马家堡分区驻地。当刘富贵被放到担架上，抬着走出院子时，刘富贵抓住李荣智的手，断断续续地说："三哥，没想到我们竟然中道分手……如果有来生，兄弟我还跟着你……我先走了，你好好等着，一定要好好活着……出去。"

"出师未捷身先死，长使英雄泪满襟。"听了刘富贵的话语，李荣智悲从中来，忍不住当着关中分区送行的人哭出声来。他在哭病入膏肓的兄弟，也在哭所受的委屈，哭好人为什么得不到好报。

前来送行的王子祥和分区的工作人员看到这一幕，一个个心情复杂，为之叹息。

李荣智跟着担架走出院子，与王子祥一起，站在院子外面的小路旁，看着担架渐行渐远，隐入山道，很不情愿地回到窑洞里，继续过着被限制自由的日子。

刘富贵被抬回家不久的一天夜晚，被禁闭在窑洞里无事可做的李荣智刚刚睡下，恍惚之间看见刘富贵走进窑洞，站在土炕旁边，忧伤地看着他。他急忙上前拉住刘富贵，让刘富贵坐到土炕上来。刘富贵千方百计地躲着他，不让他拉，也不到土炕上去坐，执拗地站在脚地上对他说："三哥啊，跟着你，我这一辈子没有白活。虽然吃了很多苦，受了很多罪，却也做了很多好事。我们所做的事情是千秋大事，功德无量啊。可惜，我不能再陪你了。你要千方百计保护好自己啊！"李荣智生气地问道："你要去哪里啊？我们的事不是还没有做完么？"刘富贵说："我要回去了。从此你我阴阳相隔，以后再也见不到了。临走时我放心不下，特意来告诉你，这一次有贵人相助，他们不敢把你怎么样。不过，以后你要处处小心，学会保护自己。告状的人黑了心，什么手段都会使。"李荣智还要拉刘富贵坐到土炕上来。刘富贵流着泪说："三哥，你我阴阳两隔，我近不得你。"随即转身，轻飘飘地向窑洞外面走去。李荣智急忙起身，紧赶着走出窑洞。此时，月高星稀，

铸魂

大地一片银白，刘富贵已经远远地走上院子外面的土坡。李荣智紧赶着喊道："富贵兄弟，你要到哪里去啊？你等等我……"只见刘富贵走上塬边，瞬间没有了踪迹。李荣智脚下一滑，向前一扑，从梦里惊醒过来。

李荣智睁开眼睛，看着窑洞天窗里透进来的月光，不由得悲从中来："富贵殁了啊！"

李荣智坐起来，慢慢地穿好衣服，静静坐在土炕上，出神地回想着梦中的情景。

四十一

刘富贵被抬着离开马家堡之后，李荣智一个人困守在军分区驻地的窑洞里。虽然王子祥偶尔会借着询问事情来看他，与他说话聊天，但案情已经到了问无可问的地步。案情是清楚的，告状人的目的也是明确的，就是造谣生事，企图置李荣智于死地。只是因为没有足够的证明材料，无法对告状信做一个了结，也无法对状告李荣智和刘富贵带领游击队"枪杀地下工作人员"的事情做一个了结。李荣智只能被禁闭在窑洞之中，等待最后的结论。

黎明时分，院子里传来王子祥的喊声："老李啊，起来了没有？"

李荣智从睡梦中惊醒过来，立即起身，穿好衣服，打开窑洞的大门。

"事情弄清楚了。"王子祥满脸兴奋地看着李荣智，不停地挥动着拿在手中的材料。

王子祥派出去调查的人前一天晚上回到了军分区驻地，拿回了需要的证明材料。看完材料以后，王子祥一夜未曾合眼。第二天天未亮，他兴冲冲地来到关押李荣智的窑洞，高兴地对李荣智说："这下终于弄清楚了。派出去调查的人回来了，事情弄得清清楚楚、明明白白了。你说的几个人的证明材料完全一致：刘西山不是我党的地下工作人员，也不是什么统战对象，而是我们的死敌。你和富贵同志是清白的。你现在就可以回去了，什么事也不会再有了。"

听了王子祥的话，李荣智却一点儿也高兴不起来。他走过去，重新坐在土炕边沿上，看着土炕上的铺盖，看着窑洞里的陈设，看着不知道走过多少个来回的土地，缓缓地说道："没事了，终于没事了。没事了，好啊！感谢组织，感谢领导，感谢王司令对这件事情的重视啊。终于把事情的来龙去脉弄清楚了。"

由于告状信来历复杂，涉及的人和事情关系重大，为了弄清楚事情的真相，找到足够的证明材料，还当事人以清白，王子祥按照李荣智提供的人员名单，严令军分区工作人员抓紧时间，仔细核实，拿回证据。边区工作人员辗转找到齐进、张一良、陈伟国等最早在三嘉塬、龙头塬、朱村塬发展党员，开展革命活动和熟悉情况的同志，调查了解这一地区的党员发展情况和党组织建设情况，查证刘西诚和刘西山兄弟两人的身份。各位领导的说法和提供的证据完全一致，没有一个人证实刘西山是共产党的地下工作人员，也没有一个人认为刘西山是统战对象。工作人员找一位领导同志核实情况时，领导同志生气地说："李荣智和刘富贵我都熟悉。他们对党忠诚，作战勇敢，不顾生死，是关中游击队的骨干。刘西诚和刘西山我也知道，他们绝不是我们的地下工作人员，也不是什么统战对象。他们是朱村塬有名的地主土豪，是国民党的顽固分子。他们杀了我们多少人你们不知道吗？现在战事紧急，回去马上把李荣智和刘富贵两个人放了。"

根据调查了解到的情况和证明材料，关中军分区决定释放李荣智。但因为事前没有关押李荣智和刘富贵的决定，也没有羁押他们的手续，在释放李荣智回家时无法形成决定。王子祥亲自找李荣智，很是为难地对李荣智说："现在事情都弄清楚了，也都过去了。没有事情最好。有些问题你要想通，过去的事情就过去了，不要记在心上。革命眼看着就成功了，这是我们最大的事情。要放下思想包袱，鼓起精神好好干，把最后几步路走好，争取早日实现我们的追求和目标。别的不说，你就看看我们家吧。我知道你和子文关系好，你也知道我们家里发生的事情……都过去了。过去的事情就让它过去吧。"

听着王子祥的话，看着王子祥欲言又止的样子，李荣智从土炕旁边站起来，认真地说："这个你放心。我不会有什么不满，也不会找任何人的麻搭。取得革命胜利是我们这些人一辈子的奋斗目标，也是毕生的追求。革命过程中有这样那样的误解和委屈，在所难免，也很正

铸魂

常。我只有一个要求，就是应该对富贵有个交代。他毕竟是游击队的领导人，是羁押在这里的时候得的病。他为革命做了很多工作，流了血，也流了泪，不能让他死不瞑目啊。"

"这个你放心。我一定会想办法办好的。"王子祥站起身，用劲握了握李荣智的手。

这时候，边区工作人员拿着李荣智和刘富贵的短枪走进了窑洞，王子祥上前一步，接过短枪，认真地看了看，转过身交给李荣智，说："把富贵的枪保管好。"随后又说，"你现在就回去吧。我送你走。"

王子祥一边说，一边拉着李荣智的手走出窑洞，走出院子，走上通往返回三嘉塬的道路。

屈指算来，李荣智在马家堡已经将近两个月了。道路两旁的山峁、沟壑和土地已经不是他来的时候的样子了。草黄了，树叶也落了，土地里的庄稼早已经被农人收割，山野已经显出了冬天的味道。看着道路两旁的景色，李荣智不禁黯然神伤：来马家堡的时候是他和刘富贵两个人，离开马家堡的时候只剩下了他一个人；来马家堡的时候山是绿的，庄稼还没有收割，离开马家堡的时候山是黄的，土地也是黄的，土地里没有了庄稼，更没有庄稼的绿，没有了庄稼生长的气息。世事沧桑竟然就隐藏在一事一物的变换之中啊。

听说李荣智回来了，唐一良、赵二娃、张大奎、王秉德闻讯赶来看他，焦急地问事情的经过和结果。李荣智看着一起战斗的战友，唯独缺少刘富贵，忍不住伤心落泪。他想询问刘富贵的安危和后事安排，觉得不好贸然开口，心不在焉地叙说了事情的起因、告状信的内容、军分区处理告状信的过程和结果。听了李荣智的叙述，赵二娃高兴地说："回来就好，回来就好啊。大家天天打问你们的消息，天天盼望你们回来啊。现在终于回来了，我们又可以一起战斗了。"

唐一良接着说："你们两个走了以后，我们听到一些风声，说你们两个被人告了，把你们叫去是查对落实问题。你不知道啊，那一段时间可真把我们急坏了。我们左等右等，左打听右打听，就是没有一个准确的消息啊。虽然富贵中途回来了，谁知回来没有几天人就殁了。"

"富贵真的殁了啊？"李荣智有些不相信自己的耳朵。虽然在此之前他已经有了充分的思想准备，他也知道刘富贵的疾病难以治愈，甚至刘富贵梦中向他告别。当他听到刘富贵真的殁了，确定刘富贵真的离开之后，他还是难以自已，甚至不愿意接受。

"富贵殁了，都安葬好几天了。"唐一良自觉失口，急忙转口说，"现在你回来了，我们找时间一起去富贵的坟上看看他，给他烧些纸，祭奠祭奠吧。"

"一定要去，一定要去，你们看今天行不行？今天咱们一起去看富贵。"李荣智迫不及待。

看着李荣智失神的样子，唐一良有些心酸。曾几何时，李荣智、唐一良、赵二娃、张大奎、刘富贵五个人一起参加和组织游击队，曾一同拈过香、起过誓，结成生死相依的兄弟；也曾歃血盟誓，决心跟定共产党，不叛离，不退缩，不投敌，坚决革命到底。他们五个人中间唐一良年龄最长为老大，其他人以年龄为序，张大奎为老二，李荣智为老三，赵二娃为老四，刘富贵最小为老五。十多年过去了，革命即将成功，他们的小兄弟刘富贵却永远离开了。这怎么能不让他们心伤？

"过两天再去吧。你刚刚回来，还有很多事情要处理。再说，去富贵的坟地还要准备一些东西。"唐一良劝道。

两天之后，李荣智处理完毕手头积压的事情，与唐一良、赵二娃、张大奎一起，带着上坟用的香火和纸钱，来到刘家川刘富贵坟墓前。但见高高的黄土坟丘周围落满了烧化的纸灰，坟丘尾端插着一堆缠着白纸的"哭棍"，距离"哭棍"不远处垒着一个烧纸用的青砖矮炉，炉内有不久前烧过的纸灰。

唐一良、李荣智、赵二娃、张大奎走到刘富贵的坟墓前，在坟墓尾端的矮炉前静静地站了一会儿，随后沿着坟丘从左到右绕了一周，重新回到坟尾的矮炉前面，一起跪了下去。张大奎取出带来的香火和纸钱，唐一良代表大家上香，焚烧纸钱。唐一良拿起一把土香，点燃后拜了三拜，插在坟尾，随后回到矮炉前开始焚烧纸钱。他一边焚烧纸钱，一边喃喃地说："富贵兄弟啊，荣智兄弟回来了，他来看你了……富贵兄弟，你是个骗子，你骗了我们啊。你不是说'不愿同年同月同日生，但愿同年同月同日死'，你怎么忍心丢下我们自己先走了啊……"

还没有等唐一良把话说完，李荣智、赵二娃、张大奎已经放声大

铸魂

哭。他们泪水涟涟，哀痛不已。唐一良禁不住停下话语，痛哭起来。

对刘富贵的死，李荣智痛彻骨髓。刘富贵跟着他参加游击队十五年，大小战斗历经数百次。刘富贵头脑聪敏，身手矫捷，爬墙上屋如履平地，举枪射击弹无虚发，执行任务勇往直前，危险面前从不退缩。战场上，面对飞蝗般的弹雨，眼睛都不眨一下。如今却已悄然而去……

李荣智一边哭，一边嘴里念叨，"富贵兄弟，你年纪轻轻，遭人诬陷，死于非命，都是我的错。我对不起你，是我连累了你啊……"

"呜——"在唐一良四人放声痛哭之际，但见刘富贵坟墓前的平地刮起一股旋风。旋风旋起一支土箭，把燃尽散落的纸灰旋了起来，在空中飞舞。那土箭犹如羊角，上大下小，扶摇直上，越飞越高。焚毁的纸灰像灰色的蝴蝶，随着旋风在空中飘舞着，慢慢地飞向远方。

张大奎边哭边说："富贵兄弟啊，你我同生一村，一起长大，同时参加红军，如今你却走了。你还那么年轻，才三十多岁啊……"

四个人放声大哭了一阵子，停下哭声，一心一意地焚烧土香和纸钱。

赵二娃望着越飞越远的纸灰，痛切地说："富贵兄弟，如果你在天有灵，就护佑我们吧。战争还在继续，仗还没有打完啊。"

看着纸灰越飘越远，唐一良、李荣智、赵二娃、张大奎擦干泪水，站起身，从腰间抽出短枪，朝着空中接连射出三颗子弹。枪声在空落落的川道里传得很远，很远。

从刘富贵坟地上回来不久，李荣智就病倒了。开始时他觉得心慌气短，以为是陈年的旧病又犯了，便没有往心里去，只是找邻村里的土大夫，胡乱吃了两服旧年的药。后来他觉得身体越来越重，行走起来很是费力，人也越来越懒，有时候甚至不愿意起床，不愿意吃饭，一味地昏睡。直到有一天妻子做好饭，让大儿子喊他吃饭时，他从土炕上下来时一头栽倒在地，他才觉得自己病情严重，不得不再次去找大夫看病吃药。

"你这病不是陈年旧病，我没有办法看，脉象郁结而紊乱，气色也不好，按照土方子吃中药恐怕治不好。你在部队里有熟人，去分区医院看看也许会好得快一些。"大夫摸了摸李荣智的脉象，看了看李荣智的舌苔，瞄着李荣智的气色看了半天，缓缓地说，"你郁结的时间太久，加上旧病一直没有好利索，估计是添了新毛病了。让部队里的大夫看看，吃一些西药吧。我这里的中药太慢，弄不好会耽误你。"

看着熟识的大夫吞吞吐吐，李荣智心里忽然有些嘀咕，觉得自己是不是患上了不治之症。刘富贵和他一起被关押，脾气暴躁，心情郁结，最后竟然郁郁而终。他虽然不像刘富贵那么急迫，他的心里也未必轻松，未必不胡思乱想。他会不会也像富贵一样患上了治不好的大病？他认真地看着大夫，企图从大夫的脸上看出一点儿蛛丝马迹。"你给我说实话，不要吞吞吐吐地吓我。我什么阵仗没有见过？如果是不治之症，你就明当明地告诉我，我好把老婆娃娃的事情安顿好。省得我走了，他们手忙脚乱整弄不好。"

"你胡说哩。哪里有那么厉害的病？如果真是得了治不好的病，我早告诉你了。我们结识又不是一年两年了。"大夫有些着急。

"你不要日弄我。我说的是实话。人在世上生生死死很正常，没有什么了不起。我见过的死人比你见过的病人都多，我不怕死，你给我说实话。"李荣智故意刺激大夫。

大夫看了看李荣智，忽然笑了起来，说："你的性情确实变了。性情变了身体咋能不变呢？身体变化的时候是变好了，还是变坏了，就由不得你了。你这一段时间肯定遇到过大的挫折和委屈，而且持续的时间比较长。如果是大挫折、大委屈、大郁结，化解起来肯定也要花费比较长的时间，花费比较多的功夫。我让你去找部队的大夫，是因为他们的药药力大、见效快，不是我不给你治。你是有责任在身的人，不可能什么事情不做，专门有时间用中药来慢慢地调理身体。以后社会安宁了，你身上的责任和担子轻松了，有时间了，你如果再有啥毛病，我一定给你慢慢调理，好不好？"

"好吧。这一次就听你的话。"李荣智听见大夫如此说，心里宽慰了很多。因为他确实遇到了委屈和挫折，而且这种委屈和挫折是他一生之中最大的，比当年与吴义仁打架之后不能回家的委屈还要大，至少他当时动手打了人，而且打了三个人不吃亏。这一次他什么都不能做，什么也不能说，他觉得更委屈，更有挫败感。他的内心深处有理无处诉，有话无处说甚至说不出来的痛苦，有眼睁睁地看着战友死去

铸魂

的无奈和郁闷。

　　李荣智缓缓地站起身，告别相识多年的大夫，一个人踏上了去军分区司令部驻地的路途。他希望得到军分区医院的帮助，期望有好大夫，有好药品，让他的心境得以平复，让他的身体得以康复。

　　冬天的黄土高原寒冷而寂寞，萧飒而凄凉。塬面上、沟壑里、山梁上光秃秃的，见不到一丝生机，即便是秋种的小麦，此时也蛰伏在黄土里，显得焦黄而无力。狂怒的寒风摧毁了一切，埋没了一切，压抑了一切。黄土地在狂怒的西北风的吹拂中蛰伏，期待来年的苏醒和希望。

　　李荣智慢悠悠地行走在通往马家堡的道路上。道路崎岖而狭窄，寂寞而孤独，曼延在沟壑和山梁之中，像一条看不到尽头的绳索。他一边走，一边看着走过无数次的道路，看着道路两旁的沟壑和土地，回想十多年走过的道路和经历过的事情。他热爱土地，喜欢看顾土地里的庄稼，愿意做收割和播种之类的农活，却不得不离开土地，在枪林弹雨中摸爬滚打。他性格耿直，见善不欺，逢恶不怕，跟着共产党和红军游击队，做下了了不起的事情，却在革命即将胜利的时候，远离战场，远离拼搏，困守在黄土窝窝里，听着远处的枪炮声和战友们的呐喊声。他受不得冤屈，见不得倚强凌弱，痛恨暗中捣鬼使绊子，却被一封诬陷他的告状信搞得狼狈不堪，看着战友由此丧命，自己身陷牢笼而无力脱身。这难道就是他的命运，是他不得不走的人生道路？

　　李荣智走到马家堡的时候天已经黑尽了。十多年里，他第一次感觉到驻地距离马家堡路途的遥远，第一次感觉到山路崎岖艰难，第一次感觉到力不从心，也第一次感觉到身体的衰微。他多次坐在山道上休息，多次站在路边的寒风中喘息，还扯下树枝当作拐杖，这在以前是没有过的。他不知道为什么会突然如此衰微，甚至后悔没有骑马，没有让侄子跟着他，没有给妻子说明去处。他搞不懂莫名其妙的病痛怎么会有如此强大的力量，让他在寒风凛冽的冬天备受煎熬。

　　李荣智在马家堡村口站了很久，最后无奈地走进路边一户熟悉的人家，讨要吃喝，住了下来。第二天早起，他找到军分区司令部，在司令部年轻参谋的带领下，找到军分区医院。一位面色和蔼的大夫看了看他的脸，用手中的听诊器在他的胸部听了听，给他做了一番仔细的检查后，对他说："你有心脏病，需要住院治疗。"

他强作欢笑地对医生说："这个情况我知道。我以前吐过血，留下了后遗症，动不动就心怯气短。就是这一次好像重了很多，也和以前不一样。你能不能给我一些药，我回家去吃。家里还有很多事情等着我哩，我不能住院。"

医生笑着说："你这个病时间很长了，不能再耽搁了。耽搁太久就不好治疗了。就是留在这里，恐怕都不好治疗，你还想回去？我们这里条件本来就不好，缺少药品，治疗起来很艰难。你回家去耽误了咋办。"

李荣智看着面色和善的医生不知道如何是好。他来马家堡的时候只是对家人说去找大夫看病，很快就回去。他如果住在医院里，不但家人会担心，游击队的事情也会耽误，游击队的战友也会担心。最后，他坚决地说："麻烦你给我一些药，我回家去吃。这里病床紧张，不好耽误你们啊。"

医生被逼不过，请示医院领导同意，给他开了一些他从来没有见过的药品。他拿着这些药品回到三嘉塬驻地，瞒着战友和妻子，一边吃药，一边努力地做着该做的事情。

四十二

春节过后不久，随着战场形势的变化，关中军分区更名为三原军分区，司令部从马家堡迁往三原县，王子祥晋升为分区司令员，三嘉塬划归陇东军分区管辖，李荣智和游击队一起被划归陇东军分区领导。此时，李荣智的病情有了很大好转。也许是从来没有吃过西药，也许是医生给开的药疗效好，李荣智吃过从马家堡带回来的药之后，身体很快就感觉轻松了。他有了气力，走路也不再气喘。后来，他又去了一次马家堡，找军分区医院的医生要了一些同一样的药，暗自坚持吃了一些时间，身体竟比以前好了许多。

春节前，王子祥派人找到李荣智，以关中军分区副司令的身份命令李荣智带人去彬县寻找刘西诚，将其带回关中军分区，并说如果刘西诚不回来或者企图反抗，可根据情况相机处置。王子祥特意叮嘱李荣智："要想尽一切办法找到刘西诚，他的身上还有血案，不能让他一走了之。"

接到命令以后，李荣智觉得事关重大，专门奔赴马栏镇，向县委县政府报告了关中军分区的命令，随后与唐一良、赵二娃、张大奎、王秉德等人一起商议落实关中军分区命令的措施和办法。李荣智之所以这样做也是吸取伏击刘西山的教训。伏击刘西山的时候，几个游击支队的负责人一起商量，觉得刘西诚和刘西山兄弟两个坏事做得太多，民愤极大，借正月十五元宵节派人前去伏击，枪杀刘西诚和刘西山兄弟两人。为了确保伏击万无一失，李荣智曾经把这个决定分别向县、乡两级相关人员作了口头汇报。由于县、乡两级工作人员年纪轻、资历短，对相关情况不甚了解，虽然同意捕杀，但未明确答复。后来，告状信提出刘西诚和刘西山是我党的地下工作人员和统战对象，他们难以拿出更有说服力的证据，也无法对李荣智和刘富贵的行为明确定性，以致关中军分区只能按照告状信反映的情况把李荣智和刘富贵关押起来。按照李荣智的要求，军分区派人寻找最早在三嘉塬、朱村塬、龙头塬一带工作的人员进行调查。李荣智被释放之后，相关人员虽然以多种方式前去宽慰他，让他不要把过去的事情放在心上，李荣智还是无法从刘富贵死亡的痛苦中解脱出来，也无法忘记被冤枉和被关押的痛苦。

"既然是关中军分区的命令，就光明正大地派人去抓捕。没有必要担心，也没有必要隐蔽。"张大奎说，"眼下没有人敢站出来公开反对，也不会有人再敢去告黑状。"

"就是要明目张胆、名正言顺地实施抓捕行动，让告黑状的人看一看，最好能让他狗日的跳出来。"赵二娃一边玩弄枪支，一边大声地说，"公开抓捕有一个好处，就是将来再也不怕人说我们私自做主，枪杀什么统战对象之类的话。"

唐一良沉默了半天，看着大家表态要大张旗鼓地去抓刘西诚，觉得既有道理，好像又没有道理。他仔细地听着大家的发言，思虑了一番，才慢悠悠地说："大家说得都有道理，也都没有道理。自古以来，任何抓捕行动都讲究隐秘和突然，如果把抓捕行动吵闹得沸沸扬扬，众人皆知，也许就抓不住要抓的人了。我们既然是奉命抓捕，还是做得隐秘一些，尽快去把人抓回来才好。"

"我倒是觉得人能不能抓回来不是太重要，重要的是让告状的人跳出来，我们看看他的嘴脸，也能为富贵兄弟报仇。"赵二娃说。

"其实事情已经吵闹出去了。关中军分区有人知道，县委县政府和区委区政府也有人知道，我们游击队同样有人知道，隐瞒不住。"李荣智说，"现在是谁去抓，怎么抓的问题。这是组织纪律，也是工作纪律。"

"你说的这些人都是我们自己人，我们的敌人还不知道呢。"赵二娃说。

"这样吧，让大奎和秉德跟着你去吧。你们三个人一起去有个伴，遇到问题也好商量，将来再有人问起来也好说。三人为众。这是我们游击队的决定。"唐一良对李荣智说。

经过商议，最后决定由李荣智、张大奎、王秉德前往彬县执行抓捕刘西诚的任务。唐一良还专门就相关问题向县委做了汇报。县委同意游击队的决定。

其实，落实抓捕刘西诚的任务并不容易。一个是关中军分区只提供消息说刘西诚在彬县，具体在哪里、做什么事情、带着什么人、是否有武器等情况都不清楚。另一个是此时彬县的社会秩序已经非常混乱，在解放军第一野战军的强大压迫下，西北战场的形势发生了根本性变化：国民党军队节节败退，战斗力江河日下，距离陕甘宁边区并不很远又地处西安至兰州交通要道上的彬县国民党政府风雨飘摇，政府工作人员人心惶惶，各自打着自己的算盘。政府工作人员中有的脱离国民党投向共产党，有的带着家眷和财物逃往异地他乡，有的拼死顽抗，企图卷土重来。国民党中央军、地方保安团、自卫队惶惶然如丧家之犬。在此情况下，打听一个从外地流落到此的人，其难度可想而知。

"好家伙，这里咋这么乱啊？"李荣智和张大奎、王秉德化装来到彬县，多方打听刘西诚的下落。张大奎看见彬县纷纷扰扰的状况，首先觉得悲催，"到处人心惶惶，打问个事情谁都不好好说，也不愿意说。"

铸魂

"乱是肯定的。国民党的日子不长了，跟着国民党的人还不都得忙着找后路啊。"李荣智笑着说。

"早干啥去了？这时候再急也没用。"张大奎叹了口气。

"这些人中间什么人都有，有的人有钱，担心共产党劫富济贫，把他们的财产分配给穷人，所以压根就不会跟着共产党；有的人原来不相信共产党革命会成功，觉得共产党弱小，没有武器，装备差，就是没有想到共产党为人民，有人民群众的支持；有的人纯粹就是墙头草，一会儿在这边，一会儿在那边，哪边有利往哪边跑，没有想到国民党腐败透顶，失败的速度太快，把他们闪在半道上，来不及选择了。"李荣智认真地说，"这些年这么走过来，看得最清楚最明白的就是国民党的腐败。国民党政府里不但官员腐败，军队也腐败，政府和军队中谁都不关心国家的事情，也没有人关心老百姓的事情，几乎所有人都想着怎么化公为私，怎么损公肥私和损人利己。这样的政府不失败才怪哩。"

"你这话说到了正点上。别的不说，你就看看咱们周围的那些镇子和县城里的官员和保安团、民团的头头们吧，到什么时候都是自己的利益大，根本不管别人的死活。国民党都要完蛋了，他们还一窝蜂地弄自己的利益。他们也不想想，国民党政府完蛋了，他们还能跑得了吗？"张大奎感叹道。

"这就是国民党失败的症结啊。"李荣智说，"我们的队伍里就没有这样的事情。大家一心为公，一心为人民服务，做的事情老百姓自然都支持，也就没有做不成的事情。现在回过头去想，也真的很快啊。当年参加红军的时候，红军才三百来人，后来几经反复，最少的时候不到两百人。这才几年时间啊，红军游击队从无到有，从小到大，现在要解放全中国，建立人民当家做主的新政权了。"

"你从部队下来建立游击队的时候才有几个人啊？现在想想，光从我们这里就送出去多少战士啊。听说有的人在部队里干得很不错，都成营长、团长了。"张大奎说。

"是啊，时间过得快得很啊。哎，秉德怎么不说话？"李荣智突然发现只有他和张大奎两个人说话，在黑暗中问睡在另一边的王秉德。到彬县之后，他们三个人随即分头打听刘西诚的去向和下落，谁也没有打听出名堂，天黑之后，只好随便在街道旁边的小面馆里吃了面片子，在街道的背向处找了一间房子住下来，等待第二天再去寻找。

"你们两个说得热闹，我听着就很过瘾。"王秉德在黑暗处轻声说。

"你不会有什么心思吧？"张大奎故意问。

"哪里来的心思啊？我一边听你们说，一边想如果我是刘西诚，这时候我会去哪里。想了半天，也没有想出名堂。"王秉德说，"看来我是当不了刘西诚啊，我没有他的手段和心思。"

"你是好人，心地善良，肯定不会有歹人的想法，也不会有歹人的手段。"李荣智说，"不过你的思路是对的。我们是该好好想一想，如果我们是刘西诚，会去哪里，会做什么事。"

"我要是刘西诚的话，肯定不会在这里。这里距离根据地太近，距离永宁镇也太近，熟悉和认识的人太多，不便于隐蔽。我肯定会跑得远远的，哪怕是去西安也比在这里保险。起码西安的地方大，人多，好隐藏。人藏在人堆里最不好找。"张大奎说。

"有道理。如果要在这里隐蔽的话，你怎么办？"李荣智问。

"如果必须隐藏在这里的话，一定要想一个万全之策，既断绝过去的所有来往，还不能被人认出来。"张大奎说，"如果能改头换面就好了。我就把面目换一换，让谁也认不出来。"

"秉德，你是咋想的？"李荣智问。

"如果是我，也和大奎的想法差不多。隐藏的办法不外乎就那么几种，一是远走他乡，一是改头换面，一是找人多的地方。"王秉德说，"如果我是刘西诚，最有可能的是我不在这里住，这里太显眼。"

李荣智和张大奎、王秉德说了大半夜的话，也没有确定应该去哪里寻找刘西诚，只好按照关中军区司令部提供的线索，在彬县县城里寻找。他们一条街道一条街道地打听，一个铺面一个铺面地询问，最后终于在彬县中街上找到了刘西诚开办的中药铺子。

刘西诚原来是国民党永宁镇保安团团总，他的弟弟刘西山最先跟着他担任保安团分队长，后来担任永宁镇自卫队队长。因为他们作恶太多，老百姓三番五次找游击队控诉，请求游击队铲除他们以及他们带领的保安团和自卫队。在百姓的强烈要求下，关中分区游击队所属三嘉塬的几个支队经过商议，借元宵节伏击并杀死了刘西山，刘西诚

铸魂

因临时有事离开，侥幸逃脱了游击队的伏击。这一事件，让深感罪孽深重的刘西诚惶惶不可终日。他担心如果再不设法自保，恐怕会遭遇像刘西山一样的下场，尤其是他看到赖以生存的国民党军队在战场不断失败，当地驻军先后撤离，自感国民党政权危如累卵，大厦将倾，不会给他再带来依靠和保护。深思熟虑之后，他借机脱离苦心经营多年的保安团，改名隐姓，悄然隐入民间，等待风声过后，来到彬县县城，在中街上买了一间院落，从事起老行道——开中药铺子。他小时候曾经跟随师傅学习过中医，对中医医术略有研究，也曾在新庙塬和朱村塬小有名气，自认为隐姓埋名，回归老本行，是自保的唯一出路。

李荣智和张大奎、王秉德找到了刘西诚开设的中药铺子，却没有找到刘西诚本人。为了防止打草惊蛇，李荣智带着张大奎和王秉德在距离中药铺子很远的地方停下来，蹲在街道旁边，看着来来往往的行人，期望找到刘西诚的蛛丝马迹。由于距离太远，街道上行人过多，李荣智和张大奎、王秉德商量说：“我们找到了刘西诚的中药铺子，还没有看到刘西诚本人。贸然前去，弄不好会打草惊蛇。我们干脆在刘西诚的中药铺子对面找一间房子住下来，白天黑夜盯着中药铺子的大门，摸清他的行踪，再采取行动。任务完成以后，我们迅速撤离。”

张大奎和王秉德觉得很有道理，说：“就照你说的办。现在街道上人多耳目多，弄不好会暴露目标。为了不引起别人注意，我们找地方住下来等待最好。只要发现目标，采取什么办法都可以。他跑不掉。”

李荣智和张大奎、王秉德商量好以后，由张大奎出面，在街道对面临时租了一处住所。三个人装扮成生意人的模样住进去，无论白天黑夜，至少有一个人盯着中药铺子。一连几天，中药铺子的大门始终紧锁着，既见不到有人从铺子里进出，也见不到上门看病的病人。三个人商量了一番，王秉德化装成病人，前往中药铺子两边的铺子里打问情况。结果两边铺子里的人都说：“中药铺子好几个月都没有开门了，不知道人去了哪里。”

打问过之后，王秉德在街道上转悠了一阵子，然后走到中药铺子门口，伸手推了推大门没有推开，随手摸了一下挂在大门上的铁锁，几个手指头上沾满了灰尘，方知确实人去屋空。王秉德失望地跨过街道，回到住处，对李荣智和张大奎说明了打问的结果。

李荣智说："我们回去吧。再蹲下去也没有意义。"

三个人随即退掉租住的房屋，离开彬县县城，赶回三嘉塬驻地，向关中军分区报告了寻找刘西诚的过程。关中军分区司令部命令：继续寻找。

不久，西安解放。中央命令由彭德怀等二十三人组成新的中共西北局委员会，统一领导西北党政军群工作。随后，人民解放军第一野战军横扫关中，解放了铜川以南、秦岭以北、潼关以西、宝鸡以东大部分地区。胡宗南兵败关中，把部队撤往宝鸡、扶风、眉县一带固守。这时，蒋介石任命马步芳为西北军政代理长官，马鸿逵为副长官兼甘肃省主席，命令马家军和胡宗南部反攻西安，夺回关中。根据胡宗南、马步芳、马鸿逵的兵力及部署，彭德怀在西安召集高级军事会议，研究战局，认为西北战场决战的时机已经到来，决定发起"扶眉战役"，"钳马打胡"，消灭西北战场的国民党军队主力。根据命令，解放军十九兵团在乾县、礼泉一线钳制马步芳、马鸿逵部，一兵团、二兵团、十八兵团迅速向胡宗南部攻击前进。二兵团所属第四军、第七军、第三军由驻守乾县、礼泉的马家军与驻守扶风、武功的胡宗南部之间楔入，宁夏马鸿逵一二八军遵照上司命令暗中悄悄撤离，西北野战军第四军迅速占领武功、乾县、扶风等地，切断了宝咸公路，随即占领眉县，封锁了渭河渡口。胡宗南部五兵团被解放军一兵团、二兵团、十八兵团分割包围，经过两天两夜激战，四个军五万余人被歼灭，三千多残余脱逃。扶眉战役结束，胡宗南残部退入秦岭之中，退守汉中一线，彭德怀率第一野战军司令部进驻宝鸡虢镇，开始部署平凉战役。

平凉是宁夏马鸿逵一二八军、十一军和青海马步芳八十二军、一二九军的集结地。彭德怀部署平凉战役的战略原则与扶眉战役正好相反，为"钳胡打马"，也就是钳制胡宗南残部，打击在扶眉战役中没有受到损伤的青海马步芳部和宁夏马鸿逵部。彭德怀命令十八兵团钳制胡宗南部，十九兵团、一兵团、二兵团攻击驻守平凉的马步芳和马鸿逵部。实际上，青海马步芳和宁夏马鸿逵双方心怀鬼胎，各有各的打算。第一野战军刚刚开进陇东，马鸿逵便把一二八军、十一军撤往宁夏，马步芳独木难支，向西退往静宁，在固关布防。彭德怀命令十九兵团进军宁夏，追歼马鸿逵部；一兵团和二兵团向西，追歼马步芳部。

铸魂

解放军在固关用半天时间全歼马步芳骑兵第十四旅，马步芳部其余部队撤往兰州。不久，人民解放军第一野战军兵临兰州城下，经过激战，全歼守敌，兰州解放。

兰州解放后，第一兵团第一军很快解放西宁，青海马家军覆没，青海全境解放；溃逃到河西走廊的国民党"西北军政长官公署"、第八补给区、第九十一军、第一二〇军残部在酒泉宣布起义，甘肃全境解放；第十九兵团进入银川，宁夏马家军宣告覆灭；国民党新疆警备司令陶峙岳和国民党新疆省政府主席包尔汉先后通电起义，新疆和平解放。至此，西北五省全部解放。

四十三

"赶快集合队伍，这一回有大任务。"李荣智从黄柏村赶到刘家川，找到正在田地里忙活的张大奎，传达陇东军分区的命令。

"有什么任务啊，让你亲自跑来了。"随着西北战场形势的改变，游击队的任务大大减轻。作为游击队的负责人，张大奎在农忙季节有更多的时间回到家里忙活家务。眼看着又到了麦子黄熟的时候，如果不及早做好准备，尽快把小麦收割回来打碾完毕，一年的辛苦就会白费。

"说起来话很长。给我们的命令是集合队伍，与分区独立营一起，准备攻打真宁县城。"李荣智简单地介绍了一下分区的命令，"由于事关重大，这一次不仅要集合游击队，还要把附近村庄里的民兵集合起来，既要做好接应起义队伍的准备，又要做好攻打县城的准备。真宁县自卫总队的力量你是知道的，还真不能马虎大意。"

"这还真是一个大任务哩。"张大奎扔下手里的农具，与李荣智一起赶回驻地，迅速集合游击队员，并分派游击队员通知散落在村庄里的民兵，按照要求赶到真宁县城外，与陇东军分区独立营会合，准备接应与国民党真宁县政府谈判的代表，以及准备发动起义的真宁县保安团。

真宁县是国民党坚守不舍的前哨，历来以地势险要、位置突出著称，始终坚守在陇东分区和关中分区的结合部，对陕甘边根据地和陕甘宁边区的关中、陇东分区构成强大威胁。境内保安势力强大，先后有县保安团、永宁镇保安团、罗川镇保安团、宫河镇保安团等多支地方武装力量，驻扎过青海马家军、宁夏马家军、陇东军阀陈珪璋部骑兵团等多支军阀力量。人民解放军转入外线作战之后，国民党军队和西北地方军阀部队先后被调走。为了加强防卫力量，自我保护，国民党县政府强行把各个镇的保安团、自卫队与县城的保安团统编在一起，成立自卫总队，分别驻扎在县城及其周围地带，企图进行自保。

一直以来，真宁县自卫总队编制规模和反共能量，在陇东皆列前茅，总队长由县长亲自担任，副总队长由县议长张子俊担任。张子俊系当地豪强，有很深的反共资历和丰富的指挥经验。在张子俊的掌控下，全县所有壮丁每天入队操练不息，隔日还举行乡县检阅，俨然与正规军一般。由于战斗力强悍，反共坚决，受到国民党甘肃省政府和马家军的赏识。马步芳称真宁县自卫总队为"小八十二师"，甘肃省主席更是对自卫队倍加赏识，扶持有加。

一年前的夏天，甘肃省政府主席看到形势对国民党越来越不利，电告真宁县要"加强地方自守，积极备战"。按照电令要求，张子俊亲自主持，把真宁县自卫总队由四个中队扩编为两个大队六个中队，同时增加了三十多人组成的骑兵队，战斗人员扩大到六百多名。真宁县自卫队的扩充整顿让甘肃省政府主席非常满意。他立即拨出转款，给真宁县自卫总队补充苏联造步枪一百支，张子俊亲自带着甘肃省政府主席拨付的专款到西安新购买了四挺机枪，真宁县自卫总队的力量进一步增强，操练越加勤奋。

正因为有了这一基础，在人民解放军第一野战军解放西安，胡宗南及马家军撤向宝鸡、平凉一线，位于陕甘宁边区边沿地带的真宁县国民党政权处在解放军三面包围之中后，甘肃省第三行政专员公署紧急命令真宁县政府立即坚壁清野，派白洋三万元，兵马各两千，限期一周把真宁县搞成真空地带，妄图利用真宁县保安团做最后的挣扎，给西进的解放军制造麻烦。

接到第三行政专员公署命令以后，国民党真宁县县长召集县党部书记魏鸿轩、议长兼自卫总队副队长张子俊开会研究，寻求落实命令

铸魂

的办法。由于派系不同，成见已久，加之款项数额巨大，情况复杂，三个人意见南辕北辙，相互争吵，各不相让，一时难以达成一致意见。

此时，中共陇东分区、关中分区和新正县委都开始发动政治攻势，对真宁县各方头目进行分化瓦解。陇东军分区司令员致函张子俊，劝其看清局势，弃暗投明，立功赎罪。

接到陇东军分区司令员的致函后，张子俊非常震惊。他急忙找到魏鸿轩，让魏鸿轩阅读陇东军分区的信函。魏鸿轩也受到很大震动。他们在真宁县城经营多年，掌握着地方的军政大权，一直与陇东和关中两个分区为邻为敌，在陇东地区很有影响。随着战场局势的变化，他们越来越觉得国民党政权江河日下，崩溃瓦解近在旦夕，不由得对于自身的前途命运感到迷茫，暗地里开始与关中分区保安处和中共新正县委进行联络，寻求出路。关中分区保安处和中共新正县委也多次派人与他们联络，积极策动，争取他们投诚起义。

面对陇东军分区和中共关中分区保安处、新正县委的积极策动，以及国民党政权摇摇欲坠的局面，国民党真宁县党部、县政府、自卫总队发生分化，魏鸿轩和张子俊决定抛开县长，发动军政人员举行起义，并召集党政军职员及中学教职工，在北操场举行起义大会。会议结束后，魏鸿轩和张子俊命令自卫总队断绝了真宁通往周围各县的道路，派人给中共陇东分区、关中分区和新正县委送去起义信函。新正县委接到起义信函后，请示关中分区同意，组织工作组进入龙头镇，随后又将工作地点移到真宁县县城，与起义方商讨洽谈接收事宜。同时命令李荣智、唐一良、赵二娃率领游击队和民兵在外围警戒，独立营负责把守交通要道，防止真宁县自卫总队突然行动，袭击和杀害新正县谈判人员。

真宁县自卫总队中队长刘德寿、张致祥、苟德才、葛兴才等人原本是中共关中游击队的支队长，有比较好的军事素质。他们叛投国民党以后非常卖力，对共产党和游击队异常凶狠，很得张子俊等人赏识。他们四人深知叛徒的下场，面对国民党政权即将崩溃的局面，时常聚在一起，商议谈论他们的命运和前途，认为宁可战死，绝不投降。得知魏鸿轩和张子俊与中共新正县委谈判的消息后，他们暗中煽动操纵，致使真宁县自卫总队哗变，魏鸿轩和张子俊组织的起义流产。

刘德寿、张致祥、苟德才、葛兴才带领自卫总队二百多人叛逃至平子镇以后，甘肃省第三行政专员公署闻讯，乘机在平子镇恢复国民党真宁县政府，指派县长，撑持残局。不久，真宁自卫总队突然回攻县城，县城再一次被国民党占领。扶眉战役胜利结束后，解放军横扫彬县、长武、泾川等地，真宁自卫总队撤出县城，半途中被第一野战军第十九兵团击溃，刘德寿等人全部被俘虏。

人民政府接管了国民党县政府，摧毁国民党政权，取缔反动组织，登记和处理国民党党政军特人员和遗留人员。三嘉塬、朱村塬、龙头塬划归真宁县管理。

解放后，在镇压反革命的过程中，罪恶昭彰的首恶分子张子俊、高一多、刘德寿、周致祥等十多人分别被人民政府镇压。

李荣智、唐一良、赵二娃、张大奎、王秉德等人带领游击队完成接收县城的任务后，陆续返回住地，开始了新的生活。境内的敌对势力被革命的潮流冲刷殆尽，一些潜伏下来的敌特分子和罪孽深重的人隐姓埋名，寻找更加可靠的去处，游击队的使命悄然转变。游击队员不再是战场上的主力和保卫根据地的主力。战场上有更加强大的人民解放军正规部队，肃清敌特分子、镇压反革命、维护社会治安和安全保卫工作有地方部队。多数时间，游击队只能在群众中间、在乡野之中、在信息和情报收集等方面发挥作用。游击队之中的年轻人被编入野战部队或者地方部队，留在游击队的多是年龄偏大、家庭离不开、体力和精力不适合部队需要的人。

"战争就要结束了，社会真的平安了啊。"李荣智从三嘉塬走下来，翻过刘家川，专门去看望回到家乡的唐一良。晚上，他们一起躺在唐一良家的土炕上，有一下没一下地说着各自的心事，"以后有什么打算啊？"

"只要社会安宁，能吃一口饱饭，我就没有什么企求了。过去闹革命是社会不安宁，被人欺负，没有办法过日子，吃不上饭啊。现在社会安宁了，没有人欺负人、人剥削人、人压迫人的事情了，可以安安稳稳在土地里寻求生活了。我就在老家住着，依靠老先人留下的土地过日子。"唐一良说，"自由的日子真好啊。日出而作，日落而息。想多干就多干些，不想多干就少干一点儿，快活得很啊。"

耕魂

　　"过去，我们想过安稳日子有人不让我们过，现在终于可以安稳下来，能过活安稳日子了，我们就安安稳稳地过日子吧。"李荣智很有感触地说。由于李荣智身兼分区游击队副大队长和兵民总指挥，虽然没有战事，也不需要紧急动员群众，他身上的担子还不能完全放下来。动员群众支援前线、征购粮食、保卫县和区干部的安全等任务还不能完全放弃，还需要他走村串户，访问群众，给群众讲道理，动员群众参加集体活动。他不能像唐一良一样回老家，在土地里寻找新的生活。

　　"如果不是被人逼迫，谁愿意风里来雨里去，在战场上过日子啊。"唐一良长长地呼出一口气，问道，"你还记得当年去槐树洼里找我的事情吗？"

　　"记得啊，想起来像昨天一样，那时候我们那么年轻。真快啊。"李荣智回答道。

　　"当初你去找我的时候，我是真的没有地方去啊。西北军要抓我，保安团要找我，镇子里管事的要寻我，村子里的保长也不放过我啊。去国民党的部队里不愿意，当土匪心里不甘，最后我们在一起，跟着共产党闹革命，为穷人有个好日子闯江湖。现在看来这条路真的走对了啊，这是我们最好的结局啊。这些年虽然风里来雨里去，遭受过挫折和失败，也受过伤，挨过枪子，却没有受过别人的压迫，没有被人欺负过，还为群众除了害，给很多人报了仇。你看看今天，我们还要建立人民当家做主的新政府啊。想想，都觉得了不起啊。"唐一良意味深长，滔滔不绝，"千万不能小看我们做过的这些事情啊。这要是放在古时候就叫官逼民反，叫改朝换代，叫为民做主，为民立命，是了不得的大事情啊。我们能赶上这么一个时代，能活着看到革命成功，这就是我们的福气啊！"

　　"这话说得好啊。能活着看到革命胜利真的是福气啊。有多少人没能看到这一天啊。不要说当初在红军队伍里的时候，就是回到地方工作以后，和我们一起战斗的人当中有多少人没有活下来，有多少人为革命献出了自己的生命，献出了家人的生命啊。"李荣智忍不住感叹道。

　　"现在社会平顺了，安宁了，没有人敢找老百姓的麻搭了，我们就不用再风里走雨里过了，可以安安稳稳回到家里过日子了。我们就回家里来，种几亩地，好好过我们的日子吧。依照我的看法，我们的共产党了不起，我们的领导人了不起啊。在党的领导下，我们的社会将来一定会发生翻天覆地的变化，不仅社会平安，老百姓不用为吃饭发愁，侵略者再也不敢动不动就把军队拉到我们的国土上来，奴役和欺负我们的人民了。哎，我想起一件事情，是前些天听到的，当时觉得很解气啊。"唐一良边说边感叹。

"你听到什么事情了？"李荣智惊奇地问。

"了不起啊，真的了不起。也只有我们共产党敢那样做啊。"唐一良继续感叹着。

"到底是什么事情？"李荣智有些着急地问。

"我们解放军渡江作战的时候，一个叫什么英国的国家竟然把他们的军舰开到长江上，企图阻止解放军渡江。没想到党中央、毛主席直接命令炮轰军舰，吓得狗日的赶紧开着军舰溜掉了。"唐一良说，"真的解气得很啊。这在近百年来我们国家的历史上是没有过的事情啊。我认识的一个读书人给我讲过，从清朝开始，外国人就把军队开到我们的土地上了。搞不清楚咋弄的，人家没多少人就把咱们打得屁滚尿流，还把慈禧太后和皇上给撵到了西安。你说丢人不丢人？小日本之所以敢把军队开到我们的土地上来，也是觉得我们软弱可欺。"

"国家强盛谁也不敢欺负，国家软弱谁都欺负，自古以来都是如此。"李荣智赞叹道，"别的不说，就说我们自己吧，刚刚开始闹革命的时候，不要说西北军、东北军、马家军追着我们打，就是地方上的保安团和民团也不把我们当回事啊。现在我们解放军强大了，追着国民党反动派打啊。这个道理对内、对外都是一样的。有我们的党，有解放军，就不用再怕任何人。"

李荣智和唐一良一起议论着、感叹着，期盼着美好的生活。对于这些骨子里仍然是农民的革命者来说，土地是他们最踏实的依靠，平安是他们最基本的期望。经过战争的洗礼，他们更加懂得土地的宝贵，更加珍惜社会的安宁，更加了解幸福日子的来之不易，也更加热爱他们追随的党，更加热爱他们追随的领导人。无论现在还是将来，他们都是新生政权最坚强最牢靠的基石，也是新生政权最坚定的拥护者。在他们的心目中，他们追随的领导人是英雄，是带领他们争取胜利的依靠，也是带领他们走向美好未来的领袖。他们相信党，相信党的领

铸魂

袖，愿意在党和领袖的带领下不懈奋斗，勇往直前。无论这些领导人远在天边，还是近在眼前，他们都是坚定的追随者。

第二天早起，李荣智告别唐一良，沿着通往老家的道路，一个人慢悠悠地向前走着，看着道路旁边的土地，看着土地之外的沟壑，看着在秋风中摇曳的庄稼，心里踏实而安宁，没有赶路的急迫，没有被人追击的狼狈，没有逃亡时的紧张。他像一个丰衣足食的农人一样，自由自在，无拘无束。

四十四

1949年10月1日，是一个伟大的日子。下午3时，远在北京的中国共产党人毛泽东和他的战友登上天安门城楼，向全世界庄严宣告："中华人民共和国中央人民政府今天成立了！""中国人民从此站起来了！"

"中华人民共和国成立了！"这一寄托了无数人心声和无数革命者梦想的消息传到黄土高原之后，曾经是陕甘边革命根据地重要组成部分的三嘉塬的乡亲们奔走相告，喜笑颜开，兴奋的心情难以表达。李荣智得知这个消息之后，跑了几十里山路，把这一振奋人心的消息告诉唐一良、赵二娃、张大奎、王秉德等一起出生入死的战友。几个人心情激动，难以自已，一起来到当年游击队的驻地黄柏村，站在北边塬畔的碉堡遗迹旁边，看着秋收后的大地和色彩艳丽的沟壑，看着曾经流过血、流过汗的土地，忍不住热泪横流。他们期待这一天很久了。为了这一天的到来，他们在血腥风雨中闯荡了几十年，他们抛洒了热血和汗水，挥洒了青春和生命，他们的很多战友倒在了前进的道路上。这一天来之不易啊！

高高的黄土高原承载着无数壮丽的史诗，见证和见识过无数英雄的儿女，今天又见证了一个新的辉煌，见证了一部前无古人的壮美诗篇。中国共产党领导劳苦大众前赴后继，浴血奋战，经过将近二十八年的艰苦奋斗，终于建立了人民当家做主的新中国。这无论是对于革命者，还是对于普通群众，都是改天换地的大事。李荣智等人的心情自然与别人不同，他们既是革命的参与者和推动者，也是革命过程的亲历者和见证者。革命成功是他们梦寐以求的夙愿，建立人民当家做主的新政权是他们人生中最大的期望。这个愿望终于实现了，这个目的终于达到了，他们激动、兴奋、高兴、快乐。在庆祝中华人民共和国成立的大喜日子里，他们既是普通群众，又不同于普通群众，他们比普通群众多了一份自豪，多了一份期待，多了一份快乐。他们的快乐是从心底里升腾起来的，弥漫了整个身心，感染了整个世界。

李荣智和他的战友以老游击队员的身份参加了地方组织的庆祝大会和群众游行，又把留在家乡的老游击队员组织起来，专门召开庆祝大会，抒发内心的情感，回忆革命的历程，畅谈美好的未来。他们像普通群众一样，真切地感受到新政权带来的希望，他们又比普通群众更直接地感受到革命政权的来之不易，比普通群众更多了一份自豪和责任。新中国建立了，建设新中国的道路仍然漫长，仍然需要他们用自己的行为引领和影响身边的人，激发和动员身边的人，让人民看到美好的未来，并为美好的未来不懈奋斗。

李荣智站在老游击队员中间，以曾经的领导者的身份讲述新中国成立的意义，讲述新中国美好的未来，讲述在战场上流血牺牲的战友。他的讲述看似随意，其实是他用心准备的，是他听了唐一良、赵二娃、张大奎等人的意见和建议之后精心准备的。他的讲述中有他的感受，也有战友们的感受，有他的期待，也有战友们的期待，有他的希望，也有战友们的希望。在他的讲述里有曾经的辉煌，有曾经的曲折，有流血和死亡，也有期盼和祝愿，有从心底里生发出来的期望。他的战友像他一样，感慨过去的战斗，感叹过去的挫折，胸怀美好的期待。

李荣智在庆祝活动中快乐了一天，兴奋了一天，自豪了一天。这是他梦寐以求的一天，是他用毕生精力苦苦追寻的一天，是他用鲜血和汗水精心浇灌等来的一天，也是他放飞理想和希望的一天。为了这一天的到来，他付出了血的代价；为了这一天的到来，他的很多战友付出了生命的代价；为了这一天的到来，无数英雄前赴后继，流血牺牲，无数群众忍饥挨饿，惨遭荼毒……这一天来之不易啊。

夜幕降临之后，李荣智缓步朝家里走去。他的家在关中游击队总部曾经驻扎过的村庄里。他像村庄里所有农人一样，居住在塬畔下面的窑洞里。窑洞是从老百姓手里借来的，做过简单的整修。这些年，他居住过很多这样的庄基和窑洞，每一座庄基都不能久住，每一座庄基都留下了他生活的印迹，每一座庄基都给他留下了很深的记忆。战争中他必须不断地搬家，不断地变换居住的地方。他走遍了三嘉塬上的所有村庄，居住过三嘉塬很多人家的窑洞，吃过三嘉塬很多人家的饭食。自从结婚之后，他的妻子也一直跟着他居住在三嘉塬，今年住在这个村子里，明年住在那个村子里，没有固定的住所，没有像样的家当和陈设。后来有了孩子，他又把失去双亲、无处可去的侄儿接出来，一家人随着游击队驻地的变化不断变换居住的地方。在这个过程中，他结识了三嘉塬很多乡亲，与他们结下了深厚的情谊。三嘉塬的乡亲们接纳他、支持他、帮助他、保护他，让他在战争和动荡之中有地方栖身，有地方吃饭，像绝大多数人一样成家立业、生儿育女。

李荣智从塬畔的土坡上走下来，走进院子，看着从窑洞里透出来的灯光，听见屋内传出妻子哼着民间歌：南畔上开花/南畔上红/受苦人要翻身/来把红军当……

李荣智在院子里静静地听了一会儿，轻轻地推开门，走进窑洞。妻子、两个儿子和侄儿早已回家，此时正围坐在一起，兴奋地谈论着彼此的见闻和关心的事情。他们自由、快乐、幸福，无拘无束。他们再也不会被人欺负、被人盘剥、被人追赶，他们再也不用担心，再也不用东躲西藏，再也不会因为是革命者的家属被人追杀。他们将来一定会有与上一辈人完全不一样的生活，与上一辈人完全不一样的心态。

李荣智走进窑洞，妻子和儿子、侄儿高兴地围上来，向他诉说一天的见闻，诉说内心的快乐。他看着妻子和儿子、侄儿，一股莫名的悲伤突然而出。他哭了——哭得那样伤心，那样无助，这是他自从被逼离家参加革命以后第三次流泪。第一次是听说老刘牺牲时，第二次是刘富贵被病魔夺去生命时。老刘是他革命的领路人，刘富贵是他的结义兄弟，他们的死让他悲痛又伤心，他忍不住泪流满面。这一次不同于前两次，这一次流泪有高兴也有悲伤，有快乐也有辛酸。如同前两次一样，他忍不住泪流满面。

高高兴兴的妻子和儿子、侄儿看见李荣智流泪，一下跌入了冰窟窿。妻子急忙站起身，不解地问道："新中国成立了，共产党胜利了，高兴还来不及呢，你哭个啥哩？"

李荣智擦了擦眼泪，歉意地笑了笑，说："我哪能不高兴？走进门看见你们，不知为什么，我的心里就有了一股说不清楚来由的悲伤。共产党能取得天下，我们一家人能活下来，多不容易啊。那么多的战友都没有活下来啊，都没有看到胜利的这一天啊。还有，战争也给我们造成了很大损伤啊。大哥被国民党保安团枪杀，大姐两口子被国民党逼死，二哥和外甥被折磨成了残废，我在战争中吐血，一只耳朵被迫击炮震聋，你数九寒天跟随部队撤入山中冻下了病……这都是旧社会留下的印记，都是战争留给我们的记忆啊。我们两个都留下了病根，身体也都很不好。听到新中国成立的消息，高兴之余，不知怎么的心里又感到很空。心劲儿一松，身体就像垮了一样，一下子觉得疲累得难以自持。打了二十年的仗啊……"

妻子说："就这些啊，我还以为出了什么大事情，吓了我一大跳。那你说我们以后该怎么办啊？"

李荣智说："你跟着我担惊受怕十多年，不容易啊。过去，你、我和娃娃的性命没有保障，现在总算侥幸活下来了。我们该为以后的生活做一些打算了。我们本来就是农民，靠种地吃饭过日子。离开土地，我们啥事情都不会做，也做不了。依照我的想法，我们还是回老家去。老家还有祖上留下的几亩土地和几孔窑洞，我想找时间回去一趟，和二哥说一说，找几个人把窑洞箍一箍，修补修补，合适的时候我们搬回去居住。侄儿的父母都殁了，他独自一个人跟着我们，和我们的孩子一样。现在他长大了，到成家立业的时候了。我们回去想办法给他成个家，让他自己有个过活。我们两个人耕种祖上留下来的土地，自种自吃，颐养天年，图个安宁。两个娃娃到了该读书的时候就让他们上学读书，将来能做什么事情就做什么事情，只要健康、平安就行了。除此以外，我再没有奢望了。"

妻子说："我也这么想，你和我想到一起去了。回老家去最好了。你觉得啥时候搬回去合适，咱们就啥时候搬回去。早点儿搬回去就安心了。"

李荣智说："现在我们这里大的战争没有了，游击队里能离开的人

铸魂

都去了正规部队，留下的人不多了，要做的事情也不是太多。我明天就和侄儿回去一趟，把收拾窑洞的事情给二哥安顿一下，请他帮忙找人去收拾。收拾好之后，我们就搬回去。我回去不会太久，过一两天就回来了。"

看见两个大人说话，两个儿子和侄儿在昏暗的清油灯下静静地坐着，没有说笑，也没有吵闹，听父母说着回老家的事，这在以前是个奢望。

第二天吃过早饭，李荣智带着侄儿，背着简单的行李赶回朱村塬老家，找到哥哥李荣泰，说："现在战争结束了，日子也平安了，我想回家来居住。能不能找几个人帮着把窑洞收拾一下？"

李荣泰听说弟弟要回家里来，顿时满心欢喜，一口应承下整修窑洞的事情，说："能回来就赶紧回来吧。收拾窑洞的事情你就不操心了，我看着弄就成了。现在天气冷了，动土动泥不方便，等明年春暖花开之后，我找人收拾。到时候你搬回来就行了。"

转眼之间到了第二年三月，春暖花开，树木泛绿，黄土高原上焕发出新的生机。李荣智专门向县委、县政府汇报了搬回老家居住的请求，又向乡政府说明了自己的想法和打算。三嘉塬的乡亲们听说李荣智要离开三嘉塬，搬回朱村塬老家居住，纷纷前来探视、问询、挽留。很多人背着或驮着小麦、小米等粮食，给他送来。开始时，李荣智坚辞不要："大家都很穷困，把粮食送给我，你们的日子怎么过啊？说什么我也不能要。过去十几年，游击队和分区、县、乡干部吃的都是三嘉塬的粮食。是三嘉塬的乡亲们养活了游击队，养活了分区、县、乡干部，养活了我们一家人啊。现在大家又给我送粮食，我心里怎么能过得去啊？我怎么能要大家的粮食啊？"

一位熟悉的乡亲放下背来的粮食，走上前对李荣智说："我说老李啊，你这就有些不通道理了。你在外面闯荡革命十几年，风里过雨里走，在家里没有种一点点土地，你现在几口人回家去吃啥哩、喝啥哩？乡亲们穷困是事实，但也不缺给你一口吃的。你也知道乡亲们除了自家产的粮食，再啥东西都没有。给你送一点儿救急的粮食，你咋能不要？不管怎么说，共产党打下了天下，社会安稳了，老百姓从此以后能过上安稳日子了。这安稳日子里也有你的一份功劳啊。乡亲们给你送粮食，是对你的一片心意，也是对共产党的一片心意啊。不论怎么说你都应该收下。"

李荣智还要坚持，送粮食的人不等李荣智说话，直接把拿来的粮食往院子里一放，返身走出了院子。人们纷纷仿效，放下拿来的粮食回头就走。一时间，在院子里堆放了好多粮食。

三嘉乡乡长姚长荣、区长许金宗听说李荣智要回老家去居住，不约而同前来看望李荣智，看见李荣智不要乡亲们送来的粮食，忍不住劝道："既然乡亲们送来了，你就收下吧。你在这里住了十几年，和乡亲们结下了深厚的情谊。你要离开了，乡亲们给你送一点儿粮食，是乡亲们的一片心意。你不收，乡亲们会伤心的。"

李荣智为难地说："我们一家人在这里住了十几年，附近十来个村庄里谁家的饭我没有吃过，谁家的窑洞里我没有住过？乡亲们处处护佑我们，种粮食养活了我一家，也养活了游击队和我们的干部，我们欠乡亲们的太多了。如今要离开时，还要带走乡亲们的粮食，我怎么能忍心呢？况且乡亲们的生活都还很穷困，日子过得还不富裕。"

"这话你就不要再说了。你再这么说，再不要送来的粮食，连我们两个人都要生气了。"姚长荣与许金宗相视一笑，继续说道，"你这是拒绝乡亲们的情义啊。要真的说起来，乡亲们对你的情义中也是对我们党、对我们的政府的情义啊。共产党领导人民闹革命，建设幸福美好的新中国，人民群众是感激不尽啊。普通百姓咋样表达自己的情感啊？不就是向他们认识的人，向他们信赖的人，向他们尊敬的人表达这份情义吗。你应该为有这份情义感到骄傲。"

话已至此，李荣智只好答应收下乡亲们送来的粮食。他内心期望永远记住这份情义。也正是这份情义，让关中分区、分区独立营、游击队、县乡政府的工作人员及其家属受到保护和照顾，让革命者无论受到多大的挫折和磨难都有立足之地。

十多天后，李荣智老家的亲戚、邻居、乡亲赶着牲口、扛着扁担、拿着口袋，赶往三嘉塬，与三嘉塬的乡亲们一起，帮助李荣智把家什和粮食搬回朱村塬老家。回到老家以后，李荣智和哥哥李荣泰一起，对乡亲们送来的粮食一一登记造册。三嘉塬的乡亲们竟然送来了十多石粮食。

铸魂

"这么多粮食咋办哩？"面对如此之多的粮食，李荣智心情无法平静。他找到哥哥李荣泰，商量如何处理粮食。

李荣泰说："我的意思是这样：这些粮食是乡亲们送来的，是乡亲们的心意，我们就把它用在乡亲们身上吧。你出去参加革命近二十年了，除了我们家里死的几个人和坐监受刑的几个人不说，村里人、亲戚、同姓亲友跟着受累招祸的人太多了。别的不说，光是给你通风报信的人和救过你的人就有多少啊。他们给你通风报信，搭救你的性命，也是担着风险啊。没有乡亲们护佑你，你和我能不能有今天，或者能不能活下来都不好说。别的事情不好做，也做不成，我们就摆一次宴席吧，答谢乡亲们，也表达我们的一份心意。"

李荣智说："你说得对。这事我也想了很久，就是没有想好合适的办法和时间。依你考虑，什么时候办合适咱们就什么时候办。"

李荣泰说："我看这事最好放到秋收以后吧。那时候新的粮食打下了，蔬菜和瓜果都有了，气候也适宜，农活也少，摆宴席方便，亲戚朋友参加也方便。"

李荣智说："就照你说的办吧。把宴请乡亲们的时间定在秋收以后，需要用的东西从现在开始就该着手准备了。"

四十五

1950年秋天。老天爷好像格外眷顾。黄土高原气候温和，雨水丰沛，农作物长势良好，社会平稳，气氛祥和，真是世道翻转，天助人乐。人们再也用不着提心吊胆、担惊受怕地生活，再也用不着担心被人逼迫、被人追击，无处可去。幸福、快乐、期待……充盈着每一个人的心，激荡着每一个人的心，人们沐浴着春天的风，满怀革命成功后的喜悦，享受新中国成立的光辉。每一个人的身上都有使不完的劲儿，每一个人都有说不完的快乐，每一个人都有做不完的事情。人们在为国家强大不懈地努力，在推动国家建设的进程中寻求快乐。

又是金秋八月。气候不热不冷，陇东高原上到处是一派欣欣向荣、祥和安宁的景象。经过准备，在亲戚、族人、乡亲、邻居的帮助下，李荣智磨面备菜，杀猪宰羊，精心准备着一顿别开生面的宴席。这个宴席既是哥哥李荣泰的提议，也是李荣智埋藏于内心深处的情感，是李荣智面对家人、亲戚、族人、乡邻、朋友的感情表达。他在外奔波二十年，吃过无数人家的饭食，睡过很多人家的土炕，遇到过无数次的危险，躲过了数不清的劫难，见惯了流血与牺牲。他能够活着走过来，离不开亲人、朋友和乡亲们的帮助。他从内心深处感激亲人、朋友和乡邻。

清晨早起，碧空万里，风清气爽。参加宴会的乡邻和朋友纷纷走上朱村塬，走进李荣智所在的村庄，走进李荣智的家。宾客当中除了李荣智的亲戚、族人和村庄里的乡邻，还有周围村庄里的亲戚、朋友，有分区、县、区的熟人、朋友和领导，有三嘉塬上的乡亲，有在游击队一起摸爬滚打十几年的战友，有旬邑、淳化、彬县的老战友。唐一良、赵二娃、张大奎、王秉德、许金宗、张荣新、张海山……一个个满心欢喜，早早地来到村庄里，看着李荣智的家，看着村庄里的变化，与李荣智诉说曾经的艰辛、内心的欢喜、未来的期望，与战友们回忆曾经的岁月与辉煌。

宴会开始时，被李荣智请来担当司仪的唐一良首先站起来，大声说："各位乡亲，各位朋友，各位战友，前些日子，荣智兄弟说要请亲戚、乡邻、朋友、战友吃一顿饭，让我担任司仪。说老实话，当时我还有一点儿犹豫，觉得我们的好日子才开始，大家都还很穷。我们聚在一起大吃大喝，很浪费，影响也不好。但是今天我很高兴，是从心底里感到高兴。我想大家的心情恐怕和我差不多。今天的宴会不是普通的请客吃饭，更不是大家聚在一起大吃大喝。今天的宴会是大家聚在一起庆贺我们的胜利，庆贺打败了国民党反动派，庆贺建立了共产党领导的新政权，庆贺乡亲们过上了安宁的日子啊……"说到这里，唐一良停下话头，在人群中来来往往看了一圈，再一次提高声音，意味深长地说："我们大家聚在一起吃这样一顿饭不容易啊！过去，不要说我们吃不起饭，就是能吃得起，我们也不敢这样吃啊，有人也不允许我们吃，天天追着我们打，不让我们过好日子，不让我们有饭吃啊。只有到了今天，到了新社会，天下太平了，社会安宁了，人民当家做

铸魂

主了，我们才可以聚到一起啊……"

唐一良的开场白很长，说的话也很多。坐在饭桌旁边的乡亲们静静地听着，没有一个人发出一丝声响，即便是在灶台前忙碌的师傅和来来往往招呼客人的知客，也都停下手里的活计，站在一旁，静静地听着高大魁梧、头顶上缺少一缕头发的大汉的讲话。唐一良讲的话有些他们知道，有些他们听说过，有些他们压根不知道。唐一良讲宴会的目的，讲革命来之不易，讲死去的亲人和战友，讲新政权，讲未来的社会。他情绪饱满，语重心长，说出了李荣智和他的战友们的心里话。唐一良讲完话，转过身，对李荣智说："我讲的时间太长了。现在该由你讲了。"

李荣智笑着从桌子旁边站起来，走到唐一良站着的地方，大声说道："刚才老唐讲得好啊，讲出了我的心里话。今天能来这么多人参加宴会，我心里实在太高兴了。关于我和我家里的一些情况在座的大多数人都知道。民国十九年，我从家里逃出去到现在整整二十年了，要不是跟着共产党，跟着红军，我这条命恐怕早就没有了。我当了红军，家里人、亲戚、朋友、村里的邻居跟着遭了不少难，吃了不少苦，受了不少罪。每当想起这些事情我就心生愧疚，觉得对不住大家，对不起亲戚、朋友和乡亲啊。战争期间，我在家里多次遭遇危险，要不是乡亲们及时给我报信通气，想办法搭救我，我恐怕早已成了敌人的刀下鬼了。还有，我大哥被敌人杀害，我姐夫和姐姐被敌人逼死，我二哥和外甥被敌人逮捕受刑时，都是乡邻、亲戚、朋友出人凑钱掩埋、解囊相助救人的。还有不少事，我觉得亏欠大家的太多了。今天办这个席，请这个客，就是向乡亲们赔个情，对乡亲和朋友说一声谢谢。如果不这样，我这辈子到离开人世，心里都不会安稳。感谢各位乡亲们，感谢各位亲戚，感谢所有的战友……"李荣智的一席话让本来非常高兴的人们心生酸楚，心情沉重。战争带给人们的记忆永远是痛苦的。

从三嘉塬远道而来的许金宗代表县、区、乡讲话，感谢乡亲们对革命和革命者的支持，感谢李荣智、唐一良等老游击队员为革命做出的贡献。他说："革命胜利是无数先烈用生命和鲜血换来的，是人民群众冒着生命危险、流血流汗换来的。没有革命者的流血牺牲就没有革命的胜利，没有人民群众的支持就没有革命事业的顺利发展。"

宴会结束的当天晚上，唐一良、赵二娃、张大奎等二十多个原游击队的老战友没有离开。他们在李荣智家的大窑洞里一字摆放了三张八仙桌，仍由唐一良主持，开始放肆地喝酒畅饮。

喝酒开始之前，唐一良郑重其事地说："战争时期，因为情况复杂，时刻都有危险，上级规定不能喝酒。十几年来，我们几乎没有喝过酒，实际上也不敢喝酒。现在战争结束了，危险没有了，既然今天晚上大家凑在一起了，就痛痛快快喝一场，喝他个一醉方休。"

唐一良说完，左手端着酒杯，右手无名指在酒杯中蘸了一下向空中一弹，接着又蘸了一下向地上一弹，随后双手端着酒杯，对着正前方，恭恭敬敬地说："富贵、世英、相贤、宏钧、全德、全普……现在仗打完了，新中国建立了，共产党执政了，这多令人高兴啊。这可是我们一起战斗的动力，是我们一起战斗的目标，是把我们团结起来、凝聚起来的纽带啊。可惜这些你们没有看到，委屈你们了。战争是残酷的，你们无愧于党，无愧于百姓，无愧于自己。如果你们魂灵有知，一定会九泉含笑。安息吧！"说完，缓缓地将酒泼向地面。

窑洞里顿时一片唏嘘。

酒至半酣时，张大奎端着一杯酒，摇摇晃晃地站起来，走到李荣智面前，说："兄弟，今天我要好好给你敬一杯酒。我是你带进革命队伍的，没有你，也许我就不会走进革命队伍，就会在土地里终其一生，感谢你啊。在革命队伍里我长了见识，经见了风雨，也结识了你、老唐、老赵一帮子好兄弟啊。我这一生值了！"张大奎说着，头一扬，把酒倒进了嘴里，笑哈哈地拉着李荣智的手，继续唠叨道："兄弟，你是我们这些人当中最有胆量、最有眼光的人。当年你不愿意受人欺负，跑出去跟着红军闹革命，了不起啊。可惜你身体不好，不能适应部队的节奏，回到地方上来了。如果你在部队中继续干下去，你做的事情会更多，你的功劳也会更大啊！"

"这都是过去了的事情，就不说了。无论在哪里工作，目的都是革命，都是为建立人民当家做主的新政权。"李荣智使劲地握着张大奎的手，"回到地方工作没有错，也做了不少事情。有你们这么多人支持，我们建立了游击队，把那么多的战士送到了部队当中，都是革命工作的需要啊。"

耕魂

　　"你们两个不能没完没了地说，大家都还等着喝酒呢。"赵二娃端着一杯酒，走到李荣智和张大奎面前，"来，我们三个人喝一杯。这么多年还从来没有这么放松过，也没有这么高兴过。这些年风风雨雨，总算都平平安安地过来了。不容易啊！"

　　"我们大家一起喝吧。为我们自己，也为死去的同伴，为那些在战斗中牺牲的同志。"唐一良隔着桌子，摇摇晃晃地站起来，大声嚷嚷着，"为富贵兄弟干一杯吧。他真是个好兄弟啊！可惜半途中离开了我们，没有像我们一样看到今天的好日子啊。"

　　李荣智拿起酒壶，给张大奎满满地斟了一杯酒，又给自己的杯子里倒满酒，随着唐一良的提议，仰起头，把酒倒进了嘴里。不知不觉间，两行热泪流下了脸颊。唐一良的提议，让他心底里忽然一阵刺痛。刘富贵是在他的眼前患病的。他看着刘富贵一天天走向衰微，看着刘富贵一天一天病入膏肓，他却难以援救，甚至无法去宽慰和劝解。刘富贵心地善良，疾恶如仇，把所有心思都花费在了游击队的建设和发展上，带领游击队打了许多大仗和恶仗，为红军和八路军部队输送了大批的人员，在群众当中，在游击队员当中，在地方党政领导和部队首长当中都有非常大的影响，却由于一件说不清楚来路的案子断送了性命。刘富贵性情刚烈，无法承受被冤枉、被陷害、被羁押的屈辱，在革命即将胜利的时候，倒在了前进的道路上，而且有些不明不白。

　　李荣智回到座位上坐下来，看着开怀畅饮的同伴，看着曾经一起出生入死的兄弟，默默地想着已经离开两年之久的兄弟。他静静地看了一会儿，站起身，一只手拿着酒杯，一只手端着酒壶，走出窑洞，走到院子的大门外面，面对黑黢黢的夜空，接连倒满三杯酒，举起来，泼洒在地上。一边泼洒，一边喃喃道："富贵兄弟，你在那边可好啊？你真的被冤枉了。"

　　黑黢黢的夜空下，沟底里一片黑暗，看不到一丝秋天的色彩。

　　李荣智站在夜空下，无望地看着夜幕下的沟壑，看着他曾经逃亡而去的路径。它是那么近，又是那么远。近的让人害怕，远的让人留恋。当年，他就是从眼前的土坡旁边跳下深沟逃亡的，就是从这里躲避掉保安队追击的。黑黢黢的沟壑曾经救过他的性命，让他躲避掉了飞来的横祸，让他走上了革命的道路，也使他有机会认识富贵兄弟，认识一群肝胆相照的兄弟。

"你在这里做啥哩？回去吧，回去喝酒，什么也不要再想了。"唐一良不知道什么时候站到了李荣智的身后。

"大哥。"李荣智哽咽着说，"不知道富贵兄弟可好啊。他是被冤枉的，是跟着我受害的啊。"

"都过去了，不要胡思乱想了。富贵兄弟不会怪你。富贵兄弟是会感谢你的。如果没有你，他和我一样，也只能在土地里终其一生，既不可能经历风雨，也不可能长见识有出息。弄得不好还会被人欺压糟蹋，甚至被人剥夺性命。尽管他被冤枉了，那也不能怪你。人生道路上做什么事情都不可能一帆风顺，都有可能受委屈啊。"唐一良说着，拉起李荣智，向院子里走去，"被冤枉之后咋想，咋处理，这要看个人的心胸，看个人的造化。这些冤枉，总比人家追着无法活命轻松些吧，何况还有那么多人以这样那样的方式帮助着化解冤枉、澄清是非哩。以后千万不要再胡思乱想了，想的多了只会影响自己的心思，惑乱自己的心智啊。让富贵兄弟在那边平安顺畅吧。"

李荣智跟在唐一良身后，再次走进了窑洞，与曾经同生共死的兄弟举杯共饮。

喝酒到大半夜的时候，有的人开始迷糊起来，有的人悄悄退出了酒场，有的人坐在麦草堆上打起了呼噜。还是战争时期的习惯和作风，只要说睡觉休息便一蹲下就呼呼入睡了。

看到好几个人就地睡着了，唐一良摇摇晃晃地从桌子旁边站起来，说："现在天下太平了，但社会还不安宁，有人还在找事情。今天，我为战友们站一次岗。我们要注意安全哩。"

李荣智和赵二娃见状，也从桌子旁边站起身，跟在唐一良身后，正了正衣服和配枪，一起走出窑洞，分别站在窑洞门口和院子大门口。

解放快一年了，社会秩序趋于平稳，但仍然非常复杂，敌特活动并没有完全停息。当年冬天，从县里下乡工作的科长万宗佑被敌特分子杀害，后来案件被侦破，得知李荣智、唐一良、赵二娃等人被排了队，都被列为将要刺杀的对象。根据上级要求，唐一良、李荣智、赵二娃等人的短枪仍然佩戴在身上，随时用以自卫。

新政权建立之后，作为时代的产物，游击队完成了它的使命，到

耕魂

了应该退出历史舞台的时候。那些在战争中发挥了巨大的不可替代作用的游击队员来自农民，除了牺牲在敌人刀枪之下的人，活下来的大多数人没有企求和奢望，只愿回到家里，回到土地，与家人一起，日出而作，日落而息，过活安宁日子。他们来自于农民，又回到农民之中。

天亮了，一轮鲜红的太阳从东边的地平线上喷薄而出，朝霞四射，金光万道……